LES MYSTÈRES

DU

LAPIN BLANC

DRAMES DE LA CITÉ

PAR

JULES BOULABERT

I0562465

10 centimes.

10 centimes.

PARIS

AU BUREAU DU ROGER-BONTEMPS, RUE DU CLOÎTRE-NOTRE-DAME, 14

11369

LES MYSTÈRES

DU

LAPIN BLANC

DRAMES DE LA CITÉ

PAR

JULES BOULABERT

10 centimes.

10 centimes.

PARIS

AU BUREAU DU ROGER-BONTEMPS, RUE DU CLOITRE-NOTRE-DAME, 14

VINGT ET UNE LIVRAISONS A DIX CENTIMES

LES MYSTÈRES

DU

LAPIN BLANC

DRAMES DE LA CITÉ

PAR

JULES BOULABERT

10 centimes.

10 centimes.

PARIS

AU BUREAU DU ROGER-BONTEMPS, RUE DU CLOITRE-NOTRE-DAME, 14

VINGT ET UNE LIVRAISONS A DIX CENTIMES

LES MYSTÈRES

DU

LAPIN BLANC

DRAMES DE LA CITÉ

PAR

JULES BOULABERT

10 centimes.

10 centimes.

PARIS

AU BUREAU DU ROGER-BONTEMPS, RUE DU CLOITRE-NOTRE-DAME, 14

5ᵉ Livraison.

VINGT ET UNE LIVRAISONS A DIX CENTIMES

LES MYSTÈRES

DU

LAPIN BLANC

DRAMES DE LA CITÉ

PAR

JULES BOULABERT

10 centimes.

10 centimes.

PARIS

AU BUREAU DU ROGER-BONTEMPS, RUE DU CLOITRE-NOTRE-DAME, 14

VINGT ET UNE LIVRAISONS A DIX CENTIMES

LES MYSTÈRES

DU

LAPIN BLANC

DRAMES DE LA CITÉ

PAR

JULES BOULABERT

10 centimes.   10 centimes.

PARIS

AU BUREAU DU ROGER-BONTEMPS, RUE DU CLOITRE-NOTRE-DAME, 14

VINGT ET UNE LIVRAISONS A DIX CENTIMES

LES MYSTÈRES

DU

LAPIN BLANC

DRAMES DE LA CITÉ

PAR

JULES BOULABERT

PARIS

AU BUREAU DU ROGER-BONTEMPS, RUE DU CLOITRE-NOTRE-DAME, 14

8ᵉ Livraison.

VINGT ET UNE LIVRAISONS A DIX CENTIMES

LES MYSTÈRES

DU

LAPIN BLANC

DRAMES DE LA CITÉ

PAR

JULES BOULABERT

10 centimes.

10 centimes.

PARIS

AU BUREAU DU ROGER-BONTEMPS, RUE DU CLOITRE-NOTRE-DAME, 14

9ᵉ Livraison.

VINGT ET UNE LIVRAISONS A DIX CENTIMES

LES MYSTÈRES

DU

LAPIN BLANC

DRAMES DE LA CITÉ

PAR

JULES BOULABERT

PARIS

AU BUREAU DU ROGER-BONTEMPS, RUE DU CLOITRE-NOTRE-DAME, 14

64

VINGT ET UNE LIVRAISONS A DIX CENTIMES

LES MYSTÈRES

DU

LAPIN BLANC

DRAMES DE LA CITÉ

PAR

JULES BOULABERT

PARIS

AU BUREAU DU ROGER-BONTEMPS, RUE DU CLOITRE-NOTRE-DAME, 14

12ᵉ Livraison.

VINGT ET UNE LIVRAISONS A DIX CENTIMES

LES MYSTÈRES

DU

LAPIN BLANC

DRAMES DE LA CITÉ

PAR

JULES BOULABERT

PARIS

AU BUREAU DU ROGER-BONTEMPS, RUE DU CLOÎTRE-NOTRE-DAME, 14

VINGT ET UNE LIVRAISONS A DIX CENTIMES

LES MYSTÈRES

DU

LAPIN BLANC

DRAMES DE LA CITÉ

PAR

JULES BOULABERT

PARIS

AU BUREAU DU ROGER-BONTEMPS, RUE DU CLOITRE-NOTRE-DAME, 14

14ᵉ Livraison.

VINGT ET UNE LIVRAISONS A DIX CENTIMES

LES MYSTÈRES

DU

LAPIN BLANC

DRAMES DE LA CITÉ

PAR

JULES BOULABERT

PARIS

AU BUREAU DU ROGER-BONTEMPS, RUE DU CLOITRE-NOTRE-DAME, 14

15ᵉ Livraison.

VINGT ET UNE LIVRAISONS A DIX CENTIMES

LES MYSTÈRES

DU

LAPIN BLANC

DRAMES DE LA CITÉ

PAR

JULES BOULABERT

PARIS

AU BUREAU DU ROGER-BONTEMPS, RUE DU CLOITRE-NOTRE-DAME, 14

16e Livraison.

VINGT ET UNE LIVRAISONS A DIX CENTIMES

LES MYSTÈRES

DU

LAPIN BLANC

DRAMES DE LA CITÉ

PAR

JULES BOULABERT

PARIS
AU BUREAU DU ROGER-BONTEMPS, RUE DU CLOITRE-NOTRE-DAME, 14

17ᵉ Livraison.

VINGT ET UNE LIVRAISONS A DIX CENTIMES

LES MYSTÈRES

DU

LAPIN BLANC

DRAMES DE LA CITÉ

PAR

JULES BOULABERT

Pour paraître après Le *Lapin Blanc* :

LES CHIFFONNIERS DE PARIS

Par TURPIN DE SANSAY

13 LIVRAISONS A 10 CENTIMES

PARIS

AU BUREAU DU ROGER-BONTEMPS, RUE DU CLOITRE-NOTRE-DAME, 14

18ᵉ Livraison.

VINGT ET UNE LIVRAISONS A DIX CENTIMES

LES MYSTÈRES

DU

LAPIN BLANC

DRAMES DE LA CITÉ

PAR

JULES BOULABERT

Pour paraître après le *Lapin Blanc*

LES CHIFFONNIERS DE PARIS

Par TURPIN DE SANSAY

13 LIVRAISONS A 10 CENTIMES

PARIS

AU BUREAU DU ROGER-BONTEMPS, RUE DU CLOITRE-NOTRE-DAME, 14

19ᵉ Livraison.

DÉPOT LÉG...
St Denis
...

VINGT ET UNE LIVRAISONS A DIX CENTIMES

LES MYSTÈRES

DU

LAPIN BLANC

DRAMES DE LA CITÉ

PAR

JULES BOULABERT

E. COPPIN

Pour paraître après le *Lapin Blanc*

LES CHIFFONNIERS DE PARIS

Par TURPIN DS SANSAY

13 LIVRAISONS A 10 CENTIMES

PARIS

AU BUREAU DU ROGER-BONTEMPS, RUE DU CLOITRE-NOTRE-DAME, 14

St BRIEUC
1876

VINGT ET UNE LIVRAISONS A DIX CENTIMES

LES MYSTÈRES

DU

LAPIN BLANC

DRAMES DE LA CITÉ

PAR

JULES BOULABERT

Pour paraître après *Le Lapin Blanc* :

LES CHIFFONNIERS DE PARIS

Par TURPIN DE SANSAY ;

13 LIVRAISONS A 10 CENTIMES

PSUGET.

PARIS

AU BUREAU DU ROGER-BONTEMPS, RUE DU CLOITRE-NOTRE-DAME, 14

VINGT ET UNE LIVRAISONS A DIX CENTIMES

LES MYSTÈRES

DU

LAPIN BLANC

DRAMES DE LA CITÉ

PAR

JULES BOULABERT

Paraîtra VENDREDI PROCHAIN la 1ʳᵉ Livraison

DES CHIFFONNIERS DE PARIS

L'ouvrage sera complet en 13 Livraisons. — 10 c. la Liv.

G.STAAL

PARIS

AU BUREAU DU ROGER-BONTEMPS, RUE DU CLOITRE-NOTRE-DAME, 11

Quand Olga se retourna, le malheureux s'affaissait sur lui-même.

LES MYSTÈRES DU LAPIN BLANC

PAR

JULES BOULABERT

I

LA TAVERNE DE LA RUE AUX FÈVES

La pluie tombait drue et serrée; le vent soufflait aux angles des rues; il faisait une nuit sombre et sinistre.

On était au 20 janvier de l'année 1837.

Onze heures venaient de sonner au Palais de Justice; les petites ruelles dont se composait la Cité, à cette époque, étaient désertes, et les rares passants qui, frileusement enveloppés de longs manteaux ou abrités sous de larges parapluies, s'y aventuraient encore à cette heure, pressaient le pas pour la plupart, afin de ne point s'attarder trop longtemps dans ces parages mal famés.

Chose digne de remarque cependant, malgré le vent qui sifflait âpre et froid, en dépit de la pluie qui rebondissait sur le pavé, un homme, adossé à l'angle de la rue aux Fèves, se tenait debout et impassible, sans paraître s'apercevoir que l'eau avait traversé ses vêtements.

Cet homme était vêtu d'une sorte de bourgeron de matelot; il portait de gros souliers ferrés et un chapeau de feutre à larges bords; d'une main il s'appuyait sur un énorme bâton noueux, et de l'autre il soutenait sa pipe éteinte. Il y avait plus d'une heure qu'il occupait ce poste d'observation.

A dix pas de l'endroit où se tenait cet homme, s'élevait un bouge fameux dans les annales de la police, et qui avait pour enseigne : le *Lapin blanc*.

Sombre et terrible repaire, dont la renommée est presque européenne, depuis qu'Eugène Suë l'a choisi pour en faire le théâtre du plus dramatique et du plus saisissant de ses romans.

Le *Lapin blanc*, comme tout établissement notable, a ses archives au grand livre de l'histoire, et nous pouvons, en quelques mots, vous raconter son origine, qui remonte, dit-on, au huitième siècle.

Or, voici ce que nous disent les chroniques du temps passé.

Le 15 avril 752, jour du sacre de Pépin le Bref, un archer eut l'ingénieuse idée d'offrir au roi, sur un coussin bordé de franges d'or, un magnifique lapin blanc d'une grosseur extraordinaire. Pépin ne repoussa pas l'hommage, mais il ne l'accepta pas non plus; seulement, et par reconnaissance pour l'intention, il permit à son féal archer de fonder, auprès de sa chancellerie, un établissement du genre qui lui conviendrait. L'archer était probablement un ivrogne, et il n'eut rien de plus pressé que de fonder un cabaret dans la rue aux Fèves, non loin de la chancellerie royale, qui attenait à la chapelle Saint-Éloi.

Voilà toute l'histoire, et si les chroniqueurs disent vrai, rien ne manque au bouge dont nous parlons, de ce qui peut lui mériter l'intérêt des savants.

Mais que nous importe à nous l'origine du *Lapin blanc ;* ce ne sont pas des parchemins et des titres d'antiquité que nous avons à lui demander ; ce que nous voulons de lui, c'est sa vie, ce sont ses drames, ce sont ses mystères !

Ici, les murs ont suinté le sang, l'atmosphère y garde encore comme un parfum de bagne ; sur les bancs que vous voyez se sont assis des voleurs et des assassins !

N'en doutez pas !

Combien de trames ténébreuses se sont ourdies sous ces plafonds vermoulus, que de crimes se sont escomptés sur ces tables sordides, qui pourrait le dire... et aujourd'hui encore, si vous examiniez de bien près la pièce de monnaie qu'une main fainéante laisse tomber, de temps à autre, sur le comptoir de zinc de l'ignoble caboulot, peut-être y remarqueriez-vous quelques traces d'un sang mal effacé.

Le bagne avait une porte de sortie sur ce célèbre repaire, soyez-en sûr, et, à l'époque où nous plaçons notre récit, c'est-à-dire en 1837, le cabaret du *Lapin blanc* était, en quelque sorte, la *Bourse du crime.*

C'est là que se traitaient les affaires, à un taux qui variait selon les circonstances et selon les hommes. On y rencontrait, à toute heure de jour et de nuit, une population où les éléments les plus divers se trouvaient mêlés et confondus, depuis le pâle *voyou* vagabond, embauché de la veille dans la corporation de la grande Thune, jusqu'au héros de Toulon ou de Brest, qui avait fait plusieurs voyages et le *grand trimard du pré* (1).

On a souvent, et avec raison, accusé les romanciers de pousser à l'invraisemblance à force d'exagération ; mais ici l'exagération est impossible, et nous pouvons affirmer, en toute assurance, qu'à cette époque le *Lapin blanc* était le bureau de placement des voleurs et des assassins.

Tout ce vieux quartier de la Cité a un aspect lugubre, avec ses ruelles étroites et sombres où le soleil n'a jamais pénétré, où l'on ne respire que l'air fétide des égouts et des ruisseaux ; avec ses lupanars borgnes et ses cabarets sinistres. Grâce aux démolitions qui vont jeter bas les derniers vestiges du temps passé, la physionomie de la Cité ne peut manquer de se transformer profondément ; encore quelques mois, et l'on cherchera vainement la trace des drames terribles qui s'y sont accomplis. Le moment est donc venu de consacrer, dans un livre dramatique, le souvenir de ce célèbre établissement, et c'est sous l'empire de cette pensée que nous avons écrit les *Mystères du Lapin blanc.*

C'est au numéro six de la rue aux Fèves qu'est situé le repaire qui va servir de théâtre aux principales scènes de ce récit. Une cour étroite, qui ouvre sur la rue, précède le cabaret ; à gauche, se trouvent quelques appentis à moitié effondrés ; à droite, l'entrée des caves ; au fond, à dix pas, la porte vitrée qui donne accès dans l'établissement.

La première salle est banale : un grand poêle en fonte en occupe le milieu, entouré d'un groupe d'hommes en blouse, sur le visage desquels vous lirez facilement la pâleur de l'insomnie ou la fatigue du vice... A gauche, en entrant, s'élève le comptoir où trône le père Mauras, le maître de céans, petit méridional bien cassé aujourd'hui, mais qui en aura long à dire, s'il se met quelque jour à écrire ses mémoires ; au fond, un peu à droite, s'ouvre une seconde salle, et c'est dans celle-ci qu'il faut que le lecteur pénètre avec moi.

Cette salle n'est pas grande, — quelques pieds carrés seulement, — elle n'a pour tout meuble que quatre bancs et deux tables ; les murs se sont tapissés de devises inspirées ou manuscrites, empruntées aux littératures les plus excentriques. Mais fermez-en la porte un moment, allumez sur l'une des tables une maigre chandelle de suif, et, assis dans le coin le plus obscur, laissez faire votre imagination.

En moins de quelques secondes, la salle sera trop petite, et, la gorge serrée, le cœur ému et troublé, vous verrez défiler devant vous toutes ces individualités terribles, fantômes sanglants du passé, qui naguère encore ourdissaient ténébreusement leurs crimes sous cette voûte enfumée et lugubre.

C'est ici, entre ces quatre murs étroits, sous ces sombres plafonds, que les bandits les plus redoutables ont aiguisé leurs poignards ou préparé leurs poisons ; c'est dans cet antre que les premiers groupes se sont formés ; c'est là que se sont organisées

(1) La route du bagne.

ces secrètes associations du crime, dont les actes ont, à plusieurs époques, terrifié la société.

A côté, c'était le vice sensuel, brutal, paresseux et vantard ; ici, c'était le crime actif, prudent, audacieux, intelligent même ! La première salle était comme le corps de garde ; la seconde pouvait passer pour la chambre du conseil !

Or, ce soir-là, le 20 janvier de l'année 1837, cinq hommes et une femme se trouvaient réunis dans cette seconde salle : la porte en avait été soigneusement fermée ; une chandelle, placée sur la cheminée, jetait alentour une lumière douteuse ; six verres étaient sur la table, entourant une bouteille d'eau-de-vie déjà à moitié vidée.

Les hommes buvaient et fumaient ; la femme buvait peu, fumait encore moins, mais elle paraissait prêter une attention avide aux paroles que lui disait un jeune homme placé à ses côtés.

Ce dernier avait vingt-cinq ans à peine : il était pâle, portait les cheveux longs et noirs, et dans ses yeux, que le moindre reflet de joie n'avait jamais éclairés peut-être, on devinait le souci cruel qui le mordait au cœur. Il s'appelait Gustave, et appartenait à une famille honorable de province ; l'ambition du plaisir l'avait un jour amené à Paris, et il y était resté pour y vivre de débauche, après y avoir vécu de travail... Il était jeune cependant, il eût pu se relever par le travail ; il préféra oublier dans le désordre tous les principes de probité et d'honneur, avec lesquels sa pauvre et sainte mère avait bercé son enfance... Mais Gustave n'était pas un bandit ordinaire, et, s'il s'était associé aux autres hommes qui l'entouraient, cette existence lui pesait, et la pâleur de son front lui venait moins sans doute de ses insomnies que de ses remords.

La femme à laquelle il parlait, et qui l'écoutait si avidement, avait-elle compris ce qui se passait en lui, et s'était-elle laissé toucher par cette douleur cachée et ces remords latents que son cœur lui avait fait deviner ? Qui le sait ! D'ailleurs, cette malheureuse appartenait à l'un des lupanars voisins, et il est bien douteux qu'elle eût encore un cœur, bien qu'elle comptât à peine dix-huit ans. Olga était ce que l'on est convenu d'appeler une bonne fille, et nous pensons bien plutôt que ce qu'elle aimait dans Gustave, c'était surtout sa pâleur délicate, ses mains frêles et cet extérieur distingué qui, même sous sa blouse d'emprunt, lui donnait l'air d'un fils de famille.

Des quatre hommes qui complétaient le groupe, deux étaient jeunes aussi.

Le premier avait vingt-cinq ans comme Gustave ; mais à voir son œil vif, son geste résolu, à entendre sa voix sèche et brève, on devinait tout de suite une nature faite pour l'action, et qui avait dû apporter à l'association un contingent remarquable d'intelligence et d'audace. Dans le monde parisien qu'il fréquentait, et où il faisait bonne figure, on l'appelait le comte de Saverny : au caboulot de la rue aux Fèves, on le désignait par l'appellation significative de *Dandy.* Ce second s'appelait Léon tout court, à la ville comme aux champs : il était grand, carré des épaules, mais sur sa figure, belle et un peu trop énergique, on lisait aisément tous les instincts d'une nature perverse et prédestinée au crime.

Les deux autres se présentaient tout différents au moral et au physique : l'un avait quarante-cinq ans ; il était robuste et trapu, portait les cheveux ras sur un front étroit, et ses larges épaules avaient à plusieurs reprises endossé la casaque rouge du bagne. C'était un *cheval de retour.* On l'appelait l'*Aveugle,* mais c'était une calomnie, car il ne lui manquait qu'un œil, et son vrai nom était Pascal.

Quant au dernier, il avait vu le jour sous le beau ciel de la Provence, et, *troun de l'air !...* il n'eût pas été prudent de dire devant lui du mal de Marseille et de la bonne mère. Il était grand, taillé dans le bloc, et, de sa main puissante, il eût brisé une barre de fer... Son histoire était des plus simples, et il la racontait volontiers, pourvu qu'il eût, suivant son expression, quelques verres d'eau-de-vie dans le fusil... Il descendait de la famille des Mistral — une famille entièrement éteinte aujourd'hui — et il avait commencé par être mousse, puis matelot, puis gabier... Son avancement s'était arrêté là... Mistral, se trouvant un beau jour dans la mer des Indes avec quelques mauvais garnements de son espèce, s'imagina de jeter son capitaine par-dessus le bord pour faire ensuite la traite des nègres avec le navire qu'il montait. Un homme de cette trempe n'avait pas pour habitude de réfléchir longtemps, et, dès que cette idée eut germé dans son cerveau, il n'eut l'esprit tranquille que lorsqu'il l'eut mise à exécution. Le capitaine fut donc assassiné, les récalcitrants furent massacrés, et, avec le reste, on vogua pour le pays du *bois d'ébène.*

Cela dura trois ans ; Mistral avait déjà amassé un petit magot dont il comptait jouir sous peu, tout à son aise, dans quelque colonie lointaine, lorsqu'un matin le navire fut pris par une corvette de l'État, et tous ceux qui le montaient expédiés à Toulon pour y être jugés et condamnés.

Toulon se trouve près de Marseille, et Mistral y obtint une place, sous la surveillance des gardes-chiourme et en compagnie de gredins de la pire espèce, dont le contact ne pouvait guère l'améliorer. Il était né, d'ailleurs, pour le désordre et la violence, et dans sa longue carrière d'aventures et de périls de toute nature, il avouait lui-même n'avoir éprouvé qu'une seule fois un sentiment de crainte. Seulement, quand on lui demandait à quelle occasion et dans quelles circonstances il avait eu peur, Mistral fronçait le sourcil, fermait les poings et lâchait un juron énergique et prolongé.

— Troun de l'air! répondait-il, c'est que celui-là était un b..... comme on n'en voit guère, et s'il a fait pâlir Mistral il en aurait fait trembler bien d'autres.

Il y avait déjà une demi-heure que nos six personnages étaient réunis dans l'arrière-salle du *Lapin blanc;* une fumée épaisse et âcre se condensait déjà au plafond, la bouteille d'eau-de-vie était près de finir; chacun attendait, attentif et silencieux; seuls, Olga et Gustave causaient avec animation.

Un coup de poing de Mistral, frappé avec autorité sur la table, réveilla tout à coup les assistants et vint arrêter la conversation des deux amoureux.

— Par les cornes de mon père! s'écria le Provençal, m'est avis, mes fistons, que le petit se fait désirer... Voilà tantôt une demi-heure que nous nous rinçons le porte-pipe avec l'affreuse boisson du père *Pitanche,* et je ne vois pas encore le nez de notre chef... J'espère, au moins, qu'il ne va pas nous faire poser longtemps comme ça...

A cette rude apostrophe adressée au chef absent, le Dandy sourit du bout des lèvres et haussa les épaules.

— La! la! dit-il en lâchant une bouffée de tabac, ce vieux Mistral, on dirait toujours qu'il va vous lâcher un boulet de vingt-quatre... Calme-toi donc, mon vieux marchand de bois d'ébène, le chef va venir, et je ne doute pas qu'il ne nous apporte de bonnes nouvelles.

En entendant le Dandy parler de la sorte, Olga s'était levée, et, jetant ses bras autour du cou de Gustave, elle lui avait donné un dernier baiser.

Mistral partit d'un joyeux et bruyant éclat de rire.

— Le diable me brûle, dit-il gaiement; mais, si vous mangez tout aujourd'hui, il ne vous restera plus rien pour demain.

Olga lui lança un regard farouche.

— Vous, on ne vous parle pas! répondit-elle sèchement.

— Eh! puisque c'est moi qui vous parle, repartit le Provençal sans se déconcerter; et croyez-moi, la belle enfant, si vous voulez que ça dure un peu de temps, il faut en user avec prudence et modération.

Olga fit un geste dédaigneux et gagna la porte.

— Tu nous quittes? fit Saverny en cherchant à lui prendre la main.

— Puisqu'il va venir, dit la jeune femme.

— Ça te tient donc toujours?

— Il me fait peur.

Saverny se prit à rire.

— Il ne t'a cependant jamais rien dit, poursuivit-il.

— C'est vrai.

— Que crains-tu, alors?

Olga ne répondit pas, mais un frisson courut sur ses épaules, et elle jeta à Gustave un regard où tremblait un reflet d'épouvante.

Gustave était pâle, et son front s'était penché sur sa poitrine.

En ce moment, trois coups frappés avec autorité contre la porte détournèrent l'attention de chacun, et Léon se leva pour aller ouvrir.

— C'est lui! fit Saverny.

Et tous les regards se tournèrent vers la porte qui venait de s'ouvrir. Un homme était sur le seuil.

Un homme de trente ans, grand, à la physionomie expressive, avec deux yeux noirs et énergiques, des cheveux abondants et négligés.

Il portait un paletot râpé et troué aux coudes; une cravate rouge entourait son cou; son pantalon tombait, effrangé et maculé de boue, sur ses souliers éculés, et son chapeau, penché sur l'oreille, s'était, depuis longtemps effondré sous les intempéries des saisons.

— Bonsoir, Léon, dit-il dès qu'il fut entré, et en serrant la main de celui à qui il parlait.

Léon et lui étaient deux frères jumeaux, et ils se ressemblaient

à un tel point que les personnes qui ne les voyaient pas fréquemment les eussent pris volontiers l'un pour l'autre.

— Bonsoir, Jules, bonsoir, Mistral, ajouta-t-il en échangeant une poignée de main avec chacun des personnages présents.

Puis, arrivé devant Gustave, il s'arrêta, et sans prendre garde à la main que celui-ci lui tendait, il se retourna vivement vers Olga, qui venait de gagner la porte.

— Tu pars! dit-il d'une voix brève et en faisant quelques pas vers la jeune femme.

— Je n'ai plus rien à faire ici, répondit cette dernière. Et puis, on m'attend.

— Eh bien, on t'attendra, repartit le chef avec un accent d'autorité; mais j'ai besoin de ta présence ici, et je veux que tu restes.

— Et si je ne le voulais pas... fit Olga avec un mouvement de défi.

Pour toute réponse, l'homme marcha vers la porte, qu'il poussa résolûment et ferma à clef; puis, s'emparant de la main de la jeune femme, il la ramena brusquement vers un banc sur lequel il la fit asseoir.

— Et maintenant causons, dit-il alors en s'adressant à ses compagnons, qui n'avaient rien compris à ce mouvement.

Il y eut un moment de silence, pendant lequel on n'entendit que le vent qui soufflait dans la cheminée, et la pluie qui fouettait les vitres d'une fenêtre donnant sur l'impasse Saint-Martial.

— Mes amis, reprit le chef bientôt après, lorsque nous nous sommes associés pour l'œuvre que nous accomplissons, chacun de nous a fait le serment de garder fidèlement le secret sur l'entreprise commune, et nous avons juré de tuer sans pitié le misérable qui trahirait son serment.

— C'est vrai! dit Saverny étonné.

— Troun de l'air... interrompit Mistral, et je voudrais bien en connaître un qui y manquerait.

— Il y en a un cependant, repartit le chef.

— Où est-il?

— Il est ici.

— Que la peste m'étouffe si je ne l'étrangle pas de mes dix doigts!

Le chef fronça le sourcil.

— Hier, poursuivit-il, un des nôtres soupait à minuit au restaurant de la *Maison d'or.*

— Bagasse!... eh! mais ce n'est pas moi, dit encore Mistral; les doublons ont disparu depuis longtemps de la caisse, et la rafale, elle a balayé tout ce qui restait dans la soute aux écus...

— Celui-là n'était pas seul... Avec lui se trouvait une femme, une lorette, jeune, jolie et curieuse... On n'avait pas bu deux bouteilles de champagne que notre associé était gris, et que la fine mouche en tirait tout ce qu'elle voulait.

— Et il a parlé?... demanda Saverny.

— Il a tout dit, répondit le chef.

— Et cette femme, c'était Anaïs?

— Elle-même.

— Et l'homme? l'homme, demandèrent en même temps l'aveugle et Mistral.

La question était au moins superflue.

Il n'y avait que six hommes dans la salle, et le chef et Saverny, non plus que Léon, ne pouvaient être soupçonnés.

Et puis, rien qu'à voir l'attitude accablée de Gustave, son œil atone, la pâleur de son visage, le doute ne pouvait pas subsister longtemps.

Il écoutait sans entendre, il regardait sans voir, et une sueur froide perlait sur son front et sur ses lèvres.

Il sentait qu'il était perdu! et il avait peur de mourir.

Mourir là, dans ce bouge infâme, à vingt-cinq ans, quand, peut-être, au fond de sa province, sa pauvre mère pleurait son absence et attendait son retour.

C'était horrible!

Cependant Olga venait de se lever à cette révélation soudaine, et les lèvres serrées, le sein gonflé, elle s'était rapprochée de son amant.

— Est-ce vrai ce qu'il dit là? demanda-t-elle en mordant ses lèvres jusqu'au sang.

Gustave pressa ses tempes de ses deux mains fiévreuses, et ne répondit pas.

— Oh! tu l'aimes donc bien, poursuivit la jeune femme d'une voix amère, puisque tu n'as pas craint de lui faire un aveu qui pouvait te coûter la vie; et elle est belle, n'est-ce pas, plus belle que la malheureuse fille que tu rencontres ici... Eh bien, tu l'as entendu, c'est ton arrêt... ils seront sans pitié, ils te tueront, ils l'ont dit... tu vas mourir...

Olga s'arrêta sur le mot, et elle passa ses mains sur son front.

— Mourir ! reprit-elle tout à coup avec un mouvement plein d'angoisses, mourir là, froidement, devant moi... oh ! c'est impossible...

— Eh pourquoi donc, la belle enfant ?... interrompit Mistral qui s'était rapproché et lui avait pris les mains.

Olga se dégagea violemment de cette étreinte, et courut vers Gustave qu'elle voulut arracher à sa torpeur et à son inertie.

— Écoute, lui dit-elle d'un ton passionné, écoute, ils sont cinq, mais si tu le veux, ils ne me font pas peur... tu as un pistolet, et moi j'ai un poignard... nous lutterons... nous appellerons à nous... ils sont lâches, soyons courageux, Gustave, entends-moi ; Gustave, lève-toi... si tu hésites, nous sommes perdus.

Gustave s'était dressé à cet appel, et, un moment galvanisé par cet accent énergique, il fit mine de vouloir résister.

Mais comme il marchait déjà vers la porte qu'Olga secouait avec force, le chef se dressa tout à coup devant lui, et lui brisa le crâne d'un coup de casse-tête.

Le malheureux ne poussa même pas un cri ; l'arme terrible avait frappé sur la tempe, et la mort avait été instantanée.

Quand Olga se retourna, le corps s'affaissait sur lui-même, et retombait lourdement sur le parquet.

A cette vue, elle jeta un cri de détresse suprême ; et, tirant son poignard de sa ceinture, elle se précipita, les cheveux épars, l'œil en feu, la poitrine soulevée, sur le chef qui venait de s'asseoir tranquillement à côté de Saverny.

Mais avant qu'elle l'eût atteint, Mistral avait saisi une de ses mains, tandis que l'aveugle désarmait l'autre.

— Eh ! là ! là ! dit le Provençal sur un ton enjoué, vous n'y allez pas de main-morte, la belle enfant, et m'est avis qu'il faut être plus sage que ça, si nous voulons vivre longtemps.

— Vous êtes des lâches !... cria la pauvre fille hors d'elle-même, — je me vengerai, — je vous dénoncerai, et je vous ferai prendre tous...

Le chef s'était dressé menaçant sur ces mots, et il levait déjà son casse-tête.

— Un instant donc, bagasse, fit Mistral en lui retenant le bras, mille millions de sabords, au train dont vous y allez, le genre humain y passerait en un clin d'œil. Troun de l'air ! ce n'est pas du sang, mais bien du vif argent qu'ils ont dans les veines... Voyons, laisse-moi faire, et je réponds de la petite...

Pendant qu'il parlait, Olga s'était laissé tomber à genoux à côté du cadavre inanimé de Gustave, et, l'œil morne et fixe, les bras pendants, elle contemplait les traits livides de son amant, et cherchait obstinément les battements de son cœur.

Mais le malheureux avait été frappé par une main exercée ; ses membres avaient déjà la rigidité de la mort, et elle se releva bientôt terrifiée et comme glacée d'une superstitieuse épouvante.

— Mort ! mort ! répéta-t-elle en frissonnant.

— Eh ! nous sommes tous mortels, reprit Mistral ; un peu plus tôt, un peu plus tard, il faut payer son tribut à la Parque terrible... Eh donc ! ne nous faisons plus de chagrin, la belle enfant, et si vous voulez, à la première part de prise, que l'occasion m'enverra, vous trouverez en moi un homme auquel vos charmes physiques n'ont pas été indifférents.

Olga ne répondit pas ; son regard s'était attaché avec une terreur sans nom à l'assassin de son amant, et elle épiait ses moindres gestes, et elle écoutait ses moindres paroles.

Ce dernier avait fait quelques pas vers la cheminée, et, s'adressant plus directement à l'aveugle :

— Pascal, dit-il d'une voix pleine d'autorité, c'est assez perdre de temps en paroles inutiles, il faut nous débarrasser de ce cadavre.

— C'est facile... répondit l'aveugle.

Et, pressant un bouton de métal caché dans la cloison de gauche, il fit jouer un ressort habilement ménagé, et aussitôt une trappe s'ouvrit au milieu de la salle, — à quelques lignes du cadavre de Gustave, et il n'eut qu'à le pousser du pied pour le faire disparaître.

Quand la trappe se fut refermée avec bruit, Mistral fit un geste de sacrilège ironie :

— *Requiescat in pace !* dit-il en se composant un maintien grotesquement béat.

— Et meurent ainsi tous ceux qui seraient tentés de trahir le mystère de notre association... ajouta le chef par manière de conclusion.

Il alla s'asseoir de nouveau auprès de Saverny, et, pendant que l'aveugle entraînait Olga hors de la salle, une conversation à voix basse s'établit rapidement entre les deux amis :

— Ainsi, Gustave nous trahissait... dit Saverny.

— Je vous répète qu'il se trouvait, hier, à la Maison d'or avec Anaïs, et celle-ci l'a fait *jaspiner*.

— Mais qu'a-t-il dit ?

— Tout...

— C'est dangereux alors.

— Pas autant qu'on pourrait le croire.

— Toi, Marcel, tu n'as peur de rien ?

— Et tu vas comprendre qu'en cette circonstance du moins j'ai raison de ne rien craindre.

— Voyons cela.

Léon, l'aveugle et Mistral s'étaient rapprochés. Marcel continua :

— Il y avait deux personnes, dit-il, qui pouvaient nous compromettre, puisqu'elles connaissaient nos secrets et qu'elles étaient disposées à nous trahir. De ces deux personnes, l'une, Gustave, vient de payer sa trahison, et n'est plus à craindre.

— Mais l'autre, insista Saverny, Anaïs l'écervelée, Anaïs la lorette ?

Marcel haussa les épaules et sourit.

— Sais-tu pourquoi, dit-il, Anaïs désirait tant connaître le secret de mon existence ?

— Je le devine... fit Saverny, Anaïs raffole de toi... c'est, dit-on, une véritable passion, et elle a voulu te tenir et t'amener à elle par l'intimidation.

— C'est cela même.

— Eh bien, que comptes-tu faire ? explique-toi.

— Avant de venir ici, j'ai écrit deux lignes, par lesquelles je demande à Anaïs de vouloir bien m'offrir à déjeuner demain matin.

— Mais elle va en mourir de joie !...

Marcel remua lentement la tête.

— Si elle ne meurt pas de joie, répondit-il, il faudra bien qu'elle meure d'autre chose, car demain il n'y aura pas plus d'Anaïs que de Gustave.

Et comme à cette réponse chacun des auditeurs se taisait autour de lui, Marcel promena son regard assuré sur ses acolytes.

— N'est-ce pas votre avis ? dit-il d'un accent ironique dans lequel perçait une certaine hauteur.

— Bagasse... fit Mistral, il me semble que cela fait bien deux cadavres, sans le plus petit profit pour notre *cambuse*...

— Oui, mais comme j'avais justement à vous proposer deux affaires lucratives... insinua le chef.

— Nous sommes tes hommes, dirent les quatre affidés à la fois.

— Mais *fadera-t-on* (1) ? ajouta l'aveugle.

— On *fadera*, répondit Marcel.

— Alors parle, parle... de quoi s'agit-il ?

— Il s'agit de quatre-vingt mille francs.

— Diable !

— Après-demain, le briska qui va de Paris à Lyon sera porteur de cette somme... il faut que nous allions l'attendre entre Melun et Fontainebleau.

— A quelle heure ?

— Entre dix heures et minuit...

— On s'y trouvera.

— Seulement, comme le briska sera probablement escorté par des gendarmes, qu'en outre il pourrait s'y rencontrer des voyageurs déterminés, qu'enfin l'affaire peut être chaude, il faudra songer à s'adjoindre quelques gaillards solides et à l'épreuve de la gendarmerie... D'ailleurs, nous avons un vide à remplir parmi nous, et vous songerez à me présenter un candidat.

— Il y en a un... dit Mistral.

— Ton protégé ? fit Marcel en souriant.

— Précisément... Jean-Claude Villon.

— Un homme de poète, porté par un fou.

— Pas si fou qu'on le croit.

— Soit ! nous verrons... je ne dis pas non... Pour le moment, nous avons autre chose à régler.

— C'est juste... dit l'aveugle, nous avons la seconde affaire.

— La seconde affaire, répondit Marcel, demande encore un peu de réflexion ; et si vous le voulez bien, nous en remettrons la discussion à quelques jours d'ici, quand nous aurons les quatre-vingt mille francs du briska.

— Alors, c'est tout...

— C'est tout.

— Et nous pouvons nous casser...

— Quand vous voudrez...

Mistral et l'aveugle se disposaient à sortir, et Léon allait les suivre, quand Marcel arrêta ce dernier.

— Un instant, dit-il vivement, j'allais oublier un point très-important...

(1) Partagera-t-on.

— Lequel? demanda Léon.

Le front de Marcel se rembrunit.

— Il y a là, ajouta-t-il, à quelques pas du *Lapin blanc*, au coin de la rue aux Fèves, un homme qui attend vraisemblablement notre sortie pour suivre l'un de nous...

— Et quel est cet homme? dit Saverny.

— Je ne le connais pas... répondit Marcel.

— Serait-ce déjà l'effet de la trahison de Gustave?

— Je ne le pense pas, mais il faut s'en assurer.

— Il vaudrait mieux le tuer!

— Je préfère lui donner le change; mais comment faire?

Marcel se tourna vers Léon.

— Frère, lui dit-il, notre ressemblance nous a déjà servis en plusieurs occasions, et j'espère qu'elle va nous servir encore aujourd'hui... Prends mon paletot, coiffe-toi de mon chapeau, et une fois hors du caboulot, passe au ras des maisons, de manière à être bien reconnu par notre chercheur de pistes... Si c'est moi qu'il cherche, il te suivra, et tu rentreras tranquillement à l'un de tes domiciles... si, au contraire, ce n'est pas à moi qu'il en veut, tu rentreras ici par l'impasse Saint-Martial... As-tu compris?

— Parfaitement.

— En ce cas, au revoir, et bon voyage...

Et, s'adressant à Saverny :

— Quant à toi, ajouta-t-il en lui serrant la main, je te trouverai demain soir, à onze heures, chez la comtesse de Vivonne... n'y manque pas... Isabelle y sera, et j'aurai à te donner des nouvelles d'Anaïs.

II

LE DÉJEUNER D'ANAÏS

Le marquis de Lempsac occupait, rue le Peletier, numéro 5, un appartement qu'il avait fait meubler avec tout le luxe qui convenait au nom qu'il portait, à sa fortune, et surtout au rang qu'il tenait dans le monde.

Le marquis avait trente ans à cette époque. C'était un homme d'une élégance rare, d'une distinction qui ne devait rien à son tailleur, et d'une beauté physique que toutes les femmes avaient depuis longtemps remarquée.

Les Lempsac étaient d'une vieille famille du Dauphiné, et le marquis en était le dernier descendant. Il vivait seul, au milieu du tourbillon des plaisirs parisiens; on ne lui connaissait aucun parent; il avait, disait-on, beaucoup voyagé; il racontait lui-même volontiers ses chasses héroïques de l'Inde, et on l'accueillait, autant pour sa personne que pour son nom, dans les plus nobles hôtels du faubourg Saint-Germain.

L'appartement qu'il occupait se composait d'une salle à manger, d'un salon, d'une chambre à coucher, à laquelle attenait un cabinet de toilette, et enfin d'un boudoir qui avait une sortie mystérieuse sur les derrières de l'hôtel.

Le marquis vivait peu chez lui, et il rentrait fort tard, quand il rentrait... C'était une existence fort occupée; le jour, qui ne commençait jamais pour lui avant midi, il faisait atteler et allait déjeuner au café Anglais; puis il rendait quelques visites, et, après avoir dîné au café de Paris ou chez Véfour, il finissait sa soirée, soit au théâtre, soit au cercle, soit encore dans quelque réunion du faubourg aristocratique.

Mais ce jour-là, par extraordinaire, il s'éveilla vers dix heures du matin, et sonna son domestique, qui se vit à regret obligé d'interrompre la lecture de son journal.

La veille, le marquis était rentré vers minuit, et, pour l'honnête François qui le servait, il y avait là l'indice de graves modifications dans les habitudes de son maître.

— Monsieur a sonné? dit le domestique en pénétrant, sur la pointe des pieds, dans la chambre à coucher.

— Oui, François, j'ai sonné, répondit le maître, que l'étonnement de son valet fit sourire. Voyons, ouvre les rideaux.

— Mais il n'est pas dix heures.

— Je m'en doute.

— Monsieur, déjeune-t-il chez lui?

— Non... seulement, allume-moi du feu, dis-moi le temps qu'il fait, et va me chercher les lettres qui pourraient être venues pour moi.

François fit ce que son maître lui ordonnait, ouvrit les rideaux, en annonçant une belle journée d'hiver, alluma un feu clair et vif, et quelques instants après il apportait sur un plateau d'argent une petite lettre parfumée, dont l'écriture fine, mince et tremblée, disait surabondamment que c'était une lettre de femme.

Dès qu'il en eut vu la suscription, le marquis s'en empara avec vivacité, et en déchira l'enveloppe d'une main inquiète et fiévreuse.

La lettre était ainsi conçue :

« Marcel,

» Vous m'aviez promis hier de vous trouver au bal de l'ambassade, et j'ai passé toute la nuit à vous y attendre... Ah! vous êtes cruel, mon ami; car vous savez quelle existence est la mienne, et combien j'eusse été heureuse de vous serrer la main... Au moins, je compte sur vous ce soir, n'est-ce pas?... et j'espère que vous vous justifierez assez pour que je puisse vous pardonner.

» Votre amie toujours,

» GABRIELLE. »

Le marquis resta longtemps absorbé par la lecture de ces quelques lignes; puis, froissant tout à coup la lettre, il la rejeta loin de lui.

— Oui, dit-il avec colère, voilà bien les femmes; votre amie... votre amie toujours, et rien de plus, et celle-ci m'aime... Ah! je n'en doute pas... Mais à quoi cela m'a-t-il servi?... A jouer auprès d'elle un rôle ridicule et banal... Non? il faut que cette comédie finisse... ou je romprai cette liaison, qui ne m'a jusqu'ici offert aucun profit.

Et en parlant de la sorte, il sauta brusquement à bas de son lit, et procéda, tout en réfléchissant, aux préparatifs de sa toilette.

Or, si le lecteur le veut bien, nous le laisserons tout entier livré à ces soins, et nous nous transporterons, à cette même heure, au numéro 7 de la rue d'Aumale, dans un coquet boudoir, où une jeune femme, nonchalamment allongée sur une causeuse, un écrin à la main, semble compter les minutes et les secondes, le regard attaché sur une belle pendule de marbre et d'argent, placée sur la cheminée.

Un beau feu pétille dans l'âtre; un demi-jour voluptueux et tendre pénètre dans la chambre, un tapis épais étouffe le bruit des pas sur le parquet; tout est calme, tranquille, silencieux...

La jeune femme, seule, paraît s'abandonner parfois à de petits mouvements d'impatience; ses nerfs sont évidemment agités; sa main joue fiévreusement avec le manche de nacre de son écrin; son pied froisse vivement le tapis.

Parfois encore elle se dresse, comme mue par un ressort, marche rapidement vers la fenêtre, dont elle soulève le rideau de mousseline, et revient bientôt après, le front soucieux, le sein gonflé, retrouver la causeuse, un moment délaissée.

Cette jeune femme, c'est Anaïs...

Une des plus jolies créatures que le vice ait jamais jetées dans la circulation du monde des plaisirs.

Une enfant d'ailleurs, — dix-sept ans à peine; — mais quel artiste eut jamais rêvé un type plus parfait de la beauté plastique?...

Des épaules rondes et nacrées, des dents éblouissantes, des yeux où l'amour et la volupté brûlaient confondus, des cheveux splendides, dont une reine se fût fait un diadème... et, au milieu de toutes ces opulences et de tous ces trésors, une vivacité, une ardeur, une naïveté, une rouerie, mille sentiments divers qui se combattaient ou s'unissaient, mille aspirations contraires, mille élans opposés!...

Anaïs avait beaucoup aimé... mais en peu de temps elle avait aimé partout... ici et là... de tous côtés, l'amour du jour faisant oublier l'amour de la veille en appelant l'amour du lendemain; et à ce métier, en moins de deux années, elle était devenue la célébrité galante la plus courue, la plus enviée, la plus connue de toute la capitale!...

Mais Anaïs valait mieux que cette réputation interlope qui s'attache à ses pareilles...

Pour le moment, elle n'avait qu'un amant, qu'une ambition, qu'un amour!...

Elle avait brisé en un jour toutes les idoles qu'elle avait adorées, et dans ce pauvre cœur banal, ouvert naguère à tout venant, elle avait élevé un autel sur lequel elle se fût volontiers immolée au nouveau dieu qui s'était révélé à elle.

Malheureusement, les amours mystiques ne sont plus de mode aujourd'hui; et l'idole de la belle pécheresse était fait de chair et d'os, comme vous et moi, chers lecteurs et chères lectrices.

Ce n'était pourtant pas un dieu, mais c'était le beau marquis de Lempsac, une des notoriétés du turf, l'homme qui maniait le mieux une épée ou un cheval, la fortune la plus éblouissante, l'individualité la plus notoire de toute la fashion parisienne.

Anaïs avait bien choisi cette fois, et elle s'était donnée à cet amour avec tout l'entraînement de ses dix-sept ans, avec tous les remords de ses déportements passés, avec toute la naïveté de cette virginité de cœur que deux années de débauches n'avaient pu déflorer.

Du reste, une particularité avait, à son insu, merveilleusement servi le marquis en cette circonstance.

Si l'amour d'Anaïs l'avait trouvé tout de suite complaisant et facile, si les relations avaient pu s'établir immédiatement entre la femme amoureuse et l'homme indifférent, il est probable que la lorette se fût arrêtée sur la pente qui l'entraînait, et qu'elle se fût réveillée avant d'atteindre le bord de l'abîme.

Mais le marquis aimait ailleurs, il n'avait pas le temps de s'occuper d'Anaïs, et celle-ci, irritée de ses dédains, dépitée de ses rigueurs, sentit son amour se développer avec une rapidité inouïe, et elle en serait morte peut-être de chagrin et de consomption, si, la veille même du jour où nous la retrouvons, elle n'avait reçu de son cher indifférent un billet par lequel il lui annonçait sa visite et lui demandait à déjeuner.

Elle avait manqué mourir de désespoir... elle faillit devenir folle de joie... mais elle se contenta de s'évanouir !... C'est moins dangereux, et cela dure moins longtemps.

Mais comme l'attente lui parut cruelle et longue depuis le moment où elle avait reçu le billet du marquis jusqu'à l'heure fixée pour le rendez-vous!

Une éternité!...

Anaïs ne vivait plus... elle eût voulu précipiter la marche des aiguilles de sa pendule; elle eût voulu courir au-devant du coupé de M. de Lempsac. A dix heures, elle était prête, et elle l'attendait déjà...

Enfin, après avoir passé par toutes les alternatives de la plus horrible des anxiétés et comme la pendule marquait midi moins cinq minutes, un coupé s'arrêta à la porte du numéro 7, et un homme en descendit.

Anaïs épiait haletante derrière les rideaux.

Elle poussa un cri en le reconnaissant.

La porte s'ouvrit, et le marquis de Lempsac parut!

Bien que la jeune femme s'attendît à le voir entrer et qu'elle se fût peut-être arrangé un maintien pour la circonstance, cependant, dès qu'elle l'aperçut sur le seuil, elle oublia en un instant toute retenue et toute pudeur, et courant vivement à lui, elle lui prit les mains avec un abandon naïf et charmant.

De son côté, M. de Lempsac s'était arrêté étonné de l'élégant confortable de ce nid voluptueux, et son regard admirait sincèrement le goût qui avait présidé à l'arrangement de ces mille riens délicieux dont s'entourent les femmes pour lesquelles l'amour une affaire.

— Ah! marquis! marquis! s'écria Anaïs en frappant joyeusement ses mains d'enfant l'une contre l'autre, enfin je vous tiens donc cette fois; et pour vous punir de m'avoir tant fait attendre, maintenant que vous m'aimez un peu, j'ai bien envie...

— De quoi donc? fit Lempsac.

— De vous ruiner.

Le marquis s'assit en souriant auprès du feu.

— Essaye, répondit-il avec enjouement; mais je te préviens que c'est impossible.

— Même pour moi?

— Pour toi, peut-être moins que pour toute autre, parce que tu es plus charmante cent fois et plus désirable; mais, je te le répète, je ne crains rien d'une pareille menace.

Anaïs se laissa tomber sur un coussin à ses pieds.

— Et tu as raison, dit-elle d'un accent où elle mit toute son âme, les hommes comme toi, vois-tu, on ne les ruine pas, mais on se ruine pour eux.

— Qu'est-ce à dire? fit brusquement de Lempsac en fronçant le sourcil.

Anaïs pâlit, et son cœur se prit à battre follement à l'idée qu'elle avait pu l'offenser.

— Non, non!... s'empressa-t-elle de répondre, tu n'as pas compris. Allons, quittez bien vite cet air sombre, et adoucissez ce vilain regard méchant... tout ce que je veux te dire, c'est que je t'aime... et depuis longtemps... un jour je suis heureuse plus que tu ne peux le croire de me trouver là, à tes pieds, les mains dans les miennes, et mes regards suspendus aux tiens.

Lempsac ne répondit pas; mais il se laissa lentement vers la jeune femme, et ferma ses yeux par un long baiser.

Tout le corps d'Anaïs se prit à frissonner à cette caresse, et quand elle se releva, elle était pâle d'émotion et de bonheur.

— Le déjeuner nous attend, dit-elle alors; viens... viens...

Et ils passèrent dans une petite chambre contiguë, dont le confortable ne le cédait en rien à celui du boudoir.

Jusqu'alors Marcel n'avait pas précisément de parti pris, et s'il était venu chez la belle lorette avec l'intention de s'en débarrasser, au moins voulait-il savoir jusqu'à quel point Gustave avait été indiscret; et, d'ailleurs, il ignorait encore quel moyen il emploierait pour atteindre son but, dans le cas où Anaïs lui paraîtrait dangereuse.

Le déjeuner fut très-gai.

La jolie enfant aimait avec toute son âme; elle était heureuse et elle n'avait aucune raison de le cacher; Marcel pouvait lire dans ses yeux comme dans un livre ouvert, et jamais regard d'homme ne découvrit tant de dévouement et d'amour dans les regards d'une femme.

Le champagne pétillait dans les coupes de cristal; les rideaux fermés interceptaient les rayons trop vifs du jour; Anaïs égayait chaque minute de ses saillies, sans se douter du danger qu'elle courait, et elle s'abandonnait, naïve, à tous les élans de son cœur.

Marcel, lui, se laissait aimer, mais, de temps à autre, il revenait adroitement à son idée fixe, et chaque fois la jeune femme donnait dans le piège, avec une confiance digne d'un meilleur placement.

Le champagne, la gaieté, l'amour commençaient à lui tourner la tête, et bientôt elle ne sut trop bien ce qu'elle disait.

Dans les petits soupers, c'était d'ordinaire le moment de son triomphe... Ne jette pas qui veut son bonnet par-dessus les moulins; mais Anaïs avait fait de cet exercice une étude approfondie et fréquente, et elle y mettait tant de grâce, de brio et d'abandon, qu'en vérité, bien froid eût été celui qu'elle n'eût pas séduit en de pareils moments.

— Folle! folle! dit Marcel, en se levant de table et en entourant sa taille de son bras.

Anaïs se laissait faire.

— Oui... folle de toi! répondit-elle effrontément... et ma foi, tant pis, mais ce jour est un des plus beaux de ma vie.

— Tu es une bonne folle, au moins, repartit Marcel, et sais-tu que je dois être fier de tant d'amour... Vraiment, je crois que cela me gagne à mon tour; et, Dieu me pardonne, je sens que je vais t'aimer tout à fait.

Anaïs répondit à cette déclaration par un baiser.

— Du reste, dit-elle en faisant une petite moue charmante, cela ne pouvait pas durer ainsi... J'étais trop malheureuse de te voir indifférent, et de gré ou de force, je savais bien que je t'amènerais à mes pieds.

— De force? dit Marcel, comme s'il eût cherché le sens de ces paroles.

La jeune femme fit un signe de tête plein de finesse.

— Ah! je suis plus rusée qu'on ne le croit, dit-elle aussitôt, et avant-hier j'ai fait jaser Gustave sur ton compte.

— Et que t'a-t-il dit?

— Des choses auxquelles je ne crois pas, d'abord... Tu es beaucoup trop bien pour ça; mais enfin, avec ce qu'il m'a dit il y avait de quoi te faire aller au bout du monde.

— C'est donc grave? fit Marcel.

— Oh! bien grave.

— Et tu ne veux pas m'en faire la confidence?

— Plus tard.

Marcel s'assit près de la cheminée... Il savait tout ce qu'il voulait savoir... Il était évident qu'Anaïs connaissait tous ses secrets: elle devait donc mourir!

Une idée infernale traversait le cerveau de Lempsac et venait modifier singulièrement son premier plan, qui d'abord s'était résumé dans un simple empoisonnement.

Tout cela fut rapide comme l'éclair, et quand il releva le front, après avoir tisonné le feu pour se donner une contenance, son parti était pris et sa résolution irrévocable.

— Eh bien, dit tout à coup Anaïs en se soulevant nonchalamment, après avoir observé tous ses mouvements, voilà que tu redeviens taciturne et morose.

— Moi! fit Marcel le visage souriant; et où prends-tu ma mélancolie, je te le demande?

— Dame! c'est peut-être ce que je t'ai dit tout à l'heure.

— Quoi donc?

— La confidence de Gustave.

— Eh! que m'importent Gustave et ses confidences.

— Oh! tu as bien raison, il ne faut plus penser à cela... Sois gai, heureux, et aime un peu celle qui te donnerait sa vie, s'il le fallait.

A cette phrase, dite simplement, mais avec une conviction profonde, Marcel jeta à Anaïs un singulier regard et partit d'un éclat de rire ironique.

— Ta vie!... dit-il d'un ton grotesquement dramatique, tu donnerais ta vie pour moi?... Ah! pour cela, tu me permettras d'en douter.

La jeune femme avait pâli en entendant le rire de son amant, et elle lui tendit ses deux mains suppliantes.

— Tu ne crois donc pas que je t'aime? dit-elle d'un accent pénétré.

— Au contraire, repartit Marcel avec le même enjouement, je le crois, j'en suis sûr, et j'ajoute même que cela me rend heureux... Mais je te sais trop intelligente pour aimer à ce point; et, d'ailleurs, ça ne s'est jamais vu.

— Ah! tu doutes de moi, fit Anaïs avec un désespoir qui n'était pas feint.

— Dieu m'en préserve!

— Oui, tu doutes de moi; tu as beau t'en défendre, je le vois bien.

Marcel redevint sérieux.

— Eh bien, après tout, dit-il, où serait le mal?

— Ah! c'est que je n'avais jamais aimé avant de t'avoir connu, poursuivit la lorette; du jour où je t'ai rencontré, il m'a semblé que je ne m'appartenais plus... et la vie ne me serait plus rien, si tu venais à me quitter.

— De sorte, insista Marcel, que si demain tu apprenais que je ne t'aime plus...

— Je me tuerais! répondit résolûment la jeune femme.

Lempsac haussa les épaules; il était froid, impassible, maître de lui toujours, et, devant le désespoir de la malheureuse pécheresse, il conservait obstinément son sourire ironique.

— Te tuer! continua-t-il d'un ton de défi; mais tu n'as ici ni pistolet, ni poison, ni poignard...

Anaïs venait de saisir sur la table à dessert : un petit couteau délicat et charmant, au manche d'argent ciselé, à la lame aiguë et fine.

— Deux lignes de cette lame dans le cœur, dit-elle avec exaltation, et il n'y aurait plus d'Anaïs pour t'aimer.

— Sans doute, ajouta Marcel qui venait de se lever et s'était approché; mais ma jeune amie est trop prudente pour chercher un pareil dévouement, et, le voulût-elle réellement d'ailleurs, qu'elle aurait peut-être beaucoup de peine à trouver ce cœur qui ne doit plus battre bien fort pour des chagrins d'amour.

— Le cœur, dit Anaïs de plus en plus agitée et pour convaincre son amant, regarde si ce n'est pas là!

Et elle porta la pointe du couteau sur son sein, dont un peignoir de dentelle presque transparente dessinait vaguement les formes ravissantes.

— Quand on veut réellement mourir, ajouta-t-elle d'un ton grave, on prend une arme comme celle-ci, on en place la pointe sur le sein gauche, puis on serre fortement la main et on l'...

— Et on l'enfonce, pardieu!... dit Marcel, en complétant la phrase et le geste.

Anaïs n'eut pas le temps d'achever; presque aussitôt elle tombait dans les bras de son amant, qui venait de lui pousser rudement le bras...

— Marcel, Marcel, je t'aime! avait-elle balbutié, et ses yeux s'étaient fermés.

Quelques secondes plus tard, elle était morte!

Le marquis se hâta de sonner, et partit en laissant son adresse, qui devait être remise à l'autorité, s'il y avait lieu.

Mais il ne fut même pas inquiété, et les lecteurs de ce récit peuvent se rappeler encore un article assez étrange qui parut le soir même dans les journaux de l'époque.

Voici ce que l'on y lisait :

« Nous avons à signaler un suicide qui s'est accompli ce matin dans des circonstances bien singulières.

» M. le marquis de L... déjeunait en petit comité avec mademoiselle ***, une charmante pécheresse de la rue d'Aumale; mademoiselle *** était très-liée avec un des meilleurs amis du marquis, et, par cette considération, aucune relation ne devait s'établir entre eux; mais telle n'était pas, paraît-il, l'intention de mademoiselle ***, car elle voulut retenir le marquis auprès d'elle, en le menaçant de se tuer sous ses yeux, s'il cherchait à la quitter.

» M. de L... ne pouvait voir qu'une plaisanterie dans cette menace; il ne voulait pas d'ailleurs tromper un ami très-intime, et il se disposait à se retirer; mais il avait à peine ouvert la porte, que la malheureuse Anaïs mettait fin à ses jours en faisant usage d'un couteau à dessert dont elle s'était emparée avant que M. de L... eût eu le temps de s'opposer à son fatal projet. »

C'est cependant ainsi que l'on écrit l'histoire!

Vers six heures du soir, et comme le marquis allait sortir de son appartement de la rue le Peletier pour se rendre au café Anglais, François annonça M. de Saverny.

— Faites entrer, dit le marquis.

Saverny entra triomphant, avec un journal du soir à la main, et lut à haute voix l'article que nous venons de donner.

— Il ne manquait plus que ce suicide à ta réputation de don Juan, s'écria Saverny quand il eut fini. Maintenant toutes les femmes voudront se tuer pour toi... tu vas être le lion de la saison.

Un pli soucieux passa à ces paroles sur le front du marquis.

— Tu sais bien, cher, répondit-il, qu'il n'y a qu'une femme au monde pour moi.

— Cet amour te tient donc toujours au cœur?

— Peut-être parce que c'est le seul qui soit resté chaste et pur.

Saverny partit d'un éclat de rire.

— Pas mal! répliqua-t-il avec ironie, et voilà une phrase qui ferait son effet dans un mélodrame du boulevard; mais entre nous, mon bon, il faut supprimer ces velléités de sentiment.

— Tu ne crois donc pas à cet amour?

— Non, de ta part du moins.

— Eh bien, détrompe-toi, Saverny, poursuivit Marcel; je ne sais comment cela s'est fait, mais depuis que je connais la comtesse de Vivonne, je passe indifférent auprès des autres femmes... En existe-t-il d'autres? je l'ignore... Celle-là est belle, si confiante! son amour s'adresse à moi si touchant et si pur, que parfois je me trouve bien misérable d'abuser de tant de candeur et d'innocence, et il vaudrait mieux la détromper en lui laissant entrevoir une partie de la vérité.

Saverny fit un haut-le-corps, et jeta à son ami un regard où se lisait l'étonnement le plus profond.

— Ne va pas t'aviser de cela, répondit-il avec vivacité; songe que la comtesse est ton salut en ce monde du moins... elle est riche, son mari est vieux, et pour peu que nous n'ayons elle doit, selon toute vraisemblance, se trouver veuve avant quelques mois... Veuve et millionnaire... comprends-tu?... Et ce jour-là quel homme pourrait se disputer sa main? aucun... La comtesse est donc à toi... c'est une fortune immense que tu as là à ta disposition... et tu n'es pas encore assez sot, assez niais, assez amoureux pour repousser tout cela.

Le marquis écoutait et remuait la tête.

— Tu as raison, dit-il enfin en serrant les poings; mais cette situation dure depuis trop longtemps déjà.

— Il faut l'abréger, alors...

— C'est la première fois que j'hésite... et pourtant il est indispensable que nous sortions de cette gêne... Depuis plusieurs mois, mes affaires vont mal, ma bourse à sec; c'est à peine s'il me reste quelques billets de mille francs...

— Diable! il faut battre monnaie promptement.

— J'y ai songé...

— Comment, et par quel moyen?

— Je t'expliquerai cela après l'affaire du courrier de Lyon... mais d'ici là soyons prudents, et vivons avec économie... Viens-tu dîner avec moi?

Saverny et le marquis se disposaient à sortir, quand François entra de nouveau dans la chambre à coucher de Marcel.

— Qu'y a-t-il? demanda ce dernier.

— Un homme qui désire parler à M. le marquis, répondit François.

— Je n'ai pas le temps.

— C'est ce que j'ai répondu; mais il a insisté.

— Quel est-il?

— C'est la première fois que je le vois.

— Au moins a-t-il dit son nom?

— Voici sa carte.

Marcel la prit des mains de son valet, et lut :

« Pierre Morgan. »

Il se retourna étonné vers Saverny.

— Pierre Morgan! dit-il en cherchant à rappeler ses souvenirs. Connais-tu cela?...

— Pas le moins du monde...

— Que peut me vouloir cet homme?

— Reçois-le... et tu le sauras.

— Faites entrer... fit le marquis.

Presque aussitôt l'inconnu pénétrait dans la chambre à coucher.

Pierre Morgan était un homme de vingt-huit ans, grand, robuste, à la figure bronzée, à l'allure décidée et résolue.

Il salua les deux amis avec aisance.

— M. le marquis de Lempsac?... demanda-t-il alors en interrogeant du regard la physionomie de ses deux interlocuteurs.

— C'est moi ! répondit Marcel assez intrigué.

Pierre Morgan fit un mouvement à cette réponse, mais il se contint immédiatement, et s'inclina.

— Pardon, monsieur, poursuivit-il d'un ton dégagé ; je vous ai dérangé, et si j'avais pu prévoir...

— Oh ! vous pouvez parler devant le comte de Saverny, interrompit Marcel, c'est un de mes amis, et je n'ai pas plus de mystères pour lui que pour personne.

Pierre s'inclina encore une fois.

— Alors, dit-il, cela me met tout à fait à l'aise ; il s'agit donc, monsieur le marquis, d'une petite dette contractée naguère par ma famille envers monsieur votre père, et que j'ai été chargé de payer entre les mains du fils...

— Une dette !... fit Marcel, je n'ai jamais entendu parler de pareilles choses..., et mon notaire ?

Pierre Morgan sourit avec bonhomie :

— Votre notaire s'est trompé, monsieur le marquis, continua-t-il, car pour ce qui est de la dette, elle existe, et nul ne peut en être plus certain que moi... Seulement, vous avez beaucoup voyagé, vous avez été longtemps absent de France, et quand vous êtes revenu des mers de l'Inde, ayant trouvé votre père décédé, une famille éteinte et un immense héritage à recueillir, vous avez dédaigné la pauvre petite somme que mon père vous devait au vôtre.

— Mais les Morgan sont d'honnêtes gens, monsieur, et cette somme, je vous l'apporte aujourd'hui.

Pendant que Pierre Morgan parlait, Marcel n'avait pas cessé de l'observer, et, à plusieurs reprises, un mouvement nerveux avait contracté ses lèvres.

— Ainsi, dit-il bientôt, à voix lente et sans cesser, tout en parlant, d'observer son interlocuteur, vous êtes certain, monsieur Morgan, que cet argent était réellement dû à M. le marquis de Lempsac ?

— Oh ! parfaitement, répondit Pierre.

— Et cette somme est-elle importante ?...

— Trente mille francs !...

Une des plus jolies créatures que le vice ait jamais jetées dans la circulation du monde des plaisirs.

Saverny échangea un prompt regard avec Marcel ; mais celui-ci se contenta de sourire.

— C'est fort bien, ajouta-t-il, en s'adressant à Pierre Morgan, je vois avec plaisir que mon père avait eu affaire à d'honnêtes débiteurs ; mais cette somme oubliée, je n'ai aucune intention de la réclamer, bien que j'en aie le droit, d'après ce que vous dites ; si votre famille est pauvre, monsieur Morgan, qu'elle garde cet argent, il lui sera plus utile qu'à moi ; si au contraire, vous êtes riche, eh bien, faites servir cette somme à quelque fondation perpétuelle, et tout le monde s'en trouvera bien.

Pierre Morgan s'attendait si peu à cette conclusion, qu'il crut un instant avoir mal entendu. — Son regard étonné s'attacha avec un trouble singulier à la physionomie de Marcel, et il parut se demander s'il n'était pas le jouet de quelque rêve moqueur.

Marcel remarqua son embarras.

— N'est-ce pas votre avis, dit-il à Pierre Morgan, d'un ton où perçait peut-être un peu d'ironie.

— Sans doute, répondit Morgan, seulement...

— Seulement, vous ne vous attendiez pas à cet acte de générosité de ma part ?

— Je ne dis pas cela.

— Mais vous le pensez.

— Monsieur !...

Marcel haussa les épaules.

— Il en sera cependant comme j'ai dit, ajouta-t-il avec une certaine hauteur aristocratique ; seulement, j'attends de votre probité que vous me fassiez connaître l'emploi que vous aurez fait de cette somme.

— En ce cas, j'aurai bientôt l'honneur de vous revoir, monsieur le marquis.

— Quand vous voudrez, monsieur Morgan, répondit Marcel.

La porte de la chambre était à peine fermée, que Saverny se précipita vers son ami.

— Ah çà ! deviens-tu fou ? s'écria-t-il avec dépit. Comment tu refuses d'accepter trente mille francs que l'on vient t'offrir ?

Marcel lui saisit énergiquement le bras.

— Si j'avais accepté ces trente mille francs, répondit-il avec force, demain peut-être j'étais perdu, car cet homme est un ennemi. Je ne sais ni qui il est, ni d'où il vient, mais sois certain, Saverny, que cet homme connaît une partie de nos secrets.

— Quelle folie !

— Pierre Morgan !... continua Marcel avec un geste plein de défi, Pierre Morgan !... que me veut-il ? Cette proposition c'était un piège. Cet homme a connu le vrai marquis de Lempsac ; où l'a-t-il rencontré ? c'est là le mystère... Mais il l'a connu, te dis-je, et au premier regard qu'il m'a jeté, j'ai bien vu qu'il était sûr de son fait. Tiens, Saverny, garde cette carte qu'il m'a remise, et demain, dès la première heure, tu mettras le *Furet* en campagne.

— Cet incident change-t-il quelque chose à tes plans?

— Nullement.

— Alors, nous allons toujours chez la comtesse de Vivonne ce soir, et demain, sur la route de Lyon?...

— Oui, plus que jamais, Saverny; il faut donner le change à ceux qui nous entourent; plus que jamais, il faut nous envelopper de mystère, et frapper sans pitié tout ce qui nous semblerait dangereux.

— Ce sera fait.

— Et maintenant, ne songeons plus qu'au plaisir de cette nuit; moi, à Gabrielle; toi, à Isabelle. Et comme il importe de soutenir le corps au moins autant que l'esprit, comte, allons dîner!

Or, pendant que les deux amis traversent le boulevard et se dirigent du côté du café Anglais, si le lecteur veut bien nous suivre, nous presserons le pas pour rejoindre ce mystérieux Pierre Morgan, que nous accompagnerons quelques minutes seulement.

III

UN BAL CHEZ LA COMTESSE DE VIVONNE

En sortant du numéro 5 de la rue le Peletier, Morgan se jeta dans un fiacre qui l'attendait à la porte, et donna au cocher l'ordre de le conduire place Vendôme, hôtel du Rhin, où il arriva en quelques minutes.

— Madame la duchesse de San Lucar est-elle chez elle? demanda-t-il au valet qui vint lui ouvrir.

— Oui, monsieur.

— Veuillez lui demander, je vous prie, si elle peut recevoir M. Pierre Morgan.

Un instant après, le domestique revint inviter le visiteur à le suivre.

Il y a des femmes dont la beauté semble défier les **ravages du**

Qui vous a chargé de me remettre cela, savoyard? demanda Mazagran.

temps; elles restent telles qu'il est bien difficile de leur assigner un âge précis... La duchesse de San Lucar était une de ces femmes... Elle était d'une taille imposante et fière, dont il semble que le type soit perdu depuis Rubens.

Sa chevelure noire dénouée l'eût facilement enveloppée tout entière; ses yeux profonds avaient des éclairs d'une dureté étrange, qui, dans certains moments, devenaient d'une douceur infinie; ses regards accusaient une nature faite à la fois pour l'amour et pour le crime; ses bras, ainsi que ses épaules, semblaient avoir été taillés par quelque fameux sculpteur dans un bloc de marbre animé d'un souffle divin!

Elle était originaire de la Havane, possédait une fortune de plusieurs millions, et appartenait à une famille qui avait donné plusieurs généraux aux républiques du nouveau monde.

Quand Morgan entra, la duchesse leva vivement la tête et lui tendit la main.

— Bonsoir, cher ami, lui dit-elle d'un son de voix doux et pénétrant, je ne t'attendais pas sitôt.

— Je sors de chez le marquis, répondit Morgan, en baisant la main de la duchesse; j'ai fait auprès de lui la démarche dont vous m'aviez chargé, mais il a refusé.

Madame de San Lucar réprima un mouvement de surprise profonde, un pli soucieux rida son front.

— Ainsi, dit-elle avec un imperceptible accent de dépit, nous avons affaire à un véritable marquis?

— C'est possible, répondit le jeune homme avec ironie; mais non au marquis de Lempsac.

— Comment le sais-tu?

— J'ai connu ce dernier; c'était un grand jeune homme pâle, maladif, ennuyé de la vie, et qui allait, à prix d'or, demander au soleil de l'Inde la santé et le bonheur : il n'a trouvé ni l'un ni l'autre.

— C'est vrai.

— Vous l'avez donc aussi connu?

— Oui, il y a dix ans, à la Havane; et, depuis cette époque, je n'ai point encore oublié sa belle figure, que le plaisir même ne pouvait animer, et qu'un rayon de gaieté n'a jamais éclairée...

La duchesse se tut; à ce souvenir, péniblement évoqué, son front se pencha languissamment sur sa main.

Mais cela dura une seconde à peine, car, presque aussitôt elle se redressa droite et les sourcils contractés.

— Soit! dit-elle avec résolution, il n'y a point de mystère qui ne s'éclaircisse, et celui-ci le sera bientôt... Je te remercie, Morgan, mais j'ai un autre service à réclamer de toi... Je vais ce soir chez la comtesse de Vivonne, je désire que tu m'y accompagnes.

— Revoir Gabrielle... m'exposer à être reconnu d'elle... c'est impossible !... répondit Pierre.

— Il n'y a rien d'impossible à un dévouement comme le tien; quant à Gabrielle, elle sera trop occupée du marquis pour remarquer ta présence... Viens donc sans crainte, mon ami, et songe, d'ailleurs, que j'aurai peut-être besoin de toi.

— J'irai, répondit Morgan.

Le faubourg Saint-Germain était, en 1837, ce que nous le voyons aujourd'hui, une sorte de Père-Lachaise vivant et aristocratique, habité par les représentants obstinés d'une noblesse qui a pu avoir sa grandeur, mais qui ne se distingue guère plus aujourd'hui par son atonie et son impuissance.

L'aspect du noble faubourg est triste; il produit l'effet d'une grande nécropole, abandonnée durant le jour à quelques gardiens à riche livrée... A voir ces grands hôtels mornes et silencieux, défendus pour la plupart par une vaste cour où l'herbe croit en liberté, on dirait que ceux qui les habitent encore ont peur du contact des passants, et qu'ils n'osent regarder dans la rue les faits et gestes du dix-neuvième siècle.

Triste spectacle, mais salutaire enseignement!

C'est encore là une royauté à laquelle le progrès a fait peur, et qui s'éteint dans les rêves insensés d'une immobilité chinoise.

Parfois cependant, de loin en loin, à de certains jours d'hiver, cette vieille société semble se galvaniser, et se livre à de singuliers retours de mouvement et de vie... Alors, les hôtels s'éveillent de leur long sommeil, ils s'animent tout à coup de bruits étranges et inusités... Les salons s'illuminent de l'éclat de mille bougies; les fleurs sont jetées partout à profusion et comme par enchantement, elles brillent des plus vives couleurs, en exhalant les parfums les plus délicats; les diamants scintillent sous la vive lumière des lustres d'or, pour en refléter les mille rayons, et vous voyez passer, à travers la gaze des rideaux, des femmes d'une race privilégiée, belles, enivrées, la joie dans les yeux, le sourire sur les lèvres, le bonheur au front... C'est comme une résurrection !

Le Plaisir a dit à cette société mourante: « Lève-toi ! » et, comme Lazare, elle a déchiré son suaire armorié pour sortir de son immobilité sépulcrale...

Donc, ce soir-là, il y avait fête chez la comtesse Gabrielle de Vivonne, une des plus jolies, des plus gracieuses, en un mot, une des plus touchantes individualités de ce monde aristocratique.

La belle comtesse avait vingt-deux ans à peine; son vieil et noble époux approchait de la soixantaine, et l'on eût été fort empêché de dire ce que l'on devait le plus admirer : du dévouement résigné de la jeune femme, ou de la confiance sereine du vieillard.

Il y avait trois ans au plus que cette union avait eu lieu.

Gabrielle venait de perdre son père, qui la laissait sans ressources avec deux sœurs en bas âge et n'ayant qu'elle pour tout espoir... Dans cette situation, la vie devait être une lutte terrible, et certes, elle se sentait assez de courage pour la soutenir; mais ses sœurs! deux enfants qui avaient vécu jusque-là dans l'aisance, qui ne savaient pas le premier mot de la misère, devait-elle les condamner à cette dure existence de travail et de renoncement qu'elle acceptait... Elle le tenta héroïquement; mais elle les vit bientôt s'étioler, dépérir, elle eut peur...

C'est à ce moment que le comte de Vivonne se présenta à elle; c'était un bon vieillard, ancien ami de son père, qui ne demanda qu'à remplacer celui qu'elle avait perdu... Il était seul, la solitude l'effrayait... Il avait besoin de l'amour d'une fille, il demanda à Gabrielle si elle voulait être la sienne... Il lui fit comprendre que cette union rendrait la vie à ses sœurs et lui assurerait un avenir brillant... La jeune fille n'avait, d'ailleurs, aucun amour au cœur, elle était d'une nature douce et aimante... Ce sacrifice qu'on lui demandait offrait trop d'avantages pour ceux qu'elle aimait, elle accepta et devint comtesse de Vivonne!

Elle passa la première année de cette union tout entière aux nouveaux devoirs qu'elle lui imposait, et fut, pour le vieillard, une compagne dévouée, pour ses sœurs, une mère attentive et tendre.

La vie lui fut facile, et, pendant ce court espace de temps, on peut presque dire qu'elle fut heureuse.

Elle allait peu dans le monde, recevait seulement quelques amis du comte et vivait retirée, tant à Paris, dans son hôtel du faubourg Saint-Germain, qu'à Vivonne, dans son magnifique château, un véritable castel du moyen âge.

Mais, au moment où elle demandait à Dieu la continuation d'un état qui, s'il n'était pas le bonheur, en offrait au moins toutes les apparences, en lui garantissant une heureuse tranquillité, vers le commencement de la seconde année, Gabrielle rencontra le marquis de Lempsac.

Pour la première fois elle sentit que son cœur n'avait fait que sommeiller jusque-là; pour la première fois aussi, elle comprit qu'il y a dans la vie autre chose que le dévouement et le sacrifice.

Dès ce jour, Gabrielle aima; elle qui n'avait ni ambition, ni coquetterie, ni distraction, elle aima avec tout son cœur, et donna son âme tout entière à ce sentiment inconnu et étrange qui, après lui avoir causé des moments de douce ivresse, la précipitait dans des tristesses inouïes, dans lesquelles elle était loin de deviner un remords.

Gabrielle était trop pure pour prévoir que son amour pouvait devenir un crime.

Marcel s'aperçut tout de suite de l'effet qu'il avait produit, et peu s'en fallut, qu'à l'aide des premiers troubles que la passion inspirait à Gabrielle il ne triomphât de ses premières résistances; mais la jeune femme avait un fond de sentiment et de vertu que l'on ne pouvait pas facilement tromper; elle ne tarda pas à voir l'abîme au fond duquel une pente insensible allait la conduire.

Elle avoua à Marcel qu'elle l'aimait, mais que pour rien au monde elle ne voulait oublier ses devoirs ni manquer à l'honneur du nom qu'elle portait... Il y avait encore du bonheur dans une amitié de frère et de sœur, disait-elle, et c'est cette amitié qu'elle offrit au marquis.

Ce dernier avait déjà dressé ses plans; faute de mieux, il accepta l'amitié qu'on lui offrait; et nous devons lui rendre cette justice, de dire qu'il s'était conduit de telle façon que bien peu de regards avaient surpris l'amour réciproque qui les unissait...

Il était onze heures.

Les salons étaient encombrés; on dansait, on jouait, on causait...

Le comte de Vivonne, légèrement indisposé ce jour-là, n'avait pas paru; quant à Gabrielle, après avoir reçu et salué son monde d'invités, elle s'était retirée dans un petit boudoir avec une de ses meilleures amies, et là, tout en devisant de mille choses, elle attendait avec une anxiété poignante l'arrivée du marquis de Lempsac.

Sa compagne, jeune fille de dix-huit ans, qui connaissait l'état de son cœur, cherchait à la distraire de son mieux.

— Ainsi, lui disait-elle tu m'assures que cette belle créole doit venir ce soir?

— Elle me l'a bien promis, du moins, répondit Gabrielle.

— Tu dis donc qu'elle est très-riche?

— Une véritable mine d'or est, je crois, à sa disposition.

— Alors, il faut que nous prenions garde à nos amoureux, fit la jeune fille avec un sourire plein de finesse.

Gabrielle sourit à son tour.

— Est-ce que ma charmante Isabelle aurait peur de se voir enlever M. de Saverny? dit-elle d'un ton de douce ironie.

— Oh! celui-là, fit la jeune fille, je le déteste.

— On dit que c'est souvent ainsi que vient l'amour.

Isabelle répondit par un harmonieux éclat de rire, qui s'éteignit presque aussitôt.

— Eh bien! fit Gabrielle étonnée.

— Ce n'est rien; il me semblait avoir vu passer...

— Qui donc, chère amie?

Et les regards des deux femmes se portèrent avidement vers le salon.

Marcel venait d'arriver.

Isabelle avait dix-huit ans; mais il y avait dans le caractère de sa beauté une maturité peu ordinaire chez les jeunes filles de son âge, qui donnait à sa physionomie toute l'apparence d'une femme faite. Ses cheveux noirs faisaient ressortir la blancheur de son teint; ses sourcils, épais et bien arqués, imprimaient à son regard des reflets d'une énergie peu commune; on retrouvait jusque dans l'accent de sa voix quelque chose d'expressif qui complétait l'ensemble d'une beauté peut-être trop majestueuse.

Avant d'introduire le marquis de Lempsac auprès de la comtesse de Vivonne, le lecteur trouvera bon que nous lui disions, en quelques mots, pourquoi Marcel se présentait seul, au lieu d'être accompagné par son inséparable ami, M. de Saverny.

Comme le coupé de Marcel atteignait l'hôtel de la comtesse, Saverny l'avait tout à coup fait arrêter, et, ouvrant précipitamment la portière, il avait sauté sur le trottoir.

— Où vas-tu? fit Marcel étonné.

— Je te le dirai.

— Du mystère avec moi!

Saverny haussa les épaules, en disant :

— Je te jure qu'il ne s'agit ici que de ton bonheur; sur ce, tais-toi, repose l'esprit tranquille, et à bientôt!

Il fit quelques pas dans la rue, et, avisant un homme caché dans l'embrasure d'une porte, il marcha vivement à lui.

— C'est toi! dit-il, en l'examinant avec attention.

— Bagasse! et qui donc serait-ce? A-t-on, maintenant, besoin de voir ses amis pour les reconnaître.

C'était Mistral; Saverny lui tendit la main.

— As-tu apporté ce que je t'ai demandé? reprit-il aussitôt.

— Voilà l'objet, fit Mistral en remettant à son interlocuteur un flacon presque imperceptible.

— Tu réponds de sa vertu?

— Troun de l'air! si j'en réponds... et que cette drogue, elle a été fabriquée par un vieux gredin de l'île de Java, qui se connaissait en poison; à preuve, qu'il s'était débarrassé de la sorte de sa femme et de toute sa séquelle de famille.

— C'est bien.

— Trois gouttes seulement, et l'affaire est toisée!

— Alors, à demain, entre dix heures et minuit!

Mistral s'éloigna, et Saverny, après avoir fait disparaître le flacon dans la poche de son gilet, se dirigea vers l'hôtel du comte de Vivonne.

Malgré la foule qui emplissait les salons, où la circulation devenait difficile, Marcel ne fut pas longtemps à trouver ce qu'il était venu chercher, et, quelques minutes après son arrivée, il prenait place auprès de Gabrielle.

— Arrivez! arrivez! monsieur le marquis, dit Isabelle dès qu'elle l'aperçut, car nous avons ce soir une grande nouvelle à vous annoncer.

Marcel avait déjà serré la main de la comtesse de Vivonne, et celle-ci avait eu le temps de lui dire merci à voix rapide et basse.

— Une grande nouvelle? fit Lempsac avec étonnement; vous m'intriguez... De quoi s'agit-il donc?

— D'une reine, dont nous attendons la venue, continua la jeune fille.

Marcel sourit.

— Une reine! répondit-il en regardant ses deux interlocutrices; n'y en a-t-il donc pas assez de deux?...

— Oh! le sot homme, interrompit Gabrielle.

— Expliquez-vous, au moins, mademoiselle.

— Eh bien, apprenez, monsieur, que nous attendons, cette nuit, la duchesse de San Lucar, jeune veuve, riche, belle, dont le cœur est, dit-on, aussi libre que la personne.

En parlant ainsi, la folle jeune fille se prit à rire, en montrant une double rangée de dents éblouissantes.

Gabrielle partagea une minute son enjouement.

— Ainsi donc, fit Marcel, cette duchesse est jeune, riche et jolie?

— La! que disais-je, fit encore Isabelle; voilà déjà l'imagination de monsieur le marquis qui bat les champs.

Elle aurait peut-être prolongé encore la plaisanterie si, à ce moment même, la duchesse de San Lucar n'avait franchi le seuil du boudoir.

A sa vue, Gabrielle se leva et alla à sa rencontre.

— Bonjour, chère belle, dit la duchesse en lui prenant affectueusement les mains... Ah! j'avais hâte de vous revoir.

— Combien vous êtes aimable d'être venue, répondit la comtesse.

La duchesse parut seulement alors s'apercevoir qu'elle n'était pas seule avec la comtesse et, ayant aperçu Isabelle et le marquis qui la saluaient, elle s'inclina, avec une politesse un peu composée.

— Mademoiselle Isabelle de Ramon! dit Gabrielle en présentant son amie.

Puis, elle ajouta, en désignant Marcel:

— M. le marquis de Lempsac!

Madame de San Lucar s'inclina de nouveau et parut réprimer un mouvement de surprise.

— Mademoiselle n'est pas Française? dit-elle en se tournant à demi vers Gabrielle.

— M. de Ramon a été longtemps général au service du Mexique, répondit Gabrielle.

— Ah! vraiment!... Mais, à ce compte, nous sommes presque compatriotes; et à ce titre, mademoiselle me permettra-t-elle de lui donner la main?

Il y avait, dans ces paroles, plus encore d'ironie que d'intérêt réel; mais, Isabelle n'y vit sans doute que ce dernier sentiment, car elle tendit ses deux mains à la duchesse, qui les lui serra vivement.

— Nous parlions de vous, madame, reprit bientôt Gabrielle.

— Nous désespérions même déjà de vous voir, ajouta Isabelle.

— J'avais trop de désir de passer une heure auprès de vous, chère belle, répondit madame de San Lucar, je ne vous avais vue qu'un instant hier, au bal de l'ambassade, et, d'ailleurs, je dois rester si peu de temps à Paris...

— Songez-vous donc déjà à nous quitter?

— Je pars demain soir.

Tout le monde se récria.

— Eh quoi, madame, dit le marquis de Lempsac, Paris a-t-il si peu d'attraits pour vous, qu'à peine arrivée vous formiez déjà le projet de nous fuir?

La duchesse arrêta un moment son regard sur Marcel.

— Mon Dieu, dit-elle sur un ton léger, ce n'est pas précisément ma faute; quand on est veuve, on a un homme d'affaires; or, le mien est un original qui, ne faisant pas mes volontés, me croit obligée de faire les siennes, et, sous prétexte que je dois habiter la France, il est allé m'acheter un château en Savoie.

— Ah! mon Dieu! s'écria Isabelle, si loin que cela!

— Il paraît que c'est très-pittoresque à voir, mais fort effrayant à habiter; aussi, vais-je examiner le château, et s'il ne me convient pas je fais tout vendre, puis je reviendrai me fixer dans les environs de Paris... si je reviens, toutefois, se hâta d'ajouter madame de San Lucar en riant.

Gabrielle la regarda avec étonnement.

— Auriez-vous donc l'intention de rester en Savoie? dit-elle intriguée.

— A Dieu ne plaise! repartit la duchesse, et ce n'est point ainsi que je l'entends... mais, voyez si je ne suis pas destinée aux aventures, et si je n'ai pas raison de craindre pour mes jours... Le courrier de Lyon, qui part demain soir et qui m'emporte avec lui, doit être aussi chargé d'une somme de quatre-vingt mille francs... C'est là, j'espère, un appât suffisant pour appeler la convoitise des voleurs; et moi qui me croyais courageuse, ce n'est pas sans appréhension que je pars.

Marcel parut réfléchir.

— Eh! tenez, dit la duchesse gaiement en s'adressant aux deux femmes, voyez si j'ai raison de trembler... voilà que mon mal gagne M. le marquis.

Lempsac redressa la tête.

— Pas précisément, mais au moins, dit-il, m'est-il permis de penser que madame la duchesse agit avec un peu d'imprudence.

— Pourquoi donc?

— Ne pourriez-vous remettre votre voyage d'un jour?

— Impossible! le notaire est convoqué, et, dame, on ne fait pas attendre un officier ministériel comme le premier venu. Mais, bah! poursuivit-elle avec résolution, à quoi bon s'effrayer de dangers qui ne sont qu'imaginaires, j'aime à le croire... D'ailleurs, mon voyage sous la protection de la gendarmerie, et qu'en cas d'attaque, je serai courageusement défendue... Ne songeons donc plus à cela, et puisque me voilà, vous allez me faire connaître votre charmante société parisienne.

Gabrielle dissimula mal la contrariété qu'elle éprouva à cette proposition. Heureusement, Isabelle vint à son secours.

— Ah! si madame la duchesse voulait être tout à fait bonne pour moi, elle accueillerait la demande que j'ai à lui adresser.

— Une demande! à moi! mon enfant... parlez, parlez vite.

— Eh bien, si vous voulez bien le permettre, ce sera moi qui serai votre cicérone.

— Vraiment, mais...

— Oh! ne craignez rien, insista la jeune fille, il n'y a que deux ans que je fréquente le monde parisien; mais demandez à Gabrielle si je ne le connais pas déjà beaucoup mieux qu'elle.

— C'est vrai! fit la comtesse.

— En ce cas, mon enfant, j'accepte.

— Eh bien! venez, venez!... Quel dommage que mon père ne soit pas là.

— Le général est absent?

— Il est indisposé, et n'a pas pu nous accompagner... puis il aime les fêtes.

— Mais votre mère?

— Je vais vous la présenter, madame.

Marcel et Gabrielle restèrent seuls.

C'est ce qu'ils désiraient ardemment l'un et l'autre.

— Oh! Gabrielle! Gabrielle! dit le marquis de Lempsac en couvrant les mains de la jeune femme de baisers, comme vous êtes belle, et comme je vous aime!...

La comtesse retira doucement ses mains.

— Contenez-vous, dit-elle; si quelqu'un vous voyait, nous serions perdus,

— Non! laissez-moi, Gabrielle; tenez, c'est trop de contrainte, mon cœur se brise, et si vous m'aimiez comme je vous aime...

Gabrielle se prit à trembler à cette parole.

— Si je vous aimais! s'écria-t-elle d'un ton de doux reproche, et que fais-je donc en ce moment... voyez, ne suis-je pas coupable de vous écouter, quand vous êtes si peu calme et si peu prudent... songez donc, Marcel, que l'on peut nous voir, nous entendre, et que tout ce monde n'attend qu'une occasion pour éclater en calomnies...

— Vous ne savez donc pas ce que je souffre?

— Et moi, Marcel, dites, croyez-vous que je ne souffre pas... Mais il y a là un vieillard, ne l'oublions pas, mon ami, un vieillard qui a mis en moi tout son amour, toute sa confiance, et je ne veux tromper ni l'un ni l'autre.

— Oh! vous l'aimez donc, lui?

— Non, je ne l'aime pas, Marcel, vous le savez bien... mais il m'a sauvée, il a sauvé en même temps deux êtres qui me sont chers, et c'est à cause d'eux que je le respecte; c'est pour la mémoire de mon père que je veux honorer mon époux... Oh!

Le front de Marcel s'assombrit à ces mots. Il laissa échapper un geste violent.

— Toujours! toujours! dit-il avec une colère mal déguisée.

— Ne parlez pas ainsi... supplia Gabrielle.

— Et que voulez-vous donc que je devienne?

— Taisez-vous...

— Ah! il y a des jours où des pensées sinistres traversent mon esprit.

— Marcel... — Gabrielle pâlit. — Marcel... poursuivit-elle, vous me faites frémir... voilà la seconde fois déjà que je vous entends parler ainsi, et savez-vous que la première fois je vous ai haï, toute une longue journée, pour une semblable parole... si je vous en supplie, mon ami, redevenez calme, rappelez votre raison; si vous voulez qu'un jour notre amour soit heureux, préservons-le de toute pensée coupable...

— Oui, dit Marcel avec amertume, voilà votre amour à vous...

— Et que voulez-vous donc, mon Dieu?

— Je vous veux tout entière.

— Mais c'est un crime.

— Un crime dont l'amour t'absoudrait...

— Par pitié, Marcel...

— Je t'aime! je t'aime!...

En parlant ainsi, le marquis passa son bras autour de la taille de la jeune femme, et se pencha avidement vers elle comme pour l'embrasser, mais, presque au même instant, une vague rumeur vint des salons jusqu'à eux, et Isabelle accourut dans le boudoir, les traits bouleversés.

— Ah! qu'y a-t-il! qu'y a-t-il!... s'écria Gabrielle en se dressant tout à coup.

— Rien... ce ne sera rien... balbutia la jeune fille.

— Mais encore... parle, enfant, tu me fais mourir...

— Eh bien, c'est le comte, qui, tout à l'heure, a voulu descendre dans les salons.

— Après! après.

— Dès qu'il s'est trouvé au milieu de la foule, sous l'influence étouffante de cette atmosphère de fleurs et de bougies...

— Allons, achève!

— La chaleur lui a fait mal; on l'a vu pâlir, et il allait s'évanouir quand un invité, qui s'ensuite perdu dans la foule, se précipitant vers un buffet, prit un verre qu'il s'empressa d'offrir au comte.

— Et il est mieux, n'est-ce pas?

— Cela l'a ranimé, en effet.

— Ce ne sera rien alors?

— Non, seulement...

— Quoi encore?

— Il y avait à peine quelques minutes qu'il avait pris le breuvage, quand on l'a vu de nouveau chanceler... puis enfin ses yeux se sont fermés; il s'est affaissé sur lui-même, et un médecin, accouru à son aide, a déclaré qu'il croyait voir dans son état tous les symptômes d'un empoisonnement!

Gabrielle poussa un cri terrible sur ce dernier mot, et, quittant brusquement Marcel, elle sortit du boudoir, les yeux hagards, la tête perdue.

Isabelle l'avait suivie de près, et Marcel allait en faire autant quand il se trouva en présence de Saverny, qui le cherchait.

— Eh bien! dit Marcel à son ami, que se passe-t-il donc?

— C'est le comte... répondit tranquillement Saverny.

— Il est mort?

— Malheureusement non.

— Cependant on parlait d'empoisonnement.

— Qui t'a dit cela?

— La fille de Ramon.

— Isabelle?

— Elle-même.

Saverny eut un éclair dans les yeux.

— Hum! dit-il, comme s'il se fût parlé à lui-même, voilà une jeune fille qui me paraît bien prompte à empoisonner le pauvre monde.

— Mais enfin qu'y a-t-il de vrai dans tout ceci?

— Eh bien, il y a que c'est un coup manqué... répondit Saverny. J'ai été pris à l'improviste... je n'ai pas eu le temps... et je n'ai pu verser qu'une goutte.

— Ah! malheureux, c'est donc toi! s'écria Marcel.

— C'était moi!

— Malgré ce que je t'avais dit?

— En raison même de ce que tu m'avais dit, je voulais te sauver malgré toi-même, et ce sera à recommencer.

— Je te le défends!

— Regarde! fit Saverny en lui montrant le flacon que lui avait remis Mistral, il en reste encore de quoi empoisonner le comte, et même sa femme, quand elle sera la tienne!...

— Tais-toi!...

Marcel saisit le bras de Saverny, et le lui serra à le briser.

Derrière eux, à cinq pas, une des portières du boudoir venait de se soulever lentement, et un homme venait de paraître sur le seuil.

Cet homme, — Saverny et Marcel le reconnurent en même temps, — c'était Pierre Morgan!

Il passa près d'eux en les saluant froidement, et gagna à pas lents la porte de sortie.

Qu'était venu faire cet homme à l'hôtel de Vivonne; il était derrière eux quelques secondes auparavant. — N'avait-il pas pu entendre ce qu'ils s'étaient dit.

Quand il fut parti, Marcel étendit son bras dans la direction qu'il venait de prendre.

— Demain! dit-il à Saverny, surtout n'oublie pas ce que je t'ai dit, pour mettre le Furet aux trousses de cet homme; mort ou vif, il faut qu'il nous dise qui il est!

IV

LA CROIX-DE-CHARLES-QUINT

La forêt de Fontainebleau, vers 1837, s'était acquis une renommée que la surveillance des gendarmes lui a enlevée depuis.

Il y avait surtout un point de bifurcation, où la route de Ponthierry coupe celle de Melun à Fontainebleau, un endroit fort mal famé, où le voyageur attardé ne se hasardait jamais qu'en tremblant. Non loin de là s'élève une croix commémorative pour rappeler au passant le souvenir de la célèbre rencontre qui eut lieu entre François Ier et Charles-Quint.

A l'époque dont nous parlons, ce carrefour ne s'appelait pas encore la Croix-de-Charles-Quint, mais il était fort connu dans le pays sous l'appellation significative de Fourche-du-Diable. C'était un véritable coupe-gorge!

Une sorte de désert éloigné de toute habitation, où l'on pouvait être égorgé en plein midi, et ce fut le compte duquel la chronique racontait d'ailleurs bien des drames mystérieux et sombres.

Le voisinage de la maison centrale de Melun concourait encore à rendre la Fourche-du-Diable plus dangereuse. Et, en effet, bien des misérables, sortant de ce lieu de réclusion, choisissaient d'ordinaire ce carrefour bien connu, pour s'y refaire la main, avant de rentrer dans le monde. C'était leur première étape sur cette route du vol et du meurtre, qu'ils allaient parcourir de nouveau.

La Fourche-du-Diable avait été l'endroit désigné par Marcel à ses compagnons pour y dresser l'embuscade dont le courrier de Lyon devait être la victime.

Il était six heures du soir. Cinq hommes se trouvaient réunis dans un cabaret borgne de la rue Saint-Ambroise, à Melun.

Deux d'entre eux nous sont déjà connus; ce sont l'aveugle et Léon; les trois autres étaient de nouvelles recrues enrôlées de la veille, et qui devaient faire leurs premières armes, ce soir même, sous les ordres du chef.

Trois castes repoussantes, sur lesquelles le crime avait profondément empreint sa griffe hideuse.

Aucun de ces hommes ne connaissait la Fourche-du-Diable; ils attendaient Mistral, qui devait les conduire à l'endroit désigné.

Quant à Marcel et à Saverny, ils étaient convenus de prendre place dans la malle-poste, et d'intervenir au moment de la lutte pour décider du sort du guet-apens.

Il était de bonne heure encore.

Le briska devait partir à six heures de la rue Jean-Jacques Rousseau, et arriver à Melun vers neuf heures. De Melun à la *Fourche* il y avait à peine deux lieues. Nos bandits avaient donc le temps de songer au départ. Aussi buvaient-ils en attendant le petit vin du bouge, qui n'était pas précisément mauvais, et d'ailleurs l'aveugle racontait des histoires destinées à former l'esprit et le cœur.

À six heures et demie, Marcel et Saverny arrivèrent. Ce n'était pas eux que l'on s'attendait à voir ; chacun craignit un moment qu'il n'y eût contre-ordre.

Marcel était vêtu comme ses compagnons, — blouse et casquette ; — il prit un verre de vin, bourra sa pipe et l'alluma.

— Mes amis, dit-il alors, rien n'est changé dans le plan arrêté avant-hier. Seulement, quelques rôles ont dû être forcément intervertis ; ainsi, au lieu de prendre la malle-poste, nous avons été obligés, le Dandy et moi, de venir vous rejoindre ici, afin de confier à Mistral la mission dont nous voulions nous charger, attendu que la malle-poste emmène aujourd'hui une personne qui nous aurait beaucoup gênés, parce qu'elle nous aurait reconnus. Mais cette personne ne connaît pas Mistral, parti de Paris à notre place.

— À moins que le Provençal n'ait l'habitude d'aller choisir ses connaissances parmi les duchesses du faubourg Saint-Germain...

Cette supposition amena un rire bruyant dans la société.

Marcel, ayant payé l'ogresse de ce tapis-franc de province, ajouta :

— Maintenant, soyons prudents jusqu'au bout... Si l'on nous voyait sortir en groupe de la ville, cela pourrait éveiller les soupçons... Il faut nous séparer... Quatre d'entre vous vont suivre la route royale, sans s'inquiéter du reste, et en ayant soin de demander leur chemin, s'ils venaient à s'égarer. Quant aux trois autres, ils me suivront, et je les ferai passer par un sentier de traverse que j'ai quelquefois fréquenté quand j'étais novice... Les premiers arrivés attendront leurs compagnons.

Les ordres que Marcel venait de donner furent exécutés avec une ponctuelle régularité ; et, vers neuf heures, la société du crime se trouvait réunie à l'endroit indiqué.

Lempsac, à l'aide d'une petite hachette que Saverny avait apportée sous ses vêtements, coupa un jeune chêne, d'une hauteur de dix pieds environ, émonda toutes les branches avec soin, de façon à en faire une forte perche unie et droite, et, quand il eut terminé, il se tourna vers ses compagnons :

— Et maintenant que nous avons encore quelques minutes pour causer, dit-il d'une voix brève, qui ne trahissait aucune émotion, écoutez bien les dernières recommandations que j'ai à vous adresser.

Les complices se rangèrent autour du chef et devinrent attentifs.

— D'abord vous êtes armés comme il a été convenu, chacun d'un bon poignard ou d'un long couteau catalan, et de pistolets bien chargés...

Six paires de pistolets sortirent, à cette question, de dessous les blouses.

— Bien, dit Marcel ; souvenez-vous seulement que, par prudence et pour éviter le bruit, vous ne devez faire usage de vos armes à feu qu'à la dernière extrémité, et dans le cas seulement où le courrier serait accompagné par une escorte de gendarmerie...

— Diable ! fit un des nouveaux enrôlés, si les gendarmes s'en mêlent... l'affaire n'est plus si bonne.

Le regard de Lempsac lança un éclair qui brilla à travers l'obscurité.

— Flancherais-tu (1)? dit-il d'un accent énergique et rude, prends-y garde au moins, car il est un peu tard pour réfléchir, et maintenant que tu connais nos secrets, je n'aurais d'autre ressource que de te faire sauter la plafond...

— Je ne flanche pas... répondit son interlocuteur, que diable ! on peut bien faire une observation...

— Personne n'a le droit d'en faire quand le chef commande... retiens bien cela pour l'avenir, et, pour le présent, n'oublie pas que nous jouons ici un jeu où il y va de notre tête...

Et ayant consulté sa montre, il constata que le briska était en retard de vingt minutes, d'où il conclut fort judicieusement qu'il allait passer ventre-à-terre et sans enrayer, malgré la rapidité de la descente, ce qui devait rendre l'attaque plus difficile et par conséquent plus dangereuse.

(1) Reculerais-tu.

Enfin, Marcel annonça le bruit lointain encore d'une lourde voiture lancée à fond de train sur le pavé de la route, et bientôt à une distance de deux ou trois kilomètres, les bandits purent distinguer les lanternes du briska qui jetaient, en passant, un sillage lumineux sur les arbres de la route.

Il n'y avait plus de temps à perdre, l'heure de l'audace était venue !

— Debout, tous ! s'écria Marcel, et l'arme au poing... Le courrier est accompagné, j'entends le pas des chevaux... Le moins de sang possible, cependant, ne l'oubliez pas... Frappez aux chevaux pour démonter les cavaliers ; et, maintenant, attention ! le briska n'est plus qu'à deux cents mètres.

En effet, on distinguait parfaitement le briska, éclairé par les vives lueurs de sa lanterne. Quatre cavaliers l'escortaient, dont deux galopaient à hauteur des chevaux, et deux autres les suivaient par derrière.

C'étaient quatre gendarmes ; il fallait en prendre son parti, et soutenir une lutte sanglante ou manquer les quatre-vingt mille francs.

Le briska n'était plus qu'à dix pas de la *Fourche-du-Diable.* Marcel ne voulut pas laisser à ses hommes le temps de la réflexion ; et, s'emparant de la perche qu'il avait préparée, il la lança résolûment entre les jantes d'une des roues de derrière.

La secousse fut terrible et l'effet instantané.

La voiture s'arrêta court ; l'un des chevaux de limon s'abattit et se couronna si gravement qu'il lui fut impossible de se relever, malgré les vigoureux coups de fouet que lui prodiguait son postillon.

L'attaque avait d'ailleurs commencé, et les gendarmes étaient déjà aux prises avec les voleurs.

Or, pendant que la lutte, engagée terrible et sanglante, absorbait de ce côté l'attention tout entière des misérables que Marcel animait de la voix, un des postillons, plus rusé que son confrère, se jeta sur le cheval abattu dont il coupa les traits, et, remontant sur sa bête, il allait entraîner le briska au galop des trois chevaux qui lui restaient, quand un nouvel incident vint tout à coup changer la face des choses.

Nous savons déjà que deux personnages devaient se trouver dans la malle-poste ; ils faisaient semblant de dormir, mais tous deux étaient parfaitement éveillés.

La duchesse de San Lucar n'avait pu saisir les traits de son compagnon de voyage, qui s'était enveloppé dans un manteau bien ample et bien chaud, sans doute pour mieux cacher le poignard et les pistolets chargés qu'il portait sur lui ; mais, quand il avait répondu au nom d'emprunt qu'il s'était donné pour la circonstance, elle avait tout à coup tressailli, et avait cherché à percer l'obscurité de son regard le plus ardent ; ç'avait été peine inutile. Toutefois, cette voix, qui lui rappelait comme un vague souvenir du passé, l'avait trop profondément frappée pour qu'elle ne fînt pas à en avoir le cœur net ; au premier relais, sous le premier prétexte venu, elle avait demandé sa lanterne au palefrenier chargé de changer les chevaux, et en avait adroitement dirigé les rayons sur le visage de son voisin... A la vue de Mistral, elle n'avait fait aucun mouvement qui pût trahir un sentiment quelconque de surprise ou de frayeur ; mais elle savait tout ce qu'elle voulait savoir.

Mistral avait reçu de Marcel des ordres précis, et il lui avait été recommandé de se tenir dans un respectueux silence.

Nous savons que l'enfant du Midi était un ancien marin, et bien qu'il eût un crime d'insubordination à se reprocher, cependant il était trop observateur rigoureux de toutes les consignes.

De Paris jusqu'à la *Fourche-du-Diable*, la duchesse de San Lucar n'avait pas eu à lui reprocher le moindre *troun de l'air.*

Mais, dès que l'attaque fut commencée et qu'il s'aperçut du perfide dessein du postillon, qui lui fit craindre pour l'issue de l'entreprise commune, il se débarrassa vivement de son manteau, donna un coup de poing dans la glace qui vola en éclats, tira un des pistolets de la poche de sa veste :

— Troun de l'air ! s'écria-t-il avec colère, je crois, le diable me brûle, que cet imbécile va nous emmener !

— Vous vous réveillez donc enfin, dit la duchesse avec un rire qui n'était guère dans la situation.

— Ils font un bruit à réveiller un mort ! repartit le Provençal ; si je ne m'en mêle, je crois que ça tournera mal.

Il visa le postillon ; la balle alla frapper le malheureux, qui poussa un cri terrible, s'affaissa sur lui-même et finit par tomber sous les pieds des chevaux.

— Qu'avez-vous fait ? s'écria la duchesse.

— Bagasse ! répondit Mistral, si on laissait faire les gendarmes, le pauvre monde, il aurait bien de la peine à gagner sa vie.

Comme il allait sauter sur la route, il se sentit retenu par la duchesse.

— Un instant, monsieur Mistral, fit cette dernière d'une voix ferme et résolue.

— Hein !... Comment, madame, répliqua le voleur abasourdi, vous savez mon nom ?

— Oui, monsieur, et bien d'autres choses encore.

— Troun de l'air ! mais c'est malsain, cela.

— Peut-être.

— Mais qui êtes-vous donc ?

— Je vous le dirai demain, place Vendôme, hôtel du Rhin, à dix heures du matin.

Mistral avait devant lui une femme qui pouvait le perdre, il n'avait qu'à lâcher la détente de son second pistolet pour s'en aller l'esprit tranquille ; mais il y avait là un mystère, et la femme était réellement belle !

— Hum ! dit-il en se consultant, ce que vous me proposez là est bien dangereux.

— Viendrez-vous ?

— Je ne dis pas non.

— Pourquoi ne pas dire oui ?

— Parce que, auparavant, il faut que je consulte le chef.

— Faites vos affaires, monsieur Mistral, faites vos affaires, j'attendrai qu'il vous plaise de me venir voir à mon hôtel.

Sur ces paroles, prononcées d'une voix ironique et caressante à la fois, Mistral se retira pour aller rejoindre ses compagnons.

La lutte avait été sanglante, la gendarmerie fit son devoir ; mais que peuvent le courage et l'énergie, contre le nombre et l'audace de huit redoutables voleurs, qui savent d'avance que, sur ce terrain, on ne ramasse les blessés que pour les porter à l'échafaud !

Marcel s'était attaqué au brigadier, et, d'un coup de stylet, au moment où lui-même allait avoir le crâne brisé d'un coup de sabre, il l'avait fait rouler sur le pavé ; un autre gendarme avait été frappé par l'Aveugle, le troisième par Léon, le dernier par Saverny.

Ils étaient tous hors de combat, tandis que, parmi les assaillants, un seul homme avait été tué ; un autre, une nouvelle recrue, gisait à terre, grièvement blessé d'une balle à la jambe.

Une fois ce résultat obtenu, on alla au plus pressé, c'est-à-dire à la caisse, et le partage se fit instantanément.

— Maintenant, dit Marcel quand tout fut fini, que chacun tire de son côté, et sauve qui peut !...

Mistral s'était approché du chef.

— Et la duchesse ? dit-il à voix rapide et basse.

— Que nous importe, répondit Lempsac ; un des postillons a profité du désordre de la bataille pour fuir, il est allé vraisemblablement chercher du secours... Partons !

Mais, tout à coup il s'arrêta, comme frappé d'une idée subite.

— Diable ! dit-il, j'allais oublier le blessé.

— Il ne pourra pas se traîner sur sa jambe cassée, objecta Mistral.

— Précisément, répondit Marcel d'une voix brève ; quand les renforts viendront, on le fera moutonner, il faut aviser à cela... N'est-ce pas ton avis, mon vieux lapin ?

— Au contraire, repartit Mistral ; seulement, j'admire avec quelle précision, le chef, il pense à tout.

— Je ne serais pas digne de vous commander, si j'étais autrement... Allons, mes amis, suivez-moi !

Et il se dirigea, accompagné de Mistral et de Saverny, vers le blessé.

— Oh ! je souffre ! je souffre ! disait ce dernier d'un accent lamentable ; à boire, Mistral... une goutte d'eau-de-vie...

— Eh donc ! fit celui-ci avec enjouement, tu n'es pas dégoûté, mon fiston ; et, que moi aussi, je voudrais bien avoir un soupçon de tord-boyaux à me placer sur la langue.

Marcel se baissa vers le blessé et parut examiner attentivement sa jambe.

— Tu souffres beaucoup, lui dit-il avec un semblant d'intérêt ; cependant, les autres vont venir, et tu ne peux manquer d'être pris.

— Ne pouvez-vous me cacher dans la forêt, là, à côté... j'attendrai le jour... je...

— Imbécile ! et tu crois que le bois ne va pas être fouillé...

— Mais alors, que faire ?

— Il y a un moyen qui nous délivre de toutes nos inquiétudes et qui te guérira de toutes tes souffrances.

— Lequel ? lequel ?

— Regarde !

Lempsac avait armé son pistolet.

— Ah ! tu vas me tuer ! s'écria le blessé. Vous êtes des lâches ! des assassins !... Par pitié, Mistral... par pitié !...

Le malheureux n'acheva pas, le coup était parti, et la balle lui avait fracassé le crâne.

Ce fut le dernier acte de cette nuit sanglante ; les trois compagnons du crime se séparèrent ; en prenant à travers la forêt, car les autres avaient déjà pris la fuite.

Cet événement produisit un effet qui se comprend facilement, et, dès que la nouvelle de cet audacieux guet-apens parvint à Paris, des ordres partirent immédiatement dans toutes les directions ; des souricières furent installées de tout côté, le ban et l'arrière-ban de la police furent mis sur pied.

Les voleurs s'abstinrent de se montrer dans les caboulots qui leur servaient de refuge habituel ; à ce moment, en effet, il eût été dangereux de s'y présenter, car la police avait l'œil ouvert, et la moindre imprudence eût pu les perdre.

Mais, ces considérations étaient impuissantes sur l'esprit de Mistral, qui n'avait peur de rien et qui pensait, du reste, assez judicieusement, que le meilleur moyen de détourner les soupçons, était encore de se montrer ostensiblement.

Aussi, dès le lendemain soir, faisait-il solennellement son entrée au *Lapin blanc*, ayant à son bras la belle Olga, revêtue de son costume le plus décolleté.

Il y avait déjà trois jours que Gustave était mort, et la belle fille n'avait pas tant de larmes à donner à la mémoire de ses amants. Elle l'avait vu sanglant, le crâne brisé, avec cette teinte bleuâtre et livide de la mort ; ce souvenir avait tué son amour.

D'un autre côté, Mistral était un grand gaillard, à forte encolure, bavard, vantard, audacieux, et les femmes comme Olga apprécient, dit-on, beaucoup ces qualités... Dans le quartier qu'elle habitait, au milieu de ce monde qui le fréquentait, le Provençal avait une sorte de notoriété tapageuse qui en faisait presque un héros... Olga avait été intérieurement flattée de ses attentions.

Entre deux cœurs si bien faits pour s'entendre, la liaison ne pouvait que s'engager immédiatement : c'est ce qui eut lieu.

Aussi, ce ne fut pas un spectacle peu récréatif que de voir l'air avantageux de Mistral quand il pénétra dans le caboulot du père Pitanche, et la satisfaction manifeste qui éclata sur les traits de la jeune femme, quand elle s'assit à ses côtés, dans un coin de la première salle.

D'un coup d'œil, le Provençal, qui n'oubliait rien, avait observé les physionomies présentes, et, satisfait sans doute du résultat de son observation, il frappa énergiquement sur la table.

— Holà ! *maître coq* du diable ! s'écria-t-il d'une voix de Stentor, avance à l'ordre, et écoute bien les ordres que j'ai à te donner.

Le tavernier était accouru à cet appel, et se tenait debout auprès de la table.

— Ah ! ah ! c'est donc vous qui êtes le préféré ? dit-il en clignant de l'œil. Eh bien, recevez tous les deux mes compliments ; voilà ce que j'appelle un couple assorti.

Olga rougit de plaisir, pendant que Mistral se rengorgeait.

— Mais, c'est égal, poursuivit le père Pitanche, ce n'est pas une raison pour faire un bruit à réveiller un pendu.

— Bagasse ! il y a vingt ans que tu devrais l'être, repartit Mistral avec un gros rire ; mais ce n'est pas de cela qu'il s'agit. Je régale aujourd'hui la beauté, et, troun de l'air ! nous allons mettre les petits plats dans les grands.

— Les doublons sont donc revenus ? dit mystérieusement le tavernier du diable.

— Ça, ça ne te regarde pas, mon vieux, répondit l'enfant de la Provence, et si j'ai un conseil à te donner, c'est de ne pas renouveler la question.

Le père Pitanche haussa les épaules ; puis il ajouta, du même ton mystérieux :

— Il y en a deux qui sont cachés dans l'escalier...

— Qui cela ? fit Mistral, devenu tout à coup attentif.

— La *rousse*...

— Et qu'est-ce que cela me fait ?

— Ils ont parlé de la *Fourche-du-Diable*; c'est probablement ceux de Melun qui auront fait le coup.

— Ça se peut bien.

— Quatre-vingt mille francs, c'est un beau coup de filet.

— En effet.

— Et ça vous remet tout de suite un homme.

Mistral frappa sur la table.

— Père Pitanche, dit-il d'une voix rude, savez-vous que vous commencez singulièrement à m'être désagréable avec vos suppositions ; on ne sait jamais si vous êtes lard ou cochon, vous, et je n'aime pas que l'on vienne ainsi me tirer les vers du nez...

Retournez donc à votre comptoir, tâchez de me servir le plus tôt possible, et, pour le reste, croyez qu'il y a des moments où il est prudent de faire le mort, quand on ne veut pas le devenir tout à fait.

Mistral s'était levé pour adresser cette verte remontrance au tavernier. Celui-ci avait jugé à propos de ne pas prolonger davantage la conversation.

Quand le Provençal voulut se rasseoir en face d'Olga, il se sentit tout à coup frapper sur l'épaule, et se retourna vivement.

Derrière lui se tenait debout une vieille femme, mise de la façon la plus modeste.

— Monsieur Mistral, dit-elle, j'aurais un mot à vous dire, et, ce mot, je ne veux le dire qu'à vous seul.

— Alors, j'en suis fâché, la mère, mais il faudra repasser.

La vieille femme se pencha aussitôt à l'oreille de l'ancien marin.

— On vous a attendu ce matin, place Vendôme, dit-elle vivement. Il s'agit pour vous d'une affaire importante.

— Vous croyez !

— J'en suis sûre.

— Diable ! c'est différent... d'autant que je serais moi-même bien aise de savoir...

— Voulez-vous que nous passions dans l'autre salle ?

Mistral fit signe à Olga qu'il allait revenir, et gagna précipitamment la salle qui donnait sur l'impasse Saint-Martial.

— Oh ! je savais bien que je vous ferais venir, dit la femme en souriant.

— Bagasse ! ajouta Mistral en s'emparant de son bras, j'avais donc la berlue tout à l'heure, que je ne vous aie pas reconnue tout de suite.

— C'est cependant bien moi, répondit la duchesse de San Lucar, et ce n'est guère aimable de ta part de m'avoir obligée à venir jusqu'ici...

— Vous teniez donc bien à me voir ?

— Tu le vois.

— Ça me flatte... d'autant que, malgré ses vingt ans, Olga ne vous a pas encore des abatis aussi agréables que les vôtres, sans compter le reste....

Et Martial voulut prendre la taille de la duchesse avec le même laisser-aller que s'il se fût agi d'une fille du quartier.

Madame de San Lucar recula de quelques pas sans rien perdre de son enjouement.

— Oh ! ce n'est pas pour cela que je suis venue, dit-elle en s'asseyant.

Mistral ferma la porte et revint aussitôt près de son interlocutrice en disant :

— Ceci m'intrigue, chère belle, et je veux en avoir le cœur net ; causons.

— Mistral, dit alors la duchesse, mais cette fois d'une voix ferme et fortement accentuée, regarde-moi bien, et dis-moi si mes traits ne te rappellent pas quelque souvenir de ta vie d'aventure ?...

Mistral la regarda avec étonnement.

— Le diable me brûle, répondit-il, si je me souviens de vous !

— Cherche... n'as-tu pas autrefois fréquenté le sud de l'Amérique ?

— Bagasse ! à telle enseigne que j'y ai fait trois ans la traite des moricauds.

— Eh bien... il y avait alors, dans la Caroline, une jeune fille...

— Attendez donc.

— Cela vient.

— La belle Ophélie... une enfant de vingt ans... grande, élancée, des yeux, des mains, des dents... troun de l'air ! que j'aurais donné tout mon bois d'ébène pour baiser son petit doigt...

— Il y a vingt ans de cela ?

— Vingt-cinq, s'il vous plaît.

— Vingt-cinq, si tu veux... et depuis ce temps la belle Ophélie a donc beaucoup changé, que tu ne la reconnaisses plus ?...

Mistral poussa un cri de surprise.

— Sainte Vierge ! exclama-t-il, est-il donc possible que ce soit vous ?

La duchesse fronça le sourcil, et un sombre nuage passa sur son front.

— Oui, dit-elle, oui, c'est moi... moi, Ophélie... moi que l'on a appelée la perle de la Caroline !

— Et vous êtes venue faire à Paris ?

— J'habitais le paradis... je suis venue chercher l'enfer, dit encore Ophélie d'une voix sombre.

— Mais enfin... insista Mistral.

La duchesse lui prit les mains d'un air énergique et résolu.

— Écoute, poursuivit-elle, pour que je sois venue te trouver jusqu'ici, il faut qu'un motif bien puissant m'y ait poussée, tu le comprends ?

— A merveille... mais ce motif...

— Il y avait alors en Amérique un homme que j'aimais, et qui s'appelait le marquis de Lempsac... or, cet homme a été lâchement assassiné, et je veux connaître son meurtrier.

— Bagasse ! ce n'est pas facile, cela... tous les jours on assassine un homme, sans que l'on puisse dire : C'est un tel qui lui a fait son affaire...

— Oui, sans doute, dit madame de San Lucar, mais je sais, moi, que tu connais l'assassin du marquis de Lempsac, et si tu refuses de me dire son nom ce jour-là, dame, je te livre à la justice...

Le vieux marin recula de deux pas avec le mouvement d'un homme qui vient de marcher sur la queue d'une vipère.

— Ah ! diable ! c'est donc ce que nous voulons jouer avec papa Martial ? répondit-il ironiquement, mais vous savez bien cependant qu'il ne fait pas bon s'y frotter à celui-là...

La duchesse fit un geste de défi.

— Qu'importe ! répondit-elle, tu me diras le nom de cet homme.

— Pour ça, c'est impossible...

— Mais il existe ?

— En chair et en os.

— Et il est à Paris ?

— Peut-être.

— Ah ! tu parleras.

— Je ne crois pas.

— Martial, je te dénoncerai.

Martial lui prit les mains et les serra à les lui briser. Cette insistance avait fini par l'irriter, et il ne faisait pas bon réveiller sa colère.

— Tenez, vous ignorez que cette salle est sourde... que j'en ai fermé la porte avec soin, et que là, sous vos pieds, il y a une trappe par laquelle je pourrais vous faire disparaître dans le cabinet d'anatomie avant que vous eussiez pu jeter un seul cri... ne me poussez donc pas à bout, car, encore quelques secondes d'irritation et de colère, et je ne répondrais plus de moi...

Ophélie répondit par un éclat de rire nerveux, et Martial vit un nuage de sang passer devant ses yeux... il avait tiré son poignard... il allait frapper peut-être... mais, à ce moment, la fenêtre qui donnait sur l'impasse s'ouvrit avec fracas, et un homme sauta dans la salle.

C'était Pierre Morgan.

L'ancien marin poussa un cri de rage ; un instant il crut avoir affaire à quelque agent de la police secrète, et il s'apprêtait déjà à défendre chèrement sa vie. Mais à peine eut-il aperçu l'homme qui venait d'entrer qu'il recula effaré, porta les deux mains à son front, et se voila les yeux comme s'il eût vu tout à coup un spectre se dresser devant lui.

V

ISABELLE DE RAMON

Après l'affaire de la forêt de Fontainebleau, Marcel, ramené à Paris au galop de ses chevaux, avait pu rentrer chez lui de bonne heure par la porte de derrière, de sorte que nul dans l'hôtel n'eût pu se douter qu'il avait passé la nuit dehors.

Il gagna sa chambre à coucher, fit disparaître sur ses vêtements et sur ses mains la trace du combat auquel il avait pris part, et se jeta sur son lit pour prendre un peu de repos.

Vers midi, un demi-jour pénétrait dans la chambre ; quelques rayons de soleil décrivaient de pâles losanges sur le tapis, et l'on n'entendait que vaguement les bruits de la rue.

Lempsac se leva, regarda l'heure à la pendule, et passa aussitôt dans le cabinet qui attenait à sa chambre à coucher.

Et, certes, celui qui l'eût vu à ce moment procéder, calme et souriant, à tous les détails de sa toilette, se consulter gravement sur le choix d'une cravate ou d'un gilet, ne se fût jamais imaginé que quelques heures à peine s'étaient écoulées depuis que cet homme avait joué cette terrible partie, où la mort et l'échafaud l'attendaient à la moindre maladresse.

Marcel avait un dandysme superbe ; jamais individualité mieux faite pour le monde ne s'était donnée, avec autant d'insouciance, au désordre et au crime.

Vers une heure il alluma un cigare, fit ostensiblement quelques tours de boulevard pour que chacun pût y constater sa présence, et s'achemina finalement vers le café Anglais.

Mais il est bon de faire remarquer ici au lecteur que, depuis le moment où il était sorti de l'hôtel jusqu'à celui où il entra au café, un homme, vêtu d'un costume de commissionnaire, l'avait suivi d'un air en apparence indifférent.

Le marquis de Lempsac venait à peine de pénétrer dans le cabinet qu'il avait demandé, quand le garçon de service vint lui remettre une lettre qu'un commissionnaire venait, disait-il, d'apporter à l'instant même; et, ajouta le garçon, le porteur attend la réponse.

Marcel ouvrit la lettre, elle ne contenait qu'un mot :

« Le *Furet!* »

— C'est bien ; dites-lui de monter, je vous prie.

Quelques minutes après, le *Furet* et Lempsac étaient seuls dans le cabinet.

— Eh bien, fit le marquis dès que le commissionnaire se fut assuré que nul n'écoutait aux portes, le *Dandy* t'a chargé d'une mission de surveillance dont le résultat doit nous être fort utile? Tu as vu Pierre Morgan ?

— Pas encore ; mais je sais qui il est, et vous n'en demandez pas davantage, je crois.

— Et quel est-il ?

— Voici la chose... L'avant-dernière nuit, à la sortie du bal de la comtesse de Vivonne, j'ai suivi ce monsieur ; j'ai su qu'il demeurait au numéro 12 de la rue de Babylone... Hier donc, je me suis mis en observation, et, dès que je l'eus vu sortir, j'ai monté ses cinq étages avec l'intention d'inspecter un peu son mobilier, et de voir en même temps s'il ne laissait pas traîner son argent. Arrivé à la porte j'ai frappé, pour ne pas m'exposer à être mal reçu... Je m'attendais bien à ce qu'il ne me répondrait pas ; mais il arriva qu'on ouvrit la porte qui fait face à celle de notre personnage, et qu'une jolie fille vint me regarder avec deux yeux éveillés : « Vous demandez M. Morgan? » me dit-elle ; et, sur ma réponse affirmative, elle m'apprit qu'il était sorti, ce que je savais fort bien... Une fois la porte ouverte il n'était pas difficile

MISTRAL.

d'entrer, et, un quart d'heure plus tard, la belle enfant m'avait conté tout ce qu'elle avait sur le cœur, puis elle ajouta que notre homme était marin.

— Je m'en doutais.

— Qu'il est né en Bretagne.

— Bien qu'il prétende que sa famille a habité le Dauphiné.

— Enfin, qu'il est venu à Paris parce qu'il est amoureux de la comtesse de Vivonne !

Lempsac déjeunait tout en écoutant le *Furet*... Au nom de Gabrielle, il repoussa vivement son assiette et fronça les sourcils.

— Amoureux de la comtesse! murmura-t-il d'une voix concentrée. Ah! tout s'explique maintenant... C'est un rival... il m'épie et me tend des piéges... Allons, Saverny avait raison, il est temps d'en finir, et nous verrons bien qui aura le dernier mot.

Puis, se tournant vers son complice :

— Toi! dit-il d'un accent bref et impérieux, continue ton rôle; regarde, observe, ne perds pas un mot, pas un geste, et, au moindre signe douteux, viens me trouver.

— Est-ce tout?

— Pour le moment, oui.

Le faux commissionnaire s'éloigna, après avoir reçu de Marcel une pièce d'or.

Si le lecteur le veut bien, nous nous transporterons de l'autre côté de la Seine, dans une maison située rue de Grenelle-Saint-Germain, précisément en face de l'hôtel occupé par M. le comte de Vivonne.

Au premier étage de cette maison, Isabelle est debout contre la croisée dont elle a soulevé le rideau, et, dans cette attitude, son regard plonge dans la rue, avec une vivacité qui témoigne d'une impatience presque fiévreuse.

Ce n'est plus la jeune fille que nous avons vue passer, belle et parée, dans les salons étincelants de la comtesse de Vivonne ; elle n'a plus ni fleurs sur le front, ni gaieté dans les regards, ni sourire sur les lèvres ; son œil est maintenant attentif et morne, une pâleur pleine de fiel est répandue sur ses traits, une contraction nerveuse fait frémir ses lèvres.

De temps en temps elle se retourne vers la pendule, mais presque aussitôt elle revient à la fenêtre, et, le visage collé contre la vitre humide de son souffle haletant, elle guette et elle attend.

Il y avait déjà une heure qu'elle était là, seule dans sa chambre, entièrement absorbée, dévorée d'impatience, et elle n'avait encore rien vu de ce qu'elle attendait.

Sa poitrine se gonflait, ses petites mains délicates se tordaient avec rage, elle mordait ses lèvres de ses dents d'ivoire.

Enfin, elle n'y tint plus, jeta une mante sur ses épaules, un voile sur sa tête et gagna l'hôtel de madame de Vivonne; la comtesse était seule et triste en ce moment.

Le comte avait passé une mauvaise nuit; le médecin, qui venait de la quitter, s'était renfermé dans un silence inquiétant... Il avait parlé vaguement de départ et de campagne.

En apercevant la jeune fille, Gabrielle courut à elle et la prit dans ses bras avec une tendre effusion.

— Ah! venez, venez! dit-elle, car j'ai des pensées noires aujourd'hui.

— Vous êtes donc seule? fit Isabelle en promenant un vif regard autour de la chambre.

— M. de Vivonne est là, dans la pièce à côté... Il repose en ce moment; je n'ai pas voulu le quitter, et j'ai passé la nuit ici.

— Comme vous êtes bonne...

— N'est-ce pas naturel?

— Bien peu de femmes auraient un pareil dévouement, chère amie.

— Le comte a toujours été si bon pour moi, dit Gabrielle en remuant doucement la tête; c'est presque un père.

— Et que dit le médecin de ce cher malade?

— Il a parlé de départ... Peut-être serons-nous obligés de quitter Paris, d'aller nous réfugier à la campagne.

— Partir! dit Isabelle en contenant mal sa joie... au milieu de l'hiver, quand les bals commencent à peine; vous n'y pensez pas.

— Oh! les bals, les fêtes, les plaisirs, repartit la comtesse, vous savez bien que j'y ai depuis longtemps renoncé?

La jeune fille allait continuer quand le timbre annonça une visite.

Les deux femmes tressaillirent en même temps; leurs regards se tournèrent vers la porte, où M. de Lempsac venait de paraître.

Il salua les deux amies, et vint baiser la main de la comtesse de Vivonne.

— Ah! vous ne m'avez pas oubliée, vous, monsieur le marquis, dit Gabrielle dont le regard s'éclaira d'un reflet de bonheur.

Isabelle de Ramon.

— Je venais prendre de vos nouvelles, répondit Marcel; l'événement d'hier a si brusquement interrompu votre fête que je craignais un malheur... au moins le comte n'est pas plus mal?

— Cela fait du bien de savoir que l'on a autour de soi des amis qui s'intéressent à tout ce qui nous touche, dit la comtesse, et je vous remercie de cette preuve de dévouement.

— Doutiez-vous donc de moi, madame?

— Jamais... seulement, cette preuve vient à propos en ce moment, car j'ai l'âme bien triste.

— Et pourquoi?

Isabelle venait de gagner la chambre voisine sur la pointe des pieds, faisant semblant d'aller veiller sur le sommeil du vieillard; mais elle était restée droite et immobile contre la porte en prêtant l'oreille à la conversation qui s'échangeait à côté.

En ce moment, une bonne passa, portant une potion sur un plateau d'argent; le marquis de Lempsac, par excès d'intérêt sans doute, lui prit le verre des mains, le garda à peine dix secondes et voulut le porter lui-même au comte de Vivonne.

Mais presque au même instant, Isabelle, qui, quoique cachée, observait tous ses mouvements, courut prendre le plateau, et gagna ainsi le chevet du malade.

Gabrielle se prit à sourire, ne se doutant pas certes du drame qui venait de se jouer en ces dix secondes.

— Vraiment, dit-elle avec enjouement, c'est une lutte de dévouement, je n'aurais pas cru cette jeune fille susceptible de tant d'attention délicate, elle, d'ordinaire si insouciante...

— Et pourquoi donc? dit Isabelle qui rentrait en ce moment dans la chambre.

— Ah! mon Dieu! s'écria la comtesse, mais vous voilà toute pâle, mon enfant; qu'avez-vous donc?

— Mais je n'ai rien, dit la jeune fille avec une gaieté forcée, et vous vous alarmez hors de propos, chère comtesse.

— Ah! le comte! le comte peut-être!... fit Gabrielle qui, sans attendre de réponse, se précipita vers le lit où reposait son époux.

Isabelle se pencha vivement à l'oreille de Marcel.

— Monsieur le marquis, dit-elle à voix basse, il faut que je vous parle!...

— A moi! fit le marquis étonné.

— A vous-même...

— Et quand cela, mademoiselle?

— Aujourd'hui.

— Mais en quel endroit?

— Chez moi!...

Marcel se redressa stupéfait; il ne revenait pas de sa surprise; il croyait avoir mal entendu.

— Chez vous! répéta-t-il, mais je n'ai jamais été présenté à M. le général de Ramon... il me connaît à peine... et...

— Ce soir, monsieur le marquis, interrompit mademoiselle de Ramon, je vous attendrai dans ma chambre... et je vous réponds que mon père ne viendra pas vous y troubler...

Comme M. de Lempsac, de plus en plus étonné, paraissait hésiter encore :

— Oh! je vous croyais plus de pénétration... ajouta la jeune fille d'un accent mordant, si je vous parle ainsi que je le fais, monsieur, croyez bien que c'est plus encore dans votre intérêt que dans le mien!...

Marcel frissonna à l'accent dont ces paroles furent prononcées, et, dominé malgré lui par l'air impérieux de son interlocutrice, il s'inclina avec une soumission mêlée de stupeur.

— Ce soir, mademoiselle, je serai chez vous, répondit-il à voix lente.

On s'étonnera peut-être de voir le chef de la terrible société du *Lapin blanc*, l'homme qui avait conçu et exécuté l'audacieux guet-apens de la forêt de Fontainebleau, se soumettre aussi facilement aux injonctions d'une jeune fille de vingt ans; mais le marquis de Lempsac était adroit autant qu'énergique, et s'il avait manifesté quelque surprise au ton singulier dont l'invitation lui était faite, il savait bien qu'il n'avait rien à redouter d'un pareil caprice.

Gabrielle était revenue; le comte dormait d'un paisible sommeil, la vue du noble et bon vieillard avait calmé toutes ses craintes.

Mademoiselle de Ramon, qui n'attendait que son retour, prit le premier prétexte pour s'éloigner; Marcel, qui était venu dans un but mystérieux et qu'il croyait avoir atteint, en vidant le contenu du chaton de sa bague dans la potion du comte, prit aussi congé de la comtesse, en lui promettant de revenir le lendemain à la même heure.

Il vit Saverny dans la soirée et l'engagea à le venir voir le lendemain matin. Après avoir été faire un tour au bois pour montrer ses chevaux et se montrer lui-même, il se dirigea vers la demeure de mademoiselle de Ramon.

Le domestique, qui avait le mot d'ordre, lui fit traverser un salon modestement meublé, une salle à manger un peu nue, et ayant ouvert une dernière porte qui donnait sur une chambre à coucher, il invita Marcel à entrer, puis la porte se referma derrière lui.

Isabelle était là, allongée dans une causeuse, auprès d'un feu clair et vif.

À l'arrivée du marquis elle se leva vivement et lui fit un signe de tête.

— Vous voyez que je suis exact, mademoiselle; et, je ne vous cacherai pas que j'avais hâte de me rendre à l'aimable invitation que vous m'avez faite.

La jeune fille sourit, indiqua un siège au visiteur et l'engagea du geste à s'asseoir.

La chambre dans laquelle Marcel venait d'être introduit était meublée avec une grande simplicité, mais avec un goût exquis. Un lit, enveloppé de flots de mousseline, occupait le fond d'une alcôve ouverte; une armoire à glace faisait face à la cheminée; entre les deux fenêtres était placée une jardinière de boule, où poussaient avec profusion toutes les fleurs de la saison; enfin, à droite et à gauche se trouvaient quelques meubles gracieux et coquets qui révélaient la présence d'une femme.

Isabelle, avons-nous dit, était assise à côté de la cheminée, et nous ajouterons que, près d'elle, à portée de sa main, il y avait une table de laque sur laquelle Marcel remarqua, de suite en entrant, quelques objets de forme singulière, qui formaient un contraste frappant avec le reste de l'ameublement. C'étaient des fioles au long cou étranglé, des verres épais mais élancés, des cornues, une lampe à esprit-de-vin, deux ou trois petites boîtes; enfin, tout un attirail complet qui rappelait le laboratoire d'un chimiste.

Un coup d'œil suffit à Lempsac pour faire toutes ces remarques, et, quand il prit place à côté de mademoiselle de Ramon, il avait fait l'inventaire de tout ce qui se trouvait dans la chambre.

De son côté, Isabelle n'avait perdu aucun des mouvements du marquis; elle se prit à sourire avec une modestie pleine de mélancolique résignation.

— Ah! vous ne trouverez ici, monsieur le marquis, dit-elle alors, ni le luxe ni le confort qui règnent chez la comtesse de Vivonne; M. le général de Ramon n'est pas riche... Mais, pardon, j'ai hâte d'arriver à l'objet de cette entrevue, et, si vous le voulez bien...

— Je suis à vos ordres, mademoiselle, fit Marcel.

— M. le général de Ramon, reprit-elle, n'a jamais été riche, et il n'est pas probable qu'il gagne jamais une fortune; ma mère était veuve, et j'avais deux ans quand il l'épousa... C'était sa beauté surtout qui l'avait séduit, car elle ne lui apportait guère qu'une centaine de mille francs qui furent vite dissipés; de sorte qu'aujourd'hui, avec les vingt mille francs que mon père apporte à la communauté, nous en sommes réduits à la plus stricte économie.

— Mais ces détails... fit Lempsac, qui ne s'attendait guère à de telles confidences.

— Ils sont nécessaires, vous allez le comprendre dans un instant... Nous sommes donc pauvres, monsieur le marquis, et étrangers; c'est-à-dire que j'ai contre moi deux raisons qui m'empêcheront longtemps de trouver un mari.

— Ah! vous calomniez votre beauté, interrompit Marcel avec galanterie.

Un amer sourire plissa les lèvres de la jeune fille à ce madrigal.

— Ma beauté n'est qu'un danger, répondit-elle avec une sombre énergie, car il me répugnerait d'en faire un moyen.

Marcel la regarda avec étonnement... C'était la première fois, assurément, qu'une jeune fille osait parler ainsi à un jeune homme de son rang et de son monde; mais elle lui réservait bien d'autres surprises.

Isabelle remarqua et comprit le mouvement qui lui était échappé.

— Ce langage vous surprend, n'est-ce pas? dit-elle avec une amertume mal contenue; mais, vous comprendrez mieux encore ce qui se passe en moi, quand vous saurez qu'au sein de cette société aristocratique que je fréquente, il est un homme que j'ai distingué et que j'aime... Seulement, cet homme est ambitieux, et ce n'est pas à la fille d'un pauvre général des républiques de l'Équateur qu'il peut songer pour faire son chemin... Il lui faut mieux que cela... une fortune toute faite... une position considérable... et, ce qui ne gâte rien, une femme jeune, jolie, aimante, et entourée de l'estime de toute l'aristocratie parisienne...

— Mais de qui voulez-vous donc parler, mademoiselle? interrompit Marcel, atteint pour la première fois par un vague pressentiment.

Isabelle ne répondit pas. Son regard s'était attaché avec une étrange fixité au visage du marquis, sa poitrine se soulevait avec force, sa main jouait fiévreusement avec le bouchon de cristal d'un flacon placé sur la table.

— Dans cette situation que pouvais-je faire, poursuivit-elle après quelques secondes de silence, renfermer en moi tous les élans de mon cœur, mourir de jalousie et de haine, ou chercher un moyen à l'aide duquel je pusse forcer l'homme que j'aimais à venir de lui-même solliciter mon amour.

— Et de ces deux issues vous avez choisi la seconde? fit Marcel.

— Précisément.

— Avez-vous, au moins, trouvé le moyen que vous cherchiez?

— Depuis quelques heures seulement.

— Mais cela tient du miracle!

— Cela tient tout simplement à ce que le hasard a voulu que, dès mon jeune âge, j'eusse étudié à fond les diverses propriétés de tous les poisons connus!...

— Des poisons, dites-vous? s'écria M. de Lempsac en se levant.

Mademoiselle de Ramon eut un sourire équivoque.

— Pardon, monsieur le marquis, mais j'ai encore à réclamer votre patience, car je n'ai pas fini.

— Ah! parlez, parlez! répondit Marcel qui, malgré lui, commençait à prendre un vif intérêt à la conversation.

— Il y a, à Paris, une femme que l'on s'accorde généralement à trouver fort jolie, mais qui est mariée à un homme déjà vieux et souffrant... Cette femme ne pouvait vivre longtemps sans amour, bien qu'elle n'ait pas failli à la fidélité vulgaire que toute femme doit à son époux; cependant elle aime, et il ne faut qu'une circonstance pour lui faire oublier ses devoirs... Mais, le croiriez-vous, monsieur le marquis, l'homme qu'elle a distingué dans le monde qui l'entoure, tient moins à son amour qu'à sa fortune, pour lui, le mari tarde bien à quitter la place, il trouve qu'il met trop de temps à mourir...

— Est-ce possible! interrompit M. de Lempsac qui, sous la transparence de ces paroles, sentait le trait dont on voulait l'atteindre.

— Par une singulière coïncidence, continua Isabelle, le mari a été, il y a quelques jours, l'objet d'une tentative d'empoisonnement.

— Quelle calomnie!...

— Vous en doutez?

— Mais pour un fait aussi grave, pour une accusation aussi précise, il faudrait au moins des preuves.

— J'en ai; regardez, monsieur.

Et la jeune fille, toujours froide et impassible, en apparence du moins, montra du geste à Marcel un verre dans lequel elle versa lentement le contenu de la potion qu'elle avait prise des mains de Marcel, sur le plateau d'argent.

— Voici, dit-elle avec autant de calme qu'eût pu le faire un des princes de la science devant un auditoire attentif, une potion qui a été servie au vieillard dont je vous ai parlé; et vous n'avez qu'à suivre vous-même l'effet que va produire le réactif.

En parlant ainsi, elle laissa tomber sur le verre quelques gouttes d'une fiole dont elle venait de s'emparer, et presque instantanément le liquide changea de couleur; un certain bouillonnement se produisit, et une sorte de poudre blanchâtre vint nager à la surface.

— Voyez! dit-elle, ceci est bien de l'arsenic, si je ne me trompe, et j'espère que vous n'en doutez pas...

Marcel jeta un regard distrait sur le verre que lui présentait Isabelle, et reporta immédiatement ce regard sur la jeune fille.

Décidément la chance lui était contraire. Depuis quelques jours il se sentait l'objet d'une surveillance occulte; l'éveil était donné quelque part, il avait eu la preuve, par la démarche de Pierre Morgan, de cette campagne d'espionnage qui avait été ouverte contre lui. Mieux que jamais il comprit qu'il était temps d'en finir, et qu'il fallait brusquer le dénoûment.

Du côté de mademoiselle de Ramon, le danger n'était pas grand, à ses yeux du moins; car elle venait de lui avouer qu'elle l'aimait. Marcel pensait donc avec raison qu'il pouvait lui être facile de lui faire oublier le but qu'elle s'était proposé dans les mille détails charmants d'un amour qu'elle croirait partagé. D'ailleurs, Isabelle n'était pas une fille ordinaire, et s'il était moins facile de la tromper, elle devait être plus accessible qu'une autre aux séductions auxquelles son cœur n'avait pas été exposé.

Marcel se rapprocha donc de la jeune fille, et lui prit les mains qu'il baisa, et garda longtemps sous ses lèvres.

— Isabelle! lui dit-il d'une voix pénétrante et douce, je ne sais vraiment que répondre à tout ce que vous venez de me dire, bien que je m'intéresse malgré moi à cette femme dont la possession éveille de si terribles convoitises, un sentiment domine en moi tous les autres, et c'est celui des souffrances qui doivent être les vôtres... Isabelle, voulez-vous, dès ce moment, m'accepter pour ami?

— Vous! fit mademoiselle de Ramon, qui cherchait à deviner le fond de sa pensée, mais dont l'âme tout entière s'était prise à tressaillir sous l'énervante caresse de cette voix qui lui parlait de sympathie.

— Ah! c'est un rôle dangereux que celui que j'accepterais là, continua Marcel; songez-y donc! une jeune femme, belle comme vous l'êtes, aimante et dévouée, qui prend un ami de mon âge.. savez-vous que c'est plein de périls?...

— Mais vous aimez Gabrielle? fit Isabelle, dont le cœur battait jusqu'à rompre sa poitrine.

— Gabrielle est une femme dont la possession m'eût rendu heureux, répondit le marquis, mais son amour n'a pas cette saveur étrange de la passion! Moi, j'aurais voulu être aimé autrement... c'était mon rêve, et bien que je sois dévoué à la comtesse, il me semble que je n'éprouve plus maintenant auprès d'elle que cette tendre sympathie, cette douce affection que l'on porterait à une sœur.

Pendant que Marcel parlait, Isabelle l'écoutait suspendue avide et palpitante à ses lèvres. Marcel la trompait, c'était évident; elle ne pouvait en douter, mais ce mensonge même lui était doux au cœur, et elle s'enivrait de ce poison comme elle eût fait de l'ambroisie.

— Ah! si vous disiez vrai, murmura-t-elle.

— Vous en doutez?

— Mais vous pourriez donc aimer une autre femme que Gabrielle?

Marcel se pencha à l'oreille de la jeune fille, et effleurant ses cheveux de ses lèvres :

— Isabelle, lui dit-il d'une voix basse et passionnée, voulez-vous que je renonce à voir la comtesse, voulez-vous que je passe ma vie à vos pieds, mes mains dans les vôtres, mon regard suspendu à votre regard, dites... Ah! c'est que vous êtes belle, et que jamais peut-être votre beauté ne m'a plus pénétré qu'à ce moment, dites... dites, Isabelle, voulez-vous que je vous aime!...

En prononçant ces paroles, Marcel avait doucement passé son bras autour de la taille de la jeune fille, et celle-ci profondément

troublée, livrée à tout le désordre d'une émotion inouïe, avait laissé sa tête tomber sur son épaule.

Lempsac l'avait bien prévu. La victoire devait être facile.

Toutefois, à ce moment, un singulier changement s'opéra tout à coup dans l'attitude de mademoiselle de Ramon, et soit que l'impression eût été trop forte, soit qu'une autre cause fût venue lui communiquer un trouble plus profond encore, un frisson énergique agita ses membres, ses dents se serrèrent, et ses regards tournèrent à plusieurs reprises dans leur orbite!

Marcel se releva presque effrayé.

— Qu'avez-vous! lui dit-il, partagé entre la crainte et la surprise.

Isabelle s'était relevée d'un bond, avait secoué violemment la tête, et appuyait ses deux mains sur le marbre de la cheminée pour ne pas tomber.

— Rien! rien!... ce n'est rien, dit-elle, un éblouissement... cela va mieux... mais je vous en prie, partez... Monsieur le marquis, ne restez pas une seconde de plus... si vous avez quelque amour ou quelque pitié de moi, partez, partez!...

— Mais vous laisser en cet état... s'écria le marquis, jamais..

— Je vous en supplie.

— Vous le voulez?

— Marcel! Marcel! oui, partez!

— Mais je vous reverrai!

— Demain! oh! demain, n'est-ce pas?

Marcel écoutait les prières étranges que lui adressait Isabelle, et, malgré l'état dans lequel il devait la laisser, il allait se retirer lorsque la porte de la chambre s'ouvrit et qu'un homme parut sur le seuil.

C'était le général de Ramon.

A cette vue, la jeune fille poussa un cri, se précipita vers le marquis, dont elle saisit les mains avec autorité, et elle le força à s'arrêter.

— Restez! lui dit-elle, restez maintenant, je le veux... il le faut...

Mais, comme si ce dernier effort eût épuisé ses forces, elle se laissa tomber sur la causeuse, et Marcel remarqua avec stupeur qu'une légère écume blanchissait le coin de ses lèvres.

Cependant, le général s'était avancé jusqu'au milieu de la chambre, et avait toisé le marquis avec une certaine hauteur.

— Monsieur, lui dit-il d'une voix brève, j'espère que vous voudrez bien m'expliquer demain comment il se fait que je vous trouve à cette heure dans la chambre de mademoiselle de Ramon.

Le général était un homme de cinquante-cinq ans, grand, large des épaules, et portant dans toute sa personne les signes éclatants d'une force herculéenne, et sur son visage les indices des instincts les plus grossiers.

Après avoir parlé, il indiqua la porte à Marcel, comme pour lui ordonner de sortir; ce dernier hésita un moment sur le parti qu'il fallait prendre.

A ce moment, Isabelle se cramponna aux vêtements de M. de Lempsac.

— Marcel! s'écria-t-elle en proie à une terreur indicible, Marcel, je vous en supplie, ne m'abandonnez pas.

— Mais votre père... dit le marquis.

— Oh! ce n'est pas mon père, répondit la jeune fille avec un regard de haine, cet homme est un lâche, un misérable!... je ne veux pas rester seule avec lui... Marcel, comprenez-vous... mais regardez-le donc; mon Dieu, ayez pitié, ayez pitié!...

— Monsieur, dit le général poliment, vous êtes ici chez moi, et si vous ne sortez pas à l'instant même...

— Oh! l'infâme! l'infâme!...

Ce furent les derniers mots de la jeune fille. Ses yeux tournèrent dans leur orbite, tous ses membres se tordirent dans une horrible et dernière convulsion, et elle tomba sur le parquet, roide, sans mouvement, pâle comme une morte.

Marcel se précipita vivement pour la soutenir ou la relever, mais le général l'avait déjà prise dans ses bras.

D'ailleurs, la porte de la chambre s'était ouverte au même moment.

Madame de Ramon venait d'entrer.

Elle courut à sa fille dès qu'elle l'aperçut dans les bras de son mari. M. de Lempsac, comprenant que sa présence était désormais inutile, salua, prit son chapeau et dit au général qu'il se tiendrait dès le lendemain à sa disposition.

Puis il s'éloigna dans la direction de la rue du Helder, vivement impressionné par les scènes auxquelles il venait d'assister.

Il avait besoin de réfléchir à tout ce qui venait de se passer et aux mesures qui lui restaient à prendre pour conjurer les nouveaux dangers qui venaient de lui être révélés.

Si le lecteur le veut bien, nous retournerons quelques instants au cabaret de la rue aux Fèves, où nous avons laissé Mistral dans une position critique, dont il importe de dire le dénoûment.

En voyant Morgan pénétrer dans le caboulot par la fenêtre qui donnait sur l'impasse Saint-Martial, et en retrouvant dans ce protecteur inattendu de la duchesse une personne oubliée depuis longtemps, l'ancien marin était resté interdit, et la surprise, mêlée à une certaine terreur inexplicable, lui avait enlevé toute sa présence d'esprit.

Morgan et la duchesse avaient profité de cet instant pour se retirer.

— Mille millions de sabords! s'écria Mistral revenant à lui et se voyant seul; est-ce donc que je deviens un aztecq!... Bagasse! il ne sera pas dit que j'aurai avalé une pareille couleuvre... et ils me le payeront tous les deux, ou j'y perdrai mon nom.

Il rentra sur ces mots dans la salle commune, et, pour ne laisser soupçonner à personne l'aventure dont il venait d'être le triste héros, il se composa un maintien agréable et arriva ainsi jusqu'à Olga, auprès de laquelle un homme s'était assis.

Mistral fronça d'abord le sourcil dans un premier mouvement de jalousie, mais son front se rasséréna bien vite, dès qu'il eut reconnu celui qui l'avait remplacé.

— Eh! c'est toi, Furet! dit-il avec un accent de belle humeur; il paraît que tu viens aussi la cour aux jolies filles! Bagasse! et tu ne t'adresses pas mal, cette fois... Mais, troun de l'air! il ne faudrait pas pousser les choses plus loin que la décence ne le comporte, sans quoi, mon fiston, il y aurait branle-bas dans la cambuse...

Le Furet se contenta de hausser les épaules à cette menace et avala un verre de vin.

Ce dernier n'avait pas précisément de position fixe dans l'association; il était un peu mouchard pour le compte des voleurs; faisait plus généralement métier de *lever* des affaires, et se mêlait même quelquefois aux entreprises de ses amis, mais de loin; et, tandis que l'on dévalisait les maisons ou que l'on assassinait les propriétaires, il se tenait sur la rue, prêt à donner l'éveil à la première alerte.

Grâce à cette position qu'il occupait, le Furet allait et venait partout, à toute heure de jour et de nuit dans la capitale, et l'on eût dit qu'il avait le don d'ubiquité. C'était un homme de petite taille, au front fuyant, aux petits yeux vifs, sur les traits duquel était écrite son âme tout entière, c'est-à-dire la méchanceté, alliée à la fourberie et à la bassesse.

Mistral s'était laissé prendre depuis longtemps à ses manières obséquieuses; il en faisait volontiers son ami.

— Oh! histoire de rire et de passer un moment, répondit le Furet; et, d'ailleurs, si je ne m'étais trouvé là, la belle Olga aurait eu le temps de penser que vous n'êtes guère galant, de la laisser ainsi seule une bonne demi-heure.

— Ça, mon fiston, ça ne te regarde pas, repartit Mistral dont le visage se rembrunit; mais ce qui me chagrine seulement, c'est que voilà l'heure où la petite va être obligée de rentrer.

— Je reviendrai après-demain, dit Olga.

— Pourquoi pas demain, ma petite chérie?

— Parce que je sors.

— Et pourquoi ne sortirais-tu pas avec moi?

— Parce que j'ai promis.

— A qui donc?

— A personne.

Mistral partit d'un éclat de rire qui réveilla les groupes qui l'entouraient.

— Bagasse! dit-il avec enjouement, voilà une réponse bien trouvée... Si j'avais tant seulement le plus petit brin de jalousie, je pourrais m'en donner à mon aise; mais ce n'est pas ça qui me tourmente, troun de l'air! et j'ai raison, n'est-ce pas?

— Certainement, dit Olga en se levant.

Comme elle allait s'éloigner, le Provençal la retint encore par la main.

— Eh bien, dit-il d'une voix câline, est-ce que l'on n'embrasse pas son petit Mistral avant de s'en aller?

La jolie fille commença un sourire, donna deux petites tapes sur les joues puissantes de son amant, l'embrassa au front comme eût pu faire une enfant naïve et pure, puis elle disparut.

— Si j'étais à votre place, murmura Mistral, il me semble que je serais plus jaloux que vous, fit le Furet.

— Pourquoi donc?

— Damc! Olga est une belle fille, et je voudrais savoir où elle passe ses journées.

— Quelles journées?

— Celle de demain, par exemple.

L'ancien marin jeta un regard oblique à son interlocuteur.

— Furet, lui dit-il d'un accent énergique, tu sais quelque chose?

— Moi... je vous jure...

— Je veux que tu parles, insista le Provençal; tu es une fine mouche, toi, on ne sait jamais d'où tu viens quand on te rencontre, et tu dois savoir...

— Oh! presque rien, répondit le Furet avec humilité. Seulement, la semaine dernière, comme je passais rue de Babylone, je me suis trouvé nez à nez avec elle...

— Avec Olga?

— Précisément.

— Qu'allait-elle faire rue de Babylone?

— Je l'ignore; mais cela m'avait intrigué, et, ma foi, l'idée m'est venue de l'attendre.

— Après?

— Eh bien, il était dix heures du matin quand elle est entrée, et l'on éteignait le gaz quand elle est sortie.

Mistral frappa rudement sur la table, et ses doigts crispés s'imprimèrent sur le bois.

— Par les cornes de mon père! s'écria-t-il avec fureur, tu vas me dire le numéro de cette maison?

— C'est le numéro douze.

— Et tu es sûr de ce que tu avances?

— Comme de moi-même.

— Bagasse! il ne m'en faut pas davantage; demain j'irai rue de Babylone; si tu as dit vrai, ce sera une affaire entre la petite et moi; mais si tu as menti, mille millions de sabords! tu passeras un mauvais quart d'heure!...

Puis, se levant sur ces mots, Mistral paya sa consommation, sortit du caboulot, l'esprit inquiet et agité; le numéro douze de la rue de Babylone ne lui sortait pas de la tête.

Quelle était donc cette maison où se rendait ainsi la belle Olga, et quel attrait mystérieux l'y attirait?

C'est ce que nous allons apprendre sans plus tarder.

VI

L'USURIER DE LA RUE DE LA LICORNE

En sortant du cabaret de la rue aux Fèves, Morgan avait reconduit la duchesse de San Lucar à sa voiture qui stationnait à quelques pas; puis il remonta la rue de la Barillerie, passa le pont Saint-Michel et prit la rue Saint-André-des-Arts... Il marchait bon pas, absorbé tout entier dans ses réflexions, et une demi-heure après il tournait le coin de la rue du Bac et allait entrer dans la rue de Babylone, quand tout à coup il s'arrêta en prêtant l'oreille.

A quelques pas derrière lui un cri venait d'être poussé; presque aussitôt une jeune fille passa à ses côtés, suivie de près par un homme de forte corpulence dont elle paraissait fuir la poursuite.

Le premier mouvement de Morgan fut d'intervenir; mais, après quelques secondes de réflexion, il pensa que ce n'était là qu'une de ces mille et une aventures nocturnes dont Paris est toujours le théâtre, et dans lesquelles la femme ne simule d'ordinaire la résistance, que pour mieux tromper ou entraîner l'homme dont elle s'est fait remarquer... Il allait donc gagner le numéro douze de la rue de Babylone où il demeurait, sans plus se préoccuper de cet incident, quand un second cri, plus faiblement articulé que le premier, vint à l'aide d'une lutte engagée, vinrent l'arracher à son indifférence et réveiller tous les instincts généreux de son cœur.

D'un bond il s'élança dans la direction du bruit qu'il entendait, arriva assez à temps pour secourir la jeune fille que son agresseur entourait déjà de ses bras vigoureux, et dont il tentait d'étouffer les cris à l'aide d'un mouchoir... Notre homme, habitué au rude métier de marin, était particulièrement robuste; d'un coup de poing vigoureusement asséné, il repoussa son adversaire contre la muraille, et, couvrant la jeune fille de son corps, il s'apprêta à soutenir une lutte en règle, si l'agresseur manifestait l'intention d'entamer le combat.

Mais ce dernier ne jugea pas prudent de prolonger une situation dans laquelle il avait évidemment tous les torts; il chercha à en éviter les conséquences, en s'esquivant au plus vite... Seulement, Morgan, qui ne le perdait pas de vue et observait tous ses mouvements, eut le temps de remarquer ses traits et ne put retenir un mouvement de surprise.

— Le général de Ramon! s'écria-t-il avec stupéfaction. Lui!... jouant un pareil rôle!...

Mais il le regarda s'éloigner sans songer à le retenir.

Cependant, la jeune fille que cette intervention inattendue

avait sauvée d'une situation pleine de dangers se rapprocha aussitôt de son libérateur, et lui tendit les mains avec reconnaissance.

— Ah! c'est le ciel qui vous a envoyé à mon secours, monsieur Morgan, dit-elle d'une voix que l'émotion faisait trembler; sans vous, j'étais perdue!

— Quoi! c'est vous, Louise!... fit le marin avec un cri. Ici... à cette heure!... Comment avez-vous pu quitter votre mère?

La jeune fille rougit, baissa les yeux, et Morgan sentit sa main frémir dans la sienne.

— Oh! je vais tout vous dire, répondit-elle d'un accent humble et soumis; la semaine a été bien mauvaise, nous n'étions pas riches depuis quelques jours... Alors, la pensée m'est venue d'aller rapporter, ce soir même, quelque ouvrage que l'on m'avait confié et que je venais de terminer... Je n'ai pas l'habitude de sortir la nuit, comme vous savez; je me suis un peu perdue, et, en revenant, comme je demandais mon chemin, un homme m'a suivie; depuis l'Odéon jusqu'ici il m'a obsédée, et, vous le voyez, sans vous je n'aurais pas pu lutter, car j'avais peur, je ne pouvais plus crier, j'étais perdue!

Morgan prit le bras de Louise sous le sien, et tous deux gagnèrent ainsi le numéro douze de la rue de Babylone.

— Le bon Dieu fait bien tout ce qu'il fait, mon enfant, reprit le marin d'une voix tendre, et, si je me suis moi-même attardé ce soir, c'est que je devais vous rencontrer... Louise, vous êtes une noble et courageuse enfant... Vous aimez saintement votre mère, et, croyez-en la parole de votre ami, Dieu regarde et bénit ceux qui travaillent!

C'était une jolie fille que Louise, une fille du peuple, aimante, dévouée, sage, et qui gardait saintement dans son cœur les principes sacrés d'honnêteté et de vertu dont on avait nourri son enfance. Elle comptait dix-sept ans à peine. Jusqu'alors elle avait vécu auprès de sa mère, sans que jamais le désir lui fût venu de regarder dans ce Paris qui faisait tant de bruit à ses pieds. Naguère encore, Louise avait une sœur, un peu plus âgée qu'elle, qui s'appelait Madeleine: elle était jolie aussi; mais Madeleine n'avait pu supporter longtemps cette vie de privations et de gêne à laquelle la mort de leur père les avait condamnées; un matin elle était partie du nid maternel pour aller, Dieu seul savait où!...

Ce départ eût tué la pauvre mère infirme, si elle avait pu apprendre ce que sa Madeleine était devenue. Mais cette dernière n'avait pas complétement disparu, et de temps en temps on la voyait revenir vive, enjouée, heureuse, et ramenant pour une journée la gaieté sous les lambris qu'habitait sa sœur.

Madeleine avait fait accroire à sa mère qu'elle était placée à quelques lieues de Paris, et Louise s'était associée à ce pieux mensonge, bien qu'elle se doutât qu'il n'y avait rien de vrai dans cette assertion de sa sœur.

Quant aux relations qui existaient entre Louise et Pierre Morgan, elles s'expliquaient naturellement. Ce dernier habitait sur le même palier que la jeune fille; dans une maladie qu'il avait faite à son arrivée à Paris, il avait reçu les soins les plus touchants de sa jolie voisine. Il n'en fallait pas tant pour que son cœur se sentît attiré vers elle; il ne passait pas un jour sans aller s'informer de la mère de Louise; la jeune fille elle-même, qui croyait ne l'aimer que comme un frère, était bien près de se laisser entraîner sur la pente d'un sentiment plus doux. Jusqu'alors, cependant, elle ignorait encore à quelle profondeur ce sentiment avait poussé ses racines dans son cœur, et elle se contentait de ce bonheur calme et pur qu'elle éprouvait chaque fois que Pierre lui parlait. Elle savait, d'ailleurs, qu'il aimait la comtesse de Vivonne, et jamais sa pensée n'avait cherché à sonder l'avenir.

Telle était la situation respective des deux jeunes gens, mais le moindre incident pouvait les éclairer tous deux; ce jour-là, Louise devait être bien malheureuse.

Au moment d'entrer dans la maison avec sa compagne, Pierre Morgan se sentit tout à coup frapper sur l'épaule. Il se retourna vivement.

— Que voulez-vous? demanda-t-il d'un ton brusque et soupçonnant quelque nouvel incident.

L'inconnu hésita; puis, se rapprochant de Pierre et se penchant à son oreille:

— Un homme qui vous porte intérêt, dit-il à voix basse, désirerait avoir avec vous une heure d'entretien cette nuit même.

— Que me veut-il?

— Je l'ignore.

— Quel est son nom, au moins?

— Son nom ne vous apprendra rien. Vous ne le connaissez pas. Il s'appelle Isaac Mayer.

— Un Israélite?

— Précisément.

Morgan haussa les épaules.

— Eh bien, répondit-il, retournez vers M. Isaac Mayer, mon ami, dites-lui que je suis visible tous les matins de huit heures à dix, à mon domicile, c'est là qu'il me trouvera.

— Isaac Mayer a prévu que vous pourriez hésiter à me suivre à une pareille heure et sur une simple invitation, ajouta l'homme mystérieux, aussi m'a-t-il enjoint d'ajouter quelques paroles sur lesquelles il parait compter plus particulièrement.

— De quoi s'agit-il donc?

— De la comtesse de Vivonne.

— Comment cela?

— Isaac prétend que le mari de la comtesse court en ce moment les plus grands dangers, et que vous seul pouvez le sauver.

— Mais qui lui a dit?...

— Ah! c'est un des hommes les plus habiles de la capitale, que le vieux Isaac Mayer, je l'ai rarement vu se tromper.

— Et vous dites qu'il m'attend?

— Cette nuit même.

— Mais il demeure loin, peut-être?

— Rue de la Licorne.

Morgan se tourna vers Louise et lui prit les mains.

— Chère enfant, lui dit-il d'un accent agité, vous le voyez, une affaire importante réclame ma présence; pardonnez-moi de ne pas vous accompagner jusque chez vous.

— Prenez garde, dit Louise vivement troublée; il n'est peut-être pas prudent à vous...

— Sans doute, sans doute, interrompit le marin; mais il s'agit ici d'êtres qui me sont chers, et pour rien au monde je ne voudrais manquer à un appel qui m'est fait en leur nom. A bientôt donc, Louise, soyez sans crainte, je suis bien armé; et demain, je vous dirai bien des des choses que j'ai dû vous cacher jusqu'à ce jour.

— Songez que ma sœur vient demain, fit Louise; je veux que vous fassiez sa connaissance.

— Eh bien, c'est cela, mon enfant, à demain.

Quand la porte se fut refermée sur la jeune fille, Morgan marcha droit à l'inconnu.

— Maintenant, lui dit-il, je suis à vous, monsieur; allons trouver votre maître.

Isaac Mayer occupait, rue de la Licorne, une maison qui lui appartenait et dans laquelle, de son vivant, il n'y a jamais eu d'autre locataire que lui-même... Une affreuse rue, et une maison d'aspect sinistre...

Le vieux Mayer était fort connu dans le quartier, bien qu'on ne l'eût vu que rarement; tous ceux qui avaient eu affaire à lui disaient que c'était là un singulier homme, et sur le compte duquel il était bien difficile d'avoir une opinion.

D'abord, il ne s'appelait pas Mayer... Ce nom n'était qu'un masque sous lequel il cachait, avec soin, une individualité qui avait figuré naguère avec éclat sur les bancs de la cour d'assises. De son vrai nom, il s'appelait Bertrand; il avait quelque temps habité la province, où il remplissait les fonctions obscures de frère ignorantin... Puis, un jour, la ville qu'il habitait s'était tout à coup émue, et de sourdes rumeurs s'étaient élevées contre lui, et la justice avait eu à venger dans sa personne d'ignobles atteintes à la morale publique... Bertrand, condamné à quelques années de bagne, avait fait son temps avec une soumission digne d'une meilleure conscience. Son premier soin, dès qu'il se sentit libre, avait été de venir à Paris. Cet homme était né usurier: au bagne, il avait fait quelques économies; il connaissait à fond tous les hommes avec lesquels il s'était trouvé en rapport à Toulon; en descendant de voiture, il courut au caboulot de la rue aux Fèves; dès ce jour même, il commença ses opérations: prêta peu de chose d'abord, mais à de gros intérêts: il avait affaire à des voleurs et à des assassins; mais il prenait ses précautions en conséquence. En deux ou trois années au plus, il achetait une des maisons de la rue de la Licorne... Alors, et tout en conservant sa première clientèle, qui était peut-être la meilleure, il en rechercha une autre qui parût digne d'avoir de l'importance.

Paris a toujours, bon an mal an, une centaine de fils de famille qui viennent dans la capitale pour dissiper ou jeter par les fenêtres l'héritage souvent si péniblement amassé par leurs pères... Bertrand savait cela, il avait eu plusieurs fois l'occasion de remarquer avec quelle facilité les emprunts s'effectuent dans ce monde des plaisirs parisiens, et il eut l'ambition de devenir l'unique banquier de ce monde... Seulement, avec cette intelligence pratique dont il avait jusque-là donné tant de preuves, il comprit qu'il ne pouvait plus garder son nom de Bertrand...

Certes, tous les juifs ne sont pas usuriers, mais il faut qu'un usurier soit toujours juif... A Paris, et dans tous les pays civilisés peut-être, on ne croirait pas à un usurier qui ne serait pas israélite... C'est pourquoi Bertrand disparut un beau jour de la circulation, pour faire place à maître Isaac Mayer de Francfort.

Dès le début, son succès fut énorme... Il demeurait dans un quartier impossible pour les jeunes gens qu'il attirait à lui, ne recevait ses clients que la nuit, ne leur parlait, la plus souvent, qu'à travers une grille de fer bien solide; il était vieux, s'exprimait d'une façon inintelligible; mais, en revanche, on le trouvait toujours complaisant, poli, refusant rarement une affaire, paraissant enfin apporter dans ses relations avec les fils de famille une franchise et une droiture qui avaient touché tous les cœurs.

De l'autre côté de l'eau, on ne jurait que par le vieil Isaac de Francfort !

Quant à lui, il laissait faire son éloge, continuait modestement son petit commerce; seulement, chaque jour il élargissait davantage le cercle de ses opérations. Depuis une année, il avait adjoint à son entreprise une véritable police, dont les agents avaient pour mission de l'éclairer sur les faits et gestes de ses clients, à quelque rang qu'ils appartinssent, ou sur les allures de ceux qui pouvaient tôt ou tard le devenir.

Grâce au rouage admirablement organisé, Isaac Mayer connaissait son Paris, depuis la Cité jusqu'au faubourg Saint-Germain, en passant par la Chaussée-d'Antin, et il eût pu donner bien des renseignements, que la préfecture de police n'avait peut-être pas elle-même.

La maison de la rue de la Licorne se composait d'un rez-de-chaussée et de deux étages. Le rez-de-chaussée se composait de deux salles inhabitées; le premier étage de trois pièces, dont l'une servait d'antichambre aux clients d'Isaac Mayer, la seconde de bureaux et la troisième de salon, où se traitaient les affaires secrètes, auxquelles le vulgaire ne devait pas être initié. Quant au second étage, nul n'y avait jamais pénétré, l'escalier qui y conduisait en était depuis longtemps condamné. Mayer lui-même n'en avait pas monté les marches depuis plusieurs années. Seulement, on prétendait qu'un escalier secret communiquait intérieurement du premier au second étage; mais la porte en était habilement dissimulée.

Quand Morgan entra dans l'antichambre, conduit par l'homme qui l'avait pris rue de Babylone, Isaac Mayer était assis derrière la grille de fer, occupé à aligner des chiffres, et paraissait absorbé par son travail. Un rideau de serge verte le dérobait entièrement aux regards, mais il avait l'oreille au guet; dès qu'il entendit la porte se refermer, il écarta les rideaux et plongea son regard oblique dans l'antichambre.

Une lampe fumeuse éclairait seule ce compartiment banal, mais Isaac reconnut d'un coup d'œil les personnes qui venaient d'entrer, puis il alla vivement ouvrir la porte.

— Ah ! c'est vous, monsieur Morgan? dit-il sans le moindre accent tudesque; entrez, entrez, je vous attendais.

Et se tournant vers son compagnon :

— Quant à toi, ajouta-t-il, tu vas retourner à Saint-Sulpice : il n'est pas loin de minuit, la personne doit s'y trouver, tu me l'amèneras. Va, et reviens vite.

L'homme sortit.

Isaac fit alors entrer Morgan dans son bureau, et, lui ayant présenté un siège auprès du feu, il l'invita du geste à s'asseoir.

Le marin examinait les objets qui l'entouraient; peu familiarisé avec un pareil tableau, il hésitait à se rendre à l'invitation de son hôte.

Ce dernier sourit et reprit en ces termes :

— Prenez place, monsieur Morgan, n'ayez aucune crainte, vous êtes ici chez un honnête homme, et c'est dans votre intérêt, encore plus que dans le mien, que je vous ai fait demander cette entrevue. Asseyez-vous donc et causons.

Le marin s'assit, et l'usurier prit la parole.

— Monsieur, fit-il d'une voix brève, je veux aller droit au but avec vous; je ne vous cacherai pas que, depuis le jour où vous êtes arrivé à Paris jusqu'à cette heure, j'ai suivi et observé toutes vos démarches, je pourrais vous dire, à peu de chose près, l'emploi de chacune de vos journées et de vos nuits.

— C'est un bien vilain métier que vous avez fait là, répondit Morgan, dont la franchise se révolta à l'idée d'un pareil espionnage.

Isaac fit un mouvement d'épaules.

— Il n'y a de sot métier que celui que l'on fait mal, répliqua-t-il, et j'ai la prétention de faire celui-ci avec une certaine aptitude. D'ailleurs, j'espère que vous n'aurez rien à objecter quand

j'ajouterai que cette surveillance, dont je vous ai entouré, a eu pour effet de me mettre sur la voie de faits très-graves, dont la connaissance peut aujourd'hui sauver la fortune et l'honneur d'une personne qui vous est chère.

— La comtesse de Vivonne?

— Elle-même.

— Mais comment avez-vous su...

Les petits yeux du faux vieillard s'éclairèrent d'une flamme soudaine, et il se redressa de toute sa taille.

— Vous connaissez le marquis de Lempsac? reprit-il un instant après; mais ce que vous ignorez peut-être, c'est la vie de dissipation et de désordre que mène le marquis et la gêne qui souvent l'oblige à avoir recours à des emprunts. Or, je suis usurier, monsieur Morgan,—encore un vilain métier, comme vous dites, mais je fais celui-là aussi bien que l'autre, et cela me justifie à mes propres yeux, — je vois beaucoup de fils de famille, je les aide à manger une partie de leur patrimoine. Le marquis de Lempsac ne pouvait tarder à venir me trouver; il y a deux ans, j'ai eu l'honneur de le recevoir comme je vous reçois.

— Eh bien, monsieur, fit Morgan, à qui tous ces détails inspiraient un profond dégoût.

— Eh bien, j'ai prêté au marquis une somme de vingt mille francs, et, en retour, il m'a souscrit une lettre de change qu'il n'a pas payée à présentation.

— Mais...

— Ces détails, qui vous semblent indifférents maintenant, vont vous intéresser tout à l'heure.

— Je vous écoute.

Le marquis de Lempsac est donc en ce moment à ma discrétion, et, si je le veux, il ira demain coucher à Clichy.

— M. de Lempsac est riche, répondit Morgan; il vendra quelques rentes ou quelques propriétés qu'il possède dans le Dauphiné; de cette manière...

Isaac Mayer commença un sourire.

— M. le marquis, répliqua-t-il d'un ton ferme, n'a plus aucune propriété dans le Dauphiné, et, peut-être, ne s'appelle-t-il pas plus de Lempsac que vous ne vous appelez Morgan.

A ces paroles, auxquelles il était loin de s'attendre, le marin fit un mouvement, un frisson parcourut tous ses membres.

— Oh ! ne craignez rien, poursuivit l'usurier satisfait de l'effet qu'il venait de produire; si je sais qui vous êtes, nul ne le saura que moi, je vous le promets, et je ne veux vous inspirer qu'un sentiment absolu de confiance en moi.

Morgan ne répondit pas. La confiance qu'Isaac prétendait provoquer en lui était loin de son esprit; il se demandait avec inquiétude quel étrange personnage il avait devant lui et ce qu'il devait en attendre.

Toutefois, comme c'était un homme de résolution prompte et énergique, il releva tout à coup le front, et, adressant un regard sévère à son interlocuteur :

— Monsieur Mayer, lui dit-il d'un ton brusque, j'ignore qui vous êtes et ne veux pas savoir dans quel intérêt vous faites métier d'espionnage et d'usure. Dans le monde où j'ai vécu jusqu'à ce jour, on méprise souverainement les hommes de votre espèce, je ne me sens pas disposé, je vous le déclare, à avoir la moindre confiance en vos paroles. Allons donc, je vous prie, droit au but, et dites-moi pourquoi vous m'avez fait venir et quel rapport il peut y avoir entre M. de Lempsac et la nécessité de ma présence ici.

L'usurier s'attendait vraisemblablement à une réplique de cette nature, car elle ne parut pas le surprendre; il se contenta de sourire avec une humilité un peu empruntée.

— La vertu est dure et rigide, répondit-il doucement, j'ai mérité cette leçon; mais je n'en poursuivrai pas moins l'accomplissement de mon œuvre, et je ne me laisserai pas détourner de mon but.

Puis, à son tour il releva la tête; un éclair brilla de nouveau dans son regard.

— Ce que je veux, continua-t-il, c'est la perte du marquis de Lempsac, qu'il soit vraiment un fils de famille, ce dont j'ai tout lieu de douter, ou qu'il ne soit qu'un chevalier d'industrie, ce qu'il m'est déjà permis de penser... or, de deux choses l'une, monsieur Morgan, ou vous m'aiderez à démasquer l'imposteur et à le livrer à ses juges naturels, ou vous aurez appelé sur une personne qui vous est chère des malheurs dont il n'aura tenu qu'à vous de la préserver.

— Mais comment cette personne peut-elle se trouver mêlée à une pareille affaire? objecta Morgan.

— Ce soir, la comtesse de Vivonne a été prévenue par moi de la situation dans laquelle se trouve le marquis.

— Vous avez fait cela ! fit le marin avec un cri d'indignation.

— C'était mon droit, répondit tranquillement l'usurier ; la comtesse sait à cette heure que le marquis a souscrit une lettre de change de vingt mille francs, que cette lettre n'a point été payée, qu'enfin, demain le marquis sera écroué à Clichy si je ne suis pas désintéressé.

— Mais c'est une infamie !

— Ce n'est qu'une ruse.

— Ah ! vous êtes un misérable, maître Isaac !

— Suivez mon raisonnement, monsieur Morgan ; la comtesse prévenue voudra éviter le déshonneur d'un homme qu'elle aime.

— Qui vous a dit qu'elle l'aimait ?

— M. de Lempsac, qui, en me faisant demander ces vingt mille francs par un de ses amis, n'a pas craint de faire luire à mes yeux la perspective d'un mariage possible entre lui et la comtesse de Vivonne.

Morgan passa rapidement les mains sur son front. Une sueur froide perlait sur ses tempes, il ne pouvait croire à un pareil tissu d'infamie.

— Horreur ! murmura-t-il la gorge serrée par une émotion indicible ; et vous avez prêté les mains à ce honteux trafic !... Mais quel est donc votre but ?

— J'espérais perdre le marquis, répondit Mayer ; mais quoique ma police soit bien faite, je n'ai pu arriver encore à aucune certitude à son égard... Il est adroit, ce jeune homme, et s'il joue un double jeu, il faut reconnaître qu'il le joue bien.

— Moi, je me perds dans votre dédale d'intérêts et de mystérieuses menées... Parlez, pourquoi donc avez-vous besoin de moi ?

— Je vous le dirai dans un instant.

— Mais la comtesse ?

— Je l'attends.

— Ici ?

— Dans le salon voisin.

— Elle ne viendra pas.

— Peut-être.

— Elle ne l'aime pas assez pour faire une pareille démarche... elle aura peur... elle aura honte... elle ne viendra pas, vous dis-je.

Isaac Mayer prêtait l'oreille.

— Écoutez ! dit-il tout à coup en imposant silence à Morgan ; on monte l'escalier.

— C'est impossible.

— Tenez, le timbre a sonné... on vient d'entrer.

— Mon Dieu ! mon Dieu ! si c'était elle ! balbutia le marin fou d'inquiétude.

Il entendit alors une porte s'ouvrir puis se refermer, puis, enfin, l'homme qui l'avait conduit lui-même rue de la Licorne souleva le rideau de serge verte et vint montrer son visage à travers les barreaux de la grille.

— Eh bien ? dit Mayer.

— Elle est là, répondit l'homme en désignant le salon.

— Seule ?

— Seule.

L'usurier réprima un mouvement de dépit et se tourna vers son interlocuteur, qui attendait en proie à la plus horrible anxiété.

— C'est la comtesse, dit-il d'une voix calme.

— Vous mentez ! fit Morgan.

— Désirez-vous vous en assurer ?

— Oui ; mais je ne veux pas qu'elle me voie.

— Qu'à cela ne tienne.

Isaac Mayer fit jouer un vasistas pratiqué dans la boiserie, et, poussant doucement son interlocuteur vers cette ouverture :

— Regardez, lui dit-il à voix basse.

Morgan glissa un regard furtif dans le salon, et presque aussitôt il se rejeta en arrière en étouffant un cri d'épouvante.

— Elle ! elle ! murmura-t-il abattu et morne.

— Et maintenant, dit Mayer, vous n'avez plus rien à faire ici, partez... une fois dehors, réfléchissez à ce que vous avez vu et à ce que vous avez à faire. Je vous donne deux jours ; d'ici là, je ne demanderai rien à la comtesse ; mais, ces quarante-huit heures écoulées, je vous attends à la même heure, disposé à agir selon ce que vous aurez vous-même résolu.

— Mais la comtesse ! dit Morgan, qui hésitait à la laisser seule en de pareilles mains.

— Oh ! soyez sans crainte, monsieur, répondit l'usurier ; ce n'est pas à madame de Vivonne que j'en veux, elle est aussi en sûreté chez moi que dans son hôtel du faubourg Saint-Germain.

Et, congédiant le marin du geste, il gagna le salon où Gabrielle l'attendait.

Le lendemain, il y avait fête dans le petit appartement occupé par Louise et sa mère. Madeleine devait venir ce jour-là, sa sœur s'était promis de la faire dîner avec Morgan. Madeleine et Pierre, c'étaient les deux seules joies de son existence heureuse ; elle se sentait le cœur bien léger, en songeant qu'elle les aurait toute une journée auprès d'elle.

Madeleine arriva un peu plus tard qu'elle n'en avait l'habitude ; mais elle était fraîche et jolie, elle avait le sourire sur les lèvres, la joie dans les yeux ; Louise lui demanda pas pourquoi elle l'avait fait attendre ; elle lui jeta ses deux bras autour du cou avec une vivacité toute enfantine et, lui prenant la main, elle l'entraîna vers sa mère, aux pieds de laquelle elle la fit asseoir.

— La voilà, la voilà ! s'écria-t-elle ; vous voyez, mère, qu'elle est exacte au rendez-vous.

La pauvre mère regarda sa fille aînée, l'attira contre son cœur et l'y retint longtemps étroitement embrassée.

— Ah ! pourquoi n'est-ce pas tous les jours ainsi, dit-elle d'une voix grave et mélancolique ; rien ne manquerait à mon bonheur, si je vous voyais là toutes les deux chaque matin... Mais Louise est seule, seule qui n'a pas voulu me quitter, seule, elle s'impose des privations souvent pénibles, pour me venir en aide et me faire oublier l'absente.

A ces reproches, prononcés d'une voix douce et résignée, le front de Madeleine parut se rembrunir : son sein se souleva avec effort, puis, son regard s'attacha avec une étrange fixité au parquet.

Louise s'aperçut de ce changement, elle ne voulut pas laisser Madeleine sous le coup de cette douloureuse impression.

— Allons, mère, dit-elle avec une moue charmante, voilà que vous allez la gronder, à présent, au lieu de la remercier... Si Madeleine n'est pas restée auprès de nous, c'est qu'elle songe à vous, qu'elle n'a pas voulu nous être à charge plus longtemps ; je suis sûre qu'elle fait pour vous, là-bas, des rêves de fortune et de bonheur qui se réaliseront quelque jour... Pour moi, je ne lui demande rien ; qu'elle vienne nous voir ainsi chaque semaine, qu'elle me sourie en arrivant et nous dise au revoir en partant, je n'en veux pas davantage... Allons, ajouta-t-elle aussitôt avec la même vivacité pétulante, viens, ma bonne petite sœur, viens ; et, puisque tu es en retard, tu vas m'aider à mettre le couvert.

Puis elle l'entraîna vers la seconde chambre, au milieu de laquelle se dressait une petite table, sur laquelle on n'avait encore placé qu'une nappe bien blanche.

Madeleine se laissait faire : elle était gaie et rieuse, sans doute ; elle paraissait surtout heureuse du spectacle charmant de la joie expansive et babillarde de sa sœur ; mais, au fond de sa gaieté, on eût dit qu'il y avait comme un nuage, et, à plusieurs reprises, un soupir gonfla sa poitrine.

Louise le remarqua et ne put s'empêcher de s'en étonner.

— Qu'as-tu donc, Madeleine ? lui dit-elle avec une pointe d'inquiétude.

— Oh ! ce n'est rien, répondit sa sœur.

— Aurais-tu quelque chagrin, toi qui as l'air si heureux d'habitude ?

— Mais non, je suis toujours contente.

Louise remua la tête, et, continuant de mettre son couvert :

— Ah ! si tu voulais, lui dit-elle d'un ton où elle mettait tout son cœur, comme nous serions heureuses ici...

— Y penses-tu ?

— Pourquoi ne reviendrais-tu pas vers nous ?

— C'est impossible.

— Qui t'en empêche ?

— Non ! non ! ne parlons pas de cela, petite sœur... c'est impossible, te dis-je.

— Ah ! tu ne nous aimes donc plus ?

La pauvre fille ne répondit pas, mais par un mouvement spontané et qu'elle ne put réprimer, elle prit la tête de Louise et la baisa plusieurs fois dans les cheveux avec un transport enivré.

— Folle ! folle ! lui dit-elle tandis qu'un flot de larmes montait à ses yeux.

Louise sortit de cette étreinte les cheveux en désordre, son petit fichu tout froissé.

— Eh bien, me voilà belle, maintenant, dit-elle en souriant et en pleurant de joie, si j'étais coquette...

Madeleine la regarda avec étonnement, et remarquant pour la première fois qu'il y avait quatre couverts sur la table :

— Mais tu attends donc quelqu'un? dit-elle avec un singulier tressaillement.

— Sans doute... répondit Louise.

— Un étranger?

— Un ami...

— Qui est-ce donc?

Louise eut un sourire angélique; elle se rapprocha de sa sœur, lui prit les mains, rougit un peu, et l'embrassant plus tendrement encore qu'elle n'avait coutume de le faire :

— Il s'appelle Pierre Morgan, répondit-elle d'une voix où Madeleine n'eut pas de peine à démêler une charmante émotion; il a vingt-huit ans à peu près; c'est un ancien marin, il habite sur le même palier que nous.

— Mais comment l'as-tu connu? fit Madeleine.

— Il y a quelques mois qu'il est notre voisin... quinze jours après son arrivée, il est tombé malade, et, mère et moi, nous l'avons soigné...

Il serait difficile d'expliquer l'étrange sentiment qui s'était emparé de Madeleine; depuis que Louise lui parlait de cet inconnu, de ce marin, de ce Pierre Morgan, au nom de qui elle avait paru se troubler et rougir, on eût dit qu'un vague soupçon venait de traverser son esprit, qu'elle n'accueillait qu'avec une réserve ironique, l'aveu si spontané de cette amitié sincère, et qu'au fond de son cœur elle était presque heureuse de voir sa sœur sur une pente dangereuse qui pouvait l'entraîner à une faute !...

Mais ce sentiment ne dura pas. Madeleine aimait trop sa sœur pour considérer longtemps sans frémir le danger auquel elle était exposée; exagérant même cette situation, elle n'eut bientôt d'autre pensée que de la protéger et de la défendre.

— Voyons! voyons! dit-elle vivement; mais c'est une chose toute nouvelle que tu m'apprends là... et je m'étonne que tu ne m'en aies pas encore parlé... Est-ce que tu le vois souvent, ce M. Pierre Morgan?

— Presque tous les soirs.

— Chez lui?

— Madeleine, y penses-tu... mais non, ici, auprès de mère..

Le général de Ramou.

— Et que te dit-il?

— Oh! il est bien triste...

— Pourquoi cela?

— Parce qu'il aime quelqu'un qui ne l'aime pas.

— Toi, peut-être? fit Madeleine.

Louise frissonna et baissa les yeux.

— Il ne pense guère à moi, puisque je te dis qu'il aime une femme... une amie d'enfance, une comtesse, que sais-je...

Madeleine remua soupçonneusement la tête.

— Eh bien, tu diras tout ce que tu voudras, répondit-elle, mais ton marin me semble un singulier personnage; je ne serais pas fâchée de le voir.

— Sois donc satisfaite, vilaine sœur, répliqua Louise, car on vient de frapper... je suis sûre que c'est lui...

En parlant ainsi, Louise courut aussitôt à la porte qu'elle ouvrit, et Pierre Morgan entra dans la chambre.

La présentation se passa comme il convenait; Madeleine avait pâli un moment, en voyant entrer cet homme qu'elle ne connaissait pas, comme si elle eût craint de trouver en lui une figure de connaissance; mais quand elle comprit à l'attitude du visiteur qu'elle lui était complètement étrangère, quand elle trouva surtout dans ce marin une distinction, une bienveillance, un charme même qu'elle était loin d'attendre, son enjouement revint tout

à fait, elle serra muettement la main de Louise, comme pour lui communiquer, par cette pression, toute la satisfaction qu'elle éprouvait; quelques minutes après, Madeleine et Morgan causaient avec autant d'aisance que s'ils se fussent connus de longue date.

Louise ne se possédait pas de joie.

— Ah! je vous le disais bien, monsieur Morgan, je vous disais bien que vous aimeriez ma sœur, et j'en suis bien heureuse...

— Mais, mademoiselle Madeleine n'a qu'un tort à mes yeux, répondit le marin.

— Lequel? dit la mère.

— C'est de ne pas habiter avec vous.

— Là !... lui aussi! s'écria Louise en battant des mains; tu le vois, tout le monde te désire.

— Mais je te l'ai dit, répliqua Madeleine, il n'y faut pas songer.

— Et pourquoi donc? mademoiselle.

— Je ne suis pas libre.

— Mais alors on s'explique, insista Louise en faisant cette petite moue qui lui était habituelle, on ne se cache pas... on dit où l'on demeure, afin que l'on aille te voir... Mais prends-y garde, un jour, moi, j'irai te surprendre.

Madeleine pâlit, mais ne répondit pas.

Morgan l'observait. Une sourde émotion faisait battre son

cœur. Il ne savait que penser, ou plutôt il n'osait accueillir les mille pensées qui venaient l'assaillir en foule.

Tout à coup tout le monde se tut.

Des coups sonores venaient de retentir contre la porte.

— Qui donc peut venir à cette heure? dit Louise en se levant de table pour aller ouvrir.

Tous les regards l'avaient suivie, ceux de Madeleine surtout, qui était devenue plus pâle encore, et avait croisé ses deux bras sur sa poitrine, dans un mouvement d'anxiété et de terreur. Quand la porte s'ouvrit et laissa voir un homme debout sur le seuil, deux cris partirent en même temps, l'un poussé par Pierre Morgan, l'autre par la malheureuse Madeleine.

Cet homme était Mistral.

VII

LES CAVES DU CABARET DU LAPIN BLANC

— Troun de l'air! s'écria le Provençal sans se déconcerter à l'accueil plus que singulier qui lui était fait, il paraît que l'on s'amuse ici les uns sans les autres... Eh donc! je viens me joindre aux amis et réclamer ma place auprès de la charmante Olga...

Il allait entrer sans plus de façon dans la chambre, malgré l'air stupéfait de Louise, quand Pierre Morgan, jugeant la position d'un coup d'œil et devinant une partie de la vérité, quitta vivement la place qu'il occupait, courut à la rencontre de Mistral, dont il serra le bras avec une énergie qui fit pousser un cri de douleur au Marseillais.

— Misérable! lui dit-il à voix rapide et basse, si tu fais un pas de plus, c'est à moi que tu auras affaire.

— Morgan! fit Mistral confondu.

— Viens...

— Mais, je veux parler à Olga...

— Tais-toi...

— C'est donc pour vous qu'elle est ici? Ah! si j'en étais sûr!...

L'ami de madame de San Lucar ne répondit pas à cette menace; son œil était plein d'éclairs; il serra plus rudement encore

Et, sans attendre que le Dandy fût remonté, il sauta à la gorge de Morgan.

le bras de Mistral, et, l'entraînant sur le palier, en fermant avec force la porte derrière lui, il l'accula contre la muraille aussi facilement qu'il eût fait d'un enfant.

Mistral était fort cependant; mais il y avait entre lui et son interlocuteur un secret qui donnait à ce dernier une puissance mystérieuse que le Provençal subissait malgré lui. Quand Morgan l'eut lâché et qu'il eut repris l'usage de ses mains il leva le poing sur son adversaire; mais ce dernier était prêt à la riposte, il se dressa menaçant et redoutable.

— Écoute, lui dit-il d'un accent résolu, tu vas partir à l'instant même, sans ajouter un mot de plus, ou, sur ma vie, je t'envoie une seconde fois au bagne.

— Mais, puisque je vous dis que je veux voir Olga! s'écria l'ancien galérien les dents et les poings serrés.

— Il n'y a point ici d'Olga, répondit Pierre Morgan : je ne connais qu'une jeune fille du nom de Madeleine, qui vient tous les jeudis voir sa mère et sa sœur; celle que je connais au dehors, sous un autre nom, doit te rester étrangère ici.

— Alors, vous m'assurez que ce n'est pas pour vous qu'elle vient? Du reste, c'est ce que j'éclaircirai ce soir.

— Comme tu voudras.

— Et quant à vous...

— Quant à moi, tu sais qui je suis et ce dont je suis capable;

eh bien, agis en conséquence, surtout, fais en sorte de ne jamais me pousser à bout.

Et, sur ces mots, il indiqua l'escalier d'un geste impérieux à son interlocuteur hésitant, puis il rentra aussitôt dans la chambre, où son absence commençait à inquiéter vivement Louise.

— Eh bien? demanda-t-elle au jeune homme, qui vint tranquillement reprendre sa place auprès d'elle.

— Oh! ne vous tourmentez pas, répondit le jeune marin; cet homme s'était trompé sans doute... il est ivre probablemen.... demandait une demoiselle Olga, et je lui ai fait comprendre qu'il avait à s'adresser ailleurs.

— Mais il va revenir peut-être!... balbutia Madeleine.

— Et pourquoi donc? fit Morgan, il n'y a point ici d'Olga, n'est-ce pas, et, par conséquent, cet homme n'a aucune raison de venir troubler cette petite fête de famille.

— Alors n'y pensons plus, dit la mère des deux jeunes filles.

— Et soyons tout entiers à nous-mêmes, ajouta Louise.

Cet incident n'eut pas d'autre suite, si ce n'est que pendant le reste de la soirée Madeleine parut pensive, et, chaque fois que son regard rencontrait celui de Pierre Morgan, une vive rougeur montait à ses joues.

Le lendemain soir, vers dix heures, un homme vêtu d'un costume plus que modeste, chapeau effondré, paletot montrant la corde, pantalon effrangé, tournait le coin de la rue Saint-Éloi et entrait, d'un pas rapide, dans l'impasse Saint-Martial.

D'un coup d'œil vif et prompt il avait sondé les environs; quand il parvint au numéro cinq de l'impasse, il s'était assuré que personne ne l'avait suivi et ne pouvait le voir.

L'impasse était déserte, aucune lumière ne brillait aux fenêtres; il faisait, d'ailleurs, une nuit épaisse et sombre.

Alors il tira une clef de sa poche, l'introduisit dans la serrure, pénétra dans un couloir étroit et obscur, au fond duquel était un escalier de vingt-sept marches qu'il se mit à descendre à tâtons. Là, se dressait une porte bardée de fer, que quatre hommes des plus robustes n'eussent certainement pas pu ébranler.

Le nocturne visiteur souleva avec effort une énorme barre de fer, et, bientôt, sous la pression d'un secret qu'il fit jouer adroitement, la porte tourna sur ses gonds rouillés et s'ouvrit.

Ce résultat obtenu, il entra.

Mais avant de suivre notre homme plus avant, il est important que nous retournions de quelques heures en arrière, et que nous fassions au lecteur la confidence d'un nouvel incident qui s'était produit, le matin même, chez le marquis de Lempsac... Cet incident a trait à deux de nos personnages, qui vont se trouver bientôt gravement engagés dans ce récit.

Le marquis de Lempsac venait de se lever; Saverny était assis auprès de la cheminée, et ils causaient tous deux des événements de la veille... Marcel était préoccupé; son entrevue avec Isabelle, la menace du général de Ramon, le départ prochain de Gabrielle pour son château de Vivonne, tout cela était autant de sujets de contrariétés... Ses plans allaient se trouver forcément modifiés. Dans cette prévision il venait de décider, avec Saverny, que la société serait convoquée le soir même au *Lapin blanc*; seulement, comme il pouvait y avoir encore du danger à se montrer ostensiblement, l'on se réunirait dans les caves du caboulot, d'où l'on pouvait impunément défier toutes les investigations de la police.

Une autre raison avait aussi poussé Marcel dans cette voie de résolutions nouvelles.

Le matin il avait appris, par le Furet, que le vieil Isaac Mayer s'était adressé à la comtesse de Vivonne, à l'occasion de sa lettre de change de vingt mille francs; et cet acte, qui pouvait le perdre dans l'esprit et dans le cœur de Gabrielle, avait inspiré au marquis un désir immodéré de tirer une vengeance éclatante du vieil usurier.

Les deux amis s'entretenaient de leurs projets avec autant de calme et de sang-froid que s'il se fût agi d'affaires de la vie ordinaire, quand le timbre de l'antichambre vint interrompre leur conversation, en leur annonçant l'arrivée d'un visiteur.

Un visiteur était toujours un sujet d'inquiétude chez le marquis de Lempsac, aussi leva-t-il vivement la tête, quand François entra dans la chambre à coucher et présenta une carte à son maître.

— Le général de Ramon! fit ce dernier après avoir lu.

Et, réprimant un mouvement d'impatience, il ajouta:

— Priez le général d'entrer, je suis à lui dans l'instant.

Puis, il entraîna Saverny dans le boudoir.

— Je ne connais pas ce général de Ramon, lui dit-il, je ne sais au juste ce qu'il vient me demander; pars donc, ou reste à ton gré; mais, en tout cas, préviens les autres, et que tout le monde se trouve ce soir au rendez-vous!

Puis, il passa dans la chambre où le général l'attendait.

M. de Ramon était, ainsi que nous l'avons dit, un homme de haute stature, sur la physionomie duquel se peignaient les instincts les plus grossiers; Marcel ne l'avait vu que bien rarement, il le salua pourtant avec grâce et lui offrit un siège.

— Monsieur le marquis, dit M. de Ramon, vous m'attendiez, je l'espère, à me voir ce matin?

— Peut-être, général, répondit Lempsac.

— Comment! après ce qui s'est passé hier?

Marcel sourit.

— Ce qui s'est passé hier est fort simple, répondit-il d'un accent poli, mais au fond duquel on sentait une grande fermeté; mademoiselle de Ramon m'a fait l'honneur de me prier de la venir voir, j'aurais cru manquer à tous les devoirs d'un galant homme si je ne m'étais rendu à son appel.

— Cependant, monsieur le marquis, vous ne pouviez ignorer qu'en agissant ainsi vous compromettiez à plaisir l'honneur d'une jeune fille.

— J'en appelle à vous-même, général, qu'eussiez-vous fait à ma place?

— Mais, ce n'est pas là répondre.

— Je n'ai pas, cependant, d'autre justification à vous offrir.

— Je le regrette, monsieur, car je ne vous cacherai pas que si je suis venu vous trouver ce matin, c'est avec la ferme intention...

Le général allait continuer, lorsque, pour la seconde fois, le timbre de l'antichambre retentit, et François vint annoncer la duchesse de San Lucar.

Marcel se tourna vers le général:

— Vous permettez, mon général? lui dit-il.

Et, sans attendre de réponse, vivement intrigué par cette visite inattendue, il passa dans le salon.

C'était bien la duchesse.

Sa mise était simple, mais d'un goût exquis; sous son chapeau du matin, sous sa robe de velours et son cachemire qui l'enveloppait des pieds aux épaules, la duchesse était réellement belle et désirable.

Dès qu'elle vit le marquis elle lui tendit la main avec une aménité charmante, qui rappelait la créole; puis, faisant quelques pas vers lui:

— Ah! monsieur le marquis, lui dit-elle, vous excuserez mon indiscrétion, n'est-ce pas, d'oser me présenter ainsi chez vous à une heure aussi indue; mais il s'agit pour moi d'une affaire de la plus haute importance, et je n'ai pas cru un seul instant que vous pussiez me refuser le service que je viens vous demander.

— Parlez, parlez, madame! répondit Lempsac en baisant la main gantée de madame de San Lucar, je serais trop heureux de vous être bon à quelque chose, et je bénis le hasard qui me procure l'honneur de votre présence ici.

— Alors, vous me permettez d'aller tout de suite au fait?

— Je vous en prie même.

— Eh bien, figurez-vous, monsieur le marquis, que tout à l'heure, place Vendôme, au moment de monter en voiture, j'ai cru reconnaître à deux pas de moi, dans une remise qui passait, un fantôme que j'ai tout intérêt à retrouver, et pour lequel je puis presque dire que j'ai traversé l'Océan.

— Vraiment! fit Marcel en souriant.

— Oh! c'est sérieux, monsieur le marquis, poursuivit la duchesse dont le front se rembrunit tout à coup; cette personne et moi, nous avons un compte terrible à régler ensemble, et il faudra bien, tôt ou tard, que nous nous trouvions en face l'un de l'autre.

— Mais je cherche... dit Lempsac, qui commençait à s'intéresser à la confidence.

— Voici, répliqua la duchesse: dès que j'eus cru reconnaître la personne dont je parle, mon unique pensée a été de ne la point perdre de vue, afin d'apprendre immédiatement où elle demeurait... J'ai donné l'ordre à mon cocher de suivre la remise, et après dix minutes, nous nous arrêtions à votre porte.

— Est-ce possible, madame!

— J'ignorais que ce fût ici chez vous; mais j'ai interrogé votre concierge, je lui ai donné son signalement, et enfin on m'a assuré que je trouverais mon fantôme chez M. le marquis de Lempsac.

— Chez moi!

— Oh! ne vous en défendez pas, monsieur le marquis, dit la duchesse avec grâce, je ne viens point mettre votre discrétion de gentilhomme à l'épreuve; la personne que je veux rejoindre est tout simplement un homme!

Marcel s'inclina.

— Soit, madame, répondit-il; mais je crains bien qu'il n'y ait dans tout ceci qu'une erreur de ressemblance, car la personne qui est entrée tout à l'heure chez moi n'est autre que M. le général de Ramon.

— Le père d'Isabelle?

— Lui-même.

— Mais c'est impossible!

— Désirez-vous vous en assurer?

La duchesse de San Lucar se tut un moment et pressa son front de ses deux mains.

— C'est impossible! répéta-t-elle après quelques secondes de silence; je l'ai vu, là, devant mes yeux, et, bien que de longues années se soient écoulées depuis cette époque, ses traits sont encore gravés dans mon esprit, et je n'aurais pu me tromper à ce point!

— Le général est dans ma chambre, fit le marquis, et si vous le voulez...

— Oui, répondit la duchesse d'une voix fiévreuse, il le faut! la vengeance est là!... je veux le voir!... Passez, monsieur le marquis, je vous suis...

Marcel croyait à une méprise sans doute; mais, à tort ou à raison, et bien s'expliquer le sentiment auquel il obéissait, il prenait un singulier intérêt au mystère dont la duchesse ne lui dévoilait encore qu'une faible partie.

Mais dès que cette dernière eut franchi le seuil de la porte et qu'elle se trouva en présence du général de Ramon, un cri inouï s'échappa de sa poitrine, elle se précipita vers lui par un élan d'une violence désordonnée.

— C'est lui ! c'est bien lui ! s'écria-t-elle avec force.

Puis, lui saisissant la main par un geste plein d'autorité et de menace :

— Domingo ! ajouta-t-elle d'une voix éclatante, Domingo, je te retrouve donc enfin !

Le général recula de deux pas à ce nom qu'on lui jetait ainsi à la face, et chercha dans les traits de celle qui lui parlait un indice qui le mît sur la voie d'un souvenir quelconque.

D'abord il ne se rappela rien ; il la regardait, ébahi, cette femme qui venait de l'appeler d'un nom qu'il avait peut-être oublié lui-même ; il ne put que la trouver belle, sans que sa beauté le frappât autrement. Mais, peu à peu cependant, les souvenirs évoqués semblèrent revenir en foule ; il pâlit et rougit alternativement, et finit par laisser échapper une exclamation de surprise, mêlée d'une certaine inquiétude.

— C'est impossible ! balbutia-t-il en passant la main sur son front où la sueur perlait.

— Je le disais aussi tout à l'heure, repartit la duchesse.

— Ophélie !

— Ah ! tu te souviens...

— Elle ! elle ! ici !...

— Tu ne m'attendais pas... tu m'avais oubliée... Tu croyais que les morts ne reviennent jamais troubler les vivants !...

Le général frissonna, jeta autour de lui un regard épouvanté, comme s'il eût craint que le marquis n'eût entendu ; mais Marcel s'était discrètement retiré dès les premiers mots, puis il avait passé dans le boudoir attenant au salon d'où il pouvait, sans être vu, ne rien perdre de cet intéressant entretien.

— Taisez-vous, taisez-vous ! fit le général de Ramon en pâlissant de nouveau, si quelqu'un nous entendait...

— Eh ! que m'importe ! répondit la duchesse avec violence, voilà dix ans que je te cherche... Sotte que j'étais... je demandais partout Domingo, et jamais l'idée ne me serait venue de te chercher sous le nom d'emprunt dont tu t'es affublé... Mais me voici maintenant, Domingo, nous nous sommes reconnus tous deux, et si je n'obtiens pas de toi ce que je suis venue chercher, je jure Dieu que je t'arracherai, devant tous, le masque sous lequel tu te caches !

— Mais que veux-tu donc ? murmura le général.

La duchesse se pencha avidement vers lui, et instinctivement elle baissa la voix.

— Je veux savoir, dit-elle, ce que tu as fait de nos enfants ?

— Mais, j'ignore moi-même ce qu'ils sont devenus.

— Tu mens !...

— Je te jure...

— Tu mens, te dis-je ! Tu les as confiés à un misérable qui les a tués peut-être, d'après ton ordre ; eh bien, je veux le savoir, je veux apprendre aujourd'hui à quel point tu as été infâme et lâche, afin que le châtiment soit mesuré au crime... Réponds donc et n'essaye plus de me tromper...

Pendant que la duchesse parlait, le général paraissait réfléchir profondément comme en l'écoutant... Quand elle eut fini il releva le front, et un sourire contraint effleura un moment ses lèvres.

— Soit ! dit-il, et, puisque tu le désires, avant peu tu seras satisfaite.

— Songe que je ne te perds pas de vue, fit madame de San Lucar.

— Dès ce soir je ferai ce qu'il faudra.

— Et quand te reverrai-je ?

— Dans quelques jours.

— A bientôt, alors.

— Oui, à bientôt.

La duchesse sortit sur ces mots, et le général de Ramon l'accompagna galamment jusqu'à sa voiture.

Quand elle eut disparu et qu'il se retrouva seul, il réprima un geste de violent dépit, gagna sa remise en proférant un juron énergique ; mais, au moment où il allait y monter, il s'arrêta stupéfait et interdit.

Un homme venait de passer à ses côtés qui avait prononcé son nom de Domingo, et s'était pris à le regarder avec étonnement.

Le plus sage eût été peut-être de n'y point prendre garde ; mais je ne sais quel instinct poussa le général, il se retourna vers le mystérieux passant, et se mit lui-même à le considérer avec une profonde attention.

— Mistral ! dit-il enfin avec un cri.

— Eh donc ! je savais bien que je ne me trompais pas ! répondit le Provençal.

— Tu es donc à Paris ?

— Avec votre permission, maître Domingo.

— On m'appelle le général de Ramon.

— Général !... excusez du peu... il paraît que vous avez monté en grade.

— Et que fais-tu toi-même ?

— Un peu de tout.

— Serais-tu donc disposé à faire comme autrefois ?

— Dame ! si on était bien payé.

— Tu le serais.

— Alors... je suis votre homme.

— Où demeures-tu ?

— Ah ! ça c'est différent... un peu partout... parce que...

— Je comprends... Mais où peut-on te voir ?

— Rue aux Fèves, numéro six.

— Au *Lapin blanc* ?

— Vous y êtes.

— Et à quelle heure, quel jour ?

— Oh ! tous les soirs, vers dix heures.

— Eh bien, Mistral, avant peu on pourra renouer connaissance, et, si tu es un homme, il y aura peut-être pour toi quelques bons billets de mille francs à gagner.

— J'en accepte l'augure ! répondit le Provençal, et vous verrez, général, que l'on ne vole pas son argent.

Ils se séparèrent.

Le général monta dans sa voiture, et Mistral se mit à faire la sentinelle devant la maison du marquis de Lempsac. Il attendait Saverny, qui, à tout hasard, lui avait donné rendez-vous en cet endroit, se doutant bien qu'après son entrevue avec le chef, il y aurait quelques ordres à transmettre aux autres affidés.

Mais il est temps de reprendre notre récit, au moment où nous l'avons interrompu pour cette courte digression dans le domaine des incidents, et de rejoindre le mystérieux visiteur que nous avons laissé engagé dans les détours des caveaux du *Lapin blanc*.

Si nous disons *caveaux*, c'est qu'en effet les fondations du célèbre cabaret ne ressemblent pas à celles des maisons vulgaires, et rien qu'à voir ces assises solides, ces murs épais, ces voûtes élevées et sonores, on ne peut douter du rôle important que cet établissement a dû jouer dans l'histoire des exécutions juridiques. Il n'est pas besoin de faire de grands efforts d'imagination pour arriver à se persuader que le *Lapin blanc* a pu être, à une certaine époque, une succursale établie dans l'ombre par de ténébreux justiciers ; sa proximité du Palais de Justice, sa situation au milieu d'un quartier mal famé, les vestiges étranges que l'on y remarque encore, tout atteste que ces caveaux ont dû servir à quelque industrie secrète qui avait besoin de se cacher pour frapper : ici, ce sont des anneaux de fer scellés dans la muraille ; là, des oubliettes qui s'ouvrent ou résonnent sous vos pas ; à cette clef de voûte devait être attachée une poulie, — qui sait ! — dans ce coin obscur a râlé peut-être quelque victime innocente des francs-juges ou de l'inquisition... Ah ! c'est bien de ces murs que l'on peut dire qu'ils étouffent les cris, éteignent les sanglots, absorbent l'agonie... Et, devant ce hideux tableau, on rêve avec des frissons involontaires à toutes ces lâches iniquités politiques et religieuses, dont la grande révolution seule a pu nous débarrasser à tout jamais.

L'homme qui venait de pénétrer dans ces caveaux, — le lecteur l'a sans doute maintenant reconnu, — n'était autre que Marcel.

Il était dix heures... Ses amis, convoqués dès le matin, devaient être réunis, on n'attendait probablement plus que lui.

En effet, après avoir effectué un dernier détour de quelques pas, il aperçut une lumière qui filtrait à travers les ais mal joints d'une porte vermoulue, où il ne tarda pas à aller frapper.

La porte s'ouvrit ; notre personnage pénétra dans une cave spacieuse, où Léon, Mistral, l'Aveugle et le Dandy l'attendaient. Le visiteur nocturne distribua quelques cordiales poignées de main, puis il alla prendre place sur un escabeau.

Marcel était sombre ; chacun put remarquer sur ses traits la trace de préoccupations soucieuses, et, pendant quelques secondes, un silence profond régna dans ce cénacle du crime.

Enfin le chef releva le front, et, promenant son regard sur ses compagnons :

— Mes amis, leur dit-il, j'ai pris ce matin une grande résolution ; un événement est survenu dans mon existence, et, pour atteindre un but que je poursuis depuis quelque temps, il est important qu'à partir de demain nous nous séparions...

— Nous séparer ? fit l'Aveugle avec inquiétude.

— Tu veux donc quitter Paris ? ajouta Léon.

— Et dans quel autre paradis serions-nous mieux qu'ici! compléta Mistral.

Le chef leur imposa silence.

— Nous nous séparerons pour quelque temps, répondit-il, mais nous n'en serons pas moins toujours amis; d'ailleurs, je n'irai pas si loin que, toutes les semaines, je ne puisse venir ici vous aider de mes conseils et prendre ma part de nos entreprises communes...

— A la bonne heure, dit Léon.

— Toi, repartit Marcel en s'adressant à ce dernier, je t'emmène, j'aurai besoin de toi surtout; car notre ressemblance nous servira à merveille pour dissimuler les absences que je serai obligé de faire : quand je partirai, tu te montreras; quand je resterai, tu te cacheras... De cette manière, bien fin sera celui qui pourra deviner le double jeu que je jouerai...

— Eh! eh! pas mal imaginé, murmura l'Aveugle.

— Il a des inventions du diable! fit Mistral.

— Mais ce n'est pas tout, continua Lempsac avec autorité, le moment est venu de vous entretenir d'un projet que je nourris depuis longtemps, et qui, s'il est exécuté avec adresse, peut faire notre fortune à tous.

— Voilà qui me sourit à merveille, dit Mistral; il y a pas mal d'années que je rêve d'élever là-bas, pour mes vieux jours, une petite bastide... car, voyez-vous, on n'oublie jamais le soleil du pays.

— Écoutez-moi donc, interrompit Marcel, tout est préparé, et, dès demain, vous allez vous mettre à l'œuvre... Pascal, j'ai compté sur toi.

— Sur moi! fit l'Aveugle.

— Tu as été graveur?

— Sans doute.

— Avec de bons outils, tu parviendrais, j'en suis sûr, et sans peine, à imiter un billet de mille?

— D'autant mieux que ce n'est pas la première fois...

— Je le savais.

— Il sait tout... observa Mistral.

— Eh bien! j'ai des outils, dit Lempsac, des planches, une presse, tout ce qu'il faut enfin, et cette nuit même, si tu le veux, tu pourras commencer.

— Mais où travaillerons-nous?

— Ici.

— Si le vieux père Pitanche s'en doutait, il nous dénoncerait.

— Mes amis, dit Marcel en haussant les épaules, quand vous m'avez choisi pour votre chef, vous pensiez, n'est-ce pas, que vous trouveriez en moi un homme, non-seulement décidé à prendre sa part de tous vos dangers, mais encore capable de combiner tous les moyens de sauver l'association dans le cas extrême où elle serait menacée. Vous aviez raison de penser ainsi, et je veux vous le prouver à l'instant même... Le père Pitanche habite cet immeuble depuis deux années, mais il y en a dix que je le connais et que je le fréquente... et quand je vous réunis en cet endroit, c'est que, par impossible, nous y étions traqués et poursuivis, il me serait aussi facile de vous tirer de ce mauvais pas qu'à Mistral d'avaler un verre de petit bleu...

— Troun de l'air! cette assurance ne m'est pas désagréable, dit le Provençal.

Tout en parlant, Lempsac s'était dirigé vers un coin obscur de la cave, et, à l'aide d'un couteau catalan qu'il avait tiré de la poche de son paletot, il venait de faire tourner sur elle-même une des pierres de taille qui formaient la base de l'un des murs.

— Regardez! dit-il alors à ses compagnons, qui tous les quatre étaient accourus pour voir et semblaient l'interroger avidement.

— Que le père Pitanche nous dénonce, poursuivit le chef, nous trouverons par cette issue une retraite facile et assurée... Cette ouverture communique à un souterrain qui lui-même aboutit à un égout... L'égout une fois atteint, on n'est plus qu'à deux cents pas de la Seine... Comprenez-vous?

— Si je comprends! s'écria Mistral, mais c'est-à-dire que c'est une bénédiction.

— Ainsi vous n'aurez plus peur du père Pitanche!

— Bagasse! et que si le vieux porc, il s'avisait de nous jouer un pied de sa façon, je lui casserais les reins d'abord, comme à une crevette!...

— Ainsi, c'est entendu...

— Parfaitement.

— Demain, Pascal s'installe ici.

— Très-bien...

— Après-demain, je pars avec Léon et le Dandy; puis, tous les jeudis soir, réunion de la société dans les caves du caboulot.

L'ordre du jour étant épuisé, Marcel leva la séance. Mais comme il eût été imprudent de sortir tous ensemble par l'impasse Saint-Martial, l'Aveugle et Léon choisirent seuls cette issue, tandis que Lempsac, Saverny et Mistral remontèrent au cabaret par cette trappe que nous avons déjà vue fonctionner au premier chapitre de ce récit.

Or, pendant que ces faits se passaient, une singulière rencontre se préparait aux environs du *Lapin blanc.*

Isaac Mayer avait accordé la veille à Pierre Morgan deux jours pour réfléchir; mais le jeune marin aimait trop ardemment la comtesse de Vivonne, pour vivre aussi longtemps avec l'idée de son déshonneur, et vingt-quatre heures après son entrevue avec le vieil usurier, c'est-à-dire le lendemain soir, entre dix et onze heures, il s'acheminait vers la rue de la Licorne, quand, au détour de la rue aux Fèves, il vit passer devant lui une femme dont les traits, quoique vaguement entrevus au reflet douteux d'un réverbère, le frappèrent cependant assez profondément pour qu'il dût retenir un cri de surprise. Il s'arrêta.

Pierre était vêtu d'un épais bourgeron, dans lequel il s'enveloppait frileusement, et il était absolument impossible de distinguer ses traits; mais en l'entendant suspendre sa marche, la femme qui venait de passer se retourna, et se voyant l'objet d'un examen aussi attentif, elle partit d'un éclat de rire effronté; puis elle reprit presque aussitôt son chemin.

Morgan avait frissonné. Ce rire venait de confirmer en partie ses soupçons, il lui sembla que ce n'était pas la première fois qu'il avait entendu cette voix.

La femme continuait de marcher. Il la suivit, mais elle tourna tout à coup à droite, et disparut. Elle venait d'entrer au numéro 6.

Comme notre jeune homme voulait à tout prix avoir le cœur net de ses soupçons, il suivit la mystérieuse jeune femme dans l'établissement. En y pénétrant, Pierre ne distingua d'abord rien à travers l'âcre fumée qui y régnait; mais peu à peu son regard s'habitua à cette lumière sombre et terne, et il finit par apercevoir, au fond de la seconde salle, la personne qu'il y comptait trouver, et vint se placer debout à quelques pas de la table sur laquelle elle s'était accoudée.

Cette personne était Olga.

— Madeleine, lui dit le jeune homme, c'est donc là l'épouvantable mystère que vous cachez à Louise et à votre mère!

A cet appel inattendu, à ces paroles prononcées d'un ton sévère, mais doux, la malheureuse femme porta ses deux mains à son front.

— Qui me parle! s'écria-t-elle épouvantée; qui es-tu?... qui êtes-vous? se hâta-t-elle d'ajouter en reconnaissant en son interlocuteur un hôte étranger au caboulot.

Puis, elle lui prit les mains par un geste résolu, l'entraîna auprès de la lumière, et, quand elle eut vu ses traits, quand elle eut compris qu'elle avait devant elle l'honnête homme que sa sœur aimait, elle poussa un cri de terreur et se laissa tomber à genoux.

— Pitié! pitié! balbutia-t-elle accablée; cachez-le à Louise... ne le dites jamais à ma mère!

— Elles le sauront tôt ou tard, et elles en mourront de honte.

— Ne me dites pas cela!

— Mon enfant, il faut quitter ce bouge infâme.

— Je ne le puis plus.

— Que dites-vous là, Madeleine?

— Mais vous ne savez donc pas qui je suis?... Ah! tenez, non, laissez-moi, je ne les verrai plus!... c'était toute ma joie cependant, ma seule consolation dans l'abjection où je suis tombée!... Eh bien, je ne retournerai plus rue de Babylone; c'est fini... Vous leur direz que je suis sombre et vous me croirez morte même, si vous voulez... Pauvre Louise!... elle m'aime tant!... Elles me pleureront toutes deux... mais cela leur fera moins de peine encore que d'apprendre la vérité... Oh! c'est horrible, n'est-ce pas? et j'y pense souvent...

— Pourtant, si vous vouliez!...

— Oui, on croit cela, et je l'ai souvent rêvé moi-même, la honte m'a quelquefois inspiré ce courage; mais on ne remonte jamais du fond de pareils abîmes!... on ne redevient pas une honnête femme quand on a été une fille perdue!... c'est impossible, entendez-vous, c'est impossible!

— Pauvre femme!

— Ah! vous me plaignez, vous, parce que vous connaissez Louise... eh bien, oui, je suis à plaindre! car on ne sait pas tout ce que le vice coûte de larmes, et quels sombres désespoirs succèdent à nos courts moments de joie factice! Quelque jour voyez-vous, monsieur Morgan, et rappelez-vous ce que je vous dis à cette heure, quelque jour on me verra tout à coup disparaître, et ceux qui s'intéresseront à moi pourront aller droit à la Morgue, ils seront sûrs de m'y trouver.

En prononçant ces mots, Olga laissa tomber sa tête dans ses mains, et des larmes abondantes coulèrent le long de ses joues animées.

Morgan allait répondre et essayer encore peut-être de la ramener à des sentiments plus calmes, quand un bruit singulier détourna son attention et qu'il sentit le plancher de la salle remuer sous ses pieds.

Instinctivement il recula de quelques pas et se blottit dans un angle.

Alors il vit une trappe se lever lentement, et bientôt après une tête, que Morgan reconnut presque aussitôt.

C'était Mistral.

Mais le Provençal n'était pas seul, car à peine eut-il mis le pied dans la salle, qu'il tendit la main à celui qui le suivait; seulement, ce dernier ressemblait tellement peu au marquis de Lempsac sous son costume d'emprunt, que le soupçon même ne vint pas à Pierre que le bandit et le marquis pouvaient bien ne faire qu'une seule et même personne. D'ailleurs, le souci de sa propre sécurité l'occupait assez en ce moment pour détourner de lui toute autre préoccupation, et ce n'est pas sans un frisson d'inquiétude qu'il vit tout à coup le regard de Mistral se tourner de son côté.

— Diable! fit ce dernier à voix basse, nous ne sommes pas seuls, ici.

Et, sans attendre que le Dandy fût remonté, il sauta à la gorge de Morgan pendant que d'un coup de poing Marcel éteignait la chandelle.

VIII

UNE SÉANCE DE MAGNÉTISME

— A l'aide! à moi! cria Morgan dès qu'il se sentit aussi rudement appréhendé.

— Troun de l'air! grommela de nouveau Mistral: il est donc écrit que je le rencontrerai partout.

— Est-ce un mouchard? demanda Marcel.

— C'est mieux que cela, répondit le Provençal; nous avons affaire ici à notre plus dangereux ennemi, c'est-à-dire à Pierre Morgan.

— Morgan! répéta Marcel, Morgan au *Lapin blanc!*... ah! tu as raison, il faut en finir.

Et pendant que le Provençal s'occupait de lier les mains à son adversaire, maintenu en respect par Lempsac, ce dernier avait appelé le Dandy à son aide, et les trois hommes eurent bientôt mis le jeune marin dans l'impossibilité de bouger.

— La! fit Marcel, quand Pierre se trouva étendu à terre, pieds et poings liés; maintenant, Mistral, le reste te regarde.

— Que faut-il faire? répondit le Provençal.

— Plaisante question! dit Saverny, quand on a affaire à un pareil homme, le mieux est de s'en débarrasser.

— D'autant mieux, ajouta le marquis, qu'il m'a vu, peut-être, et que, dans ce cas, tout serait perdu. Donc, tu entends, tu vas le descendre dans le caveau que nous venons de quitter, et, avant demain, il faut qu'il n'y ait plus personne.

— Ce sera fait, répondit Mistral.

— Et nous, ajouta Marcel en s'adressant à Saverny, voici l'heure où le vieux renard rentre dans sa tanière, hâtons-nous d'aller l'y surprendre.

Puis ils s'éloignèrent du cabaret, laissant Mistral en présence de Pierre Morgan, garrotté dans un coin, aux pieds d'Olga, sur laquelle la présence de Marcel avait produit son effet ordinaire: elle était restée sans force et sans voix pendant la lutte qui venait d'avoir lieu.

Mais, au moment où nos deux personnages allaient pénétrer dans la rue de la Licorne, Saverny arrêta son ami.

— Voyons, dit-il, c'est bien décidé, nous allons chez Isaac Mayer?

— Hésiterais-tu à me suivre? répondit Lempsac.

— Nullement; seulement, l'entreprise que tu tentes me semble difficile, pour ne pas dire impossible. D'abord, à supposer qu'on nous ouvre la porte, il est permis de douter que le vieil usurier nous admette dans son sanctuaire et, dussions-nous y pénétrer, que le vieux forçat doit s'être entouré à l'intérieur de toutes les précautions qui doivent le mettre à l'abri d'un coup de main.

— Sont-ce là toutes les objections? fit Marcel.

— N'est-ce pas assez?

— Alors, viens, suis-moi; car, avant deux heures, je te pro-

mets que la caisse de maître Isaac Mayer sera à notre disposition. Tu oublies toujours, mon cher Saverny, que j'ai fait un peu tous les métiers, que j'ai été médecin surtout, et que, dans certaines capitales de l'étranger, le magnétisme a été une des principales ressources de mon existence. Il est vrai qu'il y a bien longtemps déjà que je n'ai eu recours à de pareils expédients; mais l'occasion se présente aujourd'hui, et je veux essayer s'il me reste encore un peu de cet étrange fluide, dont la puissance m'a valu naguère une véritable réputation dans le monde scientifique. A l'œuvre donc, mon ami; quant au reste, fie-toi à ma vieille expérience pour avoir prévu tous les obstacles et préparé toutes les chances de succès.

Saverny sourit et s'inclina.

Devant une pareille assurance, il n'y avait plus rien à répondre, et, en moins de cinq minutes, ils arrivaient à la porte d'Isaac Mayer. Elle était fermée, mais Marcel frappa trois coups à intervalles égaux, et elle s'ouvrit aussitôt.

— Ce n'est pas plus difficile que cela, dit le marquis de Lempsac, seulement, c'est ici que se présente le vrai danger de l'entreprise. Mayer demeure au premier; nous allons y monter; mais pendant que, pour lui donner le change, tu entreras dans la salle banale, moi, je me dirigerai vers le second étage.

— Mais le second étage est inhabité, objecta Saverny.

— Je le sais; ne te préoccupe donc de rien, attends avec patience, et, dans un quart d'heure au plus, j'irai te chercher.

En parlant ainsi, ils étaient arrivés au premier étage, Saverny sonna résolûment, pendant que Marcel continuait de monter sur la pointe des pieds.

Une fois arrivé à l'endroit où l'escalier finissait, il s'arrêta et prêta l'oreille.

Il entendit alors Saverny échanger quelques paroles avec un homme qui était venu lui ouvrir, puis la porte se refermer derrière lui, puis, enfin, tout bruit cesser dans l'escalier plein d'ombre.

C'est le moment que Marcel attendait.

Il se glissa aussitôt le long du toit qui formait saillie, passa par une lucarne étroite et gagna ainsi une fenêtre en tabatière, dont il brisa la vitre et par laquelle il pénétra à l'intérieur.

Le plus fort était fait: l'ennemi était dans la place.

Dès qu'il se vit dans cette position, Marcel se hâta d'allumer un rat-de-cave qu'il avait apporté, et, s'orientant de son mieux, il ne tarda pas à découvrir une porte secrète dont il fit aussitôt sauter la serrure, derrière laquelle il découvrit un escalier qui, selon toute probabilité, devait conduire au premier étage.

A voir l'assurance avec laquelle opérait cet homme, on eût pu croire qu'il avait fait une étude approfondie des localités; en effet, plusieurs jours auparavant il était venu inspecter les lieux, dans la prévision du coup de main qu'il tentait à cette heure.

L'escalier intérieur avait une quinzaine de marches environ: il était étroit et roide, mais Marcel avait l'habitude de ces difficultés; il descendit avec tant de précaution, qu'il parvint en quelques secondes à la porte qui, vraisemblablement, ouvrait de plain-pied sur l'appartement occupé par le vieil usurier.

Une fois là, cependant, il s'arrêta et parut écouter avec attention.

La porte donnait bien sur le salon de Mayer, mais, pour le moment, le vieux Juif avait un visiteur et il n'eût pas été prudent de le déranger.

Lempsac attendit donc, tout en continuant d'écouter; le silence était profond à l'entour; les paroles lui arrivaient aussi distinctement que s'il se fût trouvé dans le salon même. Peu d'instants après son arrivée, tout son être tressaillit, car il venait de comprendre que, dans cette conversation qu'il surprenait de la sorte, il ne s'agissait que de lui.

— Ainsi, disait une voix de femme, vous ne voulez faire aucune concession?

— Cela m'est impossible! répondait Isaac Mayer.

— Vous poursuivrez donc le marquis?

— A outrance!

— Et s'il ne peut payer cette lettre de change?

— Eh bien, je le ferai mettre à Clichy...

— Mais, c'est infâme!

Marcel entendit un petit ricanement.

— C'est mon droit, reprit aussitôt le Juif.

— Sans doute, et je ne le conteste pas, mais ce que je viens vous offrir est acceptable; voyons, accordez du temps: un mois, deux mois, si vous le pouvez, et, pour ce délai, moi, je vous offre le fruit de mes économies de jeune fille, c'est-à-dire, quelques billets de mille francs...

— Ah çà! mais vous aimez donc le marquis?

— Que vous importe?...

Il y eut un moment de silence.

Marcel écoutait toujours : il avait reconnu déjà la voix d'Isabelle; il ne savait vraiment que penser de cet étrange amour dont elle voulait le protéger. Il retenait sa respiration, et son regard semblait vouloir percer la porte qui lui faisait obstacle.

— J'ai, dans toute cette affaire, reprit Isaac, un intérêt que vous seule pourriez comprendre si vous le vouliez.

— Un intérêt, dit Isabelle, et lequel?

— Écoutez-moi : que répondriez-vous si je vous disais que je connais à Paris un homme qui vous a vue à peine deux ou trois fois, mais qui a conservé de vous le plus brûlant souvenir... Or, cet homme est riche, mademoiselle, il vous aime, et, dans cette circonstance il serait heureux, j'en suis sûr, de vous venir en aide et de vous offrir les vingt mille francs qui vous sont nécessaires...

— Et quel est cet homme? fit mademoiselle de Ramon.

— Que dites-vous de ma proposition? insista l'usurier.

— Mais, si cet homme que je ne connais pas m'offrait une somme aussi importante, je n'aurais d'autre idée que de la lui rendre le plus tôt possible.

— Et s'il ne voulait pas être remboursé...

— Que voulez-vous dire, monsieur?

— Si le bonheur de vous rendre service et d'éveiller en vous un peu de reconnaissance était son seul but, que répondriez-vous?

— Je ne sais...

— Enfin, jusqu'à quel point vous sentiriez-vous disposée à être reconnaissante?

Isabelle se tut... Marcel entendit le vieil Isaac se lever et faire quelques pas à travers la chambre.

— Voyons, dit tout à coup la jeune fille d'une voix plus brève et plus résolue, voyons, vous me faites là, monsieur, une proposition étrange, que dans toute autre circonstance je repousserais comme elle le mérite; mais il y a ici un homme à sauver de la honte, et j'aime cet homme... Répondez donc à votre tour, monsieur; quel est ce mystérieux protecteur dont l'amour consentirait à faire de pareilles folies?

— Je ne puis vous le dire encore, répondit Isaac... Mais qu'importe?...

— Vous avez raison... qu'importe... Ce qu'il est intéressant de savoir en ce moment, c'est le prix qu'il met à sa générosité... Eh bien, dites à cet homme, monsieur, que s'il sauve le marquis de Lempsac, il peut compter sur l'inaltérable amitié et le dévouement absolu de mademoiselle de Ramon.

Un nouveau ricanement se fit entendre sur ces mots.

— Mais cet homme vous aime! repartit vivement l'usurier d'un accent plein de fièvre; mais, pour votre amour il donnerait tout ce qu'il a gagné jusqu'ici et tout ce qu'il peut gagner encore... Tenez, écoutez-moi... Vous pouvez être riche : bijoux, diamants, dentelles, vous aurez tout; vous aurez une voiture, vous aurez une livrée, on vous enviera, et, pour tout cela que vous demande-t-on? un semblant d'amour... un mensonge... l'ombre du bonheur!... Isabelle, dites, le voulez-vous?

Pendant que le vieux Isaac parlait, la jeune fille s'était levée, et elle avait reculé jusque contre la porte derrière laquelle Lempsac était tout caché.

— Ah! vous vous êtes trahi!... dit-elle alors. Cet homme dont vous me parliez, je le connais maintenant, c'est Isaac Mayer qu'il se nomme!

— Eh bien, oui, vous l'avez deviné! répondit l'usurier d'une voix haletante, c'est moi!

— Arrière!...

— Je t'aime!...

— Laissez-moi!...

— Isabelle!...

— Ah! c'est donc un guet-apens?..

— Tu me repousses...

— Vous êtes un misérable!...

— Prends-y garde, Isabelle, n'éveille pas ma colère et ma haine; il en est temps encore; ou demain le marquis sera à Clichy!

— Oh! que faire, que faire, mon Dieu?...

— Un mot, te dis-je, un seul mot et je brûle cette traite, et je déchire ce jugement... Réponds!...

Isabelle ne répondit pas... Marcel l'avait entendue qui se laissait tomber sans force et sans voix sur un fauteuil; et Dieu sait si le misérable usurier n'eût pas profité de cet état de prostration dans lequel elle se trouvait pour accomplir un acte de violence. Mais, au moment où déjà il se rapprochait doucement de la jeune

fille, deux coups frappés avec force contre la cloison vinrent tout à coup glacer son sang dans ses veines, et l'arrêter, immobile et droit, comme s'il eût été instantanément cloué au parquet.

— On frappe! dit la voix faible et incertaine d'Isabelle.

— C'est impossible! balbutia Isaac.

— Là!... tenez, contre cette cloison...

L'usurier ne put faire un pas; il était pâle, une sueur abondante coulait de ses tempes, sa langue se collait, desséchée, à son palais.

Les coups recommencèrent.

— Entendez-vous? dit encore mademoiselle de Ramon.

— C'est vrai!

— Allez donc ouvrir...

— Mais je ne sais où est la clef... je l'ai perdue... et, d'ailleurs, il n'est pas possible que quelqu'un vienne chez moi... par cet escalier...

Comme Isaac achevait ces paroles, la serrure, fracturée avec une habileté de maître, sautait à terre, et la porte s'ouvrait d'elle-même, pour livrer passage à Marcel.

Ce fut un coup de théâtre.

Isabelle poussa un cri et se voila le visage, tandis que l'usurier, rendu au sentiment de la réalité par l'imminence du danger, tirait de sa poche un pistolet, dont il dirigeait le canon sur le marquis.

— Ah! prenez garde, fit ce dernier avec enjouement et sans se couvrir, ne lâchez pas le chien, car ça vous coûterait trop cher... Que diable, on ne tue pas ainsi un débiteur de vingt mille francs.

L'usurier abaissa vivement son arme, l'argument avait porté juste.

— Que voulez-vous donc? dit-il atterré.

— Je viens causer avec vous.

— Mais qui vous a donné le droit de violer ainsi mon domicile?

Marcel poussa un éclat de rire.

— Mon cher Mayer, répondit-il gaiement, vous nous prenez, je crois, pour des enfants; vous savez bien, cependant, le motif qui m'amène; il faut que nous ayons, sans tarder, quelques minutes d'entretien.

Puis, se tournant vers la jeune femme, qui écoutait interdite.

— Isabelle, ajouta-t-il à voix basse, vous ne pouvez rester ici plus longtemps; un autre jour, je vous dirai combien la démarche que vous venez de faire m'a pénétré de reconnaissance; mais, en ce moment, il faut que je reste seul avec cet homme.

— Il sera impitoyable... balbutia la jeune fille, qui ne songeait même pas à s'étonner du costume sous lequel elle voyait le marquis.

— Je sais un moyen de l'amener à mes fins, repartit le marquis toujours à voix basse; et surtout ne craignez rien, je connais Isaac de longue date... Avant une heure, il n'aura rien à me refuser.

— Alors, je pars plus tranquille; mais je vous reverrai, n'est-ce pas? Vous savez que Gabrielle va à Vivonne sous peu de jours, je l'accompagne; y viendrez-vous?

— Bientôt, je vous le promets.

Mademoiselle de Ramon se leva, baissa son voile, ramena sa mante sur ses épaules et gagna l'escalier à pas rapides.

Quand Marcel rentra dans le salon, il trouva Isaac occupé à fermer une armoire de fer dont il retira précipitamment la clef, qu'il fit disparaître dans sa poche.

— Ah! ah! fit Lempsac en remarquant ce mouvement, il paraît, maître, que nous n'avons pas une confiance illimitée dans le marquis de Lempsac.

— Un singulier marquis!... grommela l'usurier en s'asseyant devant une table.

Puis, fronçant soupçonneusement le sourcil, il détailla minutieusement le costume dont son interlocuteur se trouvait affublé.

— Voyons, dit-il alors, après quelques secondes de cet examen et d'une voix plus ferme, vous désirez, m'avez-vous dit, avoir un instant d'entretien avec moi; puisque vous avez pris soin de me mettre dans l'impossibilité de refuser, je suis prêt à vous écouter. Il s'agit, n'est-ce pas, de votre traite de vingt mille francs?

Lempsac était venu s'asseoir à deux pas de l'usurier. Son regard ardent et fixe ne le quittait plus, et il s'attachait à lui avec une insistance des plus indiscrètes. Évidemment, il y avait une raison mystérieuse à cette insistance, mais Isaac ne la comprit que longtemps après, c'est-à-dire lorsqu'il était trop tard pour en contrarier les effets.

— Il s'agit bien des vingt mille francs que je vous dois, répondit Marcel à voix lente et mesurée, mais j'avais encore un autre but en venant vers vous ; j'espère que je vous trouverai aussi accommodant sur un point que sur l'autre.

— Vraiment ! dit l'usurier, et peut-on savoir quel est ce but ?

— C'était de contracter un nouvel emprunt !

— Et vous avez compté sur moi, monsieur le marquis ?

— Sans doute.

— Vous devenez fou !

— Pas le moins du monde... J'ai besoin, d'ici à quelques jours, d'une cinquantaine de mille francs, et vous n'aurez pas l'inhumanité de me les refuser.

— Vous croyez cela ?

— J'en suis sûr.

Un sourire contraint effleura les lèvres de Mayer ; il essaya de se lever, mais, par un effet de la singulière puissance du regard que Marcel dardait sur lui, il retomba presque aussitôt sur son fauteuil et passa la main sur son front.

— Ce que vous dites n'est pas sérieux, répondit-il ; et, d'ailleurs, je ne veux pas vous cacher que je suis décidé à vous poursuivre par toutes les voies de droit ; n'y eussé-je pas été résolu, que votre conduite de cette nuit eût levé toutes mes hésitations... Demain, monsieur le marquis, vous irez coucher à Clichy !

— Eh bien, voyez si je n'ai pas eu raison de vous venir voir aujourd'hui, repartit Marcel ; car, sans cette précaution, j'étais perdu...

— Qu'espérez-vous donc encore ?

— Je vous dis, maître Isaac, qu'il me faut à l'instant même les cinquante mille francs que je suis venu vous demander.

En parlant de la sorte, Lempsac avait saisi le bras de l'usurier, et son regard s'appuyait dur et énergique sur son front qui avait pâli.

Isaac fit un mouvement pour se lever, mais son interlocuteur le contint et l'obligea à se rasseoir.

— Allons ! ajouta-t-il d'une voix rude et brève, le temps des plaisanteries est passé... tu as de l'argent... il m'en faut... maître Mayer ; si tu ne le fais de bonne volonté, je serai bien obligé d'avoir recours à la force.

— Mais je vous tuerai ! fit l'usurier, qui, machinalement, chercha son pistolet sous sa robe de chambre.

Marcel poussa un éclat de rire. Il était debout, les sourcils contractés, les dents serrées, la main étendue vers son interlocuteur. Son regard avait pris une expression étrange, on eût dit un de ces reptiles des latitudes australes qui fascinent leur proie avant de s'élancer sur elle, et, sous les effluves magnétiques qui s'en échappaient, Isaac se tordait vainement, comme pour se soustraire à cette mystérieuse influence, dont les terribles effets commençaient à se faire sentir.

De grosses gouttes de sueur perlaient sur son front chauve ; ses mains crispées s'accrochaient aux bras de son fauteuil ; sa poitrine pantelante se soulevait avec effort.

— Écoute, dit le marquis sans lui donner le temps de respirer ni de se reconnaître ; écoute, tu es en mon pouvoir... dans quelques minutes je t'aurai endormi... je serai seul ici, et tout ce que tu possèdes, ton or, tes papiers, toutes tes richesses seront à ma disposition. Tu voudras garder le silence, et je te ferai parler ; tu voudras te cramponner à ce siège, et je te forcerai de marcher... Isaac Mayer, le marquis de Lempsac t'ordonne de dormir !

L'usurier poussa un pénible soupir, ses yeux tournèrent dans leur orbite, et il s'affaissa sur lui-même comme une masse inerte.

— Grâce ! grâce ! murmura-t-il, je te donnerai ce que tu voudras... ne me tue pas... je te ferai riche... je te...

— Dors ! répéta Marcel.

— Non, non.

— Dors ! te dis-je.

Le vieux Mayer était à bout de force. Mais il y avait en lui une telle vitalité... il était jeune encore sous cette vieillesse apparente, qu'à deux ou trois reprises le sentiment de son avarice qui survivait lui communiquait une énergie factice, et qu'une fois même, sa main débile put armer le pistolet qu'il avait réussi à tirer de sa poche.

D'un coup de casse-tête Marcel lui brisa la main et fit voler l'arme dans un coin de la chambre.

Isaac jeta un cri de douleur, ses bras se tordirent dans une dernière et suprême convulsion, puis il retomba lourdement sur son fauteuil ; ses yeux devinrent atones et s'éteignirent bientôt tout à fait ; puis, enfin, il pencha la tête sur son épaule, et un profond silence succéda à cette scène de violence et de désordre.

— Enfin ! s'écria Lempsac quand il vit sa victime évanouie devant lui.

Et, se penchant avidement vers le patient :

— Isaac, dit-il d'un ton impératif, m'entends-tu ?

— Oui, répondit la voix faible et brisée de l'usurier.

— Es-tu disposé à obéir ?

— Oui, répondit Mayer.

Marcel se releva.

Un éclair de joie brillait dans son regard. Il essuya la sueur qui perlait sur son propre front, courut ouvrir la porte de la salle dans laquelle attendait Saverny.

— À nous deux, lui dit-il avec un geste vif et prompt.

— Et l'usurier ? fit le Dandy en entrant dans le salon.

— Regarde ! répondit Lempsac.

— Mort ?

— Non ; endormi.

— Tu espères en obtenir...

— Tout ce que nous voudrons. Écoute, et laisse-moi faire.

Marcel marcha alors d'un pas résolu vers Isaac, à qui il secoua rudement le bras.

— Mayer, lui dit-il du même ton de commandement ; tu as de l'argent, n'est-ce pas ?

— Oui, répondit Isaac.

— Dans quel endroit ?

— Dans cette armoire de fer, peut-être ?

— Combien y a-t-il ?

— Je ne sais.

— Compte.

Il y eut un moment de silence.

— Cent mille francs, répondit l'usurier après quelques secondes d'hésitation.

— Mais c'est merveilleux ! s'écria Saverny.

— Voilà une séance de magnétisme qui nous sera bien payée, compléta Marcel.

Puis il se retourna vers le patient.

— Isaac, continua-t-il, et cette fois d'un accent encore plus résolu et plus ferme ; Isaac, lève-toi.

L'usurier obéit à cet ordre comme s'il eût été poussé par un ressort mécanique.

— Tu dois avoir la clef de cette armoire ?

— La voici.

Marcel la prit et courut à l'armoire de fer, qu'il essaya vainement d'ouvrir.

— Mais c'est une serrure à secrets ! dit-il avec dépit.

— En effet, répondit l'usurier.

— Eh bien, Isaac, je t'ordonne d'ouvrir toi-même cette porte.

L'usurier prit la clef d'une main tremblante, marcha vers l'armoire pendant que Saverny le suivait, une bougie à la main ; un instant après la porte de fer s'ouvrait pour laisser voir des monceaux d'or et d'argent.

Lempsac et Saverny poussèrent un cri à cette vue et se précipitèrent à l'envi vers ce trésor, dont, en peu de secondes, une bonne partie passa dans leurs poches.

Mais il n'y a pas de bonheur sans mélange dans ce monde, car à peine avaient-ils fait disparaître une trentaine de mille francs en or, et, au moment où ils cherchaient la cachette aux billets de banque, quelques coups retentirent contre la porte du premier étage, et le timbre résonna fortement à plusieurs reprises.

Les deux amis échangèrent un regard inquiet.

— Fatal contre-temps... murmura Saverny.

— Qui peut venir à cette heure ?... fit Marcel.

— Le plus prudent serait peut-être de fuir...

— Quand nous avons là sous la main une véritable fortune à grincher... Mais comment faire...

— J'y suis ! l'audace a toujours réussi... cette fois encore, elle nous sauvera... j'ai mon affaire...

En effet, il venait d'aviser du vasistas, qui ouvrait du salon dans l'antichambre, s'y était précipité et l'avait ouvert.

— Qui est là ? demanda-t-il vivement et à voix basse, tout en jetant un regard à travers le vasistas.

Il y avait dans l'antichambre un homme et une femme. La femme était voilée, l'homme s'approcha à l'appel de Marcel.

— C'est moi, j'amène la personne que je suis allé chercher à Saint-Sulpice.

— C'est bien... fit Lempsac.

— Alors je puis me retirer...

— Oui.

— Jusqu'à demain...

— C'est cela...

L'homme s'éloigna. Marcel avait été très-laconique et n'avait prononcé que les paroles absolument nécessaires. L'homme ne s'était pas douté de la substitution ; mais la femme était là, et le voleur ne voulait pas d'un pareil témoin pour la besogne qu'il lui restait à faire. Il ferma le vasistas, passa aussitôt dans l'antichambre pour renvoyer la dame, à l'aide d'un prétexte quelconque ; il était disposé d'ailleurs à un sacrifice, devenu nécessaire, dût-il lui donner sans escompte un peu de l'argent que l'usurier lui eût certainement fait payer plus cher à elle-même, car il était persuadé qu'il avait affaire à quelque cliente d'Isaac Mayer ; mais à peine eut-il dit quelques mots, que la femme rejeta vivement son voile, lui prit les mains avec effusion et se jeta en pleurant dans ses bras.

— Marcel ! Marcel !... s'écria-t-elle éperdue.

— Gabrielle ! répondit ce dernier presque épouvanté de cette apparition. Vous ici, chez Isaac Mayer ?

— Ah ! ne savez-vous pas pourquoi j'y viens ?

— Mais pas le moins du monde.

— Cette lettre de change...

— Le misérable s'est donc aussi adressé à vous ?

— Oui, et je viens vous sauver... les vingt mille francs qu'il vous fallait, je les lui apporte... Ah ! Marcel, j'ai bien pleuré en pensant à ce que vous avez dû souffrir depuis quelques jours.

Lempsac ne répondit pas. La situation dans laquelle il se trouvait était des plus critiques ; il ne voulait, à aucun prix, que Gabrielle pût se douter de ce qui venait de se passer dans la pièce à côté. Cependant la présence de la jeune femme en ce moment pouvait tout compromettre et le perdre à tout jamais.

— Gabrielle, dit-il alors, combien je vous remercie de votre saint dévouement ! je ne trouve pas de paroles pour vous dire à quel point je suis touché de cette démarche ; mais, rassurez-vous, cette malheureuse et déplorable affaire est aujourd'hui arrangée, et je ne veux pas que vous restiez un instant de plus dans cette maison. Attendez-moi donc quelques secondes, je reviens pour ne plus vous quitter.

Puis, sans attendre de réponse, il alla rejoindre Saverny, qui ne savait que penser de son absence.

La duchesse de San-Lucar.

— Qu'y a-t-il donc ? demanda-t-il en remarquant l'air bouleversé du chef.

— Il y a, répondit ce dernier, que nous n'avons pas une seconde à perdre ; Gabrielle est ici.

— Que faut-il faire, alors ?

— Prendre ce que tu pourras pendant le peu de temps qui te reste, et fuir par l'escalier du second étage.

— Et si le vieux se réveille.

— Hâte-toi, dit Marcel, il en a encore pour dix minutes au moins.

Saverny n'en demanda pas plus long. Il se mit aussitôt à l'œuvre en bouleversant les papiers de l'usurier.

De son côté, Lempsac était retourné vers madame de Vivonne, qui l'attendait avec une anxiété poignante.

— Eh bien ? dit-elle dès qu'elle le vit revenir.

— C'est fait, répondit le marquis.

— Toutes ces émotions m'ont brisée, cher ami, je voulais vous voir... pour vous dire que je pars demain.

— Si tôt que cela.

— Les médecins l'ordonnent.

— Le comte va-t-il plus mal ?

— Le comte est souffrant ; mais l'air de la campagne lui fera du bien, et j'espère qu'il reviendra promptement à la santé.

— Vous êtes un ange, Gabrielle, mais un ange malheureux.

— Oh ! ne me plaignez pas, mon ami ; je suis heureuse ce soir, puisque vous me dites que toutes vos inquiétudes ont cessé.

— Vous le voyez, répondit Marcel, le moment était critique, il n'y avait pas une seconde à perdre, et, pour éviter qu'on me reconnût, j'ai été obligé de prendre ce déguisement.

La comtesse serra les mains du marquis avec un attendrissement douloureux.

— Au moins, lui dit-elle d'un accent où elle mit toute son âme, vous me promettez d'être plus sage à l'avenir ?

— Je vous le jure.

— Songez que tous vos tourments, je les partage.

— C'est à vous surtout que je pensais, Gabrielle, au milieu de tous mes embarras ; pour vous, désormais, je veux mettre plus de régularité et plus d'ordre dans ma vie.

— A la bonne heure ! fit la pauvre femme avec un angélique sourire, et, à cette condition, je vous pardonne.

— Venez, chère amie, sortez vite de cet affreux quartier.

— Oui, vous avez raison, cette demeure est odieuse. Je veux la quitter au plus vite... et vous n'y reviendrez plus vous-même, n'est-ce pas, marquis ?

— Jamais !

— Partons donc.

Gabrielle se leva, passa son bras tremblant sous celui de Marcel, et elle gagnait ainsi la porte de sortie; mais, en ce moment, un cri poussé dans la chambre voisine vint la glacer d'effroi.

— Écoutez, dit-elle avec un frisson.

— Venez, venez, insista Lempsac en cherchant à l'entraîner.

— Mais on assassine quelqu'un!

— C'est une illusion.

— Oh! je ne me trompe pas... Écoutez, écoutez donc!

En effet, l'usurier venait de revenir à la vie, et, en promenant son regard encore effaré sur le désordre qui régnait autour de lui, il avait jeté un cri d'épouvante.

— A moi! à moi! au secours! disait-il d'une voix étranglée.

— Mais que se passe-t-il donc ici? dit madame de Vivonne, plus morte que vive.

— Gabrielle! dit Marcel d'un ton ardent et passionné, je vous en conjure, partons!... ne nous attardons pas dans cette maison

maudite, où s'accomplit peut-être en ce moment un drame épouvantable, dans les replis duquel nous serions fatalement enveloppés. Si vous avez quelque amour pour moi, par pitié, venez .. fuyons!

Mais la pauvre femme s'appuyait défaillante à son amant; ses jambes ne pouvaient plus la porter, sa poitrine était près d'éclater, elle n'avait plus une goutte de sang dans les veines!

Lempsac réprima un mouvement violent de colère, et, comprenant l'imminence du danger, il voulut prendre la comtesse dans ses bras et l'emporter ainsi jusque dans la rue; mais, au même instant la porte du salon s'ouvrit, et Isaac Mayer, pâle, les cheveux en désordre, les traits bouleversés, parut sur le seuil.

— C'est lui! s'écria-t-il avec force dès qu'il aperçut Marcel, c'est lui!... Monsieur le marquis de Lempsac, vous êtes un voleur et un assassin!...

— Ah! tais-toi, misérable! interrompit le bandit en se précipitant vers lui et en lui comprimant les lèvres de ses deux mains, tais-toi, te dis-je!...

Pâle, haletant, oppressé, il regardait dans la direction de Vivonne.

Et, se penchant à son oreille :

— Tais-toi, ou je te tue!...

— Non! non! répondit l'usurier avec énergie, non, je parlerai, je te traînerai devant les tribunaux, je te livrerai à la justice; et, je jure Dieu, que je t'enverrai au bagne où sont tes pareils!...

Marcel jeta un regard oblique du côté de Gabrielle : la malheureuse femme s'était affaissée dès les premiers mots prononcés par Isaac Mayer; elle était étendue sans mouvement, au milieu de l'antichambre. Il poussa un cri de fureur à cette vue.

— Je voulais t'épargner, lui dit-il, les poings crispés, l'œil plein d'éclairs, je voulais te faire grâce de la vie, mais tu me pousses toi-même à la violence; ton heure est venue, Isaac, tu vas mourir...

— Assassin!.. répondit l'usurier, la main armée d'un pistolet dont il dirigea le canon vers son adversaire.

Le voleur était désormais incapable de prudence; une exaspération inouïe s'était emparée de lui, un sourd grondement soulevait sa poitrine; il fallait du sang à la bête fauve pour l'apaiser et l'assouvir...

D'un bond de tigre il sauta sur Isaac, et, le prenant rudement au collet, il lui enfonça ses ongles dans la chair du cou.

— Ah! tu veux lutter! cria-t-il d'un accent qui n'avait plus rien d'humain ah! tu veux me perdre et m'envoyer au bagne,

misérable!... Eh bien, apprends à connaître le marquis de Lempsac, et meurs, pour avoir douté de son pouvoir!...

Puis il accula l'usurier contre la cloison, ouvrit la porte du salon, et, le rejetant aussitôt de ce côté, il l'envoya tomber sur le parquet.

Et, poussé par une sorte d'ivresse furieuse, il saisit le casse-tête qui le quittait rarement, et en appliqua deux coups sur le crâne chauve et nu d'Isaac; ce dernier ne put que proférer une plainte à peine articulée, son sang se mit à couler à flots; et, à la vue de ce sang, Marcel revint immédiatement à lui, comme un homme qui se réveille d'un horrible cauchemar; il regarda alentour pour s'assurer que personne n'avait pu le voir, et, tirant la porte qu'il ferma à clef, il courut à Gabrielle qui n'avait pas bougé.

Puis, déposant sur ses lèvres inertes un baiser de feu, il l'emporta jusqu'au bas de l'escalier où était Saverny.

— Eh bien? dit ce dernier.

— Vite, une voiture! répondit Lempsac; nous sommes plus heureux que je ne l'espérais... Gabrielle n'a rien entendu, et, dans quelques jours, je pourrai reprendre auprès d'elle, à Vivonne, mon rôle d'amoureux sentimental!

Un quart d'heure plus tard, le marquis ramenait la comtesse de Vivonne à son hôtel.

IX

L'IVRESSE D'OLGA

Le lendemain du jour où s'étaient accomplies les scènes que nous venons de raconter, Louise se leva de bonne heure et s'habilla à la hâte dans sa petite chambre. La pauvre enfant n'avait pas dormi. Elle était pâle, son visage portait des traces évidentes de fatigue, ses yeux étaient battus et cernés de noir, ses joues étaient encore humides de larmes.

Toute la nuit, elle avait prêté l'oreille avec une inquiétude croissante, et, dans aucun des pas qui avaient monté l'escalier, elle n'avait reconnu celui de Pierre Morgan, car le jeune marin n'était pas rentré.

C'était là une chose grave et tout à fait en dehors de ses habitudes, et Louise se creusait l'esprit pour arriver à comprendre quelle cause avait pu forcer Morgan à passer la nuit hors de son domicile. Où pouvait-il être resté? qui avait pu le retenir? pourquoi n'avait-il pas prévenu ses voisins de son absence?

Et d'abord, Louise eut peur.

Un accident, une catastrophe imprévue, étaient à ses yeux les seuls obstacles qui eussent pu arrêter Morgan... Mais de quel côté diriger des recherches? à qui s'adresser pour obtenir des renseignements? Louise ne lui connaissait pas d'amis, et, jusque-là, sa conduite avait toujours été régulière.

En suivant la pente de ses suppositions, la pauvre fille en arriva à une pensée qui ne lui fût jamais venue en d'autres circonstances, mais qui s'empara d'elle avec une autorité inouïe dès qu'elle l'eut conçue.

Pierre avait peut-être une maîtresse, une femme qu'il aimait, près de laquelle il était resté toute la nuit!

Et, sous l'empire de cette pensée, ce n'est pas à la comtesse de Vivonne qu'elle s'arrêtait; la comtesse était pour Morgan l'objet d'un de ces amours platoniques devant lesquels le désir se retire honteux et confus, celle-là le savait aussi; que Pierre aimait sans espoir, et, de ce côté elle ne devait rien redouter.

Mais il est dans la capitale d'autres femmes dont l'amour facile et complaisant a toujours eu le don de séduire... Le marin avait peut-être rencontré une de ces femmes; il était jeune, naïf, sans défense... qui sait!... il avait pu se laisser entraîner...

Louise prit sa tête dans ses mains, une rougeur subite monta jusqu'à son front, et elle se mit à pleurer à chaudes larmes. Alors, par un effet naturel de la douleur qu'elle éprouvait, elle comprit tout à coup à quel point elle aimait le jeune homme dont l'absence l'effrayait tant, et fut épouvantée de cette découverte... Mais il n'y avait pas de lutte possible contre une telle évidence; son trouble, ses larmes, sa jalousie surtout, tout cela disait assez le triste état de son âme; elle n'essaya pas de se tromper elle-même.

Le jour venu, elle s'habilla donc à la hâte, et, sous prétexte d'aller chercher le déjeuner de sa mère dans quelque crèmerie voisine, elle sortit de sa chambre avec l'intention de consulter le concierge. Ce dernier n'avait rien à lui apprendre; il savait seulement que Morgan n'était pas rentré, et que, selon la règle établie dans la maison, il devait cinquante centimes pour cette infraction. Quant au reste, il ne s'en occupait guère.

Louise revint encore plus triste et plus inquiète qu'au moment où elle était sortie; seulement, comme elle passait sur le palier du premier étage, elle se croisa avec un grand jeune homme à la chevelure rutilante, à la mise quelque peu excentrique, et qui s'arrêta pour la saluer familièrement.

— J'espère que nous sommes matinale aujourd'hui, mademoiselle, dit-il d'une voix ronde et sonore en lui tendant la main.

Louise leva sur lui ses beaux yeux humides.

— Bonjour, monsieur Stévens, répondit-elle en essayant de sourire.

Mais sa gaieté factice s'éteignit aussitôt, et un pli soucieux se creusa sur son front.

— Eh! Dieu me pardonne! s'écria le jeune homme, on dirait que vous avez pleuré?

— Oui, dit Louise.

— Est-ce que la mère est malade?

— Oh! ce n'est pas cela.

— Qu'est-ce donc, alors?

— C'est M. Pierre Morgan qui n'est pas rentré, et je vous avoue que je suis bien inquiète.

— Morgan! fit Stévens, Morgan, passer la nuit loin de la rue de Babylone, se faire mettre à l'amende par le *pipelet* du numéro douze; mais, c'est impossible!

— Cela est, cependant.

— Voyons, voyons, mon enfant, entrez un peu ici et causons; que diable, un gaillard comme M. Pierre, ça ne se perd pas aussi facilement qu'une jeune fille; et, puisque cela vous inquiète, il faut voir tout de suite à vous rassurer.

En parlant de la sorte, le jeune homme fit entrer Louise dans un atelier où quelques plâtres, bon nombre d'ébauches et de tableaux annonçaient l'habitation ordinaire d'un peintre. Maître Stévens était, en effet, un artiste, mais un artiste qui travaillait, qui de plus avait du talent, et qui, tôt ou tard, devait arriver à la célébrité... Il vivait en compagnie d'une charmante fille, qui s'appelait Joséphine de son vrai nom, mais que par euphémisme on avait surnommée *Finette*... Finette et Stévens formaient bien le plus joyeux couple qui se soit jamais égaré dans les méandres du quartier latin... Finette avait dix-huit ans, Stévens vingt-cinq...

L'une avait des yeux bleus et des cheveux noirs; l'autre, des yeux noirs et des cheveux roux... Il y avait une année à peine qu'ils s'étaient rencontrés, — à la Chaumière, — et, dès le premier quadrille, cette union si bien assortie s'était cimentée d'une manière indissoluble, pour plusieurs termes... Mais quelle gaieté, quel entrain, quelle insouciance! Finette chantait toujours; Stévens riait sans cesse... L'artiste était un grand diable de cinq pieds six pouces, larges des épaules, bâti en hercule, avec un torse comme on n'en voit guère, un biceps comme on n'en voit plus... Finette était de taille moyenne, mais fine et souple, et elle était fraîche, et ses dents éclataient sous son sourire, et jamais jambe plus fine et pied plus mignon ne foula le trottoir de la rue de la Harpe ou la salle de Bullier!... Rien qu'à voir passer le joyeux couple bras dessus bras dessous, alertes, vifs, le nez au vent, on se sentait imprégné de joie et de jeunesse... C'était comme le printemps en deux personnes!

Quand Louise entra chez l'artiste, Finette accourut pour la recevoir; elle lui prit les mains, puis elle la baisa à plusieurs reprises sur les joues.

— Ah! c'est gentil à vous de nous venir voir, dit-elle avec expansion, parce que nous vous aimons ici et nous parlons souvent de vous... Vous soutenez votre mère, vous êtes sage, c'est bien méritoire à votre âge, avec de beaux yeux comme les vôtres...

Louise rougit, mais ne trouva pas une parole à répondre.

— Allons, ne vas-tu pas l'intimider, à présent, interrompit Stévens; que diable, nous ne sommes pas venus pour cela... La petite a du chagrin...

— Vrai! s'écria Finette. Qu'y a-t-il donc?

— Il y a que Pierre Morgan n'est pas rentré.

— Le marin?

— Lui-même.

— Eh bien, est-ce qu'il n'en a pas le droit, ce jeune homme? Stévens partit d'un éclat de rire.

— Ah! que voilà bien une réponse de femme, dit-il avec enjouement; mais tu ne vois donc pas que la petite est inquiète, et, tout bien considéré, je commence à croire qu'elle a raison; car M. Morgan est un homme rangé, il a des habitudes régulières, et il n'est pas naturel qu'il ait passé la nuit dehors, sans avoir eu l'idée de faire prévenir ici.

— Voilà aussi ce que je me dis, approuva Louise.

— Et vous dites bien, mon enfant; mais il ne faut pas non plus jeter comme cela le manche après la cognée... Voyons, vous connaissez M. Pierre, puisque vous l'avez soigné comme une bonne petite sœur; eh bien, vous devez savoir quels sont les amis chez lesquels on peut aller aux renseignements?

— Je ne lui connais pas d'amis.

— Des parents, alors?

— Non plus.

— Enfin, il y a bien une personne qui s'intéresse à lui ou à laquelle il s'intéresse?

— Oui, il y a la comtesse de Vivonne.

— Une comtesse!... plus que ça de monde!... Il faut y aller, alors.

— J'y avais pensé... mais je n'ose quitter ma mère.

— Vous avez raison... Laissez-moi faire, c'est moi qui m'en charge.

— Vous, monsieur Stévens?

— Sans doute... Est-ce que vous croyez qu'une comtesse me fait peur?

— Je ne dis pas cela... Seulement, je vous dérange, vous alliez sortir?

— Bah!... quand je sors, moi, je ne sais jamais où je vais; ça me fera un but de promenade.

— Oh! comme vous êtes bon!

— Ne parlons pas de cela : les petits services entretiennent l'amitié ; donc, c'est entendu, et je m'y rends de ce pas...

Stévens n'attendit pas même de réponse ; il déposa deux baisers bruyants sur les joues de Finette, et, serrant encore une fois les mains de sa voisine, il s'éloigna en fredonnant une chanson de l'époque.

Louise rentra bientôt après chez elle, l'esprit rempli des plus tristes pressentiments, et attendit le retour de l'artiste.

Chaque minute, chaque seconde qui s'écoulait ajoutait une anxiété de plus à ses pressentiments ; elle allait et venait à travers sa petite chambre, ouvrait et refermait la porte d'entrée, et croyait à chaque instant reconnaître la voix de Stévens, dans les mille bruits qui montaient jusqu'à elle.

Cette fois, c'était bien l'artiste qui revenait.

— Eh bien ? lui dit-elle du plus loin qu'elle le vit.

— Je n'ai presque rien appris, répondit l'artiste ; d'abord, on ne connaît pas M. Pierre Morgan à l'hôtel ; ensuite, il n'est venu personne chez la comtesse dans la journée d'hier ; enfin, il paraît que madame de Vivonne quitte Paris aujourd'hui même pour se rendre à son château ; seulement...

— Oh ! dites, dites !

— Un larbin que j'ai corrompu, en m'abaissant jusqu'à prendre un canon avec lui chez le mannezing du coin, m'a confié un secret qui pourrait bien avoir quelque rapport avec notre affaire.

— Qu'est-ce donc, mon Dieu ?

— Hier soir, vers dix heures, la comtesse est sortie seule, simplement vêtue et la tête couverte d'une calèche.

— Eh bien, après ?

— Jusque-là rien que de très-permis ; mais il paraît qu'elle est rentrée fort tard dans la nuit, ramenée dans un fiacre de place par un homme dont on n'a pu voir le visage et dont les vêtements annonçaient la plus triste condition.

— Est-ce possible !

— Voilà ce que m'a assuré l'homme au canon.

— Ah ! il calomnie la comtesse.

— Toujours est-il qu'elle part pour Vivonne aujourd'hui même, que Pierre Morgan compte peut-être l'y suivre, et que pour éviter des questions indiscrètes il ne sera pas rentré et aura pris les devants.

Louise pressa son front de ses deux mains, puis elle leva un regard fiévreux sur l'artiste.

— Y a-t-il loin d'ici à Vivonne ? demanda-t-elle d'une voix ardente.

— Quelques lieues à peine.

— Oh ! que faire ! que faire !

Et de grosses larmes coulaient le long de ses joues brûlantes.

— Louise, dit l'artiste d'une voix où il y avait plus d'émotion qu'on n'aurait pu en attendre d'une nature si insouciante, Louise, écoutez-moi... mon enfant, je comprends votre inquiétude et votre chagrin, il n'entre pas dans mes habitudes de rendre service à demi... Vivonne, je vous l'ai dit, n'est qu'à quelques lieues de Paris, et l'on prétend même que c'est un des pays les plus pittoresques... Or, j'ai quelques études à faire pour mon compte, Finette aura la campagne pour le sien, si vous le voulez, avant ce soir j'aurai transporté ma smala de ce côté...

— Vous feriez cela ! s'écria la jeune fille.

— Si ça vous fait plaisir.

Pour toute réponse, la pauvre enfant jeta étourdiment ses deux bras au cou de l'artiste et l'embrassa sur les deux joues.

Stévens se prit à rire.

— Bravo ! répondit-il, et merci pour Morgan !... Alors, c'est convenu ?

— Oh ! mais, comment vous remercier ?

— En acceptant.

— Mais vous m'écrirez ?

— Demain même.

— Mademoiselle Finette va m'en vouloir.

— Finette veut ce que je veux, ma chère enfant ; elle a le cœur bien placé, elle aussi, et c'est l'obliger que la mettre à même de rendre un service.

— Ah ! Dieu bénira votre voyage.

— A bientôt donc.

— A bientôt ! à bientôt !...

Stévens s'éloigna, et Louise rentra dans sa chambre, sinon plus rassurée, du moins beaucoup plus calme.

Pendant toute la journée, Louise demeura assise auprès de la fenêtre de sa petite chambre, le regard plongé dans le profond azur du ciel, l'oreille tendue aux moindres bruits du dehors... A chaque instant elle s'attendait à voir revenir Morgan ; elle ne pouvait se faire encore à l'idée de son départ ; elle pensait qu'au

moins elle recevrait quelque avis qui la rassurerait ; car, en dépit des assurances de Stévens, elle était toujours inquiète ; mais la journée s'écoula sans amener aucun changement. Le marin ne revint pas, elle ne reçut aucune lettre, et, quand elle vit les premières ombres du soir descendre des toits voisins, toutes ses angoisses, un moment éloignées, accoururent assiéger de nouveau son esprit.

La nuit amène toujours avec elle de tristes appréhensions, et Louise n'avait rien qui pût la distraire de ses lugubres pensées. Elle se leva, alluma la lampe de travail, voulut reprendre son ouvrage vingt fois interrompu, mais l'aiguille s'échappa de ses mains ; des larmes emplirent de nouveau ses yeux et ne put continuer.

La pauvre fille avait besoin d'air et de mouvement. Elle pensa qu'elle avait eu tort de confier à un autre qu'à elle-même les recherches faites par le peintre.

— Un homme, se dit-elle, n'apporte pas l'insistance d'une femme... Si, au lieu d'envoyer Stévens à l'hôtel de Gabrielle, elle s'y fût rendue elle-même, peut-être aurait-elle appris ce qu'elle voulait savoir... Il était d'ailleurs impossible qu'on ne connût pas Morgan ; le peintre ne devait avoir donné de lui qu'un signalement incomplet.

Toutes ces idées germèrent dans sa tête, et, au bout d'un quart d'heure, elle avait pris une grande résolution. Il n'y avait pas loin de la rue de Babylone à l'hôtel de la comtesse, et sa mère dormait... Elle jeta rapidement un manteau sur ses épaules, baissa la lampe, et, gagnant la porte, elle l'ouvrit sans bruit et descendit l'escalier sur la pointe du pied.

La pauvre enfant !... on eût dit qu'elle commettait là une mauvaise action, tant elle prenait de précautions pour qu'on ne l'entendît pas.

Une fois dans la rue, l'air vif du soir calma un peu l'agitation de son sang, mais sans la détourner de son projet, et elle pressa le pas, pour avoir le temps de revenir avant que sa mère ne se réveillât.

Elle était tellement préoccupée d'ailleurs, qu'au moment où elle passait le seuil de la porte, elle n'aperçut pas deux hommes qui causaient avec animation à deux pas d'elle, et s'effacèrent dès qu'ils la virent.

— C'est elle ! fit l'un d'eux.

— Vous croyez ?...

— J'en suis sûr.

— Eh bien ! bagasse, c'est ce que j'appelle avoir de la chance... nous allons la suivre...

L'un des deux hommes était le général Ramon ; l'autre, Mistral.

Ils quittèrent aussitôt leur poste d'observation, et s'élancèrent sur les pas de Louise.

Cette dernière avait déjà pris la rue du Bac ; elle tourna bientôt dans la rue de Grenelle-Saint-Germain, et, quelques minutes après, elle entrait dans un des plus beaux hôtels du faubourg.

— Elle va chez la comtesse de Vivonne ! fit le général.

— Eh ! elle en a le droit... repartit Mistral.

— Tu aurais dû l'arrêter...

— Sainte Vierge ! comme vous y allez, maître Domingo... ce n'est pas avec du vinaigre que l'on prend les mouches... et je crois au contraire que nous sommes admirablement servis par les circonstances.

— Explique-toi.

— Oh ! c'est simple comme bonjour... et que le diable me brûle si je n'ai pas saisi le motif de la visite de la petite à l'hôtel de Vivonne.

— Parle...

— Laissez-moi faire, vous dis-je, et fiez-vous à mon flair... la corvette, elle est dans nos eaux, et avant une demi-heure, elle amènera son pavillon...

— Mais, cependant...

— Voyons, général, avez-vous confiance en moi ?

— Oui.

— Eh bien, rendez-vous de ce pas au caboulot de la rue aux Fèves, passez dans la salle du fond, demandez au père Pitanche un litre d'eau-daff, et attendez là que je vous amène la petite...

— Mais, tu me promets...

— Bagasse ! quand Mistral, il dit une chose, c'est comme si l'Évangile y avait passé... allez donc, et songez plutôt à l'autre affaire que vous avez à me proposer.

Quand le général de Ramon se fut éloigné, Mistral rôda quelques minutes autour de l'hôtel, et finit par s'asseoir à gauche de la porte, en attendant que Louise en sortît.

Ce ne fut pas long, car la jeune fille reparut bientôt en effet accompagnée de la concierge qu'elle avait su intéresser, mais qui n'avait pu lui donner aucun des renseignements qu'elle demandait.

— Du reste, ajouta cette dernière, si j'apprends quelque chose sur ce M. Morgan, je sais maintenant votre adresse, mademoiselle Louise, et je vous ferai prévenir immédiatement.

— Merci ! merci, madame, fit la jeune fille.

La porte se referma, et Louise reprit son chemin à pas plus lents comme si elle eût été accablée sous l'insuccès de ses démarches.

Tout à coup elle s'entendit appeler par son nom ; elle se retourna avec un mouvement effrayé.

— Eh ! là, là !... fit Mistral, qui profita de ce temps d'arrêt pour se rapprocher, non intention n'est point de vous faire peur, la belle enfant, puisque je viens au contraire pour vous rendre service.

Louise regarda son interlocuteur avec étonnement.

— Mais je ne vous connais pas, répondit-elle peu embarrassée.

— Bagasse ! c'est que vous n'êtes pas de Marseille alors, car tout le monde il m'y connaît... Mistral !... quoi... marin de père en fils... et qui a navigué sous toutes les latitudes...

— Que me voulez-vous ?

— Tenez, vous me paraissez inquiète, et en passant tout à l'heure auprès de l'hôtel de la comtesse de Vivonne, j'ai compris tout de suite de quoi il retournait... Je gage que c'est le capitaine qui n'est pas rentré ?

— Quel capitaine ? fit Louise.

— Eh oui, M. Pierre Morgan donc ; ah ! un fier luron, avec lequel on a filé quelques nœuds de conserve et que je connais comme le bon Dieu, il me connaît moi-même....

Louise pressa sa poitrine de ses deux bras ; une joie immense inondait son cœur ; elle tendit la main à Mistral, par un élan spontané de confiance et de sympathie.

Le Provençal avait, à tout prendre, un de ces airs *bon enfant*, qui trompent toujours au premier coup d'œil. La pauvre fille était sans défiance d'ailleurs.

— Ah ! parlez, parlez alors ! dit-elle avec effusion, M. Morgan est notre ami, notre voisin, et en ne le voyant pas rentrer cette nuit, après l'avoir attendu toute la journée, je ne vous cacherai pas que nous avons été fort inquiets.

— Comme je l'aurais été à votre place... dit Mistral d'un ton de bonhomie parfaitement imité. Mais heureusement que me voilà, la belle enfant, et que je puis vous rassurer.

— Vous savez où il est ?

— Certainement.

— Et où est-il alors ?

— Ah ! c'est-à-dire que j'ai vu le capitaine hier soir fort tard et à quelques centaines de pas d'ici.

— Mais enfin, dans quel endroit ?

— Oh ! c'est une petite cambuse où nous nous réunissons quelquefois, plusieurs amis du capitaine et moi.

— Et M. Morgan y était hier avec vous ?

— A preuve que je l'y ai laissé...

Pour la première fois depuis la veille, un sourire égaya la jolie figure de Louise. On eût dit qu'un poids énorme était tombé de dessus sa poitrine. Elle se sentait tout à coup soulagée.

Elle reprit presque aussitôt :

— Mais, ce lieu de réunion est sûr, au moins ? dit-elle timidement.

— Tout ce qu'il y a de plus sûr, repartit Mistral ; et tenez, si vous le voulez, nous pourrions y aller d'un coup de pied... le maître de l'établissement est un de mes amis, il vous rassurerait tout de suite sur le sort du capitaine...

Louise hésita un moment, et parut se consulter, non qu'elle redoutât quelque embûche, la crainte était loin de son esprit, tout ce que venait de lui dire Mistral semblait, d'ailleurs, si naturel, qu'elle n'avait pas l'ombre d'un soupçon dans la pensée ; mais elle avait laissé sa mère seule, et, bien qu'il n'y eût aucun danger à craindre de ce côté, elle commençait cependant à se sentir inquiète et troublée.

Mais quoi ! l'amour ne raisonne pas ; maintenant qu'on avait fait luire à ses yeux l'espoir de retrouver Morgan, un désir ardent l'avait prise d'apprendre au plus tôt ce qu'il était devenu. La pauvre enfant aimait avec tout l'oubli, toute l'ivresse d'un premier amour, et son cœur tout entier se soulevait à l'idée de revoir le jeune marin qu'elle avait cru perdu.

— Soit ! dit-elle alors d'un ton résolu, vous avez l'air d'un honnête homme, je crois que je puis me fier à vous... venez donc, monsieur Mistral, et marchons vite, car je tiens à ce que mon absence ne se prolonge pas trop longtemps.

— Qu'à cela ne tienne, mademoiselle Louise, répondit le Provençal ; voici justement une voiture vide qui passe, nous allons mettre le cap sur la cambuse, et en moins de dix minutes la chaloupe elle abordera le quai...

Une voiture passait en effet ; Mistral l'arrêta, y fit monter la jeune fille ; et après avoir dit quelques mots au cocher, ils partirent au galop pour la rue aux Fèves, où ils ne tardèrent pas à arriver.

Quand la voiture se fut arrêtée, le Provençal sauta lestement à terre, et présentant la main à Louise pour l'aider à descendre :

— Nous sommes arrivés, la belle enfant, dit-il d'un accent de bonne humeur.

— Dieu ! quelle affreuse rue... fit Louise qu'envahissait malgré elle une secrète épouvante.

Mistral l'avait fait entrer dans la cour du *Lapin blanc.*

— Ah Dieu ! répliqua-t-il avec humilité, ce n'est pas aussi beau ici qu'au salon de Mars... mais vous y trouverez bon visage d'hôte... et qui sait, peut-être que le capitaine lui-même...

— Entrons, entrons... répondit vivement Louise.

Mistral, nous l'avons dit, était fort connu dans l'établissement, et nul ne prit garde à lui quand il passa, ayant à son bras la jolie fille qu'il accompagnait. Il traversa donc la salle à pas rapides et gagna la seconde pièce, où son premier regard rencontra celui de Ramon qui l'attendait.

Les deux hommes échangèrent alors un signe imperceptible, et le compagnon de Louise vint placer la pauvre enfant à côté du général des républiques de l'équateur, auquel il donna une rude et familière poignée de main.

— Là, lui dit-il en la faisant asseoir, je vous remets ici sous la sauvegarde d'un ami du capitaine, tandis que je vais aller jaspiner un brin avec le père Pitanche ; dans quelques minutes, je reviens vous prendre ..

— Oh ! je vous en prie, ne tardez pas !... supplia Louise qui se sentait mal à l'aise dans cette épaisse atmosphère.

— Ne craignez rien, mon enfant, ajouta encore Mistral, je m'en vais vous faire provision de bonnes nouvelles pour le retour.

Puis il sortit de la salle en fermant avec soin la porte derrière lui, et se dirigea vers un groupe formé autour du poêle ; déjà même il se disposait à bourrer sa pipe, quand une main s'appuya tout à coup sur son épaule et l'obligea à se retourner. C'était Olga...

— Bagasse ! s'écria le Provençal, voici la perle de la Cité... le diable me brûle si je m'attendais à une pareille chance, ce soir. Eh ! que fait on ici, la belle, sans son petit Mistral ?

— Ne le vois-tu pas, répondit la jeune femme d'un accent singulier, je bois avec les amis.

— Sans moi !

— Bah ! les absents ont toujours tort...

— Oh ! oh ! est-ce qu'on bouderait son chéri de gabier ?

Pour toute réponse, Olga vida son verre plein et jeta un éclat de rire sec et nerveux.

Mistral se prit alors à la considérer avec plus d'attention.

Jamais encore il ne l'avait vue en cet état.

Son œil était atone et vague, ses joues colorées, ses lèvres violacées ; quand elle parlait, sa parole était saccadée et brève, ses gestes eux-mêmes avaient quelque chose de heurté et de fébrile ; enfin, de nombreuses taches d'un vin bleu étaient répandues sur le corsage de sa robe.

— Voyons, reprit-elle bientôt de la même voix gutturale et rauque, est-ce qu'il n'y a pas un ici qui veuille me faire raison... Allons, père Pitanche, encore un demi-setier que je boive à la santé des Marseillais !

Et comme en parlant ainsi elle se tournait vers Mistral, ce dernier se rapprocha avec un pli soucieux sur le front :

— Olga, lui dit-il d'un accent pressant, je crois qu'il serait temps de t'en retourner.

— Pourquoi ? dit la jeune femme.

— Parce que l'on pourrait s'inquiéter de ton absence.

— Qui donc ?

— Viens, te dis-je.

— Je veux rester ici...

— Mais c'est impossible.

— Est-ce que tu as honte de moi ?

— Eh ! qui dit cela ?

— Eh bien alors, verse, bois, et laisse-moi tranquille...

Puis, pour la seconde fois, elle vida d'un trait le verre que le père Pitanche venait de remplir.

Depuis la veille, depuis sa rencontre avec Morgan, Olga était en proie à une surexcitation indicible. Cela avait commencé par une prostration complète ; dans la triste condition où elle était tombée, la malheureuse femme ne devait plus trouver en elle-même les consolations dont elle aurait eu tant besoin; elle n'avait pas même une amie à qui confier ses chagrins, et dans le sein de laquelle elle aurait pu cacher ses larmes! tout ce qui l'entourait vivait d'égoïsme, d'insouciance ou de scepticisme. On ne connaît pas le remords dans ce monde interlope, ou du moins on fait semblant de le railler pour faire croire qu'on ne le craint pas. Une profonde amertume s'était emparée d'Olga, et bien qu'elle eût fait jurer à Mistral de protéger les jours de Morgan, supposant sans doute qu'elle mettrait ainsi sa conscience en repos, cependant, toute la nuit l'image de sa mère et celle de sa sœur vinrent pleurer à son chevet, et le matin elle se retrouva pâle, accablée, épouvantée sous la honte de son abjection.

C'est alors que, perdant le peu de raison qui lui restait, elle avait cherché dans une ivresse factice l'oubli de ses souffrances et de ses appréhensions.

— Après tout, fit Mistral, ce que j'en dis, c'est pour toi.

— Et que m'importe, répondit Olga avec violence, est-ce que nous sommes liés pour la vie l'un et l'autre... est-ce que je ne suis pas libre, voyons... et si je veux me donner du bon temps... et oublier... est-ce que tu m'en empêcheras?... Oh! oublier... ajouta-t-elle en tordant ses beaux bras demi-nus; mais vous ne devinez rien, vous n'avez ni cœur ni âme; il vous faut des femmes qui rient, qui subissent vos caprices, qui servent vos passions honteuses... Eh bien, voilà ce que vous nous faites, entendez-vous, et vous n'avez pas le droit, vous autres, de nous renier, et l'on vous rit au nez quand par hasard il vous prend fantaisie d'avoir honte de nous!... Allons, père Pitanche, à boire, et, sur ma vie, malheur à qui le trouvera mauvais...

Et elle tendit son verre à l'hôte de l'épouvantable bouge, jetant un rire éhonté, alla trinquer avec tous ceux qui l'entouraient et qui riaient de la voir ainsi ivre et affolée.

Tout à coup la malheureuse fille s'arrêta; son œil devint ardent et fixe, sa poitrine se souleva avec effort, et un soupir rauque s'échappa de sa gorge haletante et enflammée.

Un cri, parti de la salle voisine, venait d'attirer son attention.

— Au secours!... à moi!... disait une voix faible à travers des sanglots entrecoupés.

Et l'on eût dit qu'à cet appel tout le sang d'Olga s'était glacé dans ses veines. Autour d'elle, les rires et les quolibets avaient redoublé; on était tellement habitué à de pareilles scènes, que nul n'y prenait garde, et que personne n'eût songé à se rendre à de semblables appels.

Olga seule avait frémi; un frisson courut sur ses épaules, et elle fit quelques pas vers la porte.

Mais ce mouvement ne fut que passager, et un sourire plein d'ironie et de fiel vint presque aussitôt plisser sa lèvre avinée.

— Ah! elles commencent toutes comme ça, dit-elle d'un accent cruel; on se roidit, on se révolte contre les violences infâmes. C'est le dernier combat de la vertu, la lutte suprême de la pudeur... Ah! ah! ah! aujourd'hui elle pleure, comme nous avons pleuré toutes; demain elle rira, comme je ris en ce moment... Ah! l'enfer! l'enfer... du vin... pour elle comme pour nous, mes amis, je bois à la nouvelle recrue...

Elle n'acheva pas ce toast impie.

A travers le brouhaha que son ivresse loquace obtenait dans le groupe dont elle occupait le milieu, un nom était venu jusqu'à son oreille, et ce nom, prononcé par une voix qu'elle avait cru reconnaître, l'avait comme galvanisée.

— O ma mère! ô Madeleine!... un cri! ô Madeleine...

Olga s'était redressée, et d'un bond elle avait couru, échevelée, vers la porte, qu'elle se mit à ébranler avec une vigueur extravagante; mais la porte était solide, et Olga n'était guère forte.

— Mistral! cria-t-elle alors, à moi!... tu as fermé cette porte tout à l'heure, donne-m'en la clef...

— Mais... voulut balbutier le Provençal.

— Donne-moi cette clef... interrompit la pauvre femme. Oh! malheur à vous tous, entends-tu, car tu ne connais pas encore la colère et la vengeance d'Olga...

Mistral se hâta d'ouvrir la porte.

— Mais, puisque je te dis... essaya-t-il encore d'objecter.

D'un geste violent, Olga le repoussa de son chemin, et elle se précipita comme une furie sur le général, que cette intervention inattendue arrêtait au moment même où il allait peut-être triompher des résistances de Louise.

— Madeleine! s'écria cette dernière en reconnaissant sa sœur et en se jetant éplorée dans ses bras.

— Louise! Louise! balbutia Olga, qui la couvrit de baisers.

Et pendant quelques secondes, ce fut un doux murmure de

sanglots et d'embrassements, à travers lesquels on ne distinguait que les noms des deux sœurs.

Mais cette émotion avait été trop forte pour la vierge folle, en raison surtout des surexcitations auxquelles elle s'était livrée depuis le matin et, après quelques caresses échangées avec sa sœur, elle sentit tout à coup une sueur froide jaillir sur son front; une pâleur mortelle se répandit sur ses traits, et sa tête retomba languissamment sur sa poitrine.

— Mon Dieu! s'écria Louise; mais elle se trouve mal!... il faut de l'air, qu'on lui donne de l'air!... Ah! Madeleine! Madeleine! entends-moi!

Puis elle se jeta à genoux, s'empara de ses mains, qu'elle baisa follement, et se prit à pleurer et à prier.

Mais cet incident avait diversement impressionné les assistants et, pendant que Louise s'abandonnait à sa douleur, Mistral s'était rapproché de Ramon.

— Domingo, lui dit-il à voix basse, rien n'est perdu encore, et, pendant que nous allons soigner Olga, vous pouvez faire enlever la petite.

— Mais les autres? objecta de Ramon en désignant les habitués du caboulot.

Mistral haussa les épaules.

— Les autres? répondit-il; eh! donc, donnez une roue de derrière à deux bons zigs de la société, et vous verrez comme ils vous obéiront.

— Tu crois?

— Essayez!

— C'est bon à savoir.

Et le général se mêla aux groupes qui stationnaient au seuil de la porte, tandis que Mistral se rapprochait d'Olga un verre d'eau fraîche à la main.

— Ah! merci, merci, fit Louise sans même prendre garde à celui qui lui offrait le verre.

Puis, de cette eau glacée, elle se mit à humecter les lèvres et les tempes d'Olga avec un soin délicat et tendre en l'appelant des plus doux noms, car la jeune fille n'avait, en ce moment, d'autre pensée que de sauver sa sœur; elle la voyait pâle, inerte et sans mouvement, elle avait peur.

Elle ne se demandait plus ni pourquoi elle se trouvait dans ce bouge infâme, sous ces vêtements plus qu'excentriques, ni quelles relations l'unissaient à ces hommes hideux qui l'entouraient; elle avait oublié déjà les dangers qu'elle avait courus et qui pouvaient la menacer encore; elle ne songeait qu'à une chose, — une seule, — c'était de la voir ainsi muette, insensible, pâle comme une morte.

Or, pendant qu'elle attendait là, en proie à une anxiété des plus poignantes, que sa sœur revînt à elle, de Ramon suivait le conseil de Mistral, et s'était abouché avec trois vauriens oisifs, attablés dans un coin, en faisant luire à leurs yeux ce que le Provençal appelait des *roues de derrière*, c'est-à-dire quelques pièces de cent francs, il n'eut pas de peine à les décider à lui prêter leur concours pour l'enlèvement qu'il projetait.

Au surplus, c'était pour ces hommes un acte bien véniel que le rapt d'une jeune fille comme Louise, qu'ils savaient être la sœur d'Olga, et qui devait être venue au caboulot avec des intentions qu'on ne pouvait guère supposer innocentes.

— Ainsi, c'est dit, fit de Ramon après que les conventions eurent été arrêtées et les arrhes données.

— C'est dit, répondirent les trois hommes auxquels il s'adressait.

— Donc, un de vous va aller chercher une voiture, et les deux autres feront le coup pendant que je me promènerai devant le cabaret.

— C'est entendu, partons.

Au moment où ils sortaient, Olga venait de faire un mouvement, une faible rougeur commençait à colorer ses joues, et ses lèvres balbutiaient déjà quelques paroles entrecoupées.

— Sauvée! elle est sauvée! s'écria Louise en joignant les mains et en se tournant vers les hommes, dont le groupe semblait s'être resserré autour d'elle; Madeleine! réponds, réponds c'est la Louise chérie...

Mais elle ne put achever son tendre appel, car, à ce moment, une main vigoureuse s'appuya fortement sur ses lèvres, tandis que deux bras l'enlevaient du parquet et l'emportaient de la salle. Elle n'avait pas même eu le temps de jeter un cri.

Cependant Olga venait d'ouvrir les yeux.

Elle était encore brisée par l'émotion qu'elle avait éprouvée; elle n'avait même qu'un sentiment vague et confus de ce qui s'était passé; mais les fumées de l'odieuse ivresse s'étaient dissipées; après avoir promené son regard autour d'elle, et l'avoir arrêté un moment sur elle-même, le souvenir commença à lui revenir peu à peu, elle se prit à réfléchir et à trembler.

— Où suis-je? dit-elle d'une voix faible encore, et pourquoi tout ce monde ici?

Puis elle pressa ses tempes de ses deux mains. Et comme si, à cette pression rapide, l'éclat eût jailli tout à coup de son cerveau, elle se dressa droite, effarée, les cheveux épars et les vêtements en désordre.

— Louise! s'écria-t-elle en se précipitant à travers la salle, Louise!... Elle était ici tout à l'heure, je l'ai vue... j'ai senti ses bras autour de mon cou... où est-elle?... ah! répondez, vous autres... vous étiez là aussi... qu'en avez-vous fait?

Mais les misérables qui l'entouraient n'accueillirent ces questions que par des rires cyniques, quelques-uns mêmes haussèrent les épaules et lui tournèrent le dos.

— Décidément, dit l'un d'eux, elle n'est plus amusante.

— Et qu'est-ce qu'elle nous chante, avec sa sœur, ajouta un autre.

— Est-ce qu'elle nous-l'a donnée à garder, sa sœur?

— Une pimbêche!

— Une sainte-n'y-touche!

— Une Jeanne d'Arc?

Ce dernier mot eut beaucoup de succès, et le rire bruyant qui s'éleva aussitôt alla frapper au cœur la malheureuse Olga.

Elle tordait ses bras, mordait ses lèvres et arrachait ses beaux cheveux...

— Horrible! horrible! s'écria-t-elle affolée; c'est le châtiment du bon Dieu!... il me punit dans ce que j'aime le plus au monde... Ma sœur! ma pauvre chère Louise!... Oh! les misérables! ils n'ont ni compassion ni pitié!... C'est par moi, par moi qu'elle aura été perdue, car ils l'ont enlevée!... Il y a là-dessous quelque pacte infâme!... Oh! mais que faire donc, que faire!

Tout en parlant de la sorte, la jeune femme était arrivée au paroxysme de la fureur; elle allait et venait à travers la salle avec des mouvements de bête fauve. Chacun s'écartait de son chemin comme s'il eût eu peur d'elle. A un moment, enfin, elle se trouva face à face-avec Mistral, qu'elle n'avait point encore vu, tant elle était aveuglée par la colère et l'épouvante.

Elle s'arrêta, et lança au Provençal un regard de panthère.

— Mistral, dit-elle d'une voix incisive et mordante, combien cet homme t'a-t-il donné pour lui livrer ma sœur?

— Cet homme, à moi? fit ce dernier interdit de cette brusque interpellation.

— Oui, réponds, insista Olga.

— Mais, je t'assure...

— Ah! tu es lâche aussi!... tu était là, cependant, tu as tout entendu, et tu n'as rien osé tenter parce que tu avais peur d'eux.

— Troun de l'air! jura Mistral.

— Eh bien, non, écoute, poursuivit la pauvre fille, le souffle ardent et la parole impétueuse; je ne menace pas, je prie... Écoute, sois bon; c'est ma sœur... une enfant... je l'aime... elle mourrait si je laissais s'accomplir cette épouvantable violence... je ne le veux pas... je ne veux pas qu'elle mette le pied dans cette abîme où je suis tombée!... tu comprends cela, n'est-ce pas? Moi, d'abord, vois-tu, je me tuerai!... Oh! ne ris pas, je me tuerai!... Mon Dieu! et ma sainte mère!... si elle savait... si elle pouvait se douter!... c'est affreux à penser... Oh! tu la sauveras, Mistral, tu me le promets,... tu sais où elle est, nous irons ensemble, à l'instant même... viens, viens!

Olga prit alors la main de Mistral; mais déjà, depuis quelques secondes, ce dernier n'écoutait plus ce qu'elle lui disait; tout entier absorbé par une préoccupation d'un autre genre, il paraissait prêter l'oreille et écouter un bruit singulier qui se faisait dans la première salle.

— Bagasse! murmura-t-il en se baissant et en se dégageant de l'étreinte d'Olga; je crois qu'il n'est que temps de filer, voilà la rousse.

X

LE CHATEAU DE VIVONNE

— Mais tu es perdu, alors?

— Chut!... je vais lever la trappe, tu la refermeras avec soin, et ils seront bien malins s'ils me dénichent où j'irai.

— Mais tu sauveras Louise?

— Quand ils seront partis.

— Éloigne-toi donc vite, alors, et que le bon Dieu veille sur ma pauvre sœur.

Il était temps.

Ainsi que Mistral l'avait pensé, la police venait en effet de faire invasion dans le caboulot, et avait déjà arrêté quelques-uns des vagabonds qui s'y trouvaient. Ce n'était pas, assurément, les plus importants, mais on pouvait espérer les faire parler, et atteindre ainsi les chefs de la bande de voleurs et d'assassins dont le guet-apens de Fontainebleau attestait surabondamment l'existence. Les agents pénétrèrent donc presque aussitôt dans la seconde salle; seulement, comme le père Pitanche, qui protégeait ses meilleures pratiques tout en paraissant servir la police, avait déclaré qu'il ne devait s'y trouver qu'une fille d'une maison voisine, les investigations auxquelles ils se livrèrent ne furent que superficielles, et ils ne tardèrent pas à se retirer en emmenant le menu fretin qu'ils avaient pris.

Le seul résultat vraiment heureux de leur intervention fut la délivrance de Louise, qu'ils avaient trouvée bâillonnée dans la cour. Les bandits, dérangés dans leur entreprise, n'avaient pas eu le temps d'accomplir leurs projets, ils s'étaient vus contraints de fuir avant que la voiture, que l'un d'eux était allé chercher, ne fût arrivée.

La jeune fille fut donc rapportée plus morte que vive; la première personne qui se présenta à Olga, quand les agents s'éloignèrent, fut sa sœur, qui jeta un cri de joie en la revoyant, et se précipita dans ses bras.

La pêcheresse était loin de s'attendre à un dénoûment si prompt; elle s'abandonna à toute la joie de son cœur quand elle vit que tout danger était passé, et que sa sœur lui était rendue.

Louise l'accablait de caresses et de douces paroles, car, elle aussi, comprenait que quelques minutes plus tard elle était perdue.

Toutefois, ce moment d'effusion écoulé, la jeune fille revint la première au sentiment complet de la réalité, et, pressant les mains d'Olga dans les siennes:

— Madeleine, lui dit-elle avec une expansion pleine de tendresse et de naïveté, Dieu nous a protégées cette nuit, et nous lui devons des actions de grâces pour nous avoir sauvées... Mais il est tard, notre mère m'attend mon retour peut-être, il faut quitter cette affreuse maison!

— Tu pars?... fit Olga en frissonnant.

— Nous allons rentrer.

— Mais, moi...

— Ne veux-tu pas m'accompagner?

— C'est impossible!...

Louise enveloppa sa sœur d'un regard singulier; pour la première fois elle venait de remarquer les couleurs voyantes de ses vêtements, la recherche affectée de sa mise tapageuse et ses épaules demi-nues.

— Ma mère serait si heureuse de nous voir revenir ensemble, dit-elle en observant sa sœur.

— Non, non!... répondit cette dernière; moi, je ne puis quitter ce quartier ce soir... Et puis, on m'attend...

— Qui donc?

— Quelqu'un... que tu n'as pas besoin de connaître...

— Mais tu es toute parée... Madeleine... tu allais peut-être à une fête?

— C'est cela.

— Loin d'ici?

— Non, tout près.

— Alors, tu ne veux pas venir? dit Louise avec tristesse.

— Oh! je le voudrais, au contraire, repartit vivement Olga; mais n'insiste pas, je t'en conjure... Jeudi, j'irai te voir... nous causerons toutes les deux seules... Je te conterai tout...

— C'est donc un secret?

— Oui... et je te le dirai... es-tu contente?

La jeune fille remua mélancoliquement la tête, et une larme vint perler au bord de sa paupière.

— Ah! Madeleine, Madeleine!... dit-elle en cachant son front dans ses mains; tiens, il y a des moments où j'ai peur que tu ne sois pas heureuse!...

— Qui t'a dit cela? fit la pêcheresse avec un frisson.

— Et puis, ajouta Louise en arrêtant son regard sur le costume de sa sœur, je ne veux pas t'offenser, Madeleine, ni te faire de la peine, mais il me semble que ta petite robe d'indienne d'autrefois t'allait bien mieux que cette robe de soie que tu portes aujourd'hui, et je te trouvais bien plus jolie aussi sous ton bonnet de tulle, qu'avec ces bandeaux nattés que je n'ai jamais vus qu'aux mauvaises filles.

Olga ne répondit pas; mais une vive rougeur monta à ses joues, elle baissa les yeux et sa poitrine se souleva avec effort.

Sa sœur la regarda un moment avec un douloureux serrement de cœur, puis elle lui prit les mains et l'attira dans ses bras.

— Tu ne m'en veux pas?... dit-elle d'un accent bienveillant et timide.

— Moi! s'écria Olga.

— Je te gronde, poursuivit la jeune fille en essayant un sourire, et je suis peut-être moins sage que toi...

— Que dis-tu?

La jolie enfant se pencha rougissante à l'oreille de sa sœur.

— Je l'aime!... dit-elle d'une voix émue et basse.

— Qui cela?...

— Notre convive de l'autre jour....

— Morgan!...

— Hier encore je l'ignorais... je sentais bien mon cœur battre quand il entrait, ma main trembler quand elle touchait la sienne, mon être tout entier tressaillir quand il racontait ses voyages et les dangers qu'il avait courus; mais jamais encore je n'avais éprouvé rien de pareil à ce qui m'a saisie hier, quand, pour la première fois, je ne l'ai point entendu rentrer dans sa chambre, qui est à côté de la nôtre...

Olga écoutait avidement.

— Et tu ne l'as pas revu, n'est-ce pas?... dit-elle d'un accent profond.

— Je l'ai attendu toute la nuit et tout le jour, et ce soir, quand la nuit est venue, que j'ai compris qu'il ne devait pas rentrer, une épouvante sans nom s'est emparée de moi, j'ai couru comme une folle à travers Paris, et je me suis laissé entraîner ici par cet homme que tu as appelé Mistral.

— C'est donc lui qui t'a amenée?... s'écria Olga.

— Il m'a dit qu'il connaissait M. Morgan, qu'il savait où il était... que sais-je, moi... je l'ai cru...

Olga se précipita vers la trappe, qu'elle souleva avec force, et appela Mistral à plusieurs reprises.

Le Provençal finit par passer la tête.

— Sont-ils partis?... demanda-t-il en promenant un regard inquiet dans la salle.

— Oui, oui... ils sont partis, répondit Olga; mais ce n'est pas d'eux qu'il s'agit... regarde, voici ma sœur!...

— La petite!... fit l'ancien marin ébahi.

— C'est toi qui l'as amenée ici.. poursuivit Olga, tu lui as fait espérer qu'elle y trouverait Morgan, et, sur ma vie, Mistral, tu vas nous conduire vers lui à l'instant...

— Oh! je vous en prie! implora Louise les mains jointes.

Mistral était plus fin qu'il n'en avait l'air, et s'il aimait Olga, cet amour n'allait pas jusqu'à lui enlever toute prudence. Morgan lui avait été confié par Marcel pour le faire disparaître, et si, par un motif que nous connaîtrons plus tard, il n'avait pas voulu le tuer, toujours est-il que pour rien au monde il n'eût consenti à le rendre à la liberté. Toutefois, il fallait agir de ruse pour ne point exaspérer Olga, et conserver ses bonnes grâces : c'est en cela qu'il déploya une véritable adresse.

Il la prit donc à part, et l'entraînant dans l'embrasure de la fenêtre :

— Y songes-tu, méchante, lui dit-il mystérieusement; mais là, Morgan, il est en lieu de sûreté, parce que le chef craint qu'il ne jaspine...

— Eh bien?...

— Eh bien, il faut laisser passer quelques jours... le chef a tant d'occupation qu'il l'oubliera facilement... et alors...

— Mais où est-il?

— Dans les caveaux... bien enfermé, avec de la paille fraîche... un pain de munition et de l'eau à discrétion.

— Et tu me jures de ne pas attenter à ses jours?

— Bonne sainte Vierge! s'écria Mistral, il suffit que mon Olga chérie lui porte intérêt... Avant deux jours il sortira de là, gros, gras, et sain comme l'œil...

— Soit! dit Olga; mais songe que je ne te perds pas de vue, et que si tu me trompais!...

Mistral haussa les épaules avec bonhomie et regarda les deux sœurs s'éloigner, sans ajouter une protestation de plus.

Seulement, quand Olga eut disparu, il tira sa pipe de sa poche et, l'allumant à la chandelle qui brûlait sur une table :

— Décidément, dit-il avec un mouvement de mauvaise humeur prononcée, la petite, elle devient embêtante, et comme je n'ai pas fait de bail avec elle, ça ne pèsera pas une once, si ça continue!...

Le même jour, Stévens était parti, le sac d'artiste sur le dos et Finette sous le bras. Il n'était jamais allé à Vivonne; mais, comme il le disait gaiement lui-même, pourvu que ça se trouve quelque part, je suis bien certain d'y arriver.

Après avoir demandé sa route, il s'achemina à pied, et son bâton à la main, à travers une campagne dont le charme pittoresque ne tarda pas à le gagner. Notre voyageur était un véritable artiste... un peu fantasque peut-être, payant son terme irrégulièrement, détestant les portiers, et montant sa garde le plus rarement possible... Mais au fond de cette insouciance, sous ces dehors excentriques, à travers cette expansion bruyante, on devinait aisément non-seulement un cœur d'or, mais encore une nature d'élite.

Les arbres touffus ou dépouillés de leurs feuilles, les longues plaines vertes ou brunes, les ciels éclatants ou ternes, l'air que l'on respire à pleine poitrine, tout cela le séduisait exceptionnellement, et il eût volontiers passé sa vie loin de Paris, si la vie ne se fût pas invariablement composée de jours et de nuits.

Or, le jour cela allait bien.

L'artiste dessinait, prenait des croquis, ébauchait des études; le temps passait avec une rapidité inouïe, à rire et à chanter.

Seulement, quand tombaient les premières ombres du soir, qu'il fallait plier les cartons, ramasser les crayons ou les pinceaux et rentrer dans quelque auberge enfumée et banale, le Parisien sentait tout à coup une sombre tristesse pénétrer en lui, et son regard mélancolique interrogeait l'horizon, pour voir s'il n'y découvrirait pas quelque *Chaumière* où se dégourdir les jambes, ou quelque *Bobino* où se désopiler la rate.

Ce jour-là donc, à cinq heures, Polydor Stévens éprouva un véritable mouvement d'admiration, au moment où, du sommet d'une colline doucement inclinée, il découvrit le village de Vivonne, avec ses maisons blanches et proprettes éparpillées sans ordre à ses pieds, il ne put retenir un cri de surprise, et s'assit quelques minutes pour jouir tout à son aise du panorama charmant qui se déroulait devant lui.

Le village était bâti sur le versant d'une colline, aux pieds de laquelle coulait une petite rivière au cours vif et rapide; à droite, un bois peu important cachait l'horizon sous un sombre rideau; en face, une plaine plantureuse coupée de nombreux ruisseaux, s'animait de la présence d'un bétail varié; enfin, à gauche, dominant la plaine et le village, s'élevait le château gothique de Vivonne, dont les toits coniques et les tourelles élancées détachaient vivement leur silhouette sur le fond clair du ciel.

— Oh! la campagne, la campagne! s'écria Finette en battant des mains.

Stévens, lui, ne disait rien, il regardait.

Ce tableau l'absorbait tout entier; un monde de pensées et de sensations agitait tout son être.

— Oui, dit-il enfin, ce que le bon Dieu a fait est bien

Puis, il ajouta en se levant :

— Si seulement le brigadier de gendarmerie sait jouer au *bezigue*, je suis capable de m'installer ici.

Ils pressèrent le pas, car la nuit n'allait pas tarder à venir, et il fallait d'abord trouver un gîte.

Nos jeunes gens arrivèrent affamés; ils dévorèrent la soupe aux choux, ainsi que l'omelette et le lard qu'on leur servit, avec un appétit aiguisé par la route et l'air vif de la campagne; Finette prit ensuite sa demi-tasse et Stévens son pousse-café; et, après avoir fumé, l'une, quelques cigarettes, l'autre, un nombre respectable de pipes, ils se mirent au lit, où la senteur des draps blancs et le calme qui les entourait ne tardèrent pas à les endormir.

Au surplus, ils n'avaient pas perdu leur temps ce qui touche le but sérieux de leur voyage; dès leur arrivée ils s'étaient enquis des nouvelles du pays.

Mais on ne leur avait parlé que d'une chose, parce qu'en effet il n'y avait guère que de cette chose dont on s'occupât à cette heure au village de Vivonne.

Dans la journée, les hôtes du château étaient arrivés de Paris avec leur nombreux domestique; on avait vu passer Gabrielle et le comte, accompagnés de mademoiselle de Ramon; et, quelques heures plus tard, on avait aperçu le marquis de Lempsac dans la petite maison de plaisance qu'il avait louée presque en face du château.

Mais ce dont on s'occupait surtout, c'était l'état de santé du comte... L'excellent vieillard avait toujours fait beaucoup de bien dans le pays, les pauvres le connaissaient et l'aimaient; dès qu'on apprit que ses jours avaient été en danger et qu'il revenait souffrant à Vivonne, il s'éleva une véritable émotion, et de toutes parts on n'entendit que des vœux formés pour son prompt rétablissement.

Malheureusement, les vœux de ceux qui l'aimaient ne pouvaient rien pour lui; ces témoignages de dévouement et d'affection ne devaient inspirer qu'une stérile satisfaction au comte...

A côté de lui le crime veillait, il fallait bien que tôt ou tard il succombât...

Le lendemain matin, Stévens et Finette furent debout dès l'aube; voir lever l'aurore était un spectacle nouveau pour eux, et ils ne tardèrent pas à se diriger du côté du château, d'où l'on devait jouir d'une vue magnifique. L'artiste ne fut pas longtemps, en effet, sans trouver un endroit propice à ses projets. C'était une éminence de quelques mètres d'élévation, située à deux cents pas du château, d'où l'on apercevait à la fois et la demeure du comte de Vivonne et celle du marquis de Lempsac.

Sur cette éminence s'élevait une petite maisonnette de modeste apparence, dont les volets fermés et l'air de solitude attestaient qu'elle n'avait pas été habitée depuis longtemps... Un vieillard rôdait seul en ce moment dans le jardin, et s'occupait assez machinalement d'émonder quelques arbres ou d'arracher quelques plantes mortes... Malgré l'abandon dans lequel on paraissait avoir laissé cette habitation elle avait cependant encore assez bon air, et sa vue arracha un gros soupir à Stévens.

— Vois-tu, dit-il à Finette, c'est là un des rêves de ma vie!..., et si jamais je gagne le gros lot de la loterie de Francfort...

— Que t'es bête! repartit Finette en riant; comment veux-tu gagner le gros lot, puisque tu n'as pas pris de billets...

— Tu crois que c'est impossible?

— Parbleu!

— Alors, la première fois que je te rapporterai un billet de mille, tu me feras penser à mettre vingt sous de côté; on ne sait pas ce qui peut arriver, et...

Finette l'interrompit par un éclat de voix joyeux et sonore.

— Eh bien, si j'attends après ce billet de mille pour m'acheter des bottines... dit-elle avec enjouement.

Elle n'acheva pas.

La porte du mur dont se trouvait entourée la maison qui faisait l'objet de la convoitise de l'artiste venait de s'ouvrir, et un vieillard, attiré, par la voix de Finette, avait passé la tête à l'extérieur.

— Ah! ah! dit-il d'un accent de bonne humeur, en apercev'''

Elle se souleva à demi en s'appuyant sur son coude.

Stévens occupé à arranger ses cartons, il me semblait bien aussi que ces voix que j'entendais n'étaient pas du pays.

Stévens se prit à le considérer avec attention.

— Ah çà! répondit-il, est-ce que vous auriez la prétention de connaître toutes les voix du canton?

— Oh! ce n'est pas cela que je veux dire, repartit le vieillard; c'est que je vous ai entendu rire tout à l'heure comme on ne rit pas à Vivonne.

— Vraiment! dit Finette; mais qui vous dit que nous ne soyons pas d'ici!

— Je le devine.

— Et d'où sommes-nous, alors? demanda Stévens.

— Tiens! vous êtes de Paris, donc!...

Les jeunes gens échangèrent un rapide coup d'œil.

— Je gage! s'écria tout à coup l'artiste, que vous avez été gendarme?

— Moi!... répondit le vieillard en remuant la tête, vous vous trompez, mon ami; seulement, on n'a pas toujours habité ce vilain petit pays, et il y eut un temps où l'on vivait à Paris.

— Voyez-vous ça! fit Stévens; et que faisiez-vous à Paris?

Le vieillard leva les yeux au ciel.

— Ah! ce fut un bon temps, celui-là, dit-il avec un soupir, tout en se rapprochant du jeune couple; à cette époque vivait une brave et digne femme, une veuve qui avait à ses côtés deux beaux enfants, dont l'un était son fils et l'autre le fils bâtard de son mari; et elle les aimait tant, ces deux pauvres petits chérubins, elle les chérissait avec une si égale tendresse, que ceux qui la voyaient les embrasser n'auraient pu dire lequel des deux était le bâtard ou le fils légitime...

— Tiens! tiens! fit Stévens en taillant ses crayons; mais, c'est une intéressante histoire, que vous nous racontez là...

— Ça commence comme un conte de fées! ajouta Finette.

— Oui, oui, riez, enfants, continua le bon vieillard; mais moi, voyez-vous, quand je songe à cela, je me sens toujours tout attendri, et j'ai bien de la peine à ne pas pleurer...

Et, en disant cela, il passa le revers de sa main sur ses yeux.

— Et où est maintenant cette famille? dit Finette par manière de compassion.

— Depuis longtemps, répondit le vieillard, la mère est morte, et, des deux fils, il n'y en a plus qu'un de ce monde...

— Et vous êtes resté avec celui-là?

— Ah! le pauvre enfant... c'est lui surtout qui était à plaindre... Passer du sort le plus brillant à un état voisin de la misère, se voir banni d'un monde où il avait vécu jusqu'alors sur le pied d'égalité, être obligé, enfin, de travailler pour vivre... Il en serait mort, s'il n'avait eu son vieux Bertrand auprès de lui... Et puis, il y avait encore autre chose, mademoiselle...

— Quoi donc?... dit Finette.

— Une jeune fille...

— Je la voyais venir... interrompit Stévens.

— Une jeune fille belle, appartenant à ce monde qui le reniait, et à l'alliance de laquelle il se voyait contraint de renoncer...

— Eh bien, ajouta le peintre, si vous le voulez, mon cher Caleb, je vais finir pour vous cette histoire que vous venez de commencer... C'est la vie de tout le monde cela, après tout... Votre jeune homme a eu un amour contrarié au début de son existence; il a été obligé de partir, et il a filé, n'est-ce pas cela? Alors, il s'est fait soldat ou marin... Il y a vingt romances qui ont été faites sur ce sujet... Aujourd'hui il est homme probablement; l'air de la mer lui a fait du bien, il a engraissé... Eh! mon Dieu! nous engraissons tous... à notre tour... et, je vous le demande, où est le mal?...

— Où est le mal?... dit le vieux Bertrand avec chaleur; ah! vous en parlez bien à votre aise, mon jeune ami; mais le mal, c'est qu'il aime toujours cette jeune femme; c'est que lorsqu'elle est à Paris, il la suit; quand elle revient, il la suit encore; c'est qu'il est toujours là, caché dans l'ombre, épiant ses moindres mouvements, attendant peut-être le moment où elle le rappellera; ah! il ne sait pas, le malheureux, ce que nous savons tous ici, qu'elle ne l'aime pas, qu'elle ne l'a jamais aimé, et qu'en ce moment son cœur est tout entier à un autre... Tenez! tenez! voyez si je ne me trompe; regardez, monsieur, regardez!...

En parlant ainsi, le vieillard étendit son bras dans la direction du château. Stévens, qui suivit ce mouvement, en vit sortir deux femmes à cheval et deux cavaliers. C'étaient la comtesse de Vivonne, Isabelle, le marquis de Lempsac et Saverny. Ils allaient faire une excursion dans les environs, car le comte de Vivonne s'était senti mieux le matin, et il avait exigé que Gabrielle prît un peu de distraction.

Les dernières paroles prononcées par le vieux Bertrand avaient

Arrivé là, il fit le signal convenu.

éveillé certains doutes dans l'esprit de Stévens, et, comme il voulait en avoir le cœur net :

— C'est donc la comtesse de Vivonne qu'aime votre maître? dit-il avec vivacité.

— Oui, monsieur, répondit le vieillard, et il est à Paris en ce moment. Mais, il n'y sera pas longtemps, puisque la comtesse est ici?

— Votre maître doit s'appeler Morgan? fit l'artiste.

— En effet, monsieur.

— Je m'en doutais.

— Vous le connaissez donc?

— Si nous le connaissons, dit Finette; mais c'est pour lui que nous sommes venus.

— Comment cela? demanda le vieillard.

Stévens saisit vivement le bras de la jeune femme, et lui imposa silence du regard. Puis il se retourna vers le vieux Bertrand.

— C'est-à-dire que Morgan nous avait donné son adresse à Vivonne, et que nous espérions le rencontrer aujourd'hui.

Le vieillard secoua la tête avec mélancolie et ajouta :

— A moins que le maître ne soit mort, il sera à Vivonne demain matin. Mais, puisqu'il n'est point ici pour vous recevoir et vous faire les honneurs de chez lui, je suis son serviteur, mon-

sieur, je connais mon devoir... Si donc, vous le vouliez bien, je vous offrirais tout ce qu'il vous eût offert lui-même, et je suis sûr d'avance qu'il ne me désavouera pas.

Stévens tendit la main au vieillard.

— Bien, mon ami, lui dit-il, c'est bien; mais je sais maintenant tout ce que je voulais savoir, et je ne crois pas que je culotte désormais beaucoup de pipes dans ce pays.

Quelques heures plus tard la comtesse rentrait au château avec ses hôtes. La matinée avait été fort belle; l'on se sépara en se promettant de se revoir le soir, et, surtout, de recommencer l'excursion le lendemain matin le mieux que le comte éprouvait se soutenait de manière à éloigner toute inquiétude.

Marcel et Saverny retournèrent seuls à la maison de plaisance qu'ils occupaient à peu de distance du château. Pendant quelque temps, ils marchèrent l'un à côté de l'autre sans échanger une parole. Lempsac était soucieux, et Saverny ne l'était pas moins de son côté. Tout à coup il s'arrêta et rompit le silence.

— Voyons, Marcel, maintenant que nous sommes seuls, il faut que nous nous expliquions.

— Et que veux-tu que je t'explique? repartit ce dernier avec une certaine impatience.

— Je veux, répondit Saverny, que cette comédie finisse et que nous arrivions au dénoûment. Le comte est mieux, avant un mois peut-être il sera rétabli; alors, que feras-tu? D'ailleurs, je suis persuadé que nous avons ici un ennemi terrible, qui a deviné nos projets, et ne permettra jamais qu'ils s'accomplissent.

— Isabelle, n'est-ce pas?

— Oui; mais elle t'aime, et ne voit pas sans effroi la maladie du comte, car elle sait que sa mort jetterait immédiatement Gabrielle dans les bras du marquis de Lempsac. Donc, elle fera tout pour empêcher un pareil dénoûment.

Marcel passa la main sur son front, et un sourire amer vint plisser sa lèvre.

— J'avais espéré, répondit-il, une chose impossible, sans doute, mais qui eût été le comble de l'adresse; car cette Isabelle est une femme étrange.

— L'aimerais-tu, par hasard?

— Non; mais elle m'aime comme je n'ai jamais été aimé. Eh bien, je voulais qu'elle servît mes projets malgré elle, je voulais qu'elle fît ce qu'aucune femme ne ferait à sa place, je voulais, enfin...

Lempsac n'acheva pas. Ses sourcils s'étaient rapprochés, ses poings se crispèrent, et il jeta un profond regard sur Saverny.

— As-tu ce poison que je t'ai demandé? dit-il tout à coup.

— Le voici, répondit son complice.

Marcel prit le flacon.

— Bien, dit-il, demain je verrai Isabelle, et je saurai s'il faut la traiter en ennemie ou en auxiliaire.

Le même soir, vers dix heures, comme si la même pensée qui était venue à Marcel avait en même temps touché Isabelle, cette dernière trouva moyen de l'accompagner jusqu'à la porte du parc, et, au moment où Saverny en avait déjà franchi le seuil elle retint tout à coup le marquis et, se penchant à son oreille, elle lui dit d'une voix émue :

— Demain, à huit heures, dans ma chambre, il faut que je vous parle.

— J'y serai, répondit Lempsac.

Le lendemain donc, à huit heures, le marquis frappait à la porte de mademoiselle de Ramon.

Isabelle était en effet une femme étrange; elle avait conçu pour Marcel une de ces passions, qui s'emparent violemment du cœur et y étouffent fatalement la raison. Elle l'aimait jusqu'à tout oublier pour lui, honneur, probité, vertu, et pourtant, à travers le trouble profond que cet homme avait jeté en elle, un sentiment avait survécu et avait suffi pour la sauver jusqu'alors d'un dénoûment trop prompt, qui, en la livrant à Lempsac, lui eût enlevé toute autorité sur lui : la jeune femme était jalouse, — mais, jalouse à sa manière. — Elle haïssait Gabrielle, et trouvait la force de lui sourire; elle était attentive, soumise, dévouée, ne la quittait jamais que pour lui faciliter des entretiens secrets; mais quand elle se retrouvait seule avec la comtesse et que celle-ci l'attirait sur sa poitrine par un mouvement de sincère reconnaissance, Isabelle l'eût volontiers étouffée dans ses bras; il lui fallait tout l'effort d'une volonté énergique pour que ses baisers ne se changeassent point en morsures sanglantes. Ce qu'elle souffrait serait impossible à dire. Quand elle rentrait dans sa chambre, le soir, elle était brisée, anéantie, et c'est vainement qu'elle appelait le sommeil et le repos.

Eh bien, malgré ces luttes inouïes qu'elle soutenait contre elle-même, en dépit de ces souffrances horribles, qui la déchiraient cruellement, son amour semblait augmenter chaque jour, et, quand elle revoyait Marcel, toujours beau, calme et presque indifférent, tout son cœur volait vers lui, elle était prête à lui tendre les bras, à se donner à lui.

Cependant elle savait que cet homme était un misérable, elle soupçonnait, sous cet extérieur distingué, sous ces dehors de gentilhomme, une existence douteuse; une fois même, elle avait pris Lempsac le poison à la main; — mais qu'importe! — est-ce que la passion raisonne, est-ce que cet amour, dont elle était brûlée, n'avait pas renié déjà tout sens moral? Du jour où elle avait aimé le marquis, mademoiselle de Ramon avait descendu les degrés de la moralité humaine, et ne s'était arrêtée que sur le dernier échelon, incertaine, indécise, sondant, avec un suprême effort, l'abîme ouvert sous ses pieds, et au fond duquel elle était résolue à se jeter au premier appel de son amant.

Qui expliquera jamais les inconséquences du cœur de cette femme!

Sa haine pour Gabrielle avait peine à se contenir, elle souffrait davantage; la nuit, elle pleurait plus souvent. En un mot, elle se sentait près de défaillir dans cette voie douloureuse, où ses mains, ses pieds et son cœur avaient été déjà si cruellement déchirés.

C'est sous l'empire de ces sentiments qu'elle avait demandé à

Lempsac quelques instants d'entretien, et nous savons avec quel empressement ce dernier avait accepté.

Pour lui, en effet, la position commençait à s'embarrasser de telle sorte, qu'il lui fallait à tout prix savoir ce qu'il devait attendre de cette jeune femme.

Plusieurs fois il avait tenté de s'approcher du lit du comte, et, à chaque fois, il avait trouvé Isabelle debout entre lui et le malade, comme si elle eût voulu le protéger et le défendre. Il lui importait d'apprendre définitivement s'il devait considérer mademoiselle de Ramon comme une jalouse ennemie ou comme une maîtresse complaisante.

Dès qu'il la vit, il voulut lui prendre la main et la porter à ses lèvres; mais la jeune fille le repoussa doucement, et, lui indiquant un fauteuil :

— Asseyez-vous, monsieur le marquis, lui dit-elle d'une voix qu'elle essayait de rendre calme, nous avons à causer tous les deux, et je ne vous cacherai pas que j'avais hâte de vous voir.

— Que se passe-t-il donc? dit ce dernier en s'asseyant, et d'où vient qu'aujourd'hui vous me refusez une marque d'affection que, naguère encore, vous paraissiez heureuse de me donner.

— Vous allez le savoir, dit mademoiselle de Ramon en levant son regard sur le marquis; car, depuis que nous sommes à Vivonne, j'ai eu bien à souffrir du rôle que je joue avec trop de complaisance.

— Je ne comprends pas.

— N'avez-vous pas remarqué avec quel soin je vous laisse poursuivre, auprès de la comtesse, une comédie dont je suis la confidente bénévole?

— En effet, interrompit Marcel, et croyez que ma reconnaissance...

— Votre reconnaissance m'est assurée, je le crois; mais êtes-vous bien sûr que cette reconnaissance me suffise, et, puisqu'il faut le dire, pensez-vous que je puisse longtemps imposer silence à mon cœur et étouffer la haine qui le consume?

— La haine! fit Lempsac étonné.

— Haine, jalousie! — nommez ce sentiment du nom qu'il vous plaira; — mais je sens que je suis à bout de force, et je veux vous demander enfin ce que vous comptez faire, car votre réponse me dictera ma conduite, et je réglerai mes actions sur les vôtres.

Marcel réprima un vif mouvement de dépit; mais il s'attendait presque à ces paroles, il redevint aussitôt maître de lui-même. D'ailleurs, de son côté, il eût sollicité cette explication si on ne la lui eût pas offerte, et il avait ses réponses toutes prêtes.

Il s'approcha donc de la jeune fille, dont il reprit la main, et, levant vers elle deux yeux pleins d'une tendre franchise :

— Isabelle, dit-il d'un accent dont il eût été difficile de suspecter la sincérité, je suis heureux que vous veniez vous-même au-devant d'une pareille explication, je me trouve bien à l'aise pour y répondre... Écoutez-moi donc, mon enfant, et quand vous m'aurez entendu, faites sans crainte ce que votre cœur aura décidé.

Il se tut, puis il reprit presque aussitôt.

— Vous savez aujourd'hui, grâce à une fatale indiscrétion que je bénis maintenant, vous savez dans quelle position je me trouve, et quelle existence gênée m'a faite l'obligation de tenir un rang dans le monde. Je suis ambitieux cependant, puisque la fatalité a voulu que je gaspillasse en quelques années l'héritage de mon père, je veux reconstruire l'édifice écroulé; pour cela, vous ne l'ignorez pas, j'avais jeté les yeux sur Gabrielle. La comtesse m'aime, le comte est vieux, et tout me faisait espérer que je toucherais bientôt au but tant souhaité quand, tout à coup, vous vous êtes présentée sur mon chemin.

Il y eut un moment de silence, pendant lequel la main de mademoiselle de Ramon tremblait dans celle du marquis.

— Or, poursuivit cet homme, c'est ici surtout que j'ai besoin de rencontrer en vous une confiance absolue; je vous avais à peine aperçue dans le monde que, devinant l'amour profond que je vous avais inspiré, et que vous avouiez avec une grâce charmante, je ne saurais dire quelle révolution s'opéra en moi... Je n'avais jamais été aimé de la sorte, c'était comme une révélation, et je m'abandonnais à ce sentiment avec un enivrement et un oubli complets, lorsque tout à coup la réalité me réveilla au milieu de ce beau rêve; je vis bien alors qu'il allait me conduire à une impasse et faire en même temps mon malheur et surtout le vôtre...

— Votre malheur... le mien... et comment cela...? répéta Isabelle.

— Oui, mon enfant, continua le marquis avec chaleur; songez-y, si vous ne voulez pas devenir injuste envers moi... nous appartenons à un monde où la fortune est une obligation, et nous ne sommes riches ni l'un ni l'autre... Que je renonce aujourd'hui à Gabrielle, que je reçoive votre main de votre père, que deviendrons-nous demain, je vous le demande !... nous aurons contracté une union impossible ; puis, après une année de possession, nous serons les premiers à trouver notre amour ridicule...

— Mais c'est épouvantable ce que vous me dites là.

— C'est la vie que je vous explique, du moins, la vie du monde dans lequel nous vivons...

— Alors, vous voulez épouser Gabrielle, dit la jeune fille avec un regard plein d'éclairs.

— Je veux être riche ! voilà tout.

— Et si le comte meurt pas ?...

— Il faut qu'il meure...

Isabelle eut un sourire amer.

— Ah ! vous l'aimez bien, cette femme, dit-elle, puisque cet amour vous pousse jusqu'au...

— Je n'aime pas Gabrielle... interrompit Marcel, et vous ne pouvez en douter vous-même, puisque le comte vit encore et que vous me voyez hésiter...

— Qui donc vous arrête alors ?...

Lempsac passa sa main sur son front, et, se penchant vers la jeune fille :

— Vous, qui êtes l'avenir ! répondit-il.

— Que dites-vous là ? mon Dieu !

— Ah ! si je n'étais pas un étranger dans ce château... si je pouvais aller et venir à mon gré... m'asseoir auprès du malade, passer, comme vous, la nuit à son chevet solitaire, il ne se passerait pas huit jours avant que la comtesse fût veuve...

Mademoiselle de Ramon regarda le marquis. Celui-ci souriait et venait de tirer de sa poche un petit flacon, de forme bizarre, qu'il déposa sur la marbre de la cheminée.

La jeune fille remarqua ce mouvement, baissa les yeux, resta quelques secondes pensive et recueillie. Un moment après, elle relevait la tête.

Son cœur battait violemment, une sueur moite humectait ses mains, une pâleur subite avait couvert ses joues.

— Soit ! dit-elle d'une voix sombre, j'admets que le comte soit mort... que Gabrielle soit libre... c'est là le but que se propose votre ambition implacable... une fois ce but atteint, vous épousez Gabrielle et vous devenez riche...

— Dites que nous le devenons tous deux.

— Et vous croyez que j'accepterais un pareil marché ?

— J'en suis sûr.

— Vous voulez railler, je pense ?

— Non, mon enfant, non... car alors vous ne douterez plus de mon amour, vous me croirez quand je viendrai vous dire : Isabelle, j'ai une fortune immense, je suis riche... j'ai des voitures, des chevaux, tout ce que le luxe peut inventer de fantaisies... Eh bien, tout cela est à toi, à toi, que j'aime, à toi qui seras la marquise de Lempsac, quand tu l'ordonneras...

En parlant ainsi, Marcel s'était levé ; son visage resplendissait d'une satisfaction inouïe, il fit quelques pas à travers la chambre, et finit par se rapprocher d'Isabelle, qui était restée émue et profondément troublée.

— La marquise de Lempsac ! répéta-t-elle d'un accent vague ; mais la comtesse !...

Marcel passa son bras autour de la taille de la jeune fille, qui ne se défendait plus que faiblement.

— Écoute, enfant, c'est assez de réticences entre nous désormais... il faut que tu comprennes bien toute ma pensée et que tu connaisses mon cœur tout entier... Cette fortune, je la veux, et je l'aurai... Mais si tu la désires ardemment, si, pour l'obtenir, je ne recule pas même devant un crime, c'est pour la partager avec toi, entends-tu, c'est pour te faire heureuse et riche à ton tour, c'est pour que tu ne doutes ni de mon amour ni de mon dévouement.

Et étendant le bras vers le flacon qu'il venait de déposer sur la cheminée :

— Le comte mort, poursuivit-il, je deviens l'époux de Gabrielle ; le même jour, je pars avec elle pour l'Italie ; trois mois après, je reviens à Paris offrir la main d'un veuf à mademoiselle de Ramon... Quand je pourrai mettre deux millions dans cette main, j'espère bien que M. de Ramon ne refusera pas...

— Ah ! si vous disiez vrai !... murmura Isabelle, qui, à travers cette perspective de crimes, ne voyait que le but que l'on faisait luire à son cœur.

— Essayez !... répondit Lempsac dont les lèvres s'appuyèrent brûlantes sur le front de la jeune femme.

Celle-ci tressaillit ; quand elle voulut lever les yeux sur son amant, elle se prit à trembler de tous ses membres. Cet entretien avait bouleversé tout son être ; elle n'avait plus ni force ni présence d'esprit, elle ne sentait qu'une chose : c'est que Marcel l'aimait, et qu'il le lui disait d'un accent passionné et tendre.

— C'est horrible !... balbutia-t-elle interdite et indécise.

— Je t'aime ! je t'aime !... répéta le marquis en l'attirant dans ses bras.

— Mais ces crimes... ce vieillard innocent...

— Tu seras marquise de Lempsac !...

— Ah ! c'est à devenir folle...

La jeune femme n'avait plus conscience d'elle-même ; elle balbutiait des paroles sans suite ; elle frissonnait et pâlissait, tout son être était en proie à une épouvante sans nom. Elle se dégagea vivement de l'étreinte de son amant, et passa vivement sa main sur sa bouche comme si elle eût été touchée par un fer rouge.

Isabelle s'était réfugiée dans l'embrasure d'une fenêtre, et là, les bras croisés sur la poitrine, la tête perdue, les sens troublés, elle cherchait à le repousser.

— Je ne sais ce que j'éprouve, ni ce qui se passe en moi... répondit-elle d'un accent douloureux, je vous aime à en perdre la raison ; mais il me semble en même temps que je vous hais jusqu'à vous tuer... votre parole m'enivre et me brise... je voudrais vous appartenir, et mon cœur se soulève de honte et d'indignation à cette seule pensée.

— Tais-toi... tais-toi... ne me repousse plus... abandonne-toi sans crainte à cet amour que je partage... et songe surtout...

— Ah ! ne me parlez pas ainsi... laissez-moi ! fit la jeune fille qui, au même instant, se laissait tomber mourante sur le parquet.

Marcel poussa un cri d'épouvante.

Mademoiselle de Ramon revint aussitôt à elle, se releva et le regarda avec effroi.

— Qu'y a-t-il ? demanda-t-elle étonnée.

Lempsac venait d'ouvrir la fenêtre, et, tourné vers l'horizon, pâle, haletant, oppressé, il regardait, dans la direction de Vivonne.

— Mais vous ne me répondez pas !... reprit Isabelle en cherchant à deviner l'objet de sa préoccupation.

Pour toute réponse, le marquis indiqua un point de l'horizon, sur le sentier qui conduisait au village, à trois cents pas environ du château.

— Là, là !... dit-il, cet homme... notre ennemi... ne le reconnais-tu pas ?...

— Pierre Morgan !... fit la jeune femme.

— Oui, Morgan !... Ah ! que le ciel l'écrase... car je ne croyais plus le revoir...

— Mais que vous importe ?

— Tu ne sais donc pas qu'il connaît mon secret ?... Oh ! malheur à lui... car, Dieu me damne ! il faudra qu'il ait ma vie ou que j'aie la sienne...

Marcel se tut, et il allait refermer la fenêtre, quand, pour la seconde fois, un frémissement nerveux passa sur ses membres.

— C'est impossible ! balbutia-t-il hors de lui, l'enfer semble me défier aujourd'hui.

— Qu'avez-vous ? dit Isabelle.

— Vois... ce Morgan n'est pas seul ?

— En effet, il me semble...

— Et l'homme qui l'accompagne !...

— Je ne le connais pas.

— Regarde bien.

— Attendez...

— Le reconnais-tu ?...

— J'y suis... oui, c'est...

— Lui ! lui !... s'écria Lempsac avec une rage concentrée, à Vivonne, et avec mon plus mortel ennemi. Ah ! Saverny a raison, il est temps d'en finir... et toute hésitation serait désormais imprudente.

C'était bien Morgan que Marcel venait d'apercevoir au seuil de la petite habitation. Quant à l'homme qui l'accompagnait et dont la vue avait si fort effrayé le marquis, nous allons savoir dans un instant de quel nom il faut l'appeler.

XI

CE QUE DEVIENT PIERRE MORGAN

Le lendemain du jour où s'était passée entre Olga et Louise la scène que nous avons racontée, un homme s'introduisit, vers dix heures du soir, dans les caveaux du *Lapin blanc*. Cet homme n'appartenait pas à l'association que nous avons vue fonctionner jusqu'à présent; et cependant il pénétra sans hésiter dans la sombre allée par laquelle Marcel s'y était introduit deux jours auparavant; il descendit l'escalier qui y conduisait avec autant d'assurance que s'il eût été depuis longtemps familier avec ces étranges souterrains.

Il était, d'ailleurs, armé de deux bons pistolets et d'un solide poignard. Dès qu'il eut atteint les derniers degrés de l'escalier, il tourna une lanterne sourde, puis prêta l'oreille un moment en se penchant vers le sol, parut se consulter sur le chemin qu'il allait prendre, et finit par se diriger vers un couloir étroit dans lequel il s'engagea résolûment, tout en s'entourant de précautions inouïes, pour faire le moins de bruit possible; interrogeant du regard les portes, sondant le sol de temps à autre, pour voir s'il ne cachait pas quelque trappe adroitement dissimulée; puis, tout à coup il tressaillit et s'arrêta. A quelques pas de là, derrière une porte, il avait cru entendre la respiration lente et mesurée d'une poitrine humaine. En effet, contre les ais mal joints, un homme se tenait assis et travaillait avec une ardeur sans égale à quelque œuvre ténébreuse; une lampe éclairait son visage, notre nocturne visiteur fit un mouvement en le reconnaissant.

— L'Aveugle!... murmura-t-il entre ses dents, l'Aveugle! qui revient à son ancien métier...

Et, continuant son chemin sur la pointe des pieds :

— Voilà qui est bon à savoir; mais il n'est pas facile de tromper Isaac Mayer, ajouta-t-il avec un sourire ironique.

Puis il se frotta les mains.

Cet homme était, en effet, l'usurier de la rue de la Licorne, que Marcel avait cru tuer en lui assénant sur le crâne deux coups de casse-tête, et qui ne gardait de cette tentative d'assassinat qu'une cicatrice profonde à quelques lignes de la tempe gauche, et le plus implacable désir de vengeance qui fût jamais entré dans le cœur d'un homme.

Pauvre Isaac! on l'avait pillé, on l'avait bafoué, on avait voulu l'assassiner même! On lui avait pris le meilleur de son or et le plus pur de son sang!... Mais les usuriers ont la vie dure, et celui-ci avait, on peut le dire, l'âme chevillée dans le corps!

Quand il se trouva seul, sanglant, sur le sol de son salon, et que son premier regard rencontra son coffre-fort défoncé, son or disparu, ses meubles fracturés, cette vue produisit sur lui l'effet que produit sur un cadavre la pile voltaïque; il se dressa tout droit, les poings crispés, les dents serrées, l'œil roulant effaré dans son orbite.

Son front saignait encore, il avait les membres brisés, la souffrance qu'il éprouvait était horrible; mais il ne sentit rien, commanda à sa douleur, puis un nom s'échappa de ses lèvres, une seule imprécation jaillit de sa poitrine.

— Marcel, voleur!... Marcel, assassin!...

Il lui fallait cet homme... Il voulait le tenir, ne fût-ce qu'une heure, une minute, une seconde, sous sa dent de chacal. Mille projets insensés l'assaillirent à la fois durant les premières heures de sa colère. Il allait et venait derrière la grille de son bureau, comme le jaguar inquiet du Jardin des Plantes. Il s'était redressé tout à coup dans toute sa force et dans toute sa vigueur. Son regard lançait de farouches éclairs, des mots sans suite s'échappaient de ses lèvres, on eût dit qu'il allait devenir fou de haine et de rage.

Mais cette exaltation finit cependant par se calmer; une prostration inévitable devait succéder à la surexcitation nerveuse qu'il éprouvait, et, quand sa femme de ménage vint le lendemain matin, elle le trouva dans un état dont l'apparence n'avait rien qui pût l'alarmer.

Isaac avait bandé lui-même sa blessure et avait réparé avec soin le désordre de la nuit; aux questions de la vieille femme sur ce bandeau dont son front était entouré, il répondit simplement qu'il avait fait une chute dans la nuit et s'était heurté contre un meuble.

Cette explication paraissait naturelle, la femme de ménage n'en demanda pas davantage; du reste, l'usurier avait compris que le marquis de Lempsac n'était pas un homme dont on pouvait se défaire facilement : il ne s'agissait pas là, en effet, d'un vulgaire voleur ni d'un assassin ordinaire; Marcel avait été assez adroit pour se créer dans le monde une position qui le mettait à l'abri du danger de premiers soupçons. Isaac, jugeant sainement la position, se dit que pour arriver au but qu'il voulait atteindre il fallait, avant tout, réunir un faisceau de preuves suffisantes pour que le marquis en fût accablé du premier coup.

Or, nous savons que l'usurier était un adroit compère et avait, avec le monde des escarpes, des relations de plus d'un genre; aussi voyons-nous que, dès le lendemain, il se mettait à l'œuvre.

Ce n'était pas la première fois qu'Isaac Mayer descendait dans les caveaux du Lapin blanc, et, depuis longtemps, il en connaissait les détours. Mais ce qu'il venait y chercher cette fois était bien autrement important, et, bien qu'il n'eût à ce sujet que des pressentiments, il lui semblait impossible que Marcel n'eût pas un point d'appui de ce côté.

Après avoir laissé l'Aveugle à son travail, il continua donc sa ronde avec les précautions cauteleuses d'un garde-chiourme, habile à déjouer toutes les ruses; déjà il avait remarqué sur le sol détrempé l'empreinte récente de pas nombreux, et ses observations ne se seraient pas bornées à ces simples découvertes, si, au moment où il allait prendre une nouvelle direction, une sorte de plainte mal étouffée n'était venue frapper son oreille et ne l'avait cloué immobile à sa place. Il se prit à écouter avec un indéfinissable sentiment de curiosité, et, pour la seconde fois, un gémissement faiblement articulé troubla le silence lugubre qui régnait dans ces lieux.

Malgré lui, le vieil usurier se sentit frissonner.

Le gémissement paraissait partir d'un endroit voisin de celui où il se trouvait, et, pourtant, il n'y avait là aucune porte qui donnât accès dans l'un des nombreux caveaux dont se composaient les souterrains. Il promena successivement sa lanterne sur la cloison contre laquelle il s'appuyait, fit quelques pas à tâtons et finit par apercevoir une trappe adroitement dissimulée dans l'angle du mur. Puis, avec quelques rossignols préparés d'avance, Isaac fit jouer la trappe, qui, cédant sous sa pression, laissa voir deux ou trois marches qu'il descendit aussitôt, et se trouva alors dans un réduit fort sombre, plus humide que ceux qu'il avait visités jusqu'alors, et arriva finalement à l'extrémité d'un caveau spacieux, sur la limite duquel il s'arrêta.

En face de lui était un homme pâle, amaigri, le front baissé et les bras pendants.

C'était Pierre Morgan!

L'usurier eut d'abord beaucoup de peine à le reconnaître, tant il était changé; mais au bruit qu'il avait fait en s'approchant, la malheureuse victime avait relevé la tête et promené autour de lui un œil hagard et morne.

Il était debout : un carcan de fer scellé dans le mur lui serrait étroitement le cou; à ses pieds étaient rivées de grosses chaînes; et, près de lui, à portée de ses mains, se trouvaient une cruche pleine d'eau fraîche et un mauvais pain dont les rats avaient dévoré la moitié.

Morgan était brisé de fatigue, de sommeil et de faim; il avait passé ainsi deux jours et deux nuits!

L'humidité avait pénétré ses vêtements et glacé ses os; pendant les premières heures de sa détention, il avait dépensé tout ce qu'il avait de force et d'énergie, pour lutter contre le sort qui le clouait à cette place.

Puis, les heures s'étaient écoulées, sans amener aucun changement à sa position. Alors il s'était résigné à mourir.

Abandonner ainsi tous ceux qui l'aimaient, laisser Gabrielle à la merci de ce misérable dont il commençait à soupçonner les sinistres projets... Mourir, sans avoir encore rien tenté pour sa vengeance! Cette perspective lui parut mille fois plus cruelle que le sort qu'il subissait dans ce moment; mais il sentait bien qu'il ne pouvait rien espérer, et, qu'à moins d'un miracle, il était destiné à laisser sa vie dans ces mystérieux cachots, sans apprendre même entre les mains de quels bandits il était tombé.

Toutefois, en apercevant un homme autre que le Provençal, en reconnaissant surtout le vieil usurier avec lequel il n'avait eu jusqu'alors que des rapports bienveillants, l'espoir sembla renaître en son cœur, et il fit un mouvement comme pour s'élancer vers son libérateur.

Mais le carcan était solidement scellé dans le mur, ainsi que les chaînes qui retenaient ses pieds, et il ne put que pousser un cri de douleur à la rude secousse qu'il en éprouva.

— Ah! les gaillards ont fait les choses en conscience, dit Mayer en s'approchant de la victime, et ils vous font l'honneur de vous traiter en ennemi redoutable. Une seule chose m'étonne, c'est qu'ils n'aient pas eu l'idée de vous tuer tout de suite... C'est aussi facile et certainement moins dangereux.

— C'est la présence de Madeleine qui les en aura empêchés, fit Morgan.

— Peut-être bien; mais quelle qu'ait été leur idée, les misérables ne réussiront pas, et je suis venu à temps pour vous sauver.

En disant cela, Isaac avait saisi l'anneau de fer qui serrait le cou du jeune homme, et, à l'aide d'une petite lime d'acier, en quelques minutes il l'eut débarrassé de son carcan, en fit autant des chaînes qui retenaient ses pieds.

— Maintenant, lui dit Mayer, hâtons-nous de sortir d'ici...

gagnons au plus vite un endroit moins dangereux et où vous me raconterez comment vous avez été jeté dans ces souterrains...

Ils sortirent en effet, et quand le marin eut raconté en peu de mots ce qui lui était arrivé :

— C'est bien cela, continua alors l'usurier, après avoir un moment réfléchi ; mais rappelez bien tous vos souvenirs, et dites-moi si, pendant que Mistral vous tenait à la gorge et avant que son compagnon n'éteignît la lumière, vous n'avez pas eu le temps de distinguer les traits de ce dernier?

— Le mouvement a été si rapide que cela m'a été impossible.

— Mais la voix, la voix, ne l'avez-vous pas reconnue?

— L'avais-je donc entendue auparavant?

— Oui, plusieurs fois.

Morgan prit sa tête dans ses mains, ses souvenirs ne revenaient que lentement ; mais, peu à peu cependant la lumière se faisait en lui, et son regard s'illumina bientôt d'un éclair intelligent et rapide.

— Oh! c'est impossible! s'écria-t-il tout à coup en saisissant le bras de son sauveur.

— Il n'y a rien d'impossible, répondit tranquillement ce dernier.

— Cette voix... mais, que pouvait venir faire au *Lapin blanc* le marquis de Lempsac?

— Vous y êtes, fit Isaac avec un petit ricanement.

Puis, il ajouta :

— Vous ne le connaissez pas encore, monsieur Morgan, et vous ignorez l'existence qu'il mène à Paris ; moi, je l'ignorais comme vous ; mais, il y a deux jours, il s'est passé entre lui et moi une scène qui m'a éclairé tout à fait... Le marquis aime la comtesse, et, à l'heure qu'il est, Marcel procède à Vivonne au veuvage de Gabrielle.

— Oh! mais je le tuerai avant qu'il n'accomplisse son infâme projet! murmura Pierre Morgan.

— Dans ce cas, venez, cher ami, car le danger est imminent ; le moindre retard peut être fatal.

— Oh! pour sauver Gabrielle j'irais au bout du monde! répondit Morgan avec exaltation. Mais je me demande quel intérêt vous pouvez avoir dans tout ceci?

Isaac devint pâle ; un hideux sourire passa sur ses lèvres décolorées, et son doigt osseux s'appuya sur son front.

— Regardez! dit-il d'un ton concentré, cette cicatrice vivra autant que moi ; eh, bien, tant qu'elle sera là, monsieur Morgan, je ne cesserai de me venger de cet homme!... Venez... venez... vous dis-je, n'oubliez pas que la comtesse n'a autour d'elle que des traîtres ou des assassins!

C'est ainsi que le jeune homme était arrivé à Vivonne, en compagnie de maître Isaac, dont la vue avait si fort épouvanté le marquis de Lempsac. Le soir donc de ce même jour, Saverny et Léon se trouvaient réunis chez Marcel, qu'ils attendaient avec une certaine impatience.

Les craintes qu'avait conçu le chef étaient partagées par ses deux acolytes ; la présence de Morgan, dont surtout du vieux juif pouvait faire manquer tous leurs plans ; ils se demandaient l'un et l'autre par quel moyen le chef se tirerait de cette nouvelle difficulté. A de certains moments même, Saverny penchait pour abandonner la partie ; il savait qu'Isaac était homme à les dénoncer à la justice à la première maladresse ; dans ces circonstances, peut-être, il prudent de s'abstenir, et de laisser au temps le soin de leur offrir une meilleure occasion. En ce moment, le marquis entra dans la chambre avec précipitation.

— Qu'y a-t-il? demanda Saverny avec inquiétude.

— Il y a qu'Isabelle, que j'ai trouvée tout à l'heure se promenant sur les bords de la rivière, a jeté le flacon à l'eau, et a refusé énergiquement de se prêter à une entreprise que maintenant elle trouve odieuse...

— Alors, qu'allons-nous faire?

— Écoute, tu vas aller trouver Isaac Mayer, à l'instant... il le faut... j'ai mon idée...

— Mais il refusera de venir... il craindra de se livrer.

Lempsac remua la tête en signe de négation :

— Il y a en ce moment, répondit-il, deux sentiments qui se partagent l'existence et l'esprit du vieux juif : sa haine contre moi, et son amour pour Isabelle. Eh bien, je veux savoir lequel de ces deux sentiments est le plus fort... Tu iras donc le trouver... tu lui diras que je l'attends, et offre-lui en même temps, pour sa propre sécurité, de prévenir de ce rendez-vous son ami Morgan, afin que, s'il croyait courir quelque danger, cet ami pût témoigner au besoin de l'invitation que je lui adresse.

— S'il en est ainsi, c'est différent.

— Seulement, songe que je l'attends... qu'il importe d'agir,

puis il faut que demain je me rende au *Lapin blanc*, d'où il sera peut-être urgent que je ramène Mistral et l'Aveugle... pars donc, et reviens surtout avec Isaac.

— Quant à toi, Léon, tu n'as rien à faire ici en ce moment, mais tu peux aller prendre du repos... Frère, écoute bien cette recommandation... demain soir, vers dix heures, tu prendras un de mes meilleurs chevaux, et tu t'éloigneras d'ici, sans dire à personne vers quel lieu tu te dirigeras... A une lieue de Vivonne environ, il y a un petit bois, dont les fourrés sont fort épais ; c'est là que tu t'arrêteras ; tu attacheras le cheval à un arbre placé non loin du principal carrefour... et tu attendras là que je vienne t'y rejoindre.... Le signal que tu connais t'avertira de mon arrivée...

— Parfaitement.

— Tu n'as pas d'observation à me faire?

— Je trouve que tu mets bien des façons à te débarrasser de ce vieux comte de Vivonne, et si tu voulais, avant demain, je lui aurais fait son affaire...

Lempsac haussa les épaules.

— Oui, un assassinat, n'est-ce pas? un crime, en pleine province, pour donner l'éveil à tout le département, pour attirer ici les gens de justice, qui commenceraient peut-être par nous prendre, sauf à nous laisser expliquer après... Tu es fou... un meurtre à Paris, passe encore ; mais, en province, il faut y regarder à deux fois... et d'ailleurs j'ai mon idée, te dis-je.

Léon s'éloigna ; Marcel resta seul.

La nuit était venue ; la lune montait à l'horizon, tout était silencieux ; il régnait de toutes parts un calme poétique qui berçait doucement le cœur.

Le marquis s'accouda contre la fenêtre.

Le tableau qu'il avait sous les yeux contrastait bien étrangement avec l'état de son âme. Jamais encore peut-être il ne s'était trouvé dans la situation d'esprit, et l'impatience qui le dévorait, l'inquiétude cruelle qui le troublait, l'absorbaient à un tel point, qu'il ne pouvait plus penser à autre chose.

Une demi-heure s'écoula de la sorte. Son regard, fixé sur l'horizon vigoureusement éclairé par la lune, épiait fiévreusement l'arrivée de l'homme qu'il attendait ; mais jusqu'alors la campagne était restée déserte ; aucun bruit n'était venu jusqu'à lui ; il craignait déjà que Saverny n'eût échoué dans son ambassade, quand, à travers la brume transparente qui s'élevait de la route de Vivonne, il aperçut enfin deux cavaliers qui se dirigeaient de son côté.

L'un de ces cavaliers était Saverny, l'autre était Isaac Mayer.

— Enfin, s'écria-t-il d'un accent de joie fauve, le voilà... Allons, tout peut être sauvé, et la partie est encore belle...!

Il referma vivement la fenêtre, alluma une bougie, raviva le feu et attendit.

Quelques minutes après, Isaac Mayer entrait dans la chambre.

Le juif n'avait témoigné aucune crainte de se rendre à l'appel de son ennemi. Seulement il avait pris des précautions qui eussent rendu tout guet-apens dangereux, sinon impossible. Il était allé trouver Morgan en passant, lui avait fait part du désir exprimé par le marquis, et lui avait recommandé de venir le rejoindre, si, dans deux heures au plus tard, il n'était pas de retour.

Ce fut donc avec une complète sécurité que le vieil usurier se présenta à M. de Lempsac, et quand, sur l'invitation qui lui en était faite, il s'assit auprès de la cheminée, un sourire ironique plissa même ses lèvres.

Marcel le remarqua, mais il n'eut pas l'air d'y prendre garde.

— Ainsi, tu n'as pas hésité à venir? dit-il après quelques secondes de silence, et j'ai à te remercier d'avoir encore assez de confiance en moi pour ne pas craindre de te trouver ici à une pareille heure de nuit...

Isaac haussa les épaules.

— Bah! répondit-il, ce n'est pas précisément la confiance qui m'amène.

— Qu'est-ce donc?

— La curiosité... je n'étais pas fâché de savoir...

— Ce que j'ai à te dire...?

— Parfaitement.

— Depuis la scène qui s'est passée rue de la Licorne, poursuivit Marcel, j'ai pensé que deux hommes comme nous étaient plutôt faits pour s'entendre que pour se nuire ; en réfléchissant bien à notre entrevue, et à la conduite que j'ai tenue vis-à-vis de toi, je me suis repenti d'avoir été aussi vif, et l'idée m'est venue de réparer en partie le mal que je t'avais fait.

— Oh! oh! interrompit Isaac, est-ce que le marquis de Lempsac serait tout à coup devenu millionnaire?

— Pas encore.

— Ce n'est donc pas d'une restitution qu'il s'agit ?

— C'est de mieux que cela...

Mayer fit un mouvement de tête.

— Cela t'étonne ?

— Un peu.

— Eh bien, écoute-moi, tu aimes toujours Isabelle de Ramon ?

— Moi ! fit Isaac avec un cri.

— Oui, tu l'aimes, et tu oublierais ce que je t'ai fait si je t'offrais la possibilité de la trouver avec elle, ici par exemple, dans une maison isolée, d'où personne ne pourrait entendre ses cris, et où tu serais maître de sa beauté...

— Est-ce possible ! fit le juif d'une voix tremblante.

— Si je faisais cela, tu me pardonnerais ?

— Oh ! mieux encore, je deviendrais ton ami.

— T'y engages-tu ?

— Je le jure...

— Et tu servirais mes projets ?

— Je serai à toi, corps et âme.

— Bien, dit Lempsac d'une voix ferme et en se rapprochant de l'usurier ; retiens donc ce que je vais te dire : demain soir, vers dix heures, je quitterai Vivonne et n'y reviendrai que le lendemain dans la matinée... Vers dix heures, tu l'introduiras dans cette chambre, j'aurai renvoyé mes domestiques, tu y seras seul... seul, entends-tu... et tu attendras... A minuit, une femme sortira du château de Vivonne, et viendra frapper à la porte de cette maison ; tu iras lui ouvrir... elle prononcera mon nom... tu la conduiras ici ; les portes seront bien fermées ; les fenêtres défendues par de solides volets, et si je n'ai pas concouru à ton bonheur, c'est que tu seras un imbécile.

Isaac passa sa main osseuse sur son front humide.

— Mais tu es sûr qu'elle viendra ? balbutia-t-il.

— J'en réponds.

— Et tu auras quitté Vivonne ?

— A dix heures...

L'usurier souffla bruyamment.

— Ainsi tu me la livres ? dit-il encore comme s'il eût craint d'avoir mal entendu.

— La refuserais-tu ?...

— Non, non ! mais je me demande ce que tu vas exiger de moi pour un pareil service...

Le marquis sourit et haussa les épaules.

— Oh ! moins que rien... répondit-il ; seulement, j'espère qu'à ton tour...

— Ah ! parle ! parle !...

— Tu es venu avec Morgan ?

— C'est vrai... mais je venais pour me venger, et, du moment que je deviens ton ami, je cesse d'être le sien...

— Ce n'est pas cela que je demande. J'exige que, plus que jamais au contraire, tu te lies étroitement avec lui.

— Mais il n'est pas venu à Vivonne que pour te provoquer en duel, et cet homme est adroit ; il te tuera...

Marcel fit un geste insouciant.

— J'ai prévu cela, dit-il, et le service que j'ai à te demander a trait à la rencontre que je pourrais avoir avec M. Pierre ; venu avec lui pour un but commun, tu seras naturellement son témoin, et, si je ne me trompe, c'est aux témoins que revient la mission de charger les armes. Donc, tu chargeras les siennes de manière que, tout adroit qu'il soit, il ne puisse jamais m'atteindre.

— C'est-à-dire en escamotant la balle.

— A merveille. Alors tu acceptes ?

— Tu peux compter sur moi !...

Marcel et l'usurier se serrèrent la main.

— Je savais bien, dit le marquis de Lempsac en se levant, que nous finirions par nous entendre.

— Ah ! je ne m'attendais pas à devenir sitôt votre obligé, repartit Isaac en changeant de ton, et si monsieur le marquis veut bien à l'avenir me prendre pour son banquier...

— J'espère n'en avoir pas besoin.

— Ah ! c'est juste au fait... j'oubliais...

Et le juif se prit à cligner de l'œil.

— Quoi donc ! fit Marcel en fronçant le sourcil.

— Oh ! un détail...

— Mais encore...

— Là-bas... dans les caveaux... l'Aveugle... il me semble que vous n'avez pas besoin de demander des billets de banque aux autres, quand vous en avez la fabrique à votre portée.

— Ah ! tu as vu cela ? fit Marcel d'un air contraint.

— Oui, et je dis que l'Aveugle est un artiste !

— Alors, tu connais nos projets ?

— Parfaitement ; mais qu'importe, si je suis disposé à les servir.

— Soit ! A demain donc, maître Isaac ; songe à nos conventions.

— Tenez seulement votre promesse, maître marquis, et vous verrez si je me fais tirer l'oreille pour tenir la mienne.

Or, pendant que Lempsac disposait de la personne d'Isabelle, la jeune fille était seule dans sa chambre, au château de Vivonne, en proie à un trouble qui augmentait d'instant en instant ; elle se demandait avec effroi comment elle pouvait combattre cet amour dont la violence se développait avec une force inouïe, et à quelle résolution elle devait s'arrêter.

Nous savons que mademoiselle de Ramon aimait Marcel comme elle n'avait rien aimé encore en ce monde... Cette singulière et puissante personnalité du marquis exerçait sur elle une de ces influences tyranniques... Elle sentait son cœur tout entier bondir dans sa poitrine quand elle le voyait ; elle n'entendait plus sa raison lui parler quand la parole de cet homme bruissait à son oreille ; tout s'effaçait, tout disparaissait autour d'elle quand sa main s'oubliait dans la sienne.

Assise auprès de la fenêtre, où elle passa une partie de la nuit, l'âme émue, indécise, heureuse parfois d'avoir repoussé la coupable proposition du marquis, regrettant plus souvent d'avoir brisé ainsi volontairement un lien qui devait l'unir indissolublement à lui !

Mais ces heures s'écoulèrent lentes à travers cette nuit agitée ; elle avait peur ; les moindres bruits l'épouvantaient ; elle eût voulu voir Marcel, pour savoir quelle détermination il avait prise.

Parfois aussi la jalousie la mordait au cœur, et c'est avec une rage concentrée et aveugle qu'elle songeait à Gabrielle.

La comtesse de Vivonne reposait en ce moment ; aucun songe, aucun remords ne venait troubler son sommeil paisible et pur. La pauvre enfant élevait chaque soir son âme à Dieu, sans se douter des sombres trames qui s'ourdissaient autour d'elle.

Cette quiétude, cet amour chaste, éveillaient de violentes colères dans l'esprit d'Isabelle, et plus d'une fois elle se demanda pourquoi elle ne s'attaquait pas à Gabrielle, plutôt qu'au vieillard qu'on lui ordonnait de frapper.

Quand le jour vint, la jeune fille jeta vivement un manteau sur ses épaules, et, la tête enveloppée d'un voile, elle descendit dans le parc... Les sentiers étaient déserts... L'air vif et frais du matin calma un peu le feu qui brûlait ses veines ; au bout d'un quart d'heure environ, elle put réfléchir plus sainement à tout ce qui s'était passé.

Qui sait !... Marcel n'était peut-être pas aussi coupable qu'elle l'avait cru... Cet homme était jeune, l'ambition de la fortune, l'horreur de la misère, avaient pu le jeter dans le désordre, même jusque sur la limite du crime !... Mais il pouvait revenir à de meilleurs sentiments, et le refus de mademoiselle de Ramon allait peut-être le faire réfléchir... Tel était du moins le raisonnement de la jeune femme, car elle l'aimait toujours, et, pour accomplir ce forfait, que n'eût-elle pas fait d'ailleurs, pourvu qu'en retour elle pût entrevoir un peu de bonheur !

Sous l'empire de ces pensées, Isabelle marchait d'un pas rapide sous les grands arbres du parc... Un calme profond régnait de tous côtés ; les oiseaux commençaient à s'éveiller en chantant ; à l'horizon, une ligne rose et tendre annonçait le prochain lever du soleil.

Elle craignit d'être surprise de si bonne heure hors du château, et, voulant réparer par quelques heures de sommeil le désordre de cette nuit si tourmentée, elle allait se diriger du côté de l'aile qu'elle habitait, quand, au détour d'une allée, elle pâlit tout à coup, en apercevant un homme qui venait vers elle avec précipitation, et, lui prenant les mains, l'entraîna sous une épaisse charmille, derrière laquelle aucun regard ne pouvait les surprendre.

— Je vous cherchais, dit Lempsac.

— A cette heure ? balbutia mademoiselle de Ramon, partagée entre la crainte, le trouble et une émotion indicible.

— Oui, chère amie, j'ai passé une nuit fort agitée ; votre refus de servir mes projets m'a tenu éveillé, et ce matin je suis sorti de bonne heure, parce que j'avais besoin de vous parler et de vous dire tout ce qui s'est passé en moi depuis hier.

— Vous m'en voulez donc beaucoup ? dit la jeune femme sans oser lever les yeux sur son interlocuteur.

Marcel l'attira dans ses bras et déposa un long baiser sur ses yeux.

— Je vous aime ! fit-il de sa voix la plus insinuante et la plus douce... Ah ! je vous en ai voulu, c'est vrai... Ma pauvre enfant bien-aimée, il y a en moi, voyez-vous, une ambition implacable, et je me sens toujours disposé à briser tout ce qui paraît vouloir me faire obstacle... Les premières heures ont été données à l'emportement et à la colère, je vous ai maudite du haut de mes projets écroulés...

— Marcel...

— Oh! ne craignez rien, c'était là l'effet inévitable de ma déception; mais je n'ai pas tardé à reprendre possession de moi-même, et j'ai bien vite compris que si je vous brisais, c'était mon propre cœur que je déchirais le premier.

— Vous m'aimez donc toujours? dit Isabelle le visage transfiguré.

— Je vous en prie, n'en doutez pas, car je ne l'ai jamais si bien senti que cette nuit, mon enfant; j'avais eu un moment de fièvre et d'égarement, mais peu à peu mon sang s'est calmé, la bonté naturelle de mon cœur a repris le dessus, je suis redevenu moi-même, et j'ai pu réfléchir sainement au mal que j'aurais dû vous faire.

— Mais Gabrielle?... hasarda timidement la jeune fille qui ne s'était jamais trouvée si heureuse.

— Eh! que m'importe la comtesse, répliqua le marquis avec un amer sourire, Gabrielle ne m'a jamais aimé; et, d'ailleurs, que peut m'offrir son amour? la contrainte partout et toujours, un serrement de main quelquefois, un baiser jamais... Non, Isabelle, non, et croyez-moi, quand je vous le dis, ma nature réclame impérieusement d'autres satisfactions, et si en m'adressant à vous je suis encore déçu dans mes espérances, eh bien, je briserai courageusement les liens qui m'attachent à cette société, et j'irai recommencer cette vie nomade que j'ai regrettée bien souvent, et qu'une véritable passion pourrait seule me faire oublier tout à fait.

Mademoiselle de Ramon leva les yeux vers son interlocuteur et lui tendit ses deux mains avec confiance.

— Doutez-vous donc de mon amour? dit-elle avec abandon.

— Qui sait!... A la première preuve que je vous ai demandée, vous avez hésité.

— Oui, mais, c'était un crime!

— Soit!... aujourd'hui je le dis comme vous; mais, hésiterez-vous encore si je vous demandais...

— Quoi donc? fit Isabelle dont le cœur vola tout entier au-devant des paroles de son amant.

Marcel oublia une minute son regard dans les yeux de la jeune femme.

— Chère ange de mon cœur, reprit-il presque aussitôt, vous m'aimez, n'est-ce pas?

— Oh! plus que ma vie!

— Et si je vous demandais plus que votre vie, en effet; si je vous demandais une de ces preuves que donnent seules les femmes qui aiment réellement, dites, ne me refuseriez-vous pas?

Et, sur ces paroles, Lempsac se pencha vers elle; ses lèvres touchaient ses cheveux, son souffle brûlait sa peau.

— Ce soir, reprit-il d'une voix passionnée, je serai seul, j'aurai renvoyé mes domestiques; vers minuit vous seriez sûre de n'être pas vue... Et moi, Isabelle, moi, je pourrais être le plus heureux des hommes, à moins que vous ne m'aimiez pas assez pour me faire un pareil sacrifice.

— Oh! ne dites pas cela.

— Vous viendrez donc?

— Oui, à ce soir, répondit la jeune femme d'une voix presque imperceptible.

Et ils sortirent de la charmille : Isabelle, pour regagner le château; Marcel, pour retourner à son habitation.

Mais ce dernier avait à peine fait quelques pas dans l'allée qu'il venait de prendre, qu'il se trouvait en face de Pierre Morgan.

— Décidément, pensa-t-il, le diable se met de mon côté, et cette rencontre se présente comme si je l'avais préparée moi-même.

Le marin s'était arrêté à l'aspect du marquis; une émotion difficile à contenir s'était emparée de lui en reconnaissant l'amant de la comtesse de Vivonne.

— Pardon, monsieur Morgan, dit Lempsac avec une hauteur impertinente, est-ce moi que vous cherchez à cette heure?

— Non, monsieur, ce n'est pas vous, répondit ce dernier; mais je suis néanmoins heureux de vous rencontrer.

— Auriez-vous à me parler?

— Peut-être.

Puis il regarda froidement le marquis en face.

Marcel se prit à sourire.

— Au fait, dit-il avec empressement, je me rappelle que la dernière fois que je vous vis, vous m'avez promis de revenir me

visiter. C'était, si mes souvenirs ne me trompent pas, au sujet d'une somme de trente mille francs.

— Êtes-vous bien sûr, monsieur de Lempsac, que nous ne nous soyons rencontrés que cette fois-là? Si mes souvenirs ne me trompent pas, à mon tour, il se pourrait bien que nous nous fussions trouvés dans un autre lieu.

— Expliquez-vous, monsieur, je vous prie.

— A quoi bon, si vous me comprenez à demi-mot.

— Je ne sais ce que vous voulez dire... Et, d'ailleurs, je puis trouver étrange de vous rencontrer ici à une pareille heure, jouant un rôle que je m'abstiens de qualifier.

— Une provocation! fit Morgan.

— Avez-vous l'habitude d'y répondre? repartit Marcel.

Le marin pâlit, et ses doigts s'imprimèrent sur le bras de son interlocuteur.

— Écoutez, monsieur le marquis, dit-il alors d'une voix ardente; c'est un duel que vous cherchez, et moi je le cherche aussi... mais un duel sérieux, n'est-ce pas... un duel à mort?... Ah! tenez, je pourrais aller trouver la comtesse, je pourrais lui dire l'infamie de votre vie et dans quel monde honteux je vous ai surpris; mais Gabrielle ne me croirait peut-être pas et elle ne vous en aimerait que davantage; c'est donc un duel qu'il me faut, et il aura lieu... Votre jour, monsieur?

— Après-demain.

— L'heure?

— Six heures du matin.

— C'est bien, à six heures, après-demain, mes témoins iront vous prendre chez vous.

Morgan s'éloigna sur ces mots et regagna sa demeure, où l'attendait Isaac Mayer.

Lempsac le suivit du regard pendant quelques minutes; quand il l'eut vu disparaître dans le chemin qui conduit à Vivonne, il haussa les épaules et reprit lui-même la direction de sa petite maison.

— Allons, dit-il avec insouciance, la journée commence bien, la chance est pour moi... dans deux jours il n'y aura plus de Pierre Morgan au monde, et quant à Isabelle, je doute qu'elle reste à Vivonne après la honte de la nuit prochaine.

Le même soir, vers dix heures, le marquis, vêtu d'un costume de fantaisie, pour ne pas être reconnu, quittait Vivonne à pied, en compagnie de Saverny, et s'éloignait dans la direction du petit bois qu'il avait indiqué la veille à Léon.

Arrivé là, il donna le signal convenu.

XII

LE CLOS NITOT

Le lendemain du jour où Morgan avait été sauvé par l'usurier, Mistral se trouvait au Lapin blanc, quand Olga fit irruption dans le cabaret et vint à lui le visage souriant et les mains tendues.

Il était près de dix heures du soir.

— Merci, lui dit-elle avec effusion; certes, je ne doutais pas de toi, mais cette preuve d'affection m'a été sensible, et désormais tu peux compter sur mon entier dévouement, puisque tu as délivré M. Morgan.

— Est-ce que tu l'as vu?

— Non; mais comme j'étais inquiète de Louise, j'ai envoyé un commissionnaire, qui m'a dit que ma sœur était toute joyeuse de son retour.

Le bandit se leva : son visage était soucieux; un pli profond se creusait sur son front.

— C'est impossible!... dit-il d'un ton rude. Morgan était bien enfermé; et, d'ailleurs, qui serait allé le trouver?

Olga devint sombre à son tour.

— Cependant, dit-elle comme se parlant à elle-même, on n'a pas pu me tromper à ce point... et la joie de Louise est un témoignage auquel il faut croire...

Quelques secondes plus tard, Mistral disparaissait dans les souterrains. Il eut à peine fait quelques pas qu'un frémissement parcourut tous ses membres... Mais, quand il vit que la prison était vide, il lâcha un des plus énergiques jurons qu'il eût proférés de sa vie.

— C'est donc le diable que cet homme!... Mais qui l'a fait sortir d'ici? quelle est la personne qui a notre secret et qui a pu avoir intérêt à sauver ce Morgan?

Puis, perdu dans un abîme de suppositions, Mistral remonta au caboulot et s'assit pensif dans la seconde salle.

— Eh bien? dit Olga en accourant dès qu'elle l'aperçut.

— C'était vrai, répondit le Provençal... Mais, je veux perdre mon nom, si avant huit jours je ne lui ai pas fait son affaire!

Olga allait répliquer, quand un homme vint s'asseoir à côté de l'ex-négrier et lui frappa sur l'épaule.

Mistral fit un signe à la jeune femme qui s'éloigna aussitôt.

— Vous êtes exact, général.

— Et toi, es-tu prêt? répondit M. de Ramon.

— Je suis toujours à vos ordres...

Le général se leva.

— Et la duchesse? fit tout à coup Mistral.

— Elle nous attend dans la voiture qui m'a amené.

— J'espère qu'en voilà une qui ne vous lâche pas.

M. de Ramon fit un geste énergique.

— Oui, répondit-il d'une voix sombre, elle me tient... Elle a entre les mains les preuves d'un crime commis il y a trente ans et elle peut me perdre... Mais, patience!... elle ne connaît pas encore Domingo tout entier, et si tu veux, mon vieil ami...

Puis, le général se pencha à l'oreille du Provençal et lui dit quelques mots à voix basse.

Mistral se prit à rire.

— Eh! ça se pourrait tout de même, dit-il avec enjouement; une femme, ça a la vie dure, mais avec un peu de bonne volonté, on en vient à bout tout de même.

Puis ils sortirent du caboulot.

A l'angle de la rue, la voiture attendait; M. de Ramon y monta, pendant que Mistral prenait place à côté du cocher.

— Où faut-il vous conduire, bourgeois? demanda l'automédon dès que la portière se fut refermée.

— Clos Nitot, répondit son compagnon, et, troun de l'air!... mène-nous ta brouette vent arrière et grand largue, ou sinon tu n'auras pas un centime pour te rincer le porte-pipe...

Le cocher fouetta ses chevaux, et la voiture partit aussitôt dans la direction des Champs-Élysées.

Si le clos Nitot n'offre pas le pittoresque primitif et l'aspect presque sauvage de la cité Doré, il n'en est pas moins un des coins les plus curieux et peut-être le moins connu de Paris.

Le clos Nitot se trouve situé vers la partie extrême de Chaillot,

Mon coupé est à la porte et j'aurai l'honneur de vous reconduire.

et est presque entièrement habité par des négociants en chiffons. Quelques-uns de ces industriels ont, à force de travail, amassé quelques économies; mais la plupart n'ont jamais pu franchir le seuil de la misère, cercle étroit dans lequel ils sont fatalement enfermés; ils passent une vie pénible, attachés à un labeur répugnant, parcourant, la nuit, les rues de Paris, fouillant tous les détritus de la capitale, et emplissant à grand'peine le cachemire d'osier qu'ils portent sur leur dos, depuis longtemps courbé par la fatigue.

L'aspect de la villa des chiffonniers a quelque chose de douloureux à voir... En pénétrant dans cette cité, où grouille une population déguenillée, en apercevant ces visages pâles sur lesquels l'insomnie a fortement marqué son empreinte, on se sent frémir malgré soi, comme si l'on mettait le pied dans l'un des cercles de l'enfer du Dante. On éprouve une hésitation naturelle, quand il s'agit d'assigner à ces malheureux un rang dans l'ordre social.

Quand la voiture s'arrêta au seuil de la cité, Mistral sauta lestement à terre, et, ayant ouvert la portière, il fit descendre le général d'abord, puis la duchesse de San Lucar.

Le cocher reçut alors l'ordre d'aller stationner à quelques pas, puis nos trois personnages s'engagèrent résolument dans le clos Nitot.

La nuit était profonde, et la municipalité n'avait pas poussé la libéralité jusqu'à prodiguer les becs de gaz à ces lieux excentriques... La ruelle qu'ils parcoururent était d'ailleurs fort peu pavée; de temps à autre on y rencontrait de vastes cloaques qu'entretenait, même au milieu de l'été, l'écoulement permanent des eaux de service de chaque locataire... Tout cela était infect, glissant, ténébreux, et plus d'une fois la duchesse de San Lucar fut obligée de se retenir au bras de Ramon pour ne point tomber.

— Vous l'avez voulu! murmurait le général à chacun de ces petits accidents qui interrompaient leur marche.

— Oui, oui, je le veux; marchons, marchons!

— Ah dame! fit Mistral, il faut un peu avoir le pied marin pour oser s'aventurer jusqu'ici... Du reste, voici que nous arrivons, et si je ne m'abuse, la case du père Trim ne doit pas être loin, encore cinquante pas.

En effet, il s'arrêta tout à coup, et montra à ses clients ce qu'il venait d'appeler la case du père Trim. C'était une des plus vieilles masures qui eussent jamais servi d'habitation à un être humain... Figurez-vous quatre pans de mur faits de boue et de mille détritus divers, assujettis au moyen de poutres vermoulues, qui avaient déjà fléchi sous l'action combinée du vent et de la pluie; un toit aux trois quarts effondré; une fenêtre dont tou les carreaux brisés avaient été remplacés par des morceaux de journaux empruntés à toutes les opinions politiques; enfin, une porte dont les solives disjointes permettaient de voir tout ce qui se passait à l'intérieur.

— C'est là, dit Mistral en indiquant la masure.

— Comment! s'écria la duchesse, vous croyez que le père Trim...

— Regardez.

La duchesse se pencha avidement vers la porte, colla son visage contre les ais mal joints, et resta quelques minutes dans cette attitude.

Puis, s'étant retirée, elle demeura un moment pensive et oppressée.

— C'est lui, dit-elle alors, c'est bien lui!... Ses cheveux ont blanchi, des rides profondes sillonnent ses joues... le malheureux!... il a souffert de la misère et de ce climat affreux; mais je l'ai reconnu... Entrons, Domingo, entrons.

Mistral n'avait pas attendu cette invitation. Il venait de frapper à la porte, qui, presque aussitôt, s'était ouverte.

Nos trois personnages entrèrent.

— Là était un homme seul, — un vieillard, — dont quelques rares cheveux blancs couronnaient le front; sa peau était depuis longtemps collée sur ses joues osseuses. Il semblait rudement éprouvé; mais, à la nuance cuivrée de son teint, à son œil surtout, qui conservait encore des reflets d'étrange vivacité, on devinait une nature énergique, une individualité puissante, qui pouvait se réveiller et renaître à la première commotion.

En voyant entrer des inconnus chez lui, le vieillard s'était levé avec étonnement, et, à la maigre et terne lueur de sa chandelle, il cherchait à distinguer les traits de ces visiteurs.

Le premier qu'il reconnut fut Mistral, et un sourire amer plissa ses lèvres à cette vue.

— C'est toi, dit-il en fronçant le sourcil; et que viens-tu faire au clos Nitot à une heure pareille?

— Eh bagasse! je viens te voir, mon bon, et de plus, je t'amène deux personnes qui ont quelques renseignements à te demander.

Louise.

— A moi?

— A toi-même, si tu es bien le père Trim.

La duchesse de San Lucar avait baissé son voile sur son front, tandis que Ramon enfonçait son chapeau sur ses yeux. Ce fut en vain que le regard du père Trim chercha à les reconnaître.

— Mais de quels renseignements s'agit-il? poursuivit le chiffonnier après quelques secondes de silence.

— Ah! voilà! repartit le Provençal, c'est ce que je vais t'expliquer; mais, comme cela peut être long, offre un siège à madame et à monsieur; quant à nous, nous n'avons peur ni du roulis ni du tangage, troun de l'air! nous pouvons bien rester debout.

Le père Trim offrit à la duchesse et à Ramon les deux seules chaises boiteuses qui fussent dans la masure, puis il revint se placer en face de Mistral.

— C'est parfait, fit ce dernier, et maintenant nous allons jaser... Pour lors, l'histoire se passait dans cette partie de l'Amérique qu'on appelle la Caroline.

— La Caroline! répéta le vieillard en frissonnant.

— Il y a de cela une trentaine d'années... Il y avait, à cette époque, une jeune fille que l'on appelait Ophélie et un jeune homme qui se nommait Domingo. Il paraît que dans ces latitudes la nature est diablement précoce... les deux enfants s'aimèrent

donc sans que le père de la petite fût instruit de la chose, et, au bout d'une année, la charmante Ophélie donnait naissance à deux petits mômes du sexe masculin, qui étaient venus au monde avec la permission de M. le maire de l'endroit. Te rappelles-tu cela, maître Trim?

Depuis le commencement du récit, ce dernier avait tout à coup baissé la tête; sa poitrine s'était soulevée avec effort, et son regard lançait des éclairs sous ses sourcils froncés.

— Oui, oui, je m'en souviens, répondit-il d'une voix sourde et étouffée comme un sanglot; ce fut une nuit sanglante, que cette nuit-là, Mistral, j'étais jeune encore à cette époque, et je ne savais pas ce que j'ai appris depuis, sans cela...

— Tu n'aurais pas agi comme tu l'as fait.

— Je l'aurais tué!

— Ophélie?

— Non, oh! non, pas elle!... elle était belle et bonne... mais lui! lui! Domingo!

— Enfin, tu ne l'as pas tué? répondit Mistral.

— Et j'ai eu tort.

— Peut-être... mais toujours est-il que, cette même nuit, un homme vint te trouver et te remit, de la part de Domingo, les deux enfants d'Ophélie.

— C'est vrai; le misérable avait arraché les deux pauvres petits êtres à leur mère, et il me les envoyait, à moi, dont il connaissait le dévouement aveugle, pour que je fisse disparaître.

Comme le vieillard achevait ces mots, la duchesse s'empara vivement du bras de Domingo.

— Ah! vous l'entendez! s'écria-t-elle hors d'elle-même.

— C'est faux! repartit Domingo.

— Mais Trim est un esclave fidèle, il ne peut mentir, Trim dit la vérité.

Et, se précipitant vers le vieillard, interdit, incertain, troublé jusqu'au plus profond de son cœur par cette voix qui venait de frapper son oreille :

— Trim! dit-elle d'un accent violent et en rejetant son voile loin d'elle : Trim, regarde-moi... me reconnais-tu?

Trim poussa un cri, et, se jetant à genoux, il baisa pieusement le bas de sa robe.

— Oh! ma bonne maîtresse! ma bonne maîtresse! balbutia-t-il, est-ce donc bien possible! vous ici?

— Oui, mon ami, oui, c'est moi, répondit Ophélie; mais parle, achève... ces enfants... on te les avait donnés pour les faire disparaître... mais tu ne les a pas tués, n'est-ce pas?

— Ah! sur ma vie, non.

— Merci! merci! mon bon Trim!... moi, on m'avait dit qu'ils étaient morts, et je ne songeais qu'à les pleurer... Mais tu sais ce qu'ils sont devenus, au moins, tu pourras me donner les renseignements qui me permettront de retrouver leur trace.

— Peut-être.

— Tu en doutes?

— Je ne voudrais pas vous donner un vain espoir.

La duchesse se retourna vers Domingo.

— Écoute, lui dit-elle avec une colère qui, pour être concentrée, n'en était pas moins violente, je ne savais pas encore que tu avais poussé l'infamie jusqu'au crime le plus épouvantable, — le meurtre de deux enfants que l'amour t'avait donnés, — mais, aujourd'hui, je te connais tout entier, et ma haine sera sans pitié pour toi... Je te poursuivrai dans tes vices, je te frapperai dans ce que tu aimes, et, s'il m'est impossible, enfin, de retrouver ces enfants que tu as arrachés à mes baisers et à mes larmes, Domingo, ce poignard saura trouver le chemin de ton cœur, et c'est de ma main seule que tu mourras.

Et, en parlant ainsi, la malheureuse mère, haletante, oppressée, hors d'elle-même, avait tiré un poignard de sa ceinture et en menaçait la poitrine du général.

Mais, au même instant, la porte tourna sur ses gonds rouillés avec un bruit lugubre, et un nouveau personnage pénétra dans la masure.

Cet homme était grand, élancé et d'une tournure assez distinguée. Il portait une redingote noire boutonnée jusqu'au menton et dessinant sa taille élégante; son pantalon, de même couleur, tombait sur ses bottes vernies qui accusaient un pied d'une finesse rare. Son visage était pâle; son œil, ombragé de longs cils, avait parfois une expression de sombre énergie, quelque chose de Méphistophélès, mais moins satanique et plus humain. Si, sous ses traits impassibles et froids, on devinait une haine implacable et cruelle, sous sa pâleur voilée on sentait qu'une grande douleur avait passé!

Il était entré sans prendre les précautions d'usage dans tous les pays civilisés; puis, s'avançant vers le général de Ramon :

— Domingo, lui dit-il d'un accent clair et ferme, j'aurai besoin de te voir avant peu; retire-toi...

Sans faire la moindre objection, le général s'inclina avec humilité et gagna lentement la porte.

— Troun de l'air! s'écria Mistral avec ironie, en voilà un que j'aurais bien vite fait de jeter par-dessus le bord...

Et il enveloppait le mystérieux personnage d'un regard défiant. A tort ou à raison, depuis l'arrivée de l'inconnu, il s'était imaginé qu'il avait affaire à quelque agent de police. Instinctivement il avait glissé sa main dans sa poche, et y avait ouvert un énorme couteau qui ne le quittait jamais.

L'inconnu remarqua ce mouvement et fit quelques pas vers le Provençal, sans manifester la moindre hésitation.

— Mistral, lui dit-il, si tu frappais celui qui te parle, tu ne sortirais pas vivant d'ici!

— Qui donc es-tu, alors?

— Regarde.

L'inconnu indiqua sur son front une profonde cicatrice rouge en forme de croix.

Mistral poussa un cri et s'inclina.

— Troun de l'air! balbutia-t-il avec une sorte d'effroi. Vous... ici!...

— Tu sais bien que je suis partout.

— On me l'avait bien dit.

— Et tu en doutais.

— Que faut-il faire?

— Où est ton chef?

— Je ne sais, mais je dois le voir demain.

— Il est donc absent?

— Oui.

— Et que revient-il faire demain?

— Je l'ignore.

L'inconnu indiqua du geste la porte.

— Va, ajouta-t-il d'un ton impérieux, peut-être te verrai-je aussi demain; mais, en tout cas, ne dis rien à ton chef de cette rencontre.

— Vous serez obéi! fit le Provençal en gagnant la porte, sans qu'il parût être revenu de la stupéfaction qu'il avait éprouvée.

La duchesse de San Lucar le regarda partir avec une certaine appréhension, et, se rapprochant de Trim, elle fit mine de vouloir l'entraîner.

Mais l'inconnu la prévint, en la saluant avec une exquise politesse.

— Pardon, dit-il d'une voix pénétrante et douce, si madame la duchesse veut bien me le permettre, mon coupé est à la porte du clos Nitot et j'aurai l'honneur de la reconduire place Vendôme...

Madame de San Lucar arrêta un regard étonné sur son interlocuteur.

— Qui donc êtes-vous, monsieur, répondit-elle avec assurance, et d'où vient que vous me connaissez?

— J'avais déjà eu l'honneur de rencontrer la fille du riche planteur de la Caroline; car, je suis un voyageur intrépide, poursuivit le mystérieux personnage sur un ton d'amère mélancolie, et il est peu de pays que je n'aie explorés... Aujourd'hui je suis à Paris, mais je n'y serai peut-être pas après-demain... Toutefois, je me féliciterai doublement de mon séjour dans la capitale, si court qu'il soit, si le hasard de cette rencontre me permet de vous être utile.

— Comment l'entendez-vous, monsieur? répliqua la duchesse qui, malgré elle, commençait à prendre intérêt à la conversation.

— C'est bien simple, madame; je sais le motif qui vous amenait ce soir chez le père Trim.

— Vous savez cela, monsieur?

— Et bien d'autres choses encore; je puis même vous donner des renseignements que ni Trim ni Domingo ne connaîtront jamais.

— Voyons ces renseignements.

— Ne recherchez-vous pas deux enfants jumeaux qui vous ont été enlevés dès leur naissance? Moi seul, peut-être, peux vous dire ce qu'ils sont devenus.

La duchesse tendit les mains vers l'inconnu.

— Ah! s'il en est ainsi, poursuivit-elle, parlez, parlez, monsieur, et tout ce que je possède...

L'homme mystérieux remua la tête et répondit :

— Vous vous méprenez sur le sens de ma proposition... Aujourd'hui je ne puis, je ne dois rien vous dire; mais je serai de retour à Paris dans deux mois, et si vous voulez bien vous présenter chez moi le 25 avril prochain, je vous ferai connaître où sont vos enfants.

— Vous me le promettez?

— Je le jure!

— Et où devrai-je vous aller trouver?

— Rue de Babylone, numéro douze.

— C'est bien, monsieur; dans deux mois je serai exacte au rendez-vous.

L'inconnu offrit alors son bras à la duchesse et la fit monter dans le coupé, puis le cocher prit la direction de la place Vendôme.

En quittant Vivonne, nous avons vu Marcel se diriger, en compagnie de Saverny, du côté du petit bois où il savait rencontrer Léon. Au coup de sifflet qu'il avait donné, ce dernier était en effet accouru, et il avait amené un des meilleurs chevaux du marquis.

Lempsac recommanda à ses deux acolytes de ne rien entreprendre jusqu'à son retour, qui s'effectuerait le lendemain même. Il leur dit encore qu'il préparait une nouvelle entreprise, qu'il fallait à tout prix sortir de cette voie dans laquelle ils étaient entrés; puis il disparut bientôt dans un tourbillon de poussière soulevée par un galop effréné.

Son cheval, comme s'il eût compris l'impatience de son maître, mordait la poussière avec la rapidité de ce *cheval fantôme* dont parlent les légendes, et ceux qui le virent passer pendant cette nuit durent croire certainement à quelque apparition fantastique.

Marcel respirait à peine. Courbé sur le cou du noble animal, qu'il excitait de la voix et du geste, tout entier aux préoccupations du but qu'il poursuivait, il voyait passer à ses côtés les arbres et les arbustes de la route, sans que ce spectacle étrange éveillât une distraction dans son esprit... Il allait toujours!... La nuit était sombre, des nuages lourds et noirs voilaient le ciel, on entendait le vent âpre siffler à chaque détour du chemin; mais il continuait de marcher, haletant, oppressé, et regardant toujours devant lui pour voir s'il ne distinguerait pas, à l'horizon, quelque lueur de la grande ville.

Enfin, il poussa un profond soupir de satisfaction.

Il venait d'atteindre une éminence, et à ses pieds grondait cette fournaise immense, que l'on nomme Paris! Une demi-heure après, il atteignait le *Lapin blanc*.

Une heure sonnait à l'horloge du Palais de Justice.

Il sauta lestement à terre et courut frapper aux volets du caboulot, dont toutes les fenêtres étaient hermétiquement fermées.

Ce fut Mistral lui-même qui vint lui ouvrir.

— Eh! c'est lui, bagasse! s'écria le Provençal; entre, mon bon, et tu nous trouveras, l'Aveugle et moi, écrasant un raisin en t'attendant.

— Allons! c'est bien, dit le chef en prenant place à côté de ses deux affidés, et je suis content de vous voir exacts au rendez-vous... Cependant j'ai bien des reproches à vous adresser.

— Tu veux parler de Morgan? dit Mistral.

— Oui, répondit Marcel, tu l'as laissé échapper.

— Ah! il faut que le diable s'en soit mêlé.

— Ce n'est pas le diable... mais c'est Mayer.

— L'usurier!

— Lui-même.

— Eh bien, s'il me retombe jamais sous la patte, son affaire est faite.

— C'est inutile... repartit Lempsac, Mayer est maintenant des nôtres, et, quant à Morgan, avant deux jours, j'espère qu'on n'en parlera plus.

— Il est donc mort?

— Non, mais cela ne tardera pas... ne nous occupons donc plus de Paris, songeons à autre chose... Si je suis venu aujourd'hui à Paris, c'est que votre intérêt le commandait impérieusement, et que j'ai besoin de vous.

— Que faut-il faire? dit l'Aveugle.

— D'abord, il faut que Mistral vienne à Vivonne, où son aide nous sera nécessaire; seulement, avant son départ qui ne pourra avoir lieu que demain, il importe qu'il fasse choix de quelques hommes bien déterminés, dont notre association réclame le secours; nous sommes trop peu nombreux; le cercle de nos opérations se restreint forcément de jour en jour, je veux, au contraire, l'agrandir et l'étendre...

— Ça sera facile! observa le Provençal.

— Toutefois, poursuivit Marcel, soyons prudents... n'oublions pas que notre propre sécurité nous ordonne de ne livrer nos secrets qu'à des hommes sûrs; ces nouvelles recrues devront ignorer notre passé et nos entreprises antérieures; on devra surtout leur cacher qu'il existe un chef.

— Ce sera bien.

— Quant à toi, l'Aveugle, continua, l'œuvre à laquelle je t'ai attaché sera utile, mais nous n'en recueillerons les résultats que plus tard; l'entreprise que je poursuis en ce moment est au contraire toute spontanée; avant quinze jours elle peut nous faire riches...

— De quoi s'agit-il donc? fit Mistral.

— Je te le dirai à Vivonne.

— Et qu'irai-je faire dans cet affreux pays?

— Ah! c'est un coup hardi, fit Lempsac avec un éclair dans les yeux, un coup dangereux peut-être, mais le danger est pour moi, et je sais d'avance comment le conjurer; préparez donc d'ici demain tout ce que je vous demande; choisissez vos hommes avec soin, et toi, Mistral, je t'attends.

— Est-ce que tu pars sans te reposer davantage?

— Avons-nous le temps de nous reposer, nous autres...

— Au moins, accepte un verre.

Marcel avala un grand verre d'eau-de-vie, alluma une pipe, et, ayant serré la main de ses amis :

— Ainsi, dit-il, c'est bien convenu, vous n'oublierez aucune de mes recommandations?

— Tout sera exécuté fidèlement, répondirent les deux complices.

Lempsac remonta à cheval, et reprit aussitôt la route par laquelle il était venu. Seulement il permit à sa monture de prendre un trot moins rapide.

La lune s'était levée ; le vent avait chassé les nuages qui obscurcissaient le ciel; et, quand il eut gagné la campagne, son regard put embrasser au loin les plus charmantes et les plus pittoresques perspectives, et tout entier à la contemplation du spectacle qu'il avait sous les yeux, le chef de l'association du *Lapin blanc* se sentait presque heureux. Toute appréhension avait disparu de son esprit. On eût dit que les difficultés qu'il avait redoutées un moment s'étaient aplanies sous ses pas; grâce au nouveau plan qu'il avait conçu, et dont son audace devait assurer l'exécution, il lui semblait impossible qu'il n'atteignît pas avant peu le but tant désiré vers lequel il tendait.

Avant quelques jours, le comte de Vivonne devait avoir cessé de vivre ; puis, Gabriel devait être à lui.

Que lui importaient la colère ou la jalousie d'Isabelle! La fille du général de Ramon ne pouvait que faire quelques efforts désespérés pour éclairer la comtesse de Vivonne. Qui la croirait si elle venait accuser le marquis de Lempsac d'un guet-apens odieux? La bonté même lui ferait au contraire une nécessité du silence, et Marcel pourrait jouir en paix du fruit de ses machiavéliques combinaisons.

Lempsac se prit à sourire à cette perspective.

Mais, arrivé à un certain endroit où la route se bifurquait, un cavalier qu'il n'avait pas entendu venir parut tout à coup à ses côtés, et le salua courtoisement.

— Pardon, monsieur le marquis, dit-il alors d'une voix claire et bien timbrée, je crois que vous vous trompez.

Marcel se retourna vivement vers ce singulier interlocuteur.

— Eh! qui peut vous le faire supposer? répondit-il avec une certaine hauteur.

— N'allez-vous pas à Vivonne?

— Sans doute.

— Eh bien, vous prenez à gauche, tandis qu'il faut prendre à droite... et il faut que vous soyez bien préoccupé pour ne pas vous être aperçu vous-même de votre erreur...

Marcel ne répondit pas, mais il réprima un violent mouvement de dépit.

Il lui était désagréable de se voir reconnu aussi loin du château, au milieu de la nuit, et se demandait avec inquiétude quel pouvait être ce cavalier, dont il ne reconnaissait pas les traits, et qu'il ne se rappelait avoir rencontré nulle part.

— Est-ce que vous allez aussi à Vivonne, vous-même? reprit-il enfin après quelques secondes de silence.

— Pas précisément... monsieur le marquis, mais si vous le voulez bien, je vous accompagnerai un bout de chemin.

— Avec plaisir, monsieur ; seulement, comme je serais charmé de connaître mon compagnon de voyage, j'espère que vous ne refuserez pas de me dire votre nom.

— On m'appelle Ralph, dit le cavalier.

— Ralph... répéta Marcel.

— Oh! vous ne me connaissez pas...

— Vous n'êtes donc pas de Vivonne?

— Je n'y suis jamais allé.

— Et vous m'en indiquez si bien le chemin!...

Marcel lança à son compagnon un regard oblique et profond.

— Vous êtes étonné de cela? répondit ce dernier.

— On le serait à moins, monsieur... vous n'avez pas la prétention d'être une énigme vivante?

— À Dieu ne plaise.

— D'où venez-vous donc alors?

— De Paris, et j'en suis parti dix minutes après vous...

Marcel eut un frisson.

— Alors vous me suiviez... dit-il d'une voix mal contenue.

— J'aurais mauvaise grâce à dire le contraire!

— Dans quel but?

— Désirez-vous le savoir?

— Je vous ordonne de me l'apprendre...

En parlant ainsi, Marcel avait glissé la main dans sa ceinture où se trouvait un pistolet.

Le cavalier s'arrêta.

— Tenez, dit-il de la voix la plus calme, nous voici arrivés à la corne d'un petit bois... nous pouvons attacher nos montures à l'un de ces chênes noueux que nous apercevons d'ici; si vous le voulez, monsieur de Lempsac, nous allons nous asseoir sur un tertre de gazon, et en quelques minutes, je vous aurai expliqué pourquoi je vous ai suivi depuis Paris, et le service que j'attends de vous...

— Mais je suis pressé... répondit Marcel qui ne savait trop que penser, et j'ai promis...

— Saverny et Léon vous attendent, interrompit brusquement le cavalier en sautant le premier à terre; quant à moi, je n'ai que quelques minutes à vous donner, et je vous invite à ne pas tarder davantage.

Et sur ces mots, il se découvrit, et à la clarté de la lune, Marcel put voir le signe fatal dont le front de l'inconnu était marqué.

Comme Mistral l'avait fait, il poussa un cri d'étonnement à cette vue, et se hâta de sauter à bas de son cheval.

— Vous! vous! ici!... s'écria-t-il en rejoignant son mystérieux compagnon.

Ce dernier ne répondit pas. Il s'était assis sur le tertre de gazon qu'il avait indiqué quelques instants auparavant, et il ne releva la tête que lorsque Marcel vint prendre place à ses côtés.

XIII

ASSAUT DE FOURBERIES

Deux heures après que Marcel se fut éloigné de Vivonne, une femme sortit timidement du parc du château, par une porte qui donnait sur la campagne; après quelques hésitations, elle prit la direction de la maison de plaisance du marquis de Lempsac. Cette femme était Isabelle de Ramon.

Si bas que nous l'ayons placée dans l'échelle morale, la fille du général n'en était pas moins une femme; au moment d'aller trouver Marcel, elle sentait une suprême défaillance s'emparer de son cœur, et c'est avec un trouble profond qu'elle avait quitté sa chambre de jeune fille, car c'était son premier rendez-vous d'amour... et il n'y a pas deux pareilles heures dans la vie d'une femme.

Elle s'éloignait donc avec la conscience de la faute dont elle allait se rendre coupable. Elle n'avait lutté que faiblement; sa raison avait été vaincue, sans avoir même cherché à combattre.

Elle aimait, que lui importait le monde qui la mépriserait peut-être le lendemain de cette faute!... Isabelle n'avait pas été élevée comme les autres jeunes filles... elle avait vécu et grandi dans un milieu unique: sous les yeux d'une mère qui pleurait une union sans amour, auprès d'un homme sans dignité, et dont la vie était infâme.

Quand elle arriva à la maison de plaisance du marquis, elle remarqua que tous les volets en étaient soigneusement fermés, que le plus profond silence régnait alentour.

Il faisait d'ailleurs une nuit sombre, la campagne semblait déserte et morne.

La porte du jardin était entr'ouverte, elle en franchit le seuil et atteignit bientôt l'entrée de la maison même. La porte en était fermée... elle frappa, puis un homme qu'elle ne put d'abord reconnaître l'introduisit dans une pièce où régnait la plus grande obscurité.

— Est-ce vous, Marcel?... dit-elle d'un ton ému.

— Oui! répondit une voix qui la fit tressaillir.

Au même moment, deux lèvres de feu se posèrent sur son front.

Isabelle recula épouvantée. Tout son sang s'était subitement glacé dans ses veines... Cette voix qu'elle venait d'entendre n'était pas celle du marquis.

— Mais qui êtes-vous donc? dit-elle, dans quel piège infâme suis-je tombée?... n'est-ce point ici la demeure du marquis de Lempsac?... d'où vient qu'à sa place...

En parlant ainsi, elle avait gagné la cheminée, où deux bûches achevaient de se consumer; d'un geste prompt comme la pensée, elle se baissa vers le foyer, puis, présentant à la flamme un débris de lettre qu'elle avait trouvé sous sa main, elle alluma une bougie, qui mit en lumière la face de l'usurier.

— Mayer!... s'écria-t-elle, d'un accent de triomphe, ah! j'aurais dû m'en douter... car, vous seul, étiez capable d'une pareille infamie.

Ce dernier ne répondit pas... mais un ignoble sourire vint plisser sa lèvre amincie:

— Le marquis? poursuivit impétueusement la jeune femme, où est-il, qu'en avez-vous fait?

— Il est parti depuis deux heures et il ne doit revenir que demain, répondit Isaac.

— C'est impossible.

— Vous le verrez bien.

Isabelle avait à peine à comprendre; elle se croyait le jouet de quelque rêve horrible, et cependant, malgré elle, en dépit de ses terreurs, elle commençait à prendre un singulier intérêt à cette situation.

— Isaac, dit-elle tout-à-coup, en arrêtant son regard sur l'usurier, ce que vous venez de dire est un odieux mensonge,

avouez-le! le marquis de Lempsac est parti peut-être, mais c'est vous qui l'avez fait partir à l'aide de quelque ruse infernale... il y a, dans tout ceci, une histoire de lettre de change, dont vous vous êtes servi pour le faire disparaître et vous substituer à sa place... mais si vous avez compté sur ma complaisance, vous vous êtes étrangement trompé, et vous verrez ce dont je suis capable pour châtier les lâches et les misérables!...

Et la jeune fille fit quelques pas vers son interlocuteur, le front menaçant, la lèvre hautaine, l'œil plein de mépris.

Isaac se contenta de sourire et de hausser les épaules.

— Votre pénétration est en défaut, répondit-il avec calme, vous vous trompez dans vos suppositions... le marquis de Lempsac s'est rendu cette nuit à Paris, parce que vraisemblablement ses affaires l'y appellent, et si je me trouve, à cette heure, à la place qu'il devrait occuper, c'est qu'il m'a lui-même proposé cette substitution, que j'aurais achetée bien cher, sans doute, mais qu'il avait pris soin de se faire payer d'avance.

— Un marché!... fit mademoiselle de Ramon.

— A peu près.

— Le marquis m'a vendue!... à vous?

— Oui, c'était une manière de s'acquitter envers moi...

— Il vous devait donc beaucoup?

— Une centaine de mille francs, je crois.

— Tant que cela!... dit la jeune fille avec une sanglante ironie.

— Oh! ne croyez pas que je les regrette, repartit vivement Isaac, en se rapprochant avec passion... pour vous, Isabelle, je vous l'ai dit, j'aurai de l'or, des bijoux, tout ce qu'une femme peut rêver... par votre amour je deviendrai prodigue et je bénirai vos plus ruineux caprices... Écoutez...

En disant cela, Mayer se jeta aux genoux de la jeune fille. Cette dernière, en voyant l'usurier dans cette position, partit d'un éclat de rire sec et nerveux:

— Mais je crois vraiment que vous devenez fou! dit-elle d'un ton écrasant de dédain.

— Pourquoi cela? fit Isaac en frissonnant.

— Voyons, poursuivit Isabelle d'une voix ferme et avec un geste résolu, vous m'assurez, n'est-ce pas, que votre présence ici est le résultat d'un odieux marché passé entre vous et M. de Lempsac.

— Je le jure.

— Eh bien! s'il en est ainsi, ouvrez-moi cette porte, monsieur, car je n'ai plus rien à faire ici, et je prétends retourner à l'instant même au château de Vivonne...

L'usurier pâlit à cette invitation, et, à son tour, il se redressa de toute sa hauteur.

— Qu'est-ce à dire? répondit-il, et quel rôle de dupe veut-on me faire jouer?... n'est-ce pas que je ne suis point un enfant, Dieu merci; vous êtes en mon pouvoir; cette maison est isolée, toute résistance y serait insensée, de gré ou de force vous serez à moi!

En parlant de la sorte, le misérable s'était élancé vers la jeune fille.

Isabelle poussa un cri et jeta un regard éperdu autour d'elle; la fenêtre était solidement fermée, ainsi que la porte, nulle issue ne s'offrait à son désespoir... elle était bien réellement au pouvoir de la hideuse passion de cet homme, et elle n'avait pas même une arme pour se défendre dans cette extrémité.

D'ailleurs, si Isaac n'était pas juif, il était avare; s'il avait pu consentir à faire à Marcel la remise de l'argent que ce dernier lui avait volé, au moins voulait-il que ce sacrifice énorme servît à son amour.

Jamais occasion si favorable ne devait se présenter à lui.

— Non! non! mille fois, dit-il hors de lui, vous ne sortirez point d'ici; ah! c'est que l'on ne se joue pas ainsi d'Isaac Mayer, voyez-vous; je n'ai aimé qu'une seule fois en ma vie, et maintenant je vous défie que l'on s'oppose à la satisfaction de mes désirs... pourquoi, d'ailleurs, ne vous donneriez-vous pas à moi, puisque vous vouliez bien vous donner à lui! Marcel est un misérable, je le connais, et quelque jour il faudra bien que je le démasque; pourquoi garderiez-vous pour lui un reste d'amour, quand il a pu vous vendre si honteusement?... Lempsac est indigne de vous, il ne vous aime pas, il ne vous a jamais aimé... tandis que moi, au contraire...

Isaac avait pris la main de la jeune fille, qui était tombée sans force sur une chaise, et venait de s'agenouiller de nouveau à ses pieds.

Chose étrange, Isabelle n'avait pas même cherché à retirer sa main, et son regard s'était même arrêté avec une certaine curiosité avide sur le visage de l'usurier.

— Tandis que moi, poursuivit ce dernier d'une voix tremblante, moi je vous aime, avec tout l'oubli d'une véritable passion; dites un mot, et vous serez riche, enviée; plus riche, plus enviée que la comtesse de Vivonne... j'ai de l'or autant qu'en pourront demander vos caprices; vous aurez des chevaux, des laquais, des voitures, tout ce qu'une femme peut désirer... Ah! quel sort sera comparable au vôtre, tenez; quels rêves ne feront point pâlir les réalités dont j'entourerai votre existence!...

La jeune femme ne répondait pas et un trouble singulier s'était emparé d'elle; sa poitrine se soulevait avec effort, deux fois, de ses mains crispées, elle serra les mains d'Isaac.

— Et puis, écoutez, poursuivit ce dernier, vous êtes jeune, belle, et vous avez été outragée par le plus coupable des hommes; si vous le voulez, moi, moi seul, entendez-vous, je puis vous donner les moyens de vous venger.

— Me venger! fit Isabelle comme au sortir d'un rêve.

— Je connais Marcel; je sais tous ses secrets, et demain, si vous le voulez, je puis le perdre.

Mademoiselle de Ramon prit sa tête entre ses deux mains.

— Mon Dieu! mon Dieu! murmura-t-elle... quelle tentation... le sentir entre mes mains, à mes pieds... le tenir éperdu sous ma vengeance implacable!... oh! ce serait trop de bonheur.

Elle se leva, le regard brillant, et se mit à parcourir la chambre à pas rapides et saccadés. Tout à coup elle s'arrêta.

Elle était comme transfigurée; une résolution suprême se lisait sur son front hautain; puis, posant une main hardie sur l'épaule de l'usurier.

— Isaac, dit-elle alors d'une voix qui ne tremblait plus, ce que vous m'avez dit est-il bien vrai?...

— Je le jure sur mon âme, si j'en ai une! répondit Mayer.

— Vous m'assurez donc que Marcel est parti, après être convenu avec vous que vous m'attendriez dans cette maison?

— Oui, dans cette chambre même...

— Et vous n'avez opéré sur lui aucune pression?

— Aucune.

— Enfin, c'est bien de propos délibéré et de sa propre volonté que ce marché a été conclu.

— C'est lui-même qui, pour me le proposer, m'a envoyé chercher la nuit dernière.

Isabelle comprima un dernier mouvement de dépit et un amer sourire plissa sa lèvre.

— Soit! dit-elle, je vous crois... d'ailleurs, tout ceci sera facile à vérifier demain, et si vous m'avez trompée, je saurai quel parti prendre; mais puisque je veux bien admettre, dès ce moment, que Marcel a été assez lâche pour commettre une pareille action, j'ai à vous demander ce qu'il y a de sérieux dans les propositions que vous m'adressiez tout à l'heure...

— Ce qu'il y a de sérieux! s'écria Isaac, mais il n'y a pas un seul mot que je veuille y retrancher.

— C'est qu'il y en a un que je veux y ajouter, moi, repartit Isabelle.

— Lequel?

— La fille du général de Ramon ne saurait être la maîtresse de l'usurier Isaac; mais rien ne s'opposerait à ce qu'elle devînt la femme du banquier Mayer.

— Quoi! vous voudriez être ma femme?...

— Cela vous effraye?

— Ah! dites plutôt que je n'étais pas préparé à un pareil bonheur, et que je ne sais comment y répondre...

La jeune femme remua ironiquement la tête.

— Oh! il n'y aura pas seulement du bonheur dans cette union, répondit-elle avec fermeté, vous m'avez promis de me venger, et il faudra que cette vengeance soit complète.

— Et ne serait-ce pas mon intérêt comme le vôtre!... Croyez-vous donc que je n'ai pas dans le cœur une haine profonde pour l'homme qui a su éveiller en vous un sentiment d'amour?... Isabelle, avant huit jours, si vous le voulez, Marcel sera perdu.

— S'il en est ainsi, poursuivit mademoiselle de Ramon en se levant et en gagnant la porte, venez demain au château de Vivonne; j'y attends mon père, et si vous voulez lui demander ma main, croyez d'avance que vous n'éprouverez aucun refus... Maintenant, ajouta-t-elle d'un ton d'autorité qui imposa à l'usurier, ouvrez-moi cette porte, monsieur Mayer, et offrez-moi votre bras... Si je dois être compromise par quelqu'un, cette nuit, que du moins ce soit par mon mari...

Mayer fit ce qu'on lui demandait, et ils gagnèrent ainsi le château de Vivonne.

Mais il est temps de revenir au marquis que nous avons laissé dans le bois avec son mystérieux compagnon.

— Marcel, lui dit ce dernier d'un ton grave et quelque peu solennel, les frères sont contents de toi; jusqu'à ce jour, moi, qui

suis leur président, je n'ai eu que des éloges à te donner, — c'est bien, — tu as de la résolution, de l'audace; tu n'as peur ni de la honte ni de la mort... tu auras ta place parmi les criminels les plus célèbres!... Toutefois, si j'ai pris la peine de me détourner de mon chemin et de te suivre jusqu'en ce lieu, c'est que j'avais d'importantes observations à te faire et des conseils à te donner.

— Je suis prêt à les suivre; c'est aujourd'hui la première fois que je te vois; mais j'ai appris depuis longtemps à te connaître... Si le crime a réellement une armée, comme on me l'a dit souvent, tu en es véritablement le chef, toi qui as su réunir en tes mains tous les membres épars de notre vaste association! parle donc, maître, je t'écoute...

L'inconnu considéra pendant quelques secondes le marquis de Lempsac et leva les yeux vers le ciel.

— Oui, dit-il d'une voix sourde, oui, nous sommes l'association du mal... et le monde est à nous!... Du nord au midi, de l'orient à l'occident, sur tous les points du globe, sous toutes les latitudes, c'est notre esprit qui domine et qui règne... nous avons été enfantés dans un jour de malheur, nous portons au cœur une haine implacable... nous sommes les *Enfants de Caïn!*...Tu as raison, Marcel, et ne l'oublie jamais; notre armée est immense, et bien que soit obligée de se cacher dans l'ombre, bien qu'elle ne puisse opérer que dans les ténèbres, elle est redoutable plus qu'aucune autre, et elle fera trembler le monde entier le jour où nous la déchaînerons!... Ah! malheur à eux, malheur à nos ennemis, malheur à tous!... car notre code est écrit en lettres de sang, et nous n'avons jamais connu de pitié...

En parlant de la sorte, l'étrange personnage s'était animé tout à coup; par un mouvement plein d'orgueil et de défi, sa main forte et nerveuse venait de se diriger vers un point de l'horizon.

A le voir ainsi, éclairé par les pâles rayons de la lune, le front marqué d'un signe fatal, on l'eût pris volontiers pour le génie du mal, pour Satan lui-même!

Un frisson d'enthousiasme parcourut les membres de Marcel; à cet aspect, il lui prit les mains avec vivacité.

L'inconnu frémit à son tour à ce contact inattendu, et son regard se reporta ironiquement vers son compagnon.

— Mais à quoi bon se laisser emporter par de pareils rêves, dit-il aussitôt en secouant brusquement le front, l'heure n'est point venue encore et le jour est loin de nous... Aujourd'hui c'est l'intérêt de l'œuvre commune qui m'appelle près de toi, et il m'importe de te prévenir au plus tôt que tu es sur le point de faire fausse route.

— Comment cela?... fit Lempsac étonné.

— Depuis un mois tu t'oublies dans des entreprises sans importance, tu exposes tes jours, ceux de tes compagnons dans des meurtres inutiles ou indifférents, et tu gaspilles un temps précieux à poursuivre une femme qui ne peut même pas te donner une fortune.

— De qui veux-tu parler?

— De Gabrielle.

— Mais la comtesse est riche pourtant?

— Trente mille livres de rente, je crois, fit l'inconnu avec un geste de pitié, et il ajouta d'un ton ferme et décidé: on a jeté les yeux sur toi... depuis un mois, je t'ai suivi, surveillé, observé, et je me suis porté garant de ton habileté... tu ne me démentiras pas, j'espère.

— J'en réponds, fit Marcel; mais que faudra-t-il faire?

— Je te l'expliquerai.

— Au moins de quoi s'agit-il?

— D'une somme de trente millions.

— Est-ce possible?...

— Tu ne douteras plus quand tu l'auras entre les mains.

Lempsac eut un éblouissement.

— Trente millions! répéta-t-il, mais en quel endroit?... comment faudra-t-il s'y prendre?...

— Calme-toi, répondit son interlocuteur, le moment n'est pas encore venu... je pars demain... mais, le 25 avril prochain, je serai de retour à Paris, et je te donne rendez-vous pour cette époque rue de Babylone, numéro 12.

— Ah! j'y serai!... s'écria Marcel.

L'inconnu s'était levé; il tendit la main à son compagnon.

— Cependant, ajouta-t-il, d'ici là, il faut rompre tous les liens qui t'attachent à la comtesse, oublier Isabelle, te faire oublier toi-même, de telle sorte que le jour où tu viendras, rue de Babylone, tu puisses prendre et jouer le rôle que nous aurons à te confier.

— Tu seras obéi!... répondit Marcel.

— Au revoir donc, et sois exact au rendez-vous...

— Il faudrait que je fusse mort pour y manquer!...

L'inconnu remonta aussitôt sur son cheval, et, pendant que Marcel se dirigeait en toute hâte vers le château de Vivonne, où il voulait rentrer avant le jour, il prenait lui-même une direction opposée qui devait le conduire vers Paris.

Lempsac arriva à Vivonne comme les premières lueurs du jour teignaient l'horizon; il avait laissé son cheval à l'endroit où il l'avait pris. Accablé de fatigue à la suite de cette nuit si remplie d'incidents de diverses sortes, il se jeta sur son lit et ne tarda pas à s'endormir. Quand il se réveilla, le soleil était au milieu de sa course; en ouvrant les yeux, il aperçut dans sa chambre Léon et Saverny qui attendaient depuis une heure déjà.

— Ah! vous êtes des fidèles, vous autres, leur dit-il en leur tendant la main, et je vois que l'on peut se fier à vous... mais, vous êtes seuls?...

— Qui comptais-tu donc trouver à ton réveil?... demanda Saverny.

— Isaac d'abord... n'est-il pas venu? Il n'a pu oublier cependant que je me bats demain matin avec Morgan, et qu'il m'a promis son aide dans cette circonstance...

Saverny remua la tête en signe d'incrédulité.

— Si tu as compté sur lui, répondit-il, je crains bien que tu ne te sois trompé... car j'ai rôdé cette nuit autour de la maison, et, vers deux heures, je l'en ai vu sortir avec Isabelle; ils avaient l'air de s'entendre à merveille. Il est vrai que la haine de cette femme pourrait trouver un auxiliaire puissant dans l'usurier.

— C'est ce dont je m'assurerai dans une heure, fit Marcel en sautant à bas de son lit; mais il y a un des nôtres qui doit venir, et je m'étonne de ne pas le voir encore.

En ce moment, plusieurs coups frappés à la porte du jardin attirèrent son attention de ce côté.

Léon courut à la fenêtre et annonça Mistral.

— C'est lui que j'attendais... hâte-toi d'aller lui ouvrir.

— Troun de l'air! s'écria le Provençal frappé du confortable de la maison du marquis, voilà une bastide qui me conviendrait à merveille, si elle était tant seulement à deux lieues de Marseille... mais ici... va te promener, c'est trop loin!...

Puis il se retourna vers le chef, et lui présentant un pli cacheté qu'il venait de tirer de sa poche :

— J'ai rencontré en route le *voyageur*, poursuivit-il, il m'a prié de vous remettre ceci, et l'on paraissait tenir singulièrement à ce que le *poulet* vous fût remis aujourd'hui même.

Marcel s'empara vivement du papier et se mit à le parcourir avidement. Puis il jeta un cri de surprise.

Le billet portait les lignes suivantes :

« Frère,

» Que l'or nous grand espoir t'ordonnons avec nous de trom-» per quand ne diriger tes pas à couvert te tirer l'oreille battre » et courir demain! »

Ces lignes, inintelligibles pour tout autre, avaient été comprises immédiatement par Marcel. A l'aide d'une convention arrêtée entre tous les chefs des malfaiteurs, les communications écrites, qu'ils étaient parfois obligés de s'adresser, étaient toutes copiées sur le même modèle; pour le vulgaire c'était inintelligible, pour Marcel, qui en avait la clef, il lui suffisait d'y jeter les yeux pour en comprendre le sens caché. Nous dirons plus loin à l'aide de quel procédé il y parvenait.

Toujours est-il que l'ordre contenu dans cette phrase, en apparence incohérente, amena un pli sur son front, et qu'il réprima un mouvement de dépit. Mais il eut bien vite pris son parti.

— Soit, dit-il comme se parlant à lui-même; peut-être ont-ils raison après tout; je leur obéirai.

Puis il procéda immédiatement à sa toilette afin de se rendre au château de Vivonne.

En lui ordonnant en effet de rompre au plus tôt les relations qu'il entretenait avec la comtesse, l'inconnu avait touché l'endroit sensible du marquis. Soit amour, soit désir, Marcel ne pouvait se résigner à abandonner une partie où il avait espéré sinon le bonheur, du moins le plaisir.

Que lui importait désormais la fortune de Gabrielle! — on en avait fait luire à ses yeux une plus enviable cent fois, — mais s'il consentait à renoncer à ce mariage, qui avait été jusqu'alors l'objet de ses convoitises, il n'en était pas de même de cette jeune femme, dont il avait si souvent rêvé la possession. Au moment de briser ces liens qui le retenaient à un amour infécond, il voulait que la dernière heure de cet amour, qu'il allait répudier, lui payât au centuple la retenue à laquelle il s'était condamné.

Un plan infernal avait alors surgi dans son cerveau, et il devait en poursuivre l'exécution avec la même violence qu'il apportait dans toutes ses entreprises; il ne songeait déjà plus à Isabelle, ni à la haine qu'elle avait dû lui vouer durant la nuit dernière. Il ne songeait pas davantage à Isaac, ni aux secrets que ce misérable pouvait posséder.

Depuis qu'il avait rencontré l'inconnu, on eût dit qu'une force nouvelle avait pénétré en lui, qu'un but nouveau s'était présenté à son ambition. Il ne voulait rien laisser derrière lui d'un passé qui eût pu le lier, il voulait entrer dans la nouvelle voie qu'on lui offrait après avoir brûlé ses vaisseaux.

La première personne qu'il rencontra en entrant dans le parc du château de Vivonne fut maître Isaac Mayer, qui l'accueillit d'un sourire fauve.

— Eh bien! fit Marcel avec un enjouement ironique, es-tu content de moi?

— On ne peut plus satisfait, répondit le banquier.

— Et je puis compter sur toi pour demain matin?

— Impossible, mon cher marquis! je pars dans une heure pour Paris, où je vais trouver le général de Ramon pour lui demander la main de sa fille.

Lempsac partit d'un éclat de rire et entra au château.

Une seconde épreuve l'y attendait. Isabelle l'avait vu causer avec Isaac; elle le reçut sur le seuil de la porte.

Les deux jeunes gens se saluèrent en se mesurant du regard.

— Pardon, monsieur, dit la jeune femme, dont la poitrine se gonfla, oserais-je vous demander comment vous avez passé la nuit dernière?

— Ah! mademoiselle, fit le marquis d'une voix incisive et mordante, je m'étais promis de ne pas vous adresser la même question; mais votre hymen sera mon ouvrage, et je m'applaudirai d'avoir facilité une union dont le résultat ne peut être que le bonheur.

Et sur ces mots il s'éloigna, laissant Isabelle palpitante, interdite.

Nous l'avons dit, Lempsac ne devait pas s'arrêter dans cette nouvelle voie, et eût-il dû passer sur le corps de cette femme, qu'il n'eût fait taire aucun scrupule. Puis il pénétra dans l'appartement qu'occupait Gabrielle, et il l'y trouva seule, comme il le désirait.

Le salon dans lequel se trouvait la comtesse, étant contigu à une chambre où reposait le comte de Vivonne, était situé à l'extrémité du château. On avait choisi cet appartement comme étant le plus convenable et dans la pensée que le malade y serait moins incommodé par le mouvement des visiteurs et des domestiques.

Quand le marquis entra, Gabrielle était assise auprès de la cheminée, et parcourait d'un regard indifférent un livre où elle cherchait vainement une distraction aux tristes pensées qui l'obsédaient.

Pour la première fois depuis qu'elle aimait, elle s'était vue en proie à un sentiment étrange, inconnu, et qui avait bouleversé tout son être. Elle avait surpris, entre Marcel et Isabelle, un échange de regards singuliers, auxquels elle n'avait pas pris garde naguère, et qui maintenant la blessait jusqu'au plus profond de son cœur. Elle dormait rarement la nuit; le matin, il lui arrivait souvent d'aller rafraîchir son front brûlé par l'insomnie sous les premières rosées du jour. Or, la veille, elle avait cru apercevoir Isabelle passant au bras de Marcel sous les allées ombreuses du parc. Puis le soir, chose horrible à penser, comme elle n'avait pas vu le marquis, et qu'elle s'étonnait naïvement qu'il eût pu rester un jour sans venir au château, elle demeura jusqu'à minuit le visage collé contre les vitres de la fenêtre, épiant, avec une anxiété fiévreuse, toutes les personnes qui entraient ou sortaient.

A minuit, une femme avait quitté le château; alors son cœur se prit à battre, et, bientôt, elle n'eut plus de doute, elle avait reconnu mademoiselle de Ramon.

Où allait-elle ainsi? à cette heure de la nuit.

Elle posa ses deux mains sur ses lèvres frémissantes, pour contenir ses cris et ses sanglots, elle crut un moment qu'elle allait étouffer.

Le sentiment qui s'éveillait en elle un si profond désordre devait la sauver par son excès même; elle se laissa tomber sur un fauteuil, le front dans les mains, le visage baigné de larmes. Mais il y avait tant de bonté et de dévouement dans son cœur, qu'elle n'eût pas même un seconde de révolte et de haine.

Elle se dit qu'après tout Lempsac n'était pas son amant; qu'elle lui avait toujours refusé ces faveurs par lesquelles les hommes veulent être attachés, la pente de ses idées l'entraînant, elle se demanda ce qu'elle allait devenir, maintenant qu'elle avait la certitude de l'infidélité du marquis, et si elle aurait la force de rompre une liaison qui ne devait plus lui offrir qu'un bonheur plein d'amertume. La pauvre femme en était là de ses réflexions, quand Marcel entra dans le salon et vint lui tendre la main.

La comtesse n'eut pas le courage de lui refuser la sienne.

— Gabrielle, dit alors M. de Lempsac en prenant place à ses côtés, j'avais hâte de vous voir, et la journée d'hier m'a semblé bien longue passée loin de vous.

Un triste sourire effleura les lèvres de la jeune femme, puis elle retira doucement sa main.

— Tenez, dit-elle, soyez franc, monsieur, ne cherchez pas à me tromper; le mensonge, d'ailleurs, va mal aux hommes, et j'ai mérité au moins que vous soyez sincère avec moi... je sais tout...

Le marquis eut un frémissement à ses paroles, et il enveloppa la comtesse d'un regard presque effrayé.

— Et que savez-vous donc, madame? répondit-il en cherchant à se remettre.

— Oh! une chose que j'aurais dû prévoir, mon ami : vous vous êtes fatigué de la situation que je vous ai faite, et vous avez cherché dans un autre amour les satisfactions dont les hommes sont avides.

— Moi! mais vous vous trompez...

— Oh! ne vous défendez pas, j'ai vu!

— Quoi donc?

— Cette nuit!... Isabelle!...

Marcel s'empara vivement des mains de Gabrielle, et les baisa avec un transport plein d'amour et d'oubli.

— Vous m'aimez donc! s'écria-t-il avec une joie communicative, puisque vous avez pu craindre de me perdre... merci, Gabrielle, pour cette bonne parole, et rassurez-vous.

— Comment? fit la comtesse un moment ébranlée.

— Je vous jure qu'il n'y a entre moi et Isabelle aucune relation.

— Mais, cette nuit, elle est allée chez vous.

— Oui; seulement, quand elle a pénétré chez moi, il y avait deux heures que j'en étais parti pour une affaire importante qui m'appelait à Paris... j'ai passé toute la nuit à cheval.

— Si vous disiez vrai... s'écria la jeune femme, en joignant les mains et avec un sourire où toute son âme rayonnait.

— Je dis vrai, répondit le marquis, et croyez-moi, Gabrielle, croyez-moi, quand je dis que je vous aime, que je n'aime que vous, et que vous êtes la seule femme, la seule, entendez-vous, dont l'amour puisse me faire accepter cette vie douloureuse que je mène.

— Oh! je vous crois! je vous crois! balbutia la comtesse enivrée.

Marcel l'entoura de ses bras et poursuivit à voix basse :

— Si tu m'aimes, si ton cœur s'est vraiment donné à moi tout entier, pourquoi craindre, pourquoi hésiter, pourquoi rougir?... Tiens, c'est à genoux que je t'en prie, ne me repousse plus... appartiens-moi.

— Mais que voulez-vous donc? mon Dieu!...

— Écoute, il y a au bout de cette galerie un appartement qui a servi longtemps de retraite au comte de Vivonne...

— Comment savez-vous cela?

— On me l'a dit... eh bien, demain, vers minuit, quand le comte sera endormi, que tout le monde reposera au château, j'irai t'y attendre... viendras-tu?...

La comtesse écoutait avec un profond sentiment de terreur les paroles du marquis... et elle eût voulu pouvoir le repousser, mais elle se trouvait si heureuse de le retrouver plus aimant que jamais, après l'avoir cru infidèle, qu'elle hésita à répondre...

— Réponds! réponds! insista Marcel, tu viendras?...

— Oui!... murmura la jeune femme d'une voix presque éteinte, à minuit...

XIV

L'HEURE FATALE

Le lendemain matin, Morgan se leva de bonne heure, et, accompagné de Polydor, il s'achemina vers un endroit isolé que, la veille, Saverny avait désigné au peintre comme le lieu où les deux adversaires devaient se rencontrer.

Pendant quelques secondes ils marchèrent tous les deux sans échanger une seule parole, mais l'artiste n'était pas homme à bouder longtemps contre sa gaieté naturelle.

— Vous êtes triste, ce matin, dit-il à son compagnon; est-ce que vous auriez eu de mauvais rêves?

— Non.

— Alors, vous redoutez l'issue de ce duel.

Morgan remua doucement la tête.

— Oh! ce n'est pas ce que vous pensez, répondit-il d'un ton d'amère mélancolie; pour ce qui me concerne, je le redoute peu, et la mort, si je l'y trouve, me débarrassera, au contraire, d'une situation qui commence à me peser singulièrement. Mais ce n'est pas de moi qu'il s'agit...

— Et de qui donc?

— Si je meurs, Stevens, il y a deux personnes que je laisserai bien malheureuses, c'est à ces deux personnes que je songe à cette heure.

— La comtesse de Vivonne?... fit Polydor un peu intrigué.

— Oui, Gabrielle, que j'abandonnerai sans protection aux mains de ce misérable, et qui succombera tôt ou tard, je le crains.

— Et quelle est l'autre?...

— L'autre, répondit Morgan après une courte hésitation, l'autre, c'est votre voisine. Je m'étais attaché à elle, il me sera douloureux de partir sans avoir assuré son sort comme je l'aurais voulu... J'ai passé la nuit sous l'empire de ces idées, poursuivit Morgan, et, malheureusement, je ne sais trop encore à quel parti m'arrêter; quant à Gabrielle, je ne puis plus rien, j'ai cherché à la voir, j'ai tenté de lui parler, mais l'amour l'aveugle en ce moment, et elle repousse toute voix amie... j'ai dû y renoncer; mais pour ce qui touche Louise, c'était plus facile, et j'espère au moins que ma mort lui sera utile à quelque chose. Écoutez-moi, mon ami; à plusieurs reprises j'ai été témoin des gênes de cette pauvre enfant; j'espérai longtemps que sa sœur voudrait l'aider dans la rude tâche qu'elle s'est imposée, mais aujourd'hui je sais que Madeleine ne peut rien faire pour elle... Si je suis frappé mortellement, tout à l'heure, vous prendrez dans la poche de mon paletot une lettre cachetée que je vous autorise à ouvrir... vous y trouverez l'expression de mes dernières volontés... je suis seul au monde, moi, Stevens... je n'ai plus ni père ni mère, je n'ai que des amis, et il m'est bien permis de leur distribuer la petite fortune à l'aide de laquelle j'ai vécu jusqu'à ce jour... Louise sera presque riche avec les quelques mille francs que je lui laisserai, et l'on ne me contestera pas le droit de reconnaître ainsi le dévouement de deux femmes auxquelles je dois de vivre encore.

Stevens s'inclina... Il était ému... Morgan parlait d'un ton simple et grave qui l'avait touché au cœur; deux larmes vinrent un moment mouiller ses yeux.

— C'est bien, ce que vous faites là, dit-il enfin, tous ceux qui connaissent Louise, et qui l'aiment comme moi, ne pourront que vous approuver... mais quoi! vous n'êtes pas mort encore, et j'espère bien...

Morgan l'interrompit du geste.

— Je me suis mal expliqué, dit-il vivement, ou plutôt, je n'ai pas expliqué toute ma pensée... que l'issue de ce duel, auquel nous nous rendons, soit heureuse ou malheureuse, n'importe! dès à présent mon parti est pris, je ne resterai pas un jour de plus à Vivonne, et demain je partirai pour le Havre... j'ai été marin toute ma vie, je le redeviendrai... mais avant de m'éloigner, j'aurai fait pour la jeune fille tout ce que j'aurai pu faire, et si, de la sorte, j'ai aidé à son bonheur, cela me consolera de n'avoir pu empêcher la honte de Gabrielle.

Stevens allait répliquer peut-être, mais ils venaient d'arriver au lieu du rendez-vous, et, apercevant à quelque distance la silhouette de Saverny, qui attendait, ils pressèrent le pas pour le rejoindre.

L'endroit choisi par ce dernier était fort connu dans le pays, on le désignait généralement sous l'appellation du *Trou du diable.*

C'était une sorte de carrefour, où aboutissaient trois sentiers perdus, à deux pas d'un précipice profond.

A droite, s'élevaient quelques rochers à pic, dont le sommet était couronné d'une rare et sauvage végétation; à gauche, un bouquet d'arbres noueux; au fond, une vallée profonde, désolée, sombre, dont l'aspect répondait au ton général du paysage; c'était comme un lieu prédestiné, et l'on assurait qu'il avait dû s'y commettre plus d'un crime.

— Brrr! fit Stevens en s'approchant de Saverny, ne trouvez-vous pas, monsieur, que voilà un endroit qui donne le frisson?

— Et pourquoi donc? répondit ce dernier en fumant son cigare.

— Regardez!... ces roches sinistres, ces arbres souffreteux, et ce gouffre, au fond duquel on entend comme un mugissement plaintif... pour mon compte, je n'aimerais pas à me battre au milieu d'un pareil site.

Saverny fit un geste insouciant.

— Mais votre ami est en retard, ce me semble, reprit bientôt après le peintre.

— En effet, monsieur, je ne vous le cache pas... j'ai quitté Lempsac, il y a une demi-heure environ, et il devait me rejoindre ici... je m'étonne de ne pas le voir arriver... mais rassurez-vous, le marquis n'est pas homme à abandonner la partie de cette façon, car le voilà.

Marcel venait en effet de déboucher de l'un des trois sentiers; il montait un de ses meilleurs chevaux et portait un élégant costume du matin. Dès qu'il fut arrivé au carrefour, il sauta lestement à terre, attacha la bride de son cheval à un arbre du chemin, et vint serrer la main à Saverny.

— Je commençais à m'inquiéter, dit ce dernier; qui donc a pu te retenir?

— Une idée! répondit Lempsac évidemment préoccupé.

— Puisque notre adversaire est arrivé, fit Stevens, nous pouvons procéder sans plus tarder aux préliminaires de la rencontre.

— Je suis à vos ordres, répondit Saverny.

Les deux témoins allaient mesurer le terrain, quand Marcel, paraissant prendre tout à coup une résolution énergique, leur imposa silence à tous deux, et se dirigea vers Morgan, qui attendait impassible et froid.

— Monsieur, dit-il alors d'une voix forte, j'ai peut-être été un peu vif hier lors de notre rencontre; je vous ai provoqué d'une manière inconsidérée, mais il n'est jamais trop tard pour reconnaître ses torts, et je suis venu vers vous ce matin que pour vous prier d'agréer mes excuses!...

— Mais les motifs de ce duel? objecta le jeune marin.

— Les motifs de ce duel n'existent plus, répondit le marquis à voix basse, puisque demain je quitte Vivonne pour ne plus revoir la comtesse.

Morgan passa rapidement sa main sur son front. Il ne savait s'il devait croire ou douter.

— Enfin, dit-il, votre détermination est si subite, si étrange qu'en vérité...

. Pierre Morgan

— Quant à cela, repartit Marcel avec une certaine hauteur, il m'est impossible de vous mettre dans la confidence de mes projets; j'ai dit tout ce que je pouvais vous dire, et il me serait difficile d'être plus explicite.

— Soit! dit Morgan, vous renoncez à ce duel, et je veux bien y renoncer aussi... mais si les raisons que vous me donnez ne devaient être qu'une ruse de plus, songez, monsieur le marquis, que nous nous retrouverons quelque jour.

— Je l'espère bien, répondit Lempsac, mais j'aime à croire que d'ici là vous aurez tout à fait oublié ce qui s'est passé entre nous.

Les deux adversaires se saluèrent sur ces mots.

Le marin reprit avec Stevens le chemin de son habitation, tandis que Marcel et son ami s'asseyaient sur une des roches du carrefour.

— Ah çà! s'écria Saverny dès que Morgan eut disparu, m'expliqueras-tu enfin ce que tout cela signifie?

Lempsac, pour toute réponse, lui tendit la lettre qu'il avait reçue la veille par l'entremise de Mistral.

Cette lettre, composée de phrases incohérentes en apparence, avait pour les deux amis un sens parfaitement intelligible; il suffisait d'en prendre un mot sur trois pour comprendre l'ordre formel qu'elle contenait.

— Et qui a écrit cette lettre? fit Saverny dès qu'il l'eut parcourue.

— Le *voyageur!* répondit Marcel, il m'a en outre ordonné de rompre ici toutes mes relations, et il n'y a pas à discuter de pareils ordres, nous serions infailliblement brisés... Cette nuit sera donc la dernière que nous passerons à Vivonne; mais je ne veux pas m'en aller les mains vides... Le vieux comte est généreux, il fait d'abondantes aumônes, et je sais, à n'en pas douter, qu'il possède au château même des valeurs considérables... avant demain, il faut que ces valeurs soient en notre possession...

— Comment t'y prendras-tu?

— J'ai donné quelques instructions à Mistral. Léon a les siennes depuis longtemps; mon plan est d'ailleurs arrêté, dans quelques minutes nous conviendrons avec eux des dernières dispositions à prendre.

— Soit! dit Saverny, attendons; mais je ne te cacherai pas qu'il y a dans cette affaire une chose qui m'effraye.

— Laquelle?

— Isabelle et Isaac.

— Ils te font peur?...

— Je serais certainement plus rassuré si je les savais loin!...

— Eh bien! rassure-toi alors, car Mayer doit être en ce moment à Paris; et quant à Isabelle elle n'aura pas seule le courage de lutter contre moi... du reste, dans vingt-quatre heures nous aurons disparu, et ils seront bien fins s'ils nous atteignent...

Saverny ne répondit pas, et les deux amis attendirent quelques minutes encore l'arrivée de leur complice.

Cependant Morgan et Stevens étaient partis tous deux bien diversement impressionnés.

L'artiste était heureux après tout de l'issue inattendue de cette rencontre; le marin songeait déjà à reprendre la mer et à s'éloigner pour toujours.

Mais l'homme propose et Dieu dispose. Comme ils passaient auprès du château, un homme sortit tout à coup de derrière un fourré et s'avança rapidement vers Morgan.

C'était Isaac.

— Eh bien! lui demanda-t-il avec intérêt, votre rencontre a-t-elle déjà eu lieu?

Le marin raconta en peu de mots ce qui s'était passé.

— Le marquis refuser un duel! s'écria Isaac en écoutant le récit de son interlocuteur; cela manque de vraisemblance. Et que comptez-vous faire?

— Retourner à Paris à l'instant.

— C'est impossible! fit Isaac sans chercher à cacher la contrariété qu'il éprouvait.

— Et pourquoi? demanda le marin.

— Parce que votre présence va être utile à moi, à mademoiselle de Ramon et à Gabrielle.

— Expliquez-vous donc mieux?

— Tenez, je devais partir hier pour Paris, je l'ai dit à tout le monde; je l'ai fait savoir surtout à M. le marquis de Lempsac. Mais pendant qu'ils me croyaient à Paris à la recherche du général de Ramon, je causais avec le procureur du roi!

— Que dites-vous là?

— Oh! une simple conversation... une petite dénonciation parfaitement en règle, dont le parquet s'est ému... et, aujourd'hui même, un magistrat doit venir à Vivonne...

Morgan rougit imperceptiblement.

Ne vous en prenez qu'à vous-même, dit la jeune femme d'un geste plein de menaces.

— Mais c'est fort grave ce que vous avez fait là, dit-il après quelques secondes de silence, et il faut être bien sûr de son fait ..

— N'ayez aucune crainte, repartit l'usurier, je connais mon homme, et le jour où on lui mettra la main sur l'épaule, son compte ne sera pas long à régler... seulement, comme votre nom a été prononcé devant le magistrat, on trouverait peut-être singulier de vous voir partir au moment où la justice peut avoir besoin de vous!...

— Je me tiendrai jusqu'à demain à la disposition du procureur du roi, mais je doute que je puisse l'éclairer beaucoup...

— Oh! qu'à cela ne tienne!... le marquis arrangera si bien les choses d'ici demain, qu'il y a tout lieu de croire même que nous n'aurons pas besoin de nous en mêler...

— A demain donc, fit Morgan en saluant Mayer.

Le soir, le ciel se couvrit tout à coup de nuages épais et sombres, puis le vent se mit à souffler avec une âpre violence.

Vers dix heures, Marcel quitta sa maison de plaisance malgré la bise; en dépit d'une petite pluie fine et serrée, il gagna le château de Vivonne, où il se guida sans beaucoup de difficulté à travers les allées nombreuses que l'ombre avait envahies.

Du reste, il ne rencontra pas un indiscret sur son chemin. Chacun dormait; les domestiques s'étaient depuis longtemps

retirés, et il put gagner l'aile habitée par le comte et la comtesse sans être vu, passa près de l'appartement occupé par le moribond, se dirigea finalement à travers un couloir étroit vers la chambre dans laquelle il devait attendre Gabrielle. Cette chambre était située à l'extrémité même du corridor; c'était une sorte de retrait taillé dans une tourelle à cul-de-lampe, et qui, de ce côté, dominait un précipice au fond duquel on entendait gronder un torrent, gonflé par des pluies récentes.

Lempsac, une fois là, se débarrassa de son manteau, alluma une bougie et alla s'accouder à la fenêtre.

L'orage commençait à se développer dans des proportions inquiétantes; les grondements du tonnerre se rapprochaient de plus en plus, et, quand l'éclair déchirait le flanc sonore des nuages, on apercevait devant soi un des plus saisissants tableaux qu'il soit donné à l'homme de contempler: une vallée profonde, des bois sillonnés par une rafale terrible, un paysage désert, un désordre inouï, comme à l'approche de quelque redoutable cataclysme. A cette vue, l'homme du *Lapin blanc* releva le front et un sourire plein d'une audacieux défi plissa ses lèvres.

— Allons! dit-il avec ironie, on dirait que l'enfer conspire avec moi!... Ah! voilà une nuit comme j'aurais hésité à la rêver!... Que le tonnerre gronde, que la foudre éclate, que le désordre règne! mais il faut que Gabrielle m'appartienne; oui, cette nuit, il faut que le monde s'émeuve et tremble!

Or, pendant que le marquis de Lempsac attendait, la comtesse de Vivonne était assise au chevet de son époux; elle écoutait, le cœur ému, la respiration pénible et oppressée du comte... De temps en temps un soupir douloureux s'échappait de sa poitrine; son regard se tournait vers l'aiguille de la pendule, et un trouble indéfinissable s'emparait de tout son être. La violence de la tempête qui s'acharnait au dehors lui semblait comme une condamnation des coupables pensées qui l'assiégeaient; des frissons glacés couraient sur sa peau, elle eût voulu arrêter cette aiguille qui déjà marquait onze heures!

Cependant elle avait promis d'aller à ce rendez-vous, et, malgré la honte qu'elle éprouvait, elle ne trouvait pas assez de force pour résister à ce sentiment qui l'emportait... Elle se jeta à genoux, cacha sa tête dans ses mains et pria Dieu avec ferveur.

Enfin minuit sonna! minuit, l'heure fatale!...

Elle se leva.

Une jeune fille dormait dans un coin de la chambre; Gabrielle la prévint qu'elle allait prendre un peu de repos, et la pria de veiller en son absence sur le comte. Puis elle sortit. C'était la première fois qu'il lui arrivait de quitter son époux, c'était la première fois qu'elle s'écartait aussi gravement de ses devoirs, et, pour une femme pieuse comme l'était la comtesse, il fallait que son amour fût bien profond pour l'aveugler à ce point. Mais la pauvre enfant ne s'appartenait plus; elle était désormais incapable de raisonner; elle allait donc vers Marcel comme une victime résignée d'avance au déshonneur!

Au moment où elle atteignait l'extrémité du couloir, elle aperçut Marcel qui venait à sa rencontre.

— Gabrielle! Gabrielle! s'écria le misérable en l'entraînant dans la chambre dont il referma vivement la porte, soyez bénie pour le bonheur que vous m'apportez!

— Maintenant, dit la jeune femme d'un son de voix doux et triste, vous ne douterez plus de mon amour.

En ce moment un éclair sillonna la nue et parut embraser la chambre où ils se trouvaient. La comtesse jeta un cri de frayeur, Marcel l'attira contre sa poitrine.

— Oh! j'ai peur! j'ai peur! murmura-t-elle d'une voix défaillante.

— Que peux-tu craindre! repartit le marquis, ne suis-je pas près de toi, et Dieu ne protège-t-il pas ceux qui s'aiment comme nous nous aimons... Nous n'avons que quelques heures à nous, pourquoi les donner à la crainte... Regarde-moi, mon ange bien-aimé, n'écoute que moi, et ne repousse pas les baisers de celui qui voudrait mourir à tes pieds!

Au dehors l'orage continuait et semblait même redoubler d'intensité et de violence; on eût dit que la tourelle allait se détacher et disparaître dans l'espace.

Gabrielle cachait son front sur la poitrine de son amant, sans savoir à quel sentiment elle obéissait.

— Marcel! disait-elle, vous êtes un homme d'honneur, n'est-ce pas? de plus vous m'aimez... Eh bien, tenez, il en est temps encore... laissez-moi partir... Je vous ai prouvé en venant seule ici, dans la nuit, que je vous aimais; que cette preuve vous suffise, je vous en prie, ne me forcez pas à mourir de honte, ne me faites pas un avenir de remords terribles, laissez-moi m'éloigner avant de me rendre coupable!

— Cette heure est à moi, tu me l'as donnée, ne la reprends pas... Qu'importe la tempête qui gronde, l'éclair qui déchire la nue!... Il n'y a plus rien au monde que nous deux... je t'aime, entends-tu, je te veux, et il faut que tu sois à moi!...

Mais la malheureuse jeune femme n'était déjà plus de ce monde; elle était tombée défaillante et à moitié évanouie dans les bras du marquis... Quand elle revint à elle, ce dernier était à genoux, et il baisait ses mains avec un transport enivré.

— Mon Dieu! murmura-t-elle en fondant en larmes, mon Dieu, ayez pitié de moi!

— Gabrielle, je vous aime! fit le marquis de Lempsac d'un ton passionné.

La pauvre femme ferma les yeux et sentit son cœur se briser.

— Ah! j'ai bien besoin de le croire, répondit-elle en se levant; mais laissez-moi partir, voilà bientôt une heure que j'ai abandonné le comte, et l'on pourrait s'étonner d'une absence si longue.

En ce moment, un bruit plus sinistre encore que celui de l'orage vint tout à coup frapper l'oreille de Marcel et glacer les veines de la comtesse.

— Entendez-vous!... s'écria cette dernière. Quel est ce bruit? quel nouveau malheur nous menace?

Marcel s'était précipité vers la fenêtre; il eut à peine jeté un

regard au dehors, qu'il se retourna vivement vers la jeune femme :

— Vous l'avez dit, répondit le marquis, c'est un nouveau malheur qui nous menace... Regardez!...

Gabrielle se précipita vers la fenêtre et resta frappée de stupeur; une épaisse colonne de fumée enveloppait l'aile du château dans laquelle ils se trouvaient; deux jets de feu s'élançaient du rez-de-chaussée, et grimpaient le long des murs jusqu'aux étages supérieurs.

— Le feu! s'écria la comtesse épouvantée. Mais le comte!... Oh! mon Dieu! il faut aller le secourir, il m'appelle peut-être en ce moment!

Elle avait à peine fait quelques pas pour sortir, que le comte de Vivonne parut sur le seuil de la porte.

Gabrielle n'eut pas même la force de proférer un cri, elle tomba lourdement sur ses genoux et tendit ses deux mains suppliantes vers le moribond.

Le comte avait bien plutôt l'air d'un fantôme que d'un être vivant... Une vive rougeur colorait les pommettes saillantes de ses joues; son œil avait un éclat vitreux qui faisait mal à voir, sa poitrine sifflait comme si le râle l'avait déjà saisi.

— C'était donc vrai! s'écria-t-il d'une voix vibrante et pleine de fièvre.

— Oh! grâce! grâce! balbutia Gabrielle éperdue.

— Debout, madame! poursuivit le vieillard avec autorité, debout, et osez regarder en face l'homme que vous venez de déshonorer!

— Si vous saviez... murmura encore la malheureuse femme en sanglotant.

— Je sais tout... oui, l'on m'a tout dit, vous dis-je; je sais que vous aimez follement un misérable bandit que la justice attend et qu'elle va venir chercher tout à l'heure... Il vous aimait, n'est-ce pas, il vous l'a dit, il vous l'a juré... qu'importe! Mais ce n'est pas la femme qu'il aimait en vous; c'était l'épouse du vieillard mourant dont il espérait recueillir l'héritage et qu'il a deux fois tenté d'empoisonner!

— Mais qui donc a pu inventer de pareilles infamies? s'écria la comtesse à cette accusation foudroyante.

— Oh! ce n'est pas tout, continua M. de Vivonne; à Paris, il vit de vols et d'escroqueries, il n'a reculé devant aucune honte, il fréquente les plus ténébreux repaires; ses mains gardent encore peut-être les traces du sang de ses victimes; Gabrielle, l'homme que vous aimez est un voleur et un assassin!

A plusieurs reprises, la pauvre femme pressa son front de ses deux mains, un cri inarticulé s'échappa de sa poitrine; puis enfin, hors d'elle-même, elle courut vers le marquis, et lui prit le bras qu'elle secoua avec une énergie fébrile.

— Monsieur de Lempsac, dit-elle alors d'une voix pleine de désordre, vous avez entendu!... Ce que M. le comte dit là est horrible... ne vous laissez pas accuser ainsi... Répondez... pour votre honneur... pour le mien... je le veux.... mais répondez donc!...

— Que voulez-vous que je réponde? fit Marcel avec un geste dédaigneux; ne voyez-vous pas que le vieillard est fou... la fièvre l'a poussé jusqu'ici et exalte sa pensée... N'entendez-vous pas le râle qui déchire sa poitrine, ne comprenez-vous pas que son heure est venue, qu'il va mourir!

— Mourir! il va mourir!... murmura la comtesse comme se parlant à elle-même.

— Écoutez! poursuivit le bandit; ce bruit sinistre, c'est celui de l'incendie, dans quelques minutes peut-être il sera trop tard!... Gabrielle, au nom de notre amour, venez!...

En disant cela, le marquis voulut s'emparer d'elle; mais celle-ci se dégagea violemment de son étreinte et courut s'agenouiller auprès du comte, qui se cramponnait à la muraille, et, de ses regards vitreux, parcourait la chambre avec égarement.

— Monsieur le comte!... balbutia la pauvre femme les joues baignées de larmes, monsieur le comte, c'est moi, c'est Gabrielle, regardez-moi; écoutez, vous ne pouvez rester ici!... L'incendie va gagner cette tourelle et vous y trouveriez la mort!

— Nous mourrons tous! répondit ce dernier en fermant la porte de la chambre, et nul ne viendra ici nous porter secours; il n'y a à cette chambre aucune issue possible, nous allons mourir tous les trois étouffés ou brûlés!

— Vous voyez bien qu'il est fou! s'écria Marcel qui voulut s'élancer vers la porte.

Mais le comte l'arrêta au moment où il allait disparaître.

— Ah! prenez garde! fit le marquis en tirant un poignard de sa poche.

— C'est juste! repartit M. de Vivonne, j'avais oublié l'assassin;

mais on ne tue pas un vieillard qui n'a plus que quelques minutes à vivre.

— Peut-être! répondit Lempsac en repoussant rudement son adversaire, qu'il envoya trébucher contre un meuble et rouler lourdement à terre.

La comtesse poussa un cri sauvage comme une imprécation; son premier sentiment fut de s'élancer vers le meurtrier de son mari, mais ce dernier avait fait voler la porte en éclats, et venait de prendre la fuite.

La malheureuse sentit tout son cœur se briser à cette vue, puis elle revint triste, abattue, découragée, auprès du comte...

Le pauvre vieillard n'était pas mort, mais l'on eût pu croire que sa vie allait s'échapper avec les dernières gouttes du sang qui teignait son front meurtri.

Quand il vit Gabrielle venir s'agenouiller à ses côtés, seule, la poitrine gonflée d'amertume, et qu'il bravait courageusement le danger qui le menaçait, pour rester auprès de lui, il tourna vers elle un regard attendri, puis une larme coula silencieusement le long de ses joues hâves et creuses.

— Oh! merci! merci! s'écria la comtesse en baisant ses mains glacées, cet homme était le démon, je le hais!...

— Oui, répondit le comte, je vous ai désabusée trop tard, mais moi-même je l'ignorais, et maintenant je vais mourir.

— Non! non!... fit la jeune femme éperdue, ne parlez pas ainsi, monsieur le comte, non, vous vivrez!... j'ai à racheter une heure d'oubli... et tout ce qu'il y a en moi de dévouement et de tendresse...

Le comte l'interrompit par un geste de douloureuse résignation.

— Je vais mourir... répéta-t-il d'une voix entrecoupée et lugubre, mon heure est venue, Dieu ne veut pas que je vive... mais je le bénis encore, puisque, avant de partir pour toujours, il m'a laissé cet instant où je puis vous dire que je vous pardonne... Seulement, mon enfant, nous n'avons plus que peu de temps à nous, le danger est imminent... écoutez-moi... dans la chambre que j'occupais, vous trouverez les actes par lesquels je vous faisais, en cas de mort, l'abandon de toute ma fortune... si l'incendie détruisait ces actes, vous seriez réduite à la gêne la plus pénible... laissez donc ce malheureux vieillard, qui n'a plus que quelques minutes à vivre, hâtez-vous, et sauvez au plus tôt une fortune dont demain, peut-être, vous aurez besoin!...

Gabrielle priait Dieu, sans paraître se préoccuper de la gravité de la situation.

— Ne m'avez-vous pas entendu? insista le comte.

— Je ne veux rien entendre, répondit résolument madame de Vivonne.

— Mais vous vous perdez, mon enfant.

— Non, monsieur le comte, je me relève... Eh! que m'importe désormais cette fortune dont elle m'a rendue indigne... ma place est près de vous, je ne l'abandonnerai pas... j'ai pu être aveuglée un moment, et oublier mes devoirs sacrés d'épouse... mais, Dieu merci, le bandeau est tombé de mes yeux.

En parlant ainsi, mue par une énergie surhumaine, la comtesse prit son mari dans ses bras et le porta sur le divan...

— Maintenant!... dit-elle en levant les yeux au ciel, la mort peut venir, elle trouvera l'épouse repentante à côté de l'époux qui pardonne.

Marcel avait apporté trop de précipitation dans sa fuite; au lieu de descendre dans la cour, où il entendait cent voix et mille bruits divers, il s'était trouvé engagé dans une longue suite d'appartements, où plusieurs fois déjà il avait vu passer à ses côtés quelques domestiques, lancés à la recherche du comte et de la comtesse; puis, tout à coup, il entendit prononcer son nom par une voix qui le fit tressaillir.

C'était mademoiselle de Ramon, suivie d'Isaac Mayer.

— Vraiment, dit-il à la jeune fille en s'inclinant, vous choisissez un bien singulier moment pour me présenter votre fiancé!

— Monsieur le marquis raille agréablement, répondit cette dernière, et je suis heureuse de le voir dans d'aussi bonnes dispositions, il n'en supportera que mieux l'épreuve qui l'attend sous l'emblème des gendarmes; figurez-vous qu'une bande de voleurs a mis cette nuit le feu au château de Vivonne pour le dévaliser plus facilement, pendant le trouble qui accompagne tout incendie... Et, voyez jusqu'où peut aller la calomnie, on s'est imaginé que vous n'étiez pas étranger à cette bande, qui, tout en faisant ses affaires, devait si bien faire les vôtres.

Marcel haussa les épaules.

— Soit! dit-il avec insouciance; permettez-moi de vous remercier de tout l'intérêt que vous paraissez me porter; mais on s'est donné bien du mal pour me noircir, et je vais de ce pas...

Isabelle s'empara de son bras et l'entraîna un moment loin de l'oreille d'Isaac.

— Marcel, lui dit-elle à voix basse, il en est temps encore, je puis vous sauver, écoutez-moi; l'instant est solennel, songez que je puis vous perdre, répondez oui ou non : voulez-vous renoncer à Gabrielle, et voulez-vous aimer une malheureuse qui vous aime encore?...

— Et que dirait ce cher Mayer qui vous regarde d'un œil jaloux?...

— Prenez garde de me désespérer, Marcel, car je puis vous perdre!...

— Bah!... il n'y a pas encore de danger, croyez-le bien, mademoiselle, et je ne puis que vous engager à faire modestement le bonheur de notre ami.

— Allez donc, monsieur le marquis, et ne vous en prenez qu'à vous-même, fit la jeune femme avec un geste plein de menace.

Puis elle sortit avec Isaac qui était accouru sur un signe d'elle.

Lempsac la regarda s'éloigner pendant quelques secondes, et comme la fumée envahissait la chambre où il se trouvait, que les cris redoublaient autour de lui, il jugea prudent de ne pas s'attarder d'avantage. Mais au même instant il se sentit violemment heurté par un homme qui courait avec la précipitation d'un fuyard.

— Marcel! s'écria vivement Léon, il n'est que temps de filer.

— Et les autres, où sont-ils?

— Saverny a joué des jambes; Mistral est pincé... on nous a trahi... la cour est pleine de gendarmes... le procureur du roi, le juge d'instruction, toute la justice est à Vivonne... si tu m'en crois, tu prendras la tangente vers Paris.

— Non, fit Lempsac du ton d'un homme qui prend une résolution soudaine, notre fuite gâterait tout, et nous avons plus que jamais besoin de courage et de sang-froid...

— Que faut-il faire alors?

— Tu m'es dévoué, n'est-ce pas?

— Jusqu'à la mort.

— Ça n'ira pas jusque-là; mais à cette heure il faut que je puisse compter sur toi, et que tu sois résolu à me servir comme s'il s'agissait de monter sur l'échafaud.

— Je suis prêt...

— Bien... écoute... à tout prix! à tout prix, entends-tu, il faut que tu sortes d'ici et que tu gagnes Paris...

— Mais toutes les issues sont gardées...

— A l'étage supérieur, tu trouveras une tourelle, dont l'unique fenêtre donne sur un précipice... il y a des angles au mur extérieur, il faut que tu te sauves par là.

— Soit! après...

— Après... tu sais ce que je t'ai dit souvent?

— Oui...

— Plus d'une fois nous avons envisagé la perspective d'une catastrophe pareille à celle qui arrive aujourd'hui... dans le cas où je serais pris, je t'ai indiqué d'avance ce que tu aurais à faire... t'en souviens-tu?

— Parfaitement.

— Eh bien! va donc... moi je vais audacieusement affronter ceux qui m'attendent; seulement, il faut qu'avant trois jours je apprenne de tes nouvelles.

— Compte sur moi! répondit Léon avec un sourire cynique, si je ne me brise pas les os dans le précipice, avant trois jours tu apprendras jusqu'où va le dévouement de ton frère.

Et le malheureux gagna la tourelle où Lempsac avait laissé le comte et Gabrielle.

Il était temps qu'il s'éloignât, car quelques minutes après son départ le marquis était entre les mains de la justice; comme on le conduisait dans un salon donnant sur le parc et où il devait attendre le jour, un grand cri s'éleva tout à coup des groupes de curieux qu'il venait de traverser.

XV

DEUX HÔTELS DANS LA CHAUSSÉE-D'ANTIN

— Qu'y a-t-il? demanda vivement le magistrat.

— Voyez! voyez! répondit un gendarme en indiquant la fenêtre de la tourelle à l'appui de laquelle un homme se tenait cramponné, suspendu ainsi au-dessus d'un abîme de plus de cinq cents pieds de profondeur... Il n'était pas douteux que ce ne fût un des bandits qui avaient mis le feu au château, et malgré la terreur qu'ils inspiraient à tous, une sorte d'intérêt s'éveilla un moment dans le cœur de la multitude. Marcel surtout, suivait avec une poignante attention les diverses phases de ce drame terrible. Léon avait réussi à se procurer une corde, qu'il avait assujettie à l'intérieur; mais cette corde était de beaucoup trop courte pour lui permettre d'atteindre aux pieds de la muraille extérieure, il était évident qu'il devait échouer dans sa tentative, et pour le marquis de Lempsac tout était là! Car non-seulement cet homme était son frère, mais il avait mis en lui son dernier espoir.

Cependant, Léon déployait une adresse surhumaine... et descendait lentement le long de la corde; déjà il était parvenu à la hauteur du premier étage.

Le procureur du roi fronça le sourcil... Marcel respira.

— Il va se sauver!... dirent quelques voix.

Le brigadier de gendarmerie venait d'armer sa carabine; un coup de feu partit!... presque aussitôt on vit un éclat de pierre voler à deux pouces au-dessus de la tête du bandit!

— Manqué! murmura Marcel avec un soupir de satisfaction.

— Ah! vous prenez intérêt à cet incident! objecta le magistrat qui l'observait.

— Naturellement, monsieur, car j'ai rarement vu un homme plus adroit et plus audacieux...

— Attendons la fin!... ajouta le procureur du roi.

Un second coup de feu se fit entendre au même instant, puis bientôt un troisième, mais sans qu'aucun d'eux pût atteindre l'incendiaire...

C'était comme une fatalité!

Enfin, le brigadier abaissa son fusil pour la seconde fois.

C'était une vieille réputation qui avait conquis ses chevrons par de longues années d'expérience; bien souvent, il avait fait le coup de feu sur les plus dangereux escarpes, et n'avait jamais manqué son homme. Un cri se fit entendre presque en même temps; quand la fumée se fut dissipée, on ne vit plus personne.

Léon avait disparu...

Était-il mort?... n'était-il que blessé?... nul n'aurait pu le dire... Ce qu'il y a de certain, c'est que les recherches effectuées le lendemain, au-dessous de la tourelle, par la brigade de gendarmerie, restèrent absolument sans résultat... Non-seulement on ne retrouva pas le cadavre du misérable incendiaire, mais on ne remarqua aucune empreinte sur le sol détrempé par la pluie...

On se perdit en conjectures... puis le marquis de Lempsac fut dirigé en toute hâte sur Paris, en vertu d'ordres supérieurs. Nous l'y suivrons, si le lecteur le veut bien... C'est là, d'ailleurs, que nous pourrons obtenir quelques éclaircissements sur le sort de Léon.

L'arrestation du chef des voleurs du *Lapin blanc* produisit à Paris un effet extraordinaire, pendant quelques jours on ne parla pas d'autre chose dans le monde qu'il avait l'habitude de fréquenter; les circonstances au milieu desquelles il avait été arrêté étaient, du reste, assez dramatiques pour fournir un aliment à la curiosité publique.

Le lendemain de l'incendie, on avait trouvé le cadavre du comte de Vivonne, dans la petite tourelle où nous l'avons laissé; à ses côtés, on trouva également Gabrielle, l'esprit frappé de mille épouvantes, et ne répondant que par des mots sans suite à toutes les questions qui lui étaient adressées.

On eut beaucoup de peine à l'arracher d'auprès du cadavre de son époux, qu'elle ne voulait plus quitter, et l'on dut profiter d'une crise nerveuse qui la livra inanimée aux mains des médecins, pour la transporter sur un lit, où elle reçut tous les secours que réclamait son état désespéré.

Isabelle et Isaac partirent, dit-on, le jour même de Paris, et n'y revinrent que quelques mois plus tard, lorsque le bruit de cette affaire se fut apaisé... Quant à Saverny, qui avait pris la fuite, il écrivit au procureur du roi une lettre dans laquelle il déclara se tenir à la disposition de la justice, que la crainte de la prison préventive l'avait seule décidé à disparaître momentanément... il finissait en protestant de son innocence, assurant que la vérité se ferait bientôt jour, et que son ami serait rendu prochainement à la liberté.

Le marquis de Lempsac et Mistral furent mis au secret, la police se mit à la recherche des relations qui pouvaient exister entre cette affaire et celle de l'attaque du courrier de Lyon, que l'on n'avait pas encore éclaircie!...

Or, le soir même du jour où avait eu lieu l'incendie, une voiture élégante s'arrêta près de l'impasse Saint-Martial, un homme en descendit et pénétra dans une maison mal famée du quartier, au seuil de laquelle on ne voyait guère s'arrêter d'ordinaire que des gens de la plus triste encolure. Cet homme pouvait avoir une cinquantaine d'années; il était grand, élancé; à l'une des boutonnières de sa redingote fermée sur sa poitrine, on distin-

guait un ruban de couleur pâle, qui devait être une décoration de quelque petite principauté étrangère...

Après avoir entretenu en particulier, pendant quelques minutes, la maîtresse de l'établissement, il fut introduit dans un cabinet du rez-de-chaussée, et peu de temps après, on lui amenait Olga.

Cette dernière était vêtue avec recherche, le regard audacieux, les épaules nues.

L'homme se leva à son arrivée, la salua avec une certaine courtoisie empruntée au grand monde, puis, la prenant par la main, il la fit asseoir dans un fauteuil placé à côté de lui.

La jeune femme regarda cet étrange visiteur avec étonnement, et un sourire d'une singulière expression effleura ses lèvres:

— C'est bien vous, mademoiselle, qui vous appelez Olga? dit le mystérieux personnage après l'avoir considérée un moment avec une profonde attention.

— Oui, monsieur, répondit la sœur de Louise un peu troublée par cette politesse à laquelle elle était si peu habituée.

L'inconnu s'inclina.

— Vous êtes belle, ma chère enfant, poursuivit-il aussitôt, l'on ne m'avait pas trompé quand on m'a parlé de vous, mais je ne vous cacherai pas tout le regret que j'éprouve à vous rencontrer dans un semblable lieu.

— Serait-ce pour me faire un sermon que vous m'avez fait appeler?... objecta Olga...

— C'est pour mieux que cela, mon enfant.

— Pourquoi donc alors?

— Pour vous offrir une fortune.

— A moi!

— La refuseriez-vous?

— Je ne dis pas cela... mais cette proposition...

— Écoutez... un homme riche et puissant, qui vous a rencontrée par hasard, je ne sais où, veut assurer votre sort, et vous mettre à jamais à l'abri de toute infortune.

— Et pour mériter cette position, que faudra-t-il faire?

— Presque rien: seulement, si vous acceptez, une voiture attend à la porte, elle vous emmènera d'ici pour n'y jamais revenir.

— Où irons-nous?... fit Olga.

— Rue de la Chaussée-d'Antin, où vous trouverez votre mystérieux protecteur dans un appartement meublé avec un goût exquis, des parures qu'envierait une duchesse, des domestiques dévoués, une voiture, des chevaux, en un mot, tout ce que le luxe peut inventer pour satisfaire aux caprices les plus insensés d'une femme jeune et jolie...

— Mais c'est un conte des *Mille et une Nuits* que vous me racontez là... n'est-ce pas? fit la jeune femme en passant ses deux mains sur son front.

— Je n'ai jamais parlé plus sérieusement.

— Je serai riche et libre!

— Oui, et cela durera tant que vous le voudrez.

Olga plongeait son regard ardent sur le visage de son interlocuteur, comme si elle eût voulu chercher sa pensée secrète jusqu'au fond de son cœur... mais il lui était impossible de deviner sur sa physionomie l'apparence d'une raillerie.

L'inconnu remua la tête en voyant l'hésitation de la jeune femme.

— Alors, nous partons? ajouta-t-il en souriant.

— Partons! fit Olga.

Mais au moment de franchir le seuil de la porte, elle s'arrêta comme frappée d'un scrupule subit, que devina sans doute l'inconnu, car il lui prit presque aussitôt le bras, et l'entraînant au dehors:

— Ne craignez rien, lui dit-il, tout a été prévu, vous êtes libre... Celui qui vous protège ne fait pas les choses à demi, et nul ne viendra vous demander votre nom, quand vous serez dans votre appartement de la Chaussée-d'Antin.

Pendant le trajet, aucune parole ne fut échangée. — Les chevaux brûlaient le pavé, la pêcheresse, rejetée au fond de la voiture mollement suspendue, se laissait doucement bercer par les rêves d'une fortune inespérée, qui commençait à s'emparer de son esprit avec une autorité souveraine. Tout était mystère, en effet, dans cette aventure... et se demandait-elle réellement, par instants, si elle était bien éveillée! et quel était cet homme qui l'enlevait ainsi, inopinément, à la vie de désordre qu'elle avait menée jusqu'alors; vers quelle existence nouvelle et inconnue il l'entraînait; mais, à vrai dire, elle ne s'arrêta pas longtemps à toutes ces considérations; on lui avait montré un avenir de luxe et d'oisiveté, elle n'avait pas à en demander davantage... quand bien même cet horizon devrait se fermer tout à coup devant ses rêves à peine éclos, n'aurait-elle pas mis le pied dans ce monde inouï que son ambition avait toujours secrètement caressé, du fond des abîmes où elle était tombée!

Car c'est là la loi commune, — la loi humaine! — La courtisane envie la lorette, de même que la lorette jalouse la femme honnête!...

D'ailleurs, grâce à cette aptitude innée qui est chez la femme, Olga ne sentait aucun étonnement se faire jour à travers son trouble, et, quand la voiture qui l'emportait s'arrêta devant le fastueux hôtel de ses rêves, tout effroi avait disparu de son cœur. Comme elle se disposait à descendre, son compagnon la retint du geste, en lui montrant un manteau et un voile de dentelle noire :

— Pardon, mademoiselle, mais la rue est encore éclairée, il ne serait pas convenable que l'on vous vît descendre de voiture, la tête et les épaules nues... Si vous le voulez bien, vous jetterez ce voile sur votre front, ce manteau sur vos épaules, et nul, en vous voyant passer à mon bras, ne s'étonnera d'autre chose que de votre beauté.

Olga fit ce qu'on lui conseillait ; puis, son guide sauta à terre, et lui offrant le bras, ils montèrent.

L'escalier était recouvert d'un épais tapis... une rampe de velours régnait le long du mur, et des lampadères dorés y répandaient une lumière prodigieuse. La jeune femme sentit un frisson courir sur sa peau. — C'était la première fois qu'elle voyait le confortable poussé à un tel degré.

Arrivé au second étage, l'homme sonna, et presque aussitôt une femme de chambre vint ouvrir.

Ils traversèrent d'abord une salle à manger en bois de chêne, puis un salon tendu de blanc à baguettes d'or, une chambre à coucher, où les meubles de Boule, les tentures de soie rose et blanc, le tapis de moquette, les glaces encadrées de satin et de dentelles, donnaient un aspect ravissant...

Olga ne put s'empêcher de pousser un cri de surprise et de bien-être à la vue de tant de merveilles réunies.

— Qui donc habite ici ? demanda-t-elle émue et interdite.

— Mais vous-même, répondit l'inconnu.

— Comment... toutes ces belles choses ?...

— Elles sont à vous !...

Olga joignit les mains par un geste de naïve admiration.

La femme de chambre qui les avait suivis l'aida à débarrasser ses épaules de son manteau, et se retira bientôt après, emportant les objets de toilette dans un boudoir contigu.

— Mais c'est un rêve! fit Olga quand elle se vit seule avec l'inconnu au milieu de ce luxe dont elle n'avait jamais eu l'idée.

— Tout cela est à vous, mon enfant, répondit son compagnon en roulant auprès de la cheminée une causeuse sur laquelle il l'invita à s'asseoir.

La jeune femme s'y laissa tomber, nonchalante et songeuse.

— Oh! c'est égal, dit-elle en prenant sa tête dans ses mains, je voudrais bien savoir à quelle protection mystérieuse...

L'inconnu sourit et lui prit la main.

— Mon enfant, dit-il avec une bonté caressante, ne creusez pas ainsi votre esprit pour trouver l'énigme; plus tard vous la comprendrez naturellement et sans effort... Ce que je vous demande, dès à présent, c'est de jouir à votre aise et sans crainte de toutes ces richesses que l'on vous offre; les domestiques qui sont ici vous obéiront au moindre signe; demain, à votre réveil, on vous apportera les étoffes les plus riches, vous avez votre voiture, vos chevaux; usez de tout cela, car tout cela vous appartient, je vous le répète... et en échange de ce bien-être, de cette fortune, on ne vous demandera qu'une chose, une seule...

— Laquelle ?

— Venez, mon enfant...

Et ils traversèrent le boudoir. L'homme mystérieux souleva une draperie de velours, et, poussant un bouton adroitement dissimulé dans la boiserie, une porte s'ouvrit.

— Cette porte donne entrée dans un appartement dépendant d'une maison voisine... personne n'en soupçonne l'existence, je l'ai fait percer pendant l'avant-dernière nuit par deux ouvriers que j'y avais amenés masqués... L'appartement est loué au nom d'une vieille comtesse qui ne doit y venir que de loin en loin ; quand cela sera nécessaire, vous passerez dans cet appartement un jour ou deux... je vous dirai alors quel rôle vous devez y jouer, — rôle inoffensif d'ailleurs et qui ne saurait en rien vous compromettre... Désirez-vous prendre connaissance des localités?

Olga suivit de nouveau son interlocuteur, et ils pénétrèrent ainsi dans un vaste local qui différait essentiellement d'aspect avec celui qu'ils venaient de quitter. C'était de grandes pièces aux boiseries austères, aux tapisseries sombres, et dont la vue seule donnait le frisson.

— Il me semble que j'ai froid... fit Olga en secouant ses épaules.

— L'appartement est inhabité, répondit son cicerone, depuis ce matin seulement, car un homme le garde et y couche la nuit.

— Et cet homme, vous en êtes sûr, au moins?

— Seriez-vous peureuse?

— Dame! maintenant que je vais être riche!...

La sœur de Louise achevait à peine ces mots, qu'en se retournant pour revenir sur ses pas, elle se trouva face à face avec un homme qu'elle n'avait pas entendu venir.

Elle se voila le visage et poussa un cri d'épouvante.

— Qu'y a-t-il? fit l'inconnu.

— Mais cet homme! cet homme, comment se trouve-t-il ici?

— Est-ce que vous le connaissez?

— Mais c'est lui!... c'est lui! c'est...

L'homme dont la vue produisait un si étrange effet sur Olga souriait, c'était Léon. Trompée par sa ressemblance avec le marquis de Lempsac, elle l'avait pris pour lui, et le lecteur n'a pas oublié sans doute l'espèce de terreur superstitieuse que ce dernier inspirait à la jeune femme.

— Ah! partons! partons! dit-elle avec vivacité, ne restons pas davantage ici.

Puis elle gagna précipitamment le couloir qui donnait accès dans la maison voisine.

L'inconnu ferma la porte derrière lui, et faisant remarquer à Olga qu'il y poussait des verrous solides, de façon à la mettre à l'abri de tout danger :

— Vous le voyez, dit-il avec un sourire ironique, de cette façon vous pourrez dormir tranquille...

La pécheresse s'était assise au coin du feu, dans sa chambre à coucher, en cherchant à se remettre du trouble profond qu'elle venait d'éprouver.

Son compagnon, debout près d'elle, la considérait avec attention, et semblait attendre que ce mouvement de terreur se fût un peu calmé.

— Lui! lui, ici!... murmura la malheureuse en jetant un regard oblique sur le personnage qui l'avait amenée.

— Voyons! dit ce dernier, vous connaissez l'homme que nous venons de voir?

— Oui, monsieur.

— Et où l'avez-vous connu?

— Au Lapin blanc.

— Et quel est-il?

— Oh! un misérable... un voleur... un assassin!...

— Silence! dit l'inconnu à voix basse, mais avec force, à quoi bon rappeler ce passé qui n'est plus... vous aurez été trompée sans doute par une ressemblance; il ne faut pas d'ailleurs trop vous appesantir sur ces choses; c'est un conseil d'ami que je vous donne; chassez toutes vos mauvaises idées; revenez au calme et songez surtout que demain vous serez, si vous le voulez, une des reines de Paris... A demain donc, mon enfant!...

— Vous partez?

— Mais sans doute.

— Et vous allez me laisser seule?

— Votre femme de chambre est à deux pas.

— Comment s'appelle-t-elle?

— Lucie...

— Et vous m'assurez que je n'ai rien à craindre?

— Demain je viendrai prendre de vos nouvelles.

— A demain donc, monsieur.

L'inconnu serra la main de la jeune femme et s'éloigna après l'avoir saluée avec une politesse à laquelle Olga ne s'était pas encore habituée, et qu'elle était bien près de prendre pour de l'ironie.

Or, pendant que cet homme se retirait ainsi, Léon, de son côté, quittait l'appartement où nous l'avons rencontré, descendait l'escalier, gagnait la rue de la Chaussée-d'Antin. Il était minuit, il se dirigea rapidement vers les boulevards, prit la rue Basse-du-Rempart; après avoir fait quelques centaines de pas, il s'arrêta tout à coup et marcha droit à une porte cochère, sous l'ombre de laquelle il venait d'apercevoir la silhouette d'un homme.

— Est-ce vous, général? demanda-t-il à voix basse.

— C'est moi, répondit M. de Ramon.

Léon se rapprocha de son interlocuteur après avoir jeté un regard autour de lui pour s'assurer que personne ne pouvait les entendre.

— Tu m'as dit que tu étais disposé à me servir, reprit ce dernier, quelque entreprise que j'eusse à te proposer... eh bien, le moment est venu d'agir, et si tu réussis, tu peux compter sur une récompense généreuse.

— Allez toujours, fit le bandit, dites-moi tout de suite de quoi il s'agit; la main me démange d'ailleurs, je vous l'ai dit, il faut que je tue quelqu'un cette nuit.

— Dans ce cas, tu vas m'accompagner rue Tronchet... je te montrerai la maison... quoiqu'il soit minuit, tu demanderas au concierge madame de San Lucar, et si les domestiques te refusaient l'entrée de l'appartement, tu dirais que tu viens de la part du père Trim...

— Je me rappellerai le nom.

— Tâche de la voir seule... tu lui diras que le père Trim'du clos Nilot t'a chargé de renseignements à lui donner que tu ne peux confier qu'à elle, cela suffira pour t'ouvrir toutes les portes.

— Alors le reste me regarde.

— Tu es armé, au moins?

— Pardieu !

— Eh bien, bonne chance...

Léon fit un geste de la main, et les deux hommes se dirigèrent à pas rapides vers la rue Tronchet. Arrivés au numéro 25 ou 27, de Ramon s'arrêta, et indiquant une maison située à quelques pas :

— C'est là! dit-il vivement à son acolyte.

Ce dernier examina la maison avec attention, puis il s'éloigna sans dire un mot, et arriva au second étage de la maison sans encombre. Quand il eut fait connaître au domestique qui vint lui ouvrir qu'il était envoyé par le père Trim, la duchesse de San Lucar ordonna de l'introduire immédiatement; mais la duchesse n'était pas seule, et Léon fut un instant interdit en trouvant un homme auprès d'elle.

Cet homme était Pierre Morgan, qui allait se retirer quand la duchesse le retint.

— Ainsi, lui dit-elle, vous êtes bien résolue à partir, mon ami?

— Que voulez-vous donc que je fasse désormais à Paris? répondit le marin.

— Qui sait si elle n'aura pas besoin de vous?

— Oh! Gabrielle ne sait pas même que j'existe.

— La pauvre femme était aveuglée, mon ami, l'affreux malheur qui vient de la frapper lui a peut-être ouvert les yeux. Et savez-vous ce que l'on me disait aujourd'hui?

— Quoi donc, madame?

— On prétend que cet incendie a détruit le contrat qui lui assurait l'usufruit de la fortune du comte, et que les héritiers se remuent déjà pour lui enlever les biens dont il lui faisait l'abandon.

— Est-ce possible, mon Dieu !

— Ce n'est encore qu'un bruit...

— Pauvre Gabrielle !

— Voulez-vous toujours partir?

— Oui, madame, oui, je le veux, il le faut... j'ai été trop malheureux ici... en mer du moins, la distraction, le danger... que sais-je encore, l'éloignement calmera le chagrin que j'éprouve.

— Adieu donc, mon ami, puisque rien ne peut vous retenir.

— Adieu, madame, reprit le marin en baisant la main de la duchesse, et que Dieu vous rende les enfants que vous cherchez.

Morgan fit quelques pas hors de la porte, et la duchesse revint en toute hâte vers Léon, qui attendait debout, une main sur le manche du poignard qu'il cachait sous son paletot.

— Pardon, mon ami, dit madame de San Lucar, je vous ai fait attendre, mais je suis toute à vous, maintenant; vous disiez donc que vous m'êtes envoyé par le père Trim et que vous m'apportez de sa part quelques renseignements sur le sort de mes enfants. Aurait-il donc appris quelque chose?

Léon ne répondit pas; depuis quelques secondes, il considérait cette femme avec une attention profonde, et, chose étrange, à diverses reprises, au moment de tirer son poignard, il s'était senti retenu par je ne sais quelle étrange et mystérieuse influence!

— Vous ne me répondez pas? reprit bientôt madame de San Lucar que l'attention dont elle était l'objet commençait à troubler.

— Oh! c'est une idée, répondit vaguement le complice de Ramon.

— Vous êtes donc un ami du père Trim?...

— Son ami, oui, madame.

— Vous exercez le même état, peut-être? et sans doute le peu d'habitude que vous avez de vous trouver dans les salons vous intimide; mais remettez-vous, mon ami, je ne suis pas redoutable comme vous voyez.

Puis la duchesse se prit à son tour à le considérer avec un peu plus d'attention.

— Mais au fait, ajouta-t-elle, vous n'avez rien des traits du Parisien... il me semble même... oui, c'est étrange... on dirait... est-ce que vous seriez créole, par hasard?

Léon releva la tête à cette question; un éclair sillonna son regard.

— Mais sans doute, répondit-il un peu interdit.

— Oh! mon Dieu, murmura la duchesse comme si elle se fût parlé à elle-même, serait-ce possible?... mais non... c'est un rêve, une illusion... un mensonge... voyons... répondez, mon ami... vous avez trente ans, n'est-ce pas?

— En effet.

— Vous avez un frère, et un frère jumeau, je crois?

Léon poussa un cri et fit un pas en arrière, pendant que la duchesse passait, éperdue, ses deux mains dans ses cheveux.

Pour la malheureuse mère, il y avait quelque chose d'inouï dans cette visite qui lui était faite, à cette heure, par un homme que le père Trim lui envoyait.

Un homme qui avait l'âge de ses enfants, un homme qui était né sous d'autres latitudes et qui avait un frère jumeau.

Était-ce une révélation! n'était-ce qu'une illusion!... Elle se sentait prête à ouvrir ses bras, tout son cœur allait au-devant de cet homme qu'elle pouvait prendre pour son fils!

Quant au bandit, un tout autre sentiment s'était fait jour dans son cœur; sans le savoir, il avait mis le pied chez une femme qui connaissait son secret et qui pouvait le livrer à la justice. Il y avait là un danger énorme qu'il fallait conjurer à tout prix; dès ce moment, la malheureuse femme fut condamnée.

Quand il la vit se disposer à recommencer son interrogatoire et à renouveler ses questions indiscrètes, malgré la bonté de son regard et la douceur pénétrante de sa voix, le misérable se prit à rire, d'un rire hideux et cynique.

— Qui vous parle de l'Amérique!... s'écria-t-il brutalement avec un regard farouche, croyez-vous donc que je sois venu ici pour vous entretenir de mon frère ou pour me confesser... il y a un autre motif à ma visite, et ce motif vous allez le connaître.

En parlant ainsi et pendant que la duchesse, épouvantée de ce changement inattendu d'allure et de langage, tentait de gagner la porte, Léon se précipita vers elle d'un bond et lui appliqua rudement sa main puissante sur les lèvres.

— Cette nuit, lui dit-il d'une voix énergique, il me fallait une victime; je ne suis venu ici que parce qu'un homme m'a désigné votre demeure; il m'en eût indiqué une autre que j'eusse été ailleurs... mais un crime doit être commis par moi, fatalement, cette nuit, et vous allez mourir !...

La duchesse se débattait avec force et ne voulait pas mourir ainsi; elle mordit à tel point les doigts de son assassin que ce dernier fut obligé de lâcher prise.

— A moi! au secours! s'écria-t-elle alors avec violence!

Mais c'est tout ce qu'elle put dire; elle venait de recevoir deux coups de poignard.

La victime poussa un cri et s'affaissa sur elle-même pendant que l'assassin, immobile et pour ainsi dire impassible, la considérait d'un œil indifférent.

Cependant aux cris poussés par madame de San Lucar, les valets étaient accourus, et en voyant leur maîtresse étendue, baignée dans son sang sur le parquet, ils s'étaient emparé de Léon, qui n'avait opposé aucune résistance. Dès cette nuit même, il fut conduit en prison et gardé à vue avec les mêmes précautions que l'on avait employées pour Marcel et pour Mistral.

DEUXIÈME PARTIE

I

LE 25 AVRIL

Un certain laps de temps s'était écoulé depuis que s'étaient accomplis les événements que nous avons racontés dans la première partie de ce récit. On était au 25 avril.

La journée avait été belle et l'état de l'atmosphère promettait une de ces soirées charmantes comme le printemps seul peut en offrir. Six heures venaient de sonner.

Au premier étage du numéro 12 de la rue de Babylone, dans un salon d'un aspect somptueux, mais sévère, un homme d'une cinquantaine d'années est assis devant un bureau en chêne sculpté, et, le front appuyé sur sa main, il semble absorbé dans quelque sombre réflexion. De temps à autre, une contraction nerveuse plisse son front soucieux, et ses doigts crispés s'appuient énergiquement sur le bras de son fauteuil ; plus souvent encore un sourire d'une amère ironie froisse ses lèvres ; il paraît indifférent aux bruits de la rue et ne prête qu'une oreille distraite à un murmure de voix qui s'élève par moments de l'antichambre qui précède le salon.

Tout à coup cependant il releva la tête. La pendule, placée sur la cheminée, venait de frapper l'heure.

— Déjà ! murmura-t-il à voix basse.

Puis il pressa le bouton d'un timbre de métal qui se trouvait à sa portée. Presque aussitôt un domestique parut ; il portait une livrée noire, des culottes courtes, des bas blancs et des souliers ornés de boucles d'argent.

— Jacques ! y a-t-il du monde dans l'antichambre ? fit le maître.

— Oui, monsieur.

— Alors faites entrer !

Le domestique sortit et reparut presque immédiatement, suivi par un pauvre diable, misérablement vêtu, l'air humble et triste.

— Ne craignez rien, mon ami, approchez et dites-moi ce qui vous amène, dit M. Dumollard d'un ton doux.

L'ouvrier auquel s'adressaient ces paroles s'approcha sur cette invitation tout en retournant gauchement entre ses mains, sans même oser regarder son interlocuteur.

— Pardon, monsieur, répondit-il en balbutiant, mais c'est que je suis sans ouvrage depuis bientôt deux semaines, j'ai de la famille et on m'a dit que vous étiez si bon !...

— Combien avez-vous d'enfants ?

— Cinq, monsieur...

M. Dumollard considéra un moment le malheureux qu'il avait devant lui ; son regard parut plonger jusqu'au fond de son cœur. Mais cet examen ne le satisfit vraisemblablement qu'à demi, car il reprit presque aussitôt d'un ton rude :

— Vous êtes ouvrier ?

— Oui, monsieur, je suis maçon.

— Où avez-vous travaillé ?

— Oh ! j'ai les meilleurs certificats des maîtres qui m'ont employé... seulement, j'ai été malade, j'ai eu les fièvres, et depuis six mois je ne travaille que fort irrégulièrement.

— C'est bien, répondit M. Dumollard, je m'occuperai de vous, mon ami ; laissez-moi votre adresse, on prendra des renseignements, et avant peu je vous ferai dire si j'ai réussi... en attendant, tenez, prenez cet argent... cela vous aidera à prendre patience.

En parlant ainsi, il glissa une pièce de vingt francs dans la main de l'ouvrier qui se retira moitié confus, moitié content.

Vingt francs ! c'était quelque chose sans doute pour une famille où, depuis quinze jours, cinq enfants s'étaient plus d'une fois couchés le ventre creux. Mais quoi ! l'honnête travailleur avait sa fierté ; il eût bien mieux aimé rapporter au logis l'argent noblement gagné par le travail.

Jacques reçut l'ordre de faire entrer un nouveau solliciteur.

Celui qui se présenta cette fois contrastait singulièrement d'allure et de langage avec l'homme qui venait de se retirer. C'était un grand gaillard de cinq pieds six pouces, aux traits vigoureusement accentués, aux larges épaules, et sur le visage duquel on lisait facilement les traces des mauvaises passions de la nature humaine, depuis la paresse jusqu'à luxure.

En l'apercevant, M. Dumollard fit un certain mouvement.

— Oh ! oh ! dit-il avec un accent de bonne humeur qui jurait avec sa figure aux lignes austères, voilà un gaillard auquel l'ouvrage ne doit pas faire peur.

Le nouveau venu s'inclina en souriant avec finesse.

— Sans compter qu'on en vaut bien un autre, répondit-il avec aplomb.

— Comment t'appelles-tu ?

— Seguin, dit *Main d'or* !

— Que veux-tu ?

— De l'ouvrage donc...

— Mais que sais-tu faire ?

— Oh ! pour ça, pas grand' chose... à ce qu'il paraît... car dans les chantiers où j'ai été je n'ai pas eu le temps de prendre racine...

— Et que veux-tu que je fasse de toi, alors ?

Main-d'or haussa les épaules.

— Dame ! je n'en sais rien, répondit-il.

— Qui t'envoie ici ?

— Un de là-bas qui vous connaît. On l'appelle l'Aveugle. Voici la chose : c'est un vieux roué, qui a un œil de moins, sauf vot' respect, mais qui n'en voit pas moins clair pour ça... or, l'autre soir nous étions à nous nettoyer l'embouchure dans un caboulot

de la barrière, quand le vieux renard me dit : « Main-d'or, mon ami, tu as des dispositions pour la charpente comme un chat pour la natation, et si tu veux m'en croire, tu changeras de partie... » Moi, je n'avais rien à objecter... il m'a enseigné votre demeure, en m'assurant que vous trouveriez peut-être à m'employer, je ne lui en ai pas demandé davantage, et voilà pourquoi je suis venu.

M. Dumollard fit un signe d'assentiment.

— Soit ! j'espère, en effet, t'employer avant peu... mais retourne en attendant à ton chantier, et quand tu reverras l'Aveugle, remets-lui ce décime percé en le prévenant que lorsqu'il m'en apportera cinq semblables à celui-ci, je lui compterai une somme de cent francs... il comprendra ce que cela veut dire et agira en conséquence... Va donc, mon ami, et à bientôt.

Main-d'or salua sur ces mots et gagna la porte.

A peine eut-il disparu qu'un bruit se fit tout à coup à côté de Dumollard. Presque aussitôt une porte s'ouvrit dans la cloison, et un homme entra.

A sa vue, M. Dumollard se leva précipitamment.

— Et le marquis ? fit l'inconnu.

— Je l'attends.

— Il devrait être ici, car nous sommes au 23 avril ; il est six heures !... pourvu qu'il ne lui soit rien arrivé...

— Il a voulu absolument se rendre sur la route de Toulon... et s'il se fait prendre... ce ne sont pas les conseils qui lui auront manqué.

L'inconnu lança un regard sévère à son interlocuteur.

— Vous n'aimez pas le marquis ? lui dit-il d'un ton bref ; vous avez tort... prenez-y garde !... c'est un homme habile, adroit, audacieux ; je ne compte que sur lui pour notre grande entreprise... Cessez donc cette guerre jalouse et ridicule que vous lui faites, car si cela devait continuer, je vous en préviens, vous retourneriez à Brest pour n'en plus sortir !...

M. Dumollard pâlit à ces paroles, s'inclina sans répondre et allait gagner la porte quand son compagnon l'arrêta du geste :

— Un mot, dit-il vivement : la duchesse est-elle venue ?

— Non, pas encore...

— C'est bien... quand elle se présentera, vous l'introduirez immédiatement, à moins que le marquis ne soit ici... dans ce cas, vous attendriez mes ordres... Allez... et souhaitez que votre ennemi ne tarde pas à venir, dans votre intérêt comme dans le nôtre à tous.

Si le lecteur veut bien nous suivre, nous laisserons, pour un instant, le mystérieux inconnu, et nous nous transporterons à deux lieues environ de Toulon, sur la route de Paris.

Nous sommes au 23 avril. Il est minuit. Le temps est sombre. L'endroit où nous nous arrêtons est particulièrement sinistre ; la route y décrit brusquement un coude au bas d'une côte rapide ; à gauche, s'ouvre un précipice de cinquante pieds de profondeur ; à droite, coule un torrent qui rebondit dans son cours sur un lit de cailloux et de rochers. Enfin, quelques arbres souffreteux, malingres, complètent le tableau, dont rien ne saurait rendre l'aspect morne et désolé.

Depuis une demi-heure déjà deux gendarmes enveloppés de longs manteaux, sous lesquels ils tiennent leur carabine, se sont couchés sur le revers du chemin.

— Rien encore... il ne peut cependant pas prendre un autre chemin, car on le traque de tous côtés, fit l'un d'eux.

— C'est donc un personnage ? répondit son compagnon.

— Oui... c'est du moins un des plus adroits forçats... il y a à peine huit jours qu'il est arrivé à Toulon, avec la dernière chaîne, et aujourd'hui il est libre.

— Je crains bien qu'avec un gaillard comme celui-là, nous ne perdions notre temps.

— Tais-toi !...

— As-tu vu quelque chose ?

— Écoute...

Un bruit imperceptible pour toute autre oreille venait de se faire entendre ; l'un des deux gendarmes, le plus âgé, s'était baissé tout à coup, et avait armé silencieusement sa carabine.

— Mais je ne vois rien, objecta son compagnon d'une voix sourde.

Comme il achevait ces mots, il vit à quelque distance un homme qui s'avançait cauteleusement avec des précautions inouïes, comme si l'endroit qu'il allait franchir lui eût semblé offrir des dangers particuliers. Jusqu'alors, cependant, la nuit la plus épaisse avait cessé de l'envelopper, et il eût été bien difficile de distinguer ses traits ; mais en ce moment un rayon de lune ayant glissé entre deux nuages vint l'éclairer en plein corps, et permit aux deux gendarmes de l'envisager à leur aise.

— Eh bien! dit le plus âgé en se tournant vers son ami, il n'y a plus d'erreur possible.

— En effet, il a encore la casaque du bagne!

— Attention... apprête ton arme, couche-le en joue, et tirons ensemble...

Presque aussitôt les deux coups de feu se firent entendre.

Mais le misérable que l'on ajustait était aussi rusé que ses ennemis pouvaient être adroits. Il n'avait cessé de promener son regard à droite et à gauche de la route; puis, grâce aux rayons de la lune qui l'avait caché, il avait remarqué les deux gendarmes qui baissaient le canon de leur fusil, et s'était jeté à terre avant que les détonations ne se fussent fait entendre.

Les balles étaient allées en sifflant se perdre dans le torrent.

Le forçat se releva avec précipitation, mais il n'avait pas fait vingt pas qu'il sentit une main robuste et déterminée s'appuyer sur son épaule; alors il tira un pistolet de sa poche, et se retournant avec la rapidité de l'éclair, il l'appliqua sur la poitrine de son adversaire qui tomba raide mort. Son compagnon accourait, le sabre dégainé, pour venger la mort de son malheureux ami; et d'un coup bien appliqué, il fit au bandit une entaille au front; seulement, l'arme ayant donné un peu à faux glissa sur la tempe et alla entamer l'épaule.

Le forçat ne proféra ni une plainte ni une imprécation, mais il sauta à la gorge de son adversaire, et tous deux se prenant à bras le corps engagèrent une lutte d'autant plus horrible que les efforts qu'ils faisaient l'un et l'autre tendaient fatalement à les entraîner tous deux vers le gouffre ouvert à quelques pas.

Or, pendant que cette lutte commençait dans ces conditions, une voiture de poste, lancée à fond de train, accourait du haut de la montée, traçant à droite et à gauche un large sillon de lumière. Quelques minutes après, elle arrivait sur le lieu du combat.

Le gendarme eut un moment d'espoir.

— A moi! criait-il d'une voix forte et bien accentuée, à moi! arrêtez!...

Il ne prête qu'une oreille distraite au murmure de voix qui s'élève de l'antichambre.

Chose singulière, la chaise de poste s'arrêta instantanément à cet appel inattendu.

Le gendarme, croyant à un secours inespéré, serra encore Léon de plus près; le bandit allait succomber, quand tout à coup un homme s'élança de la voiture, un pistolet à la main, et vint se placer entre les combattants.

Comme il ne semblait éprouver aucune émotion, on eût été tenté de croire qu'il savait d'avance à quelle scène il devait assister pour en précipiter le dénoûment.

Du pistolet dont il était armé, l'inconnu ajusta le gendarme qui, atteint en pleine poitrine, s'affaissa sur lui-même sans prononcer une seule parole.

C'était le dernier acte de cette attaque nocturne. Quand le bandit se vit maître du terrain, il courut à l'homme qui venait de le sauver d'une mort certaine.

— Marcel! s'écria-t-il en tombant dans ses bras, oh! je n'espérais pas te revoir si tôt...

— C'est cependant moi qui ai facilité ton évasion...

— Tu viens donc de Toulon?

— J'y étais hier... mais n'avons pas de temps à perdre... tu vas monter avec moi dans la voiture.

— Oui, mais le postillon?

— Il est à nous.

— Au moins faudrait-il avoir des vêtements de rechange!

— Tu changeras, chemin faisant; j'ai tout ce qu'il faut.

— Ah! je te reconnais là... tu es un homme de précautions.

— Viens donc, Léon, viens... je suis déjà en retard... il faut qu'après-demain je me trouve au rendez-vous du maître.

Les deux frères montèrent immédiatement en voiture sous les yeux du postillon impassible, et la chaise de poste reprit sa course effrénée, laissant les deux cadavres étendus sur le revers du chemin.

Le surlendemain, vers huit heures du soir, Marcel se présentait au numéro 12 de la rue de Babylone dans une tenue irréprochable, mais bien différente de celle dans laquelle nous l'avons vu au début de ce récit, car depuis son arrestation le marquis de Lempsac avait introduit des changements importants dans sa vie.

Léon, arrêté le jour même où il avait tenté d'assassiner madame la duchesse de San Lucar, avait frappé tous les juges par sa ressemblance inouïe avec le marquis, et comme il n'avait pas hésité à prendre pour son compte les crimes dont on chargea celui-ci, un revirement complet ne tarda pas à s'opérer dans l'opinion en sa faveur; la justice elle-même se sentit troublée, au moment de punir, par la crainte de frapper un innocent.

Le marquis de Lempsac fut donc rendu à la liberté par une

ordonnance de non-lieu, et il put rentrer tête haute dans ce monde dont il avait été violemment arraché. Toutefois il comprit qu'en présence de faits aussi graves que ceux qui venaient de s'accomplir, il était tenu à une grande prudence; il sembla prendre tout à coup une résolution énergique, disparut de la scène du monde, et comme si la grâce avait enfin dessillé ses yeux, il renonça ostensiblement à son existence de plaisirs et de désordre pour se livrer à l'étude et à la fréquentation de personnages austères.

Mais comme nous le verrons à l'œuvre, nous n'avons pas besoin d'en dire plus long sur cette transformation; cet homme est du reste un de ceux dont la perversité s'apprécie bien plus par leurs actes que par l'analyse. En se présentant rue de Babylone, il portait une redingote boutonnée, un pantalon noir, des bottes vernies; la pâleur de son visage ressortait davantage sous la couleur sombre de ses vêtements, mais il y avait en lui une telle distinction qu'on ne songeait pas à s'apercevoir de la fatigue dont ses traits étaient empreints.

L'inconnu se leva dès qu'il le vit entrer, et lui tendit la main.

— Tu es en retard, lui dit-il en le faisant asseoir.

— Il y a deux heures, en effet, que je devrais être ici, répondit Marcel, mais j'avais à sauver Léon, et cela en valait bien la peine...

— Est-il à Paris?

— Je l'ai ramené...

— C'est bien... maintenant, c'est de nous qu'il faut s'occuper.

— Je suis tout à vous...

— Tu connais notre but?

— Sans doute, et depuis deux mois j'y ai travaillé.

— Je le sais...

— Seulement j'avais à m'observer... je savais que les regards étaient fixés sur moi; il fallait prendre des précautions... mais aujourd'hui le bruit qu'a soulevé l'affaire de Vivonne est apaisé, et je me sens disposé à recommencer.

— Où est Mistral?

— A Brest... il nous gênerait à Paris...

M. Lemoine, pour échapper aux voleurs, s'était fait accompagner à son départ de Californie.

— Et l'Aveugle?

— A la Villette, où il embauche pour mon compte...

— L'affaire du *Lapin blanc* marche-t-elle?

— Ce soir même on frappe les premières effigies.

— Allons, tu n'as pas perdu ton temps... mais de l'autre côté il importe de veiller au grain... car le moment approche, et si nous nous endormions, nous pourrions être distancés...

— Que devient Louise?

— Rien encore... nous t'attendions.

— Comment va sa mère?

— Fort mal.

— Et quand pourrai-je m'y présenter?

— Ce soir même... le médecin que nous y avons envoyé a paru désirer une consultation, et dans un instant il va venir te prendre.

— Mais ne peut-il pas se faire que j'y rencontre le peintre Stevens?... il me connaît... et peut-être...

— Ne crains rien... nous avons pensé à cela... il importait d'éloigner de Louise toutes les personnes qui pouvaient nous faire obstacle, nous avons commencé par maître Polydor.

— Qu'en avez-vous donc fait?

— Sous prétexte de portraits à faire et sur lesquels on lui offrait de fortes avances, nous l'avons envoyé à Marseille.

— Et Finette?

— Elle n'était pas éloignée d'accepter les propositions de M. Dumollard qui voulait la retenir, mais elle a reculé au moment de donner des arrhes; Dumollard s'est fâché, elle est partie...

— Alors, Louise est seule?

— Absolument seule...

— La situation est bonne, maintenant le reste me regarde... Sir Ralph, avant un mois l'affaire sera terminée...

— Il s'agit, je le répète, d'une somme de trente millions.

— Je ne l'ai pas oublié.

— La moitié revient de droit à l'association... mais avec le reste on peut vivre honorablement dans tous les pays du monde civilisé.

Marcel sourit et s'inclina.

La porte venait de s'ouvrir; un valet était venu prévenir que le médecin attendait M. le marquis de Lempsac. Celui-ci se hâta de sortir.

Il y avait un mois, à peu près, que la pauvre mère de Louise était alitée... ce n'avait été d'abord qu'une indisposition légère, mais sa fille avait perdu la tête, dans l'abandon où elle se trouvait; un médecin était venu à son appel; depuis un mois, elle voyait avec un amer désespoir que le mal faisait chaque jour des progrès nouveaux.

Louise avait bien souffert !

Toutes les journées, toutes les nuits s'écoulaient, sans qu'aucune personne amie vînt s'asseoir à ses côtés, et partager son chagrin...

Depuis plus de deux mois, elle n'avait pas revu Madeleine !... et nous le savons, Stevens et Finette l'avaient quittée... Morgan était parti !...

La pauvre enfant avait bien pleuré !

Pourquoi sa sœur n'était-elle pas revenue, depuis le jour fatal où elle l'avait rencontrée dans cette horrible maison de la Cité, dont le souvenir seul lui donnait le frisson... Sans se rendre bien compte du sentiment qu'elle éprouvait, la jeune fille ne pouvait s'empêcher de plaindre Madeleine... elle ne la croyait pas heureuse, et ce n'est qu'avec une sorte de répulsion singulière, qu'elle se rappelait les atours de mauvais goût dont elle était affublée ce soir-là !...

Ah ! que n'eût-elle pas donné cependant, pour la tenir étroitement embrassée sur son cœur, pour la faire asseoir, ne fût-ce qu'une heure, au chevet de sa mère malade, pour la gronder bien doucement de son indifférence et de son oubli !...

Mais si le souvenir de Madeleine pesait douloureusement sur sa pensée, celui de Morgan exerçait sur son cœur une pression bien autrement puissante !... De tous les sentiments qui oppriment le cœur humain, l'amour est sans contredit le plus injuste, le plus aveugle et le plus tyrannique.

C'est ainsi que la pauvre et chaste fille passait toutes ses journées, bien souvent la nuit, couchée sur un lit de sangle, à côté du lit de sa mère ; elle se réveillait en sursaut, croyant entendre prononcer son nom par une voix qu'elle ne pouvait avoir encore oubliée.

Quand le marquis de Lempsac pénétra dans le modeste logement de Louise, elle était assise au chevet de sa mère, et lui préparait une boisson, ordonnée le matin même par le médecin.

Elle se leva toute troublée à la vue de Marcel.

Ce dernier l'enveloppa de son plus doux regard, et la salua avec une politesse exquise...

— Ne vous dérangez pas, mon enfant, lui dit-il d'une voix pénétrante en se dirigeant vers le lit.

Puis, il prit aussitôt le bras de la malade, dont il parut consulter le pouls avec une profonde attention.

Louise épiait minutieusement sa pensée sur ses traits, à plusieurs reprises son cœur se serra, car elle le vit froncer le sourcil et faire un mouvement inquiet. Après cet examen, Lempsac reposa doucement le bras de la malade et, s'approchant de la jeune fille :

— C'est votre mère ? lui demanda-t-il avec intérêt, et en l'entraînant insensiblement dans la première chambre.

— Oui, monsieur, répondit Louise.

— Depuis combien de temps est-elle alitée ?

— Depuis un mois.

— Et c'est vous qui la veillez ?

— Je ne la quitte jamais.

— Sans doute, vous obéissez à un sentiment que j'approuve ; mais enfin, ces veilles continues, ces travaux pénibles, tout cela finira par altérer votre santé...

— Ah ! qu'importe, monsieur, si je sauve ma mère... s'écria la pauvre enfant.

— Assurément, mademoiselle... mais si vous ne la sauvez pas ?... Voyons, je ne veux pas vous effrayer... mais, n'avez-vous pas, près de vous, quelqu'un qui puisse vous suppléer, vous aider... j'avoue que je ne vous vois pas sans appréhension toute seule auprès de votre chère malade.

— Vous la trouvez donc bien mal ?...

— A cet âge, il faut tout craindre, mon enfant.

— Mais jamais on ne m'avait parlé ainsi... je croyais à une indisposition légère... et voilà que vous dites que ma pauvre mère...

Louise courut vers le lit de sa mère ; elle y trouva un médecin, que Lempsac avait amené avec lui, et qui, à la prière du marquis, s'était tenu à l'écart pendant la scène que nous venons de raconter ; il était occupé à donner à la malade la potion préparée par elle-même !...

Marcel avait pris son chapeau ; il ouvrit la porte pour sortir et resta stupéfait en trouvant Isaac sur le seuil.

— Monsieur de Lempsac... fit l'usurier en s'inclinant.

— Mon enfant, fit Marcel en se retournant vers Louise, on vient vous chercher ; je sors avec le docteur, votre mère passera une bonne nuit, je l'espère, et demain, je serai ici de bonne heure... mais jusque-là, je vous en prie, ne recevez personne... le moindre bruit pourrait être dangereux... notre chère malade

a besoin de repos... et demain, je viendrai voir comment elle aura passé la nuit.

— A demain donc, monsieur, dit la jeune fille.

Lempsac ferma la porte, puis, entraînant Mayer sur ses pas, il le força à le suivre sur le palier.

— Isaac, lui dit-il d'une voix ardente, que viens-tu faire ici, à cette heure, chez cette jeune fille ?...

— Que t'importe, marquis, fit Mayer avec un ricanement.

La main de Marcel chercha un poignard dans la poche de son paletot, mais presque aussitôt il s'aperçut qu'il allait faire fausse route, et d'un ton plus calme :

— Je te forcerai bien à le dire, continua-t-il.

— Tu crois cela ?

— J'en suis sûr.

— Eh bien, c'est ce que nous verrons.

Et, passant devant le faux médecin qui accompagnait Lempsac, il alla résolument frapper à la porte de Louise.

Le marquis fit un signe à son compagnon, et descendit l'escalier ; mais, avant de monter en voiture, il se tourna vers son complice :

— Tu vas te rendre auprès d'Olga à l'instant même... tu lui diras que ce soir, dans une heure peut-être, elle recevra enfin la visite de son mystérieux protecteur, auquel elle doit sa nouvelle fortune ; ne lui fais connaître ni mon nom, ni rien qui puisse lui faire soupçonner qui je suis... C'est une fille dont il faut surtout frapper l'imagination, c'est en agissant avec elle, ainsi que nous l'avons fait jusqu'à présent, que j'en obtiendrai ce que je veux... tu m'as compris.

— Parfaitement.

Depuis plus de deux mois, Olga habitait le somptueux appartement dans lequel elle avait été installée. D'abord, ce n'avait été qu'en tremblant qu'elle avait accepté les richesses dont on la comblait... Cette fortune qui lui était venue si inopinément lui semblait tellement singulière qu'elle ne pouvait se faire à l'idée qu'elle ne la devait pas à quelque surprise, et elle s'attendait toujours à voir s'écrouler les beaux rêves qu'elle formait sur cette base si fragile. Le jour encore, elle se sentait courageuse ; elle allait et venait à travers ses appartements, couvrait ses épaules de dentelles, se faisait traîner dans sa calèche, par deux beaux chevaux gris-pommelés, et n'avait pas une heure d'ennui ou d'appréhension !... Le soir, elle avait des loges à l'Opéra ou aux Italiens, où elle étalait insolemment le luxe écrasant de ses toilettes tapageuses ; on la trouvait belle, on l'enviait... Mille propos couraient sur son compte, et cela l'amusait... les uns prétendaient qu'elle était entretenue par un prince indien, lequel était amoureux fou de la jolie fille ; d'autres, assuraient qu'elle arrivait en droite ligne des pays aurifères, où elle avait ruiné un certain nombre de chercheurs d'or... Ce qu'il y a de certain, c'est que son luxe éveillait au plus haut degré la curiosité publique, et pour Olga, c'était là un triomphe qu'elle appréciait plus que tout autre !

Mais quand la malheureuse fille, rentrée dans son appartement, se retrouvait tout à coup seule, au milieu de l'ombre et du silence de la nuit, elle s'épouvantait de cet étrange bonheur qui lui était arrivé... elle éprouvait des peurs inouïes au moindre bruit qu'elle entendait, puis elle rêvait des scènes atroces, son sommeil était souvent troublé de cauchemars terribles ; plus d'une fois, réveillée en sursaut, elle crut voir à la clarté douteuse de la lampe d'albâtre suspendue au plafond, de longues traces de sang sillonner les tentures blanches de sa chambre !...

Il faut lui rendre cette justice, que depuis qu'elle était riche, elle n'avait pas oublié Louise... à plusieurs reprises, elle avait voulu se rendre auprès d'elle, mais la honte, la crainte, l'avaient retenue... elle ne savait comment expliquer à sa sœur sa récente et rapide fortune... elle craignait ses questions candides, et elle eût voulu au moins détourner ses soupçons, en lui présentant un semblant de mari qui justifiât sa position.

Mais jusqu'alors, Olga en était elle-même réduite aux suppositions ; personne n'était encore venu la voir ; elle vivait seule, son protecteur inconnu demeurait enveloppé de mystère, et c'est en vain qu'elle avait essayé de faire parler la jeune fille qui lui servait de femme de chambre. Un soir, qu'elle pensait à Louise et à sa mère, il lui semblait, aux battements de son cœur, qu'elle était à la veille de quelque grand événement ; dix heures venaient de sonner... elle avait peur au milieu de la solitude qui l'entourait. Lorsque le timbre de l'antichambre retentit... quelques secondes après, sa femme de chambre vint lui annoncer la visite du seul homme qu'elle ait encore vu.

Ce dernier s'inclina et vint prendre place à côté de la jeune femme.

— Il y avait quelque temps que vous n'étiez venu, dit Olga, sans songer à faire un reproche de cette question.

— En effet, madame, quelques affaires importantes m'ont retenu, et puis j'attendais de jour en jour l'arrivée de votre protecteur.

Olga réprima un mouvement de surprise, et une subite rougeur colora ses joues.

— Enfin! dit-elle, je vais donc connaître celui à qui je dois toutes ces richesses.

— N'espériez-vous pas le voir?

— Oh! je ne sais... les mystères dont il s'entoure, son indifférence à mon égard avaient piqué ma curiosité...

— Il n'était pas à Paris.

— Mais il me connaissait.

— Sans doute...

— Et il est jeune, au moins?

— Trente ans.

— Est-il bien de sa personne?

— C'est un des cavaliers les plus accomplis de la capitale.

La jeune femme se tut; son cœur battait. Au fond, elle se trouvait singulièrement flattée de cet amour qu'elle croyait avoir inspiré, et s'étonnait naïvement d'avoir affaire à un jeune homme où elle croyait trouver un vieillard.

— Aussi, il va venir, reprit-elle après un moment de silence.

— Avant une heure, madame.

— C'est sans doute lui qui vous a dit de me prévenir?

— Lui-même!...

— Seriez-vous assez bon pour me dire son nom?

— Il vous le dira lui-même.

Olga eut un moment d'impatience.

— Soit! dit-elle, je l'attendrai; mais c'est égal... j'aurais voulu être prévenue plus tôt; au moins, je me serais préparée à lui faire les honneurs de cet appartement... et...

— Oh! qu'à cela ne tienne, et rassurez-vous, mon enfant... votre protecteur passera à peine une heure près de vous; seulement le temps de s'assurer que ses ordres ont été fidèlement exécutés.

En parlant ainsi, l'homme s'était levé; il serra les mains de la pécheresse avec intérêt et gagna la porte sans que la jeune femme songeât à le retenir ou à lui adresser d'autres questions. Alors elle passa à diverses reprises devant son armoire à glace, et examina sa toilette avec une grande et minutieuse attention. Depuis deux mois de luxe et de bien-être, ses traits s'étaient reposés, sa peau avait recouvré sa blancheur et sa souplesse; ses lèvres étaient redevenues roses et fraîches. Sa toilette lui allait d'ailleurs à ravir.

Sa robe de soie à volants de dentelle dessinait les grâces opulentes de sa taille; son corsage laissait à nu ses belles épaules rondes et blanches; ses cheveux, coiffés avec art, encadraient harmonieusement le pur ovale de son visage.

Aussi, quand elle se fut regardée deux ou trois fois, un sourire de satisfaction effleura ses lèvres; puis elle alla se jeter nonchalante sur la causeuse placée auprès du foyer, en se disant qu'après tout elle valait bien les folies qu'avait faites son étrange amoureux.

— Dans une heure, lui avait-on dit.

Onze heures sonnaient, en effet, quand le timbre retentit de nouveau; à ce moment, bien qu'elle y fût préparée, sa poitrine se prit à battre violemment, et son regard se fixa avec une fixité fiévreuse sur la porte qui communiquait de sa chambre à son salon.

Elle entendit alors une voix qui causait avec la femme de chambre; puis des pas traverser la pièce contiguë, puis enfin la porte s'ouvrit, un homme entrait!...

Olga poussa un cri épouvanté, pâlit affreusement en portant ses deux mains sur ses yeux:

— Lui! lui! balbutia-t-elle plus morte que vive.

— Vous avez peur de moi, mon enfant, lui dit le marquis de Lempsac d'un ton de doux reproche, et cependant vous n'êtes entourée ici que des preuves de mon affection. J'ai laissé le temps de vous habituer à cette nouvelle existence, avant de me présenter à vous, et, aujourd'hui même, je suis disposé à ne vous rien demander que la femme la plus honnête ne puisse accorder à un ami.

La jeune femme leva les yeux sur Marcel; le ton dont il lui parlait était si tendre et si digne, sa voix était si douce, il y avait enfin dans l'expression de sa physionomie tant de bonté et de dévoûment, que, malgré les préventions qu'elle nourrissait depuis longtemps contre cet homme, elle sentit son épouvante se calmer, puis elle s'étonna bientôt de ne remarquer en lui qu'une exquise distinction...

Elle frissonna...

Comme toutes les femmes de ce monde interlope dans lequel elle avait vécu, la pécheresse était particulièrement coquette, et à travers l'étrangeté de sa situation, elle ne put se défendre d'un grand sentiment d'orgueil, en songeant qu'elle avait en ce moment devant elle un homme qu'elle devait trouver beaucoup mieux que tous ceux qu'elle avait connus jusqu'alors.

Cet homme était riche, élégant, et, depuis plusieurs mois, il avait payé ses moindres caprices avec une générosité et une discrétion rares... l'amour seul pouvait expliquer une pareille conduite, et l'on concevra facilement combien, dans l'état de dégradation où elle était tombée naguère, Olga devait être flattée des attentions de Marcel, elle qui avait pu se contenter de Mistral! La vierge folle ne se demanda pas en ce moment à quelles ressources mystérieuses cet homme devait sa fortune présente.

Olga était là sur une pente dangereuse; Lempsac exerçait sur elle sa fascination ordinaire, et, involontairement, elle se prit à sourire des frayeurs qui l'avaient un moment envahie.

— Pardonnez-moi, monsieur, répondit-elle, encore toute frémissante, mais il y a dans le passé un souvenir qui m'épouvante!...

— Lequel, mon enfant?

— Gustave!...

L'œil du marquis lança un éclair.

— Gustave était un traître, répondit-il d'une voix énergique, il devait mourir; mais pourquoi évoquer un passé qui est loin de nous, et qui ne pourrait que nous éloigner l'un de l'autre, en nous inspirant une mutuelle défiance... Occupons-nous du présent, préparons l'avenir; vous êtes riche en ce moment, et rien ne s'oppose à ce que vous le soyez toujours... jouissez de votre luxe sans appréhension, et ne cherchez pas même à deviner à quel sentiment vous le devez... qu'il vous suffise de savoir que vous ne courez ici aucun danger, et que le jour où je viendrais à vous manquer, votre existence ne s'en trouverait pas moins assurée.

— Soit! dit Olga en tendant la main à son bienfaiteur, je me sens déjà moins troublée après ces explications, et malgré la singularité de cette position, je tâcherai de m'y faire.

— Au surplus, dit encore Marcel, vous avez mille moyens de vous distraire, et de donner un aliment à votre activité.

— Lesquels?... fit la jeune femme.

— N'avez-vous pas une famille...

— Mon père est parti il y a longtemps, pour fuir la misère qu'il laissait derrière lui; et depuis quinze ans, on ne sait ce qu'il est devenu... mais j'ai une mère infirme et une sœur qui travaille pour la soutenir; elles sont bien malheureuses, monsieur, et plus d'une fois, je l'ai su, l'argent a manqué à la maison...

— Il faut leur venir en aide.

Olga remua la tête:

— Oh! Dieu m'est témoin que c'est le plus cher de mes désirs... répondit-elle avec élan, mais si ma mère se doutait... que cet argent est le prix de ma honte, elle ne me pardonnerait jamais!

Marcel parut réfléchir.

— Voyons, reprit-il peu après, nous tâcherons d'arranger cela: où demeure votre mère?

— Rue de Babylone, numéro 12.

— Mais votre sœur s'appelle Louise... n'est-ce pas? fit Lempsac en feignant la surprise la plus profonde.

— Vous la connaissez donc?

Un sourire d'une singulière expression vint plisser les lèvres du marquis.

— Oui, mon enfant, je la connais.

— Ah! c'est une sainte, elle, fit la pécheresse avec un regard de bonheur.

Marcel remua la tête, un sentiment étrange se peignit sur ses traits.

— Certes, répondit-il presque aussitôt, je crois, comme vous, que votre sœur est bonne et dévouée, mais cette enfant a été élevée par une mère qu'elle n'a jamais quittée, elle est restée sage jusqu'à ce jour, la vertu est souvent peu indulgente pour le désordre... et vous êtes dans une position qui ne vous permet guère d'espérer de pardon auprès de Louise...

— Elle vous a donc parlé de moi?

— Non, mais croyez-moi, ne comptez que modérément sur elle...

Puis, comme Olga courbait le front et pressait sa poitrine gonflée?

— Voyez-vous, continua le marquis, il faut en prendre résolument son parti! Ce qui fait précisément la force des femmes de votre monde, ma chère, c'est l'insouciance avec laquelle elles accueillent les dédains dont elles sont l'objet, et l'indifférence qu'elles affectent, même pour les femmes qui les méprisent...

— Louise ne me méprise pas! s'écria la pauvre femme hors d'elle-même.

— Vous le croyez...

— Ce serait calomnier son cœur.

— Soit! Je ne veux pas vous enlever cette illusion... mais si vous voulez ajouter foi à mes conseils, ne dites jamais à Louise ce que vous faites, et surtout ne cherchez pas à lui faire partager un luxe qu'elle repousserait, j'en suis sûr, avec énergie.

Marcel regarda la pendule qui marquait près de minuit, et alla prendre son chapeau.

Olga, encore toute troublée de ce qu'il venait de lui dire, le regarda avec étonnement.

— Vous partez! monsieur, dit-elle avec un certain dépit contenu.

— Il le faut... répondit le marquis du bout des lèvres.

— Mais je vous reverrai.

— Oui, bientôt.

— Et d'ici là, que faut-il que je fasse?

— Tout ce que votre caprice vous conseillera... allez au bal, au théâtre, au bois!... faites-vous belle, soyez heureuse, et croyez que je ne vous demanderai jamais ce que vous aura coûté votre bonheur.

— Alors, vous n'êtes pas jaloux... fit la jeune femme avec une imperceptible rougeur.

— Moi! répondit Lempsac avec enjouement, pourquoi le serais-je... je ne suis pas votre amant... peut-être ne suis-je pas même destiné à le devenir jamais, n'ayez donc aucune appréhension ni aucun scrupule de ce côté.

Puis, faisant un signe amical et froid à la jeune femme, il gagna la porte de l'antichambre, dans laquelle trois grands laquais en livrée splendide s'amusaient à échanger des cancans sur le compte de leur nouvelle maîtresse.

II

PAUVRE FEMME, PAUVRE FILLE

Il était minuit! les magasins de la Chaussée-d'Antin commençaient à se fermer... l'homme du *Lapin blanc* renvoya la voiture qui l'avait amenée, alluma un cigare, et prit à pied le chemin du faubourg Saint-Germain. Il avait depuis quelques heures des appréhensions sérieuses qu'avait fait naître en lui la rencontre d'Isaac dans la maison habitée par Louise.

Il s'attendait bien, en rentrant dans la vie parisienne, à se trouver quelque jour en face de l'usurier et de sa femme, deux ennemis acharnés; Isaac devait avoir eu connaissance du secret de Louise, là était le danger; que faire en pareille occurrence? car le juif pouvait tout perdre en effet.

L'emploi des moyens violents lui était provisoirement interdit; il fallait, pendant quelque temps, user de prudence et faire oublier un passé dangereux, il ne pouvait donc songer à se défaire de son adversaire.

Car, depuis l'incendie du château de Vivonne, Marcel était seul à Paris; Léon ne s'y trouvait que depuis quelques heures seulement... Mistral était au bagne, où il y restait, de crainte que sa liaison avec Olga ne le gênât; quant à Saverny, il avait disparu et n'avait pas donné signe de vie.

Tout en réfléchissant à ces difficultés de la position, notre homme avait gagné les quais, et machinalement, par la force de l'habitude, il s'était dirigé vers le *Lapin blanc*. Une idée lui vint alors!... qui sait... il y avait quelque temps déjà qu'il n'avait mis les pieds au célèbre caboulot, peut-être trouverait-il ce qui lui manquait. L'Aveugle, qu'il revoyait de temps à autre, avait dû s'occuper de lever de nouvelles recrues, et par lui, il pouvait apprendre bien des choses qu'il ignorait... puis, il faut tout dire, une certaine attraction attirait notre personnage vers ce lieu mal famé; il avait comme la nostalgie de ce centre d'infamies.

Il s'engagea donc dans la rue Saint-Éloi, mais, à l'angle de l'impasse Saint-Martial, il se sentit heurté rudement par un homme qu'il n'avait pas remarqué; ce dernier ayant jeté un rapide coup d'œil autour de lui, pour s'assurer vraisemblablement que la rue était bien déserte, se jeta sur Marcel, en le menaçant d'un casse-tête qu'il brandissait au-dessus de sa tête.

Lempsac fit un écart, saisit adroitement le bras de l'assaillant, et de son poignet de fer il l'obligea à lâcher prise, puis l'envoya tomber sur le pavé anguleux de la rue.

La chute arracha un cri de douleur à son adversaire.

— Allons! dit Marcel sans paraître autrement ému du danger qu'il venait de courir, il paraît que tu ne sais pas encore très-bien ton métier... lève-toi... prends cette pièce de monnaie et suis-moi.

— Mais je ne me trompe pas, s'écria le bandit qui s'était relevé, c'est toi... marquis...

Celui-ci se prit à considérer son homme à la clarté douteuse d'un réverbère.

— Saverny! dit-il à son tour.

— Sans doute.

— Et depuis quand es-tu à Paris?

— Depuis huit jours.

— Pourquoi n'es-tu pas venu me trouver?

— Je ne voulais pas te compromettre.

— C'est d'un bon sentiment... mais que fais-tu?

— Tu le vois.

— Notre premier métier... seulement tu le fais mal...

— Dame!... on n'a pas toujours la chance de tomber sur un gaillard comme toi.

Pendant qu'ils échangèrent ces paroles, Lempsac s'était mis à détailler le costume de son ami, un sourire équivoque vint effleurer ses lèvres.

— Hum! dit-il, on ne reconnaîtrait pas facilement le comte de Saverny sous ses vêtements en guenilles.

— Tant mieux... car je ne demande pas ce que l'on me reconnaisse.

— Cependant tu t'y exposes...

— Eh! que veux-tu?... J'étais à l'étranger... j'ai voyagé depuis plusieurs mois, j'ai visité Londres, Bruxelles, Hombourg, Bade, Vienne, que sais-je, toutes les capitales du monde civilisé... mais il n'y a qu'un Paris au monde; le mal du pays m'a pris, et je suis revenu...

— Tu as bien fait, cher ami, je voudrais causer avec toi... seulement, on pourrait nous surprendre ici, et il n'est pas prudent d'y rester...

— Qu'à cela ne tienne! j'ai ici près mon appartement, et si tu veux, cher marquis, nous pouvons y monter.

— Va donc, je te suis.

Saverny prit alors les devants, gagna une porte qu'il ouvrit, enfila une allée sombre, et commença à gravir un escalier roide, le long duquel régnait une corde graisseuse qui témoignait d'un fréquent usage.

L'ascension dura cinq minutes... il y avait cent vingt marches... le comte de Saverny demeurait au sixième étage, dans une sorte de galetas, au fond duquel il y avait une botte de paille pour tout ornement, et qui ne recevait le jour que par une étroite fenêtre en tabatière.

Quand il eut allumé une maigre chandelle, Marcel jeta un regard sur le galetas.

— Diable!... dit-il avec enjouement, on croirait presque que tu es devenu vertueux, depuis notre séparation.

— Oui, mon cher, et depuis huit jours j'ai déjà eu le temps de faire quelques économies... ce qui prouve que le métier ne va pas encore trop mal.

Et sur ces mots le bandit alla prendre de dessous la botte de paille un sac d'honnête dimension, dans lequel il fit voir une cinquantaine de pièces d'or.

— Et toi! dit-il alors à son ami, que fais-tu maintenant?

— Une grande affaire! répondit Marcel.

— Et la comtesse?

— Elle a disparu... les héritiers du comte l'ont dépossédée; elle doit être réduite à la misère...

— Alors tu ne t'en occupes plus?

— J'ai bien autre chose en tête...

— Quoi donc?

— Je te raconterai cela... aujourd'hui je suis un peu soucieux, car j'ai fait la rencontre de Mayer, qui ne laisse pas de me préoccuper.

— Et tu en as peur?

— Tu en parles bien à ton aise, toi...

— Mais je l'ai revu; je sais où il demeure, ce qu'il fait... comment il s'appelle...

— Il a donc changé de nom?...

Saverny jeta un joyeux éclat de rire.

— D'abord, reprit-il aussitôt, maître Isaac Mayer s'appelle aujourd'hui le baron de Strevi... une baronnie qu'il a achetée en Italie, et qui ne lui a pas coûté cher; ensuite, il est marié à mademoiselle Isabelle de Ramon, et demeure rue du Helder, où il fait le métier de banquier interlope.

— Tout cela est bon à savoir... je le verrai avant peu ; mais d'ici-là il faut que tu abandonnes le misérable métier que tu fais...

— Je ne demande pas mieux.

— Et tu quitteras ce taudis...

— Oh ! quant à cela, c'est impossible.

— Pourquoi ?

— Cette mansarde m'est très-utile, et je la garde... qui sait ! peut-être en aurons-nous besoin quelque jour pour nous y cacher, et si même nous y étions poursuivis, elle nous offrirait par les toits la chance d'une fuite certaine.

— Comme tu voudras.

— Quand te reverrai-je ?

— Demain soir... mais auparavant je t'enverrai l'Aveugle.

— A demain alors...

Marcel regagna son domicile, l'esprit plus tranquille à la pensée qu'il venait de retrouver un homme dont il était sûr, et du dévouement duquel il ne pouvait douter. Bien que le souvenir d'Isaac revint le préoccuper plus d'une fois, cependant la journée avait été bonne, il ne tarda pas à s'endormir d'un sommeil paisible et calme.

Le lendemain, quand il se réveilla, sa première pensée fut pour Louise ; il lui avait promis de la venir voir. Lui-même avait hâte de savoir ce qui s'était passé, et était résolu d'ailleurs à mener vivement cette affaire. Il s'habilla à la hâte, donna quelques ordres à son domestique, le fidèle cocher qui l'avait accompagné dans son expédition de Toulon, et se rendit rue de Babylone, numéro 12. Dès que la jeune fille l'aperçut, elle courut à lui tout éplorée.

— Ah ! venez ! venez ! monsieur, lui dit-elle les yeux pleins de larmes, si vous saviez avec quelle inquiétude je vous attendais...

— Qu'y a-t-il donc ? demanda Marcel avec intérêt.

— Mais ma pauvre mère est plus mal...

— La nuit a donc été mauvaise ?

— Oh ! j'ai eu bien peur.

— Et vous étiez seule ?...

Lempsac s'était approché du lit de la malade. Il lui prit le bras, et se tourna vers la jeune fille comme pour l'inviter à répondre à sa question.

— Seule ! non, répondit Louise ; vous m'aviez recommandé de ne recevoir personne, mais à peine avez-vous été parti qu'un homme s'est présenté, qui a demandé à parler à ma mère... je ne voulais pas le recevoir, mais il a tellement insisté que je l'ai reçu.

— Et qu'a dit cet homme ?

— Il a parlé de mon père, qui nous a quittées voilà une quinzaine d'années, et qui est mort en pays étranger... Il prétend, je crois, qu'il a laissé une fortune considérable, mais je n'avais pas ma tête à ce moment... ma mère écoutait avec avidité ; sa poitrine sifflait, et c'était comme un râle affreux ; j'ai supplié cet homme de se retirer... Il est parti après être resté plus d'une heure... mais le mal était fait, voyez-vous !... et quand je me suis trouvée seule, j'ai vu tout d'un coup ma mère se dresser sur son lit, et m'appeler à ses côtés... c'était horrible !... son œil était hagard, sa main tremblante se tournait vers moi... « Louise, m'a-t-elle dit, Louise, nous allons être riches... ton père l'avait bien promis... il ne nous avait quittées que pour aller faire fortune là-bas, où ils vont tous... Ah ! cette fortune, c'est pour toi, pour toi seule, entends-tu ? » Que sais-je encore ?... l'émotion était trop forte... elle ne put la supporter longtemps, et bientôt elle retomba sur son lit, épuisée, sans force, sans vie, sans souffle... si bien que je la crus morte, je jetai un cri qui dut retentir dans toute la maison.

— Et vous avez passé la nuit ainsi ? demanda le bandit pendant que Louise essuyait ses larmes.

La pauvre enfant eut un sourire angélique :

— Non, répondit-elle, non, monsieur, car le cri que j'avais poussé fut entendu d'une pauvre femme qui demeure à côté de nous, et presque aussitôt je l'entendis qui frappait à la porte.

— Et quelle est cette femme ?

— Je l'ignore, car elle n'habite cette maison que depuis quelques jours seulement ; mais si vous saviez avec quel dévouement elle a soigné ma mère, avec quelle douceur elle m'a parlé ! si vous l'aviez vue pleurer avec moi ! et pourtant elle paraît bien souffrante elle-même ; mais elle avait oublié ses propres douleurs pour ne songer qu'à la mienne... et jusqu'au jour elle est restée près de moi...

En ce moment, quelques coups furent frappés discrètement à la porte.

— C'est elle ! fit la jeune fille qui courut ouvrir précipitamment.

Une femme, vêtue pauvrement, entra ; un châle modeste couvrait ses épaules, une robe d'étoffe brune serrait sa taille délicate ; ses traits paraissaient fatigués, son visage était pâle et maigre ; mais sous son accoutrement qui accusait une gêne évidente, on devinait une certaine distinction native. Elle salua Louise par un doux sourire, et l'accompagna jusqu'au lit de la malade, auprès duquel se tenait le marquis. Le premier regard de Gabrielle fut pour ce dernier, qu'elle reconnut parfaitement.

Elle n'eut d'abord que la force de jeter un cri d'épouvante, de se voiler les yeux de ses mains comme si elle eût voulu éviter le spectacle d'une hideuse et terrible apparition.

— Lui ! lui ici ! s'écria-t-elle avec une sorte d'égarement et en désignant le docteur, qui, avec un rare sang-froid, feignait de ne rien comprendre à la chose.

Cette femme, c'était la comtesse de Vivonne.

Quelques jours après l'incendie du château et de la mort du comte, au moment où les héritiers de ce dernier, après avoir fait constater qu'aucun testament ou contrat n'existaient en faveur de la comtesse, s'emparaient des biens du défunt. Madame de Vivonne avait fui sans qu'on eût pu savoir quel chemin elle avait pris. C'était une nature particulièrement tendre et craintive ; elle avait eu peur, et puis, au terrible souvenir de ce qui s'était passé durant cette nuit fatale, le remords et la honte ne l'avaient plus quittée. Enfin, elle avait surtout voulu éviter d'être grossièrement jetée à la porte par les cupides héritiers de son mari. A Paris, elle avait cherché un quartier tranquille, une rue calme, une maison paisible ; le numéro 12 de la rue de Babylone lui avait plu. Elle y avait loué une modeste chambre où elle vivait assez misérablement du produit de la vente de quelques bijoux qui lui restaient. La pauvre Gabrielle était courageuse ; elle acceptait d'ailleurs cette vie nouvelle de privations comme une expiation de la faute qu'elle avait commise. Il lui semblait que si elle supportait avec résignation cette rude épreuve qui lui était imposée, Dieu lui pardonnerait peut-être le crime qui lui inspirait de si terribles remords.

Louise était restée stupéfaite en considérant la comtesse et Marcel ; son regard allait alternativement de l'un à l'autre sans comprendre le mouvement d'effroi qui était échappé à la jeune femme.

— Vous connaissez donc le docteur ? dit-elle à Gabrielle.

— Lui ! lui ! répéta cette dernière avec un frisson, oh ! Dieu ne m'a pas encore pardonné, puisqu'il me réservait une telle rencontre...

— Madame ! dit de nouveau la jeune fille.

— Non... laissez, mon enfant, fit Lempsac en souriant, madame se trompe sans doute ; elle est abusée peut-être par quelque ressemblance.

— Oh ! sa voix ! sa voix ! murmura madame de Vivonne d'un ton égaré.

Puis, comme si elle eût été saisie par une idée soudaine, elle se redressa tout à coup le front menaçant et le regard plein d'éclairs :

— Écoutez ! mademoiselle, dit-elle d'une voix ardente, il se passe ici quelque chose de mystérieux et d'étrange... c'est Dieu qui m'a envoyée près de vous pour vous préserver d'un grand malheur !... Louise ! croyez-moi, cet homme veut votre perte.

— Mais je le connais à peine, répondit la jeune fille ; je l'ai vu hier pour la première fois...

— Oui, mais moi je le connais, cet homme ! il est venu vers moi, et c'est lui qui amenait le vol, l'incendie, la honte !... Ah ! il a pu tromper les juges, il a pu détourner les soupçons ; mais je le connais, vous dis-je, et sur Dieu qui m'écoute, je jure que cet homme est un misérable !

Ces paroles étaient dites avec un tel accent d'autorité et une conviction si pénétrante, que Louise se sentit un moment ébranlée, et qu'elle n'osa plus lever les yeux vers le médecin.

Gabrielle s'était laissée tomber sur une chaise, et donnant un libre cours à ses larmes, elle semblait tout entière à son âpre désespoir. C'était la première fois qu'un pareil spectacle s'offrait aux regards de Louise, et tout son cœur se brisa à la vue de cette douleur navrante. Le marquis vit le danger de cette situation, et ne voulant pas laisser la jeune fille sous cette impression, il s'approcha d'elle.

— Louise ! dit-il à voix basse, écoutez-moi... je reconnais maintenant cette femme ; et il examinait attentivement la comtesse. Pauvre femme ! que le malheur et sans doute aussi la misère l'ont changée, ajouta-t-il avec compassion.

— Qui donc est-elle ? monsieur.

— Une malheureuse à qui des événements récents ont fait perdre la raison... Ne voyez-vous pas combien son regard est troublé, comme sa voix est saccadée... elle est folle, vous dis-je.

— Mais alors comment se trouve-t-elle ici ?

— Vous avez entendu parler de l'incendie du château de Vivonne ?

— Oui, monsieur.

— Eh bien, cette femme que vous avez devant vous n'est autre que la comtesse.

Louise pâlit, et son regard se tourna avec moins de compassion vers la malheureuse que la douleur brisait.

La jalousie venait de la mordre au cœur.

Cette femme, Morgan l'avait aimée; pour elle, il avait tout oublié; à cause d'elle, il avait repris sa vie de voyages et de dangers. Et un sourire amer plissa les lèvres de la pauvre enfant. Qui sait, pensait-elle, si Morgan n'avait pas aimé la comtesse de Vivonne, peut-être eût-il pu l'aimer, elle. Tout au moins ne serait-il pas parti; et dans l'état d'abandon et d'isolement où elle se trouvait, sa présence lui eût fait tant de bien ! Une mauvaise pensée lui vint alors, et à sa suite un mauvais sentiment; elle n'était pas méchante pourtant, mais elle aimait Morgan avec tout son cœur, et ne vit pas peut-être sans un certain mouvement de joie secrète l'abaissement dans lequel était tombée celle qui avait fait souffrir l'homme qu'elle aimait.

Quand madame de Vivonne s'aperçut bien vite de ce changement, et dans un premier élan de naïve tendresse, elle alla à la jeune fille les mains tendues :

— Louise ! dit-elle en désignant le marquis, cet homme vous a parlé, il vous a dit qui j'étais ?...

— C'est vrai !

— Eh bien, oui, mon enfant, oui, je suis la comtesse de Vivonne... mais vous ne me connaissez pas, vous; ce nom et ce titre ne vous rappellent aucun souvenir...

— Pardonnez-moi, madame; un homme, du nom de Morgan et qui venait souvent voir ma mère, nous a parlé de vous.

— Morgan ! dites-vous, s'écria la comtesse, vous l'avez donc connu ?

— Oui, madame.

— Mais où est-il ?

— Il est parti pour toujours, peut-être...

Madame de Vivonne ne comprenait pas bien encore ce qui se passait dans le cœur de la pauvre enfant, mais elle en avait comme un vague soupçon.

Marcel, qui était près de la malade, profita d'un moment où Louise était allée chercher du papier pour qu'il fît une ordonnance, et s'approcha de Gabrielle, à laquelle il dit :

— Votre haine fait fausse route, madame, quand vous adressez mal quand vous cherchez à convaincre cette jeune fille...

— Que voulez-vous dire ? balbutia la comtesse étonnée de tant d'audace et d'impudence.

— Je veux dire que Louise aimait Morgan et que sa jalousie me défendra mieux que je ne le ferais moi-même.

Puis il se mit à écrire quelques lignes sur le papier que Louise lui rapportait enfin, et sortit en saluant.

La sœur d'Olga se rapprocha du lit de sa mère, sous prétexte de lui venir en aide, et parut ne point prendre garde à la comtesse qui était restée debout et incertaine dans un coin de la chambre. Elle comprenait qu'elle ne pouvait prolonger longtemps encore une situation aussi pénible. Alors elle s'approcha timidement de la jeune fille :

— Mademoiselle, dit-elle de sa voix la plus douce et la plus caressante, vous aimiez Pierre Morgan ?

— Madame...

— Et pourquoi ne l'aimeriez-vous pas, mon enfant... c'est un honnête homme; il a choisi dans les hauteurs de la vie, et jamais le pied ne lui a glissé sur cette route ardue et difficile... Moi, Louise, je l'ai connu trop tard... je n'ai compris son dévouement que lorsqu'il n'était plus temps... ce sera un de mes remords de ma vie de l'avoir méconnu !... Au moins pourrez-vous être heureuse, vous, car il reviendra.

Louise remua tristement la tête à ces paroles. Quand elle entendit la comtesse lui parler avec une tendresse presque maternelle, elle ne put résister longtemps contre l'attendrissement qui l'envahissait de toutes parts; ses yeux se remplirent de larmes; et elle s'abandonna tout entière au bonheur de l'espérance.

Gabrielle la serra contre sa poitrine.

— Pauvre enfant ! dit-elle en mêlant ses larmes aux siennes, votre âme est pure encore comme au sortir des mains de Dieu, car vous ignorez les misères de ce monde d'infamies ! Moi, j'ai tout oublié pour un amour maudit, et maintenant ma vie ne sera

plus qu'un long remords.... Ah ! je me croyais bien cachée ici; et pourtant je l'ai revu !...

— Qui ?... le docteur ?... demanda la jeune fille.

— Oui; mais savez-vous ce qu'est cet homme, Louise ?

— Un homme qu'un protecteur généreux et inconnu nous a envoyé comme étant un des médecins les plus savants de Paris; mais parlez, parlez, vous qui le connaissez. Je vous écoute et j'aurai foi dans vos paroles.

— Eh bien oui, cet homme, reprit Gabrielle, grâce à certaines circonstances que j'ignore, est un savant médecin : la science n'a aucun secret pour lui; mais il n'emploie son immense savoir qu'à des crimes qui doivent satisfaire sa cupidité ou ses passions. Malheur à vous ! et aussi malheur à moi si nous restons ici... Oh ! c'est un misérable et il me cause tant d'effroi que je fuirai... je m'éloignerai... je me cacherai davantage encore...

— Pauvre dame ! dit Louise; c'est affreux cette existence; mais si vous m'aimiez bien, vous ne me quitteriez pas...

La comtesse essaya un pâle sourire. Puis elle attira Louise dans ses bras, la baisa longuement au front, lui serra les mains avec une tendresse pleine d'abandon, et finit par se retirer.

Seulement, quand vers le soir la jeune fille, ne la voyant pas revenir, courut frapper à la porte de sa chambre, personne ne lui répondit.

Elle descendit inquiète auprès de la concierge, qui lui apprit que Gabrielle était sortie depuis le matin, et qu'après avoir payé quelques dépenses, elle avait annoncé qu'elle ne reviendrait que dans quelques jours.

Louise comprit ce que cela voulait dire.

La comtesse était partie pour ne pas revenir.

Après l'aveu qu'elle avait involontairement fait à Louise dans un moment d'égarement, elle avait craint d'avoir désormais à rougir devant elle. Puis elle avait eu peur de Marcel.

III

L'OSSUAIRE DU LAPIN BLANC

A quelques jours de là, la diligence du Havre débarquait à Paris, dans la cour des Messageries, deux hommes, dont l'un pouvait avoir une cinquantaine d'années, et l'autre à peine trente.

Le premier était gros, court, replet, portant un costume de voyage fort simple; mais on pouvait remarquer, comme un signe distinctif et sans doute aussi comme un trait de caractère, une grosse chaîne d'or massif, qui faisait le tour de son cou pour aller se perdre dans la poche de son gilet, et des bagues, brillantes de diamants de la plus belle eau, qui scintillaient à chacun de ses doigts. Le second était une sorte de métis, de couleur presque jaune, taciturne, flegmatique, et qui paraissait remplir avec une indolence superbe l'office de valet. Ces deux hommes arrivaient en droite ligne de la Californie, où le premier était allé chercher fortune, il y avait alors une quinzaine d'années, et d'où il rapportait des millions.

Dès que la diligence se fut arrêtée, nos deux voyageurs sautèrent sur le trottoir; le valet se mit aussitôt en quête d'une voiture, pendant que le maître présidait au débarquement de ses bagages.

Cette opération terminée et la voiture arrivée, un troisième personnage, qui s'était tenu à l'écart depuis une demi-heure, mais sans les perdre de vue l'un et l'autre, s'approcha tout à coup du maître, et le saluant avec politesse :

— Pardon, monsieur, lui dit-il, mais si vous n'avez pas d'hôtel attitré à Paris et qu'il vous soit possible de me donner la préférence, je me ferais un véritable plaisir de vous recevoir.

— Est-il loin votre hôtel ? demanda le voyageur en souriant.

— En dix minutes nous y sommes.

— Et vous me promettez que j'y serai bien ?

— Parfaitement, monsieur.

— Eh bien, soit ! puisque nous avons été retardés en route, et qu'à l'heure qu'il est je ne puis aller embrasser les personnes que j'aurais tant de plaisir à revoir, veuillez monter avec moi dans cette voiture; Jack s'assoira à côté du cocher, et, ma foi, j'irai passer la nuit chez vous...

L'obligeant maître d'hôtel se défendit de prendre place à côté de son client, et alla lestement s'asseoir auprès du cocher, auquel il indiqua à voix basse le but de la course. La voiture prit aussitôt le galop et, en moins d'un quart d'heure, elle s'arrêtait à la porte du *Lapin blanc*, du côté de l'impasse Saint-Martial.

— Sommes-nous donc déjà arrivés ? fit le voyageur au maître d'hôtel qui vint lui ouvrir la portière.

— Oui, monsieur, et si vous voulez me suivre je vais vous conduire à votre chambre pendant que votre domestique s'occupera de vos bagages.

Le Californien suivit son guide qui montait les degrés d'un escalier à rampe de fer travaillé. Il était près d'une heure du matin; on n'entendait pas le moindre bruit dans l'hôtel, et ils ne rencontrèrent qu'un domestique borgne, qui reçut l'ordre d'aller aider Jack à transporter au premier étage les bagages de son maître. D'ailleurs, ce dernier s'occupait de tous ces détails, et dût-il se trouver fort mal logé qu'il ne s'en fût pas plaint, car il avait à peine quelques heures à y rester.

La chambre dans laquelle on le fit entrer ne différait en rien des chambres d'hôtels secondaires : lit à bateau, orné de rideaux rouges; fauteuils empire, recouverts de housses grises; pendule à colonnes sur la cheminée; lithographies encadrées pendues le long des murs et représentant l'une un Bélisaire quelconque, l'autre le cheval du trompette flairant le cadavre de son maître.

Après avoir jeté un rapide coup d'œil sur la chambre, le voyageur se retourna vers celui qui l'accompagnait :

— Mais je ne vois qu'une chambre, dit-il en fronçant le sourcil.

— En désiriez-vous deux? fit son interlocuteur.

— Je veux au moins que mon domestique couche à côté de moi.

— Oh! qu'à cela ne tienne, il y a une chambre qui n'est séparée de celle-ci que par une cloison, et nous y mettrons le domestique de monsieur.

— Allons, soit! tout sera pour le mieux. Maintenant je ne vous cacherai pas que je suis fatigué et que je ne serais pas fâché de prendre un peu de repos.

— Dans ce cas, monsieur n'a plus besoin de moi?

— Non, mon ami; à demain.

— Du reste, les gens de l'hôtel sont à votre disposition, et il vous suffirait pour les appeler de tirer la sonnette qui se trouve placée à la tête de votre lit.

— C'est fort bien...

Le faux maître d'hôtel se retira et gagna une chambre située sur le même palier; il y trouva le domestique borgne, qui n'était autre que le personnage que nous avons déjà vu figurer dans ce récit sous le nom de l'Aveugle.

— Eh bien! dit Marcel — car c'était lui — est-ce fini?

— Oui, maître, Jack est dans sa chambre, d'où il ne peut s'échapper... J'ai mis les verrous extérieurs.

— Bien... quant à l'autre, je m'en charge... Dans une heure, tu entreras chez le valet.

— Alors il me reste assez de temps pour aller préparer l'ossuaire?

— N'est-ce pas déjà fait?

— Je vous ai attendu une partie de la soirée... je ne voulais pas vous manquer, et j'ai dû...

— Va donc alors... et n'oublie pas que dans une heure je compte sur toi!...

L'Aveugle descendit aussitôt au cabaret du *Lapin blanc*, passa dans la salle commune, où étaient rassemblés quelques pâles bandits, ivres de vin et de fumée, sortit dans la cour extérieure qui donne sur la rue aux Fèves, et s'engagea enfin, muni d'une lanterne sourde, dans l'escalier de pierre qui mène aux souterrains.

Arrivé à la dernière marche, il s'arrêta, tira de sa poche une clef avec laquelle il ouvrit et pénétra dans une sorte de caveau étroit et long, dont il referma la porte derrière lui. Au bout de quelques secondes, il s'arrêta encore, fit jouer une pierre mobile, placée un peu au-dessus du sol, et se glissa à plat ventre dans le caveau contigu. Ce caveau avait environ vingt pieds de long sur dix de large; la voûte en était élevée, un puits, bordé d'une margelle de pierre, ouvrait sa gueule énorme à l'extrémité opposée de l'entrée. L'Aveugle promena les rayons de sa lanterne alentour de lui, et avisa deux cadavres étendus le long du mur, immédiatement au-dessous d'une trappe qui communiquait avec les étages supérieurs. Puis il examina attentivement l'un des cadavres, le dépouilla lestement de ses vêtements souillés de sang, et, le prenant par les pieds, le traîna jusqu'au puits, dans lequel il le précipita. Cette besogne achevée, il marcha à l'autre cadavre, qu'il se mit à examiner avec le même soin, le tourna à plusieurs reprises, détailla ses blessures, considéra avec attention les vêtements déchirés dont il était couvert, et se releva comme inquiet et surpris.

— Hum! murmura-t-il entre ses dents, en voilà un que je ne connais pas... il faut qu'il y en ait qui aient travaillé depuis l'autre jour... et c'est de ce dont je m'assurerai...

La victime avait le crâne fracassé par un instrument conten-

dant; deux larges blessures ouvraient sa poitrine; mais quelques jours s'étaient écoulés sans doute depuis que cette malheureuse créature avait été frappée, car certaines parties du corps se trouvaient dans un état de décomposition avancée; les pieds et les mains notamment avaient été dévorés par les nombreux rats accourus des égoûts voisins. L'Aveugle haussa les épaules, et comme il avait fait pour le premier cadavre, il traîna celui-ci jusqu'au puits, dans lequel il le fit aussi disparaître.

— C'est égal, dit-il alors en se penchant à l'orifice du trou et avec un sourire équivoque, si jamais on démolit le *Lapin blanc*, on trouvera de drôles de choses dans les décombres!...

Et après s'être bien assuré qu'il ne restait rien à faire disparaître, il roula en un paquet les vêtements des deux victimes, et, reprenant le chemin par lequel il était venu, il alla rejoindre Marcel qui l'attendait au premier étage. Pendant que ces faits s'accomplissaient de ce côté, Jack s'était mis au lit, tandis que son maître en faisait autant de son côté. Celui-ci n'était pas précisément inquiet, mais il ne pouvait encore se résoudre à éteindre sa bougie.

La maison cependant était tranquille, aucun bruit ne venait même du dehors; il régnait enfin de toutes parts un silence qui eût dû le rassurer, mais c'est peut-être cette absence de mouvement, ce silence sinistre qui avait fini par lui communiquer une impatience et une inquiétude sourde. A plusieurs reprises il avait frappé contre la cloison, mais c'est pour bien assurer que Jack était là près de lui; et chaque fois Jack lui avait répondu avec une voix plus faible. Puis bientôt il ne répondit plus, et ses sonores ronflements annoncèrent qu'il jouissait du plus profond sommeil.

Le maître voulut alors imiter son valet, mais presque aussitôt un craquement se fit dans la boiserie opposée à celle de la chambre qu'occupait Jack; une porte qui s'y trouvait dissimulée s'ouvrit sans bruit, et un homme entra : c'était Marcel.

— Qui est là? qui va là? cria le Californien en jetant un regard épouvanté autour de lui.

— Ne vous dérangez pas, cher monsieur, répondit le marquis avec ironie, et tout en s'avançant près du lit.

— Mais que voulez-vous donc?... et pourquoi venez-vous troubler mon sommeil à une pareille heure?

— Je suis venu causer avec vous, car tout à l'heure, en jetant un regard sur vos bagages, votre nom m'a frappé.

— Vous me connaissez donc, monsieur?

— Je le crois.

— Mais ne pouviez-vous attendre jusqu'à demain?

— Demain, fit Marcel en souriant avec flegme, il serait trop tard.

L'étranger le considéra un moment avec moins d'inquiétude... la tournure que prenait la conversation lui semblait moins menaçante, et les craintes qu'il avait d'abord conçues commençaient à s'apaiser.

— Expliquez-vous, dit-il alors d'un ton plus calme.

— Il y a longtemps que vous avez quitté Paris? reprit Lempsac.

— Quinze ans, à peu près.

— Vous étiez marié et père?

— Oui, monsieur, père de deux enfants, deux filles que Dieu m'aura fait la grâce de me conserver.

— C'est précisément au sujet que je désirais avoir de vous des renseignements précis; parce qu'enfin, il est important, pour ce que je veux faire, d'éviter une erreur qui pourrait avoir des conséquences graves.

— Parlez! parlez! monsieur.

— L'une de ces jeunes filles s'appelait Madeleine, n'est-ce pas?

— C'est cela même.

— La seconde s'appelait Louise?

— Oh! ma Louise!... ma pauvre petite Louise... elle avait deux ans à peine, elle en a dix-sept aujourd'hui... si vous saviez, monsieur, comme je les ai pleurées toutes deux, et de quelle joie je me sentais transporté quand je songeais que j'allais les revoir... et que j'apportais la fortune là où j'avais laissé la misère!

— Vous êtes donc bien riche?

— Je suis trente fois millionnaire!... Dieu a béni mon voyage; il a fécondé mon travail... le but pour lequel j'étais parti était saint, il le savait que je ne voulais m'enrichir que pour faire une vie heureuse à ces belles petites créatures qui m'ont à peine connues!... Ah! parlez-moi d'elles, monsieur, dites-moi, vous qui les connaissez, si elles sont dignes de la richesse que je leur apporte...

— La plus jeune, fit le marquis, est une jolie enfant, qui travaille péniblement, mais avec courage, pour soutenir les derniers instants de sa mère; l'aînée n'a pu supporter la gêne... et elle a quitté la maison maternelle depuis quelques années.

L'étranger passa sa main sur son front, par un geste plein d'angoisse et de sombre désespoir :

— Oui, dit-il, cela devait être... pauvre Madeleine!... Paris est un lieu terrible; elle n'a pas eu le courage... la vertu l'a abandonnée... mais Dieu merci, me voilà près d'elle maintenant, je suis riche et je l'aiderai à rentrer dans cette voie dont elle s'est écartée... ah!... vous avez bien fait de me venir trouver, monsieur... et cela m'a fait du bien de parler de mes chères enfants.

— Oh! je ne mérite pas ces remerciements, fit Lempsac, car je vous l'ai dit, ma visite avait un but intéressé.

— Lequel?...

— Celui de m'assurer de votre identité.

— Mais pourquoi?

— Pour ne pas m'exposer à commettre inutilement un crime.

Le voyageur se sentit de nouveau envahi par une terreur glacée.

— Un crime! répéta-t-il... et de quel crime voulez-vous donc parler?...

— C'est cependant bien simple, répondit Marcel avec un mouvement d'épaules; je sais que vous revenez à Paris avec une fortune de trente millions, je sais, en outre, que vos deux filles n'ont pas encore appris votre retour, elles ignorent même que la chance vous a été favorable... et il ne dépend que de moi de partager avec elles cette fortune dont la moitié leur semblera déjà une faveur inespérée du ciel...

— Parlez-vous sérieusement? fit l'étranger d'une voix étranglée par l'émotion.

— Mais sans doute.

— Alors, vous avez projeté de m'assassiner...

— Cette nuit même!...

Le millionnaire appliqua deux vigoureux coups de poing contre la cloison.

— A moi!... Jack... à l'aide!... cria-t-il d'une voix énergique et forte.

La diligence du Havre.

Mais il s'arrêta presque aussitôt, les tempes inondées de sueur.

Un gémissement plaintif venait de répondre à son appel.

— Qu'est-ce que cela? dit-il en se retournant, l'œil hagard, vers Marcel.

— C'est Jack!... fit négligemment ce dernier.

— Mais on l'égorge.

— C'est probable.

— Et personne pour aller à son secours... ah! il ne sera pas dit que je l'aurai laissé mourir ainsi.

Et il sauta à bas du lit... courut à la sonnette qu'il agita avec une violence inouïe; puis il se dirigea vers la fenêtre; mais comme il était sur le point d'y arriver, il s'était arrêté en poussant un cri d'effroi. Une trappe venait tout à coup de s'ouvrir sous ses pieds.

— Vous le voyez! lui dit Marcel qui avait tiré un couteau catalan de sa poche, toute résistance est inutile, nous avons tout prévu.

Son adversaire se saisit d'une chaise, mais au moment où il s'apprêtait à la lancer à la tête du bandit, deux mains vigoureuses s'appesantirent sur ses épaules et le clouèrent à sa place; c'était l'Aveugle qui venait au secours de son maître, après avoir achevé Jack.

Le malheureux père se sentit perdu.

— Oh! mes pauvres enfants... murmura-t-il.

Et deux larmes jaillirent de ses yeux.

— Écoutez... dit-il alors, ce n'est pas à moi que vous en voulez, n'est-ce pas, c'est à ma fortune!... à mon argent... eh bien, je rapporte de la Californie de quoi faire dix fortunes, et je ferai la vôtre!... si vous voulez me laisser la vie... j'ai trente millions, je vous en donnerai dix, je vous en donnerai vingt même... dites, le voulez-vous?

— C'est impossible!... répondit brusquement le marquis de Lempsac.

— Oh! mon Dieu... balbutia l'infortuné; mais c'est horrible cela... Moi qui, grâce aux quatre hommes qui m'accompagnaient à mon départ de Californie, étais parvenu à échapper aux voleurs du pays, faut-il que je me voie dépouillé au moment où j'allais être heureux au sein de ma famille... Par pitié, par grâce, donnez-moi un jour, une heure, que je puisse au moins embrasser mes enfants!...

— Est-ce que vous allez le laisser jaspiner longtemps comme ça?... demanda brutalement l'Aveugle.

L'étranger secoua énergiquement son bourreau, à cette question, et courut à Marcel, qu'il saisit à la gorge avec une vigueur surhumaine.

— Eh bien, non, dit-il... non, point de pitié !... vous êtes des misérables, vous n'avez ni cœur ni âme, et puisqu'il faut que je meure, je défendrai chèrement ma vie...

Une lutte terrible s'engagea...

Ils étaient deux contre cet homme ; mais celui-ci était affolé par la colère et l'épouvante, il se faisait une arme des pieds, des mains, des dents... à plusieurs reprises déjà, le poignard de Marcel avait déchiré sa peau, labouré sa poitrine, le sang coulait en abondance de ses blessures, et teignait sa chemise... mais il ne sentait rien, ne voyait rien... le marquis portait sur son cou les traces profondes de ses ongles, et l'Aveugle avait senti plus d'une fois ses dents pénétrer dans ses chairs...

Alors celui-ci courut à la cheminée à laquelle il emprunta une barre de fer destinée à maintenir le feu, et en asséna un coup vigoureux sur le crâne chauve de la victime. Le malheureux père s'affaissa sur lui-même, étendit les bras, et tomba lourdement sur les carreaux rouges de sang... Il était mort !...

L'aveugle s'essuya le front...

— Eh bien, dit-il en soufflant bruyamment, en voilà un avec lequel on ne vole pas son argent !...

Marcel sourit :

— Le fait est que ça a été chaud... mais c'est une bonne affaire de faite, et maintenant nous n'avons plus rien à redouter de ce côté...

Puis après quelques secondes de réflexion :

— Il ne reste plus, ajouta-t-il, qu'à mettre ici tout en ordre et à faire disparaître ce cadavre... ce soin te regarde, moi je vais me coucher... et demain je viendrai savoir ce que tu auras fait...

Puis il laissa tomber quelques pièces d'or dans la main de l'Aveugle... visita lui-même avec soin les poches de la victime, s'empara de tous les papiers qu'il portait sur lui, et gagna une chambre voisine.

Une fois là, il se jeta tout habillé sur un lit en désordre, et ne tarda pas à s'endormir d'un profond sommeil.

Le lendemain soir, au premier étage d'un petit hôtel de la

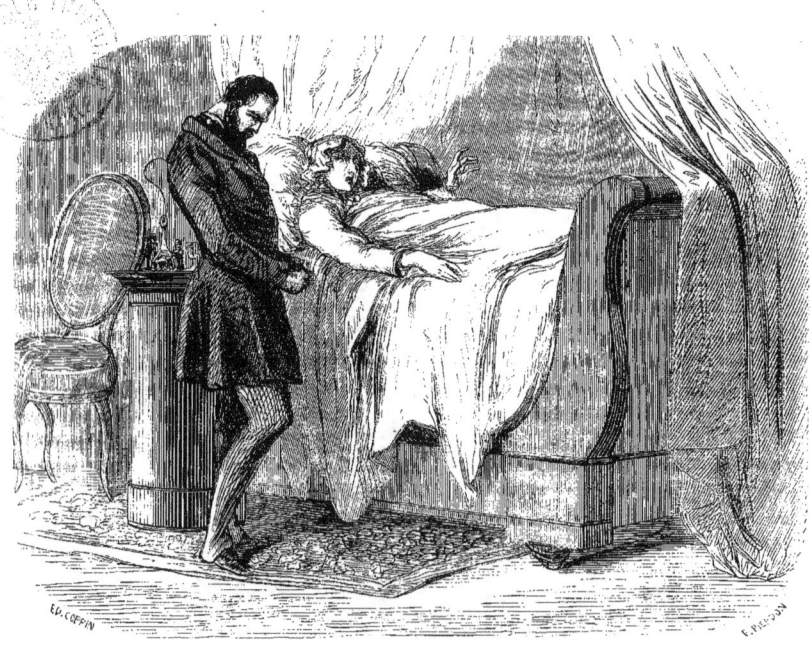

Une heure avant de mourir, elle lui avait recommandé sa fille chérie.

rue du Helder, un homme était assis auprès de la cheminée, le regard fixé sur la riche pendule qui, en ce moment, marquait sept heures.

Le jour commence à baisser, tout est silencieux, l'homme semble compter les minutes et attendre avec impatience l'arrivée d'une personne qu'il s'inquiète de ne pas voir venir ; un bruit retentit dans la rue : un cocher poudré, conduisant une élégante calèche, attelée de deux beaux chevaux alezan brûlé, pousse le cri si connu dans les quartiers aristocratiques de la capitale :

— La porte, s'il vous plaît !...

Le suisse s'est empressé d'accourir, la porte a roulé sur ses gonds solides, et la calèche est entrée.

— Enfin ! dit l'homme en voyant descendre de la voiture une femme mise avec une recherche d'un goût exquis.

Quelques minutes plus tard, le baron et la baronne de Strevi étaient en présence...

Nous n'avons pas besoin, sans doute, de rappeler au lecteur que le baron et la baronne de Strevi ne représentent, sous ces noms nouveaux, que nos anciennes connaissances : Isaac Mayer et mademoiselle Isabelle de Ramon. Le banquier est devenu baron, peu importe comment : c'est un titre qu'il a cru pouvoir se donner le jour de son mariage ; cette fantaisie lui a coûté quelques milliers de francs, mais il ne pouvait pas moins faire

pour la femme charmante qui consentait à lui donner sa main.

Ce soir-là, Isabelle entra soucieuse dans le salon où l'attendait le banquier ; jamais elle n'avait été plus jolie... elle revenait du bois ; l'air vif du soir avait coloré ses joues, ses yeux brillaient d'un éclat inaccoutumé, et ses cheveux, que la rapidité de la course avait dénoués, flottaient négligemment sur son cou.

— Baron, dit-elle en se tournant vers son mari, j'ai aujourd'hui une prière à vous adresser...

— Une prière, à moi !... fit Isaac en réprimant un cri de joie .. eh bien, j'en bénis le hasard, car jamais, sur mon âme, vous n'avez été plus charmante, et je ne me suis senti plus disposé à satisfaire vos moindres caprices...

— Oui, répondit-elle, je sais avec quelle prodigalité vous accueillez mes moindres fantaisies, mais cette fois, ce que je vous demande a un but sérieux, et je compte que vous ne me refuserez pas...

— Voyons... fit le banquier intrigué.

— Dans une heure, je veux qu'une chaise de poste vienne me prendre à l'hôtel pour nous conduire à Brest, où je veux visiter le bagne !...

Le baron fit une singulière grimace, car les forçats n'aiment pas qu'on leur parle du bagne...

— Voilà une étrange fantaisie !... balbutia-t-il en jetant un regard soupçonneux autour de lui, comme s'il eût eu peur qu'on n'entendît.

La jeune femme eut un amer sourire.

— Ah ! c'est que vous ne comprenez rien à ce qui se passe dans mon cœur... reprit-elle d'un accent énergique ; il me semble que vous avez bien vite oublié la vengeance que vous m'aviez promise.

— Mais que vous est-il donc arrivé ?

— Voici : ce soir... il y a une heure à peine... je revenais du bois... j'ai rencontré l'homme que vous savez, et il a eu l'impudence de me saluer en souriant !...

— Lui !...

— Oui, le marquis... le misérable qui m'a fait la plus sanglante injure qu'une femme puisse recevoir. Oh !... tout mon cœur a bondi dans ma poitrine, et je vous le répète, monsieur le baron... il faut que je me venge enfin !...

— Mais, vous savez ce que j'ai fait déjà...

— Eh ! qu'est-ce que cela ? s'écria impétueusement la jeune femme, vous avez découvert qu'il poursuivait une jeune héritière dont la fortune l'a tenté... et vous croyez faire beaucoup, en cherchant à déjouer ses projets... Allons donc !... cet homme est plus fort que vous, car il a l'audace et l'énergie que vous n'avez pas!... il vous jouera et vous tuera même, pour peu qu'il le veuille !...

— Mais que faire ?

— Ne m'avez-vous pas dit que Mistral nourrissait une haine profonde contre Marcel qui l'a abandonné ?

— En effet.

— Eh bien, j'irai délivrer ce misérable.

— Vous ?... mais c'est insensé...

— Je lui offrirai la liberté, la fortune... que sais-je !... je suis belle, n'est-ce pas, je ferai luire à ses yeux une espérance plus vive encore, et avec l'aide de ce bandit, nous viendrons peut-être à bout de M. de Lempsac.

— Au fait!... fit Isaac, ce que vous proposez n'est pas impossible.

— Alors, vous vous rangez à mon avis ?

— Oui, nous partirons quand vous voudrez.

Isabelle tendit au baron une main sur laquelle celui-ci déposa un baiser et courut exécuter les ordres de la jeune femme.

Trois heures plus tard, et malgré l'heure avancée, ils partaient. Aucun incident ne vint d'ailleurs les arrêter dans le trajet, et deux jours après, ils arrivaient au point de destination.

Il y avait plus d'un mois que Mistral avait été amené à Brest, et, bien qu'il y eût retrouvé de nombreux amis, il éprouvait un découragement profond, et surtout une haine énergique contre Marcel, dont il n'avait plus entendu parler depuis le jour où il avait été jeté au bagne.

Pendant les premiers temps, il attendait avec confiance, espérant toujours que l'heure de la liberté allait sonner, et que les affidés de la bande du *Lapin blanc* lui faciliteraient son évasion. Mais les jours s'étaient écoulés, sans amener aucun changement à sa position, et force lui avait été, à la fin, de comprendre qu'il était abandonné.

Cette conviction lui communiqua bientôt une sorte de fureur sourde qui ne demandait qu'une occasion pour éclater. C'est dans cette disposition d'esprit qu'Isabelle devait le trouver.

Dès le lendemain de son arrivée à Brest, la baronne de Strévi avait fait demander et elle obtint facilement l'autorisation de visiter le bagne, et, accompagnée de son mari, elle s'était dirigée vers ce sinistre établissement.

Le banquier s'était fait pour la circonstance un costume particulier.

Il s'était affublé d'une perruque qui lui couvrait le front, avait placé sur ses yeux une paire de lunettes à verres bleus, et, enveloppé d'un ample paletot, dans le collet duquel sa figure disparaissait en partie, il était pour ainsi dire méconnaissable.

Aucun de ses anciens clients, dont quelques-uns se trouvaient au bagne, ne prit garde à lui, et il passa au milieu d'eux sans éveiller le moindre soupçon.

Le premier jour, Isabelle remarqua Mistral, assis dans un coin de la grande salle commune, et passa à plusieurs reprises, sans qu'il daignât seulement lever les yeux de son côté.

Cependant, comme tous ses compagnons, le Provençal avait devant lui une certaine quantité des objets en coco travaillé, et destinés à être offerts au visiteur... mais l'ex-marchand de nègres était trop absorbé par ses propres pensées, pour faire attention aux personnes qui allaient et venaient à ses côtés, et il fallut que la baronne lui adressât la parole, pour l'arracher enfin à sa préoccupation...

— Et vous, mon ami, lui dit-elle de sa voix la plus douce, ne désirez-vous pas m'offrir quelques-uns de ces charmants objets?

Au son de cette voix, Mistral releva vivement la tête, comme s'il eût été frappé par un vague souvenir, et un éclair traversa presque aussitôt son regard quand il vit la jeune femme poser mystérieusement son doigt sur ses lèvres.

— Troun de l'air, ma belle dame ! s'écria-t-il partagé entre la surprise et l'espoir, mais tout le bazar est à vendre, au contraire... et le marchand par-dessus le marché...

Isabelle sourit et laissa voir une double rangée de dents éblouissantes.

— Bagasse ! ajouta le galant marin, j'ai fait dix ans la traite du bois d'ébène, et le diable me brûle si j'ai jamais entrevu un ivoire pareil à celui-ci.

La baronne s'était penchée comme pour examiner la marchandise de plus près ; le forçat, qui comprenait qu'il y avait là-dessous quelque mystère, s'était hâté d'en faire autant.

— Vous vous appelez Mistral ? dit alors la jeune femme en baissant la voix.

— De père en fils ! répondit le Provençal.

— Vous avez été condamné, si je ne me trompe, pour avoir mis le feu au château de Vivonne ?

— Oh ! une pure calomnie que les mauvaises langues ont fait courir... je passais dans le pays et j'en eu le malheur...

— Ne me reconnaissez-vous pas ?... interrompit brusquement Isabelle en regardant le bandit dans les yeux.

Ce dernier eut comme un éblouissement.

— Bagasse !... s'écria-t-il en souriant d'un air aimable ; m'est avis que lorsqu'on vous a vue une fois on doit s'en souvenir toute sa vie... Attendez donc... en effet, je vous ai vue passer avec...

Mistral fronça le sourcil et se tourna d'un air de défiance vers le baron de Strévi, qui se tenait à quelque distance.

— Mais c'est impossible... dit-il tout à coup en réprimant un geste de profonde surprise.

— Quoi donc?

— Cet homme !

— Le connaissez-vous ?

— Oh ! sa perruque et ses lunettes m'avaient trompé d'abord ; mais j'y suis maintenant.

— Qui est-ce donc?

— Mayer.

— Chut...

— Troun de l'air !... mais qui êtes-vous donc vous-même ?

— Sa femme.

— Et que me voulez-vous?

Isabelle tenait en ce moment entre ses mains un dévidoir artistement travaillé ; elle le tenait entre ses doigts effilés et blancs.

— Est-ce que le métier que vous faites ici vous amuse beaucoup ? dit-elle sans quitter l'objet des yeux.

— Moi ! pas le moins du monde ; c'est-à-dire que je voudrais voir la cambuse à tous les diables.

— Cependant vous y restez?

— Parce que je ne puis pas faire autrement.

— Pourquoi ?

— Et de l'argent !...

— N'avez-vous pas l'adresse?...

— L'adresse ! l'adresse... et une fois dehors, une fois sur la grand'route, croyez-vous qu'il soit facile de s'orienter quand la rafale a tout balayé dans la soute aux écus....

La baronne sourit.

— Et combien vendez-vous cet objet? dit-elle d'un ton en apparence indifférent.

— Trois francs... répondit Mistral.

La jeune femme tira sa bourse de sa poche et, sous prétexte de le payer, elle glissa un billet de banque avec plusieurs pièces d'or dans la main du Provençal.

— Aurez-vous assez de mille francs? dit-elle à voix rapide.

— C'est trop... répondit l'ancien marin; mais je voudrais savoir d'où me vient cette libéralité...

— Elle vous inquiète donc, mon ami?

— Non, elle m'étonne seulement.

Isabelle était devenue sérieuse; elle enveloppa avec soin le dévidoir dans un papier de soie, et pendant le temps que dura cette opération:

— Mistral, continua-t-elle, je m'appelle la baronne de Strévi; je demeure à Paris, rue du Helder... Quand vous serez libre, je compte que vous ne manquerez pas de venir me voir.

— Troun de l'air ! madame, vous serez ma première visite dans le monde.

— J'aurai à vous parler... et si vous êtes un homme...

— Bagasse ! on n'a jamais pu en douter, je crois.

— Alors, au revoir.

— Oui, au revoir, belle dame, et avant huit jours vous pouvez m'attendre ; je n'aurai garde de manquer à un pareil rendez-vous...

Isabelle quitta alors la place occupée par le Provençal, se promena encore quelques minutes à travers les salles, où elle acheta plusieurs curiosités, et, prenant enfin le bras du baron, elle gagna l'escalier et reprit le chemin de son hôtel.

Le lendemain même elle repartait pour Paris.

IV

TROIS CADAVRES POUR UN

Plusieurs jours s'étaient écoulés, depuis que nous avons quitté Louise, et, durant ces quelques jours, un grave événement était survenu... madame Lemoine, sa mère, était morte la veille au matin, tenant la main de sa fille qui sanglotait à son chevet, et sous les yeux de Marcel, qui ne l'avait pas quittée. Une heure avant de mourir, cependant, elle s'était trouvée seule avec le marquis, et après lui avoir raconté succinctement les misères de son existence, depuis que son mari l'avait quittée pour aller chercher fortune à l'étranger, elle lui avait recommandé sa fille chérie qui ne l'avait jamais abandonnée, et Madeleine qui n'avait pas reparu depuis quelques mois.

Marcel s'était conduit comme le meilleur et le plus dévoué des amis... il ne marchandait pas les visites, passait souvent de longues heures au chevet de la malade, et pour ces soins et ce dévouement, Louise lui avait voué la reconnaissance la plus absolue. C'était bien là la situation que le chef des bandits du *Lapin blanc* avait voulu gagner. Une fois madame Lemoine morte — et il savait mieux que personne que cela ne pouvait tarder — la pauvre fille n'avait d'autre appui que lui, et il devait facilement l'amener au but vers lequel tendaient tous ses efforts.

Les premières lueurs du jour ont fait pâlir la chandelle qui brûle sur une petite table recouverte d'une serviette blanche... à côté de la lumière, il y a un verre d'eau, dans lequel trempe une branche de buis bénit, et contre le mur se dresse un Christ étendant ses bras d'ivoire sur une croix de bois noir...

Louise est agenouillée, les mains jointes, les yeux brûlés de larmes, plongée dans une prostration complète, silencieuse et morne. Elle a voulu passer cette dernière nuit auprès du lit de sa mère !

Marcel l'avait quittée la veille au soir, en lui promettant de revenir le lendemain, à la première heure, et avait chargé la concierge de la maison de tenir compagnie à la pauvre orpheline qui était brisée de fatigue.

Quant à sa compagne, elle ronflait, allongée sur sa chaise, avec la même placidité que si elle se fût trouvée sous l'édredon conjugal.

Quelle nuit !... et quel est celui de nous qui ne peut, dans son passé, évoquer un pareil souvenir... La flamme qui vacille décrit sur les rideaux blancs des ombres tremblantes, qui sont comme les esprits de la mort !... et sur le drap du lit se dessine cette forme nette et rigide qu'empruntent seuls les cadavres. Mais Louise n'a pas peur de la mort... A plusieurs reprises, elle s'est approchée du lit de sa mère... à ses lèvres brûlantes se sont posées pieusement sur ses mains glacées... Sa douleur est douce et résignée... pourtant une sourde amertume surnage au-dessus de sa tristesse... et c'est l'absence de sa sœur Madeleine qui la cause, car elle n'a pas reçu la dernière bénédiction de sa mère !

Mais les premiers rayons du jour, mille appréhensions sont venues assiéger le cœur de la malheureuse enfant !...

L'heure de la séparation va sonner... c'est l'épreuve la plus déchirante... que va-t-elle devenir ?... dans quel sombre inconnu va-t-elle poser le pied ?...

Elle sent qu'elle aurait besoin d'un ami dans cette circonstance suprême, et cet ami, son cœur ne le voit que sous les traits de Morgan absent !

Ainsi qu'il l'avait promis, le marquis arriva de bonne heure, entraîna Louise dans la première pièce, et lui prenant doucement les mains :

— Mon enfant, lui dit-il de sa voix la plus insinuante, j'ai fait toutes les démarches que vous ne pouviez pas faire vous-même, et votre mère aura une tombe digne d'elle et de vous.

— Que de bontés... murmura la jeune fille en levant sur lui un regard plein de reconnaissance.

— Ne me remerciez pas encore, répondit Marcel, ce que je fais prend sa source dans le vif intérêt que vous m'avez inspiré... mais je n'ai pas voulu vous rendre service à moitié, et j'ai songé à tout ce dont vous pouviez avoir besoin dans une circonstance aussi pénible. Pardonnez-moi donc de vous parler ainsi dans un pareil moment, car il est important que je ne fasse pas fausse route, et que, sans le vouloir, je ne contrarie pas chez vous certains desseins préconçus... Voyons, mon enfant... vous voilà seule, maintenant... n'est-ce pas ?

— Oh ! oui, monsieur, bien seule.

— Et sans ressources ?

— En effet.

— Que comptez-vous faire ?

— Je travaillerai.

— Bien... je vous approuve et je vous aiderai dans cette voie de tout mon pouvoir... car à votre âge, jolie comme vous l'êtes, vous ne pouvez vivre seule, exposée à tous les dangers que vous ignorez encore, mais qu'il est facile de prévoir... et j'aurais voulu...

— Quoi donc ?

— N'avez-vous personne à Paris qui puisse vous recueillir ?

— Personne, monsieur.

— Ne m'aviez-vous pas parlé d'une sœur ?

— Oui, mais je ne sais ce qu'elle est devenue...

— Pourtant elle venait vous voir autrefois ?

— Tous les jeudis.

— Eh bien, écoutez-moi, le jour même où vous m'avez parlé d'elle, devinant à votre chagrin tout l'amour que vous lui portiez, j'ai fait des recherches actives, dans le but de la retrouver, et j'ai eu le bonheur de réussir.

— Et où est-elle ? s'écria Louise.

— A Paris.

— Ah ! je vous en prie, monsieur, conduisez-moi auprès de Madeleine, là, au moins, je n'aurai plus rien à craindre...

Marcel remua la tête par un mouvement équivoque qui ne fit que confirmer Louise dans les tristes soupçons qu'elle avait sur la conduite de sa sœur, depuis qu'elle l'avait rencontrée au *Lapin blanc*, dans une toilette plus que décolletée.

Lempsac vit que la jeune fille l'avait compris et, sans insister davantage, il reprit :

— J'ai trouvé une famille d'honnêtes gens qui sera heureuse de vous recevoir, et où l'on aura pour vous tous les soins et toutes les attentions que votre situation réclame.

— Vous voulez donc que j'abandonne ma pauvre mère à l'instant même ?...

— Et pourquoi resteriez-vous ici, mon enfant ? croyez-moi, ne jouez pas avec de pareilles douleurs... vous avez besoin de calme et de repos, et n'oubliez pas que si je suis votre ami, je dois aussi remplir vis-à-vis de vous mes devoirs de médecin.

— Je ne m'étais pas fait encore à l'idée de cette séparation.

— Le moment est venu de vous résigner, rester plus long-temps, vous rappellerait de trop tristes souvenirs ; venez, mademoiselle, je vous en prie.

Louise poussa un profond soupir, se dirigea à pas lents vers le lit de la morte, et s'y agenouilla quelques minutes en sanglotant ; puis, se relevant par un mouvement fébrile, elle baisa à plusieurs reprises les mains et le front de sa mère, jeta rapidement un manteau sur ses épaules, ramassa ses cheveux épars sous son bonnet, et marcha résolûment vers la porte, qui s'ouvrit tout à coup ; au même instant, Morgan parut sur le seuil. A sa vue, Marcel pâlit, la pauvre fille, un moment interdite, poussa un cri et courut se jeter dans ses bras.

— Louise ! chère Louise ! fit le jeune homme avec un attendrissement profond.

— Ah ! vous ne la verrez plus, monsieur Pierre, murmura la jeune orpheline... elle nous a quittées pour toujours...

— Comment le marquis de Lempsac se trouve-t-il ici ? demanda le marin d'un ton ferme.

— C'est monsieur qui a soigné ma mère... interrompit vivement Louise.

— Mais où donc votre père ?

— Mon père ?

— Ne l'avez-vous pas encore vu ! il devrait être ici pourtant, car...

Louise passa rapidement ses deux mains sur son front, pendant que Marcel réprimait un nouveau mouvement de terreur.

Morgan remua la tête, et arrêtant son regard sur ce dernier, dont la contenance embarrassée éveillait en lui les plus singuliers soupçons :

— Monsieur, lui dit-il d'une voix énergique et forte, ne pourriez-vous dire à cette enfant ce qu'est devenu son père?...

— Moi?... fit Marcel, vous raillez, je pense; quel rapport peut-il donc exister entre le marquis de Lempsac et le père de mademoiselle?...

— Soit.... répondit le marin, je ne veux pas insister... dans ce moment du moins... mais, vous alliez sortir, je crois, quand je suis arrivé.

— M. de Lempsac m'emmenait, répondit tristement la jeune fille.

— Peut-on savoir sous quel prétexte?

— Une famille qu'il connaît... et qui veut bien me recueillir.

— Et cette famille... quelle est-elle?...

— Je ne la connais pas!

— A merveille. J'arrive à temps, à ce qu'il paraît...

— Qu'est-ce à dire? demanda le marquis d'un ton menaçant.

— C'est-à-dire que cette jeune fille est sous ma sauvegarde; que si j'avais pu assister aux derniers moments de sa mère, elle n'eût pas hésité à me la confier à son lit de mort, et que, puisque me voilà revenu, votre rôle est fini, vous pouvez vous retirer...

— Avez-vous donc le droit d'ordonner ici?

— Peut-être.

— Mademoiselle autorise-t-elle un pareil langage?

— Monsieur Morgan, fit l'orpheline avec un ton insinuant et doux, ne soyez pas sévère et cruel envers la seule personne qui nous ait témoigné, à ma mère et à moi, un intérêt soutenu depuis votre départ... je ne me pardonnerais jamais si je me montrais ingrate envers elle.

— Ainsi, vous allez suivre cet homme!

— Non, je ne suivrai pas M. de Lempsac, j'irai chez ma sœur Madeleine!... Elle ne sait pas que notre mère est morte, et elle pleurera avec moi cette perte cruelle...

Ils en étaient là, lorsque la pêcheresse parut. Elle poussa un cri et courut vers Louise, dès qu'elle l'aperçut.

Pierre Morgan demeura interdit.

Les deux sœurs étaient restées étroitement embrassées, elles avaient échangé, en pleurant, les plus doux noms et les plus douces caresses.

— Toi! toi! disait Louise, mais qui donc t'a prévenue de notre malheur?

Pour toute réponse, Olga se retourna vers Marcel. C'était en effet ce dernier qui avait jugé prudent de la faire prévenir.

Mais dès que la première émotion de ce retour inattendu se fut calmée, il prit congé des deux sœurs, sous prétexte de nouvelles visites à faire, et gagna la rue, où il arriva moitié satisfait et moitié rêveur!

Le même jour, vers six heures, la baronne de Strévi était seule dans son hôtel de la rue du Helder... elle venait d'achever sa toilette du soir, et se trouvait dans un boudoir orné de tout ce que le luxe moderne a inventé de plus coquet, quand une femme de chambre pénétra auprès d'elle et lui annonça qu'un homme qui était dans l'antichambre demandait à lui parler.

Isabelle releva nonchalamment la tête, regarda l'heure que marquait la pendule, et se tournant vers la femme de chambre:

— Quel est cet homme? dit-elle d'un ton indifférent.

— Oh! j'en demande pardon à madame la baronne, répondit la camériste, mais c'est la première fois que je le vois ici, et il a fallu toute son insistance pour que j'aie osé vous importuner.

— Mais enfin...

— Il m'a recommandé de dire à madame la baronne qu'il était marin, et qu'il arrivait de Brest.

— De Brest! fit Isabelle en se levant à demi, eh bien, faites entrer.

La femme de chambre se retira. Dix secondes après, Mistral entrait dans le boudoir, et comme il n'était pas habitué à fréquenter le grand monde, il se trouva bien un peu embarrassé, mais son aplomb naturel reprit bientôt le dessus; puis s'inclinant devant la jeune femme:

— Vous voyez, madame la baronne, dit-il alors d'une voix rude et sonore, que vous n'avez pas obligé un ingrat, mon exactitude doit vous garantir ma reconnaissance.

— Je comptais sur vous, en effet, monsieur, et je suis d'autant plus heureuse de vous voir, que j'aurai besoin de vos services, seulement l'entreprise sera peut-être difficile.

— Il n'y a rien de difficile pour moi, madame.

— Je veux dire qu'il y aura quelque danger à lutter contre d'anciens amis, que vous devez savoir redoutables.

— Par les cornes de mon père! ma belle dame, je n'en connais pas qui soit capable de me faire peur.

— S'il en est ainsi, écoutez-moi, mon ami, et quand vous aurez

réfléchi à ce que j'ai à vous proposer, vous me direz franchement si vous pouvez me prêter votre concours.

Mistral prit un siége, sur l'invitation de la baronne, et s'apprêta à écouter de son mieux.

— Il y a, à Paris, un homme dont j'ai reçu la plus sanglante injure qui puisse frapper le cœur d'une femme, c'est vous dire que je veux me venger d'une manière éclatante.

— Faut-il le tuer? fit vivement l'ancien forçat.

— Mieux que cela... repartit la baronne, il faut le perdre.

— Mais quel est son nom?

— Marcel.

— Le marquis!

— Lui-même.

— Bagasse! s'écria le bandit, comme ça se trouve... je ferai d'une pierre deux coups... car le misérable m'aurait laissé pourrir à Brest, si votre main généreuse n'était venue me délivrer... Ah! le Marcel n'a qu'à bien se tenir... je vous en réponds... et je lui réglerai son compte sans le moindre scrupule.

— Cependant, il faut user de prudence... vous savez qu'il est adroit.

— Eh! bonne mère... je le connais comme si je l'avais fait... mais Mistral et un imbécile, ça fait deux... je ne vous dis que ça, rira bien qui rira le dernier.

— Alors, vous consentez à me servir.

— Si je consens!... je crois bien, et je commence dès ce soir.

— Tenez, fit la jeune femme en lui tendant une bourse pleine d'or, je suis riche, si vous me vengez, je vous donnerai plus que vous ne pouvez espérer.

Celui-ci prit la bourse et baisa galamment la main de la baronne.

— Bagasse! fit-il, comptez-vous pour rien le bonheur de servir une jeune et jolie femme comme vous!

Puis il se retira, après lui avoir promis de la tenir au courant de tout ce qui surviendrait.

Cinq heures plus tard, Saverny, l'Aveugle, Léon et Ralph se trouvaient réunis au *Lapin blanc*, dans cette même chambre où le père de Louise avait été assassiné plusieurs jours auparavant.

Il y avait déjà quelques minutes que les quatre hommes attendaient, assis autour d'une table, quand Marcel entra. Après avoir échangé une poignée de main avec chacun des bandits présents, il alla prendre une chaise, et s'assit sans prononcer une parole.

Les quatre hommes se regardèrent avec inquiétude.

— Qu'y a-t-il donc? demanda Saverny.

— Faut-il renoncer à cette fortune, sur laquelle compte l'association... demanda à son tour le mystérieux personnage que nous avons présenté au lecteur sous le nom de Ralph.

— Non, messieurs, non, il ne faut renoncer à rien; mais les affaires se compliquent; et... il y a que Morgan est revenu ce matin, puis, par un hasard inouï, cet homme a rencontré au Havre le père Lemoine.

— Diable! fit Ralph...

— D'un autre côté, Mayer observe toutes nos menées... pourtant, il y a un moyen...

— Lequel? fit Léon.

— Chargez-vous de faire disparaître Morgan, moi, je me chargerai de l'usurier.

— Et vous croyez que ces deux meurtres suffiront à vous assurer la possession de l'immense fortune que nous convoitons... objecta Ralph.

— Sans doute, répondit le marquis.

— C'est une erreur.

— Comment cela, maître?

— En tuant Lemoine, et en faisant disparaître son cadavre, vous avez commis une grande imprudence.

— Expliquez-vous...

— Pour que les filles puissent hériter de leur père, il faut que la mort de ce père soit bien et dûment constatée, et vous vous y êtes pris de façon à rendre toute constatation impossible.

Chacun se regarda... Marcel seul passa sa main sur son front, et parut réfléchir profondément.

— L'objection est juste, dit-il aussitôt, mais on peut réparer le mal.

— De quelle manière? demanda Ralph.

— La mère Lemoine est morte... et aujourd'hui, le premier cadavre venu passerait sans difficulté aux yeux des filles, pour celui de leur père, qu'elles ne peuvent se rappeler...

— Sans doute, fit Saverny, mais on ne se procure pas toujours facilement un cadavre...

Le marquis haussa les épaules.

— Quand on n'en trouve pas, on en fait !... répondit-il brusquement, pendant que Ralph approuvait d'un signe de tête.

Ce fut un éclair pour tous, et mille propositions allaient se faire jour peut-être, si à ce moment même, deux coups frappés contre la porte n'avaient tout à coup suspendu toutes les voix, et fait pâlir tous les visages.

Marcel éteignit la chandelle, et l'Aveugle alla doucement ouvrir la trappe par laquelle, en cas d'alerte, on pouvait trouver une retraite.

Deux coups venaient de retentir de nouveau ; mais, cette fois, accompagnés d'un juron moitié amical et moitié menaçant :

— Troun de l'air ! cria une voix, est-ce qu'on fait faire antichambre aux amis, maintenant ?...

La porte s'ouvrit aussitôt, et comme Saverny venait de rallumer la chandelle, le Provençal put saluer en entrant chacun de ses anciens amis par son nom ; puis, ajouta-t-il :

— J'ai cru, le diable me brûle, que vous alliez me laisser là jusqu'au jour du jugement dernier !... Il ne fait pas bon cependant d'accrocher son signalement à la porte quand on vient de là-bas, et pendant quelques jours j'espère que vous me viendrez en aide.

Marcel avait réprimé un mouvement de profonde stupéfaction en apercevant le Provençal qui, comme nous l'avons dit déjà, en raison de ses relations antérieures avec Olga, devait le gêner dans son entreprise présente. Toutefois il se contenta de le bien recevoir et de tout observer.

— Ah ! ah ! fit Saverny, le vieux marchand de moricauds a donc pu brûler la politesse à ses amis de Brest ?

— Un peu, mon neveu, et c'est à ce cher marquis que je dois ça.

— Au moins, je vois avec plaisir que l'on a réussi, répondit ce dernier d'un ton ambigu.

— Bagasse ! et comment ne réussirait-on pas quand on est protégé par une charmante femme et que l'on a dans sa poche un vrai billet de mille !

— Ce diable de Mistral ! fit Saverny en jetant un éclat de rire, ne va-t-il pas nous faire croire que le sexe s'est ému de sa disparition, et qu'il a fait la conquête d'une duchesse sur les bancs de la Cour d'assises.

— Une duchesse ! non, cher ami, mais une baronne, j'en suis sûr.

— Rien que ça... et j'espère qu'elle t'aura donné son adresse ?

— Oui, rue du Helder !...

Marcel avait tressailli. Tout s'expliquait maintenant à ses yeux ; il comprenait quel était le but d'Isabelle en appelant le Provençal à Paris. Il y avait là évidemment un nouveau danger, mais Marcel paraissait avoir pris le change ; et pour l'entretenir dans ses idées erronées, il ne fallait que l'empêcher de revoir la baronne de Strévi.

— Allons, dit-il alors, nous ne pouvons que nous féliciter de ton heureuse évasion, et tu retrouveras ici la place que tu y avais laissée.

— Et depuis quand es-tu de retour ?

— Depuis une heure.

— Tu n'as pas vu la baronne alors ?

— Pas encore, mais on sait les égards que l'on doit au sexe, et...

— Cela ne presse pas. Je t'excuserai auprès d'elle... en attendant cela, causons au sujet de Morgan qui est revenu.

— Eh bien, en voilà un qui abuse de la permission...

— Tu l'as manqué une première fois... c'est une revanche qu'il te doit.

— Et je la lui donnerai bonne...

— À merveille... mais comme il faut que tu puisses tenir ton rang dans le monde, et que tu dois être un peu dans la gêne, tiens, prends cette bourse... avec les amis on ne compte pas...

Le bandit prit la bourse, pleine de l'or provenant de l'assassinat du père Lemoine, et saisit la main de Marcel qu'il serra avec une exagération enthousiaste.

— Voilà un beau trait, s'écria-t-il en jouant l'émotion ; marquis, c'est entre nous à la vie à la mort.

— Eh bien ! ne perdons pas de temps alors, poursuivit de Lempsac en s'adressant cette fois à tous les bandits, notre ami se charge de Morgan, et l'Aveugle travaillera avec lui dans le même but... moi je vous ai dit que je me chargeais de Mayer... et avant deux jours nous n'aurons plus à nous en occuper ; seulement, cette besogne n'est pas la seule, c'est le troisième cadavre qu'il nous faut trouver...

— Il faut qu'il ait une cinquantaine d'années, ajouta Ralph.

— Il y a dans le clos Nitot, reprit Marcel, un homme qui a vécu aux colonies ; il est vieux... personne à Paris ne le connaît... l'assassinat sera facile... grâce aux papiers que je possède et que l'on trouvera sur lui, nous le ferons passer sans difficulté pour le père des deux jeunes filles.

— Quel est cet homme ? demanda Saverny.

— On l'appelle le père Trim... répondit Ralph.

— Et qui se chargera de le tuer ?

— Ralph ne le peut pas, dit Marcel ; il faut qu'il puisse aller et venir sans courir le risque d'être arrêté... sa mission, c'est d'être notre voyageur... et non notre complice... Léon se chargera du père Trim... et encore quelques jours de prudence et d'énergie... Puis après-demain, ici, que chacun fasse son devoir en veillant aux intérêts communs, et malheur à celui qui serait tenté de trahir...

Toute la bande se dispersa, Lempsac avec Saverny et Léon ; Ralph tout seul, puis Mistral avec l'Aveugle. Dans la rue, il lui serra la main comme s'il eût voulu prendre congé.

— Où vas-tu ? dit l'Aveugle.

— Je n'en sais rien... j'ai le gousset bien garni... et voilà quelques mois que je suis au régime du pré... au revoir.

Les deux amis se séparèrent.

— Le marquis a coupé dans le pont... se dit le Provençal à lui-même ; il croit avoir affaire à un imbécile... eh bien, c'est ce que nous allons voir, et avant huit jours vous apprendrez, marquis, ce qu'il en coûte de s'attaquer à un vieux loup de mer comme moi.

V

DANS LA CHAMBRE A COUCHER D'ISABELLE

— Ainsi vous voilà de retour à Paris, et c'est probablement le souvenir de la comtesse qui vous y a rappelé ?

— Mon Dieu, vous l'avouerai-je, madame, la comtesse de Vivonne a occupé une large place dans mon existence ; je ne veux pas nier l'influence qu'elle a exercé et qu'elle exerce encore sur mon esprit ; je me sens même disposé à faire pour son bonheur tout ce qui me sera possible, mais ce n'est pas elle qui me ramène, et sont d'autres préoccupations qui m'ont fait renoncer à reprendre la mer.

— Vraiment... eh bien, expliquez-moi cela, cher ami...

Ces paroles étaient échangées entre la duchesse de San Lucar et Pierre Morgan, le lendemain même de la réunion qui avait eu lieu entre les principaux affidés du Lapin blanc.

C'était le soir, la pauvre mère était d'ailleurs tout à fait rétablie de la blessure qu'elle avait reçue quelques mois auparavant ; seulement, elle avait été contrainte de suspendre provisoirement toutes ses recherches, et aucun renseignement n'était venu jusqu'à ce jour la mettre sur la voie de ce qu'elle voulait apprendre au sujet de ses enfants.

— Vous voulez que je vous explique le motif de mon retour ? reprit Morgan après un moment de silence ; je suis vraiment fort embarrassé, cependant je vais faire mon possible pour vous satisfaire. À peine étais-je sur cet Océan que j'avais tant de fois parcouru, et dont le spectacle ne m'avait jamais rassasié, qu'il me sembla que je me trouvais bien seul et bien triste ; seulement, au milieu des visages amis que j'aimais parfois à évoquer dans mes longues nuits de quart, il y en avait un surtout qui revenait plus souvent que les autres, et fit plus d'une fois pâlir celui de la comtesse. Ce portrait était celui d'un enfant, d'une jeune fille, qui m'a soigné pendant une maladie et dont le charme naïf et pudique m'avait pénétré à mon insu.

— Il est probable que vous l'aimez ?

— Est-ce de l'amour cela ? madame, je n'en sais rien... j'éprouvais pour elle ce sentiment calme et pur que l'on éprouve pour une sœur ; tant que je vécus à ses côtés, j'étais heureux d'un bonheur sans trouble, et je n'avais pas même la conscience de la profondeur de ce sentiment !... mais à mesure que je m'éloignai de Paris, quand je quittai la France, lorsqu'enfin je compris qu'une longue distance me séparait de cette enfant, à laquelle je m'intéressais et qui m'aimait peut-être, alors, madame, l'état de mon cœur se révéla tout entier à moi ; je compris que j'avais laissé ici la seule personne peut-être qui pouvait me consoler d'un amour brisé, et m'offrir tous les enivrements d'un amour nouveau...

La duchesse de San Lucar tendit sa main au marin avec un affectueux sourire.

— C'est bien, mon ami, lui dit-elle, vous ne sauriez croire à quel point cet aveu m'enchante... Vous êtes jeune, Morgan, de

plus, vous êtes hon… la femme que vous aimerez sera certainement heureuse, et je me réjouis sincèrement de vous savoir sur
cette pente d'un amour nouveau. D'ailleurs, je vous connais,
votre choix doit être sérieux.

Le jeune homme remua doucement la tête, et reprit en ces
termes :

— Louise est une enfant, je vous l'ai dit ; elle vivait auprès de
sa mère ; sa sœur avait depuis longtemps quitté la maison pour
courir après la fortune ou le plaisir… quant à son père, il était
parti, et depuis quinze ans on était sans nouvelles de lui.

— Mais vous avez revu cette jeune fille, et votre retour a dû
la rendre bien joyeuse?

— Je l'ai trouvée bien triste, au contraire, car, la veille, sa
mère était morte…

— Ah ! c'est affreux !

— Oui, mais ce qu'il y a de plus épouvantable peut-être, c'est
que son père, que j'avais rencontré au Havre peu de jours auparavant et qui rapportait de Californie une fortune colossale,
n'avait point encore paru.

— Qu'est-il donc devenu?

— Je l'ignore.

— Et vous êtes certain que c'était bien lui?

— Je lui ai parlé et lui ai donné moi-même l'adresse de sa
famille.

— Alors il faut prévenir la police.

— C'est ce que j'ai fait aujourd'hui même.

— Et qu'avez-vous appris?

— Que le père Lemoine est en effet parti du Havre, qu'il est
arrivé à Paris, où deux caisses qu'il apportait avec lui sont restées à la diligence, mais de lui aucune nouvelle.

— C'est singulier…

— Oui, bien singulier, en effet ; et, si je ne me trompe, il se
trame en ce moment autour des deux filles Lemoine une infâme machination dont les auteurs pourraient bien avoir résolu
de faire disparaître le père.

— Dans quel but?

— Je le cherche encore…

La duchesse allait poursuivre, quand un valet vint annoncer
qu'un vieillard, du nom de Trim, demandait à lui parler.

— Trim, ici ! fit-elle avec vivacité ; faites entrer à l'instant !
Quelques secondes après, le père Trim était introduit.

— Approche ! approche ! s'écria la duchesse dès qu'elle l'aperçut… Oh ! je suis heureuse de te voir… as-tu quelque nouvelle?

— Moi ! mais non…

Et comme s'il eût cherché le sens secret des paroles de son
ancienne maîtresse, le vieux serviteur promena un regard indécis autour de la chambre.

— Pardon, reprit-il presque aussitôt, il me semblait, au contraire, que c'était madame qui m'avait quelque chose à m'apprendre, puisqu'elle m'a fait dire de venir la trouver ce soir.

Et en parlant ainsi, il tendit à la duchesse un billet d'invitation dont elle s'empara en toute hâte. A peine l'eut-elle parcouru, qu'elle le passa à Morgan, qui le lut à son tour.

— Tu as reçu cet avis aujourd'hui? dit madame de San Lucar d'un ton rêveur.

— Il y a deux heures.

— C'est étrange ! Connais-tu au moins celui qui t'a remis ce
billet?

— Nullement… c'était un commissionnaire…

— Alors je n'y comprends rien, mais tu ne te seras pas dérangé pour rien, mon ami ; voilà pour toi… continue toujours
les recherches que je t'ai demandées ; puis, n'oublie pas de me
prévenir dès que tu seras sur la trace… va, et à bientôt…

Le père Trim était un peu déconfit d'avoir été ainsi mys-
tifié, cependant il en prit vite son parti, quand il vit reluire dans
sa main les beaux louis d'or que la duchesse venait d'y laisser
tomber.

Pour lui, en effet, il ne pouvait y avoir dans tout ceci qu'une
plaisanterie, vraisemblablement imaginée par quelques-uns de
ses confrères qui l'attendaient à cette heure au clos Nitot pour
se moquer de lui, car avec ses habits des dimanches, il avait l'air,
à cette heure, d'un véritable bourgeois du Marais.

Tout en réfléchissant ainsi, le père Trim s'était dirigé vers les
Champs-Élysées ; il pressait le pas pour rentrer bien vite au clos
Nitot. La nuit était sombre — il pouvait être minuit. Mais le
vieux chiffonnier n'avait pas peur ; ce n'était pas du reste la première fois qu'il se trouvait dans ces parages à une heure aussi
avancée de la nuit. Arrivé à cet endroit où l'on a depuis élevé
le palais de l'Industrie, et comme il venait de secouer sur son
pouce la cendre de sa pipe éteinte, il fut tout à coup accosté

par un piéton qui passa rapidement un bâillon sur les lèvres du
malheureux vieillard, afin de le mettre dans l'impossibilité d'appeler au secours, et lui saisissant le bras d'une main robuste, il
le força à plier le genou, puis le fit tomber lourdement sur le
sol ; mais en ce moment la victime venait de dégager ses lèvres
et s'écria :

— Qui êtes-vous, monsieur, ce ne peut être qu'une erreur?
je suis le père Trim, un pauvre diable.

— Dans ce cas, vous êtes bien celui qu'il me faut.

Et en parlant ainsi, le bandit lui enfonça dans la poitrine son
poignard jusqu'au manche, puis se hâta d'exécuter les ordres
qu'il avait reçus, car il fallait que ce crime servît aux projets de
la terrible association.

En conséquence, Léon fouilla vivement le père Trim, dans le
but d'enlever des poches de ses vêtements tout ce qui pouvait
servir à constater son identité, remplaça les objets qu'il lui enlevait par les papiers que lui avait remis Marcel ; avec une bourse,
dans laquelle se trouvaient quelques pièces d'or et le portefeuille, ainsi que le mouchoir dont on avait dépouillé le cadavre
du père Lemoine.

Cette besogne accomplie dans l'ombre et au milieu de la solitude la plus complète une fois achevée, le misérable s'enfuit
en toute hâte, en prenant la direction du *Lapin blanc*, où son
frère lui avait donné rendez-vous.

Mais Lempsac n'était pas encore de retour au caboulot de la rue
aux Fèves, attendu, comme nous le savons, qu'il s'était chargé
de Mayer, dont il était plus difficile de se défaire que du locataire du clos Nitot. Toutefois, il ne dédaignait pas les entreprises ardues ; il aimait ces jeux terribles où l'on jette un
insolent défi au hasard, et jamais on ne l'avait vu reculer
par crainte de mort ou du bagne. Le scélérat avait le cœur
fortement trempé, et il apportait dans le crime l'énergie et l'audace qui en eussent fait un héros, peut-être, s'il eût choisi sa
voie dans les sentiers de l'honneur.

Vers neuf heures, il se rendit donc rue du Helder avec Saverny, et demanda à parler à madame la baronne de Strévi. Il
savait que le baron était sorti, et ne devait rentrer que dans la
soirée ; ses plans étaient combinés en vue de cette absence.

Le domestique qui le reçut lui demanda son nom, mais il
donna le premier venu, de peur que le sien ne mît la baronne
en garde.

Un instant après il pénétrait dans la chambre à coucher d'Isabelle. C'était le moment qu'il redoutait le plus, car un geste, un
cri de la jeune femme pouvait faire manquer l'entreprise ; aussi,
pour prévenir autant que possible l'effet d'une reconnaissance
trop prompte, avait-il pris la précaution de se faire précéder de
son ami, qu'Isabelle connaissait moins, et dont la vue ne devait
pas entraîner les mêmes conséquences.

Quand il entra lui-même, quelques secondes après, la femme
du banquier avait pâli, puis était restée muette et interdite.

— Vous ! vous ! ici… s'écria-t-elle enfin en faisant le geste
d'appeler un domestique.

Le marquis s'avança rapidement et lui retint le bras.

— Écoutez-moi, madame, dit-il d'un ton suppliant, je ne
viens point ici réveiller votre terreur, ni pour vous rappeler
un passé que je veux oublier…

— Ah ! sortez ! sortez ! monsieur, ou je vous fais mettre à la
porte, répondit la jeune femme.

— Vous me haïssez donc bien, Isabelle?

— Oui, et je vous méprise plus encore.

— Après m'avoir tant aimé?

— Sortez, vous dis-je !…

Malgré l'ordre réitéré de la baronne, Lempsac lui avait pris
les mains, et, en dépit de ses efforts, l'obliga à subir la fascination étrange de son regard magnétique.

Nous avons fait connaître dans les précédents chapitres de
cette histoire quelle puissance mystérieuse l'homme du *Lapin
blanc* exerçait par son seul regard, et le lecteur sait de plus avec
quel oubli de toute pudeur Isabelle l'avait aimé. Aussi, en se
retrouvant inopinément en son pouvoir, la jeune femme éprouva
comme un ébranlement général dans tout son être, et une défaillance sans nom s'empara d'elle tout à coup. Elle ne pouvait
ni ouvrir les yeux ni les fermer ; elle était troublée, incertaine ;
elle comprenait qu'elle n'avait qu'à jeter un cri pour échapper
au danger qui la menaçait, et ce cri expirait sur ses lèvres.

Marcel suivait avec un vif intérêt les divers sentiments qui venaient se refléter sur ses traits, et sûr désormais de la victoire, il
redoublait d'énergie et de volonté pour dompter définitivement
toute résistance.

La baronne était déjà à moitié vaincue ; bientôt, en effet, ses paupières s'appesantirent; elle murmura quelques mots inintelligibles, et finit par se laisser tomber sur le fauteuil placé derrière elle.

A cette vue, le bandit se prit à sourire et se tourna vers Saverny, qui se tenait debout contre la cheminée.

— Elle dort! dit-il d'une voix triomphante.

— Crois-tu?...

— Nous allons nous en assurer...

Et s'approchant de sa victime dont il prit la main :

— Isabelle! demanda-t-il d'un ton moitié impérieux, moitié souriant, m'entends-tu?

— Oui, répondit la jeune femme d'une voix brisée.

— Es-tu disposée à m'obéir?

— Parle! je te répondrai...

Marcel essuya son front où perlait une sueur abondante.

— C'est merveilleux! fit Saverny.

— Madame, reprit le marquis d'une voix ferme, où est Isaac?

— Il te cherche! répondit la baronne.

— Où cela?

— Au *Lapin blanc.*

— Et pourquoi donc?

La jeune femme hésita.

— Parle! parle! je te l'ordonne!

— Il veut te tuer.

— Lui! je serais curieux de savoir comment il compte s'y prendre... Continue.

— Isaac doit t'attirer ici.

— Après...

— Une fois dans cette chambre, tu n'en sortirais plus.

— Explique-toi.

— Regarde près de la glace, à gauche... au-dessous du cordon de sonnette... il y a un bouton.

Pendant qu'Isabelle parlait, Lempsac avait fait un signe à son complice, qui suivait les indications de la jeune femme.

— En effet, j'y suis, répondit ce dernier.

Puis, sur l'invitation de la somnambule, il avait pressé le bouton qui lui était indiqué; au même instant, un des panneaux de la cloison avait glissé lentement et venait de découvrir un énorme trou béant, creusé dans le mur.

— Qu'est-ce que cela? fit le marquis avec étonnement.

— Une tombe pour toi! répondit Isabelle.

Marcel laissa retomber la main de la jeune femme et poussa un éclat de rire :

— Par Dieu! s'écria-t-il avec bonne humeur, voilà une idée dont je n'aurais pas cru l'usurier capable... mais il n'aura pas fait une dépense inutile d'imagination, et je compte mettre aujourd'hui même son invention à profit.

— Que comptes-tu faire? demanda Saverny.

— Une chose fort simple, et dont l'idée viendrait à un enfant; mais, silence... j'entends parler dans la chambre voisine... c'est lui, peut-être; entre dans ce cabinet.

Saverny rentra aussitôt dans la pièce que lui désignait son ami, et celui-ci eut à peine remis tout en ordre, que la porte s'ouvrit pour laisser passer le baron de Strévi, qui arrivait prévenu à moitié par le domestique que deux personnes se trouvaient auprès de la baronne.

Quand, après avoir fermé la porte derrière lui, il aperçut le marquis de Lempsac debout près de la cheminée, le front haut, la lèvre souriante, il eut un moment d'hésitation, et fut sur le point de revenir sur ses pas, afin d'appeler un domestique à son aide.

Mais jusque-là, ses craintes n'étaient justifiées par aucun indice inquiétant; ce ne fut que lorsqu'il eut fait quelques pas dans la chambre, et lorsqu'il eut remarqué la baronne endormie sur son fauteuil, que le soupçon de la vérité traversa tout à coup son esprit; alors il voulut se mettre en état de défense, seulement il était trop tard.

Marcel venait de pousser le petit verrou de cuivre, et se tenait sur le seuil de la porte dans une attitude menaçante.

— Qu'est-ce que cela signifie? dit Isaac d'une voix forte et accentuée.

— Ne m'attendais-tu pas... répondit l'homme du *Lapin blanc* avec ironie.

— Mais c'est un guet-apens cela.

— Ce sera mieux encore.

— Que veux-tu donc?

— Isaac, le moment est venu de régler tous nos comptes; nous sommes ici dans une chambre retirée; tes cris, interceptés par les portières épaisses, ne parviendront pas à tes valets, et nous pouvons causer à notre aise... seulement, j'ai amené avec

moi un ami dont la présence m'est indispensable, tu me permettras bien de te le présenter...

— Quel ami? fit le banquier.

Il n'avait pas achevé que le Dandy sortait du cabinet.

— Saverny! s'écria l'usurier.

— Moi-même... cher baron.

— Mais encore une fois, dans quel but vous êtes-vous introduits ici?

— J'ai appris, fit Marcel, que tu étais allé à Brest récemment, et que tu avais fourni à Mistral les moyens de s'échapper du bagne; de plus, que tu voulais, m'a-t-on dit, m'attirer dans cette chambre, où tu avais préparé une tombe dans laquelle tu comptais m'ensevelir vivant.

— Eh bien, qu'y a-t-il d'étonnant à cela?

— Rien; seulement, j'en suis fâché pour toi, mon pauvre Isaac, mais ces projets tourneront contre toi-même, et cette nuit ne se passera pas sans que nous en ayons tiré une vengeance éclatante.

— Alors, vous voulez me tuer, mes bons amis?

— Oui, et tu sais que lorsque j'ai résolu quelque chose, il n'y a pas d'obstacle qui puisse m'arrêter...

— Je le sais, mais cette fois du moins vous vous serez trompés dans vos prévisions, et, dans votre intérêt bien entendu, vous ferez bien de vous abstenir, car, s'il vous prenait fantaisie de pousser les choses plus loin, avant une heure, vous pourriez bien être l'un et l'autre sous la main de la justice.

— Tu crois cela?

— J'en suis sûr.

— Et qui donc nous dénoncerait?

— Mon cadavre d'abord, ma femme ensuite, puis, mes domestiques, qui vous ont vu entrer.

Comme il parlait ainsi, Saverny lui sauta à la gorge, mais le banquier venait de tirer un poignard de sa poche, et lui en enfonça la lame acérée dans le bras.

Le Dandy poussa un cri de douleur.

— Ah! dame! on se défend comme on peut! dit Isaac avec un ricanement sauvage.

Il n'avait pas achevé, que Marcel lui passait un bâillon sur la bouche, tandis que son compagnon de crime, déjà revenu à lui, s'emparait énergiquement des mains de la victime, et, à l'aide d'un croc en jambe, l'étendait sur le parquet, où un tapis moelleux assourdit le bruit de sa chute.

Cependant l'usurier luttait toujours... cet homme était particulièrement robuste, il faisait des prodiges de force pour se soustraire au sort dont il était menacé... mais Lempsac avait posé son genou sur sa poitrine, pendant que son complice commençait à lui lier les jambes et les bras avec deux cordons de sonnette qu'il venait de couper, puis s'adressant à Marcel :

— Est-ce que tu as envie de le laisser mourir de faim dans sa cachette?

— Peut-être!

— Ce serait imprudent.

— Pourquoi?

— Parce que ta femme va se réveiller tout à l'heure, et qu'elle ne manquera pas de le délivrer.

— Tu as raison, alors presse le bouton qui doit faire jouer la cloison, et nous l'achèverons avant de le confier à sa dernière demeure.

Le bandit exécuta aussitôt l'ordre qui lui était donné... puis ils se hâtèrent d'y jeter le cadavre de l'usurier, après lui avoir rendu tout retour à la vie impossible; et, dans la crainte qu'Isabelle ne se réveillât, ils se mirent en devoir de faire disparaître au plus tôt toutes les traces de cette scène violente, et gagnèrent la porte qui communiquait avec le salon par lequel ils devaient sortir. Mais au moment où déjà ils avaient tiré le verrou et s'apprêtaient à ouvrir la porte, un bruit de voix vint jusqu'à eux, ils s'arrêtèrent comme pétrifiés à leur place.

— Entends-tu? fit Marcel.

— Parfaitement.

— Nous sommes pincés...

— Peut-être!

— Connais-tu une autre issue?

— Suis-moi... tout à l'heure, pendant que j'étais dans le cabinet, j'ai prévu le cas où nous serions obligés de nous sauver.

Les deux misérables traversèrent rapidement la chambre et purent constater en passant qu'Isabelle commençait à revenir à elle... ils pénétrèrent alors dans le cabinet.

Une fois là, Saverny indiqua à Lempsac une porte qui devait communiquer avec un corridor, dont l'issue était fermée.

Puis, pendant qu'il s'occupait du soin d'en *travailler* la porte,

le chef colla avidement son regard à celle du cabinet, pour s'assurer de ce qui s'y passait, mais il pâlit, et revint vivement vers
son complice.

— Lequêteur! fit-il avec épouvante, as-tu fini?

— Oui, voilà qui est fait.

— Eh bien, viens... viens vite... car si cet homme était une
fois sur nos traces, nous serions perdus à jamais...

Laissons donc les deux scélérats s'éloigner en toute sécurité
vers le *Lapin blanc*, où leurs amis les attendent, et nous rentrerons, pour quelques minutes, dans cette chambre à coucher,
où nous savons que la baronne de Strévi commençait à revenir
à elle... Après avoir passé à plusieurs reprises sa main sur son
front, comme pour en chasser une pensée importune ou un rêve
pénible, elle rouvrit enfin les yeux, et rencontra devant elle le
nouveau personnage que nous avons introduit; elle se leva et
dirigea machinalement sa main vers l'endroit de la cheminée
où elle avait l'habitude de rencontrer une sonnette... alors seulement elle s'aperçut que les cordons avaient été coupés.

— J'avais déjà remarqué cela!... dit l'inconnu auquel Marcel
avait donné le nom de Lequêteur.

— Mais qui êtes-vous?... monsieur, s'écria la jeune femme qui
sentit revenir toutes ses terreurs... et comment vous trouvez-vous
ici, à cette heure?

Lequêteur se prit à sourire.

— Oh! moi... répondit-il, ma présence s'explique naturellement, et n'a rien qui doive vous surprendre ni vous effrayer.

— Mais encore faut-il savoir...

— Je suis un agent de la police, et un bon agent, j'ose le dire...
si je me suis permis de pénétrer jusque dans votre chambre à
coucher, c'est que je voulais m'assurer par moi-même de ce qui
s'y passe.

— Monsieur! fit la baronne avec hauteur.

— Oh! je ne dis que ce que je veux dire, poursuivit ce singulier interlocuteur, le métier que j'exerce m'oblige à beaucoup
de pénétration, et il y a bien peu de secrets qui puissent m'é-
chapper... or, depuis quelque temps, je ne dois pas vous le cacher... vous m'avez donné quelque inquiétude...

— Mais je rêve encore... balbutia Isabelle.

— Vous n'avez jamais été mieux éveillée, madame; seulement,
votre fierté se révolte à l'idée d'un espionnage que l'on n'exerce

Eh bien, moi, avant une heure, j'aurai appris la vérité.

d'habitude que sur les misérables... eh bien, il faudra pourtant
vous y faire.

— Dans quel but enfin... vous êtes-vous présenté chez moi...
ce soir?...

— D'abord, vous êtes allée récemment à Brest.

— En effet.

— Avec Isaac Mayer.

— Avec mon mari, le baron de Strévi.

— C'est cela même... vous l'appelez le baron, moi, je l'appelle
Isaac Mayer, et c'est absolument la même chose.

— Continuez.

— Vous y avez vu un forçat du nom de Mistral, et je sais même
que vous lui avez donné de l'argent pour faciliter son évasion...
est-ce vrai?

La baronne gardait le silence.

— Vous vous taisez!... ajouta-t-il aussitôt.

— Je ne dis, moi aussi, que ce que je veux dire, répondit la
jeune femme.

Lequêteur fronça le sourcil.

— Diable! dit-il, vous voulez y mettre de la discrétion, pourtant vous avez affaire à forte partie, je vous en préviens, et il se
pourrait faire... au fait, ajouta-t-il comme passant à un autre ordre
d'idées, ce n'est pas de cela qu'il s'agit, cette question, nous la
reprendrons plus tard... pour le moment, un plus grave intérêt
me guide, et c'est de ce qui s'est passé ce soir, ici, que je veux
vous parler.

Isabelle se prit à frissonner au souvenir de Marcel et de Saverny.

La main de son interlocuteur s'étendit vers la pendule.

— N'attendiez-vous pas le baron? dit-il d'une voix nette et
ferme.

— Sans doute, répondit la jeune femme.

— Et ne vous semble-t-il pas au moins étrange qu'il ne soit
pas encore rentré à cette heure?

— Oui, monsieur, en effet... le baron est d'habitude fort exact,
et ce retard...

Puis, pour la seconde fois, son regard s'arrêta sur les cordons
de sonnette coupés, pour se porter de là, comme attiré par une
influence magnétique, vers ce panneau de la cloison, derrière
lequel une tombe avait été creusée.

Lequêteur suivit ce mouvement, et comme l'œil d'un agent
de police est naturellement plus perçant que ne pouvait l'être
celui d'une femme, il vit tout de suite ce que dans son trouble
elle n'eût jamais aperçu peut-être — c'est-à-dire — une tache de
sang — fraîche encore — qui rougissait le papier blanc et satiné
qui tapissait la cloison!

— Ainsi, dit-il alors, vous n'avez pas vu le baron?

— Non, monsieur, je dormais.

— Et vous avez rêvé pendant votre sommeil?

— D'où le savez-vous?

— Un rêve affreux, n'est-ce pas?

— En effet...

— Un assassinat?...

— Mais qui vous l'a dit?...

— Cette tache de sang, madame, qui doit vous en dire encore plus à vous qu'elle ne m'en dit à moi-même...

Une idée subite traversa tout à coup l'esprit de la femme du banquier, et sans demander d'autres explications, elle se précipita vers la cheminée et fit jouer le ressort secret.

VI

LA FLOUEUSE

A la vue du cadavre, Isabelle sentit une sueur froide mouiller ses tempes, et une épouvante sans nom s'emparer d'elle.

— Mort!... assassiné!... s'écria-t-elle en jetant un regard d'une expression singulière sur Lequêteur... mais qui donc est venu ici?... quel est le misérable?...

Puis elle pressa son front de ses deux mains... Et comme si ses souvenirs fussent revenus en foule à cette pression, elle se redressa tout à coup, pâle, les lèvres serrées.

— Oh! ce sont eux!... ajouta-t-elle, ils étaient là... je les ai vus tous les deux... oui! mais je me vengerai.

— Vous les connaissez, n'est-ce pas? insinua Lequêteur... vous pourriez dire leur nom.

— Sans doute.

— Eh bien!... cette vengeance que vous désirez, je vous aiderai à l'obtenir.

— Vous!...

— Répondez-moi, madame, répondez-moi sans détour, et songez que dans cette affaire... mon intérêt est le même que le vôtre!

Lequêteur allait continuer, mais au moment où il venait de refermer la cloison, et invitait la baronne de Stréyi à se rasseoir, la porte de la chambre s'ouvrit avec fracas, et un homme entra.

Un homme de fort mauvaise mine, ma foi!

Paletot usé aux coudes, pantalon effrangé, souliers éculés, chapeau graisseux et effondré, tout annonçait chez ce nouveau personnage une existence interlope et des fréquentations de la pire espèce.

... La comtesse ne l'entendait plus, pour la seconde fois, elle s'était évanouie.

Pour le moment, il était évident que cet homme venait de fournir une longue course... il arrivait essoufflé, les vêtements couverts de poussière, une sueur abondante et sordide couvrait son front...

— Fouillard! dit Lequêteur en allant avec empressement vers le nouveau venu, qu'y a-t-il donc?... et pourquoi viens-tu me chercher?

— Un assassinat... répondit celui que l'on venait d'appeler Fouillard.

— Cette nuit?

— A l'instant.

— De quel côté?

— Aux Champs-Élysées.

— Quelle est la victime?

— Je l'ignore.

— Et l'assassin?

— Je crois le connaître...

Lequêteur prit le bras de son interlocuteur, et le regarda bien en face.

— Un de la bande peut-être?... dit-il avec un sourire.

— Je le crois... répondit Fouillard.

— Son nom?

— Le marquis.

— Lempsac!... fit Lequêteur.

Mais presque aussitôt, le mouvement de joie qui lui était

échappé s'éteignait, et il remua la tête en signe d'incrédulité.

— C'est impossible, fit-il... le marquis sort d'ici à l'instant même...

Puis, se frappant le front, comme saisi d'une idée subite.

— Attendez!... s'écria-t-il avec force... et le regard fixement attaché au parquet, c'est cela... ils l'ont fait sortir du bagne... il est à Paris.

— Qui donc?...

— Imbécile... l'autre...

— Quel autre?...

— Celui qui lui ressemble.

— Léon?...

— Précisément.

Une expression de surprise profonde se peignit sur les traits de Fouillard à cette révélation, il se prit à contempler son maître avec une sorte d'admiration naïve et superstitieuse.

— Ah! c'est égal, dit-il, vous avez trouvé ça tout de suite, vous; moi, je l'aurais cherché jusqu'à la fin de mes jours.

— Comprends-tu, maintenant?... Ce sont toujours les mêmes.

— Mais que faut-il faire?...

— Nous allons nous rendre sur les lieux; il faut que je voie la victime; il doit y avoir là-dessous quelque mystère, et qui sait? peut-être ce nouveau meurtre va-t-il nous mettre sur la voie?... viens! viens.

Fouillard se dirigea aussitôt vers la porte; avant de le suivre,

Lequêteur se tourna vers Isabelle, qui avait assisté, interdite, à ce colloque dont elle ne pouvait saisir le sens.

— Demain, madame, lui dit-il, nous reprendrons, si vous le voulez bien, notre conversation de ce soir... nous sommes, je l'espère, sur la trace des misérables, mais vous pouvez nous donner d'utiles renseignements, et je compte bien vous les demander avant peu... à demain donc, madame.

— Oui, à demain, monsieur, répondit la femme du banquier, qui ne savait quel parti prendre, et à laquelle le voisinage du cadavre de son époux inspirait une profonde terreur.

Lequêteur et son acolyte se rendirent immédiatement sur les lieux où le meurtre du père Trim avait été commis, et se livrèrent à toutes les constatations qu'exigeaient les circonstances.

Le cadavre avait déjà été transporté à la Morgue, et les papiers qui avaient été trouvés sur lui établissaient trop bien son identité, pour qu'il y restât longtemps.

Dès le lendemain, le crime fut connu dans tout Paris, et l'on apprit avec stupeur que la victime était un de ces chercheurs infatigables, que la soif de l'or avait poussé vers la Californie, et qui en revenait avec une fortune de trente millions...

Il n'en fallait tant pour donner lieu à des commentaires de toutes sortes; il y avait surtout un fait qui paraissait inexplicable : le vieillard que l'on avait trouvé assassiné, n'avait point été volé; une bourse à peu près pleine était encore dans sa poche lorsqu'on le releva, et tout attestait que la vengeance ou quelque autre mystérieux motif avait pu seul conseiller le crime.

Lorsque la nouvelle en parvint chez la duchesse de San Lucar, elle avait auprès d'elle un de ses amis, puis Morgan, qui venait lui demander conseil sur la conduite qu'il devait tenir à l'égard de Louise... L'ami de la duchesse raconta ce qu'il venait d'apprendre.

Morgan poussa un cri.

— Qu'avez-vous, mon ami? fit la duchesse.

— Ce que j'ai, madame! mais ce nom de Lemoine est celui du père de Louise.

— Est-ce possible?

— Les misérables l'auront tué... pour lui voler son or.

— Mais au contraire, il paraît que les assassins se sont contentés de frapper.

— Oh! c'est étrange, fit le jeune marin après quelques instants de réflexion, il y a un mystère singulier... mais je vais à la Morgue, et avant une heure, je vous jure que j'aurai appris la vérité.

Et, saluant la duchesse sur ces mots, il s'éloigna en toute hâte.

Vers le soir, dans un mauvais cabaret borgne de la rue Saint-Victor, six hommes se trouvaient réunis autour d'une table boiteuse, sur laquelle étaient placés six verres et une bouteille d'eau-de-vie.

C'était sir Ralph, Lampsac, Léon, Saverny, l'Aveugle et cet autre misérable que nous avons présenté au lecteur sous le nom de Main-d'or.

Marcel prit la parole en ces termes et à voix sombre :

— L'affaire tourne court, et si nous n'y prenons garde, elle nous échappera... aujourd'hui, Pierre Morgan s'est rendu à la Morgue, il a déclaré que le cadavre n'était pas celui de Lemoine. Il y a plus, on sait maintenant que le père Trim a disparu du clos Nitot, puis Lequêteur, qui est à nos trousses, aura bien vite fait de deviner notre plan...

— Mais que faut-il faire? dit Saverny.

— Dans une pareille circonstance, il n'y a pas de demi-mesures; le meurtre de l'homme aux trente millions va faire un bruit de tous les diables; toute la police sera sur pied; il faut payer d'audace.

— Comment?...

— Je vous le dirai à minuit... cité Trévise.

— Irons-nous tous?

— Quatre suffiront... ce sera Saverny, Léon, Main-d'or et moi...

— Et qu'aurons-nous à faire?

— Vous le saurez!... seulement, pendant que nous travaillerons de ce côté, il importe de ne pas oublier le marin... Mistral s'en était chargé, mais je commence à craindre qu'il a laissé sa résolution au bagne; toi, l'Aveugle, tu iras le relancer, car c'est notre plus dangereux ennemi, et je l'ai toujours dit, notre intérêt est donc de nous en défaire au plus tôt.

— Mais Louise?... objecta Saverny.

— Quant à elle... j'ai un projet... il n'est plus possible, dès aujourd'hui, de la laisser entre les mains de sa sœur, et je veux qu'avant la fin de cette semaine, elle m'appartienne par la honte, puisque je ne puis plus l'obtenir par l'amour; maintenant, séparons-nous un à un, mais à la condition de nous retrouver à minuit, au coin de la cité Trévise... quant à toi, l'Aveugle, cette nuit même, tâche de ne pas manquer l'homme en question.

Et ainsi que l'avait ordonné le chef, les bandits sortirent du cabaret un à un, et se dispersèrent bientôt dans des directions opposées.

Il y avait, à cette époque, rue Vanneau, une maison qui a été, je crois, démolie depuis, mais dont les deux étages étaient habités par plusieurs ménages d'employés; une cour intérieure, autour de laquelle s'élevaient deux corps de logis, ouvrait par

une porte à claire-voie, sur un jardin de quelques mètres carrés, dont l'état de délabrement attestait l'abandon dans lequel on le laissait... une porte de ce jardin donnait sur la rue, et au fond, adossé au mur extérieur, on apercevait, à travers les branches de méchants arbres souffreteux, une mauvaise masure, dont le toit était à moitié effondré, et dont la charpente semblait menacer ruine.

Dans cette masure demeuraient un homme et une femme sur le compte desquels les locataires du corps de logis principal eussent été bien empêchés d'exprimer une opinion catégorique.

La femme était jeune encore... trente ans à peine... elle avait des cheveux qui tiraient sur le roux, un front étroit, un nez d'aigle et un visage anguleux; ses yeux avaient une singulière expression; mélange de méchanceté et d'astuce qu'elle ne cherchait même pas à dissimuler, mais qui, en somme, ne pouvait gêner personne autour d'elle, puisqu'elle vivait fort retirée, et qu'on ne la voyait guère qu'à certaines heures de la journée...

Quant à l'homme, il avait des habitudes fort irrégulières.

Il avait vingt ans de plus que sa femme, se montrait rarement dans le jardin, et passait fréquemment les nuits hors de la maison.

Ces deux étranges époux paraissaient d'ailleurs vivre en assez mauvaise intelligence; on entendait souvent, la nuit, la femme élever fortement la voix, on prétendait même qu'il s'était passé entre eux des scènes violentes, et l'on allait jusqu'à dire que l'homme, qui était borgne, avait perdu l'œil qui lui manquait dans une rixe avec son aimable moitié.

Honni soit qui mal y pense!

Or, ce soir-là, la femme était seule... il pouvait être neuf heures, l'ombre avait envahi le jardin, elle venait d'allumer une méchante chandelle, qu'elle avait placée sur la table de bois blanc, et tout en grommelant, elle allait et venait à travers l'unique chambre qui lui servait d'habitation.

Ses cheveux, qui n'avaient point été peignés depuis longtemps, flottaient ébouriffés sur son front; ses vêtements, rapiécés en maints endroits, se collaient sordidement à son corps osseux, et un ignoble rictus venait de temps à autre rider ses lèvres minces et pâles!...

Tout à coup elle s'arrêta et parut écouter.

La porte du jardin qui donnait sur la rue venait de s'ouvrir; des pas pesants et lourds s'appuyaient sur le sol, et bientôt, un homme parut sur le seuil.

C'était l'Aveugle!

— Ah! c'est toi... dit, en l'apercevant, sa femme d'une voix rauque, on ne te voit plus maintenant, et je ne sais quelle vie tu mènes!...

— Diable! fit l'Aveugle avec une insouciance qui témoignait de l'habitude qu'il avait de ces sortes de réception, il paraît que nous avons mis notre bonnet de travers.

— Quand cela serait?

— Dame!... ça ne serait pas agréable.

— Au moins apportes-tu de l'argent?

Pour toute réponse, l'Aveugle fouilla dans sa poche, et jeta une pièce d'or sur la table.

À cette vue, l'œil de la femme s'écarquilla... elle tendit vers la table une main décharnée et osseuse, et ses doigts crochus s'emparèrent avec un mouvement fébrile de la pièce d'or qui reluisait à la lumière.

— De l'or! de l'or! dit-elle avec un hoquet étranglé.

L'Aveugle haussa les épaules.

— As-tu de l'eau-d'all?... reprit-il presque aussitôt en fronçant le sourcil.

— Oui, répondit la femme.

Et après avoir fait disparaître la pièce d'or dans sa poche, elle alla chercher dans un buffet en bois vermoulu une bouteille dans laquelle restait à peu près la valeur de quelques verres d'eau-de-vie...

— C'est bien! fit l'Aveugle... maintenant, va à la porte, et veille à celui qui doit venir...

— Tu attends donc quelqu'un?...

— Un ami.

— Qui cela?

— Mistral.

— Moi... je n'aime pas cet homme, dit la femme dont un pli soucieux avait creusé le front tout à coup... et s'il doit passer ici la soirée...

L'Aveugle fit entendre un ricanement.

— Eh bien, rassure-toi, la Floueuse... dit-il d'un ton goguenard, Mistral est un bon zig, et nous ne resterons que quelques minutes.

— Vous allez donc sortir?...

— Sans doute.

— Pour la nuit?

— Probablement.

Le visage de la Floueuse resplendit, elle ne put contenir un mouvement de joie.

— Allons!... va, ajouta l'Aveugle qui allumait sa pipe... et surtout, prends garde qu'on ne remarque nos allées et venues.

À peine la Floueuse, ainsi qu'il l'appelait son homme de son nom de guerre, eut-elle atteint la porte du jardin, que deux coups frappés discrètement vinrent lui annoncer la visite attendue.

Elle ouvrit, et Mistral entra.

— Eh! c'est l'amie de mon cœur!... dit le Provençal en reconnaissant celle qui lui ouvrait, l'Aveugle est-il à la case?

— Il vous attend...

— A la bonne heure, j'aime l'exactitude, bagasse... et d'ailleurs je lui apporte de bonnes nouvelles.

Un instant après, les deux amis causaient familièrement.

— Ça, dit Mistral d'un accent de bonne humeur, il faut que la sainte Vierge s'en mêle, troun de l'air, car, le diable me brûle, si je ne viens pas de rencontrer celui que nous cherchons.

— Près d'ici?

— A deux pas.

— Mais que vient-il y faire?

— Je ne le lui ai pas demandé.

— Aurait-il quelques soupçons?

— Par les cornes du père Mistral, il aurait tort... car je me sens animé pour lui des meilleurs sentiments.

L'Aveugle se prit à rire.

— Ce diable de Provençal, dit-il en lâchant une bouffée, il ferait rire un mort.

— Il faut que celui-là le soit cette nuit...

— Je ne demande pas mieux.

— Eh bien! s'il en est ainsi, bagasse... debout, et partons du pied gauche.

— Tu crois que tu l'as laissé où tu l'as laissé?

— Lorsque je l'ai rencontré, il était appuyé contre le mur de la maison située en face de celle-ci, et regardait une fenêtre avec des yeux qui ressemblaient à des charbons ardents.

— Quelle fenêtre?

— La dernière... et je parie qu'il y a là quelque jeune bouton de rose...

L'Aveugle s'était pris à réfléchir... et après quelques secondes de silence il frappa rudement sur la table.

— J'y suis!... dit-il alors avec un accent ferme et résolu.

— Une femme, n'est-ce pas? fit Mistral.

— En effet.

— Je l'avais deviné... elle est jolie?

— On le dit.

— Et riche?

— Non, pauvre au contraire... on prétend qu'elle a eu des malheurs... on la voit rarement... on dirait qu'elle se cache...

— Mais pas assez, bagasse, pour que le jeune fils de Neptune ne l'ait découverte... Eh bien, profitons de la circonstance, pendant qu'il contemple les fenêtres de sa belle, le moment est favorable, et il y a peu de passants dans la rue...

Les deux amis, après avoir vidé la bouteille, se dirigèrent à pas de loup vers la porte du jardin, qu'ils ouvrirent avec précaution.

De loin, la femme les suivit, anxieuse, et quand ils furent sur la rue, au lieu de fermer la porte, comme elle l'aurait dû faire, elle la laissa entrebâillée, s'assit sur le seuil et attendit.

Mais que pouvait attendre la Floueuse à cette heure, et sous l'humidité pénétrante de la nuit?... elle savait bien cependant que l'Aveugle ne rentrerait pas, et à moins de quelque mystère d'amour...

Eh bien!... que les sceptiques raillent tant qu'ils le voudront, mais il faut le dire, cette femme, usée de bonne heure par les vices les plus sordides, et les débauches les plus honteuses, cette femme décharnée et repoussante, vêtue de vêtements en lambeaux et qui ne semblait vivre que pour l'avarice... cette femme avait pourtant un amour au cœur!...

Hideux et ridicule amour, direz-vous!

Pourquoi donc?...

Voyez-la!... depuis dix minutes ses joues creuses se sont colorées, sa poitrine osseuse s'est prise à battre, ses mains desséchées compriment fièvreusement son cœur... un éclat inattendu illumine son front... ce n'est déjà plus la même femme... toutes les natures, toutes les conditions, tous les vices sont égaux devant l'amour!...

Et la voilà qui écoute, qui tremble, qui frémit, qui craint et qui espère, absolument comme pourrait le faire une duchesse du noble faubourg Saint-Germain!

Toutefois, hâtons-nous de le dire, la Floueuse n'attendit pas longtemps; un quart d'heure s'était à peine écoulé depuis le départ de Mistral et de l'Aveugle, qu'une tête se montra timidement dans le jardin.

— Fouillard! dit la femme d'une voix tremblante.

— Est-il parti?... demanda l'acolyte de M. Lequêteur.

— Entre! entre !... fit la Floueuse.

Et cette fois, elle poussa la porte de la rue, qu'elle ferma à double tour!

Nous laisserons donc ces deux personnages à leurs singulières amours, et nous reviendrons vers l'Aveugle, que Mistral avait entraîné à la recherche de Morgan.

Seulement, le Provençal s'était un moment trouvé désappointé, quand, arrivé sur la rue, il n'avait plus trouvé celui qu'il y avait laissé quelques instants auparavant...

— Troun de l'air !... s'écria-t-il, l'oiseau est déniché.

— Où le repincer, maintenant?... fit l'Aveugle.

— Oh! il ne peut être loin !...

L'étonnement de Mistral était naturel... c'était bien Morgan, en effet, qu'il avait aperçu, au moment où il rentrait chez l'Aveugle; mais comment et pourquoi il avait disparu si vite, c'est ce qu'il ne pouvait comprendre.

Pour nous qui le savons, nous pouvons l'expliquer au lecteur.

Ainsi que l'avait dit l'Aveugle, dans cette maison de la rue Vanneau, habitait depuis quelque temps une femme jeune et belle, qui y vivait fort retirée, ne recevant jamais personne, et paraissant éviter avec soin tout contact avec les locataires, ses voisins.

Nul ne la connaissait, et elle ne connaissait personne.

Pendant les premiers jours, on s'était étonné de cette espèce de séquestration volontaire à laquelle elle semblait se condamner, mais peu à peu on finit par s'habituer à ce mystère, et comme le voisinage de la jeune femme ne pouvait, après tout, inquiéter qui que ce fût, qu'elle paraissait douce et résignée, les commentaires s'apaisèrent d'eux-mêmes, et la curiosité chercha d'autres aliments.

De son côté, la jeune femme continua l'existence qu'elle avait menée dès le premier jour.

Seulement un œil observateur eût pu remarquer que chaque jour amenait une pâleur plus mate sur son front, que ses joues se creusaient davantage, et que bien souvent son visage portait les traces évidentes de larmes.

C'est qu'en effet, la malheureuse femme ne pouvait se consoler de la terrible catastrophe qui avait si rudement ébranlé sa vie !...

Gabrielle, c'était elle, avait fui la maison où elle avait rencontré Marcel, et depuis le jour où elle avait revu ce misérable, elle n'avait plus eu ni repos, ni trève... elle craignait à chaque instant de le rencontrer de nouveau; la honte et le remords veillaient sans cesse à son chevet; et le passé se dressait chaque nuit comme un spectre devant ses yeux épouvantés!

Cette existence devenait intolérable!

D'ailleurs, la misère était venue ajouter les détails les plus pénibles à cette situation déjà si tourmentée, et le jour où Morgan, ayant cru la reconnaître dans la rue, l'avait suivie à distance et était venu se placer sous ses fenêtres, ce jour-là, il y avait vingt-quatre heures que la comtesse de Vivonne n'avait mangé !...

Elle était rentrée défaillante, abattue, découragée, presque mourante.

L'avenir s'assombrissait, et de tristes appréhensions troublaient déjà son esprit.

Elle s'assit, accablée, sur une chaise, et regarda cette pauvre chambre où tout annonçait le dénûment le plus complet.

Il ne lui restait plus rien!... Elle avait vendu un à un tous les objets qui lui venaient de sa mère... les seuls qu'elle eût conservés de sa fortune passée... il ne lui restait plus que sa pauvre robe d'indienne, et le petit châle modeste qui couvrait ses épaules.

Les douleurs de la faim déchiraient sa poitrine et communiquaient à son cerveau une sorte de délire, contre lequel elle cherchait vainement à se défendre.

Elle avait peur d'elle-même !...

Elle n'osait plus envisager l'avenir... la charité publique pouvait seule lui offrir quelque ressource; un amer désespoir gonflait son sein; elle n'avait plus réellement conscience d'elle-même; son œil étincelait, une sourde révolte grondait en elle, un sourire nerveux crispa ses lèvres.

— Oh! c'est trop souffrir !... c'est trop souffrir !... balbutiait-elle affolée... que puis-je encore espérer de la vie, maintenant, rien; mais non... il y a un moyen d'en finir...

Puis, elle descendit l'escalier, et gagna la rue d'un pas ferme, Où allait-elle ainsi? elle ne le savait pas... Une sorte d'instinct fatal la poussait... elle allait en avant, et comme attirée par un mystérieux vertige vers les bords de la Seine.

C'est alors que Pierre Morgan l'avait suivie... mais de loin, et sous l'empire d'une épouvante sans nom.

C'est aussi pour ce motif que les deux bandits avaient un moment perdu la trace de leur victime... toutefois, en dix secondes, ils furent sur sa piste...

Lorsque Gabrielle parvint sur les quais, elle marcha rapidement vers le premier pont qui s'offrit à son regard, et se penchant avidement sur le parapet, elle se mit à regarder l'eau profonde et noire...

— Voici le moment... fit l'Aveugle à voix basse, après avoir remarqué que Morgan gagnait aussi le pont qui était désert en ce moment.

— Avançons, alors .. fit Mistral.

Madame de Vivonne leva enfin son beau regard vers le ciel voilé, une larme coula le long de sa joue... Je suis encore! fit-elle; puis, elle sembla faire un suprême effort sur elle-même, monta sur la balustrade et se précipita dans le fleuve...

— Eh bien! fit l'Aveugle qui ne s'occupait guère de la malheureuse femme, qu'attends-tu?...

Pour toute réponse, le Provençal se jeta sur le jeune marin, mais au moment où il levait la main pour frapper, ce dernier sauta à son tour par-dessus le parapet, et l'on entendit le bruit de la chute d'un corps dans l'eau!

Les deux amis se regardèrent ébahis...

Morgan était un des plus habiles et des plus courageux nageurs, aussi en moins de cinq minutes, il ramenait la malheureuse, et la déposait enfin sur la berge, où de prompts secours devaient lui être rendus par quelques mariniers du voisinage.

Pendant plusieurs minutes elle demeura étendue, sans mouvement, sur la terre humide, pâle comme une morte, et respirant à peine... mais, peu à peu, on ramena la vie dans ce corps déjà glacé; les couleurs revinrent à ses joues, et son sein se souleva avec effort...

A ce moment, et par discrétion, on l'avait laissée seule avec son sauveur.

Et d'abord, elle promena sa main sur son front, comme pour se rappeler ce qui s'était passé... puis elle chercha d'un regard étonné à reconnaître l'endroit où elle se trouvait... puis, enfin, saisie tout à coup par le sentiment de la réalité, elle poussa un cri et tenta de se soulever.

— Oh! mon Dieu! mon Dieu! balbutia-t-elle... je voulais mourir, et l'on m'a sauvée... que vais-je devenir?

— Vous vivrez!... murmura doucement Pierre Morgan à son oreille.

— Vivre! vivre!... mais je ne le veux pas, entendez-vous... je tromperai toute surveillance, toute sollicitude... et il faudra bien que l'on me laisse mourir... car je le veux... vous dis-je... je le...

La malheureuse femme s'arrêta... une pâleur mortelle se répandit de nouveau sur ses joues... une sueur froide perla sur ses tempes, elle comprima son cœur de ses deux mains.

— C'est impossible!... soupira-t-elle comme si elle se fût parlé à elle-même.

— Qu'avez-vous?... demanda Morgan.

— Laissez-moi.

— Mais je suis votre ami, moi.

— Mon Dieu!... fit Gabrielle les mains jointes, m'avez-vous donc réservé cette honte nouvelle...

Le jeune marin écoutait.

— Et moi qui voulais mourir... continua la pauvre femme avec un amer désespoir... moi qui voulais me tuer... O honte! ô malheur! je n'ai même plus ce droit, maintenant...

Morgan, l'œil fixé sur elle, cherchait à pénétrer le sens de ses mystérieuses paroles... Tout à coup, portant la main à son front, comme frappé d'une révélation subite :

— Gabrielle !... fit-il en jetant un cri...

Mais la comtesse de Vivonne ne l'entendait plus... pour la seconde fois, elle s'était évanouie.

La malheureuse venait de s'apercevoir qu'elle portait dans son sein le fruit d'un horrible amour!...

Mistral et l'Aveugle, voyant leur coup manqué, s'étaient enfuis en tout hâte, remettant la partie à une autre fois.

Mais ce jour-là même, vers minuit, deux hommes pénétraient mystérieusement dans la cité Trévise, par la rue Bleue, pendant que deux autres y entraient par la rue Richer. Les deux premiers étaient Léon et Main-d'or, les deux autres, Saverny et Marcel.

Les quatre bandits se rencontrèrent autour du rond-point.

— Bien ! fit Lempsac avec satisfaction, vous êtes exacts, et cela est d'un bon augure... le coup que nous allons tenter n'est pas d'ailleurs bien dangereux, seulement, il importe de ne pas se faire pincer, et c'est là que doivent se porter toutes nos préoccupations.

Et, se tournant alors vers une des maisons de la cité :

— Là, continua-t-il, demeure un des premiers et des plus riches banquiers de la capitale; il n'a ni femme ni enfants, et une servante d'une trentaine d'années environ habite seule avec lui. Cet homme est des habitudes régulières... son appartement est au deuxième étage... le premier est vacant, et les locataires du troisième sont à la campagne... nous allons y entrer, le concierge sera couché, je lui jetterai en passant le nom de notre homme, Main-d'or et Léon me suivront, après s'être déchaussés; quant à Saverny, il restera allongé sur l'asphalte, feignant d'être ivre, et veillant à ce qu'on ne vienne pas nous déranger.

— Est-ce tout? dit Saverny.

— Oui, pour le moment.

— Eh bien, en route... et tâchons surtout de *refroidir* le banquier et la bonne sans les faire crier.

Marcel marcha vers la maison qu'il avait désignée et sonna; presque aussitôt la porte s'ouvrit.

Le gaz était éteint; une obscurité complète régnait dans l'escalier, les trois bandits montèrent jusqu'au deuxième étage.

Quelques jours auparavant, le chef avait pris les empreintes de la porte d'entrée, et il s'était fait faire une clef, à l'aide de laquelle ils pénétrèrent facilement dans l'appartement.

Léon frotta aussitôt une allumette contre le mur.

Mais quelques précautions qu'ils eussent prises, le bruit qu'ils avaient fait venait de réveiller la servante, qui sauta courageusement à bas de son lit.

— Qui est là? cria-t-elle en cherchant à ouvrir sa porte qui donnait sur l'antichambre.

— Main-d'or !... interrompit brusquement Marcel... tu as ton couteau... à toi cette femme.

Celui-ci ne se le fit pas répéter... c'était son début et il voulait gagner ses éperons. Il poussa rudement la porte, et avant que la pauvre fille eût eu le temps de se reconnaître, il lui appliquait une main vigoureuse sur les lèvres, pendant que de l'autre, il lui enfonçait son couteau à trois reprises dans la poitrine.

La malheureuse tomba, baignée dans les flots de sang qui s'échappèrent par ses trois blessures.

— Est-elle morte? fit le marquis à voix basse.

— Je crois que oui... répondit Main-d'or.

— Eh bien, à l'autre, et faisons vite...

Ils passèrent dans la pièce contiguë. C'était une chambre spacieuse... meublée avec une élégance sévère, et comme il convient à un prince de la finance; sur un lit était étendu un vieillard endormi, car il n'avait rien entendu.

Léon éleva un moment la bougie qu'il tenait à la main, les trois bandits purent contempler pendant quelques secondes la belle et calme figure de cet homme!

Mais les misérables ne devaient pas se laisser toucher par son aspect vénérable... d'ailleurs Marcel avait hâte d'en finir, il tira son casse-tête de sa manche, et en deux coups, il brisa le crâne de la victime, qui ne s'était même pas réveillée, tant la mort avait été prompte.

Une fois le crime commis, la dévastation commença, chacun fit main basse sur tous les objets qui pouvaient lui convenir, et quand ils eurent brisé la caisse, vidé les tiroirs, empoché tout l'or qu'ils trouvèrent, ils songèrent à la retraite.

Le marquis de Lempsac était heureux; un sourire de satisfaction plissait ses lèvres, il serra les mains de ses hommes.

— Allons, dit-il, la fortune est pour nous!... demain, tout Paris parlera de l'assassinat de la cité Trévise, grâce à cette affaire, la police nous laissera peut-être tranquilles... maintenant, que chacun tire de son côté, et surtout évitons le *Lapin blanc* pendant quelques jours.

Si le lecteur le veut bien, nous lui dirons ce qui se passait chez notre nouvelle connaissance, maître Lequêteur, pendant que ce crime s'accomplissait cité Trévise.

VII

LE CABARET DE LA MÈRE PONISSE

Il faisait nuit noire; l'Aveugle marchait bon pas : tout en rasant les murailles, il réfléchissait à ce qui venait de se passer, et était vivement contrarié; l'échec qu'il venait d'éprouver allait déranger les plans du chef; ce Morgan était un ennemi dangereux, et Marcel avait déclaré de la façon la plus catégorique qu'il importait de le faire disparaître; l'Aveugle ne se pardonnait pas de l'avoir manqué, et il songeait déjà au moyen de prendre sa revanche.

En moins d'un quart d'heure il eut atteint sa demeure, introduisit doucement la clef dans la porte, la poussa sans bruit, et pénétra dans le jardin.

Tout était silencieux et sombre... mais une lumière brillait encore dans l'unique chambre de la masure, et l'Aveugle crut entendre venir à lui le bruit de deux voix, dont l'une seulement lui était familière.

Que se passait-il en son absence?... avec qui se trouvait la Floueuse, et que lui fallait-il penser de ce mystère?

Certes, il n'y avait pas place pour un amour quelconque dans le cœur de cet homme, mais un terrible soupçon traversa son esprit, et ses deux poings se fermèrent avec un sentiment de haine et de jalousie profondes. Jamais encore l'idée ne lui était venue que la Floueuse pouvait le tromper, et ce soupçon lui communiqua un trouble inouï. Il s'avança cauteleusement, puis colla son visage contre les vitres de la fenêtre, et reconnut tout de suite Fouillard.

L'Aveugle mordit ses lèvres jusqu'au sang, sa poitrine se souleva avec effort... un moment même il fut sur le point de se précipiter sur fureur sur les deux misérables qui le trompaient, mais la prudence triompha de ce premier mouvement inconsidéré, et il contint avec violence et écouta.

Fouillard était assis à une table sur laquelle se trouvaient deux verres et une bouteille d'eau-de-vie... il buvait et fumait.

La Floueuse, accroupie à ses pieds, tenait une de ses mains dans la sienne, le regardait, émue et troublée, absolument comme eût pu le faire une jeune vierge.

— Tu as bien entendu!... dit enfin Fouillard en secouant la cendre de sa pipe.

— Oui, oui, répondit la Floueuse.

— Demain, je ne viendrai pas.

— Où vas-tu donc demain?

— Une expédition.

— Quelque danger à courir peut-être.

— C'est probable.

— Je vais passer toute la nuit dans une inquiétude mortelle.

Fouillard se prit à sourire.

L'excellent homme se sentit heureux et fier d'être aimé pour lui-même, et il arrêta un moment son regard, plein d'ardentes effluves, sur le singulier objet de son amour.

— Eh bien, lui dit-il avec complaisance, je veux te donner une preuve de la confiance que j'ai en toi...

— Parle ! parle ! fit la Floueuse.

— Demain, continua Fouillard, Lequêteur et moi, nous ferons une descente au *Lapin blanc*.

— Vous serez accompagnés, au moins ?... s'écria la Floueuse en pâlissant.

— Non, nous serons seuls.

— Mais ils vous tueront...

— Bah ! je les connais...

— Oh ! prends garde... s'ils te tuaient, je ne te survivrais pas.

Fouillard se leva et répondit :

— Il faut que je me rende chez Lequêteur.

— Déjà !

— Je reviendrai.

— Bientôt ?

— Je ne sais...

La Floueuse passa ses deux mains sur son front, et croisa ses bras sur sa poitrine osseuse :

— Oh ! dit-elle alors... comme la nuit prochaine va me sembler longue !...

— Pauvre amie !... murmura Fouillard.

— Non... non... je ne te laisserai pas courir seul de tels dangers...

— Que prétends-tu donc faire ?

— Je t'accompagnerai, mais sans te compromettre... ne crains rien !... J'irai au *Lapin blanc*... je te verrai venir... et s'ils veulent attenter à tes jours... c'est à moi qu'ils auront affaire.

Fouillard ne répondit pas, mais il attira doucement la Floueuse dans ses bras, et les deux amants échangèrent un baiser passionné.

— A demain !... dit Fouillard.

— Oui, oui, à demain, répondit la Floueuse.

— Surtout, sois discrète... si ceux que nous voulons surprendre pouvaient se douter de nos projets, tout serait perdu.

La femme eut un sourire fauve.

— Sois tranquille... répondit-elle avec un regard où toute sa passion éclatait, on connaît la Floueuse au *Lapin blanc*... et nul ne saura pourquoi je m'y serai rendue !...

Un nouveau baiser unit, pour la seconde fois, le couple hideux.

Fouillard s'était enfin dégagé de l'étreinte de sa maîtresse et gagna rapidement la porte extérieure, par laquelle il disparut.

L'Aveugle s'était caché derrière la masure, de sorte que l'amant de la Floueuse ne put le voir en passant.

Du reste, l'aimable Fouillard avait en ce moment bien autre chose en tête; il avait surtout de se rendre auprès de son chef de file, dont il devait prendre les dernières instructions touchant l'expédition du lendemain.

Lequêteur et Fouillard formaient une paire d'amis ; il s'était établi depuis longtemps, entre ces deux hommes, une de ces intimités étroites et profondes qui s'expliquent soit par une communauté de goûts dans le présent, soit par des liens mystérieux dans le passé.

Lequêteur, en attendant son ami, était sourdement agité... l'expédition qu'il avait projetée pour le lendemain ne laissait pas que de l'inquiéter... non qu'il redoutât les dangers qu'il allait courir, ni qu'il voulût s'y soustraire : — Lequêteur avait du courage à sa façon, et il déploya bien souvent, dans cette chasse au bandit, une ardeur, une audace, une énergie qui l'avaient depuis longtemps signalé à l'attention de ses supérieurs ; — mais cet homme avait l'amour de son art, et ce qu'il craignait par-dessus tout, c'était d'échouer dans cette entreprise qui se préparait.

Lequêteur n'était pas seul à cette heure, et devant son bureau une femme était assise, vêtue de noir, et le visage couvert d'un long voile de crêpe.

— Nous ferons pour votre vengeance tout ce qu'il nous sera possible, madame, dit Lequêteur, mais il faut que vous nous aidiez.

— Je ne demande pas mieux... répondit la jeune femme, qui n'était autre qu'Isabelle, et je suis prête à vous prêter le concours le plus complet.

— Quant à Isaac... poursuivit Lequêteur, il est inutile de s'en préoccuper ; sa disparition n'éveillera aucune réclamation, et le gredin n'a eu, après tout, que ce qu'il mérite.

— Comment cela !... fit la baronne ; veuillez vous expliquer, je vous prie.

— Plus tard... Isaac Mayer a été trop longtemps sous notre surveillance pour que j'aie pu l'oublier... et, je le répète, son oraison funèbre ne sera pas longue à prononcer... mais je vous l'ai dit, madame, ce n'est pas de lui qu'il s'agit, mais bien de vous.

— Parlez, répondit la jeune femme, que voulez-vous savoir ?

— D'abord, j'ignore qui vous êtes.

— Qu'importe cela ?...

— Cela importe beaucoup.

— Je suis la fille du général de Ramon.

— Je le sais...

Lequêteur allait poursuivre, quand un bruit de pas vint attirer son attention. C'était Fouillard qui venait s'incliner humblement devant son maître.

— Ah ! ah ! c'est toi, Fouillard, dit Lequêteur en lui tendant la main, au moins tu es exact.

— Ne le suis-je pas toujours ?... fit l'amant de la Floueuse.

— Si fait, si fait...

— D'ailleurs, aujourd'hui, j'ai quelques renseignements à vous communiquer.

— Vraiment !

— Oui, et je les crois importants.

— Voyons donc alors...

Fouillard parut rappeler un moment ses esprits.

— D'abord, reprit-il bientôt après, j'ai revu le Bancal.

— Eh bien !

— Le Bancal est l'homme qui a relevé de l'homme des Champs-Élysées et qui lui a donné les premiers secours pendant que je venais vous chercher, rue du Helder ; il avait disparu depuis cette nuit-là, et je n'avais pu le rejoindre ; mais un soir je l'ai retrouvé.

— Après...

— Il paraît que, malgré ses blessures, la victime a parlé.

— Et qu'a-t-il dit ?

— C'est un mystère... le vieux n'avait voulu en rien dire ; mais se voyant sur le point de mourir, il n'a pas voulu emporter son secret avec lui...

— Quel secret ?

— Deux enfants... qu'on lui avait ordonné de faire mourir et qu'il a sauvés...

— A qui étaient ces enfants ?

— A la duchesse de San Lucar.

— Mais pourquoi n'a-t-il pas parlé plus tôt ?

— Ah ! voilà... la mère occupe, dit-on, une position élevée, elle est riche, elle est noble... et ses enfants, abandonnés dès leur jeune âge, ont, à ce qu'il paraît, fort mal tourné de sorte qu'ils sont devenus deux gredins de la pire espèce.

— Tu en es sûr ?

— C'est ce qu'il a dit.

— Mais comment s'appellent-ils ?

— Ce sont deux frères jumeaux... l'un s'appelle Léon et l'autre Marcel...

— Que dis-tu là, cher ami ?

— Ce que le Bancal m'a affirmé...

Lequêteur s'était levé ; il parcourait la chambre avec agitation, et son regard fixe et ardent s'attachait obstinément au parquet.

Isabelle, de son côté, avait éprouvé une violente commotion au nom de Marcel, et tout son être avait tressailli à la révélation faite par Fouillard.

Il y avait, en effet, un mystère terrible dans tout ceci, et elle commençait vaguement à en comprendre le sens.

Son cœur battait avec force, une sueur froide perlait sur ses tempes ; une pâleur mortelle s'était répandue sur ses traits.

— Marcel ! Marcel ! balbutia-t-elle d'un son de voix étrange, est-ce possible, mon Dieu !...

Comme elle achevait ces paroles à voix basse, son regard se rencontra avec celui de Lequêteur.

— Vous avez entendu, madame ? fit ce dernier.

— Parfaitement, monsieur.

— Ce mystère, révélé par la malheureuse victime des Champs-Élysées, ne pourrait-il pas se rapporter à ceux que nous poursuivons ?

— De qui parlez-vous ? fit la baronne sur un ton d'étonnement parfaitement joué.

Lequêteur la regarda fixement.

— Ne me comprenez-vous pas ? dit-il avec brusquerie.

— Je cherche... répondit la jeune femme.

— Vous paraissez disposée à poursuivre les misérables qui ont assassiné Isaac ?

— Je suis encore dans les mêmes dispositions.

— Eh bien, faites-nous connaître quels sont ceux qu'il faut frapper.

— Mais je ne les connais pas, moi...

— Ce n'est donc pas le marquis de Lempsac ?

— Vous raillez, je crois...

— Cependant... ne l'avez-vous pas donné à entendre ?

— Non, monsieur ; le marquis de Lempsac est un homme que l'on a poursuivi injustement... moi-même, croyant avoir à me plaindre de lui, j'ai plus d'une fois cherché à le perdre.. mais, Dieu merci, j'ai été éclairée à temps, et aujourd'hui je n'ai qu'un désir, un seul, c'est de le défendre.

Lequêteur s'inclina.

— A merveille, dit-il avec ironie, mais vous n'oubliez qu'une chose.

— Laquelle ?

— C'est que nous sommes sur les traces du marquis, et que demain, si je le veux, je le fais jeter en prison, car c'est un homme sur le compte duquel il doit y avoir plus d'un méfait, et quand ce ne serait que le meurtre de votre mari !

Isabelle sourit.

— Quant à celui-là, répondit-elle, vous m'avez dit vous-même que sa disparition n'inquiéterait personne.

Lequêteur réprima un mouvement de dépit, et il se rapprocha de la baronne.

— Voyons, lui dit-il d'un ton doucereux et insinuant, il s'est passé, avouez-le, une chose qui vous a fait changer d'avis, au sujet de votre vengeance, ce doit être le récit de Fouillard?

— Quand cela serait! d'ailleurs vous me permettrez bien de réfléchir avant de prendre une pareille détermination.

— Soit! fit Lequêteur, mais quant à nous, nous ne pouvons abandonner ainsi la partie.

— Comme vous voudrez, fit Isabelle en se dirigeant vers la porte; agissez en toute liberté... et qui sait! peut-être dans quelques jours voudrai-je vous offrir le concours que je vous refuse aujourd'hui...

En parlant ainsi, la jeune femme fit un signe de tête à Lequêteur, puis elle disparut.

Lequêteur l'avait suivie un moment, mais quand elle eut refermé la porte, il étendit le bras vers elle, et, se tournant du côté de Fouillard :

— Voilà notre ennemie! s'écria-t-il avec colère, et c'est sur elle qu'il faut veiller maintenant.

Le lendemain soir, l'Aveugle arriva de bonne heure au cabaret de la rue aux Fèves. Il était huit heures à peine. En passant devant le comptoir, il salua le père Pitanche, à qui il adressa un signe convenu, et passa dans la seconde salle, puis demanda de l'eau-de-vie; et quand le garçon qui vint le servir se fut retiré en fermant la porte derrière lui, il alla examiner avec soin l'état dans lequel se trouvait la trappe, fit jouer le ressort à plusieurs reprises; et visiblement satisfait du résultat de cet examen, il alla reprendre sa place et se versa un bon verre de l'eau-de-vie demandée.

Presque au même instant d'ailleurs la porte s'ouvrit, et Léon entra, suivi de Saverny.

Tous deux vinrent serrer la main de l'Aveugle et prirent place à ses côtés.

— Eh bien! firent les deux bandits en riant, on a donc des chagrins domestiques? Il paraît que la Floueuse veut encore courir la prétantaine... mais qui aurait cru cela de Fouillard?

— Oh! quant à lui... fit l'Aveugle d'une voix sombre, son affaire est réglée, et je jure qu'il passera un mauvais quart d'heure.

— Il va donc venir?

— Oui, et avec Lequêteur encore.

— Eh bien, ce sera drôle! s'écria Saverny avec enjouement, et de cette manière au moins nous pourrons faire d'une pierre deux coups!...

Pendant que Saverny parlait, chacun s'était assis, et l'Aveugle était allé de nouveau vers la trappe qu'il avait ouverte...

— Maintenant, dit-il à Léon, vous savez, vous autres, ce que vous devez faire, et dès qu'ils viendront, vous agirez; quant à moi, je me charge d'achever ceux que vous voudrez bien m'envoyer.

Et sur ces mots, il disparut.

Dans ce moment, un nouveau personnage pénétrait dans la salle. C'était un homme d'une cinquantaine d'années environ, cheveux grisonnants, favoris tirant sur le roux, un peu maigre et élancé, et dont le visage était troué de deux petits yeux fauves, qui firent lestement le tour de la salle.

Léon et Saverny le couvèrent des yeux, et se communiquèrent presque aussitôt leur impression par un regard vif et prompt...

Cet homme leur était complètement inconnu... c'était la première fois qu'ils le voyaient!...

Cependant le nouveau personnage s'était assis sans laisser paraître la moindre émotion; il avait demandé une bouteille de vin qui lui avait été servie, et, après en avoir avalé deux ou trois verres coup sur coup, il s'était tourné tranquillement vers ceux qui le regardaient.

Saverny se sentit mal à l'aise, et Léon fit mine de se lever... l'autre se prit à rire.

— Oh! dit-il avec belle humeur... on dirait que je vous fais peur, les amis; cependant, je suis un bon zig, comme vous, et s'il vous fait plaisir de trinquer avec un ancien...

— Qui donc es-tu? demanda Saverny en se rapprochant de lui.

— Un ami... répondit l'inconnu.

— D'où viens-tu?

— De là-bas...

— Et comment t'appelle-t-on?...

Pendant ce rapide colloque, Léon venait de faire quelques pas vers leur mystérieux interlocuteur, et, soit inadvertance, soit préméditation, en passant près de lui, il avait poussé son front du coude, et avait dérangé quelque peu la perruque dont il était coiffé...

Saverny se prit aussitôt à rire.

— Fouillard!.. s'écria-t-il avec une expansion du meilleur aloi.

— Je me doutais de quelque chose!... ajouta Léon.

— Eh bien, poursuivit Saverny en s'adressant à l'amant de la Floueuse, je t'en fais mon compliment; un instant, je t'ai fait l'honneur de te prendre pour un honnête homme...

Fouillard avait déjà remis sa perruque dans son état normal, mais la mèche était éventée et il fallait veiller...

Sa situation n'était pas sans danger, auprès de ces deux gredins qu'il connaissait de longue date, et il savait qu'ils n'étaient pas hommes à reculer devant un nouveau crime.

Il sourit donc au compliment de Saverny, et s'inclina avec courtoisie...

— Mais cela ne suffit pas... continua Léon, et il faut savoir ce que M. Fouillard vient faire ici.

— Oh! c'est le moindre des choses... répondit ce dernier avec ironie, j'ai appris que vous vous réunissiez quelquefois au Lapin blanc, et j'ai voulu passer une soirée en votre compagnie.

— À la bonne heure... fit Saverny, je reconnais là un véritable ami... seulement, tu sais les conditions, ma petite vieille, car, n'entre pas qui veut au cabaret de la mère Pouisse.

— Quelles conditions? répondit Fouillard.

— Presque rien... quand on a pénétré ici, et qu'on n'est pas de la bande...

— Eh bien...?

— Eh bien... on n'en sort plus!

— Vraiment, messieurs?...

— Du reste, je serais charmé de faire quelque chose qui pût t'être agréable, et si tu as quelque recommandation à nous faire, nous nous en acquitterons avec tout le zèle dont nous sommes capables!

Fouillard fit la grimace et tourna son regard du côté de la porte.

Mais Léon s'était dirigé de ce côté... et sa main résolue s'était posée sur la serrure.

Fouillard comprit alors qu'il fallait avoir recours aux grands moyens.

Il tira donc deux pistolets de sa poche.

— Ça, dit-il d'une voix ferme et nette, vous paraissez, l'un et l'autre, me prendre pour un imbécile, et vous croyez que je vais me laisser assassiner bêtement comme un homme ordinaire... Je suis venu avec l'idée de trouver quelqu'un qui n'y est pas, et comme ma recherche est inutile, je vais me retirer... voilà, du reste, deux camarades qui m'y aideront un peu... en outre, si cela ne suffit pas, j'ai quelques amis dans la salle à côté; de plus, le père Lequêteur m'attend rue Saint-Éloi, et ce sera ne pas avoir de chance, si aucun d'eux ne vient à mon secours.

Saverny et Léon échangèrent un regard et parurent se consulter sur le parti à prendre... pour eux aussi, il y avait un grand danger à jouer cette partie si, comme l'affirmait Fouillard, des agents de police étaient apostés aux environs.

— Eh bien... mes petits agneaux, dit Fouillard sur un ton goguenard, vous réfléchissez...

— Oui, mais qui donc attendais-tu?... demanda Léon.

— Il s'appelle Marcel.

— Qu'est-ce à dire?

— Ou le marquis de Lempsac... si tu le préfères.

Pendant l'échange de ces quelques paroles, Léon s'était rapproché à pas lents vers Fouillard; quand ce dernier prononça le nom de son frère, il se trouvait à deux pas de lui, et il n'eut qu'à lui jeter ses bras autour du cou, pour le mettre dans l'impossibilité d'ajouter un mot de plus.

L'infortuné Fouillard avait à peine pu proférer un cri de détresse, qui n'était guère destiné à franchir l'enceinte étroite et sourde dans laquelle se passait cette scène.

Mais il y avait là, à deux pas, une malheureuse femme qui, le corps penché, l'oreille avidement tendue, ne pouvait rester insensible à cet appel, et elle n'eut pas plutôt entendu le cri poussé par Fouillard, qu'elle se leva d'un bond, avec un mouvement de panthère irritée, poussa violemment la porte qui s'ouvrit, et se précipita sur Léon, dans la figure duquel elle planta ses ongles acérés comme des griffes.

Léon lâcha un juron énergique et fit un soubresaut, qui permit à Fouillard de se dégager.

Mais ce moment de répit fut de courte durée, car, presque aussitôt, il se sentit repris par Saverny, que l'intervention de la Floueuse avait surpris également, mais qui n'avait pas tardé à reprendre son aplomb habituel.

— Est-ce donc là la maîtresse à Fouillard!... fit Léon en cherchant à lui prendre les mains pour la jeter par terre.

— Vous êtes des lâches!... cria la Floueuse.

Et en disant cela, elle tournait incessamment autour des deux bandits, cherchant à jeter ses ongles au visage du premier, et s'attachait parfois avec acharnement aux jambes du second.

De son côté, Fouillard ne restait pas inactif; bien qu'il ne fût pas d'une force herculéenne, l'instinct de la conservation lui avait communiqué une ardeur inaccoutumée; à plusieurs reprises, il avait engagé la lutte avec son adversaire, et plus d'une fois, il avait pu l'entraîner jusqu'à la cloison, contre laquelle il l'avait tenu quelques secondes en respect. Ce combat pouvait, en se prolongeant, amener les plus graves complications. Léon et Saverny comprirent qu'il fallait à tout prix en finir.

Mais pour cela faire, il importait de se débarrasser d'abord de la Floueuse, et ce n'était peut-être pas le plus facile...

Heureusement pour les misérables, que le hasard vint encore cette fois à leur secours.

Dans la lutte, Fouillard avait laissé tomber ses pistolets, et, ainsi que nous l'avons dit, il cherchait depuis quelques instants à entraîner son adversaire contre la cloison, espérant qu'il pourrait, une fois là, dégager un de ses bras, s'armer de son poignard, et se débarrasser finalement de Saverny.

Mais ce dernier, en apercevant le bouton mystérieux qui faisait jouer le ressort de la trappe, le poussa vivement, et un trou béant s'ouvrit à quelques pas de Fouillard, avant que celui-ci eût eu le temps de se rendre compte du mouvement de son adversaire.

Fouillard laissa échapper un cri où il pouvait bien y avoir un peu d'effroi.

— Eh bien... fit le bandit d'une voix goguenarde, tu dois cependant connaître cela.

— Est-ce que tu prétends m'y faire disparaître?

— C'est ce que nous allons voir... d'autant que l'Aveugle t'y attend, et qu'il ne serait pas fâché de te payer ce qu'il te doit.

Ce nom qui tombait à ce moment dans la conversation, révéla à Fouillard une partie des choses dont il cherchait l'explication.

C'était évidemment l'Aveugle qui avait prévenu ses amis, et qui avait préparé le guet-apens.

— Ah! ah! ça te défrise! continua Saverny.

Pour toute réponse, Fouillard lui asséna sur la tempe un vigoureux coup de poing qui l'envoya trébucher contre la muraille, et peut-être cette brusque attaque eût-elle permis à son adversaire de s'échapper, si au même moment Léon, abandonnant la Floueuse, n'avait franchi la trappe et ne s'était attaché à Fouillard avec une colère désordonnée. Il lui enfonça ses doigts énergiques dans le cou, et pendant qu'il s'efforçait de l'étrangler, Saverny, revenu à lui, le prit par les jambes et le poussa vers le gouffre, dans lequel il disparut en appelant à son aide...

Cependant la Floueuse restait debout, et quand elle vit disparaître le corps de son amant, elle poussa un cri de hyène affamée, et se jeta sur les deux assassins.

— A moi! à moi!... s'écria-t-elle d'une voix déchirante... ah! misérables...

— Qu'en dis-tu? fit Léon à Saverny.

— Je dis qu'elle est gênante...

— Faut-il la faire disparaître tout à fait?

— Comme tu voudras.

— Oui, mais l'Aveugle?...

— Bah! il ne sera peut-être pas fâché d'en être débarrassé.

— Eh bien! dit Léon, c'est un point qu'il faut éclaircir... En lui envoyant sa femme de cette manière, il prononcera lui-même sur son sort!

Et sans attendre la réponse de son ami, le bandit entraîna brusquement la Floueuse jusqu'au bord de la trappe, et, par un mouvement vigoureux, la jeta à son tour dans le gouffre.

Saverny marcha vers le bouton qu'il fit jouer aussitôt et ferma ainsi la trappe sur le mari, la femme et l'amant.

— Maintenant, dit-il, m'est avis qu'il faut détaler au plus tôt.

— C'est mon opinion.

— Dans ce cas, où vas-tu?

— J'ai promis à Marcel d'aller le rejoindre.

— Où cela?

— Il avait une entreprise pour cette nuit... je crois qu'il s'agit de Louise... mais si nous voulons le retrouver, nous ferons bien d'aller le rejoindre dans son appartement de la rue Saint-Georges...

— Allons-y...

Puis les deux amis s'éloignèrent.

Ainsi que l'avait dit Léon, le marquis était, ce soir-là, occupé de Louise; mais la pauvre enfant était loin de se douter du danger qu'elle courait.

Le matin même, elle avait vu Morgan, et avait passé une heure auprès de lui. Au son de sa voix, à la manière affectueuse et presque tendre dont il lui avait serré les mains, l'orpheline avait un moment pu croire que le sentiment qu'elle éprouvait pour le jeune marin était bien près d'être partagé. Un flot de bonheur était monté à son cœur, et sans savoir précisément ce qu'elle disait, elle avait prié Morgan de revenir le soir même, l'assurant qu'elle n'était heureuse et rassurée que lorsqu'elle le voyait.

Le jeune homme ne s'était pas fait prier. Cet amour si chaste et si pur de la jeune fille l'avait pénétré tout entier; il se laissait aller à cette pente insensible qui l'entraînait, et les heures les plus aimées étaient celles qu'il passait auprès d'elle.

Il promit donc de revenir le soir même.

Mais quand il se présenta, à l'heure convenue, à la demeure occupée par Louise et Madeleine, les deux sœurs avaient disparu.

AUX CHAMPS-ÉLYSÉES ET SOUS LA TRAPPE

Marcel n'était pas resté inactif: pendant que ses amis se débarrassaient au *Lapin blanc* de l'un de leurs plus terribles adversaires, il avait fait un grand pas vers le succès de l'entreprise commune.

Comprenant que, s'il permettait à Morgan de fréquentes visites auprès des deux sœurs, son influence pourrait se trouver gravement compromise à un moment donné, il avait usé d'habileté avec Olga, et renouvelé les scènes de séduction dans lesquelles il était passé maître, laissant entrevoir à la jeune femme un amour qu'il n'éprouvait pas, mais qu'il exprimait avec une sincérité parfaitement jouée, il avait obtenu son consentement à une séparation d'avec sa sœur, qui était le seul but qu'il poursuivait en ce moment.

— Écoute, lui avait-il dit, ta position m'a touché plus que je ne saurais te le dire; tu es belle, tu es jeune, tu peux faire beaucoup pour le bonheur de l'homme qui se présente à toi, un peu blasé sur toutes les émotions de cette vie... je t'ai retirée du gouffre où tu étais tombée, je puis t'aimer, te relever tout à fait, si tu veux... mais il ne faut pas que Louise se doute des relations qui nous lient... il ne faut pas qu'elle sache dans quel abîme mon amour est allé te chercher... et puis cette enfant nous gênerait... l'amour a besoin de mystères; nous le comprendrait pas le nôtre, il faut l'éloigner... mais pour quelques jours seulement... je te dirai, du reste, quelle retraite charmante j'aurai choisi pour elle... nous irons la visiter... elle s'habituera à nous voir ensemble, elle finira par comprendre sans secousse et par une transition habilement ménagée, elle devinera notre amour avant de s'être doutée de la honte.

Olga baissa la tête...

C'était une fille d'une nature vivement impressionnable, comme toutes celles que le vice entraîne de bonne heure; le langage que lui parlait le marquis la touchait profondément; elle se sentait emportée sur une pente et vers des horizons inconnus... elle était heureuse d'être aimée, et comme tout en elle était sincère et spontané, elle ne pouvait croire à une duplicité quelconque de la part de celui qu'elle regardait déjà comme son amant.

Le soir, sous un prétexte quelconque, il emmenait elle-même Louise dans une charmante petite maison, située avenue des Champs-Élysées, et la laissait aux mains d'une femme de chambre, à laquelle Marcel avait déjà donné les instructions les plus précises.

A vrai dire, Louise n'avait pas fait trop d'objections.

Cette séparation, elle l'avait déjà plus d'une fois désirée, et depuis qu'elle pouvait espérer que Morgan l'aimerait un jour, elle se sentait plus gênée que jamais mal à l'aise au milieu du luxe de l'appartement habité par sa sœur. Il y avait dans l'existence de Madeleine un mystère dont elle ne voulait pas chercher à percer le voile, mais que son instinct lui faisait pressentir à moitié. C'était un désordre dont la source lui était étrangère, mais dont elle souffrait intérieurement, surtout quand elle songeait que Morgan pouvait le découvrir...

Depuis quelques jours, on lui avait dit que son père était revenu avec une grande fortune, mais sa disparition ne permettait pas de toucher pour le moment à cette fortune, et Louise ne pensait pas sans frisson à cette existence qu'elle serait obligée de partager avec sa sœur.

Certes, elle aimait Madeleine de toute son âme, et pour rien au monde elle n'eût voulu faire une chose qui pût lui déplaire, mais elle aimait, et l'intérêt de cet amour commandait impérieusement à son cœur!

Puis, quand Madeleine lui proposa d'elle-même de la conduire dans une maison où elle serait seule et libre, Louise accepta-t-elle avec un empressement qui eût froissé Olga dans toute autre circonstance. La jolie enfant recommanda bien à sa sœur de la venir voir souvent, la pria instamment d'amener Morgan, ou de le lui envoyer, et lorsqu'elle se trouva seule, dans son petit appartement meublé avec un goût exquis, qu'à travers sa fenêtre elle aperçut les grands arbres d'un jardin en fleurs, quand elle put se dire qu'elle était seule dans cette maison, et que, dès ce moment, ses appréhensions n'avaient plus de raison d'être, une immense satisfaction emplit son cœur, et elle remercia Dieu dans toute l'effusion de son âme.

Ah! c'est que vie aimait maintenant, et qu'elle croyait pouvoir s'abandonner sans remords à toute l'ivresse de ce premier amour... et pourquoi en aurait-elle rougi? son cœur était pur... elle n'avait rien dans le passé qu'elle pût se reprocher, elle pouvait regarder l'avenir sans trouble!

La pauvre fille ignorait encore à ce moment entre quelles mains elle était tombée, et quelle trame ténébreuse l'enveloppait déjà à moitié!

Elle était toute confiante et ne songeait pas à avoir peur.

Seulement, quand vint la nuit, que l'ombre eut tout envahi autour d'elle, et qu'elle se trouva dans sa chambre à coucher, seule, avec une femme de chambre qu'elle ne connaissait pas, et dont le regard avait quelque chose d'effronté et d'ironique, malgré elle, elle sentit une vague terreur s'emparer de son esprit, alors elle commença à réfléchir sérieusement à sa position.

En ce moment, la cloche de la grille retentit, elle prêta l'oreille... mais la personne qui avait sonné ne reçut pas vraisemblablement la réponse qu'elle attendait, car le silence se fit aussitôt, et Louise se retourna étonnée vers la femme de chambre.

— Qu'est-ce donc que cela? demanda-t-elle fort soucieuse.

— Quelqu'un qui se sera trompé de porte... répondit la camériste en continuant de ranger l'appartement.

— Nous sommes bien isolées ici... ajouta Louise.

— Est-ce que mademoiselle aurait peur?...

— Je ne sais...

— Mais que craignez-vous?

La jeune fille ne répondit pas... elle s'assit près de la fenêtre et se prit à rêver...

Bien qu'elle eût été amenée dans cette maison par sa sœur, elle ne pouvait se défendre d'un certain sentiment de crainte, puis elle se demandait maintenant pourquoi on l'avait séparée de Madeleine, et sous l'empire de quelle pensée on l'avait isolée.

Ce qui lui semblait tout à l'heure fort naturel, et favorable même à certains désirs inavoués de son cœur, lui paraissait maintenant bien dangereux; malgré elle, elle se sentait envahie peu à peu par de mystérieuses et profondes terreurs.

La nuit était venue tout à fait... Il était onze heures... tout en réfléchissant à sa position, elle se déshabillait et n'était plus vêtue que d'un long peignoir blanc qui dessinait vaguement ses formes ravissantes, quand tout à coup la porte de sa chambre s'ouvrit, et que Marcel entra.

Elle jeta un cri effrayé et recula instinctivement vers la fenêtre...

— Ne craignez rien, mon enfant, fit le marquis d'une voix douce et câline; mon intention n'est pas de vous effrayer, et si je viens à cette heure, c'est qu'il m'a été impossible de venir plus tôt...

— Mais vous pouviez remettre à demain votre visite, fit Louise toute tremblante, et sans se douter encore du danger qu'elle courait.

— Demain, ce serait trop tard... répondit Marcel.

Cette tache de sang, madame.

— Que me voulez-vous donc?

— C'est moi qui ai conseillé à votre sœur de vous choisir cette retraite, et en lui donnant ce conseil, je n'ai eu d'autre but que d'éloigner de vous un homme qui désormais ne doit plus vous voir.

— Monsieur Morgan! s'écria Louise.

— Lui-même.

— Mais quel intérêt et de quel droit?...

Le marquis fit un geste insouciant.

— Écoutez-moi, mon enfant, lui dit-il, Morgan est un homme dangereux, il aurait contrarié les projets que j'ai formés, et tôt ou tard, sa présence eût amené un antagonisme que j'ai voulu éviter.

— Mais je ne comprends pas...

— Morgan vous aime.

— Qui vous l'a dit?

— Je l'ai deviné.

— Quand cela serait... M. Morgan n'est-il pas libre... n'était-il pas digne d'être aimé, lui aussi?

— Peut-être!

— Eh bien?

— Eh bien, cet amour ne pouvait que devenir un obstacle aux vues que j'ai sur vous, et j'ai dû rompre vos relations.

Louise eut un regard singulier et fier, puis elle regarda son interlocuteur en face.

— J'aurais cru, répondit-elle d'une voix ferme, qu'avant d'agir ainsi, vous m'eussiez au moins consultée... car je me demande encore qui a pu vous autoriser à prendre une pareille détermination.

— Mais l'intérêt que je vous porte... fit Marcel.

— Cet intérêt ne serait légitime que si je l'acceptais.

— Et vous le repoussez?

Louise garda le silence... le marquis fronça le sourcil.

— Demain, reprit presque aussitôt la jeune fille, M. Morgan sera prévenu de ce qui se passe... et ce qu'il me dira de faire, je le ferai!...

— Tenez, mon enfant, vous paraissez ne pas bien comprendre la situation dans laquelle vous vous trouvez... vous ignorez dans quels abîmes était tombée votre sœur, et à quelle prostitution honteuse je l'ai arrachée.

— Mon Dieu! balbutia Louise.

— Votre sœur ne peut donc vous venir en aide, car votre vertu même est un reproche sanglant pour elle, et si elle vous plaint au fond du cœur, le jour où vous tomberez, il y aura en elle un sentiment qui se réjouira, car elle est femme, et votre chute vous mettra au même niveau qu'elle.

— Ah! vous la calomniez... interrompit Louise.

— Quant à Morgan, poursuivit Marcel, il ne vous aime aujourd'hui que parce qu'il a appris que vous étiez riche, et cet amour-là, je ne sais jusqu'à quel point il est permis de s'y fier...

— Vous ne croyez donc à rien, vous-même?... murmura la jeune fille pénétrée d'horreur et d'épouvante.

— Moi! je crois aux faits accomplis, je crois à la volonté humaine, et je crois que vous aimerez celui qui aura pris toutes les précautions pour que vous lui apparteniez.

— Et cet homme?

— C'est moi!...

— Mais c'est infâme!... c'est impossible... vous ne me parlez ainsi que pour m'effrayer.

Le marquis alla à la porte qu'il ferma à clef.

— Nous sommes seuls, Louise, lui dit-il alors en se rapprochant d'elle, cette maison est isolée, la femme de chambre qui vous sert m'est dévouée, et en venant ici, j'avais résolu que vous seriez à moi...

— Oh!... Dieu me sauvera!

— Aucune puissance humaine, aucune intervention divine ne peut vous sauver; vous êtes à moi, vous dis-je... et demain, vous n'aurez d'autre alternative que celle d'unir votre sort au mien.

— Jamais, monsieur, jamais.

Marcel sourit et l'enlaça de ses bras.

— Je t'aime, lui dit-il à voix basse et passionnée, je t'aime plus que je n'ai aimé Gabrielle, plus que je n'ai aimé aucune femme en ce monde... tu es belle, tu es chaste, tu es pure, et ces trésors de beauté et d'innocence dont le ciel t'a dotée, il me les faut, entends-tu, et malheur à celui qui voudrait me les disputer!...

En parlant ainsi, le marquis de Lempsac effleura de ses lèvres le cou de la jeune fille, qui fit un violent effort sur elle-même, se dégagea vivement de son étreinte et courut vers la fenêtre qu'elle ouvrit...

— Ah! vous êtes lâche! s'écria-t-elle hors d'elle-même, vous êtes sans pitié pour moi qui suis sans force, et vous voulez obtenir par la violence ce que j'aurais refusé à votre indigne amour!... Eh bien!... non, vous serez trompé dans vos infâmes calculs... je crains moins la mort que la honte de vous appartenir... et si vous ne sortez à l'instant même de cette chambre, je me jette par cette fenêtre...

Louise n'avait pas achevé, que Marcel la reprenait avec énergie dans ses bras.

Voilà, du reste, deux camarades qui m'y aideront un peu.

— Folle! dit-il avec feu, folle qui veux lutter contre moi... mais vois donc mon regard... écoute mon cœur qui bat... ne te l'ai-je pas dit... une volonté puissante est en moi, et nul ne peut te sauver; tu m'appartiens.

— Ah! laissez-moi, je veux mourir.

— Tu es à moi...

— Mon Dieu! mon Dieu!... venez à mon secours.

Marcel répondit à cet appel par un ricanement infernal.

Dans la lutte que soutenait l'orpheline, ses cheveux s'étaient dénoués et couraient en flots abondants sur ses épaules... ses joues s'étaient colorées de pudeur et de honte, elle était plus belle que Marcel ne l'avait jamais vue...

En ce moment, lui-même était sincère dans ses désirs de possession !... ses yeux brillaient d'un feu inaccoutumé... sa poitrine était émue; c'était bien réellement un amant que l'ardeur de la lutte enivre et que la passion rend fou !

Louise comprit qu'elle était perdue !

Deux fois, elle avait jeté un cri suprême d'épouvante, mais ces cris s'étaient évanouis sans écho dans la nuit qui l'entourait... deux fois aussi, elle avait échappé aux bras du marquis et avait couru vers la fenêtre, bien résolue à chercher dans la mort un refuge contre la honte dont elle était menacée, mais le bandit ne voulait pas abandonner une partie où la victoire lui était assurée, et chaque fois, il l'avait reprise, et ses lèvres s'étaient posées plus brûlantes sur son front et sur ses yeux.

La pauvre fille était à bout de forces... une sueur froide perlait sur ses tempes; sa poitrine haletait; un désordre inouï régnait dans toute sa personne... Marcel vit que la lutte allait finir, un sourire de triomphe plissait déjà ses lèvres, et deux secondes après, la jeune vierge vaincue, à moitié évanouie, se laissa tomber mourante sur un fauteuil.

C'en était fait.

Le chef de la bande du Lapin blanc jeta un cri de joie, la souleva doucement dans ses bras; mais en ce moment, un grand bruit se fit entendre au dehors; le nom de Louise troubla le silence de la nuit, et presque aussitôt un homme parut à la fenêtre et sauta dans la chambre.

C'était Pierre Morgan. Dès qu'il eut aperçu Marcel, il marcha droit à lui, et lâcha la détente d'un pistolet.

Quand la fumée de la poudre se fut dissipée, Morgan ne vit plus devant lui que le corps inanimé de Louise.

Le bandit avait disparu...

Peut-être avait-il craint une lutte... peut-être avait-il pensé que le jeune marin n'était pas venu seul... toujours est-il qu'il s'était hâté de fuir, et que Morgan était resté maître de la situation.

Cependant, ce dernier n'avait, en cette circonstance, demandé conseil qu'à son courage et à son amour... C'était lui qui, quelques instants auparavant, était venu sonner à la grille de la maison, sur les indications de Madeleine; cette séparation des deux sœurs lui avait paru inexplicable, et il avait craint quelque nouvelle trahison de la part de leurs ennemis.

Le concierge, prévenu par Marcel, avait répondu à ses questions, qu'il ne connaissait pas Louise, qu'il ne l'avait pas vue, que la maison était inhabitée; et le jeune marin, soupçonnant quelque ruse dans cette réponse, était resté rôdant autour de l'habitation.

L'arrivée du marquis de Lempsac l'éclaira tout à coup, et il devina une partie de ses projets...

C'est alors que notre jeune homme avait escaladé le premier étage, et, guidé par son amour, il était arrivé à temps pour sauver Louise!

Elle était toujours évanouie... mollement étendue sur le divan, les cheveux répandus autour d'elle, le visage pâle, elle avait l'air d'une morte!

Morgan lui prit la main et la baisa longuement.

D'abord, elle ne comprit pas ce qui s'était passé... mais lorsque le sentiment de la réalité lui revint tout à fait, quand elle se rappela la lutte qui avait eu lieu, que l'image de Marcel passa devant elle, et qu'elle vit à sa place le jeune marin agenouillé à ses pieds et la contemplant d'un air soumis et tendre, une joie immense pénétra son cœur, et par un mouvement irréfléchi et spontané, elle jeta ses bras autour du cou de son sauveur.

— Vous! vous!... dit-elle avec un doux oubli de toute pudeur... ah! le ciel a donc entendu ma prière!...

— Oui, Louise, reprit Morgan, oui, Dieu a permis que je vinsse à temps à votre secours.

La pauvre fille se prit à rougir, et retira doucement ses bras.

— Mais vous n'avez couru aucun danger au moins?... dit-elle avec un frisson d'épouvante.

— Rassurez-vous, cher ange.

— Ah! si vous saviez quel homme c'est que ce marquis de Lempsac!

— Je le connais.

— Mon Dieu! s'il allait revenir...

— Il faut s'attendre à toutes les infamies de la part de cet homme, fit Morgan avec énergie, aussi est-il urgent que nous quittions au plus tôt cette demeure...

Louise se leva...

Morgan se hâta de jeter un manteau sur le peignoir dont la jeune fille était vêtue, couvrit ses cheveux d'un voile épais, et lui offrant le bras, ils se dirigèrent vers la porte qui conduisait à l'escalier.

Mais ils n'en avaient pas fini avec les événements de cette nuit fatale, car ils avaient à peine fait quelques pas dans la pièce contiguë, que la porte s'ouvrit devant eux.

Un homme entra.

Le marin ne le connaissait pas; c'était la première fois qu'il le voyait... il s'arrêta inquiet et étonné...

Sir Ralph, car c'était lui, fit de sa main un geste impérieux aux deux jeunes gens.

Morgan réprima un mouvement d'impatience.

— Qui êtes-vous et que voulez-vous?... demanda-t-il d'une voix nette et ferme.

— C'est selon... répondit sir Ralph... ami ou ennemi, à votre choix...

— Qu'est-ce à dire?...

— C'est-à-dire que vous allez rester dans cette maison, à moins que vous ne consentiez à sortir seul...

— Vous raillez.

— Choisissez!

Pour toute réponse, Morgan venait de tirer un second pistolet qu'il arma.

— Est-ce là tout ce que vous avez à me dire?... fit-il aussitôt.

— Votre sort est entre vos mains, répondit Ralph.

— Vous ne voulez pas me laisser passer?

— Je vous l'ai dit.

— Alors, vous voulez que je vous tue?

— Quand vous m'aurez tué, vous trouverez deux hommes qui vous attendent derrière cette porte.

— Vous croyez peut-être m'effrayer?

— J'essaye de vous rendre prudent.

Morgan abaissa son arme; mais avant qu'il eût lâché la détente, Louise lui prit le bras:

— Ah! prenez garde, mon ami, s'écria-t-elle, prenez garde... ces hommes seront impitoyables... ils vous tueront sans pitié... et s'ils vous tuent, Morgan, que deviendrai-je sans défenseur?

Le jeune homme frémit... l'observation de la jeune fille était juste, et il fallait, dans la circonstance, avoir plus de prudence encore que de courage!

— Louise!... dit-il bientôt après en se penchant vers la jeune fille, nous sommes ici au pouvoir de misérables qui ne respecteront ni votre jeunesse, ni votre pureté... quelque parti que nous prenions, d'ailleurs, le danger est égal et la situation sans issue... aussi, croyez-moi, ne vous laissez pas effrayer par des menaces, qui peuvent n'être que des forfanteries, osons regarder en face le danger dont ils veulent nous épouvanter.

En parlant ainsi, il marcha résolûment vers la porte, entraînant sur ses pas Louise plus morte que vive, et passa devant sir Ralph, qui l'avait regardé venir en souriant.

Seulement quand il atteignit la porte, il vit qu'elle s'ouvrait d'elle-même, et aperçut, sur le seuil, deux hommes armés qui l'y attendaient.

Mais avant de poursuivre ce récit et de raconter ce qu'il advint de nos deux jeunes gens, le lecteur trouvera bon sans doute que nous lui disions en peu de mots ce qu'étaient devenus Fouillard et la Floueuse, que nous avons laissés dans une situation fort critique.

Comme nous le savons déjà, tous deux avaient été précipités par la trappe du Lapin blanc, et étaient tombés très-gravement contusionnés dans le caveau souterrain, où les attendait l'Aveugle.

Ce dernier était préparé; mais s'il espérait que ses amis ne tarderaient pas à lui envoyer Fouillard, il fut assez désagréablement surpris quand il vit arriver la Floueuse quelques minutes après.

Certes, ils étaient l'un et l'autre dans un assez piteux état; mais l'imminence du danger, la peur de la mort, l'ardeur de la vengeance ranima toutes leurs forces, et bien que l'Aveugle fût armé d'un énorme marteau de fer, il comprit qu'il allait avoir fort à faire avec deux adversaires aussi exaspérés.

Il avait commencé par Fouillard.

Dès qu'il l'avait vu tomber à ses pieds comme une masse inerte, sans lui laisser le temps de se reconnaître, il lui avait appliqué un coup de marteau qui n'avait porté que sur l'épaule.

La douleur arracha un cri terrible au malheureux, qui se redressa sanglant, et dont les doigts crispés s'accrochèrent avec toute la violence du désespoir à la gorge de son bourreau.

Ils étaient robustes l'un et l'autre, et si l'Aveugle était armé, Fouillard avait pour lui d'être beaucoup plus jeune et plus agile.

En un clin d'œil et désarmé son adversaire, et sans doute il en eût eu bien vite raison, si la blessure et les contusions qu'il avait reçues ne lui eussent enlevé une partie de ses forces.

Ce fut en ce moment que la Floueuse vint prendre sa part du combat...

En tombant, elle s'était à moitié brisé une jambe; mais la colère l'avait rendue presque folle, et elle n'eut pas plutôt aperçu l'Aveugle, qu'elle se précipita sur lui, et commença, des dents et des ongles, une attaque impétueuse, à laquelle il était bien difficile d'opposer une défense quelconque.

— Ah! brigand! assassin! cria-t-elle hors d'elle-même, les vêtements en lambeaux, en proie à une fureur sans nom... ah! tu voulais m'assassiner... eh bien, c'est ce que nous allons voir...

L'Aveugle ne savait plus quelle contenance faire; c'était une furie déchaînée; elle poussait des cris qui n'avaient plus rien d'humain; il sentit ses dents et ses ongles entamer ses chairs, et une inquiétude vague commençait à s'emparer de son esprit.

Heureusement pour lui que, malgré l'impétuosité du choc sous lequel il avait manqué trébucher, il put, à un moment, ressaisir le marteau qu'il avait laissé tomber.

D'un coup, cette fois mieux appliqué, il envoya la malheureuse Floueuse rouler contre un angle de la muraille, et, se retournant immédiatement vers Fouillard, il reprit énergiquement l'offensive.

Cette lutte avait un caractère sinistre sous ces voûtes sombres, à cette heure lugubre.

C'était un combat sans précédent, entre trois êtres mus par une haine sauvage, et que la mort seule pouvait assouvir.

La Floueuse s'était relevée. Une large blessure fendait son front, une plaie béante ouvrait sa poitrine, le sang coulait abondamment sur ses joues et ses vêtements. Un râle sourd et entrecoupé s'échappait de ses lèvres.

Elle était hideuse à voir et à entendre.

Elle dressa ses deux bras décharnés, comme ceux d'un spectre, et se traîna, le regard vitreux et effaré, jusqu'à l'Aveugle, aux vêtements duquel elle s'accrocha de nouveau avec la suprême énergie de la mort.

L'Aveugle éprouva comme un frisson.

Dans sa longue vie de crimes, il avait assisté à bien des spectacles épouvantables, et son cœur était depuis longtemps blindé à cet endroit. Mais, cette fois, le drame prenait des proportions inouïes, et il avait hâte d'en finir avec un pareil tableau.

Sans prendre garde davantage à Fouillard, qui cherchait à le renverser, il repoussa donc du pied la misérable femme qui s'acharnait après lui, et, jouant de nouveau du marteau, il le laissa lourdement retomber sur sa tempe qui éclata.

C'était le coup de grâce.

La Floueuse ne prononça pas une parole; seulement, ses mains crispées se détendirent, ses bras lâchèrent prise et retombèrent inertes le long de son corps, un râle hideux, roulant sur le sol, alla s'allonger aux pieds de Fouillard, à qui elle adressa un dernier regard plein d'une expression douloureuse.

Il y eut un moment de profond silence.

Que se passa-t-il? Qui pourrait le dire?

Les deux hommes restèrent quelque temps immobiles et muets, le regard fixe, le front penché devant cette femme morte.

Si bas qu'elle fût tombée, la victime avait été la maîtresse de chacun de ces deux hommes, et, à cette heure, ils se sentaient tous deux tristement impressionnés.

Mais ce sentiment ne pouvait être que passager. La situation même les emportait, et ils reprirent bientôt leur haine et leur fureur.

Toutefois, au moment où ils allaient recommencer la lutte, ils s'arrêtèrent l'un et l'autre, comme s'ils eussent obéi au même sentiment.

L'Aveugle s'était baissé tout à coup et avait prêté l'oreille. Fouillard en avait fait autant.

Un bruit étrange venait de se faire entendre.

L'Aveugle tressaillit.

Était-ce Saverny et Léon qui venaient à son aide, où n'était-ce pas plutôt Lequêteur qui accourait au secours de son fidèle Fouillard?

Cette dernière hypothèse était la plus vraisemblable, et, dans ce cas, il fallait se hâter de fuir.

Les pas approchaient; ils s'appuyaient doucement et avec précaution sur le sol. Ce n'étaient pas évidemment des habitués du *Lapin blanc*, et l'Aveugle, ne prenant conseil que de sa prudence, crut devoir se diriger immédiatement vers cette issue que Marcel leur avait indiquée naguère; mais, au moment où il tournait déjà le couloir qui y conduisait, il se sentit rudement appréhender au corps et désarmer, avant même qu'il eût pu faire usage de son marteau.

C'était Lequêteur lui-même qui venait de faire cette importante capture.

En un tour de main il avait mis les menottes à l'Aveugle.

Ce dernier essaya de lui résister. Quoique déjà bien fatigué par la lutte qu'il venait de soutenir, il tenta d'énergiques efforts contre les agents qui l'avaient *empoigné*. Mais que pouvait-il faire contre le nombre? Il n'y avait aucune chance pour lui de se soustraire au sort qui l'attendait, et il dut se résigner. C'est ce qu'il fit.

— Ah! te voilà donc enfin pincé! dit Lequêteur en l'entraînant vers le lieu qu'il venait de quitter.

Et, en apercevant le cadavre de la Floueuse qui gisait ensanglanté à terre:

— Diable! ajouta-t-il en se retournant à plusieurs reprises, il paraît que nous ne faisions pas bon ménage, rue Vanneau?

L'Aveugle ne répondit pas et se contenta de lever les épaules.

— Bon! bon! continua Lequêteur, tout cela sera mis sur ton compte, et je te déclare d'avance que ton affaire est mauvaise... à moins, cependant, poursuivit-il avec un regard oblique, que l'on ne consente à jaser un peu avec son ami.

L'Aveugle le regarda finement du seul œil qu'il avait de bon.

— Tu me prends donc pour un de ta bande? dit-il brusquement et avec une sombre énergie.

Lequêteur se prit à rire.

— Ils commencent tous comme cela, répondit-il; le morceau est là, on ne veut le manger... les imbéciles! ce n'est qu'après qu'ils ont tâté du pré qu'ils se décident à jaspiner... Eh bien, nous attendrons.

Et, sur un signe qu'il adressa à ses hommes, ils se mirent en route.

— C'est égal, reprit Lequêteur bientôt après, j'espérais une meilleure capture. Ce sont toujours les mêmes: Léon, qui s'est échappé de Toulon; le Dandy, qui a cu le mal du pays à l'étranger; mais c'est l'autre qu'il me faut, c'est l'autre que je pincerai bientôt.

— Qui donc cela, l'autre? dit l'Aveugle d'un air ironique.

— Le chef.

— Vous le connaissez donc?

— Peut-être.

— Et pourquoi ne l'arrêtez-vous pas?

— Ça viendra, mon bonhomme; il est adroit, je le sais; mais on n'apprend pas à Lequêteur à faire des grimaces, et je lui apprendrai avant peu de quel bois je me chauffe.

En parlant ainsi, ils avaient remonté l'escalier, et se trouvaient dans la cour qui précède le cabaret du *Lapin blanc*.

Lequêteur s'arrêta.

Une idée venait de lui traverser le cerveau.

— Au fait, dit-il, pendant que nous y sommes, nous pourrions bien visiter l'établissement... Fouillard, va mettre l'Aveugle dans le panier à salade, et, quand tu l'auras expédié, tu reviendras me trouver.

L'ordre de Lequêteur fut exécuté immédiatement, et lorsque Fouillard revint vers son maître, ce dernier l'entraîna, escorté de deux hommes, vers les étages supérieurs du cabaret.

Ils pénétrèrent ainsi dans plusieurs salles, où ils ne trouvèrent rien de suspect, et arrivèrent enfin dans la chambre où le père de Louise avait été assassiné.

Tout était en ordre.

IX

L'ARRESTATION

Le père Pitanche connaissait les habitudes de ses locataires, et il savait de quelle importance pouvait être le moindre indice. Aussi avait-il soin de faire disparaître chaque matin tout ce qui pouvait le compromettre.

Toutefois, malgré la régularité qui régnait dans les chambres,

Lequêteur ne put s'empêcher de s'y arrêter plus longtemps qu'il ne l'avait fait dans les autres pièces.

Soit instinct, soit perspicacité, il lui sembla que quelque chose s'était passé là.

Il alla aux armoires qu'il ouvrit, considéra le lit avec attention, sonda le parquet d'un pied ferme, et, arrivé près de la fenêtre, il échangea un regard rapide avec Fouillard.

Celui-ci accourut.

— As-tu entendu? dit-il à voix basse et en se baissant.

— Cela sonne creux, répondit Fouillard.

Et il frappa du pied à son tour, comme pour affirmer l'observation qu'il venait de faire.

— Il y a là une trappe, ajouta Lequêteur.

— Mais le secret pour l'ouvrir? objecta Fouillard.

On appela le père Pitanche, qui, sommé péremptoirement par ses hôtes, ne put se refuser à livrer le secret.

La trappe joua, et un trou béant s'ouvrit sous les pieds des assistants, qui, instinctivement, se reculèrent de quelques pas.

Lequêteur se redressa d'un air de triomphe.

— Je m'en doutais! s'écria-t-il, un drame s'est passé ici récemment!... et, tenez, voici encore des traces d'un sang frais, et Dieu me pardonne s'il n'y reste pas encore des vestiges de vêtements déchirés.

On se mit à examiner les lieux.

Le père Pitanche avait remis tout en ordre; mais on ne pense pas à tout, et, ainsi que le faisait remarquer Lequêteur, il avait négligé de faire disparaître des traces sanglantes, d'apparence récente, qui souillaient les parois du trou.

Lequêteur lui lança un regard énergique.

— Y a-t-il longtemps que le crime a été commis? demanda-t-il d'une voix sèche et brève.

— Mais je l'ignore, voulut répondre le père Pitanche.

— Oh! pas de tergiversations, reprit vivement son interlocuteur, il y a quelques jours un homme a passé la nuit dans cette chambre.

— C'est vrai.

— Était-il seul?

— Avec son domestique.

— Et tous les deux ont été assassinés?

— Mais c'est invraisemblable.

Lequêteur lui prit rudement le bras.

— Répondez, insista-t-il d'une voix forte, quels sont les misérables qui ont commis le crime?

— Mais, je vous jure...

— Tu persistes, mais n'importe... nous voilà sur la voie... des recherches vont être faites... et il faudra bien.

Lequêteur allait continuer, quand un bruit s'éleva tout à coup dans l'escalier et détourna son attention.

Un homme entra aussitôt dans la chambre.

C'était un ami de Fouillard; il arrivait essoufflé et couvert de poussière. Il marcha vivement vers Lequêteur.

— Qu'y a-t-il? fit ce dernier.

Le mystérieux agent se pencha à son oreille et lui dit quelques mots à voix basse.

Lequêteur eut un geste de surprise.

— Dis-tu vrai? balbutia-t-il avec un mouvement de joie.

— J'en arrive, répondit l'homme.

— Et ils sont là?

— Tous les deux.

— Tu les as vus?

— Oui, et je suis accouru pour vous en prévenir.

Lequêteur approuva d'un signe de tête.

— Bon! dit-il, tout marche à souhait, et je crois que nous approchons du dénoûment. Je vais m'y rendre, et vous allez me suivre... N'oubliez pas que nous avons affaire avec des gens habiles et soupçonneux, et qu'il faut redoubler de prudence pour ne pas perdre le fruit de nos efforts. Allons donc, mes amis, et hâtons-nous.

Dans la cour, où stationnait une voiture qui les attendait, Lequêteur dit quelques mots à un cocher, qui partit au galop dans la direction que ce dernier venait de lui indiquer.

Nous avons laissé Morgan et Louise dans une position critique, il est temps de reprendre le fil de notre récit un moment interrompu, et de dire ce qu'il advint après l'arrivée de sir Ralph et de ses hommes.

Louise respirait à peine, suspendue mourante et sans force au bras du jeune marin, elle demeurait épouvantée à l'idée des redoutables dangers qui les entouraient, et s'oubliait volontiers dans ce péril extrême; elle priait ardemment le ciel de sauver les jours du jeune marin.

Les affidés de sir Ralph avaient disparu, et ce dernier se trouvait seul en ce moment. Il fit un pas vers eux, et se tournant vers la jeune fille:

— Vous voilà toute tremblante, mademoiselle, lui dit-il d'une voix insinuante et douce, cependant, je vous jure que vous ne courez ici aucun danger.

— Oh! ce n'est pas pour moi que je tremble, osa répondre Louise en rougissant.

— Si c'est pour votre défenseur, vous pouvez le sauver d'une mort certaine, poursuivit sir Ralph, consentez à ce que je vais vous demander, et je jure qu'il ne lui sera fait aucun mal.

— Mais qu'exigez-vous donc? fit la jeune fille avec espoir.

— Vous connaissez le marquis de Lempsac, eh bien, il demande que vous consentiez à devenir sa femme.

— Moi! monsieur, moi... la femme de cet homme, c'est impossible...

— Songez d'ailleurs que vous êtes ici en notre pouvoir, que votre refus, non-seulement perdrait votre compagnon, mais ne saurait pas vous sauver vous-même; et quand vous aurez réfléchi à la réalité de votre position, j'espère vous trouver plus raisonnable...

Sir Ralph fit un geste hautain à Morgan, qui n'avait pas dit un mot, et salua Louise interdite et muette; il ajouta, en se dirigeant vers la porte :

— Dans une heure, je reviendrai vous trouver... d'ici-là, consultez votre cœur et votre raison, j'ai la ferme conviction que nous finirons par nous entendre.

— Mon Dieu! mon Dieu! murmura l'orpheline avec désespoir, dès qu'il fut sorti, pourquoi m'aviez-vous réservée à d'aussi cruelles épreuves... oh! c'est infâme! infâme!... cette situation est horrible, et jamais! jamais! jamais!... je ne consentirai à devenir la femme de cet homme!

— Et vous aurez raison, Louise... lui dit son compagnon qui venait de s'agenouiller à ses pieds, en lui prenant les mains dans les siennes.

— Oui, mais je ne veux pas que vous mouriez, s'écria la jeune fille éperdue; croyez-vous que je puisse vivre sans vous, moi!...

— Écoutez-moi, mon enfant bien-aimée, écoutez-moi, je vous en prie; nous n'avons que peu de temps à nous; les assassins sont là, ils vont venir chercher votre réponse, et, vous le savez, il faut qu'elle soit mon arrêt, autrement vous êtes perdue, mais avant de mourir, j'ai voulu vous confier un secret qu'à cette heure suprême je ne puis garder dans mon cœur...

— Un secret! fit la jeune fille devenant tout à coup attentive.

— D'abord, j'avais pris l'habitude de vous considérer comme une amie, comme une sœur, et je passais auprès de vous des journées calmes et pures... mais depuis que je vous ai revue, un tout autre sentiment s'est emparé de mon cœur; je n'ai pu vous retrouver si belle et si douce sans vous aimer, et mon bonheur eût été de vous consacrer ma vie tout entière...

A cet aveu, Louise garda le silence; de belles larmes coulaient le long de ses joues; son regard était fixe, sa poitrine se gonflait de soupirs.

— Vous ne répondez pas, poursuivit Morgan après quelques secondes de silence, je vous ai offensée peut-être, vous m'en voulez d'un aveu que je n'ai pas su contenir, mais qu'importe, Louise, puisque je vais mourir et que j'emporterai avec moi dans la tombe le regret de cet amour brisé...

La jeune fille passa ses mains sur son front... elle était pâle; mille sentiments contraires se disputaient ses résolutions.

— Mon Dieu! s'écria-t-elle enfin dans un accès de désespoir; mon Dieu, qu'ai-je donc fait pour mériter tant de tortures... ah! ce bonheur que vous rêviez, monsieur Morgan, ce bonheur eût été le mien aussi, pourquoi le cacherais-je à cette heure? ne l'aviez-vous pas deviné, d'ailleurs, dans le son de ma voix, dans le tremblement de ma main, dans mon regard, dans toutes mes actions? oui, Pierre, je vous aimais!... Cet amour était ma seule ambition, ma seule joie, mon seul espoir... par lui, j'ai souffert et j'ai été heureuse... votre image ne m'a pas quittée depuis le jour où je vous ai connu... le jour, je vous voyais; la nuit, je vous voyais encore... et cet amour, Dieu semblait l'avoir béni, car jamais il ne m'a causé une heure de trouble ni une heure de remords.

Morgan écoutait, l'œil ardent, la poitrine oppressée; il attira doucement Louise contre son cœur, et baisant son front chaste et pur :

— Oh! pourquoi faut-il que je meure, dit-il d'une voix amère, pourquoi faut-il que je renonce à ce bonheur, au moment où j'apprends que ce n'était pas un rêve insensé!...

— Mais vous ne mourrez pas... insista Louise.

— Vous oubliez donc le marquis?...

— Je le braverai.

— Il sera impitoyable.

— Eh bien... continua la jeune fille avec exaltation, si vous le voulez, nous mourrons ensemble... jamais je n'accepterai le honteux marché que l'on me propose, et plutôt que d'appartenir à cet homme, je demanderai à la mort un dernier et suprême refuge...

Le jeune marin se mit à se promener avec agitation à travers la chambre.

— Ah! les misérables ont bien ourdi leurs plans... dit-il avec une fureur concentrée, ils sont lâches et ils seront impitoyables, je vous l'ai dit... mais qu'importe, Louise, et maintenant que j'ai à défendre mon bonheur et le vôtre, je jure Dieu qu'ils n'auront pas bon marché de moi!

Mais Louise écoutait à peine; tout entière aux dangers qui menaçaient les jours de son amant, elle s'oubliait elle-même pour ne songer qu'à lui.

Ce n'était plus la jeune fille douce et timide que nous avons vue agenouillée et pleurant au chevet de sa mère : la réalité de la situation l'avait saisie tout à coup, elle s'était redressée avec énergie contre le malheur qui la frappait, et semblait défier le sort, dans cette lutte désespérée qu'elle était prête à engager.

L'heure que sir Ralph lui avait accordée passa bien vite au milieu de ces dispositions; quand la porte s'ouvrit et qu'il apparut sur le seuil, Louise courut se jeter épouvantée dans les bras de Morgan, qui, après avoir armé son pistolet, venait de se mettre en défense.

Ralph fit quelques pas sans prendre garde à l'attitude du jeune homme.

— L'heure est écoulée, mon enfant, dit-il à Louise d'une voix ferme et nette, et je viens savoir à quelles résolutions vous vous êtes arrêtée.

— Nous voulons mourir! répondit énergiquement l'orpheline.

— Tous deux?

— Oui, tous deux.

— Seulement, ajouta Morgan en se plaçant en face de sir Ralph, je vous préviens que je suis décidé à vendre chèrement ma vie, et que le premier qui osera toucher à cette jeune fille, est un homme mort!

Sir Ralph s'inclina :

— C'est parfait!... dit-il sur un ton ironique, et je vous avouerai que je m'attendais à quelque chose de semblable... c'est pourquoi j'avais pris mes précautions en conséquence.

Au même moment, la cloison contre laquelle le bandit se tenait, s'était abattue, et trois hommes armés de carabines couchaient Morgan en joue!...

— Au moindre signe... vous êtes mort! dit encore sir Ralph, et maintenant que vous voilà prévenu, agissez en conséquence.

Rien ne saurait rendre ce qui se passa dans le cœur de Louise... elle s'était jetée vivement au-devant des carabines, couvrant de son corps celui de Morgan, et elle semblait ainsi défier les balles meurtrières.

Une seconde se passa dans cette situation!... une seconde qui fut un siècle!

Puis, par un mouvement qu'aucune cause apparente ne vint expliquer, les trois hommes disparurent tout à coup comme mus par un même ressort; sir Ralph lui-même gagna rapidement une porte secrète.

Presque aussitôt, la porte du salon s'ouvrit : maître Lequêteur, accompagné de Fouillard et de quelques hommes, firent irruption dans la pièce.

— Ah! ah! fit-il en promenant un regard circulaire autour de l'appartement, il paraît que nous sommes arrivés trop tard, les oiseaux sont dénichés.

Les hommes qui les accompagnaient s'étaient mis à chercher de tous côtés, pendant que Lequêteur, avisant les jeunes gens, marchait à leur rencontre, et s'adressant au jeune homme :

— Vous allez nous décliner vos noms et qualités, ajouta-t-il.

— Moi, je m'appelle Morgan... répondit le marin.

— Bien... j'y suis... et la jeune dame ici présente?

— Louise Lemoine!

Lequêteur ne put réprimer un mouvement de surprise :

— Lemoine!... répéta-t-il en se frappant le front et en fixant la jeune fille, est-ce qu'il y aurait quelque lien de parenté entre cette personne et le malheureux qui a été trouvé récemment assassiné?

— Mais c'est sa fille... répondit Pierre Morgan.

Lequêteur échangea un regard significatif avec son acolyte.

— Alors, reprit-il bientôt après, mademoiselle Louise est la sœur d'Olga?...

— Oui, monsieur.

— Et elle habitait avec elle, rue de la Chaussée-d'Antin?

— En effet...

Lequêteur examinait Louise avec une attention profonde, et sa timidité, sa candeur, sa pureté, qui éclataient en signes manifestes sur son visage, semblaient le dérouter dans ses observations.

Enfin, il parut prendre une résolution énergique.

— Au fait, dit-il comme se parlant à lui-même, j'en ai bien vu d'autres, et ce n'est pas la première fois que le crime aurait pris les apparences de la vertu.

— Mais m'expliquerez-vous enfin... voulut dire Morgan avec un commencement d'impatience.

Lequêteur lui imposa silence du geste.

— Un moment, continua-t-il avec calme, il s'agit ici de choses graves, et je remplis ma mission. Or, puisque je trouve mademoiselle dans cette maison, cela m'évitera la peine d'aller la chercher rue de la Chaussée-d'Antin... Louise Lemoine, vous allez me suivre en prison.

— Moi! dit Louise; mais de quel crime peut-on m'accuser?

Lequêteur haussa les épaules.

— Ah! ça, nous n'avons pas affaire à des enfants, dit-il brusquement, et vos questions jouent trop bien la naïveté pour être sincères.

— Que voulez-vous dire? fit Pierre Morgan.

— Je veux dire, monsieur, que le père Lemoine a été assassiné le jour de son arrivée à Paris, qu'on ne lui connaît pas d'ennemis dans la capitale, qu'enfin, sa mort violente ne peut profiter à personne, si ce n'est à ses filles, et que, dans ce cas, à moins d'être complétement dépourvu de bon sens, on peut supposer que, si ses filles n'ont pas commis le crime, elles ont pu du moins l'inspirer.

— Monsieur, cette supposition est infâme, car Louise a toujours vécu près de sa mère, qu'elle a soutenue de son travail, et qu'elle n'a quittée qu'à sa mort.

— Sans doute, sans doute... et pourtant, mademoiselle Louise habitait, dans ces derniers temps, avec sa sœur... nul de nous n'ignore la dépravation dans laquelle la belle Olga était tombée.

Morgan ne répondit pas; il était confondu, atterré... cette dernière atteinte était plus cruelle peut-être que toutes les autres. Et ce qui l'effrayait le plus, c'était l'état de prostration dans lequel était tombée Louise à cette épouvantable accusation.

Il ne savait plus que faire, ni à quelle résolution s'arrêter.

— Ah! je jure Dieu ! s'écria-t-il avec une rage concentrée, que je dévoilerai les misérables assassins!

— Ce serait le seul moyen de sauver mademoiselle, objecta Lequêteur; mais je doute que vous les trouviez.

— Et moi, monsieur, je vous réponds qu'avant huit jours, je les aurai livrés à la justice.

Et pendant que Lequêteur et Fouillard entraînaient la malheureuse Louise, incapable de résistance, Morgan sortait comme un fou, et se dirigeait en courant vers la rue des Charbonniers, où il savait, depuis la veille, que l'on pouvait rencontrer Mistral, qu'il avait suivi jusqu'à une maison de la plus triste apparence et où il l'avait vu disparaître.

Le Provençal habitait en effet, dans cette rue des Charbonniers, un mauvais galetas au rez-de-chaussée, composé d'une chambre, dans laquelle il n'y avait pour tous meubles qu'une chaise, une table et un grabat.

Quand Pierre pénétra dans cette chambre, l'ex-marchand de bois d'ébène était soucieux, car il craignait à chaque instant que Marcel ne vînt à découvrir le double rôle qu'il jouait depuis quelque temps.

Au bruit que fit Morgan en poussant la porte, il releva vivement la tête ; puis, en reconnaissant le visiteur qui lui arrivait, il se dressa d'étonnement.

— Troun de l'air! s'écria-t-il un instant intimidé par cette brusque apparition, je ne m'attendais pas à l'honneur d'une pareille visite.

Morgan fit quelques pas à travers la chambre.

— Je le crois, mais j'ai à te parler, répondit le jeune homme, et je ne te cacherai pas que je suis résolu à tout pour obtenir le renseignement que je suis venu chercher.

— Bagasse!... m'est avis, capitaine, que vous n'y allez pas par quatre chemins... mais s'il est en mon pouvoir de vous satisfaire...

— Écoute-moi... tu t'es échappé de Brest?

— Oh! histoire de prendre l'air...

— En rentrant à Paris, tu as retrouvé tes anciens compagnons?

— On a des amis ou on n'en a pas...

— Enfin, vous avez recommencé ensemble votre vie de vols et de crimes?...

— Ça dépend de la manière de voir...

— Eh bien, au nombre des crimes qui ont été commis récemment, il y en a un dont j'ai besoin de connaître les auteurs.

— Lequel?

— L'assassinat du père Lemoine.

— Ah! ah!...

— Tu les connais?

— Peut-être bien.

— Et tu me les nommeras?

— Je n'ai rien à vous refuser...

Morgan respira et se prit à regarder son interlocuteur bien en face.

— Et remarquez, continua le bandit, que vous arrivez, comme on dit, comme mars en carême... car ce que vous me demandez, je viens de le dire à la baronne de Strévi.

— Isabelle!...

— Il y a une heure à peine.

— Mais le nom de l'assassin?

— Le marquis de Lempsac...

Un éclair sillonna le regard de Morgan.

— Au surplus, ajouta Mistral, la baronne me paraît en savoir long sur le compte du marquis, et si j'ai un conseil à vous donner, ce serait d'aller le trouver. Peut-être rencontrerez-vous une autre personne que vous ne serez pas fâché d'y voir.

— Qui donc?

— La duchesse de San Lucar!

Morgan réfléchit. Ce que venait de lui dire Mistral ne l'étonnait pas; il s'y attendait: il savait depuis longtemps que Marcel devait tremper dans ces crimes, dont Paris s'épouvantait à bon droit, mais il cherchait à comprendre par quelle complication Isabelle et la duchesse pouvaient se trouver mêlées à ces sombres péripéties.

Toutefois, comme il ne lui était pas permis d'hésiter longtemps sur les résolutions à prendre, puisqu'il avait dans ses mains les intérêts sacrés de Louise, il fallait à tout prix qu'il sauvât la pauvre enfant.

Il prit donc une voiture, et ordonna au cocher de brûler le pavé jusqu'à la rue du Helder.

A vrai dire, il ne doutait pas qu'un examen attentif de l'affaire ne fît reconnaître promptement l'innocence de Louise; mais il ne pouvait songer sans frémir qu'elle allait se trouver, pendant quelques jours, confondue avec ces femmes criminelles, qui n'auraient aucune raison de croire à son innocence, et il tremblait à l'idée des tortures qui attendaient la malheureuse jeune fille.

Il mit à peine une demi-heure à franchir la distance qui le séparait de la demeure d'Isabelle.

Ainsi que l'avait dit Mistral, la baronne de Strévi se trouvait en ce moment avec la duchesse de San Lucar.

Depuis l'assassinat de Mayer, Isabelle avait poursuivi sa vengeance avec énergie, et si elle avait refusé un moment de répondre aux questions de Lequêteur, c'est qu'elle voulait satisfaire elle-même cette vengeance. Seulement, ce qu'elle avait appris ce jour-là par Fouillard devait servir ses projets, et c'est dans ce but qu'elle avait fait prier la duchesse de se rendre auprès d'elle.

Le billet qu'elle lui avait écrit était ainsi conçu :

« Madame la duchesse de San Lucar est invitée à passer, dans le plus bref délai, chez madame la baronne de Strévi, qui a d'importantes révélations à lui faire. Il s'agit de deux enfants, dont madame de San Lucar sera peut-être heureuse de retrouver les traces. »

Ce billet avait réveillé tous les espoirs endormis dans le cœur de la malheureuse mère, et une heure à peine s'était écoulée depuis sa réception, qu'elle accourait en toute hâte chez Isabelle, qui la reçut le sourire sur les lèvres et la joie dans les yeux.

— Ah ! je vous devrai une des plus grandes joies de ma vie ! s'écria la pauvre duchesse en embrassant la veuve du banquier; mais par quel miracle, chère enfant, êtes-vous parvenue à savoir ce que je cherche vainement à apprendre depuis mon arrivée à Paris?

La jeune femme lui serra les mains et la conduisit sur un divan, où elle prit place à ses côtés.

— Un miracle, en effet, répondit-elle avec enjouement, mais un miracle comme la police seule peut en accomplir aujourd'hui.

— Le secret de la naissance des deux enfants que vous cherchez avait été confié à un vieux serviteur du nom de Trim, qui ne l'a révélé que le jour même de sa mort.

— Mais pourquoi me l'avoir caché à moi, sa maîtresse, à moi, à qui il a toujours témoigné un inaltérable dévouement?

— C'est là précisément le côté délicat de la question, fit la baronne avec une sorte d'embarras qui n'était que feint, mais auquel on pouvait se laisser prendre.

— Comment cela?

— Ces enfants, que vous allez retrouver, peut-être les avez-vous rêvés tout autres qu'ils ne sont, et c'est pour cette raison que le père Trim, qui les connaissait, n'a pas osé vous les désigner.

— Vous me faites frémir, madame!... mais le cœur d'une mère est exempt de préjugés, et dussé-je les retrouver dans les derniers rangs de la société, tous mes baisers iraient les y chercher.

Isabelle secoua la tête d'un air de doute.

— Oui ; mais s'il fallait les aller chercher autre part?... dit-elle à voix lente.

— Comment? vous me faites mourir !

— Cherchez plus bas encore; madame.

— Que voulez-vous dire?

— Plus bas, toujours plus bas !

— Mais parlez donc !

La duchesse eut un regard singulier, dont elle enveloppa la baronne de Strévi. A son insu, la haine montait de son cœur dans ses yeux, et une sorte de colère sourde grondait dans sa poitrine.

— Voyons, dit-elle tout à coup avec impétuosité; pourquoi tant de préambules et de circonlocutions quand il s'agit, pour une mère, de retrouver ses enfants?... Vous m'avez fait appeler, madame, pour me révéler l'existence de mes deux fils... vous voyez que je suis venue, et j'attends que vous vous expliquiez.

— Vous le voulez?

— Je l'exige.

— Eh bien, l'un de ces deux enfants s'appelle le marquis de Lempsac, et l'autre Léon.

La duchesse ne répondit pas; mais elle laissa tomber sa tête dans ses mains, et elle étouffa un cri d'épouvante, qui vint expirer sur ses lèvres.

Son cœur était brisé... elle était atterrée... elle avait peur.

— Lui! murmura-t-elle, lui! est-ce possible !

— C'est, du moins, l'affirmation de Trim.

— Oui, cela doit être, poursuivit la pauvre femme; mais l'un des deux, du moins, n'était pas coupable, et, bien qu'il ait rempli Paris de son nom, il a été reconnu innocent.

— C'est du marquis que vous parlez, madame? dit ironiquement Isabelle.

— Et de qui donc? répliqua la duchesse avec une certaine rudeur.

Malgré elle, et par une secrète divination, madame de San Lucar comprenait que la baronne de Strévi avait, dans tout ceci, un intérêt distinct, et elle sentait qu'une haine profonde se cachait derrière son sourire.

— Mais pardon, ajouta-t-elle presque aussitôt, je sais maintenant tout ce que je voulais savoir, et quand je vous aurai remerciée de cette communication, je n'aurai plus rien à faire ici.

— Ne désirez-vous pas être mise en rapport avec la personne de qui je tiens ces renseignements ?

— A quoi bon, et qu'ai-je à apprendre de plus ? fit la pauvre mère en gagnant la porte.

Mais, au moment où elle en atteignait le seuil, une bonne entra, annonçant qu'un monsieur désirait parler à madame la baronne de Strévi.

— Quel est ce monsieur ? fit cette dernière.

— M. Pierre Morgan.

Isabelle et la duchesse échangèrent un regard rapide.

— Faites entrer, dit la veuve du banquier.

Le jeune homme entra immédiatement.

—Vous, chez moi, monsieur ? et pour quel motif ? fit Isabelle, pendant que celui-ci serrait affectueusement les mains de la duchesse.

— Un motif grave, madame. Il y a une heure, mademoiselle Louise Lemoine a été arrêtée.

— Mais de quel crime peut-on accuser cette enfant ? demanda madame de San Lucar.

Morgan eut un sourire amer.

— On accuse Louise d'avoir fait assassiner son père, répondit-il ; mais il sera facile de prouver son innocence, car je suis sur les traces de l'assassin.

Isabelle se rapprocha du jeune homme.

— Et c'est pour cela que vous êtes venu me trouver ? dit-elle vivement et avec un vague soupçon.

— Vous l'avez dit.

— Mais que puis-je y faire ?

— Vous connaissez le meurtrier, Mistral me l'a assuré.

— Au moins vous a-t-il laissé entendre...

— Oh ! ma haine ne m'avait pas trompé... fit le jeune homme d'une voix vibrante, et depuis longtemps, entre lui et moi, il y a un compte sanglant à régler.

— Le nom de cet homme ? demanda madame de San Lucar.

— Le marquis de Lempsac !

La duchesse poussa un cri ; une pâleur mortelle se répandit sur ses traits.

— Le marquis ! dites-vous, reprit-elle presque aussitôt en faisant un effort sur elle-même... et qui peut vous faire supposer ?...

— Je ne suppose pas, madame, je suis sûr.

— Vous vous laissez tromper, peut-être, ou la douleur de l'arrestation de Louise vous égare.

— Eh bien, c'est ce que vous verrons bientôt, car avant deux jours le marquis sera une seconde fois entre les mains de la justice.

La duchesse fit un mouvement, tandis qu'une contraction nerveuse plissait les lèvres d'Isabelle.

— Voyons, mon ami, dit madame de San Lucar en prenant les mains de Morgan : vous n'avez aucune preuve de ce que vous avancez.

— Le marquis a assassiné le père Lemoine comme il a assassiné Mayer, répondit Isabelle.

La duchesse passa sa main sur son front baigné de sueur et ajouta :

— Mais s'il a commis les crimes que vous dites, il laisse peut-être derrière lui des amis, des parents, une mère... que sa honte déshonorera ou que sa mort doit tuer !

— Est-ce que les criminels ont des amis ? répliqua le jeune marin, est-ce que les assassins ont une mère ! et puis voulez-vous donc que je laisse accuser Louise ?

— Celui-là, du moins, en a une !... quant à la jeune fille, nous la sauverons.

— Mais cette mère dont vous parlez, la connaissez-vous ?

— Oui, mon ami.

— Et elle sait que son fils est un assassin ?

— Elle cherche à en douter, peut-être...

Morgan s'arrêta ; et, pris par une vague terreur, il se mit à considérer madame de San Lucar.

La duchesse était affreusement pâle. Sa poitrine se soulevait péniblement ; sa voix hésitait, étranglée dans son gosier.

Morgan s'empara de ses deux mains.

— Ce n'est pas vrai, n'est-ce pas ? s'écria-t-il profondément ému et troublé par l'idée qui venait de s'emparer de lui tout à coup.

— Pourquoi donc ?... balbutia la duchesse.

— La faute que vous avez commise n'appelait pas une si terrible punition.

Un nuage passa sur le front de la pauvre femme ; puis elle leva les yeux au ciel :

— Dieu seul est mon juge, dit-elle gravement, et qui donc a jamais pu dire qu'il l'avait trouvé injuste ! ...

Pierre Morgan baissa le front et ne répondit pas.

A ce moment tout un sombre passé se dressa devant lui, il se rappela, avec de singuliers frissons, la lugubre histoire qu'il avait entendu raconter autrefois sur celle qu'il appelait à cette heure la duchesse de San Lucar.

Cette histoire, le lecteur nous saura certainement gré de la lui raconter en peu de mots.

C'est un drame poignant, un sanglant épisode digne en tous points de figurer dans les *Mystères du Lapin blanc.*

X

DOMINGO

Tout le monde se souvient encore, à la Caroline, de M. Morton de Manchester. C'était un riche planteur qui avait bien à lui deux ou trois mille esclaves, et ce qu'il y avait de plus extraordinaire, c'est que parmi ces deux ou trois mille nègres, on n'en eût pas trouvé un seul qui eût jamais proféré une plainte contre son maître.

M. Morton était aimé comme un père par tous ceux qu'il faisait travailler, on citait de lui de nombreux traits de bienfaisance et de générosité : sa conduite eût pu être proposée en exemple à tous les Américains abolitionistes du Nord.

Pour lui, un nègre n'était point différent d'un autre homme ; il ne croyait pas que le bon Dieu ait jamais eu la pensée d'établir deux catégories parmi les créatures sorties de sa main : à ses yeux, l'homme était né pour être libre, et il considérait l'esclavage comme un des plus monstrueux abus de la force. Aussi, l'esclave était chez lui sans égal... il ne dédaignait pas de leur donner la main ; plus d'une fois, il s'était assis à table au milieu de ces hommes, que cette condescendance inouïe rendait ivres de joie et d'orgueil !

Il y avait déjà de longues années que M. Morton habitait la Caroline. Il y était venu avec sa femme, une belle Irlandaise, qui était morte trop tôt pour son bonheur, et qui était partie en lui laissant une jolie petite fille — un ange — aux yeux bleus, aux cheveux blonds, qui avait grandi dans les bras de son père, et qui était bien la plus belle créature qui fût alors dans tous les États du nord ou du sud de l'Amérique.

Elle s'appelait Ophélie. Elle avait grandi vite sous l'influence de ce climat exceptionnel, et s'était développée, comme une plante privilégiée, avec une telle précocité, que M. Morton, qui s'était habitué à la traiter en enfant, fut bien étonné un beau jour de trouver en elle une belle jeune fille, qui pouvait présenter son front à ses baisers sans être obligée de se lever sur ses petits pieds de Cendrillon !

L'heureux père en fut comme ébloui !

Ophélie avait quatorze ans à peine... ses épaules étaient pleines et rondes ; sa gorge naissante gonflait légèrement le léger tissu qui recouvrait sa poitrine ; sa taille avait l'élégance et la souplesse d'un gracieux arbuste, et ses bras, que terminaient deux mains sans pareilles, eussent défié l'amoureux ciseau d'un moderne Pygmalion !...

La belle enfant avait vécu jusqu'alors insoucieuse et nonchalante !... Elle ne connaissait de la vie que l'amour de son père et la douce pitié qu'elle éprouvait à l'aspect des douleurs de ceux qui l'entouraient... elle était l'ange qui veillait sur tous ces malheureux, et sa bonté naïve savait ajouter encore à la bonté plus réfléchie de M. Morton !

Quant à son cœur, il n'avait pas battu encore.

Ce n'est pas cependant que les occasions eussent manqué.

Le père Morton était riche, aimé et honoré, puis la beauté de sa fille ajoutait un attrait de plus à la convoitise. C'est dire que les prétendants arrivèrent en foule...

Mais quoi !... Ophélie ne connaissait pas même l'amour de nom... et son cœur innocent et pur en ignorait jusqu'aux plus chastes mystères !

Cela dura ainsi bien près d'une année, pendant laquelle les prétendants furent successivement éconduits, et se retirèrent, attendant que le moment fût venu de se représenter de nouveau, car il était impossible qu'une aussi belle fille restât longtemps encore indifférente, et chacun espérait que le moment n'était pas très-éloigné où Ophélie éprouverait d'elle-même le besoin d'une autre existence que celle qu'elle avait menée jusqu'alors.

Vers cette époque, il arriva à la Caroline un homme que quelques lettres de recommandation introduisirent d'abord chez M. Morton, et qui s'établit peu après à une certaine distance de la plantation.

Il s'appelait Domingo ; il était jeune, grand, d'une physionomie qui révélait une audace peu commune, et d'une de ces beautés physiques qui ont, je ne sais trop pourquoi, le don de plaire aux femmes.

On le disait Espagnol... tout bas, on disait aussi qu'il avait fait le commerce des nègres ; en général, il éveilla peu d'estime chez ceux qui furent à même de le fréquenter.

Quant à M. Morton, il ne s'en occupa pas davantage, et, à part quelques rares visites qu'ils échangèrent, il ne s'établit entre eux que ces relations banales que le voisinage autorise ou impose.

Domingo ne parut pas prendre garde à la froideur qu'on lui témoignait, et il vécut assez retiré, chassant beaucoup, et se contentant de la société d'un compagnon qu'il avait amené avec lui, et qui, lui du moins, ne put pas longtemps dissimuler sa nationalité, que son accent trahit dès les premiers mots qu'il prononça; ce compagnon s'appelait Mistral.

Cependant si M. Morton s'était montré indifférent et froid aux avances que Domingo lui avait faites dans le principe, il n'en fut pas de même d'Ophélie, qui, à partir du jour où le jeune étranger était entré chez son père, avait pris tout à coup une attitude nouvelle; on cessa d'entendre les joyeux éclats de sa voix si fraîche et si pure, une vague mélancolie se répandit sur son front, puis on la rencontra moins souvent dans les lieux où il y avait des malheureux à consoler.

Dans les commencements, M. Morton ne s'aperçut pas de ces changements... il était si loin de se douter de la vérité, qu'il se garda bien de remarquer que sa fille était déjà plus pâle que d'habitude; que des soupirs fréquents soulevaient sa poitrine, elle qui naguère n'avait eu à cacher ni un trouble ni un désir!

Un jour pourtant, il fallut bien que la vérité éclatât!

Ce fut un coup de foudre pour le malheureux père!...

Un matin, comme Ophélie passait, rêveuse, sous les fenêtres de sa chambre, il l'appela à deux reprises avant qu'elle l'entendît, et quand enfin le son de sa voix arriva jusqu'à elle, il la vit tressaillir et se tourner rougissante de son côté.

M. Morton lui prit doucement les mains, et l'attira contre sa poitrine.

— Mon enfant, lui dit-il de sa voix la plus douce, je te trouve bien changée depuis quelque temps.

— Moi, mon bon père... mais non... balbutia la jeune fille.

— Oh! tu nieras en vain, il y a quelques jours déjà que je t'observe... tu ne viens plus le matin, comme autrefois, me présenter ton front à baiser; je ne t'entends plus rire et jouer sous mes fenêtres, il n'y a qu'un chagrin secret qui puisse t'avoir changée à ce point.

— Mais je vous assure...

— Écoute, mon enfant, je suis riche, tu le sais... tu sais encore que tu es le seul espoir de ma vieillesse, mon seul amour dans ce monde; je n'ai plus que toi à aimer, tes moindres caprices sont exécutés toujours avec empressement... il n'est donc pas possible que tu craignes de me confier un secret qui te rend malheureuse... si même Ophélie passait, voyons, parle, mon petit ange... dis-moi pourquoi tu es pâle, pourquoi tu es triste... ouvre-moi ton cœur tout entier, et s'il est en mon pouvoir de te consoler, crois bien que je n'aurai jamais eu de bonheur plus grand...

Ophélie écoutait cette voix si tendre qui lui parlait, et deux grosses larmes coulaient le long de ses joues.

— A ton âge, continua M. Morton, le cœur d'une jeune fille est déjà éveillé; tu aimes quelqu'un peut-être!

Ophélie leva sur son père deux yeux pleins d'une tendresse divine, et fit un signe de tête affirmatif.

— Tu aimes! reprit le vieillard en souriant avec bonté, eh bien, ce n'est pas un si grand malheur... et l'époux que tu as choisi est sûr d'avance d'être aimé de moi... Quel est-il?

— Vous le connaissez, mon père.

— Tant mieux... car il n'y a autour de nous que d'honnêtes gens; mais son nom?

— Si vous alliez ne pas approuver mon choix...

— Pourquoi donc?

— Je ne sais... mais je tremble.

— Enfant!... parle donc vite, parle... car j'ai hâte moi-même de serrer la main de l'homme auquel je vais remettre le bonheur de mon Ophélie.

— Eh bien!... non, je n'ose.

— Allons, achève.

— Son nom?

— Mais j'attends.

— C'est Domingo!...

M. Morton jeta un cri et se leva tout d'une pièce.

— Domingo! répéta-t-il avec épouvante, j'ai mal entendu, n'est-ce pas, ce n'est pas ce nom que tu as prononcé, ce n'est pas lui que tu aimes!

— C'est lui, mon père.

— Mais c'est impossible... cet homme n'est que depuis quelques mois parmi nous... et il n'a pu pousser l'audace... Ah! malheur! malheur!

— Pourtant, il m'aime.

— Lui! Domingo!... apprends donc qu'il a été chassé des colonies espagnoles... son amour est une honte, et jamais tu ne porteras le nom d'un pareil misérable, non, jamais, te dis-je.

Ophélie ne put en entendre davantage; elle pâlit affreusement, et se laissa tomber sans force sur un siège.

— Pauvre enfant! murmura M. Morton en lui prenant les mains avec une douloureuse compassion; cet homme avait surpris ton amour... mais je le chasserai de cette province... il partira pour ne plus revenir, et tu me remercieras un jour de t'en avoir délivrée...

La jeune fille ne répondit pas... elle pleurait... tout son cœur s'était brisé, un frisson glacé parcourait ses membres.

Ce que venait de dire M. Morton était, en effet, pour elle, la plus épouvantable des révélations... elle n'avait pas tout dit à son père; car, à cette heure, elle était perdue!

Elle conserva cependant assez d'empire sur elle-même, et promit de faire tous ses efforts pour oublier cet amour auquel on l'avait éclairée trop tard; mais dès le jour même, elle donnait avis à Domingo de ce qui s'était passé, et lui enjoignait de se disculper sur-le-champ, et de la sauver du péril où elle se trouvait.

Ophélie n'était qu'une enfant à cette époque, mais il y avait dans son caractère une résolution virile qui devait sinon lui épargner la honte de sa position, du moins la préserver du crime qu'elle pouvait inspirer.

Ce soir-là même, Domingo était dans sa case, le front soucieux, le coude sur la table, avec son ami le Provençal!...

Mistral, lui, ne paraissait pas prendre une part bien sérieuse aux soucis de son maître, et il fumait tranquillement sa pipe, en présence d'une bouteille de ratafia.

Il y avait déjà un quart d'heure qu'ils se trouvaient en face l'un de l'autre sans avoir échangé une parole, quand Domingo se leva tout à coup en frappant sur la table, et se mit à parcourir la chambre à grands pas et avec une agitation croissante.

— Par le sang du Christ! s'écria-t-il avec fureur, as-tu jamais rien compris au cœur d'une femme?... et faut-il que cette petite fille vienne briser en un instant tous les espoirs que j'avais conçus?

Mistral haussa les épaules.

— Troun de l'air!... s'écria-t-il avec enjouement, que crains-tu?... avant quelques mois, la petite deviendra mère, et il faudra bien que le vieux Morton soit bien entêté s'il refuse de vous marier!...

Domingo fronça le sourcil et serra ses poings crispés... il est évident qu'il ne partageait pas la confiance que manifestait Mistral.

— Et s'il refusait, cependant! murmura-t-il les lèvres contractées.

— Est-ce que c'est possible?... repartit le Provençal.

— Enfin, si cela était, insista Domingo, nous serions perdus, n'est-ce pas, il nous faudrait partir, quitter ce pays, recommencer notre misérable existence, après avoir espéré une fortune princière, et à l'abri de tous revers... Mistral, cela ne se peut pas, entends-tu... il faut trouver un moyen.

— C'est déjà fait, car il faut jouer le tout pour le tout, et ne reculer devant rien.

Domingo se rapprocha et Mistral baissa la voix.

— Quand le père Morton apprendra la vérité, dit-il, il se mettra en campagne pour nous chasser d'ici; comme il est généralement estimé, et que nous n'avons qu'une réputation de troisième ordre, il y réussira facilement.

— C'est certain.

— Il faut donc prévenir ce danger.

— Je ne demande pas mieux.

— Or, quel est l'obstacle?

— Le père Morton.

— Eh bien... c'est lui que nous devons supprimer.

Un éclair traversa le regard de Domingo, tandis que Mistral avalait un grand verre de ratafia.

— As-tu compris?... reprit ce dernier en posant son verre sur la table.

— Je le crois, répondit Domingo, mais...

— Tu hésites?... ah! je te croyais plus de résolution, fit le Provençal en haussant les épaules.

— Je ne refuse pas... seulement...

— Seulement, quoi?

— Penses-tu qu'Ophélie consente...

Mistral commença un ricanement.

— S'il s'agissait d'obtenir d'abord son approbation, répondit-il, je doute, en effet, qu'elle applaudisse à notre projet.

— Eh bien, alors?

— Eh bien, il n'y a qu'à s'en passer.

Domingo réfléchit quelques secondes... Certes, c'était un homme audacieux, que l'idée d'un crime n'effrayait pas au besoin... mais, à ce moment encore, il aimait la fille de celui qu'on lui proposait d'assassiner, et y avait-il là de quoi hésiter.

— Voyons! dit tout à coup son interlocuteur d'une voix rude et brusque, il ne s'agit pas de tergiverser : il faut prendre un parti, la position est critique. Ou partir après avoir espéré devenir riche, ou rester en employant la violence : lequel veux-tu?

— Je veux rester.

— Alors, ce soir, nous nous débarrasserons du vieux.

Domingo ne répondit pas. Il passa sa main sur son front humide et pâle, et fit quelques pas à travers la chambre.

— A ce soir donc, insista Mistral.

— Es-tu sûr au moins de réussir!...

— Je connais la maison Morton comme je connais notre case; à minuit, tout le monde dort, les chiens me connaissent... j'avais déjà prévu ce qui arrive, et j'avais pris mes précautions en conséquence... dans une maison, il faut toujours se mettre bien avec les chiens...

— Puisqu'il en est ainsi... fit Domingo, je consens à tout.

— Au surplus, ajouta Mistral, ton rôle se bornera à peu de chose; tu te tiendras dans le jardin qui entoure la maison, et pendant que je travaillerai, tu veilleras à ce que personne ne vienne me déranger... est-ce convenu?

— Oui, à minuit, c'est convenu...

La nuit qui suivit fut horrible.

Il faisait un temps sombre; la lune s'était voilée, comme si elle eût craint d'être témoin d'un pareil crime; la pluie tombait à torrents... le tonnerre grondait au loin avec des éclats sinistres, et, de temps à autre, de fauves éclairs sillonnaient le flanc sonore des nuages...

Mais Mistral avait un cœur solidement trempé; et l'orage ne l'effrayait pas plus sur terre que la tempête ne l'épouvantait sur les flots...

A minuit, il arrivait au rendez-vous, Domingo y était aussi.

Ce dernier n'était pas à beaucoup près aussi brave... Il y avait dans cette nature de bandit beaucoup plus de lâcheté et de couardise que de résolution, et le désordre des éléments lui avait communiqué une sorte de terreur superstitieuse.

Mistral ne prit pas garde à son émotion; il ne chercha pas à deviner à quelle cause il fallait attribuer le tremblement de sa voix, il laissa son compagnon seul, blotti sous l'épais feuillage d'un massif, et gagna avec la souplesse du serpent le corps de logis où il savait que reposait M. Morton.

Chemin faisant, il rencontra un ou deux chiens, que l'ouragan rendait inquiets, et qu'il calma avec une pâtée préparée d'avance; après quelques minutes d'un trajet qui n'offrit d'ailleurs pas d'autres dangers, il pénétra dans la chambre du père d'Ophélie.

Le malheureux planteur était étendu sur son lit; une lampe brûlait, suspendue au plafond, et il dormait d'un sommeil calme et paisible, sans souci de l'orage, sans pressentiment du danger qu'il courait!

Mistral était armé d'un long couteau; il marchait avec précaution, sur la pointe de ses pieds nus, et il retenait sa respiration.

Quand il atteignit le lit, il s'arrêta et se prit à contempler sa victime endormie.

Rien ne saurait rendre la majesté qui respirait dans les traits du noble vieillard!...

Le marquis de Lempsac et Saverny.

Ses beaux cheveux blancs encadraient les lignes si pures de son visage; sa poitrine se soulevait à intervalles égaux, témoignant ainsi d'une conscience pure, et ses lèvres semblaient sourire à quelque doux rêve dans lequel il voyait peut-être flotter l'image de son enfant...

Ce temps d'arrêt dura à peine une minute!...

Le Provençal n'était pas homme à se laisser toucher par un spectacle de ce genre, il avait hâte d'ailleurs de se retirer, et il pensait avec raison qu'en pareille occurrence il est dangereux de perdre son temps!...

L'orage continuait de gronder au dehors; les éclairs entr'ouvraient le ciel jusque dans ses profondeurs... d'un instant à l'autre, M. Morton pouvait se réveiller... le soin de sa propre sécurité lui ordonnait de brusquer le dénoûment.

Il se pencha donc vers le vieillard, serra le manche de son couteau dans sa main énergique, et en enfonça résolûment la lame dans sa poitrine.

Il avait bien choisi la place... la pointe avait trouvé le cœur du premier coup, et M. Morton passa de vie à trépas sans faire un mouvement ni proférer une parole...

Nous n'essayerons pas de dépeindre la stupeur qui se répandit dans la plantation, quand, le lendemain matin, la nouvelle de l'assassinat parvint aux oreilles des nègres et des employés.

Ce fut un deuil et un désespoir général.

Femmes, enfants, vieillards, chacun se prit à verser des larmes abondantes, et la malheureuse victime fut pleurée, comme des enfants pourraient pleurer la mort d'un père aimé!

Mais c'est Ophélie surtout que cet événement frappa le plus cruellement.

Ophélie aimait son père, dans toute l'expansion de son cœur si naïf et si bon... Jamais il ne l'avait grondée; depuis son plus jeune âge, il l'avait entourée de soins et d'affection; du plus loin qu'elle se rappelait, elle le voyait assis à ses côtés, épiant ses moindres désirs, inquiet, attentif, sombre quand elle était soucieuse, ivre de joie quand un sourire illuminait son visage d'enfant.

Tous ces souvenirs revinrent en foule à sa mémoire au moment de la terrible catastrophe, et c'est à peine si elle put croire à la réalité de cette affreux malheur!...

Qui donc avait pu commettre un si épouvantable crime? quel misérable avait osé frapper le bienfaiteur de la plantation?

L'esprit reculait devant une semblable question!

M. Morton vivait au milieu de ses esclaves comme un père au milieu de ses enfants... Chacun l'aimait, et il n'en est pas un de ceux qui étaient là présents qui n'eût, à cette heure, donné sa vie pour racheter la sienne.

On ne pouvait que se perdre dans le dédale de ces conjectures!

Ophélie était brisée, sans force, sans énergie, et le mystère impénétrable de ce crime lui communiquait les plus étranges épouvantes!

Elle refusa de recevoir personne, s'enferma seule pendant quelques jours; dès ce moment, une seule pensée s'empara impérieusement de son esprit, et elle jura de n'avoir de repos que lorsqu'elle aurait vengé la mort de son père.

Ophélie était une nature pleine d'élan et de vigueur, et, quoique bien jeune à cette époque, ses qualités viriles s'étaient déjà développées, et lui donnaient une allure qui avait suffi à la distinguer des créoles ordinaires de ces pays!...

A ce moment, elle ne songeait plus à Domingo, et quand il se présenta à elle quelques jours après l'événement, elle le reçut devant quelques fidèles négresses qui la servaient d'habitude.

— Monsieur, lui dit-elle alors d'une voix ferme et résolue, je sais que vous m'aimez et je crois que vous prenez une part sérieuse au malheur qui me frappe... mais je n'ai pas besoin, aujourd'hui, de dévouement stérile et d'amis platoniques... il faut que mon père soit vengé, entendez-vous? et c'est seulement lorsque j'aurai découvert son assassin que je songerai à vous recevoir comme autrefois.

Domingo sortit fort embarrassé de sa contenance. Cette réponse dérangeait singulièrement ses plans, et il n'eut rien de plus pressé que d'aller trouver Mistral, à qui il raconta ce qui venait de se passer.

Ce dernier le reçut avec son calme habituel.

— La petite a raison, répondit-il tranquillement, et il n'est pas bienséant qu'elle songe en ce moment à autre chose qu'à venger l'honnête M. Morton. Mais patience! patience! continua le Provençal, la petite se porte bien à cette heure, et il est naturel qu'elle ne cherche pas autre chose; mais quand viendra le moment critique, c'est à nous qu'elle s'adressera, troun de l'air! et alors nous verrons bien si avec le petit chérubin nous n'arrivons pas à lui faire changer de langage...

Domingo comprit sans doute que Mistral avait raison, car à partir de ce jour il s'abstint d'aller voir Ophélie, et attendit.

Quelques mois se passèrent de la sorte sans amener aucun changement à la situation; des recherches actives furent faites de tous côtés; on arrêta quelques nègres et quelques employés; mais ils prouvèrent facilement leur innocence, et l'on dut les relâcher sans avoir obtenu d'eux aucun éclaircissement.

Sur ces entrefaites, il arriva qu'Ophélie fut prise d'une sombre mélancolie, et par une cause que nul ne put deviner elle cessa

C'est elle qui m'envoie cependant.

tout à coup de sortir de sa chambre, et repoussa obstinément toute visite.

C'était le moment que Domingo attendait.

Un soir, en effet, comme il se trouvait seul avec son complice, on frappa doucement à la porte de la case; quand la porte s'ouvrit, il aperçut Ophélie pâle, défaite, les vêtements en désordre, qui venait lui demander l'hospitalité d'une nuit.

Elle avait été prise subitement par les douleurs de l'enfantement, et elle s'était vue contrainte d'aller chercher un asile chez le seul homme auquel elle pût se confier.

Elle s'était fait accompagner par un serviteur que l'on appelait Trim, et dont tout le monde connaissait le dévouement pour le père Morton et pour sa fille. Cet homme était absent le jour de l'assassinat de son maître... s'il se fût trouvé ce jour-là à l'habitation, jamais Mistral n'y aurait pénétré, ou il eût payé de sa vie sa criminelle tentative.

Trim demeura toute cette nuit à la porte de la case de Domingo.

Se douta-t-il de ce qui se passait? c'est ce que l'on ne sut jamais bien précisément... toujours est-il que le lendemain, dès l'aube, quand Ophélie sortit brisée et défaillante de l'habitation de Domingo, il lui donna son bras pour la soutenir, et qu'il rentra à la plantation, sans avoir échangé avec elle une seule parole.

La jeune fille avait mis au monde deux beaux enfants — deux garçons — que Domingo s'était chargé de faire élever jusqu'au

jour où elle pourrait les prendre auprès d'elle sans danger... Même au plus fort du désordre de cette nuit, la malheureuse enfant avait repoussé toutes les prières de son amant, et était restée inébranlable dans sa résolution, de ne lui donner sa main que lorsque l'assassin de son père serait connu et puni.

— Qu'importe cela! avait fait observer Mistral dès qu'elle avait disparu le matin; les mioches sont maintenant entre nos mains, et dans un mois, si maître Domingo n'est pas un imbécile, il faudra bien qu'elle consente à nous épouser... ou, si elle refuse le mari, elle n'aura pas ses moutards non plus...

Domingo ne fit pas d'objections. Mistral parlait trop bien dans son sens pour qu'il y trouvât à redire; et puis il pensait qu'il serait toujours temps d'agir quand le moment serait venu.

Mais un incident inattendu se préparait : c'était précisément ce Trim dont nous avons parlé qui devait le faire naître.

Un matin, Ophélie se trouvait seule dans sa chambre. Quinze jours environ s'étaient écoulés depuis qu'elle avait été délivrée, et elle songeait à ses deux beaux enfants qu'elle n'avait pu embrasser depuis. De belles larmes coulaient le long de ses joues encore pâles et fatiguées...

En ce moment, elle entendit marcher près d'elle et se retourna vivement. Trim était à quelques pas; il marchait avec précaution et regardait soupçonneusement à droite et à gauche; on eût dit qu'il avait peur qu'on ne l'entendît, ou qu'il redoutait qu'on ne l'eût vu entrer.

Ophélie le regarda avec étonnement.

— Qu'y a-t-il donc, Trim? dit-elle d'une voix émue.

— Vous êtes seule, ma bonne maîtresse? demanda le serviteur.

— Tu le vois...

— Personne ne peut nous entendre?

— Sans doute...

— C'est que j'ai à vous parler.

— Et qu'as-tu à me dire?

— Des choses graves...

Ophélie fit un mouvement et se prit à le considérer avec une profonde attention.

L'idée qu'il pouvait connaître sa honte lui traversa tout à coup l'esprit, et une rougeur subite lui monta au visage.

— Parle! parle! dit-elle avec vivacité et comme pour donner le change à ses propres pensées.

Trim remua tristement la tête:

— Je vous ai dit, ma bonne maîtresse, répondit-il, qu'il s'agissait de choses graves; c'est en effet une révélation que j'ai à vous faire.

— Une révélation! répéta la jeune mère.

— Relativement à l'assassinat de M. Morton.

— Comment! parle, mon vieil ami.

— J'étais absent cette nuit-là.

— Je le sais.

— Sans cela...

— Oh! sans cela mon pauvre père vivrait encore.

— Ou moi-même j'aurais cessé d'exister.

— Oui, Trim, oui, je connais ton dévouement et je l'apprécie... aussi tout ce que tu auras jamais à me demander...

— Je ne demande rien, ma bonne maîtresse.

— Qu'as-tu donc à me dire?

— Depuis le jour où je suis revenu, je cherche...

— Qui donc?

— L'assassin.

— Et tu l'as trouvé?

— Peut-être...

Ophélie se leva d'un bond et prit les mains de Trim qu'elle serra dans les siennes.

— Que dis-tu? s'écria-t-elle avec un fol élan... Ah! je te devrai plus que la vie, si tu peux m'aider à venger mon père...

— Eh bien, poursuivit Trim, la nuit de l'assassinat j'ai appris qu'un homme avait pénétré vers minuit dans le jardin qui entoure l'habitation, malgré la pluie qui tombait à torrents, qu'il s'est tenu caché dans un massif pendant plus d'une heure, et qu'il n'en est sorti que lorsqu'un autre homme, fuyant de l'habitation, est venu l'y chercher...

— Es-tu certain de cela? fit Ophélie.

— C'est James qui me l'a dit...

— Et pourquoi n'a-t-il pas parlé plus tôt?

— Parce qu'il avait peur de l'assassin.

— Il le connaît?

Trim se tut et promena une seconde fois son regard autour de la chambre.

— As-tu donc peur aussi? balbutia la jeune femme qui se sentait envahie elle-même par une secrète épouvante.

— Non, Trim n'a pas peur; mais il veut que sa maîtresse soit seule à entendre ce qu'il a à lui dire.

— Mais cet homme, le nom de cet homme! quel est-il?

— Il est venu souvent dans cette habitation, et récemment nous sommes allés le trouver nous-mêmes.

Ophélie fit un soubresaut comme si elle eût aperçu tout à coup devant elle le dard enflammé d'une vipère.

— Deviens-tu fou? dit-elle en pâlissant affreusement.

— Bonne maîtresse, je n'ai jamais été plus sérieux.

— Voyons, fit la jeune fille tout à coup d'une voix impérieuse et brève comme si elle eût pris une résolution subite, voyons... tu viens de prononcer une parole imprudente, une accusation insensée; c'est impossible que tu croies toi-même à ce que tu viens de dire... parle, explique-toi... est-ce bien Domingo que tu accuses?

— Oui, répondit Trim, c'est bien lui.

— Tu crois qu'il a assassiné mon père?

— Je crois, du moins, qu'il a conseillé le crime.

Ophélie ne bougea pas; elle commençait à trembler; une sueur froide perlait sur ses tempes; elle étouffait!

Un instant auparavant elle repoussait encore énergiquement cette accusation; maintenant elle n'en avait plus la force.

C'est que depuis quelques minutes elle se rappelait!

L'attitude de Domingo, son front soucieux, son embarras, mille incidents divers qui parlaient avec autorité l'enserraient dans une impasse dont elle cherchait vainement à s'échapper.

C'était la première fois que son esprit abordait une pareille question, et elle se sentait frappée d'impuissance devant ce nouvel horizon qui s'ouvrait devant elle.

Domingo! son amant! assassin de son père!...

Le nuage qui obscurcissait sa vue sembla se déchirer comme par miracle... la vérité apparut à ses yeux troublés.

Elle comprit tout... et elle osa envisager les devoirs nouveaux que lui imposait cette découverte.

Elle regarda le serviteur bien en face.

— Ami! lui dit-elle d'une voix forte et dont l'accent n'avait plus rien d'irrésolu, tu m'es dévoué, n'est-ce pas?

— Ma bonne maîtresse en doute-t-elle? s'écria Trim.

— Non, mon ami, non, je n'en doute pas, mais il faut que je sache si ton courage est à la hauteur de ton dévouement.

— Que faut-il faire?

— Tu vas aller trouver Domingo; tu lui diras que je veux le voir à l'instant même.

— Mais quelle est votre pensée?

— Je te le dirai plus tard... pour le moment, Trim, il y a un secret terrible entre cet homme et moi, il a entre les mains la vie des deux seuls êtres que je puisse aimer désormais, et il faut que je sauve mes enfants avant de songer à venger mon père.

— Ah! je comprends! fit Trim.

— Et tu iras le trouver...

Trim partit en toute hâte.

La jeune mère était violemment émue. C'était en effet plus que sa honte, plus que sa vie qui allait se jouer, c'était la vie de ses enfants...

Aussi, quand une heure environ se fut écoulée et qu'elle comprit que Domingo allait venir, la malheureuse femme eut le courage de se traîner jusqu'à la glace de sa chambre pour donner un dernier regard à sa toilette, car elle voulait être belle pour séduire une dernière fois le misérable, afin d'arriver à le tromper plus aisément! Puis, sous la poignante émotion qui pressait son cœur, elle devait trouver la force de sourire!

Elle était encore à sa toilette quand Trim annonça Domingo.

Une contraction nerveuse plissa les lèvres d'Ophélie à ce nom désormais abhorré, mais ce ne fut qu'une impression passagère qu'elle domina bientôt, et quand son amant entra dans la chambre elle lui tendit la main avec un regard qui rappelait les heures les plus enivrantes de leurs amours...

XI

ÉVÉNEMENTS RÉTROSPECTIFS

Domingo arrivait radieux, plein d'espoir, il se précipita enivré sur cette belle main que lui tendait la jeune créole, et la retint quelques secondes sous ses lèvres.

— Enfin vous voilà revenue à de meilleurs sentiments envers moi, fit-il en s'asseyant à ses côtés.

Ce baiser brûla Ophélie, comme eût pu le faire un fer rouge... Mais elle fit bonne contenance.

— C'est que j'étais si malheureuse!

— Pouviez-vous l'être plus que moi, qui ne pouvais rien pour vous consoler, et qui souffrais de votre froideur et de votre indifférence...

— Tenez, dit la jeune femme avec une grâce adorable, ne parlons plus de cela, mon ami, j'ai été injuste, je le veux bien... mais à présent, il faut tout oublier... si j'entends que vous parliez d'un autre sujet, beaucoup plus intéressant pour mon cœur et pour le vôtre.

— De quoi donc?

— De nos enfants, Domingo!... songez donc... je ne les ai pas encore embrassés.

— Et vous désirez les voir?

— Ah! si cela se pouvait...

— Qu'y a-t-il d'impossible à cela; parlez... désignez une heure, Mistral et moi, nous viendrons vous chercher pour vous conduire vers eux.

Ophélie remua mélancoliquement la tête.

— Que dites-vous! répondit-elle d'une voix douloureuse, m'est-il permis de m'absenter, sans que chacun ici ne m'observe et épie mes démarches... si j'allais voir aujourd'hui mes enfants, Domingo, demain, toute la plantation saurait que je suis mère...

Un pli soucieux se creusa sur le front de Domingo.

— C'est à vous seul, mon ami, que je puis me confier.

— Eh bien?

— Eh bien, c'est ici, près de moi, que je voudrais voir mes enfants...

— Quelle folie!...

— Il me semble que je les aime tant déjà!

— Mais ce serait vous trahir.

— J'inventerai un prétexte... je bâtirai une fable...

Domingo remua la tête en signe de refus.

— Non, Ophélie, ne l'espérez pas... car, moi aussi, je tiens à ce que personne ne soupçonne cette faute, et ce serait commettre une grave imprudence que de faire ce que vous demandez.

— Vous tenez à mon bonheur! repartit la jeune mère avec un singulier accent, mais il me semble que c'est s'y prendre bien tard...

Le bandit se rapprocha de la jeune femme.

— Écoutez-moi, mon amie, lui dit-il d'un ton passionné, nous sommes, l'un et l'autre, dans une position cruelle, c'est notre amour seul qu'il faut accuser... si je vous avais moins aimée, Ophélie, j'aurais été moins coupable, et laissez-moi vous dire aussi que, même au plus fort de votre froideur, je n'ai jamais désespéré de votre cœur.

— Expliquez-vous.

— Je m'étonne que la même idée ne vous soit pas venue déjà... amante ou mère, Ophélie, il y a un moyen bien simple de vous satisfaire et de vous rendre heureuse; si demain, j'étais votre époux, qui donc chercherait à savoir que j'ai été votre amant?... qui oserait le dire surtout?

Ophélie ne répondit pas... mais elle avait frissonné à cette parole, car c'était là évidemment le point capital de cette conversation.

— Sans doute, répondit-elle après quelques secondes de silence, je le crois comme vous, Domingo, mais ce mariage ne peut se faire tout de suite, la tombe de mon père est encore trop fraîche; puis il y a des formalités à remplir, des lenteurs à traverser, et je vous le dis, j'ai besoin de voir mes enfants.

— Alors, consentez à m'accompagner.

— Vous refusez donc de me les amener ici?

Domingo se redressa... un air de dépit couvrait son visage, il lança un regard oblique à sa maîtresse.

— Ophélie, lui dit-il, vous avez une arrière-pensée.

— Quand cela serait!... répliqua la jeune femme.

— Vous voulez me reprendre vos enfants?

— Croyez-vous qu'ils ne seraient pas aussi bien entre mes mains que dans les vôtres?

— Oh! ce n'est pas cela que je redoute.

— Qu'est-ce donc alors?

— Je crains que vos enfants une fois en sûreté près de vous, vous ne rompiez tout à fait des relations qui vous pèsent.

Ce fut au tour de mademoiselle Morton à envelopper son interlocuteur dans un regard plein de haine.

— Oseriez-vous prétendre que j'ai tort? dit-elle les lèvres pâles et le sein gonflé.

— J'avais donc deviné juste! s'écria Domingo hors de lui.

Ophélie eut un ricanement étrange.

— Je vous avais déclaré, je crois, reprit-elle sans cesser d'observer le visage de son amant, que je ne songerais à me marier que lorsque j'aurais pu venger mon père, et bien! on est sur les traces de l'assassin.

— Qui vous l'a dit?

— Un homme qui a vu son complice.

— C'est impossible!

— Qu'en savez-vous?...

— Mais je le suppose.

— Vous supposez mal, Domingo, car l'homme duquel je tiens mes renseignements était dans le jardin durant cette nuit fatale, et à la clarté des éclairs, dans un massif épais, il a vu le misérable qui faisait le guet.

— Mais a-t-il reconnu cet homme?

— Sans hésiter...

— Et il vous a dit son nom!

— Il y a une heure que je le connais.

Domingo eut la pâleur du marbre, sa poitrine sifflait... une épouvante sans nom s'était emparée de lui, il comprit que cet homme était lâche, et il ne trouva pas un mot à répondre...

— Ah! le misérable! le misérable!... murmura à voix basse la voix ardente d'Ophélie... Ce n'était pas assez d'avoir déshonoré la fille... il a voulu encore assassiner le père... ce n'était pas l'amour qui le poussait vers cette enfant, c'était la plus honteuse des cupidités... Eh bien, le lâche se sera trompé dans ses calculs, car je sais tout maintenant, et je serai sans pitié pour toi!

— Que voulez-vous donc faire?... s'écria Domingo en mesurant d'un regard effaré la distance qui le séparait de la fenêtre.

— Ce que je veux, Domingo, je veux qu'avant ce soir mes enfants me soient rendus, ensuite tu me livreras Mistral.

— Ce sera fait.

— Et quant à toi, malheureux, tu quitteras immédiatement la plantation, et si tu oses jamais y rentrer, je jure que tu n'en sortiras pas vivant... maintenant, pars, hâte-toi!... car si dans deux heures tu ne me rends pas les deux pauvres créatures que je veux embrasser, je te livre sans pitié à ces assassins.

Domingo baissa le front sans répondre, gagna la porte à reculons, et se sauva à toutes jambes.

Il était incapable d'une résolution énergique, mais il allait consulter Mistral.

Le seul conseil que ce dernier lui donna fut de prendre la fuite.

Deux heures après, les deux complices quittaient la colonie, emportant les deux enfants qui devaient rester entre leurs mains, comme des otages à l'aide desquels ils espéraient pouvoir obtenir, dans la suite, tout ce qu'il leur plairait de réclamer d'Ophélie.

Domingo alla chercher fortune ailleurs, et mademoiselle Morton n'en entendit plus parler pendant longtemps... quant à Mistral, il reprit son métier de négrier, et le hasard des circonstances, bien plus que sa volonté, le ramena quelquefois à la Caroline.

Une fois entre autres, il eut occasion de montrer qu'il ne s'était pas gâté la main dans son industrie de marchand de *bois d'ébène*, et comme le fait dont nous parlons se rattache à notre histoire par un de ses côtés dramatiques, nous ne pouvons mieux faire que de le relater ici.

Quand Ophélie apprit que Domingo était parti, emportant ses deux enfants, elle tomba dans un profond désespoir et commença, dès ce moment, une vie solitaire, et qui sembla fort singulière de la part d'une jeune femme belle et riche comme elle l'était.

On lui adressa des objections à ce sujet, on chercha à l'entraîner dans le monde, on voulut l'entourer de distractions... mais elle repoussa obstinément toute sollicitation.

Quand on comprit que c'était de sa part une résolution irrévocablement arrêtée, on cessa de la tourmenter... les prétendants qui s'étaient mis sur les rangs se retirèrent peu à peu, le vide se fit insensiblement autour d'elle, et elle vécut ainsi seule, s'occupant de faire le bien, n'ayant d'autre préoccupation que d'améliorer le sort des malheureux qui la servaient.

Elle continuait de la sorte l'œuvre de son père, et cette satisfaction qu'elle éprouvait à faire des heureux suffit à l'ambition de son cœur.

Plus de vingt années se passèrent de la sorte, sans que rien ne vînt la mettre sur la trace de Domingo, malgré les recherches obstinées auxquelles elle se livra à ce sujet.

Ophélie était jeune encore; elle était belle comme elle ne l'avait jamais été, mais elle ne tirait pas vanité de ses charmes, et elle semblait ignorer même qu'elle pouvait être encore l'objet d'une profonde et sérieuse passion. Son premier amour l'avait trop cruellement trompée, et elle avait fermé son cœur comme une tombe.

Mais on ne commande pas ainsi à son cœur; elle devait éprouver qu'il n'y a pas de feu si bien éteint qui ne puisse se rallumer, et la flamme qui couvait en elle devait se rallumer pour le lui prouver.

Vers cette époque, vint à la plantation un jeune homme qui lui était adressé par un ami de son père... Ce jeune homme voyageait par désœuvrement... il était riche, il avait vingt-cinq ans... sa vie avait été rudement éprouvée, il gardait sur son front soucieux et sur son visage pâle l'empreinte de chagrins récents...

La jeune femme se sentit frappée à son aspect, il lui sembla que les regards du jeune homme témoignaient d'un étonnement pareil au sien.

On l'appelait le marquis de Lempsac... il ne devait rester que quelques jours à la Caroline, et il resta trois ans auprès de la jeune femme!...

L'amour qui les unit fut, pour l'un et pour l'autre, la source d'un de ces bonheurs dont on ne peut trouver l'équivalent que dans l'autre monde; ils vécurent l'un près de l'autre, oublieux de toute chose, mutuellement enivrés, sans se demander même si ce bonheur devait jamais finir.

Le dénoûment en fut horrible cependant.

Une fois, le marquis de Lempsac manqua au rendez-vous qui, chaque nuit, réunissait les deux amants.

C'était impossible... invraisemblable!... et quand Ophélie vit les premières lueurs du jour pénétrer dans cette chambre où, depuis la veille, elle attendait, la poitrine gonflée de soupirs, elle n'y était plus; déchirée d'inquiétudes, presque folle de désespoir, elle jeta un voile sur sa tête, et courut à la case où demeurait le marquis.

La case était vide, un désordre inouï régnait de toutes parts, et sur le lit qui occupait le fond de l'une des pièces, le marquis de Lempsac était étendu, frappé d'un coup de poignard en pleine poitrine. Il était mort!

Ophélie tomba inanimée sur le sol.

Quand elle revint à elle, elle se trouva dans sa chambre... l'horrible réalité se présenta de nouveau à son esprit, elle jeta des cris insensés et voulut fuir, on fut obligé d'employer la force pour la retenir.

On craignit un moment qu'elle ne devînt folle!...

Puis, cette douleur trop aiguë changea presque instantanément de caractère; une violence inouïe s'empara de toutes ses pensées, elle demanda avec des imprécations qu'on lui livrât les assassins.

Pendant la nuit, on avait remarqué que deux hommes rôdaient autour de la case... l'un était un jeune homme de vingt-cinq ans à peine, l'autre était plus vieux, et quelques-uns assuraient avoir reconnu en lui le *Mistral* qu'on avait vu naguère avec Domingo!

Du reste, le crime devait avoir été préparé de longue main, car les assassins paraissaient connaître parfaitement leur victime; ce qu'il y avait surtout de remarquable, c'est que tous les papiers qui constataient l'identité du marquis de Lempsac avaient été enlevés!

On se perdit en conjectures.

L'arrivée d'un marin étranger jeta seule quelque lumière sur ce sinistre événement.

Il s'appelait Pierre Morgan; une révolte avait éclaté à son bord, et ses marins s'étaient débarrassés de lui en le déposant dans une île déserte de l'océan Pacifique. Ce n'est que par miracle qu'il s'était échappé.

Ce Pierre Morgan apprit avec stupéfaction l'assassinat du marquis de Lempsac, et il demanda à être présenté à Ophélie. Comme ils étaient malheureux tous les deux, ils se comprirent du premier regard.

— J'ai fort peu connu le marquis de Lempsac, dit Morgan après les premières questions d'usage, mais je puis vous donner quelques éclaircissements sur les raisons qui ont poussé les assassins à commettre le crime. A mon départ de France, son dernier parent venait de mourir, et il se trouvait, par conséquent, seul héritier d'une immense fortune!... or, le marquis a le caractère aventureux, original, c'est à peine si on le connaît en France, puisqu'il en est parti, depuis près de dix ans, pour aller courir le monde... eh bien, voici ce que je suppose... un aventurier aura été frappé de cette situation... il se sera dit qu'après avoir tué le marquis, rien n'était facile comme de prendre son nom et de jouir de sa fortune ; je jurerais qu'avant un an, nous entendrons dire que le dernier des Lempsac est rentré en France, et qu'il y mène grand train... si cela est, madame, soyez certaine que ce marquis-là sera l'assassin que vous cherchez.

— Si cela est, répondit Ophélie d'une voix forte, je jure que je vengerai celui qu'ils ont si lâchement assassiné... avant peu, je veux aller moi-même en France... la vue de ce pays me serait désormais insupportable ; je veux savoir si la justice de Dieu n'est qu'un vain mot, et si je ne puis pas atteindre enfin les misérables qui ont si cruellement éprouvé ma vie !

C'est à la suite de ces événements, mais seulement une année ou deux plus tard, qu'Ophélie put enfin partir pour l'Europe, où nous l'avons vue arriver au commencement de cette histoire.

Mais il est temps de reprendre notre récit un moment interrompu, et de retourner vers nos personnages que nous avons laissés, pour la plupart, dans une situation fort critique.

Après l'intervention inattendue de Lequêteur, Marcel s'était vu contraint de fuir ; il s'était hâté de se réfugier dans un logement qu'il occupait rue Contrescarpe, et dans lequel il n'allait que bien rarement.

Ce logement n'était connu que de ses affidés ; il y passait pour un courtier de commerce, faisant les environs de Paris.

Marcel y rentra, cette nuit-là, fort sombre et fort agité.

La guerre que lui faisait Lequêteur commençait à l'impatienter, et à ce moment même il sentait l'inquiétude s'emparer de lui.

Il était évident qu'il était signalé ; il allait être obligé à un redoublement de prudence et de circonspection.

Ce n'est pas cependant qu'il fût découragé... Cette lutte, au contraire, plaisait à son caractère aventureux ; mais il comprenait à cette heure qu'il avait affaire à un ennemi redoutable, qui avait à sa disposition des ressources nombreuses... un seul moyen lui restait, c'était de se défaire de cet ennemi.

Comme on le voit, Marcel ne songeait pas à fuir ni à quitter la partie. Chez ces hommes, si bas tombés qu'ils soient, il y a un étrange point d'honneur qui les domine, et le chef des bandits du Lapin blanc avait conservé de lui à ses compagnons une trop bonne idée pour qu'il pût jamais se résigner à se soustraire aux conséquences de ses actes. Il était soucieux... son esprit préoccupé cherchait avec peine les moyens de sortir de cette impasse dans laquelle il se sentait acculé, et malgré tous ses efforts il ne parvenait pas à découvrir une issue.

Saverny, qui en ce moment était avec lui, gardait le silence en attendant que le maître parlât.

Celui-ci se leva et fit quelques tours à travers la chambre.

— Eh bien ! dit-il tout à coup avec un regard fauve, il faut user d'audace ; je veux étonner Lequêteur lui-même.

— Explique-toi, cher ami.

— Oui, j'irai le trouver...

— Chez lui ?

— A son bureau.

— Mais c'est se jeter dans la gueule du loup.

Marcel se prit à sourire.

— J'ai mon plan, dit-il, et si Lequêteur est rusé, il verra que nous ne le sommes pas moins...

— Mais fais-moi connaître au moins?... insista Saverny.

Le marquis s'arrêta tout à coup au milieu de la chambre, et d'un geste impérieux lui commanda le silence.

On venait de frapper à la porte.

— Qui cela peut-il être? fit Saverny à voix basse.

— Arme tes pistolets...

Puis on frappa de nouveau.

— Qui va là !... fit Marcel pendant que Saverny allait doucement ouvrir la porte qui donnait sur un escalier de service.

— Ami ! répondit une voix inconnue.

— Mais votre nom?

— Pierre Morgan...

Les deux scélérats échangèrent un rapide coup d'œil.

La porte s'ouvrit et Morgan entra.

Ce dernier avait l'air grave... il ne prit pas garde à l'attitude défensive des deux bandits. Après quelques moments d'hésitation, il fit quelques pas vers le marquis.

— Monsieur, lui dit-il d'une voix ferme, ne craignez rien de cette démarche que je fais en ce moment près de vous... Mademoiselle Louise Lemoine se trouve à cette heure entre les mains de la justice, mais son innocence ne peut pas manquer d'être reconnue promptement, et ce n'est pas d'elle que je viens vous parler.

— Que me voulez-vous donc? fit Marcel profondément étonné de ce langage.

— Je viens tenter auprès de vous un suprême effort pour vous sauver vous-même.

— Moi, monsieur !

— Je sais que je fais là un acte coupable ; les crimes dont vous vous êtes rendu coupable sont de ceux que la justice doit forcément punir ; mais un intérêt plus puissant me pousse en ce moment, et je vous le dis, quoiqu'il m'en coûte, je viens avec la résolution de vous sauver.

— Et quel est donc cet intérêt? fit le marquis d'une voix ironique, mais assez surpris au fond de la tournure que prenait l'entretien.

— Ce n'est pas de moi qu'il s'agit, répondit Morgan.

— Et de qui donc?

— C'est une femme qui m'envoie vers vous.

— La comtesse de Vivonne, peut-être?

Morgan fronça le sourcil... ce nom en ce moment lui semblait une profanation ; il réprima un mouvement de colère.

— Ce n'est pas la comtesse, dit-il froidement.

— Isabelle, alors?

— Isabelle non plus.

— Mais qui donc enfin?

Il y eut un moment de silence, après lequel le marin reprit :

— Écoutez-moi, monsieur ; dans la vie aventureuse que vous avez menée jusqu'à ce jour, n'avez-vous jamais songé quelquefois comment vous étiez entré dans ce monde, et s'il n'y avait pas quelque part quelqu'un qui s'intéressait à vous?

— Que voulez-vous dire?

— N'avez-vous jamais songé à votre mère, monsieur?

— Ma mère !

— Elle existe pourtant.

— Est-ce que vous la connaissez?

— Depuis longtemps.

— Oh ! c'est impossible.

— C'est elle qui m'envoie cependant.

Le marquis passa sa main sur son front... il éprouvait en ce moment un sentiment indéfinissable ; mais pour rester fidèle à notre rôle d'historien consciencieux et sincère, nous dirons que la curiosité entrait pour une grande part dans ce sentiment.

— Votre mère est riche, monsieur, poursuivit Morgan, elle occupe une position importante dans le monde, et depuis qu'elle vous connaît, bien qu'elle n'ignore aucun des désordres de votre existence, elle n'a pas d'autre pensée que celle de vous arracher à cette vie, et de vous faire rentrer dans une vie meilleure...

Marcel eut une seconde d'hésitation, mais à travers le trouble étrange que cette révélation jetait en lui, il y avait une pensée qui le dominait tout entier.

Cette pensée était horrible.

— Voyons, dit-il tout à coup, vous dites que ma mère est riche?

— Fort riche.

— Mais elle n'a pu croire que je quitterais ainsi, du jour au lendemain, la vie que je mène?

— Cette vie est cependant pleine de dangers.

— Qu'importe !

— D'un moment à l'autre vous pouvez être arrêté.

— Qui vous l'a dit?

— Lequêteur est sur vos traces.

— Je le défie.

— Et s'il découvre votre retraite, s'il parvient à s'emparer de vous, alors c'est la honte ou la mort... le bagne ou l'échafaud.

— Riche! riche!... murmura Marcel, absorbé par mille pensées contraires qui le rendaient soucieux et irrésolu.

Morgan pensa à Ophélie, et son cœur se serra.

— Que dirai-je à la personne qui m'envoie? dit-il enfin avec une certaine impatience.

Marcel redressa le front, et se prit à regarder son interlocuteur en face.

— Vous pouvez lui dire qu'elle a mal choisi son ambassadeur, car je n'ai pas oublié, moi, que je vous ai toujours trouvé sur mon chemin, dans les plus mauvais moments... quant à ma mère, je pourrais m'étonner à bon droit qu'elle ait tardé si longtemps à reconnaître son fils ; mais j'ai vécu sans famille jusqu'à ce jour, et la fortune que l'on m'offre est impuissante à me séduire... Sur ce, monsieur, vous pouvez vous retirer... seulement, avant de passer le seuil de cette maison, vous allez me jurer que jamais vous ne révélerez que j'y demeure et que vous m'y avez trouvé.

— Je le jure, répondit Morgan en gagnant la porte.

— Au surplus, ajouta Marcel, demain je ne l'habiterai plus...

Dès que Morgan fut sorti, Saverny se précipita vers Marcel.

— Eh bien, ce monsieur vient de te proposer une bonne affaire, lui dit-il.

— Est-ce que tu y crois, cher ami?

— Pas le moins du monde... seulement, il y avait là, probablement, une femme qui éprouvait le besoin d'avoir un enfant, quel qu'il fût, et il ne fallait pas laisser échapper une pareille occasion. Dame ! une mère riche et qui t'aime comme son fils... qui sait... il y avait peut-être quelque chose à faire de ce côté-là.

Le marquis haussa les épaules.

— Bah! dit-il avec insouciance, est-ce que nous avons le temps de nous arrêter à faire du sentiment... que cette femme soit ma mère ou non, elle vient trop tard... Lequêteur est à nos trousses, c'est à lui désormais qu'il faut s'en prendre, et je le répète que je veux aller le trouver.

— Mais c'est ta vie que tu joues.

— Est-ce que je ne la joue pas tous les jours... cette fois, au moins, c'est pour le bon motif... Lequêteur est devenu dangereux, et je ne serai pas tranquille, tant que je ne m'en serai pas débarrassé.

— Alors tu vas y aller?

— A l'instant même.

— Tu y es résolu, je n'ai rien à dire, mais à ta place, je réfléchirais avant de tenter l'aventure.

Sans prendre garde à cette objection, Marcel marcha vers un grand bahut qui occupait un coin de l'appartement, et en tira un vêtement complet de roulier. La blouse usée, le chapeau rond et délabré, le pantalon de toile et les souliers ferrés, rien n'y manquait... il y avait même un grand fouet, dont il ne jugea pas à propos de se munir.

Dès qu'il se fut assuré qu'il possédait bien tous les objets qu'il devait revêtir, il commença à procéder à sa toilette, aidé des soins attentifs de son ami.

La toilette dura une bonne heure.

Quand elle fut finie, il était littéralement méconnaissable.

Il n'avait pas un poil de barbe sur les joues, si ce n'est de petits favoris qui ne dépassaient pas le lobe de l'oreille; ses cheveux étaient coupés ras; il portait une chemise grossière, serrée au col par un grossier mouchoir à carreaux; ses pieds étaient chaussés de souliers boueux, le bas de son pantalon était retroussé sur des bas bleus; enfin, pour compléter le tout, un anneau d'or pendait à chacune de ses oreilles.

Saverny se prit à le considérer d'un regard assuré.

— Eh bien!... fit le marquis avec complaisance, qu'en dis-tu?

— Je dis que c'est parfait.

— As-tu toujours peur?

— Si j'avais peur, ce serait pour Lequêteur.

— Tu as raison, mon ami, ajouta Marcel en glissant deux pistolets sous sa blouse, car j'espère avoir de bonnes nouvelles à t'apprendre au retour.

— Où te reverrai-je? demanda Saverny.

— Chez toi... impasse Saint-Martial.

— A quelle heure?

— Dans deux heures.

Et chacun prit aussitôt une direction opposée.

Lequêteur avait plusieurs domiciles dans Paris : un rue de la Chaussée-d'Antin, un autre rue de Charonne, puis il occupait, rue Saint-Victor, au second du numéro 23, un appartement composé de trois pièces : une antichambre, un salon et une chambre à coucher.

C'est dans le salon qu'il se tenait à cette heure... un salon nu et délabré d'ailleurs, dans lequel il n'y avait qu'un mauvais bureau en bois blanc et deux chaises... une seule bougie éclairait cette pièce, et c'est à la lueur de cette bougie que M. Lequêteur transcrivait les rapports qui lui avaient été adressés.

Parmi les documents dont son bureau était couvert, les seuls qui lui parussent présenter en ce moment quelque intérêt étaient ceux qui avaient trait à Marcel, ou à la bande dont il était le chef.

L'existence de cette bande n'était plus un mystère pour personne, mais jusqu'à ce moment, malgré toute l'activité déployée par ses agents, M. Lequêteur en était encore réduit aux conjectures.

Où les trouver?... par quel moyen les mettre sous la main de la justice... dans quel piège les attirer?...

Il n'en savait rien.

Deux fois, il avait été sur le point de s'emparer de Marcel ou de Ralph qu'il connaissait moins, et deux fois, Ralph et Marcel lui avaient échappé.

Que faire? que tenter?

M. Lequêteur y perdait l'adresse qu'il avait acquise par un long exercice.

Et il écrivait toujours, ne s'arrêtant parfois que pour prendre sa tête dans ses mains et réfléchir profondément.

Tout à coup la porte s'ouvrit, et Fouillard entra.

— Eh bien! fit Lequêteur d'un ton avide.

— Je n'ai pas de chance, répondit l'agent.

— L'Aveugle a-t-il parlé?

— Pas plus qu'une carpe.

— Au moins t'es-tu mis à la recherche des autres?

— Marcel demeurait rue du Helder, mais il a déménagé. Léon aussi a disparu.

— Et le Dandy?

Fouillard se frappa le front.

— Quant à celui-là, c'est autre chose, répondit-il.

— Tu sais donc où il perche?

— Un de ses domiciles est situé impasse Saint-Martial.

— Il faudra y mettre quelqu'un.

— C'est fait.

— Bien...

Il y eut un moment de silence.

— Mais ce n'est pas tout... poursuivit Fouillard peu après.

— Qu'y a-t-il encore?

— J'ai pensé qu'Olga pourrait nous être utile.

— Comment cela?

— Je n'en sais rien encore, seulement il faudra la faire parler.

— Mais nous ignorons où ils l'ont cachée.

— Moi je sais qu'elle reste rue de la Licorne...

Le visage de Lequêteur s'éclaircit.

— Bon! bon! dit-il avec une satisfaction manifeste; Olga, en effet, peut nous servir... seulement, il faut qu'elle le veuille.

— Elle le voudra, car nous tenons sa sœur, et en l'effrayant sur son sort...

— Tu as raison... Allons! la journée n'aura pas été trop mauvaise... mais c'est l'autre, c'est ce Marcel, c'est ce Ralph, dont il faut à tout prix s'emparer.

— Nous y arriverons.

— Je commence à en douter.

— Bah! maître, vous êtes sorti de passes plus difficiles, et je suis sûr que cette fois encore...

Fouillard n'acheva pas...

Le timbre de l'appartement venait de retentir.

Les deux hommes se regardèrent avec étonnement.

— Qui cela peut-il être? fit Lequêteur.

— Une visite à cette heure... ajouta Fouillard, c'est étrange... mais on peut aller voir...

— Tu es armé, au moins?...

Fouillard montra deux pistolets sous sa redingote sale et râpée, puis se dirigea vers l'antichambre.

Un instant après il rentrait la figure bouleversée.

— Qu'y a-t-il? se hâta de demander Lequêteur.

Pour toute réponse, Fouillard tendit à son maître une carte que l'on venait de lui remettre.

Sur cette carte il y avait ce nom :

La duchesse de San Lucar.

— La duchesse ici! murmura Lequêteur; mais que me veut-elle?

— Nous allons le savoir à l'instant même.

— C'est juste... va... va... fais entrer cette dame, et veille à ce que l'on ne vienne pas nous déranger.

XII

DANS LE CABINET DE LEQUÊTEUR

La duchesse de San Lucar paraissait fort émue; une pâleur mortelle était répandue sur ses traits, quand elle approcha de Lequêteur; elle s'assit sur une chaise que lui offrit ce dernier.

— Monsieur, dit enfin la malheureuse mère après quelques moments de silence, pendant lesquels elle essaya de reprendre possession d'elle-même, l'affaire dont je viens vous entretenir est fort grave; et j'ajouterai qu'elle est pour moi de la plus haute importance.

— De quoi s'agit-il, madame? fit Lequêteur qui cherchait à deviner sur les traits de la duchesse la cause de l'émotion singulière à laquelle elle paraissait en proie.

— Sommes-nous bien seuls ici?... reprit madame de San Lucar.

— Oui, madame, absolument seuls...

— Alors, je puis parler, sans crainte que mes paroles soient entendues?

— Je vous en donne l'assurance...

Madame de San Lucar remercia du regard, et rapprocha sa chaise du bureau de l'homme singulier auquel elle s'adressait.

— Vous faites là un rude métier, monsieur, reprit-elle bientôt d'une voix insinuante, et avec un intérêt qui étonna Lequêteur.

— C'est vrai, madame, mais je m'y suis fait depuis longtemps, et je vous assure...

— Je vous comprends, vous voulez dire que si vous étiez riche, vous y renonceriez volontiers.

— Je le crois... seulement, je ne suis pas riche.

La duchesse commença un fin sourire.

— Eh bien, monsieur Lequêteur, dit-elle aussitôt, si vous n'avez pas de fortune, moi j'en ai une qui est considérable, et l'idée m'est venue depuis plusieurs jours de faire quelque chose pour vous.

Lequêteur fit un soubresaut.

— Pour moi! s'écria-t-il ébahi, je ne comprends pas.

— Eh bien, vous allez comprendre.

Madame de San Lucar jeta autour d'elle un regard inquiet et soupçonneux, puis ramenant le regard vers son interlocuteur vivement intrigué :

— Demain, monsieur, dit-elle en baissant la voix, si vous le voulez, il vous sera compté une somme de cent mille francs.

— Mais que faut-il faire pour les gagner?

— Une chose fort simple; il y a en ce moment à Paris un homme que vous traquez avec acharnement, et que vraisemblablement, en raison des ressources dont vous disposez, vous ne serez pas longtemps à atteindre... Eh bien, cet homme, je veux que vous lui laissiez le temps de fuir.

— Mais quel est-il, et qu'a-t-il fait?

— Je l'ignore...

— C'est que c'est grave, ce que vous me proposez là...

Madame de San Lucar fit un signe négatif.

— Moins grave que vous ne le pensez, monsieur, continua-t-elle; écoutez-moi, cet homme est mon fils... il a été lancé fort jeune dans la vie; il s'y est égaré promptement... il avait deux routes à suivre... il a pris la mauvaise... vous comprenez cela, n'est-ce pas?... Mais quoi... il est jeune encore, il peut revenir à de meilleurs sentiments... je l'emmènerai loin de cet enfer où il s'est perdu, et, dans un autre pays, sous les yeux de sa mère, et aidé de ses conseils, il redeviendra un honnête homme... voilà ce que je vous demande, monsieur, et vous voyez que votre devoir peut s'arranger fort bien de cette perspective... vous aurez ramené ce malheureux à l'honneur, et le cœur d'une mère vous bénira!...

Lequêteur avait écouté la duchesse sans l'interrompre, et peut-être même sans l'entendre, car les cent mille francs qu'on lui offrait miroitaient assez vivement devant ses yeux pour lui donner quelques distractions, et l'important pour lui n'était pas précisément de savoir si l'homme qu'il s'agissait de sauver était plus ou moins coupable. D'ailleurs, il pensait qu'il ne s'agissait que de quelques péchés véniels; et sa conscience hésitait sur le parti qu'il y avait à prendre en cette circonstance, pour mettre d'accord sa responsabilité peu engagée, à ce qu'il croyait, et sa convoitise fortement tentée.

— Voyons, dit-il à madame de San Lucar, vous me parlez d'un service à vous rendre, je voudrais pouvoir le faire; mais je ne sais de quoi il s'agit, et encore faut-il que je connaisse le nom du coupable.

Il y eut un moment de silence.

— Vous ne vous doutez donc pas de qui je veux parler?... fit madame de San Lucar, revenant à toutes ses hésitations.

— Je connais tant de gens qui se trouvent dans la position que vous me dépeignez.

— Celui-ci est jeune, il occupe un certain rang dans le monde et se trouve en ce moment sous le coup d'une accusation d'assassinat! mais l'on se trompe, monsieur, j'en suis sûre.

— Son nom, je vous prie, madame?

— Le marquis de Lempsac.

Lequêteur fit un bond sur sa chaise, et recula instinctivement.

— Le marquis! reprit-il peu après, vous voulez que je sauve le marquis! mais vous ne connaissez donc pas vous-même l'homme dont vous parlez?

— Monsieur! j'ai déjà eu l'honneur de vous dire que c'était mon fils. Et si l'appât que je vous offre n'était pas suffisant, je le doublerais.

— Deux cent mille francs! fit Lequêteur ébloui.

— Mettez-en trois cent mille, s'il le faut, monsieur, répliqua la duchesse, rien ne me coûtera pour obtenir ce que je demande.

Lequêteur s'était levé; il se promenait à grands pas à travers la chambre, et paraissait en proie à la plus vive agitation.

De temps à autre, il s'arrêtait brusquement, et se prenait à considérer la duchesse avec des regards singuliers; il était évident qu'un combat se livrait en lui, la tentation qu'il subissait en ce moment était des plus violentes... Jamais encore il n'avait été mis à une si rude épreuve.

De son côté, madame de San Lucar n'était ni moins agitée, ni moins inquiète... De cet homme dépendait le sort de son fils, et elle épiait avec une horrible anxiété tous les sentiments qui venaient se refléter sur son visage.

— Voyons, dit enfin Lequêteur en s'arrêtant devant la malheureuse mère, vous voulez sauver le marquis de Lempsac; et vous m'offrez pour cela une somme de trois cent mille francs.

— N'est-ce point assez?

— Peut-être... mais vous n'ignorez pas que le marquis est depuis longtemps sous la surveillance active d'agents dévoués, et que je ne suis pas le seul dont il ait à craindre les poursuites. Dans cette situation, il n'y a qu'une chose possible.

— Dites.

— Une fuite immédiate, cette nuit même... une fuite rapide qui l'emporte à l'étranger, de façon à mettre l'obstacle de la distance entre lui et mes hommes.

— Oh! j'irai le trouver, il partira, j'en suis certaine, mais à cette condition, n'est-ce pas, vous m'assurez qu'il sera sauvé?

Lequêteur ne répondit pas... le timbre de l'appartement venait de retentir, Fouillard était entré.

— Qui est là? demanda le maître.

— Madame la baronne de Strévi, répondit l'agent.

Lequêteur échangea un regard rapide avec madame de San Lucar qui s'était levée, et lui fit signe de rester.

Puis se tournant vers Fouillard :

— Fais entrer! ajouta-t-il d'un ton bref et qui témoignait d'une détermination instantanée.

La duchesse n'eut que le temps de rabaisser son voile sur ses yeux, et presque aussitôt Isabelle pénétra dans le bureau, le front haut, l'œil impérieux et la démarche délibérée.

D'un regard vif et prompt, elle chercha à deviner quelle personne se cachait sous le voile dont la duchesse avait recouvert ses traits, mais n'ayant pu rien découvrir, elle s'adressa bientôt à Lequêteur.

— Monsieur, lui dit-elle d'une voix résolue et ferme, avez-vous sous la main quelques agents sur le zèle et le courage desquels vous puissiez compter?

— De quoi s'agit-il donc? chère dame.

— Il s'agit, monsieur, de mettre la main sur un des plus grands criminels que vous ayez eu à poursuivre, c'est-à-dire le marquis de Lempsac.

Madame de San Lucar ne fut pas maîtresse d'un premier mouvement, et à ce nom, prononcé avec l'accent d'une haine farouche, elle tendit ses deux bras suppliants vers Lequêteur.

Isabelle s'arrêta étonnée.

— Madame connaît donc le marquis? dit-elle sur un ton ironique et en se tournant vers l'agent.

— Qu'importe, interrompit ce dernier, que madame connaisse ou non le marquis, là n'est pas la question... ce qui nous intéresse surtout, c'est de connaître le motif qui vous amène, et surtout à l'aide de quel moyen vous venez nous proposer de nous emparer de cet homme.

La baronne eut un sourire où s'épanouissait l'expression de la haine satisfaite.

— En effet, répondit-elle, c'est là le seul intérêt de ma démarche; je l'ai si bien compris, que je n'ai pas perdu de temps : car il y a une heure à peine que l'on m'a prévenue, et vous voyez que j'accours.

— Que se passe-t-il donc? demanda Lequêteur.

— On vient de découvrir la nouvelle retraite du chef de la bande du Lapin blanc; il demeure maintenant rue Contrescarpe, numéro 3.

Lequêteur s'inclina avec une pointe d'ironie.

— Certes, répondit-il, le renseignement est important, mais je le connaissais déjà.

— Je n'en doute pas, monsieur; seulement, ce que vous ignorez, c'est qu'à l'heure qu'il est, le marquis se trouve chez lui.

— Croyez-vous?

— J'en ai la preuve.

— Vous l'avez vu entrer?

— Oui, et je ne l'ai pas vu sortir.

Lequêteur fronça le sourcil et parut réfléchir un moment.

— Voilà, en effet, dit-il, un renseignement qui a son importance...

Puis, se tournant vers la duchesse :

— Madame, ajouta-t-il en lui lançant un regard que la pauvre mère comprit, vous voyez que mes fonctions m'empêchent de vous garder plus longtemps... je vous ai fait comprendre la position, vous pouvez juger maintenant de ce que vous avez à faire... pardonnez-moi donc, si je ne vous retiens pas davantage.

La pauvre mère, dont le cœur battait avec force, comprit le double sens des paroles de Lequêteur... Elle savait l'adresse de Marcel désormais, il n'y avait donc pas un instant à perdre, si elle voulait arriver à temps pour le sauver.

Elle serra avec effusion les mains de Lequêteur.

— Merci! merci, balbutia-t-elle avec émotion... demain, monsieur, je viendrai vous remercier.

Et elle se hâta de gagner la porte.

Seulement, comme elle allait en franchir le seuil, un homme entrait dans le salon, conduit par Fouillard, et elle fut obligée de s'effacer pour le laisser passer.

Instinctivement, et sans qu'elle eût pu dire à quel sentiment elle obéissait, au contact de cet homme, la duchesse resta muette, interdite, une curiosité plus puissante que sa volonté la retint clouée à sa place.

Quel était cet homme? et pourquoi éprouvait-elle ce trouble et cette émotion?

Elle attendit.

Chose singulière, Isabelle avait ressenti comme une atteinte semblable à l'arrivée de ce nouveau personnage; puis elle s'était levée, non pour se retirer, mais comme si elle se fût attendue à quelque événement extraordinaire.

L'homme qui produisait cet effet n'avait cependant rien qui pût éveiller, à ce point, l'attention et la curiosité.

Il était de taille ordinaire, portait une blouse usée par un long service, un pantalon de toile, un chapeau délabré, et de gros souliers qui imprimaient sur le parquet la marque des clous dont ils étaient ferrés.

Quant à son visage, il était insignifiant... l'œil atone, la lèvre sensuelle, en un mot, il présentait l'image parfaite d'un roulier.

Lequêteur jeta sur lui un regard habitué à démêler la vérité sous les déguisements les mieux combinés, mais la bougie éclairait mal le bureau, et il ne put rien découvrir; il ne témoigna donc aucun soupçon après cet examen rapide, et se tourna indécis vers Fouillard, qui s'était placé à ses côtés.

— Que désire cet homme? demanda-t-il d'un ton brusque et ennuyé.

— Il ne veut le dire qu'à vous-même, répondit Fouillard.

— Mais on ne se présente pas à cette heure-ci chez les gens...

— L'heure est un peu induc, à la vérité, répondit le roulier d'une voix accentuée, mais il y a des circonstances où l'on n'a pas le choix des moyens, et comme je pars à la première heure, pour retourner au pays avec mon chargement, j'ai bien été forcé de venir tout de même... quand je vous aurai dit pourquoi je viens, vous comprendrez cela, monsieur Lequêteur...

Malgré le soin que prenait Marcel de déguiser sa voix, parmi les personnes qui l'écoutaient, il y en avait une qui ne pouvait s'y méprendre longtemps, et l'espèce de frémissement qui courut par tous les membres d'Isabelle, aux premières paroles de cet homme, n'échappa ni à l'agent ni même à la duchesse de San Lucar.

Lequêteur fronça le sourcil et releva le front.

— Eh bien, voyons, dit-il alors en se contenant du mieux qu'il pouvait, tu as, dis-tu, quelque communication à me faire?

— Oui, monsieur, répondit Marcel.

— Et c'est important?

— Très-important...

— Eh bien, parle... explique-toi, et si, en effet, tes révélations sont comme tu le prétends, je te promets que nous ne serons pas ingrats...

Il se passa alors quelque chose d'anormal : bien qu'Isabelle et la duchesse n'eussent plus rien à faire chez Lequêteur, et que l'arrivée du nouveau venu eût dû les engager à s'éloigner, cependant, par un commun mouvement, toutes deux s'étaient rapprochées au son de sa voix, de sorte que lorsque Marcel se retourna pour voir s'il était seul avec ses deux interlocuteurs, il se trouva en face des deux femmes.

Un éclair de fureur traversa son regard à cette vue... un éclair si rapide, mais si terrible, que la duchesse baissa la tête, tandis que la baronne de Strévi portait les deux mains à son cœur.

Isabelle se rappelait avoir déjà courbé le front sous les brûlants éclairs de ce regard!

Marcel, lui, s'était déjà remis, et était revenu à Lequêteur...

— Ah! pardon, dit-il avec une bonhomie parfaitement jouée, mais il y a un petit obstacle à ce que je parle...

— Lequel?

— La présence des personnes qui m'écoutent...

— Ça te gêne?...

— Dame! ces choses-là, ça ne peut se dire qu'à vous.

— Et tu veux être seul avec moi...

— Absolument seul... ou je m'en retourne jusqu'à la première occasion.

Isabelle avait continué de s'avancer jusqu'au bureau, puis elle se pencha vivement vers Lequêteur.

— C'est lui! dit-elle à voix basse.

— Vous croyez?

— Vérifiez...

Ces mots avaient été échangés aussi rapidement que possible... mais Marcel n'avait rien perdu de cet incident... et au moment où il cherchait à deviner ce que pouvaient se dire Lequêteur et cette femme, il sentit une main prendre la sienne.

Il tressaillit et se retourna.

C'était la duchesse qui venait de s'approcher de lui.

— Monsieur, dit-elle, prenez garde.

— A quoi? répondit Marcel.

— Cette femme est la baronne de Strévi, elle vous hait.

— Isabelle!...

Marcel n'avait pas été maître de lui... ce dernier nom lui était échappé.

Le marquis venait de se trahir, il comprit le danger qu'il allait courir, et osa regarder Lequêteur sans manifester la moindre émotion.

— Enfin! nous voici donc en présence!... dit-il, avec un mélange d'ironie et de menace, nous allons pouvoir nous expliquer à notre aise.

Et comme en ce moment Fouillard faisait mine de quitter la place qu'il occupait :

— Toi! ajouta le bandit d'une voix énergique, si tu bouges, je te cloue à ta place.

Et en prononçant ces paroles, il tira de dessous sa blouse un pistolet dont il dirigea le canon vers l'agent.

Fouillard s'arrêta sur un geste de Lequêteur.

— Qu'es-tu donc venu faire ici?... demanda ce dernier à Lempsac.

Celui-ci s'inclina d'un air goguenard.

— Te rendre visite, répondit-il, c'était bien le moins que je dusse à un homme qui me témoigne tant d'intérêt.

— Mais je puis te faire prendre, si je le veux, car tu es ici en mon pouvoir...

— On ne me prend pas comme cela, et auparavant, j'étais bien aise de te dire ceci : depuis quelques mois, tu me poursuis avec un acharnement qui commence à me déplaire; je te trouve sur mon chemin à chaque instant, et je veux me débarrasser, une bonne fois, de cette surveillance qui m'agace...

Marcel achevait à peine, qu'il abaissa son pistolet dans la direction de Lequêteur.

Mais au même instant, le malheureux Fouillard, voulant sauver son maître, s'était précipité vers Lempsac et avait reçu la balle en pleine poitrine.

Lequêteur s'était levé, ivre de colère à cette vue, et sans chercher même à porter secours à Fouillard, il fit quelques pas vers l'assassin, qui prit la fuite avec la rapidité de l'éclair.

A quelques jours de là, vers huit heures du soir, un homme qui venait par le pont au Change, s'engageait dans les ruelles étroites de la Cité, et gagnait la rue de la Licorne.

Cet homme était Pierre Morgan, qui se rendait chez Olga en ce moment.

Il croyait qu'elle était tenue en charte privée par les misérables qui l'avaient enlevée, et il voulait se concerter avec elle, pour arriver à un dénoûment qu'il appelait de tous ses vœux, et pour lequel il se sentait disposé à faire même le sacrifice de sa vie.

La jeune fille avait été, en effet, cachée par le marquis de Lempsac dans une de ces maisons mal famées de la rue de la Licorne, et il l'avait retenue là par la crainte de nuire à sa sœur, dont la première de ses démarches devait précipiter la honte et même la mort... c'est du moins ce qu'on lui avait fait craindre.

Elle n'avait dès lors osé faire ni un pas ni une démarche.

Quand Pierre Morgan demanda Olga, une vieille femme qui vint le recevoir l'examina des pieds à la tête, et, l'enveloppant d'un regard soupçonneux :

— Que lui voulez-vous? demanda-t-elle d'un ton aigre et plein d'hésitation.

— Je veux lui parler, répondit le jeune homme.

— Mais qui vous envoie?

— Un ami.

— Comment s'appelle-t-il?

— Marcel.

La vieille remua la tête avec incrédulité.

— Au moins, ajouta-t-elle, ne vous a-t-on pas remis quelque chose qui puisse vous faire reconnaître?

— Je vous ai dit que je désirais parler à Olga, et vous paraissez hésiter à m'introduire auprès d'elle... eh bien, je vais ajouter ceci : c'est qu'il y a un agent de la rue de Jérusalem qui m'accompagne, et si vous tardez plus longtemps à me satisfaire, je vous déclare que j'irai le chercher.

— Fallait donc le dire tout de suite, fit la vieille en s'inclinant, venez, monsieur, venez... ma foi, cela ne me regarde plus, et j'aurai fait tout ce que j'aurai pu...

Quelques minutes plus tard, Morgan entrait dans la chambre d'Olga.

Dès que cette dernière aperçut le jeune marin, elle poussa un cri de joie, et courut se réfugier dans ses bras...

— Vous! vous! dit-elle hors d'elle-même, mon Dieu, je n'espérais plus vous revoir, vous m'apportez des nouvelles de Louise?

— Madeleine! vous aimez toujours votre sœur, n'est-ce pas?

— Vous en doutez, monsieur Pierre?

— Non, je n'en doute pas, mais en ce moment, il faut plus que de l'amour, il faut un dévoûment absolu et courageux.

— Qu'y a-t-il donc? mon Dieu!

— Louise est en prison, et vous seule, peut-être, pouvez la sauver.

— Ah! parlez! parlez! que faut-il faire?...

— Mon enfant, ne vous offensez pas des paroles que j'ai à vous dire, et n'écoutez que le sentiment qui me les dicte; c'est l'intérêt de votre sœur qui est ici en jeu, et c'est pour elle que je dois vous faire souffrir.

— Expliquez-vous! monsieur.

— Avant de redevenir Madeleine, vous avez beaucoup fréquenté ce quartier.

— Je l'habitais, répondit courageusement la jeune femme.

— Oui, vous l'habitiez, et plus d'une fois, vous avez passé la soirée au cabaret du *Lapin blanc*.

— Presque toujours.

— Et là, vous avez connu beaucoup de monde?

— Des bandits, des voleurs, des assassins même... vous voyez, monsieur, que je ne vous cache rien.

— Je vous en remercie, mon amie; mais laissez-moi poursuivre; parmi ces hommes, il y en a plusieurs que vous avez dû remarquer.

— Oui, vous le savez... Mistral d'abord, Savcruy, puis Marcel.

— C'est bien... fit Morgan, mais ce soir, il faut que vous quittiez cette maison, et dussé-je employer la force, je vous réponds que personne ne vous empêchera d'en sortir.

— Je suis prête.

— Oui, mais ce n'est pas tout, car en sortant d'ici, il faut aller au *Lapin blanc*.

— Pourquoi faire? mon Dieu...

Cette fois, une hésitation singulière se lisait dans les regards du jeune homme, et il baissa le front.

— Un dernier service que j'ai à vous demander, répondit Morgan d'une voix presque tremblante.

— Dites! dites!

— Seulement, au moment de vous dire ce que je sollicite de vous, vous le voyez, j'hésite et je n'ose.

— De quoi s'agit-il donc?

— Ce soir, Madeleine, et pendant quelques heures, il faut que vous redeveniez Olga !... comprenez-vous, maintenant ?

— Du moins, je tremble de comprendre.

— Je veux que vous reparaissiez au cabaret de la rue aux Fèves, comme je vous ai vue la première fois que je vous y ai rencontrée...

La jeune femme laissa tomber sa tête confuse dans ses mains, et un frisson glissa sur les épaules de la malheureuse...

— Quelle honte ! quelle honte !... balbutia-t-elle éperdue.

Morgan lui prit les mains, et l'attira doucement contre sa poitrine.

— Madeleine, lui dit-il alors d'une voix insinuante et douce, ce que je vous demande, est un sacrifice dont je savais d'avance que votre cœur saignerait... qui devait coûter à votre amour-propre, et, le dirai-je, aux nouveaux sentiments qui se sont fait jour dans votre cœur et dans votre âme ; mais ce sacrifice, mon amie, acceptez-le comme l'expiation d'un passé coupable, et croyez que c'est Dieu peut-être qui vous a ménagé ce châtiment dont vous sortirez régénérée... et tenez, écoutez-moi quand je vous parle avec cet accent convaincu et cette chaleureuse expan-

sion... Madeleine... je suis un honnête homme, moi... eh bien, quand vous sortirez cette nuit du *Lapin blanc*, vous me trouverez sur le seuil de la porte, et c'est sur mon bras que vous vous appuierez ; si quelqu'un vous regardait à cette heure avec étonnement et mépris, à celui-là je répondrai d'une voix ferme et franche : Cette femme que vous voyez est la sœur aînée et bénie de Pierre Morgan, le marin !...

Il y avait dans la voix du jeune homme tant de franchise et de fermeté, que Madeleine sentit toutes ses appréhensions disparaître... une confiance inouïe s'éleva dans son cœur.

— Pierre ! lui dit-elle en baissant les yeux, je vous obéirai jusqu'au bout, venez ! venez !

XIII

OLGA ET MADAME DE SAN LUCAR

L'entrée d'Olga au *Lapin blanc* produisit une sensation dont les habitués durent garder longtemps le souvenir.

Dès qu'elle parut sur le seuil de la porte, un hourra d'admi-

Que lui voulez-vous, demanda la vieille d'un ton aigre.

ration s'éleva de toutes parts, et un sourire de satisfaction parcourut tous les rangs.

On battit des mains, on l'acclama, quelques-uns même quittèrent leurs places et l'invitèrent à s'asseoir. C'était un véritable triomphe.

Le cœur de la malheureuse femme se brisa aux honteux souvenirs que lui rappelait cette réception ; un moment, elle fut sur le point de fuir ce théâtre d'un passé coupable ; mais l'image de Louise vint alors à passer devant elle, elle se raffermit de nouveau dans sa résolution, et, marchant vers ceux qui lui faisaient un si bruyant accueil, elle trouva le courage de leur sourire et de serrer les mains qu'ils lui tendaient.

Villon, un des pâles habitués du bouge, la fit asseoir à ses côtés, et la considérant d'un œil que l'orgie et l'insomnie n'avaient pas complétement éteints :

— Vrai Dieu ! s'écria-t-il avec enthousiasme, en se tournant vers ses compagnons, m'est avis, mes amis, qu'il faut fêter le retour de la brebis égarée ; et si vous m'en croyez, nous allons allumer un punch superlificoquentieux !...

Villon était un homme d'une trentaine d'années environ ; avant de tomber au dernier degré de l'échelle morale, il avait eu des fréquentations avouables... C'était alors un de ces bohémiens paresseux et impuissants, qui roulent de brasseries en brasseries, pour aller finir dans les plus ignobles caboulots. Il avait eu un peu de littérature ; avait fait quelques rimes riches, et avait fini

par demander au vol, voire même au crime, le pain qu'il n'avait jamais su gagner...

Villon était le poëte de la bande du *Lapin blanc*, et c'est lui qui composait pour ses dignes compagnons les chansons que l'on chantait aux heures où l'on ne travaillait pas !

Villon suivait avec intérêt le mouvement de la littérature contemporaine, assistait volontiers aux premières représentations, et, s'il ne rendait pas compte des pièces auxquelles il assistait, ce n'était pas faute d'avoir sur chacune d'elles un jugement bien éclairé.

— Enfin te voilà revenue vers nous, dit-il en passant son bras autour de la taille d'Olga, et j'espère que c'est pour longtemps.

— Pour toujours... répondit la jeune femme en surmontant le dégoût qu'il lui inspirait.

— Comme ça se trouve ! dit Villon, j'ai justement sur moi quelques économies... et si le cœur t'en dit...

— Oh ! le cœur ne me gêne pas... repartit Olga.

On rit alentour...

La pauvre fille était décidée à jouer son rôle, et maintenant que le premier pas était fait, elle retrouva bien vite son allure d'autrefois.

Le punch flambait ! on venait de lui verser à boire... elle but un grand verre en défiant du regard ceux qui l'entouraient...

— Ah çà !... où as-tu donc été, pendant tout le temps qu'on ne t'a vue !... reprit bientôt Villon... on m'a dit que tu avais été enlevée de l'impasse Saint-Martial, par un prince russe ?

— Est-ce que je sais !...

— Enfin, il était riche ?...

— Comme une mine d'or.

— Et tu l'as quitté ?...

— Il m'embêtait.

On applaudit.

— Voyez-vous, reprit-elle bientôt, on ne s'amuse bien qu'ici... là-bas, ils ont des salons tendus d'or et de velours où l'on n'ose marcher, les larbins galonnés devant lesquels on craint de causer; ils vous habillent pour vous faire voir... et vous n'avez pas même la liberté de rire à votre aise... ma foi !... j'ai envoyé tout cela au diable, et je suis revenue.

Villon l'interrompit par un baiser bruyant, et lui versa un second verre de punch.

— Voilà qui est parlé ! s'écria-t-il, tu es vraiment une bonne fille, toi, et si tu veux, je t'associe dès aujourd'hui à ma fortune !...

Olga haussa les épaules.

— Allons donc... répondit-elle en se levant, tu as tort de te

monter comme ça la tête... ce soir, je suis venue faire ici un tour, pour revoir les anciennes figures de connaissance, mais je ne puis y rester... demain, par exemple, c'est différent, et si tu es toujours dans les mêmes idées... nous pourrons en causer...

Comme Olga achevait ces mots, la porte du caboulot s'ouvrit, et un homme entra... elle n'eut besoin que d'un regard pour le reconnaître...

C'était Saverny !...

Avant qu'il eût fait quelques pas, elle s'était dirigée vivement vers la salle du fond, attendant que le Dandy vînt l'y rejoindre, car elle savait bien qu'il ne resterait pas dans la première salle.

C'est ce qui arriva.

— Olga !... dit-il en allant à elle et en s'asseyant à ses côtés.

— Ah ! vous m'avez reconnue ! répondit la jeune femme avec un regard dont le Dandy fut ébloui.

— Et pourquoi voulez-vous que je ne vous reconnaisse pas ? chère amie.

— C'est qu'il y a bien longtemps que je ne vous ai vu.

— Oui, mais je ne vous ai point oubliée.

C'est ainsi qu'il faut finir! dit-il avec résolution.

— Cependant vous ne me tutoyez plus...

Le bandit regarda la jeune femme avec surprise... il savait qu'elle était héritière d'une immense fortune, et je ne sais quelle idée lui vint en ce moment.

Jamais Olga ne l'avait regardé de la sorte, et il se demandait quel sentiment mystérieux était dans son cœur.

— S'il ne faut que cela pour te faire plaisir, reprit-il presque aussitôt, je te tutoierai...

— A la bonne heure ! fit Olga.

— Ah ça ! mais pourquoi es-tu venue ici, ce soir ?...

— Parce que je m'ennuyais.

— N'as-tu pas vu Marcel aujourd'hui ?

— Est-ce que je pense à lui !

— A quoi penses-tu donc alors ?

— A beaucoup de choses.

— A Mistral, peut-être...

Olga fit une moue charmante.

— Oh ! Mistral... répondit-elle, il y a longtemps que c'est fini... je ne l'aimais pas.

— Tu avais bien raison.

— Et puis quand le cœur n'y est pas...

La pécheresse n'acheva pas... son regard plongeait dans celui de Saverny, sa poitrine se soulevait avec de pénibles efforts...

— Moi, vois-tu, reprit-elle d'un accent où vibrait une passion étrange, je n'ai jamais eu de chance.

— Pourquoi cela ?

— Tous ceux que j'ai aimés sont morts...

— Tu veux parler de Gustave...

Un nuage passa sur les yeux d'Olga, et elle commença un amer sourire...

— Je trouve que tu lui ressembles, dit-elle d'un ton qui fit tressaillir Saverny.

— Vraiment ! répondit-il avec une curiosité singulièrement éveillée, mais je ne demande pas mieux que de te le faire oublier...

— Oh ! tu ne m'aimerais pas comme lui.

Saverny s'empara des mains d'Olga.

— Voyons, dit-il vivement, je t'ai toujours trouvée belle, moi ; et jamais je n'ai été brutal envers toi.

— C'est vrai, fit la pécheresse en faisant mine de se lever.

— Tu pars !... s'écria Saverny qui ne voulait pas perdre sa conquête.

— Il le faut.

— Et où vas-tu ?

— Je ne sais.

— Veux-tu que je t'offre un abri chez moi ? c'est pauvre, mais c'est tout près d'ici.

— Où donc ?

— Impasse Saint-Martial.

— Et tu y habites seul ?

— Tout seul...

Olga réfléchit et parut se consulter sur le parti qu'elle devait prendre.

Saverny la regardait, elle était réellement belle ; ses épaules, que son manteau de dentelles ne couvrait pas entièrement, laissaient voir leur pâleur de marbre, qui éclatait de blancheur sous les arabesques de chantilly... son front était pur, ses dents étaient blanches, sa taille souple et ferme.

C'était la première fois que le Dandy s'arrêtait à la considérer de la sorte, et, en dehors des millions qui miroitaient sous ses yeux, la possession d'une telle femme était encore une chose des plus désirables.

— Eh bien ! dit-il avec une certaine impatience nerveuse, et en entourant la taille de la belle pécheresse.

— Je ne sais que faire ! fit la jeune femme avec coquetterie.

— Viens ! viens !

— Mais si Marcel allait venir, on m'a dit qu'il allait quelquefois chez toi.

— Rassure-toi, il est trop occupé en ce moment.

— Que fait-il donc ?

— Il se cache, Lequêteur lui fait une guerre à mort.

— Y a-t-il longtemps que tu ne l'as vu ?

— Trois jours...

— Mais toi-même, on ne t'inquiète pas ?

— Oh ! moi, je suis trop peu de chose à ce qu'il paraît... Nous parlerons de tout cela, si tu le veux... mais pas ici...

— Partons ! dit-elle en gagnant la porte.

En passant près de la table où elle avait laissé Villon, elle s'approcha du bohême-poête, et lui frappa sur l'épaule.

Ce dernier se dressa vivement.

— Écoute, lui dit-elle avec un regard effronté, je suis avec le Dandy.

— Et tu me plantes là !

— Il le faut.

— Mais je te reverrai ?

Olga eut un sourire plein de promesses.

— Si dans une heure, répondit-elle, je n'étais de retour ici, tu viendrais me chercher impasse Saint-Martial, chez Saverny...

— Suffit !... on ira... et plus tôt que plus tard...

La jeune fille s'éloigna et alla prendre le bras de Saverny qui attendait.

En arrivant à l'angle de la rue, ils se croisèrent avec un homme qui faisait le guet... mais le bandit était en ce moment trop occupé pour y prendre garde...

L'homme fit un mouvement, et Olga tressaillit.

Elle passa.

L'homme était Morgan... il ignorait quel chemin allait prendre la jeune femme ; il pouvait croire qu'il y avait du danger à la suivre ; il marcha sur ses pas cependant, et ne s'arrêta que lorsqu'il l'eut vue disparaître dans l'allée de la maison occupée par le Dandy.

Il s'adossa dans l'ombre d'une porte qui faisait renfoncement, et il attendit.

Le galetas du bandit était au sixième étage.

Quand ce dernier eut allumé une chandelle et qu'Olga aperçut le taudis dans lequel elle venait d'entrer, elle ne put s'empêcher de faire un mouvement d'horreur.

— Ah ! dame ! ce n'est pas brillant... fit son interlocuteur avec enjouement et en poussant la porte derrière lui, mais le poête l'a dit... une grenier en était à vingt ans.

Il y avait une chaise... une table boiteuse et un mauvais grabat...

La jeune femme se laissa tomber sur la chaise, et le Dandy vint s'asseoir à ses pieds.

— Olga ! dit-il en lui prenant les mains, la femme que l'on aime a le singulier privilège d'embellir les lieux dans lesquels elle pénètre, et ce soir, mon grenier semble à mes yeux transformé en un palais.

La sœur de Louise jeta un joyeux éclat de rire... peut-être pour donner le change aux appréhensions qui commençaient à l'envahir.

— Vous parlez comme Villon, dit-elle d'un ton ironique.

— Tu trouves ?

— Est-ce que vous faites aussi des chansons ?...

Saverny la regarda avec étonnement.

— D'où vient que tu ne me tutoies plus ?... dit-il un peu inquiet.

— Dam ! je ne sais pas...

— Au moins m'aimes-tu un peu ?

— Sans doute.

Saverny s'approcha de la jeune femme pour l'embrasser.

Celle-ci le repoussa plus brusquement peut-être qu'elle n'avait l'intention de le faire.

— Voyons ! fit le complice du marquis avec un commencement d'irritation, est-ce que nous ne nous entendons pas ?

— Pourquoi donc ?

— Tu as consenti à m'accompagner ?

— C'est vrai.

— Et tu me repousses ?

— Cela t'étonne ?...

— Quelle a donc été ta pensée, en venant ici ? reprit-il après quelque hésitation.

— Celle de voir tes appartements.

Le Dandy eut un sourire ironique.

Olga voulait gagner du temps, mais elle vit bien qu'elle aurait de la peine à faire ce qu'elle voulait, et elle comprit que le seul moyen d'en sortir était d'aller droit au but.

— Eh bien, non, dit-elle résolûment, non, je n'ai pas voulu me moquer de toi... mais avant de causer d'autre chose, j'ai un service à te demander.

— A la bonne heure !... fit Saverny, j'aime mieux t'entendre parler ainsi.

— Est-tu disposé à m'être utile ?

— Je ferai ce que tu voudras.

— Il s'agit de Marcel, j'ai intérêt à savoir où il est.

— Pourquoi faire ?

— C'est mon secret... Et je refuse de te le dire. Ou bien, non, je ne refuse pas, mais je demande dans quel but tu m'adresses une pareille question.

— Et si je ne veux pas te le dire !...

— Alors, je me tairai aussi.

Le bandit fit quelques pas vers la porte, car depuis quelques secondes, il entendait monter.

— Qu'y a-t-il donc ? fit Olga dont le cœur se prit à battre violemment.

— On vient ! dit Saverny en collant son oreille aux ais mal joints de la porte.

Et il éteignit la chandelle.

Le bruit se rapprochait... C'étaient des pas précipités, et l'on entendait même le souffle oppressé d'une poitrine haletante.

— Le chef ! dit tout à coup le Dandy.

La jeune femme n'avait pas une goutte de sang dans les veines : elle était fort embarrassée ; l'arrivée de Marcel dérangeait tous ses plans... Elle n'osait plus, elle avait peur !

Le marquis de Lempsac avait toujours produit sur elle un effet terrible ; et, à cette heure, dans les circonstances où elle se trouvait, elle avait doublement raison de redouter sa présence.

Tout à coup trois coups frappés à intervalles égaux à la porte vinrent la glacer d'effroi.

Elle se blottit dans un coin, pendant que Saverny se dirigeait vers la porte.

— Qu'est-ce ? dit-il à voix basse.

— Ouvre ! répondit Marcel.

Puis il ferma la porte dès qu'il fut entré et se laissa tomber sur l'unique chaise placée là auprès.

— Que se passe-t-il donc ? fit Saverny.

— Il y a... il y a que je suis poursuivi.

— Par qui ?

— Je ne sais.

— Lequêteur, peut-être ?

— Non, ce n'est pas lui... une voiture qui a pris tous les détours à travers lesquels j'espérais la perdre... mais elle ne m'a quitté qu'à l'impasse Saint-Martial.

— Et tu ne te doutes pas à qui cette voiture peut être ?

— En aucune façon. Allume donc la chandelle.

Saverny exécuta l'ordre qu'on lui donnait ; mais dès que les rayons douteux de la lumière éclairèrent la mansarde, et que le regard de Marcel se fut arrêté sur Olga qui se cachait la tête dans les mains, il courut à elle et lui prit rudement les bras.

— Olga ! s'écria-t-il avec colère ; elle ici... que vient-elle y faire ?

— Qu'importe ! dit brusquement Saverny.

Le marquis lui lança un regard plein d'éclairs.

— Qu'importe ! répéta-t-il... qu'importe, dis-tu ; mais si cette femme est ici, elle ne peut y avoir été amenée que par une idée de trahison.

— Allons donc !

— Tais-toi.

Et, ramenant brutalement la malheureuse femme vers la lumière :

— Écoute, poursuivit Marcel d'une voix énergique, et réponds ; qui t'envoie ici ?

— Mais... personne... balbutia la pauvre fille.

— Ne cherche pas à me tromper.

— Je vous jure...

— Ne jure pas et réponds !

Olga était pâle ; sa poitrine se soulevait avec violence ; elle commençait à perdre la tête.

— Imbécile ! fit le marquis en se tournant vers Saverny, qui, pour la première fois, n'était pas éloigné de soupçonner quelque arrière-pensée dans la conduite de la jeune femme, imbécile, qui as cru que c'était pour toi qu'elle venait !

— Mais... voulut répondre le Dandy.

— Je te dis qu'elle est d'accord avec nos ennemis ; mais elle se sera trompée cette fois, car si nous sommes trahis et que nous soyons poursuivis, car elle ne sortira pas vivante de cette mansarde.

Le Dandy fit un mouvement, la sœur de Louise frissonna.

L'un et l'autre savaient déjà que le chef n'avait pas coutume d'hésiter dans les moments extrêmes.

— Que veux-tu donc faire ? fit cependant Saverny.

— Souviens-toi d'Anaïs... Les morts seuls ne parlent plus.

— Mais tu ne sais pas si elle est coupable.

— Eh bien, qu'elle parle alors, que je l'entende, qu'elle me dise pourquoi elle est venue et qui l'a envoyée.

Olga avait peur, certainement, mais pour rien au monde elle n'eût voulu trahir Morgan ; et, d'ailleurs, elle comprenait qu'elle touchait à un moment suprême de son existence, et que c'était peut-être là le seul moyen que Dieu lui offrirait jamais de se réhabiliter.

Elle se redressa droite et fière sous la menace du bandit, et osa le regarder en face.

— Eh bien, non! dit-elle avec courage, non, je ne parlerai pas, non, je ne dirai pas les noms de ceux qui m'envoient !

— Tu le vois! fit Marcel à Saverny.

— Tu voulais donc nous trahir ?

— Oui, et vous pouvez me tuer !

— Tout arrive en même temps! s'écria le marquis avec fureur, c'est l'enfer qui nous abandonne ; mais, quand je devrais y périr, je ne me laisserai pas abattre par ces obstacles ridicules... Olga, tu vas mourir !

Marcel tira alors son poignard de sa poche et marcha vers la jeune femme, le regard effrayant de haine et de colère.

Olga crut que sa dernière heure était arrivée, elle se jeta à genoux, les mains jointes et les yeux levés au ciel.

— O mon Dieu! s'écria-t-elle avec ferveur, mon Dieu, c'est pour ma sœur bien-aimée, vous le savez, sauvez-la!... J'ai été bien coupable, j'ai oublié tous mes devoirs, j'ai été folle, misérable, insensée... Pardonnez-moi, pardonnez-moi !

Marcel lui prit brutalement les mains et l'attira à lui.

— Veux-tu te taire ? lui dit-il d'une voix pleine de désordre.

— Je veux mourir! répondit la jeune fille.

— C'est Morgan qui t'envoyait, n'est-ce pas?

— C'est Dieu, qui s'est lassé de vos crimes!

— Il en est temps encore, parle!

— J'ai assez vécu!

— Tu veux me braver?

— Tuez-moi, vous dis-je!

— Eh bien, meurs, malheureuse... meurs comme Anaïs, meurs comme Gustave, et que ta mort soit une leçon pour ceux qui seraient tentés de t'imiter !

Mais le bandit se releva tout à coup, pâle, effaré, interdit.

Quelqu'un venait de s'arrêter à la porte...

Les deux scélérats prêtèrent l'oreille, et, à leur grande stupéfaction, ils entendirent, contre les planches, le frôlement d'une robe de soie.

— Une femme! Qu'est-ce que cela veut dire?... C'est Isabelle peut-être, fit Marcel, car elle déploie à ma poursuite un véritable acharnement!... Eh bien, nous allons voir.

En parlant ainsi, il ouvrit la porte d'un geste violent.

— Entrez, madame, ajouta-t-il d'une voix énergique, entrez, vous devez trouver ici à qui parler.

La femme venait de lever son voile, le marquis jeta un cri de surprise à sa vue.

— Madame de San Lucar! dit-il avec un singulier mouvement, qui tenait à la fois de l'étonnement et de la contrariété.

— Moi-même, répondit la duchesse en lui tendant la main.

Marcel recula d'un pas, hésitant sur ce qu'il devait faire.

— Vous vous éloignez? lui dit la pauvre mère d'un ton de doux reproche.

— Mais j'ignore ce que vous me voulez, madame.

— Vous ne devinez donc rien?

— Je vous ai vue chez Lequêteur, vous m'avez suivi jusqu'ici, et je demande dans quel but vous y venez?

— Je viens pour vous sauver, et, si vous le voulez, nous allons partir à l'instant même... Une voiture nous attend dans l'impasse, nous avons le temps de prendre des chevaux et de gagner la frontière avant que l'on s'aperçoive de votre disparition... Le voulez-vous?

Marcel échangea un rapide coup d'œil avec Saverny.

— Encore faudrait-il, objecta ce dernier, d'où vient que vous vous intéressez si vivement à monsieur? car depuis quelques jours il est entouré de mouchards, et, après tout, nous ne vous connaissons pas.

— C'est juste, ajouta le marquis.

La duchesse l'enveloppa d'un regard douloureusement attendri, et lui prit les mains avec une douce autorité :

— Marcel, lui dit-elle, un homme est venu vous trouver dernièrement, jeune homme qui habitiez rue Contrescarpe, il a dû vous parler d'une personne qui s'intéressait à vous, il vous a dit aussi que cette personne vous aimait, qu'elle n'ignorait aucun de vos désordres, et qu'elle désire ardemment vous arracher à cette vie que vous meniez, pour vous faire rentrer dans une voie meilleure?

— M. Morgan a même ajouté que cette personne était ma mère.

— Eh bien, vous ne vous sentez donc pas disposé à aimer cette malheureuse femme?

— Non, madame; que cette femme s'intéresse à moi et qu'elle m'aime, je le veux bien, dites même que je le crois, mais que voulez-vous que je fasse de cet amour dans le moment suprême où ma vie est en jeu, et où je n'ai peut-être plus deux jours à moi?...

— Mais son amour vous sauverait! s'écria la duchesse hors d'elle-même.

— Non, madame, interrompit le marquis, je suis né dans un jour de malheur; dès l'instant où j'ai mis le pied dans cette voie sanglante que je poursuis, je savais bien que c'en était fait de moi! J'ai continué cependant... le vertige du crime m'a pris; alors j'ai marché d'un pas ferme; les victimes tombaient à mes côtés sans m'épouvanter; je ne regardais jamais en arrière et j'allais en avant, les yeux fermés, comme un aveugle.

— Mais, malheureux, l'échafaud vous attend!

— L'échafaud, soit!... D'ailleurs, quand viendra l'heure où toute retraite me sera coupée, où je verrai qu'il n'y a plus pour moi d'issue dans cette impasse où je suis engagé, eh bien, je saurai en finir, et, sachant comment on donne la mort, je craindrai moins de me la donner à moi-même !

Madame de San Lucar se laissa tomber à genoux :

— Marcel, dit-elle en sanglotant, Marcel, écoutez-moi!... Je suis venue à vous au nom de votre mère, et il n'est pas possible que vous restiez sourd à cet appel... Croyez-moi, mon enfant, la bonté d'une mère est inépuisable, et elle aura pour vous des trésors d'amour et de consolation... Vous avez l'avenir encore... Vous pouvez expier ce passé coupable que vous traînez après vous... Ne repoussez pas cette chance de salut et de réhabilitation que je vous offre... Venez, venez!

En parlant de la sorte, elle s'attachait aux mains du marquis et se traînait à genoux devant lui.

Mais le bandit la repoussa avec force et se tourna vers Saverny, qui commençait à trouver cette scène infiniment trop prolongée.

Quant à Olga, blottie dans un coin, elle écoutait, épouvantée, craignant à chaque instant que Marcel ne revînt à elle et ne mît à exécution ses terribles menaces.

Tout à coup Saverny et Marcel se prirent à pâlir.

Un coup de sifflet venait de se faire entendre; et ni l'un ni l'autre ne pouvaient s'y tromper... ce coup de sifflet était évidemment jeté par Léon, comme un appel suprême et désespéré. Que se passait-il?

Saverny ouvrit vivement la porte et courut sur le palier.

— J'entends le bruit d'une altercation.

— Et distingues-tu les voix?

— Oui, celle de Lequêteur!

Marcel rentra seul; puis il arma son pistolet, dont il posa le canon sur son front.

— C'est ainsi qu'il faut finir! dit-il avec résolution.

XIV

SUR LES TOITS

Mais à peine avait-il fait le geste de se brûler la cervelle, que madame de San Lucar s'était précipitée vers lui, et lui avait arrêté le bras.

— Malheureux! s'écria-t-elle hors d'elle-même, qu'allez-vous faire?

— Eh que voulez-vous que je fasse?... répondit le bandit, qui, pour la première fois de sa vie peut-être, se sentait prêt à perdre l'esprit.

Cependant Saverny s'était vivement approché, et, lui aussi, avait pris rapidement le bras du marquis.

— Marcel, lui dit-il, il y a peut-être encore un moyen de s'échapper.

Et il indiqua une lucarne qui avait à peine l'espace nécessaire pour qu'un homme y pût passer; mais ce n'était pas là une considération qui pouvait arrêter deux hommes aussi déterminés.

— Oui, répondit le marquis, je vois bien cette lucarne; par là on peut gagner les toits, mais après?

— Après, fit Saverny en montrant deux longues cordes armées de crampons; après, il y a ceci, avec quoi on peut se faire un pont; la rue n'est pas large, et nous pourrons gagner l'autre côté...

— Oui, tu as raison... viens.

Saverny avait ouvert la lucarne; il y passa le premier, et dès qu'il se trouva sur le toit, il tendit une main à son ami qui s'empressa de la prendre.

La duchesse regardait partir son fils avec une secrète joie mêlée d'inquiétude... mais depuis quelques secondes, on frappait rudement à la porte, où la voix de Lequêteur se faisait entendre, énergique et menaçante.

— Ouvrez! ouvrez! disait-il avec autorité, car si vous tardez une minute, je vous déclare que nous allons faire feu.

Aucune voix ne répondit à cette menace, et presque aussitôt trois coups de pistolet se firent entendre.

Les trois balles trouèrent la porte vermoulue, et l'une d'elles alla s'enfoncer dans l'épaule de la duchesse, qui poussa un cri et tomba à genoux.

Lequêteur poussa un juron qui retentit dans tout l'escalier.

— Avez-vous entendu? dit-il à ses hommes, il y a des femmes... allons, point de pitié, nous avons trouvé le nid... démolissons.

Puis, joignant le geste à la parole, les assaillants opérèrent une pression désespérée sur la porte qui vola bientôt en éclats.

Madame de San Lucar et Olga s'étaient agenouillées, et, les mains jointes, elles priaient Dieu.

— Ouais! fit Lequêteur à ce spectacle, et tout en sondant les moindres recoins du taudis, est-ce que nous serions refaits!...

— L'oiseau est déniché... dit un des hommes qui l'accompagnaient.

— Par où s'est-il envolé?...

— C'est là le *hic*.

Lequêteur venait d'apercevoir la lucarne et les dégradations récentes que les fugitifs y avaient faites.

Il se prit à ricaner.

— Bon! bon! disait-il, ils ne peuvent pas être loin... le quartier est cerné... et nous allons leur faire une chasse un peu soignée...

Et armant ses pistolets, il se disposa à grimper à travers la lucarne.

Mais Lequêteur était d'une corpulence assez respectable, et aux premiers essais qu'il tenta, il s'aperçut bien vite que son épaisseur s'y opposait.

— Que le diable les emporte!... jura-t-il, puisque c'est lui qui les protége.

— Maître, qu'y a-t-il donc?

— Il y a, que je ne puis pas passer.

— Et cela vous arrête?

— Pardieu!

— Alors, il faut démolir la lucarne.

— Au fait, c'est une idée.

— A l'œuvre! à l'œuvre!

Lequêteur avait avec lui trois hommes d'une taille et d'une force herculéennes... l'opération qu'il s'agissait d'entreprendre fut commencée aussitôt avec une ardeur sans égale, et presque immédiatement terminée.

Cinq minutes à peine s'étaient écoulées, qu'un énorme pan de plâtras tombait dans la mansarde, et offrait un passage aux travailleurs.

Lequêteur jeta un cri de satisfaction.

— Enfin! dit-il évidemment soulagé... maintenant, ne perdons pas de temps et hâtons-nous.

Chacun avait armé ses pistolets, et en deux bonds ils furent sur les toits...

Là, un spectacle assez étrange les attendait.

Les deux bandits avaient gagné quelques toits voisins, afin de dérouter un peu Lequêteur et ses hommes, mais à peine avaient-ils fait une vingtaine de pas, qu'ils s'étaient arrêtés, et avaient commencé à mettre à exécution le projet conçu par Saverny.

Ils étaient munis, ainsi que nous l'avons dit, de cordes au bout desquelles étaient attachés de solides crampons; il s'agissait de lancer l'extrémité de ces cordes de l'autre côté de la rue, afin de relier de la sorte les deux côtés de la rue fort étroite, à l'endroit où ils se trouvaient.

L'opération ne laissait pas que d'être extrêmement périlleuse. Nous l'avons dit quelquefois dans le cours de ce récit, c'est surtout dans les situations extrêmes que Marcel trouvait des résolutions inattendues, et dès qu'il se vit aux prises avec un danger de mort, tel qu'il n'en avait jamais affronté encore, toute sa nature ardente se réveilla, et l'on eût dit qu'un mystérieux hasard le protégeait.

Deux essais qu'ils firent pour lancer la corde de l'autre côté de la rue furent infructueux, mais le troisième réussit à merveille : le crampon s'accrocha à une de ces pointes de fer que l'on remarque sur les toits, et la corde, solidement attachée à une mansarde contre laquelle ils s'appuyaient, leur offrit un passage sûr.

Ce résultat fut accueilli par les deux amis avec les transports d'une joie qui se comprend de reste.

— Allons! fit le marquis enthousiasmé, la fortune est encore pour nous, ne perdons pas de temps et filons.

— Passe le premier... dit Saverny.

— Au petit bonheur!

— J'entends que l'on démolit la lucarne, là-bas...

— Eh bien, qu'ils viennent... arme toujours ton pistolet, et au premier qui montrera la tête, brûle la cervelle sans pitié.

— Sois tranquille.

Le marquis se laissa glisser le long du toit, s'empara de la corde d'une main ferme, et ainsi suspendu dans l'air, il commença le passage...

Il fallait une énergie et une force peu communes pour tenter une pareille entreprise; la corde pouvait casser... un incident quelconque pouvait obliger Marcel à lâcher prise, et il serait allé se briser le crâne contre le pavé de la rue.

Rien de tout cela n'eut lieu... et en moins de trois minutes, Lempsac, accroupi sur le toit de la maison opposée à celle d'où Saverny l'observait, faisait signe à ce dernier de le suivre et de se hâter.

Le bandit ne se fit pas répéter deux fois cette invitation; il venait d'entendre la voix de Lequêteur et de ses hommes, il comprenait qu'il n'avait que quelques minutes pour se sauver, et il se laissa glisser jusqu'à la corde, qu'il saisit avec vigueur.

C'est ce spectacle qui attendait Lequêteur, à son arrivée sur le toit.

Et quand il l'eut vu, il demeura stupéfait devant tant d'audace et d'invention.

Puis, il se prit à rire.

— Pas mal! pas mal!... murmura-t-il en haussant les épaules, mais rira bien qui rira le dernier...

Et ouvrant un couteau à la lame affilée qu'il portait toujours sur lui, il rampa tortueusement jusqu'à la mansarde, à l'appui de laquelle était attachée une des extrémités de la corde, et se mit en devoir de la couper.

Seulement, le marquis l'avait vu de son poste d'observation, et avec cette présence d'esprit dont il avait déjà donné tant de preuves, il avait deviné du premier coup d'œil le projet de Lequêteur, et s'était apprêté à y mettre obstacle. L'instant était solennel... il visa son homme.

Le coup retentit...

Deux cris de douleur et de désespoir y répondirent.

L'un était poussé par Lequêteur que la balle de Marcel venait de frapper en pleine poitrine; l'autre, par Saverny qui venait d'être précipité dans la rue.

Le bandit et Lequêteur arrivèrent presque en même temps sur le pavé, mais il ne leur fut pas même donné le temps de se reconnaître... car à ce moment, ils étaient réellement méconnaissables...

Le marquis proféra à cette vue une imprécation sauvage!...

Et bien que la disparition de Lequêteur et sa mort probable lui assurassent quelque temps de répit, néanmoins, il sentit bien cruellement la perte qu'il venait de faire dans la personne de son complice.

C'était son meilleur ami, le seul avec son frère qui lui fût peut-être bien réellement dévoué...

Il resta quelques minutes absorbé dans ses réflexions, et il y serait demeuré peut-être plus longtemps encore, si en ce moment, il n'avait senti une main s'appuyer sur son épaule.

Il frissonna.

— Marcel!... fit Léon dont il reconnut aussitôt la voix.

— Toi! toi! ici... s'écria Lempsac, mais d'où viens-tu?

— J'étais poursuivi... dans la rue... et j'allais être pris, quand le cadavre de Lequêteur tombant au milieu de nos ennemis, est venu opérer une heureuse diversion... mais ils sont exaspérés; c'est une fureur générale, et toutes les issues du quartier vont être gardées.

— Que faire alors?...

— Chercher quelque trou, quelque mansarde où nous puissions passer plusieurs jours.

L'un et l'autre avaient retiré leur chaussure, et ils erraient avec l'agilité cauteleuse du chat, cherchant un réduit où ils pussent se soustraire aux recherches dont ils étaient l'objet.

— Écoute, fit Marcel tout à coup; en demeurant ensemble, nous courons risque de nous faire prendre tous les deux, et je crois qu'il vaut encore mieux chercher chacun de son côté. Reste donc ici... tâche de trouver un gîte possible... quant à moi, je vais faire les mêmes recherches en poussant plus loin.

— Alors, bonne chance.

— Oui, bonne chance et au revoir.

Les deux frères se séparèrent, le marquis continua sa route aérienne, et arriva de maison en maison jusqu'à la rue de la Cité.

Une fois là, il rampa doucement jusqu'au bord extrême du toit, se retenant de ses mains et de ses pieds crispés, passa sa tête le long de la gouttière, et plongea un regard avide dans le gouffre. La rue était en émoi de ce côté comme de l'autre... toute la police était sur pied; le meurtre de Lequêteur, la chute de Saverny, le bruit des armes à feu, tout cela avait éveillé l'attention, et malgré l'heure avancée de la nuit, il y avait bien des têtes aux fenêtres... Marcel maudit cette curiosité qui pouvait le trahir, et chercha autour de lui un endroit, une mansarde où il pût chercher une retraite.

Mais en ce moment, il eût été dangereux d'essayer de ce genre de fuite... dans toutes les maisons on devait avoir appris ce qui se passait, et il était probable que nul même parmi les plus famés du quartier n'oserait s'exposer à lui offrir un abri.

Le bandit comprit qu'il était perdu... et pourtant il ne désespérait pas encore; puis, il était armé d'un long couteau catalan, avec lequel il comptait bien, en tout cas, défendre sa vie.

Tout à coup, un cri s'éleva à quelque distance, et dans ce cri, à tort ou à raison, il crut reconnaître la voix de son frère.

Presque aussitôt un mouvement extraordinaire se manifesta au-dessous de lui, et de tous côtés il vit des hommes aller et venir avec une précipitation et une ardeur qui annonçaient quelque événement important.

Marcel respira.

C'était le moment de reprendre sa course et de profiter de cette diversion pour faire une nouvelle tentative...

Il se ramassa donc sur lui-même, prit son couteau entre ses dents, et s'aidant des pieds et des mains, il gagna une maison voisine...

Mais il n'eut pas le temps d'aller bien loin cependant, car au moment où il atteignait l'angle du toit, il aperçut en face de lui un homme, qui depuis quelques secondes paraissait l'observer avec une attention ironique.

La surprise cloua le marquis à sa place, et, instinctivement, son couteau passa de ses dents dans ses mains.

L'homme se prit à rire.

— Ah! ah! dit-il d'un ton goguenard, il paraît que nous voulons brûler la politesse aux anciens.

L'œil de Marcel lança un éclair terrible.

— Que me veux-tu? dit-il avec rage.

— Je veux te pincer.

— Mais qui es-tu donc?

— Le roi est mort, vive le roi... je suis le remplaçant de Lequéteur.

— Et tu as cru que tu me prendrais?

— J'en ai le doux espoir.

— Alors, tu sais qui je suis?

— Marquis de Lempsac... ton compte est réglé, et je ne peux pas manquer d'avoir de l'avancement.

Les ongles de Marcel se brisèrent sur le plomb de la gouttière. Quant à l'autre, il n'avait pas bougé... plein de confiance dans le résultat de cette rencontre, il attendait.

Tout à coup l'homme du *Lapin blanc* parut prendre une résolution soudaine.

— Écoute, dit-il d'une voix brève... ce que tu dis est vrai, et je suis bien réellement celui que tu cherches, mais quel que soit l'intérêt que tu aies à me prendre, j'ai mieux que cela à te proposer.

— Toi, allons donc...

— Tu ne me crois pas?

— Non, mais parle, j'écoute.

— Si tu veux me prendre, il te faudra lutter, n'est-ce pas... or, nous avons chacun un couteau; nous sommes forts tous deux, résolus tous deux, et cette lutte peut aussi bien t'être fatale à toi qu'à moi-même, tandis que si tu consens à fermer les yeux, j'ai sur moi une somme de vingt mille francs en billets de banque, eh bien, je te la donne.

L'homme haussa les épaules.

— Allons! ce n'est pas fort... répondit-il, d'abord, qu'est-ce qui me prouve que tu as vingt mille francs; ensuite qu'est-ce qui me prouve que les billets de banque que tu me repasserais ne seraient pas faux?... tu vois bien que c'est des bêtises.

— Tu refuses?

— Comme tu dis.

— Alors, c'est un duel à mort.

— Oui, à mort, si le cœur t'en dit.

Marcel fit un bond et sauta à la gorge de l'agent.

Ce dernier n'eut que le temps de se jeter de côté, pour éviter la lame et les ongles de son adversaire.

L'homme auquel Marcel avait affaire, était de petite taille, mais large des épaules, avec une tête énorme et des bras musculeux, il présentait toute l'apparence de la force, tandis que Marcel, bien que de même taille à peu près, semblait délicat et faible. Seulement, il avait fait une étude spéciale du pugilat et de la lutte, et ne craignait aucun adversaire à ce jeu terrible qui s'engageait.

D'ailleurs, le toit avait en cet endroit une pente doucement inclinée, et offrait quelques points d'appui, grâce à plusieurs mansardes qui y ouvraient leurs fenêtres en tabatière. Le marquis avait déjà jugé le terrain, et son pied s'appuyait solide et ferme sur les tuiles recourbées.

Les deux adversaires apportaient une égale ardeur, et aussi une prudence égale... trois fois, l'agent de police entama de son couteau, mais légèrement, le chair de Marcel, et trois fois, ce dernier lui rendit sang pour sang, blessure pour blessure.

L'un et l'autre évitaient avec le même soin une lutte corps à corps qui ne pouvait offrir qu'un danger presque impossible à conjurer, et tacitement, et comme s'ils se fussent entendus à cet égard, ils se tenaient à distance, se ruant l'un sur l'autre, dans la seule pensée de s'enfoncer réciproquement dans la poitrine le poignard dont ils étaient armés.

Quelques minutes se passèrent de la sorte.

Le sang coulait de part et d'autre, et l'ardeur du combat commençait à exalter leur fureur.

Marcel surtout se montrait le plus pressé d'en finir. Il comprenait que plus il tarderait à se défaire de son ennemi, plus il aurait de chance d'être pris... les diverses brigades d'agents qui rôdaient alentour pouvaient s'apercevoir de l'absence de leur chef, et d'un moment à l'autre, du renfort pouvait arriver à ce dernier.

Sous l'empire de cette appréhension, il abandonna tout à coup la prudence qu'il avait déployée jusqu'alors, et s'élança sur son adversaire, en tentant de s'accrocher à ses vêtements déjà déchirés.

— Oh! oh!... fit ce dernier en l'évitant pour la seconde fois, on ne fait pas de ces machines-là à Bibi...

— Tu ne mourras pourtant que de ma main... fit le bandit avec une colère folle.

— Ou toi de la mienne.

— Oui, mais tu fuis... ah! tu es lâche!... tu as peur!...

Marcel n'acheva pas, car à peine prononçait-il ces dernières paroles, qu'il se sentit appréhendé au corps, et qu'un bras vigoureux l'enlevait à deux pieds au-dessus du toit, pendant que

ses reins étaient labourés par la lame du couteau de celui qui s'était lui-même intitulé *Bibi!*

Il lâcha un juron épouvanté... mais presque aussitôt il saisit d'un coup de dent l'oreille de son adversaire qu'il détacha presque entièrement.

Bibi poussa un cri de douleur, et lâcha le bandit, ainsi que le couteau qu'il tenait à la main.

Lempsac bondit sur le toit et peu s'en fallut qu'il n'allât rouler dans le vide, mais le sentiment puissant de la conservation lui avait communiqué une nouvelle énergie, et certain désormais de n'avoir plus rien à craindre, il se rua sur l'agent et lui enfonça son couteau dans l'épaule jusqu'au manche.

Bibi n'avait pas eu le temps de se reconnaître; il était d'ailleurs inondé du sang qui coulait abondamment de son oreille déchirée, et quand il reçut sa dernière blessure, il s'affaissa lourdement sur lui-même.

Marcel crut qu'il n'avait plus qu'à le pousser du pied pour en finir, et l'envoyer rejoindre ses camarades; mais on ne tue pas si facilement un homme de la trempe de Bibi : et dès qu'il vit Marcel revenir à la charge et le menacer d'une mort certaine, l'agent trouva encore assez de force pour se redresser sur ses mains sanglantes, et s'emparer de la jambe de son adversaire, qu'il attira vivement à lui.

La lutte recommença, lutte suprême, cette fois mêlée de menaces et d'imprécations.

— A moi! à moi! s'écriait le malheureux agent d'une voix de stentor.

Bibi avait fait le sacrifice de sa vie... il sentait ses forces s'affaiblir, il savait qu'il ne pourrait lutter longtemps contre un homme qui n'était que légèrement blessé, mais, dans son héroïque résolution, il avait décidé qu'il ne mourrait pas seul, et il n'avait d'autre but désormais que d'entraîner Marcel dans sa chute.

Ce dernier avait tout compris : serré entre les bras de son adversaire comme dans un étau, il ne pouvait bouger ni se défendre... son couteau lui était inutile; sa force même ne pouvait lui servir...

La situation était critique, à chaque secousse que l'un ou l'autre faisait, soit pour se dégager, soit pour gagner le bord du toit, les deux hommes se rapprochaient fatalement de l'abîme : encore quelques secondes et c'en était fait de tous les deux.

Enfin un cri retentit... Marcel venait de dégager son bras, et prompt comme l'éclair, rapide comme la pensée, il frappa Bibi en pleine poitrine.

Le meurtrier se releva ivre de joie, et se penchant avidement sur le cadavre :

— Eh bien, l'ami, ricana-t-il avec un rictus féroce, la farce est jouée, et comme il convient que les derniers devoirs te soient bien et dûment rendus, va retrouver tes pareils qui te traiteront comme tu le mérites.

Et le repoussant rudement du pied, il lança le cadavre dans le vide.

— Et de deux! fit Marcel avec un cynisme que ne pouvaient troubler les dangers qui l'enveloppaient de toutes parts... et maintenant, je crois qu'il n'est que temps de s'esbigner...

Et sans songer à s'inquiéter de l'effet qu'allait produire la chute du cadavre de Bibi dans la rue, il se mit à reprendre sa course de toits en toits, cherchant à chaque pas un abri qu'il eut beaucoup de peine à trouver, parce qu'aucun de ceux qu'il rencontra ne lui parut offrir de sécurité.

Cependant, à un moment, il ralentit tout à coup sa course, et s'arrêta contre la fenêtre d'une mansarde, dans laquelle il plongea un regard curieux.

Il n'y avait pas de rideaux à cette fenêtre, et, en réalité, il n'y avait pas à craindre de regards indiscrets à cette hauteur, car Dieu seul pouvait voir ce qui s'y passait.

Marcel regarda, il aperçut un lit, et sur ce lit, une femme endormie dont il ne put distinguer les traits. Auprès du lit, se trouvait un berceau, et dans le berceau un enfant.

Un bel enfant rose et blond, un nouveau-né, qui dormait d'un sommeil paisible et doux...

Le marquis resta quelques secondes à ce poste d'observation, et examina en détail l'intérieur de la mansarde qu'il avait sous les yeux.

Il ne vit rien autre chose.

La femme et l'enfant étaient seuls, il ne pouvait rien désirer de mieux.

Il regarda autour de lui pour bien s'assurer que personne ne pouvait le voir... on avait vraisemblablement perdu sa trace; il n'entendait plus qu'un bruit confus qui montait de la rue... sur les toits environnants, il n'aperçut personne. Le moment était favorable.

Il brisa donc, le plus doucement qu'il put, une des vitres, passa la main à l'intérieur, et ayant ouvert la fenêtre, il se précipita dans la mansarde.

Mais quelque précaution qu'il eût prise, la mère, qui veillait auprès de son enfant, s'était redressée en sursaut, aux premiers bruits de la vitre tombant sur le carreau, et elle avait jeté un cri d'effroi.

Le bandit, à ce moment, était déjà dans la chambre, dont il

venait de refermer la fenêtre... il marcha vivement vers la lumière qu'il renversa, puis saisissant la main de la femme dans l'ombre :

— Tais-toi ! lui dit-il à voix basse et rapide.

— Mais qui êtes-vous donc... et que me voulez-vous ?

— Rien.

— Mon Dieu...

— Si tu te tais, il ne te sera rien fait... mais si tu pousses un cri, je te tue sans pitié, toi et ton enfant.

La femme se laissa tomber à genoux.

— Mon Dieu ! mon Dieu ! murmura-t-elle en étouffant ses sanglots, que vous ai-je donc fait pour me frapper ainsi ?

Marcel était accablé de fatigue ; malgré la vigueur dont il était doué, les émotions et les dangers par lesquels il avait passé l'avaient brisé, et il sentait le besoin de se reposer.

— Écoute, dit-il après quelques secondes de silence, pendant lesquelles il réfléchit à sa position, écoute... je suis poursuivi... toute la police me recherche, et je serais perdu sans ressources si elle me soupçonnait dans cette mansarde... tu es seule, ici ?

— Absolument seule, répondit la femme.

— Ton mari est absent ?...

— Je n'ai pas de mari.

— Mais cet enfant est à toi ?...

— Oui.

— Et son père ?

— Il n'a pas de père.

— Bien !... alors personne ne vient te voir... je n'ai pas à craindre de rencontrer ici quelqu'un qui pourrait me reconnaître.

— Oh ! vous pouvez être tranquille... dit la femme, je vis très-retirée et personne ne connaît ma demeure... je suis venue ici cacher ma honte, et nul au monde n'y est encore entré.

— Bon ! dit Marcel, c'est ce qu'il faut... le hasard m'a servi au-delà de ce que j'aurais pu souhaiter... maintenant j'ai un service à te demander, car cette nuit a été rude pour moi, je tombe de fatigue et de soif... donne-moi un verre d'eau et laisse-moi dormir une heure.

La femme ne répondit pas... elle alla prendre ce que Marcel lui demandait, et pendant que ce dernier avalait le verre d'eau qu'elle lui offrait, et gagnait le lit que la pâle clarté de la nuit lui indiquait dans le fond de la mansarde, la femme prit une chaise et s'assit auprès du berceau de son enfant, le cœur en proie à une inquiétude sans nom.

Cependant Marcel s'était jeté sur le lit, et il ne tarda pas à s'endormir du plus profond sommeil, après avoir bien recommandé à la femme de le réveiller au moindre bruit.

Une heure se passa de la sorte, puis deux, puis une troisième, sans que Marcel se réveillât.

La femme, de son côté, n'avait pas cessé de veiller... et Dieu sait les épouvantes qui vinrent l'assaillir pendant cette veille !...

Enfin le jour commença à poindre à la fenêtre, et elle alla s'agenouiller dans un coin de la chambre, remerciant Dieu du fond de son cœur, de l'avoir sauvée d'un danger qu'elle avait eu toutes raisons de redouter.

Quand elle eut achevé sa fervente prière, elle se leva lentement et alla s'accouder un moment auprès du berceau de son enfant... il dormait !...

Elle le contempla quelques minutes avec une douloureuse et triste expression, croisa ses deux bras sur sa poitrine par un geste de déchirante résignation, et marcha vers la fenêtre.

Tout bruit avait cessé au dehors...

Les hommes lancés à la poursuite de Marcel s'étaient probablement lassés ; le quartier était cerné sans doute, et redoutant d'autres crimes au milieu de la nuit, on avait remis au jour pour recommencer les recherches.

D'ailleurs, ainsi que la femme l'avait dit, elle vivait là fort retirée, et il n'était pas probable que l'on vînt de ce côté.

Elle resta un quart d'heure au moins dans cette attitude, pensive, oppressée, se demandant parfois quel crime pouvait avoir commis cet homme qui s'était réfugié chez elle.

Elle était bien loin d'être sans appréhensions encore !

Cet homme allait se réveiller, et sans nul doute, pour détourner les soupçons, il lui demanderait un séjour plus prolongé... Que fallait-il faire ?... lui refuser, s'était s'exposer à sa vengeance.

Elle prit son front dans ses deux mains !

Ce n'était pas pour elle qu'elle craignait... c'était pour son enfant ! Tout à coup elle tressaillit.

L'homme venait de bouger, et il s'était tourné vers elle.

— Êtes-vous là ? demanda-t-il à voix basse.

— Oui, répondit la femme.

— Que faites-vous près de la fenêtre ?

— Je regarde.

— Et que voyez-vous ?

— Rien.

L'homme se souleva.

— Ils y ont renoncé, dit-il avec satisfaction, mais ils m'attendent sans doute... N'est-il venu personne pendant la nuit ?

— Personne !... répondit la femme.

— Quelle heure est-il ?

— Je ne sais, mais le jour commence à poindre.

— Oui !...

L'homme sauta à bas du lit.

Les premières lueurs du jour n'éclairaient la chambre que bien faiblement...

Marcel aperçut cependant la femme qui se tenait près de la fenêtre, et il fut frappé de l'air svelte et dégagé que présentait sa silhouette.

Il se rapprocha.

— Écoutez, lui dit-il alors, je ne suis point un criminel ordinaire, et vous n'avez rien à craindre de moi ; seulement, j'attends que vous me rendiez un éminent service.

— Lequel ?

— Vous pouvez me sauver.

Depuis quelques secondes une épouvante indicible s'était emparée de la pauvre femme, et il lui semblait que cette voix qui lui parlait ne lui était pas étrangère.

— Mais qui donc êtes-vous ? dit-elle alors d'un accent effaré. Elle n'acheva pas.

Marcel était maintenant devant elle, elle ne pouvait plus douter... car lui-même, en reconnaissant la belle comtesse de Vivonne, avait poussé un cri de stupéfaction profonde.

XV

DERNIÈRE RÉSISTANCE

Gabrielle était tombée à genoux, et avait éclaté en sanglots.

— Lui !... lui ! s'écria-t-elle éperdue... ô mon Dieu, vous ne m'aviez donc pas assez puni, en me faisant mère...

— Mais comment se fait-il, Gabrielle, que la misère ?...

— Dites la honte... le déshonneur... le remords... tous les sentiments qui déchirent le cœur et torturent la vie... ah ! Dieu n'a pas eu pitié de moi, je voulais mourir cependant... mais un ami m'a rendu le cruel service de me sauver !...

Il y eut un moment de silence... la pauvre femme sanglotait, le bandit avait oublié les terribles appréhensions de la veille, et les dangers plus terribles qui le menaçaient encore.

— Gabrielle, reprit-il enfin, cet enfant...

La jeune mère se leva droite et fière, et courut comme une lionne blessée vers le berceau où dormait son fils.

— Cet enfant est à moi, monsieur, dit-elle d'une voix ferme ; il sera la honte de sa mère... mais Dieu l'a voulu ainsi, pour mon châtiment, et je l'ai accepté avec résignation.

— Que voulez-vous donc faire ?

— Je veux que vous partiez.

— Mais c'est impossible.

— La crainte de la mort vous arrête.

— Dites celle de l'échafaud.

— O mon Dieu !...

— Si vous me repoussez, Gabrielle, je suis perdu !... on m'attend là, en bas de la rue... ils seront sans pitié, ils me traîneront devant la cour d'assises, et cette fois, il n'y a aucun espoir d'échapper à leur sentence.

— Oui ! dit madame de Vivonne les yeux fixés à terre, et avec une sorte d'égarement ; oui, vous avez lassé toutes les patiences ; vous n'avez respecté aucune loi, vous avez foulé aux pieds tous les sentiments... ah ! malheureux que vous êtes... Dieu vous avait fait naître avec une intelligence supérieure... vous pouviez être un homme d'honneur, vous pouviez être grand, et donner aux hommes l'exemple de la loyauté et du dévouement !... au lieu de cela, vous avez suivi une voie de désordre et de crime, vous avez choisi votre chemin dans les bas-fonds de la société, et à chaque pas que vous avez fait sur cette route, vous avez laissé derrière vous une empreinte de sang !... Eh bien, Dieu vous punit aujourd'hui ; sa miséricorde est infinie cependant, vous abandonne, et à cette heure de châtiment, vous ne songez même pas encore au repentir et au remords !

Marcel fronça le sourcil à ces paroles et promena un regard farouche autour de la chambre.

— Écoutez, dit-il enfin d'une voix forte et ferme, nous n'avons pas le temps de rechercher quels ont été mes torts, et si je dois me repentir et m'abandonner aux remords... je suis poursuivi, voilà le fait... et je ne veux pas tomber entre les mains de ceux qui me poursuivent et qui m'attendent... eh bien, dans cette situation, j'ai compté sur votre aide, et il faut, entendez-vous, il faut que, pour cette fois du moins, vous soyez ma complice. Et si, par impossible, vous songiez à refuser ce que je vous demande, si, par votre obstination, je devais être livré à la justice, eh bien, je n'écouterais alors que mon désespoir et ma colère, et malheur à vous, madame, car, moi aussi, je pourrais être sans pitié.

— Et qu'ai-je donc à craindre encore ?... fit la jeune femme.

Le regard du bandit se dirigea vers le berceau.

— C'est celui que vous m'aurez poussé, dit-il d'un accent énergique.

— Mon enfant ! s'écria la malheureuse mère en se plaçant entre Lempsac et le berceau.

Le marquis sourit.

— Vous le voyez... continua-t-il, vous êtes en mon pouvoir ici.

Gabrielle était atterrée; sa poitrine se soulevait avec force, elle tremblait.

— Que voulez-vous donc de moi... balbutia-t-elle d'un accent brisé.

— Je veux que vous sortiez aujourd'hui, comme vous êtes sortie hier, afin que votre absence n'éveille aucun soupçon... vous irez dans le quartier comme d'habitude, vous écouterez tout ce qu'on s'y dira, et vous viendrez me rapporter ce qui se passe.

La jeune femme fit de la tête un signe de résignation et d'acquiescement.

— Soit, dit-elle... Dieu saura pourquoi j'agis ainsi... je vais donc sortir.

— Surtout, soyez prudente.

— Oh! il y a longtemps, pour mon malheur, que vous m'avez appris la dissimulation et le mensonge!...

Gabrielle couvrit sa tête d'un mouchoir de fine batiste, prit quelque menue monnaie dans un tiroir, et se disposa à sortir.

Seulement, avant de s'éloigner, elle s'approcha de son enfant, et le baisant pieusement au front:

— C'est pour toi, pauvre créature, murmura-t-elle avec un sanglot, c'est pour toi seul!...

Puis, elle gagna la porte et disparut.

Marcel revint s'asseoir morne et pensif, dans un coin de la mansarde.

Une heure se passa de la sorte... et il commençait déjà à se sentir gagner par une vague inquiétude, quand il entendit la porte s'ouvrir précipitamment.

Il se leva effrayé.

— Quelle nouvelle? demanda-t-il à Gabrielle.

— Tout le quartier est en rumeur, répondit la jeune femme.

— Mais on ne soupçonne pas ma présence ici?...

— Pas encore, mais là, auprès de la porte de cette maison, il y a quatre cadavres!...

— Quatre!...

— J'ai cru que j'allais me trouver mal.

— Quatre, dites-vous?... insista Marcel.

— Oui, et on va venir les enlever.

— Vous a-t-on dit quels étaient ces cadavres?

— Il y a, dit-on, deux agents de la police.

— Après...

— Puis un malheureux que l'on appelle le *Dandy*.

— Enfin...

— Enfin!... ah! c'est épouvantable... le quatrième cadavre a les mêmes traits et le même âge que vous.

— Léon! Léon!... ils l'ont tué... ah! je le vengerai! je le...

Madame de Vivonne le regarda épouvantée.

— Malheureux! balbutia-t-elle, vous parlez de vengeance, et dans quelques minutes peut-être vous serez frappé vous-même, car je ne vous ai pas tout dit.

— Qu'est-ce encore?

— Tout à l'heure, pendant que, l'esprit glacé, j'écoutais le récit de cette nuit sanglante, il s'est passé un fait étrange.

— Lequel?

— Il y avait dans les groupes beaucoup de femmes, et tout à coup j'ai entendu l'une d'elles jeter un cri et venir à moi.

— Eh bien!

— Eh bien, malgré mes vêtements plus que modestes, malgré le soin que je prenais de cacher mon visage, cette femme m'a reconnue.

— Qu'importe?

— Oh! il importe beaucoup, car cette femme n'était autre que la baronne de Strévi...

Le marquis fit un bond, et se mit à parcourir l'étroite mansarde avec une agitation désordonnée.

— Oui, dit-il avec une fureur concentrée, oui, cela doit être, cette femme m'a voué une haine implacable, et sa place était là, au milieu de ceux qui me poursuivent avec acharnement... si elle se doute de quelque chose, c'en est fait de moi...

— Peut-être aura-t-elle perdu ma trace!...

— Peut-être aussi n'osera-t-elle être à ce point indiscrète, de venir vous troubler dans la retraite que vous avez choisie...

Gabrielle ne répondit pas; elle alla vers son enfant qui venait de se réveiller en poussant des cris aigus.

Marcel frissonna; et, de son côté, il courut à la porte, contre laquelle il colla une oreille avide.

— Chut! fit-il tout à coup en se tournant vers la jeune mère.

Cette dernière pâlit.

— On monte... c'est une femme, ajouta le bandit. J'entends le frôlement d'une robe... c'est elle... et elle est seule!... Au fait! se dit-il en s'éloignant de la porte, le meilleur moyen de la faire taire serait encore...

Il se tut. On venait de frapper à la porte.

Gabrielle se tourna vers Marcel et parut se consulter sur ce qu'elle devait faire. Ce dernier lui indiqua le lit du geste, et il se jeta immédiatement dans la ruelle.

Un instant après, Isabelle entrait, et se précipitait dans les bras de Gabrielle, dont la misère avait réveillé une partie de l'amitié qu'elle lui avait vouée naguère.

— Eh quoi! c'est vous, c'est bien vous? s'écria-t-elle; oh! je vous avais bien vue tout à l'heure, mais j'hésitais à vous reconnaître... alors je me suis renseignée, j'ai demandé qui vous étiez, ce que vous faisiez, où vous demeuriez, et me voilà...

La comtesse de Vivonne ne répondit pas; elle s'était prise à pleurer à tous les souvenirs que la présence de la jeune femme évoquait.

— Oui, vous avez été malheureuse, reprit Isabelle, mais puisque je vous ai retrouvée, votre sort changera, et je vous rendrai une partie des bontés que j'ai reçues de vous... Pauvre Gabrielle! ajouta-t-elle, c'est lui qui a pesé sur votre destinée, c'est ce misérable à qui doit remonter toute la responsabilité de votre malheur... mais patience, encore quelques heures, et cette fois il recevra la peine de tous ses crimes.

— De qui voulez-vous donc parler? balbutia la jeune femme le cœur oppressé.

— De lui, certes, du marquis de Lempsac... de cet homme que la police poursuit en ce moment, et qui ne peut manquer de tomber entre ses mains.

— Vous croyez?

— J'en suis sûre.

— Mais qui peut vous faire supposer?...

Isabelle fit un geste de défi.

— Oh! tout le quartier est cerné... répondit-elle, dans une heure les recherches vont commencer, et toutes les maisons des rues environnantes seront fouillées une à une.

Gabrielle pâlit. Isabelle le remarqua.

— Qu'avez-vous donc? dit-elle étonnée.

— Moi! rien.

— Vous pâlissez... auriez-vous conservé quelque sympathie pour ce misérable, qui n'a eu aucune pitié de ceux qui l'ont aimé?

— Ne le croyez pas...

— Pour moi, je vous le déclare, Gabrielle, si je pouvais découvrir le lieu où il se tient caché, ce me serait une joie suprême de le livrer moi-même...

— Y pensez-vous! fit la comtesse.

Et instinctivement ses regards se tournèrent effrayés vers le lit. Pour la seconde fois, un singulier frémissement parcourut les membres de la baronne à qui ce regard n'avait pas échappé.

Elle prit les mains de la comtesse et se mit à l'observer avec une profonde attention.

— Pauvre amie! lui dit-elle à voix lente, vous avez l'air bien fatiguée, ce matin... sans doute, vous avez été effrayée cette nuit?

— Moi! fit Gabrielle; mais vous vous trompez.

— Cependant vous avez dû entendre des coups de feu?

— Oui, en effet, je me souviens.

— Il y a eu une lutte terrible, dit-on, sur les toits... c'est de ce côté même que l'on prétend l'avoir vu disparaître, et quand on songe vraiment... que... à cette heure de nuit... on pouvait être exposée...

Isabelle n'acheva pas.

Elle frissonna, et fit quelques pas vers la fenêtre où elle venait d'apercevoir le carreau brisé. Gabrielle la suivit en proie à une inquiétude inouïe.

— Qu'est-ce donc que cela? dit Isabelle à la comtesse en lui montrant les débris du verre qui gisaient dans la chambre.

— Oh! ce n'est rien, répondit Gabrielle avec un frémissement, ce matin, j'ai brisé ce carreau et je n'ai pas songé...

La baronne de Strévi ne la laissa pas achever, elle lui prit le bras avec une autorité énergique, et, l'attirant à elle:

— Comtesse, lui dit-elle à voix basse, vous ne savez pas mentir, vous, et je sais tout!

— Mais je vous jure...

— Il est là!

— C'est faux!

— Il est là, vous dis-je!

— Ah! taisez-vous... taisez-vous... il tuerait mon enfant, il vous tuerait vous-même!

Isabelle se prit à rire.

— Vous le voyez bien, dit-elle, j'avais deviné, n'est-ce pas; vous le tenez caché ici, avouez-le!

La jeune femme s'arrêta un moment à considérer la pâleur et le trouble de Gabrielle; puis elle poursuivit, comme poussée par un sentiment nouveau:

— Et qu'importe, après tout, dit-elle, je sais maintenant tout ce que je voulais savoir... Le hasard m'a merveilleusement servie en vous plaçant sur ma route, et désormais je tiens ma vengeance!...

— Que comptez-vous donc faire? insista Gabrielle.

— Je vais le livrer!

— Mais il sera implacable pour moi; il croira que je vous ai tout avoué, et il tuera mon enfant, vous dis-je!

Cette conversation avait lieu à voix basse dans un coin obscur de la mansarde, et les paroles échangées entre les deux femmes ne pouvaient arriver jusqu'à Marcel; mais, caché derrière le lit, l'oreille au guet, l'œil en feu, il voyait sans être vu leur animation, il ne perdait aucun de leurs gestes, et il avait compris une partie de ce qui se passait.

Aussi, lorsque Isabelle se dégagea de l'étreinte de Gabrielle qui cherchait à la retenir, elle trouva Lempsac debout sur le seuil, le front et le regard menaçants et la main armée de son couteau.

Elle s'arrêta brusquement et fit, de son côté, un mouvement de menace où éclata toute la haine dont son cœur débordait.

— Ah! c'est donc vous! s'écria-t-elle avec une joie presque sauvage. Enfin, je vous tiens donc en mon pouvoir, et je puis tirer vengeance de votre lâcheté et de votre infamie!

— Vous croyez donc me tenir! fit le bandit avec ironie.

— Un mot et vous êtes perdu!

— Mais ce mot, vous ne le direz pas.

— Ah! j'ai trop longtemps attendu ce moment, répondit la baronne; mais vous ne savez donc pas que depuis une année je compte les jours, les heures, les secondes, attendant toujours, dévorant ma honte, épiant la vengeance... Vous m'aviez ignominieusement livrée et vendue, vous m'aviez traitée comme la dernière des créatures, et vous pensiez que je pourrais vivre sans me venger... Ah! vous êtes un enfant, Marcel, si vous l'avez cru une minute, et Dieu me réservait cette joie suprême de vous frapper moi-même... Place donc, monsieur le marquis de Lempsac, place, ou si vous vous obstinez à me barrer le passage, je crie et j'appelle à mon aide; d'ailleurs, ma voiture est au coin de la rue, si je tarde davantage, mon valet viendra me chercher.

— Ainsi tout espoir est perdu?

— Vous le voyez.

— Et vous n'avez aucune pitié de moi?

Un éclat de rire de la jeune femme répondit à cette question; Marcel se mordit les lèvres.

Pendant ce temps-là Gabrielle était allée prendre son enfant dans ses bras, et, sourdement inquiète et agitée, elle jetait un regard effaré sur cette scène.

— Voyons, reprit le marquis presque aussitôt, réfléchissez, Isabelle, c'est bien votre dernier mot?

— Je veux vous perdre, vous dis-je.

Sur ces mots, Marcel se précipita sur la jeune femme qu'il terrassa facilement, et sur les lèvres de laquelle il appliqua sa main vigoureuse, pour l'empêcher de proférer un seul cri, puis il serra énergiquement le manche de son poignard et l'enfonça jusqu'au manche dans la poitrine d'Isabelle.

Cela avait été accompli si rapidement, que Gabrielle, frappée d'épouvante, ne comprit ce qui s'était passé que lorsqu'elle

Si tu pousses un cri, je te tue, toi et ton enfant.

aperçut la jeune femme étendue sans vie sur le carreau, et qu'elle vit le bandit retirer le poignard sanglant de sa blessure.

Alors, seulement, elle commença à avoir peur et à trembler. Marcel se retourna vers elle les sourcils contractés, le visage pâle, les dents serrées.

— Voyons, dit-il brusquement, taisez-vous, posez votre enfant dans son berceau, et aidez-moi.

— Mais que comptez-vous faire? balbutia la pauvre mère plus morte que vive en déposant son enfant dans le berceau.

— C'est bien, maintenant hâtez-vous, dépouillons la baronne de ses vêtements... C'est la dernière chance qui s'offre à moi, et je ne veux pas la laisser échapper.

Gabrielle obéit.

Cette horrible besogne lui causait une répugnance et une terreur indicible... Ce cadavre gisant à ses pieds, qui tout à l'heure encore était plein de vie et de santé, et qui maintenant, les joues pâles, les lèvres décolorées, les bras inertes, conservait encore un dernier reste de chaleur, tout cela lui communiquait un effroi inouï.

Quant au marquis, il travaillait avec une ardeur que rien ne pouvait arrêter... il avait conservé toute sa présence d'esprit, et il n'oubliait aucun des détails du costume de la baronne.

Quand il eut fini de la dépouiller, la scène changea, et il se mit à la hâte à s'affubler de la robe, du chapeau, du châle d'Isabelle, réclamant impérieusement à chaque seconde l'aide de la comtesse.

Au bout d'une demi-heure, la toilette était terminée, les taches de sang dissimulées, et grâce à l'art exceptionnel avec lequel Marcel savait se transformer et jouer tous les rôles, il pouvait, jusqu'à un certain point, faire illusion...

Quand il crut s'être rendu méconnaissable, il se tourna vers Gabrielle.

— Maintenant, dit-il du même ton brusque dont il avait déjà parlé, vous allez sortir, la voiture de la baronne est à quelques pas, a-t-elle dit; vous irez prier le cocher d'avancer jusqu'à votre porte, car, je ne puis m'exposer à être reconnu sous ce costume, et si je traversais la rue à cette heure du jour, cela arriverait vraisemblablement... si la voiture vient jusqu'à la porte, au contraire, on ouvrira la portière, vous m'accompagnerez pour occuper les curieux, et avec de l'audace, le tour sera joué.

— Mais vous faites de moi votre complice.

— Aimez-vous mieux jouer la vie de votre enfant? choisissez.

— J'y vais! j'y vais, monsieur!

Et comme Gabrielle, en proie à mille soupçons, se disposait à emporter son enfant dans ses bras:

— Non pas... dit vivement Marcel, cet enfant est mon otage, si vous l'emportiez, peut-être ne reviendriez-vous pas.

— Oh!... quelle misérable je suis... murmura madame de Vivonne, en songeant que pendant longtemps elle avait pu aimer un pareil homme ; puis elle sortit.

Le tour était audacieux, mais il n'était pas au-dessus des forces du marquis de Lempsac... faut-il le dire même, en dépit des dangers dont il était entouré, bien qu'il sût que le moindre soupçon pouvait le perdre et l'envoyer à l'échafaud, le scélérat éprouvait une certaine joie secrète, en songeant au rôle qu'il allait jouer, et il se réjouissait d'avance, à l'idée que l'on parlerait de lui dans les bagnes !...

Le misérable bandit mettait de l'orgueil jusque dans le crime.

Il attendit un quart d'heure environ, après lequel il entendit Gabrielle revenir...

— Eh bien ? lui dit-il dès qu'il l'aperçut.

— La voiture vous attend... dit la jeune femme en courant à son fils.

— Alors, prenez votre enfant dans vos bras, et accompagnez-moi... on a vu la baronne venir chez vous, on ne s'étonnera pas de vous voir avec elle...

La comtesse prit son enfant, ainsi qu'on le lui ordonnait, et gagna la porte à pas lents... seulement, arrivée là, Marcel la retint.

— Madame, lui dit-il alors, une fois dehors vous pouvez me trahir et me livrer... je le sais, et j'y ai pensé ; mais n'oubliez pas ceci... je conserve sur moi le couteau à l'aide duquel j'ai tué la baronne, et à la moindre tentative de votre part, la vie de votre enfant me payera votre trahison.

C'est ainsi qu'ils commencèrent à descendre l'escalier :

Gabrielle sans force, redoutant à chaque instant un incident qui pouvait mettre son enfant en danger ; Marcel, en proie lui-même à une inquiétude dont il ne pouvait se rendre maître.

Il comprenait que cette partie qu'il allait jouer était pleine de dangers.

La moindre hésitation, le moindre indice pouvait le perdre... il ne doutait pas qu'il allait avoir à traverser les flots du peuple accouru, et stationnant autour de la voiture de la baronne ; il savait qu'il aurait à subir bien des regards indiscrets, et il craignait surtout de rencontrer sur la rue quelques agents dont la vigilance serait plus difficile à mettre en défaut.

Mais il n'y avait pas à reculer : il fallait absolument payer d'audace, et quitter à tout prix ce quartier où l'on ne pouvait manquer de le prendre.

Rose, promettez-moi, quand je serai parti, de veiller sur ma mère, comme si elle était la vôtre.

A mesure qu'ils approchaient du rez-de-chaussée, ils entendaient plus distinctement le murmure des hommes et des femmes du peuple dans la rue.

Les chevaux piaffaient... on allait et l'on venait, et quelques gamins curieux venaient parfois se pendre à la rampe de l'escalier pour voir si la baronne arrivait.

Enfin quelques voix plus vives et plus distinctes s'élevèrent.

— La voilà ! la voilà ! dit-on de tous côtés.

Et aussitôt, un mouvement s'opéra dans tous les rangs.

Marcel tressaillit, Gabrielle s'arrêta, serrant son enfant dans ses bras.

— Eh bien ! fit Lempsac.

— Je ne puis me soutenir ! balbutia la pauvre femme.

— Allons... du courage... songez qu'il s'agit de la vie de votre enfant...

La pauvre mère poussa un soupir et reprit sa marche.

On arriva au couloir du rez-de-chaussée... le marquis baissa son voile.

Un couloir long, étroit, plein d'ombre — jusque-là, il n'y avait pas de danger.

Mais la voiture était à deux pas de la maison dans la rue, un domestique en livrée en tenait la portière ouverte, et à toutes les fenêtres, à toutes les portes, tout autour des chevaux, il y avait du monde qui regardait.

Le bandit se sentit pâlir, serra le manche de son couteau dans

sa main, et décidé à tout, prenant une résolution énergique, il passa rapidement à travers la foule, et alla se jeter sur les coussins de la voiture.

La portière se referma aussitôt.

— A l'hôtel !... dit Marcel au valet qui attendait.

Il était sauvé !... du moins, tout portait à le croire.

Les agents qui veillaient autour connaissaient l'équipage de la baronne pour l'avoir vu stationner la nuit dans le quartier... ils savaient qu'elle était venue pour aider aux recherches, en donnant le signalement exact de celui que l'on cherchait, et en la voyant s'éloigner, on n'eut pas même l'idée de s'étonner.

Toutefois, au moment de monter en voiture, Marcel avait entendu un cri poussé par Gabrielle et prononcer le nom de Locard qui l'avait fait frissonner.

Or, ce nom était celui d'un des plus fins limiers de la police, et il avait craint une seconde qu'il ne se mêlât de l'affaire.

Mais ses pressentiments l'avaient trompé... l'affaire s'était faite avec plus de facilité qu'il n'aurait pu l'espérer, et maintenant, il brûlait le pavé, sans avoir à redouter d'autre danger que les valets de la baronne, qu'il comptait du reste effrayer ou corrompre.

Une demi-heure après, il arrivait à l'hôtel, descendit de voiture avec la même prestesse qu'il avait mis pour y monter, et gagnait les appartements.

Une femme de chambre vint lui ouvrir, et au lieu de s'épouvanter, elle se prit à rire en voyant le marquis de Lempsac, arriver ainsi déguisé.

— Mon enfant, lui dit Marcel en riant lui-même, je quitte la baronne... pour échapper aux poursuites d'un créancier, j'ai été obligé de prendre son accoutrement, il faut absolument que tu m'aides à m'en débarrasser... tiens, prends cette bourse, et va immédiatement me chercher un marchand de confections.

La femme de chambre était une bonne fille, qui aimait à rire, et qui, malgré l'étrangeté de cette proposition, ne vit aucun inconvénient à se rendre aux désirs de son interlocuteur.

Elle prit donc la bourse et allait s'éloigner, quand la porte s'ouvrit et qu'un homme entra.

La bonne s'arrêta interdite, le marquis fronça le sourcil.

— Sortez, mon enfant, dit le nouveau venu... laissez-moi avec monsieur, et si quelqu'un vous interroge, dites que c'est Locard qui vous a donné cet ordre.

Dès qu'elle fut sortie, Locard fit quelques pas vers le bandit, qui jetait un regard vers la fenêtre pour y chercher une issue.

— Oh! c'est inutile, fit l'agent avec une courtoisie railleuse, toutes les issues sont gardées... Il y a des hommes dans la cour, des hommes dans la rue, des hommes à cette porte, et je ne pense pas que vous puissiez conserver le moindre espoir de vous sauver... Vous êtes pincé.

— Mais qui m'a donc trahi? fit Marcel hors de lui.

— Vous-même.

— Comment?

— Quand vous êtes monté dans la voiture de la baronne de Strévi, j'étais là... Au premier coup d'œil je me suis douté de quelque chose... Et puis, vous vous êtes précipité si vite dans la voiture, que cela m'a donné des soupçons. Enfin, j'ai été fixé quand j'ai vu votre pied; il est petit, sans doute, mais ce n'est pas à comparer à celui de la baronne.

Le marquis était accablé, et, tout en écoutant Locard, il songeait aux moyens qui lui restaient pour se tirer de cette terrible impasse. Dans ce but et afin de détourner l'attention de son interlocuteur, il cherchait à le faire causer.

Locard n'avait aucune raison pour lui refuser cette satisfaction.

— Alors tout espoir est perdu? fit Marcel, après quelques secondes de silence.

— Comme vous dites, répondit Locard.

— Eh bien, il me reste une chose à savoir.

— Laquelle?

— Je ne m'explique pas comment, vous ayant laissé près de la rue aux Fèves, je vous retrouve arrivé en même temps que moi rue du Helder?

Locard eut un sourire où perçait l'orgueil du succès.

— Dame! répondit-il, il ne faut pas croire que nous ne soyons pas aussi rusés que vous.

— Je ne dis pas cela, monsieur.

— Et comme vous montiez dans la voiture, moi je suis monté derrière.

Marcel le regarda avec étonnement.

— Pas mal! dit-il avec ironie.

— N'est-ce pas?

— Je vois que vous êtes un habile homme.

— On fait ce qu'on peut.

— Mais vous n'espérez pas que tout va finir comme cela.

— Et pourquoi pas?

— Par une raison fort simple.

— Expliquez-vous?

— Vous me dites que je suis pris, n'est-ce pas?

— Sans doute.

— Et c'est l'échafaud qui m'attend.

— Ça, ça ne me regarde pas.

— Eh bien, mourir pour mourir, je préfère encore la chance de m'échapper. Qu'est-ce que vous en dites?

Pour toute réponse, Locard fit entendre un coup de sifflet, la porte s'ouvrit, et quatre hommes firent irruption dans le salon.

Le bandit avait tiré son couteau, une lutte terrible s'engagea.

Marcel puisant dans la situation désespérée où il se trouvait une force et une énergie surhumaines, et, quand enfin il tomba sous les efforts de ses ennemis, deux des hommes de Locard étaient mis hors de combat.

On le garrotta immédiatement, on lui passa les menottes, et, en dépit des dernières résistances qu'il tentait d'opposer, il fut entraîné et jeté dans un fiacre qui attendait à la porte de l'hôtel.

Ce qu'il devint, à la suite de cette affaire, fera le sujet des chapitres qui vont suivre.

TROISIÈME PARTIE

I

CANIBAL, LE MARCHAND D'HOMMES

Entre Melun et Montereau s'élevait, en 1818, une charmante et élégante villa, construite entre un vaste jardin anglais, auquel on donnait, dans le pays, le nom de parc, et un large parterre, embelli par une serre magnifique et bien entretenue. Cette villa, dite des Muguets, était entourée de nombreuses dépendances, et entre autres, d'une vieille métairie qui, transformée en chalet rustique, était la résidence du régisseur.

Cinq cents mètres environ séparaient le chalet de la villa, tous deux gardés par la même enceinte de murs ou de haies vives.

L'habitation des Muguets était grande, bien disposée, des corbeilles de fleurs d'un aspect varié, de grands arbres séculaires ornaient les jardins, que parcouraient en tout sens des eaux vives, tantôt s'étalant en nappes, tantôt jaillissant en gerbes, pour s'écouler en cascades perdues sous d'ombreuses charmilles qu'égayaient le chant des oiseaux habillards.

Le propriétaire, M. le comte de Tourtonne, ancien colonel en retraite, d'un caractère assez original, se plaisait aux Muguets; il en avait fait construire la maison à son goût, l'avait arrangée, embellie suivant son caprice, et, réellement, plus d'un amateur du confortable s'y fût trouvé heureux.

Le comte habitait seul cette propriété avec son fils, jeune enfant de sept ans; parmi les gens de sa maison, nous ne citerons que M. Ricard, le régisseur, et sa femme.

Le comte menait là une existence calme et retirée, il passait pour avoir cinquante mille livres de rentes, et ne recevait guère de loin en loin qu'un ancien frère d'armes, M. le général de Varnis, qui, lui aussi, avait un fils de l'âge du jeune vicomte de Tourtonne.

Un jour, la population du hameau et des villes voisines de l'habitation des Muguets apprit avec épouvante qu'un crime affreux venait d'être commis dans la propriété du colonel.

M. de Tourtonne, à qui on ne connaissait aucun ennemi, avait été mystérieusement assassiné! et ce crime semblait plutôt être le résultat d'une vengeance, que celui d'une tentative de vol, puisque rien ne paraissait avoir été dérobé dans la villa. Le bruit courut que si l'héritier de Tourtonne avait échappé aux meurtriers, ce n'était que parce qu'il se trouvait avec le fils de M. de Varnis, chez qui M. Ricard l'avait accompagné pour passer les vacances de Pâques.

Toutes les recherches faites pour découvrir les assassins furent vaines, seulement d'étranges soupçons planèrent sur madame Ricard.

Quelques mois avant la nuit terrible où vit ce drame sanglant, un homme était venu s'établir au hameau voisin des Muguets, dans une chétive cabane presque en ruines, et en quelques jours, cet homme d'aspect étrange et d'allure équivoque était devenu un sujet d'effroi pour toute la contrée. On ne le désignait que sous l'appellation de l'Homme des bois. Il ne fréquentait personne et avait pour seul compagnon un chien, qui semblait aussi sauvage que lui.

Si par hasard, la nuit, quelque curieux s'aventurait vers sa hutte ou mettait le pied sur les ruines qui l'environnaient, un aboiement formidable se faisait entendre au milieu du silence; la voix de l'homme se mêlait bientôt aux hurlements menaçants de la bête, puis, tout disparaissait, l'homme des bois et son compagnon abandonnaient la mesure aux regards des curieux.

La cabane ne renfermait d'ailleurs qu'un lit de fougères et quelques pierres, servant, les unes de sièges, les autres simulant un foyer, où gisaient les tisons mal éteints d'un feu récemment allumé.

Ce personnage était un homme de haute taille, sa carrure athlétique annonçait une force herculéenne; il avait à peine vingt-huit ans, mais en paraissait au moins trente-cinq; ses grands yeux avaient un éclat sauvage, son front était ombragé d'une épaisse chevelure, sa barbe était fauve et rude; enfin, ses sourcils noirs et épais, presque unis, achevaient de donner à sa physionomie une expression féroce.

C'était certainement un être bizarre, mais comme, après tout, il semblait inoffensif, on cessa bientôt de s'occuper de lui.

Le braconnage, la chasse à l'affût et au collet devaient sans doute pourvoir à sa subsistance, mais son air farouche intimidait les gardes champêtres qui se souciaient peu d'avoir affaire à lui.

Cet homme était cependant dangereux!... et l'on apprit plus tard, après qu'il eut quitté la contrée et que des soupçons planèrent sur lui, que c'était un déserteur que des antécédents déplorables avaient forcé de fuir son pays.

On disait l'avoir vu souvent rôder autour des Muguets, et l'on allait jusqu'à prétendre que ses promenades nocturnes étaient d'amoureux rendez-vous avec la belle et hautaine Marguerite, la femme du régisseur de M. le comte de Tourlonne.

On disait même que cette dernière s'était plus d'une fois égarée dans les ruines où vivait notre mystérieux personnage, et la chronique faisait de ces promenades le sujet de plaisanteries scandaleuses.

Quoi qu'il en soit, toujours est-il que M. Ricard conservait une pleine et entière confiance en sa femme, et que l'amour de Marguerite pour l'inconnu resta longtemps à l'état de suppositions.

Un soir — c'était le 18 mars 1818 — le vent soufflait avec violence ; il était neuf heures, l'homme des bois était dans sa hutte, accroupi devant son âtre où pétillaient des branchages de sapin. La tête plongée dans ses deux mains, il paraissait absorbé : de temps à autre, un tressaillement nerveux agitait son corps robuste ; il dressait la tête et prêtait une oreille attentive aux moindres bruits du dehors ; son chien observait tous ses mouvements et semblait partager son impatience ; assis sur le seuil de la porte, laissée ouverte, on eût dit une sentinelle avancée.

Depuis une demi-heure environ, l'homme et le chien attendaient ainsi de compagnie, quand tout à coup un bruit de broussailles rompues se fit entendre... quelqu'un s'approchait sans doute, le chien aboya, son maître fut sur pieds.

Au moment où il allait sortir de sa hutte, un étranger mystérieusement drapé dans un manteau s'offrit à sa vue.

— Est-ce toi, Delmar? fit le nouvel arrivant.

— Oui, répondit l'homme des bois.

— Pourquoi cette porte ouverte, ce feu, cette lumière? tu seras donc toujours le même? dit l'inconnu d'une voix sévère.

— Vous avez donc peur? objecta Delmar.

— Je n'ai peur de rien... tu le sais bien... mais, parle et hâte-toi... est-ce pour cette nuit?

— Je le pense.

— Tout est-il prêt?

— Oui, j'en suis sûr.

— Et Marguerite?

— Elle m'obéira.

— C'est bien ! dit l'inconnu d'une voix ferme, je suis content de toi.

— Alors, il me faut la somme convenue.

— C'est trop juste.

L'étranger tira un portefeuille de sa poche.

— En voici la moitié, suivant nos conventions, dit-il ; tu auras le reste quand tu me donneras les papiers que je veux avoir, et tu me les apporteras à Paris, à l'adresse que je t'ai indiquée.

Delmar prit quelque billets de mille francs que lui tendait son complice, qui ajouta en se retirant :

— Bonne chance, et à bientôt!

— Et à vous, bon voyage, grommela Delmar en mettant en lieu sûr la somme qu'il venait de recevoir.

Dans ces quelques paroles qu'ils venaient d'échanger, l'assassinat du comte de Tourlonne venait d'être résolu.

Dès qu'il fut seul, l'homme des bois attacha son chien dans sa cabane.

Puis, avant de sortir, il s'arma d'un long poignard, glissa une paire de pistolets dans ses poches, et enfin, malgré l'obscurité et la pluie, il s'éloigna à pas précipités.

Delmar quittait les ruines pour toujours.

Un quart d'heure plus tard, il pénétrait dans la propriété des Muguets, en escaladant un mur, et quelques minutes lui suffirent pour atteindre le pavillon du régisseur.

Les volets d'une fenêtre du rez-de-chaussée étaient entr'ouverts, notre homme frappa plusieurs coups.

— Est-ce toi, Martin? demanda une voix de femme.

— Oui, c'est moi, répondit Delmar.

Le volet s'ouvrit tout à fait.

Sur cette invitation, Martin Delmar pénétra, d'un bond, du jardin dans la chambre basse, où l'attendait Marguerite Ricard.

Une fois dans la chambre, Martin sentit une main qui s'emparait de la sienne, et il se laissa guider jusqu'à une chambre où une lampe jetait une demi-clarté.

— Eh bien, dit-il alors à Marguerite, as-tu tout préparé?

— Je t'attendais... répondit madame Ricard.

— Ton mari?

— Il est parti.

— Et le comte?

— Il vient de regagner sa chambre.

— Bien... maintenant, songeons à nous mettre à l'abri de tout soupçon... donne-moi les habits de Ricard, et n'oublie pas d'y joindre les rasoirs.

— Mais quelle nécessité?... voulut dire Marguerite.

Delmar sourit.

— Il faut être prudent, dit-il avec sang-froid, ne m'as-tu pas dit que le comte ne se couchait jamais avant minuit? or, il est tout au plus dix heures, et nous avons deux heures devant nous ; mettons donc ce temps à profit pour assurer notre fuite.

— Je ne comprends pas...

— Je veux dire qu'il faut nous rendre méconnaissables, afin que notre disparition n'attire pas sur nous de justes soupçons.

Pour toute réponse, Marguerite jeta un regard d'admiration sur son amant, à qui elle apporta les objets demandés.

En quelques instants, Delmar avait abattu sa barbe rousse, ses sourcils noirs bien divisés entre eux eurent pris la couleur que la barbe avait auparavant ; il s'adapta très-adroitement une énorme paire de favoris noirs, et quand il eut endossé les habits de M. Ricard, il eût été difficile de le reconnaître.

Delmar procéda ensuite à la toilette de sa maîtresse : celle-ci, sans trop se récrier, se laissa couper sa luxuriante chevelure brune qu'on livra aux flammes, et sous l'habit de jeune paysan, qu'elle portait à merveille, tout le monde l'aurait aisément prise pour une jeune domestique du fermier.

Tous ces travestissements demandèrent plus d'une heure ; quand ils furent complètement opérés, les deux complices prirent le chemin de la villa, où ils arrivèrent sans encombre. Marguerite avait une double clef des portes à ouvrir ; ils entrèrent ; les domestiques étaient couchés, et le vieux colonel lui-même était au lit.

Marguerite accompagna le bandit jusqu'à la porte de la chambre à coucher, qu'elle lui désigna d'un geste, et pendant que Delmar y pénétrait, elle fit le guet dans un couloir voisin, afin de le prévenir en cas de danger.

Le crime fut bientôt consommé : frappé dans son premier sommeil, le colonel expira sans pousser un seul cri. Quand le meurtrier reparut, aucune émotion n'altérait son visage ; quelques gouttes de sang avaient seulement taché sa chemise.

La soustraction des papiers, qui était le but de cet assassinat, s'accomplit à souhait. Leur tâche sanglante et spoliatrice terminée, les deux assassins s'enfuirent après avoir fracturé une porte, afin de faire supposer que ce crime avait été commis par des gens complètement étrangers aux Muguets.

Trois jours après, à la fin de mars 1818, les deux complices étaient à Paris. La police avait, à côté époque, fait inutilement d'actives recherches, aucun indice ne l'avait éclairée.

Seulement, un fait assez singulier s'était produit à l'arrivée de Delmar dans la capitale.

Son premier soin avait été d'aller au rendez-vous qui lui avait été assigné par l'inconnu auquel il devait remettre les papiers du comte de Tourlonne, en échange d'une seconde somme de quinze mille francs ; mais il ne l'y trouva pas.

Cet inconnu avait péri dans les liens dont il ne connaissait pas les détours.

La découverte de son cadavre, sur lequel on trouva des armes, fit grand bruit dans le pays ; comme personne ne le reconnut, on supposa naturellement que c'était celui de l'assassin du comte de Tourlonne, qui, ne connaissant pas parfaitement le terrain, était tombé dans une carrière à ciel ouvert.

Cette opinion fut très-favorable aux véritables auteurs du crime.

Vingt ans après, vers la fin de l'année 1838, demeurait au quatrième étage d'une maison de la rue des Trois-Canettes, une pauvre femme d'une cinquantaine d'années, qui vivait là, en compagnie de son fils, Charles Lambert, âgé de vingt-trois ans environ.

Charles était un excellent ouvrier, qui avait longtemps trouvé son travail et dans l'aptitude spéciale dont la nature l'avait doué, le moyen de soutenir sa mère.

Mais celle-ci était tout à coup tombée malade ; les mois de chômage étaient venus, et la mauvaise chance aidant, la misère était entrée dans la maison.

D'un petit appartement que l'on occupait dans la rue Lenoir, on était descendu dans une chambre de la rue Moreau, puis enfin, peu à peu, insensiblement, dans un galetas, dont la mère et le fils occupaient chacun un coin.

C'était horrible !

La femme Lambert ne se plaignait pas cependant ; son fils était si courageux dans la mauvaise fortune ; elle le voyait lutter si héroïquement contre la misère qui les étreignait chaque jour davantage, qu'elle semblait résignée à son sort, et qu'elle savait même sourire quand, par hasard, Charles laissait échapper devant elle quelque impatience ou quelque appréhension contre l'avenir.

Un jour, cependant, la mère fut obligée de prendre le lit, — c'était au commencement de l'hiver ; — le pain était cher, l'ouvrage ne donnait pas fort ; on peut même se rappeler qu'à cette époque il y eut des troubles assez sérieux dans le faubourg Saint-Antoine. La maison dans laquelle Lambert avait trouvé jusque-là de quoi vivre ferma tout à coup ses ateliers, et il se trouva sans ressources, presque sans argent, devant une situation des plus désespérées.

Ce soir-là, il resta sombre, inquiet, livré à d'affreuses préoccupations...

Sa mère remarqua son trouble du premier coup d'œil.

— Qu'as-tu donc, mon enfant? demanda-t-elle en se soulevant avec effort sur son lit.

— Il y a, répondit brusquement Lambert, il y a que l'atelier est fermé, que l'on ne travaille plus au faubourg, et qu'il faut se retourner d'un autre côté.

Madame Lambert leva les mains et les yeux au ciel.

— Ah ! Dieu est bon cependant, dit-elle doucement, et je l'ai toujours prié avec ferveur.

Charles crispa ses deux poings, et se mit à faire quelques pas dans la chambre, comme pour donner le change à ses sinistres idées.

Il est évident que mille projets confus traversaient son esprit, et qu'il cherchait un moyen de sortir de l'impasse où il se trouvait et à laquelle il ne voyait aucune issue.

Tout à coup il revint vers sa mère.

— Mais pardon, dit-il alors, je ne songe qu'au coup qui m'a frappé, et sous l'impression duquel je frémis encore... j'oublie que je vous ai quittée ce matin fort malade, et j'ai hâte de savoir ce que le médecin...

— Le médecin, mon enfant?... fit madame Lambert avec étonnement.

— Eh ! sans doute... en sortant ce matin, je suis allé le trouver, et il m'a bien promis de venir dans la journée.

— Mais je n'ai vu personne.

Lambert eut un amer sourire.

— Oh ! cela devait être, dit-il avec fiel... cet homme aura remarqué ma blouse, il s'est dit qu'il n'y avait rien à gagner ici, et...

Lambert allait continuer, quand deux coups frappés à la porte détournèrent son attention.

Il alla ouvrir. C'était le docteur.

Il fit un mouvement.

— Vous ne m'attendiez plus ! fit le médecin qui ne se trompa pas à l'attitude du jeune ouvrier.

— Je vous attendais plus tôt que cela, monsieur, répondit Lambert, mais donnez-vous la peine d'entrer... et quoique vous ayez mis longtemps à venir, je ne puis encore que vous remercier...

Le docteur s'approcha alors du lit, et se mit à examiner la malade avec une profonde attention.

Il lui tâta le pouls, osculta la poitrine, se rendit compte de l'état des organes, et, comme Charles suivait son examen avec une émotion qui se comprend, le médecin se retourna bientôt vers lui :

— Eh bien? dit l'ouvrier.

— Eh bien, je reviendrai... il m'est impossible de voir du premier coup d'œil l'état réel de la malade, mais ce que je puis vous assurer, c'est qu'il n'y a pas pour le moment le moindre danger...

En parlant ainsi, il gagna la porte qu'il ouvrit, et Charles le suivit jusque sur le palier.

— Monsieur ! lui dit-il alors à voix basse et tremblante, répondez-moi dans toute la sincérité de votre conscience, est-ce la vérité que vous venez de me dire?

Le docteur hésita un moment ; puis, prenant la main du jeune homme :

— Non, mon ami, répondit-il d'un ton ferme.

— Ah ! elle est bien malade, n'est-ce pas?

— Très-malade.

— Je m'en doutais... mais que faire?

— Peu de chose.

— N'y a-t-il donc aucun moyen de la sauver?

— Il n'y en a qu'un.

— Lequel?

Le médecin fit un geste de compassion.

— Malheureusement, répondit-il, ce moyen n'est pas à la portée de tout le monde.

— Mais quel est-il? insista l'ouvrier.

— Ce qu'il faut à votre mère, mon ami, c'est une habitation plus saine, un air moins empoisonné que celui que l'on respire ici...

— Oui... la campagne... j'y ai pensé...

— Il faut, en outre, qu'elle ne souffre pas de privations qui la tuent.

— Après?

— Enfin, il importerait qu'elle cessât tout travail, si peu fatiguant qu'il soit.

— Et à ces conditions?...

— A ces conditions, mon ami, je vous promets que vous pourriez encore conserver votre mère une quinzaine d'années au moins!...

— Merci, monsieur, merci... fit Lambert dont le visage resplendit d'une résolution soudaine; c'est Dieu qui vous a envoyé vers moi pour m'éclairer... Avant huit jours, ma mère aura tout ce qui lui manque ici... et j'aurai le bonheur d'avoir assuré sa vieillesse.

Sur ces mots, Lambert salua le médecin qui se retira, et, comme il allait rentrer dans la chambre où l'attendait sa mère, il s'arrêta tout à coup, et se mit à prêter l'oreille.

Une petite voix harmonieuse et douce chantait en montant l'escalier une romance bien connue à cette époque, et qui courait tous les ateliers et tous les faubourgs :

Jeune fille aux yeux noirs, tu règnes sur mon âme,
Tiens, voilà des bijoux, des croix d'or, des colliers...
Des chevaliers ainsi me dépeignaient leur flamme,
Et moi j'ai refusé l'offre des chevaliers...

La fortune
Importune,
Me paraît
Sans attrait,
Sur la terre
Il n'est guère
De beaux jours
Sans amours...

Charles porta ses deux mains à son cœur; il avait reconnu la voix.

Il continua d'écouter. Elle reprit :

A son tour, un proscrit m'a parlé de tendresse,
L'infortuné fuyait des rivages ingrats :
Toi seule, m'a-t-il dit, peux calmer ma tristesse,
Et j'ai dit au proscrit : moi, je suivrai tes pas...
La fortune, etc.

Quand vinrent les derniers mots du refrain, la jeune fille atteignait le palier du quatrième étage, et elle resta interdite en apercevant Lambert.

— Comment, vous êtes là? dit-elle avec une joie non équivoque.

— Je vous écoutais, Rose, répondit le jeune ouvrier.

— Et votre mère, comment va-t-elle?

— Le médecin sort d'ici.

— Et qu'a-t-il dit?

Un nuage passa sur le front de Lambert.

— C'est à ce sujet précisément que je veux vous parler, Rose, dit-il aussitôt, et j'ai pensé que vous auriez peut-être le motif vous voudriez bien m'accorder quelques minutes d'entretien.

— A nous deux? fit la jeune fille étonnée.

— A nous deux! seuls...

Rose parut hésiter un instant; puis, prenant enfin résolument son parti :

— Eh bien, dit-elle en allant à une porte située en face de l'escalier, et en introduisant la clef dans la serrure, prévenez votre mère que vous êtes chez moi, et venez dès que vous voudrez... je vous attends.

Rose ouvrit alors sa porte et entra dans sa petite mansarde.

Mais avant d'aller plus loin, le lecteur trouvera bon que nous lui disions ce que c'était que Rose.

Rose était une jolie fille, une grisette, — la dernière, — il n'y en a plus... la crinoline l'a tuée... Qui a dit cela? Paul Féval, je crois. Ce jour-là, il a dit une triste vérité.

Oh ! la jolie enfant qu'était Rose en l'an de grâce 1838 !...

Seize ans !... des cheveux blonds, dont elle eût pu s'envelopper tout entière... un teint de pomme d'api, une petite main, un petit pied, et deux yeux où brillait un mélange de vivacité inquiète et de curiosité naïve.

Mais Rose était honnête surtout, et c'est en vain que les mauvaises langues auraient cherché à relever quelque chose sur son compte. Elle vivait modestement, gaiement, et ne s'était jamais écartée du chemin qui conduisait de sa mansarde à son atelier; seulement, elle savait qu'elle était jolie; on le lui avait dit assez souvent, sur les trottoirs, le matin, le soir, à toute heure ; mais ce qu'elle savait aussi, c'est que pour aucun prix elle n'eût donné les trésors de beauté que ses compagnes lui enviaient, car tout cela était pour son futur mari...

Pendant qu'elle rangeait les chaises de sa petite mansarde en attendant Charles Lambert, nous n'oserions pas prétendre que son petit cœur ne battait pas, et qu'une imperceptible rougeur ne vint de temps en temps colorer ses joues.

Que pouvait lui vouloir le jeune ouvrier? d'où venait son émotion pendant qu'il lui parlait? enfin quel secret allait-il lui confier?

Lambert ne tarda pas à venir s'expliquer à ce sujet.

Dès qu'elle le vit entrer, Rose remarqua qu'il était pâle, et que ses sourcils rapprochés donnaient à sa physionomie un air de sombre mélancolie.

Elle courut à lui, et lui prit les mains avec intérêt.

— Mon Dieu ! s'écria-t-elle, est-ce que votre mère serait plus malade?

— Non, Rose, non... répondit Lambert, ma mère est à peu près aujourd'hui dans le même état qu'elle était hier... mais ce que m'a dit le médecin m'a décidé à prendre un parti auquel je songeais depuis quelque temps déjà...

— Quel parti?... fit la jeune grisette, qui offrit une chaise à Charles, en prenant place elle-même à ses côtés.

— Écoutez-moi, Rose, reprit peu après le jeune ouvrier, je ne suis pas né pour être heureux, et voilà que j'en fais aujourd'hui la dure expérience... J'avais fait un rêve, un beau rêve qui devait assurer le bonheur de toute ma vie, et voilà que tout d'un coup je suis obligé de renoncer à toutes ces espérances... Tenez, Rose, vous ne vous offenserez pas si je vous parle franchement... eh bien... depuis longtemps déjà, vous si bonne, si aimante, si dévouée pour ma mère, je n'avais pu me défendre de vous aimer, et je m'étais dit que si vous-même, vous vous sentiez portée vers moi, je vous aurais demandé de me confier votre bonheur et à me donner votre main; malheureusement, à cette heure, tous ces beaux projets sont devenus impossibles...

— Impossible !... fit la jeune fille, sans songer que son étonnement équivalait presque à un aveu.

— Il faut que je parte ; il faut que je sauve ma mère...

— Vous ! mais comment ?

— Rose !... dit Lambert d'une voix étranglée, Rose, promettez-moi, quand je serai parti, de veiller sur ma mère, comme si elle était la vôtre ; promettez-moi encore de penser quelquefois à moi... et de ne pas oublier celui dont toute la vie est à vous...

Rose était profondément troublée... son sein se soulevait péniblement, elle se demandait avec inquiétude pourquoi Lambert se décidait à la quitter, quand il ne pouvait plus ignorer que ces projets de bonheur dont il parlait ne pouvaient rencontrer, de sa part à elle, aucun obstacle.

— Mais enfin, dit-elle d'un accent ému, pourquoi partir et que voulez-vous donc faire ?

— Je vous le dirai... fit Lambert.

— Et vous n'avez pas pensé au chagrin que votre mère concevrait de votre départ ?

Charles passa la main sur son front.

— Non ! dit-il avec effort, non, n'essayez pas d'ébranler ma résolution ; elle est irrévocable... et d'ailleurs, je vous l'ai dit, c'est le seul moyen, le seul qui me reste de la sauver.

Et, serrant les mains de la jeune fille dans les siennes, il s'éloigna, après l'avoir priée de le remplacer quelques minutes auprès de sa mère ; puis il descendit rapidement l'escalier, et gagna la rue.

Un quart d'heure après, il s'arrêtait rue d'Arcole, à la porte d'une maison, au deuxième étage de laquelle pendait un tableau, avec ces mots, se détachant en noir sur un fond blanc :

CANIBAL

Agence de remplacement militaire.

Une dernière et suprême hésitation le tint un moment cloué au seuil de la porte, mais, surmontant bientôt son indécision, il gravit les deux étages, et pénétra dans les bureaux de l'agence.

Il y avait quelques personnes dans la première salle, et si Lambert avait été moins préoccupé de sa propre situation, il eût pu remarquer avec un certain étonnement que les physionomies des gens au milieu desquels il se trouvait étaient loin d'annoncer des habitudes honnêtes et régulières.

Il y en avait deux entre autres, vêtus de blouse, l'air abruti, et qui semblaient des habitués de la maison, à voir leur allure décidée et leur sans-façon.

L'un était une sorte de colosse, aux épaules carrées, à la tête énorme plantée de cheveux poussant drus et serrés, aux regards pleins de feu et d'audace, et dont toute la personne annonçait la force brutale et sauvage. On l'appelait la Cible.

Le second différait essentiellement du premier ; il était petit, chétif, mais si peu contrefait, mais si vague figure, aux regards obliques et faux, on lisait tous les instincts les plus vicieux de la nature humaine.

On l'appelait le Pâlot, et c'était, avec la Cible, un des piliers du *Lapin blanc.*

Le Pâlot et la Cible se disputaient au moment où Lambert entra dans la salle, et l'arrivée d'un étranger, d'un inconnu, mit fin, comme par enchantement, à leur discussion.

— M. Canibal ? fit Lambert en portant la main à sa casquette.

Le Pâlot échangea un signe avec la Cible, et se levant de sa place :

— M. Canibal est occupé en ce moment, dit-il d'une voix traînante, mais si vous voulez attendre, il sera à vous dans quelques minutes... est-ce que vous venez pour vous faire remplacer ?

— Au contraire... répondit Lambert.

— Alors, c'est différent...

Et le Pâlot, ouvrant une porte latérale, passa dans une chambre voisine, où se tenait le maître de l'établissement.

Maître Canibal était un homme jeune encore, c'est-à-dire, qu'il comptait à peine quarante-cinq à quarante-huit ans... d'habitude, il était complétement rasé, portait les cheveux ras, et, signe particulier, comme dirait un passe-port, ses yeux noirs et brillants n'étaient ombragés d'aucun sourcil... ses ennemis prétendaient que cette précaution de se tenir continuellement rasé avait pour but de lui offrir la possibilité de se grimer et de se transformer à son gré, comme un acteur... mais d'autres, et il est juste de dire que c'était le petit nombre, assuraient qu'il ne se rasait que pour éloigner toute chance d'être reconnu.

Maître Canibal avait, en effet, un passé que le public aurait pu feuilleter avec fruit, et nos lecteurs ne s'étonneront pas trop, s'ils reconnaissent plus tard, dans notre agent de remplacement militaire, un certain Delmar, que nous avons vu fonctionner plus haut.

A peine maître Canibal eut-il entendu la porte de son cabinet s'ouvrir qu'il leva la tête et lança un vif regard au Pâlot.

— Eh bien ? demanda-t-il avec impatience.

— Là ! là ! repartit son interlocuteur... est-ce qu'on mange comme ça les amis !

— Enfin, que veux-tu ?

— Je pourrais répondre que je veux de l'argent.

— Et tu aurais tort, car tu n'en aurais pas.

— Alors je viens vous dire qu'il y a là quelqu'un qui vous demande.

— Qui cela ?

— Un pigeon !

— Un remplaçant ?

— Précisément.

La figure de Canibal s'éclaircit.

— Bien ! bien, dit-il, les affaires sont dans le marasme depuis quelque temps, et il faut les relever... est-ce que la Cible est là ?

— Parbleu !

— Et il a soif ?

— Comme une éponge.

Canibal fouilla dans sa poche et en tira une pièce de cinq francs qu'il tendit au Pâlot.

— Tiens ! dit-il, prends ceci, mon ami, pour la bonne nouvelle que tu m'apportes... et donnes-en la moitié à la Cible... mais à une condition cependant.

— Laquelle ?

— C'est que vous irez m'attendre au caboulot.

— Quelle chance ! je m'en vais faire préparer un bol d'eau-d'aff !...

— Va donc... et préparez-vous, la Cible et toi, pour une prochaine affaire.

— A tout à l'heure, patron...

Le Pâlot sortit, fit signe à la Cible en lui montrant la pièce qu'il venait de recevoir, et se tournant vers Lambert :

— M. Canibal vous attend, mon bourgeois, lui dit-il, vous pouvez entrer...

Deux minutes après, le jeune ouvrier pénétrait dans l'antre du marchand d'hommes.

II

CHIFFONNIER OBSERVATEUR

Une demi-heure après la scène que nous venons de raconter, le Pâlot et la Cible se trouvaient attablés au *Lapin blanc*, devant un bol de punch, qui flambait à la satisfaction bruyante de tous les assistants.

Depuis que nous n'y avons pénétré, le *Lapin blanc* n'a pas changé d'aspect, et encore moins de clientèle.

Ce sont toujours les mêmes visages sur lesquels le vice ou le crime a imprimé sa griffe indélébile, et en dépit des razzias qu'y opère de temps à autre la police active et toujours éveillée, le nombre des habitués n'y diminue pas.

Comme c'est le Pâlot qui paye, c'est lui qui se donne le plaisir de faire flamber le bol... on a éteint les deux chandelles qui éclairaient l'intérieur du caboulot, et à voir ces visages hideux et fatigués, éclairés par la lueur blafarde du punch, on croirait avoir sous les yeux un coin de l'enfer !

Bientôt les verres circulèrent à la ronde, et des hourras éclatèrent en l'honneur de l'amphitryon.

En ce moment, un homme entra, et comme il n'était pas attendu, il n'en produisit que plus d'effet. C'était un singulier personnage, et qui paraissait inspirer à tout ce monde interlope une singulière répulsion.

Chacun se retira instinctivement à son approche.

Il faut bien dire aussi que jamais créature humaine n'offrit rien de plus hideux ni de plus repoussant dans sa physionomie.

Il était vêtu d'une blouse ; une de ses épaules difformes s'élevait de plusieurs centimètres au-dessus de l'autre ; son corps osseux et décharné se mouvait à l'aide de deux jambes tordues, et ses bras longs et inertes semblaient n'avoir plus que des mouvements factices.

Mais toutes ces difformités n'étaient rien encore auprès de son visage.

Son front, entièrement brûlé, offrait de larges flaques rouges et luisantes qui soulevaient le dégoût ; ses joues étaient sillonnées de tortueuses coutures ; enfin son nez, dont les cartilages avaient été violemment arrachés par quelque terrible accident, présentait un trou énorme qui donnait à toute sa face l'aspect d'un crâne de squelette.

C'était horrible !

Dans ce monde de voleurs et de bandits, cet homme n'avait pas de nom... on l'appelait le *Mort !*

Il sourit en remarquant l'effet qu'il produisait sur tous les assistants, et promena une minute son regard sur toute la bande dominée.

Chose étrange !...

Dans cette tête inerte, l'œil vivait encore, et avait de puissantes effluves. On comprenait qu'il y avait en cet homme une volonté de fer... on sentait que sous cette enveloppe inouïe, l'énergie avait conservé toute sa force...

— Eh bien, quoi donc ! dit le Mort, est-ce qu'on a peur de moi, maintenant ?... allons ! place, les amis, ou malheur à celui qui ferait mine de rechigner !

La voix, qui n'était pas dépourvue d'un certain charme, était nette et sonore.

On lui fit place en grommelant.

Mais le Mort n'était venu ni pour trinquer, ni pour boire du punch... à peine se trouva-t-il près de la table, qu'il se tourna vers le Pâlot.

— Et Canibal? demanda-t-il vivement... l'as-tu vu?

— Je sors d'en prendre... répondit le loustic.

— T'a-t-il donné de l'ouvrage?

— Non.

— Et à toi?... ajouta le Mort en s'adressant à la Cible.

— Pas davantage.

— Et où est-il, cet animal?... continua le Mort avec ironie.

La Cible n'eut pas la peine de répondre... la porte du caboulot venait de s'ouvrir de nouveau, et Canibal était entré.

L'agent de remplacement portait cette fois une barbe noire énorme, qui lui couvrait presque tout le visage... on eût dit un masque.

Le Mort ne put s'empêcher de sourire à cette précaution, et sur un signe qu'il fit au nouveau venu, ils passèrent dans cette salle contiguë où se sont passées les principales scènes des premières parties de ce roman.

— Canibal, lui dit-il brusquement quand ils se trouvèrent seuls, où en sont nos affaires?

— Mais en bonne voie, je suppose, répondit le marchand d'hommes.

— Qu'as-tu fait?

— D'abord, ce soir même, j'ai reçu la visite d'un remplaçant...

— Et qu'importe cela... Ce remplaçant, tu l'expédieras demain ou après-demain, quand tu l'auras bien et dûment dépouillé... mais qu'est-ce que c'est que de pareilles affaires! tu sais bien qu'il nous faut autre chose...

— Sans doute.

— As-tu vu Ralph?

— Oui, hier.

— Et il t'a remis les papiers?

— Pas encore.

— Et le souterrain de la rue Saint-Georges?

— Il avance.

— Le Muet travaille-t-il?

— Comme un sourd!

Le Mort prit sa tête dans ses mains, et réfléchit .quelques secondes.

— Oh! ces papiers! ces papiers! murmura-t-il bientôt comme s'il se fût parlé à lui-même, il faudra bien que j'arrive à découvrir le mystère qui plane sur ce crime... et alors, c'est la fortune, c'est le luxe!

Un affreux sourire courut sur ses lèvres.

— Oh! ma vie... ma vie d'autrefois, s'écria-t-il en se laissant entraîner à la pente de ses souvenirs... oui, tout cela pourrait revenir... avec de l'or... on a tout ce que l'on veut à Paris... des chevaux, des hôtels, des valets, des maîtresses... toute laideur s'efface devant les billets de banque... et il m'en faut, entends-tu... il m'en faut!

Canibal regardait son interlocuteur, et il fut tout étonné de voir l'expression qu'avait prise tout à coup sa physionomie.

— Voyons... reprit le Mort peu après, demain, je veux que l'on s'occupe de ces papiers...

— Ce sera fait... dit Canibal qui, devant cet homme, ne paraissait remplir qu'un rôle subalterne.

— Tu verras Ralph, tu lui diras que je veux lui parler.

— Soit.

— Et quant au souterrain... j'irai moi-même vérifier l'état des travaux.

Le Mort se leva sur ces mots, et gagna la porte du caboulot, accompagné de Canibal.

Comme ils atteignaient le seuil de l'établissement, ce dernier fut accosté par le Pâlot:

— Eh bien... dit celui-ci, y a-t-il du nouveau?

— Tenez-vous prêts... répondit le marchand d'hommes, c'est pour demain.

— A quelle heure?

— A dix heures... préviens la Cible et Bras-de-fer... mais pas de maladresse surtout... le gaillard est robuste... et il se défendra.

— Bah! fit le Pâlot avec indifférence... nous commençons à y avoir la main, et d'ailleurs Bras-de-fer a une bonne poigne.

Canibal s'éloigna, et le Pâlot alla rejoindre ses compagnons.

Or, pendant que ces faits se passaient de côté, Charles Lambert était rentré auprès de sa mère, et là, seul au milieu de la nuit, il songeait au projet qu'il avait formé, et dont la réalisation devait s'effectuer le lendemain même.

Depuis que cette idée avait germé dans son esprit, le jeune homme avait mis toutes ses affaires en règle, car, dès le lendemain, il devait signer son engagement vis-à-vis de la société, et recevoir en échange une somme de treize cent cinquante francs.

C'est pourquoi Canibal avait prévenu le Pâlot et la Cible, car l'association n'était pas assez généreuse pour faire de pareilles libéralités: elle avait l'habitude de reprendre d'une main ce qu'elle donnait de l'autre!

Le jeune ouvrier y allait, lui, avec toute confiance, et la seule chose à laquelle il pensât en ce moment, c'est qu'il lui faudrait bientôt quitter sa mère, et se séparer de Rose.

Rose, son premier amour, le premier rêve qu'il eût encore bercé dans son cœur de vingt ans!...

Mais il n'y avait pas à discuter en face d'une pareille situation; il fallait arracher de son cœur ce sentiment si vivace, et qui y avait déjà poussé des racines si profondes.

Le médecin avait ordonné... et grâce à l'argent de ce remplacement, l'ordonnance pourrait être exécutée...

Après tout, si Charles éprouvait un cruel déchirement à la pensée de partir, il faut dire aussi qu'il y avait pour lui une douce compensation dans l'amour que lui avait témoigné la jeune fille, et l'assurance qu'elle lui avait donnée d'attendre son retour.

En résumé, ils étaient jeunes tous deux; quand il reviendrait, leur amour réciproque n'aurait fait que se développer et grandir, et ils apporteraient du moins l'un à l'autre, dans cette union qu'ils remettaient ainsi d'un commun accord, la satisfaction immense d'un saint devoir accompli.

En dépit de toutes ces idées à l'aide desquelles il cherchait à se consoler, le jeune ouvrier ne dormit que d'un sommeil troublé, et plus d'une fois il se réveilla durant cette nuit, croyant sentir tomber sur son front les larmes brûlantes de sa mère.

Le lendemain, il était pâle, fatigué, abattu, et quand il vit venir Rose, le front penché, l'air triste, les yeux encore humides, toutes ses résolutions furent bien près de l'abandonner, et si, en ce moment, on était venu lui proposer de l'ouvrage, peut-être eût-il hésité à retourner chez Canibal.

Mais non! la fatalité le poursuivait... il fallait que sa destinée s'accomplît, et Rose elle-même, d'ailleurs, lui eut le courage de le raffermir au lieu de l'attrister davantage, comme bien des femmes l'eussent fait à sa place.

Pendant la journée, le jeune homme fit quelques courses indispensables-pour lever les dernières difficultés qu'il craignait de rencontrer, puis, quand vint le soir et que neuf heures sonnèrent à Notre-Dame, il quitta la rue des Canettes, après avoir serré les mains de Rose, et se dirigea vers la rue d'Arcole.

Toutefois, au moment où il allait y entrer, il lui arriva une chose insignifiante en apparence, mais qui l'ébranla tout à coup, plus qu'il n'avait pu le faire l'idée de quitter Rose et de se séparer de sa mère.

Sur le seuil de la maison habitée par Canibal, il s'était croisé avec le Mort. Charles ne connaissait pas cet homme, et c'était la première fois qu'il le voyait... mais il suffisait de le voir une fois, pour en rester frappé toute la vie.

Le jeune homme n'était pas peureux, tant s'en faut!... et certes l'acte qu'il allait accomplir ne pouvait que fournir au pays un soldat courageux de plus; mais à cet âge, les impressions sont fortes et vives... puis l'esprit est accessible à une certaine superstition! Charles se sentit frémir... ce qu'il venait de voir passer était une vraie tête de Méduse, et il lui avait semblé même qu'elle lui avait souri en passant.

Il demeura pensif un moment, appuyé contre la porte de l'allée.

Cependant le Mort était monté chez Canibal.

Il trouva le marchand d'hommes attendant Lambert, et en train de préparer les actes par lesquels ce dernier devait s'engager envers la compagnie.

L'argent était là, sur son bureau, et il ne manquait plus que la victime.

En voyant entrer le Mort, Canibal fit un mouvement. Ce n'était pas lui qu'il s'attendait à voir.

Ce dernier se prit à sourire.

— Ah! dame, lui dit-il avec une sorte d'enjouement, il faut cependant s'habituer à cela... moi, je vais et je viens, et on me voit arriver quand souvent on me croit bien loin.

— Tu viens chercher les papiers?... fit le marchand d'hommes qui s'était déjà remis.

— Ralph est-il venu?

— Oui, ce matin, et j'ai ce que tu désires.

— Voyons.

Canibal prit dans un tiroir de son bureau une liasse de parchemins, qu'il remit à son interlocuteur.

Celui-ci se mit à les feuilleter; mais au moment où, tout entier à cet examen, il cherchait dans ces parchemins la trace de renseignements mystérieux, la tête de Lapistole passa à travers la porte entr'ouverte, et annonça la visite de Lambert.

— Eh bien... fais entrer, répondit Canibal, et veille au grain quand il sortira.

Quand le jeune ouvrier était entré dans l'antichambre, il y avait trouvé trois personnes... le Pâlot, la Cible et un troisième personnage vulgairement connu sous la désignation de Bras-de-fer.

Lorsque le Pâlot lui eut fait signe qu'il pouvait pénétrer chez Canibal, et que les trois hommes se trouvèrent seuls dans l'antichambre, le Pâlot ne perdit pas une seconde, et s'adressant à Bras-de-fer:

— Tu vas aller l'attendre rue des Canettes...

Et se tournant aussitôt vers la Cible:

— Toi, ajouta-t-il, va te poster en bas de l'escalier, et ne le perds pas de vue ; dans cinq minutes je vous rejoindrai, et vous dirai la somme qu'il aura reçue.

Pendant que les deux hommes se dirigeaient vers les points désignés par le Pâlot, celui-ci glissa comme un serpent, entre les deux battants entrebâillés de la porte, et, caché dans l'ombre, attendit que Lambert comptât son argent, pour savoir à quoi s'en tenir sur son compte.

Quelques minutes se passèrent dans cette attente, et après quelques formalités dernières, Canibal compta à Lambert son argent.

C'était le moment attendu.

Le Mort assistait dans un coin à cette scène, mais il était trop absorbé pour y prendre la moindre part.

Dès que Charles se fut assuré que la somme promise se trouvait bien entre ses mains, il fit disparaître son argent dans sa poche, et saluant le marchand d'hommes, il s'éloigna rapidement.

Le malheureux jeune homme avait hâte de se débarrasser de cet or, qui lui semblait le prix d'un infâme marché. Cet or le brûlait, et il éprouvait le besoin, pour le purifier, de l'employer immédiatement à l'accomplissement d'une bonne action.

Et cependant cette précipitation devait lui être fatale.

Au moment où il passait le seuil du cabinet de Canibal, et s'engageait dans le couloir qui conduisait dans l'escalier, un cri s'éleva, qu'il n'entendit même pas.

Ce cri était poussé par le Mort !

Au milieu de ses recherches, cet homme s'était arrêté tout à coup, sa main avait pressé son front, et un éclair avait sillonné son regard... Canibal s'était pris à le considérer avec étonnement.

— Oui ! c'est cela ! dit le Mort... mes renseignements ne m'avaient pas trompé... j'étais bien sûr que je le retrouverais tôt ou tard... tiens ! tiens ! regarde.

Et d'un doigt impatient il montrait l'un des parchemins à Canibal.

— Eh bien ! quoi ?... dit celui-ci avec indifférence.

— Mais c'est lui, te dis-je, reprit le Mort avec une singulière expression dans toute sa physionomie... voilà bien la date... 1818... voilà bien le lieu, les Muguets.

— 1818 ! les Muguets !... répéta machinalement le marchand d'hommes, qui pâlit et se rapprocha avidement de son interlocuteur.

— Ah ! cela t'intéresse, n'est-ce pas ? poursuivit ce dernier... il y a là un comte de Tourtonne ?

— En effet.

— Tu l'as connu ?

— Moi ! non.

— Allons donc... tu renies ceux que tu as assassinés ?...

— Tais-toi...

Le Mort poussa un éclat de rire.

— Eh ! qu'importe le comte de Tourtonne... continua-t-il avec ironie, ce qui nous intéresse, Canibal, c'est le bâtard qu'il a laissé... c'est cet enfant qu'il a reconnu par ces papiers, et auxquels il donne par ces actes la moitié de sa fortune... comprends-tu ?

— Mais cet enfant ?

— Il vit.

— Tu sais son nom ?

— Il est écrit ici en toutes lettres.

— Voyons ! voyons !...

Et Canibal saisit d'une main fébrile le parchemin du Mort, et se mit à le parcourir.

Tout à coup il fit un haut-le-corps, réprima un cri prêt à lui échapper, et jeta à son interlocuteur un regard épouvanté.

— Qu'y a-t-il ? demanda le Mort.

— Je ne me trompe pas... répondit le marchand d'hommes.

— Eh bien !

— Ce nom... c'est celui qui est écrit là... à cette place...

— Charles Lambert !...

— Et il aurait vingt-deux ans, n'est-ce pas ?

— Le connaîtrais-tu ?

— Mais il sort d'ici... tu viens de le voir... je lui comptais, il n'y a qu'un instant, une somme de treize cent cinquante francs, et à l'heure qu'il est...

— À l'heure qu'il est, la Cible, le Pâlot et Bras-de-fer sont en train de le dévaliser, rue des Canettes.

— Ah ! les misérables ! s'écria le Mort, ils sont capables de le tuer par maladresse.

— Il faut y aller.

— J'y vais ! j'y vais !... et malheur à eux si j'arrive trop tard... je les renverrai d'où ils n'auraient jamais dû sortir.

Cependant Charles, en se trouvant dans la rue d'Arcole, s'était mis à presser le pas... nous avons dit à quel sentiment il obéissait, et il savait d'ailleurs que Rose l'attendait avec impatience.

À cette époque, la rue de Constantine n'était pas encore percée, et pour se rendre dans celle des Trois-Canettes, il fallait gagner la place du Parvis-Notre-Dame... c'est de ce côté que se dirigea Lambert. La ruelle était à deux pas, étroite, sombre, infecte... aujourd'hui encore, deux personnes ne peuvent y passer

de front... le pavé en est sale, glissant, et le ruisseau en occupe le milieu.

C'est là que s'étaient embusqués la Cible et Bras-de-fer... un signal de Pâlot devait les prévenir de ce qu'ils avaient à faire.

— Il tarde bien ! fit tout à coup Bras-de-fer en se penchant pour écouter.

— C'est vrai, répondit la Cible... cependant il ne peut venir par un autre chemin.

— Tu es sûr de Pâlot au moins ?

— Pour ça, il n'y a pas de meilleure mouche que lui...

Tout à coup, les deux voleurs entendirent le bruit d'un pas rapide et pressé.

— C'est lui ! dit la Cible à voix basse.

— Attention, alors... répliqua Bras-de-fer.

Presque au même instant, un sifflement aigu, prolongé et modulé d'une façon particulière, vint les avertir que la victime approchait. Ils tirèrent leur couteau...

Quant à Charles, il avait eu un moment d'hésitation.

Ce sifflement inattendu, qui était venu jeter sa note sinistre au milieu du silence de la nuit, l'avait comme frappé au cœur.

Mais il sourit bientôt lui-même de ses appréhensions qui lui semblèrent sans cause, et reprenant sa marche, il pénétra dans la rue.

À peine eut-il fait dix pas, qu'il se heurta contre un homme qu'il n'avait pas aperçu, et, dans sa naïveté, il allait adresser quelques paroles d'excuse à cet inconnu, quand il se sentit saisir au collet, et qu'il vit un second agresseur lui sauter à la gorge.

Il fut quelques secondes étourdi par cette brusque attaque.

— La bourse ou la vie !... fit une voix rude à son oreille.

La vie, Charles en aurait fait bon marché peut-être... mais la bourse, c'était autre chose... La bourse qu'il portait sur lui, l'or qu'il venait de toucher, c'était le prix de son sang et de sa liberté... c'était la santé de sa mère... c'était encore la justification sainte du sacrifice qu'il venait d'accomplir, et pour rien au monde il ne s'en fût dessaisi !

Comme il était robuste, il riposta à l'attaque des deux bandits par une défense énergique, avec ses deux poings solides et durs comme des marteaux.

La Cible et Bras-de-fer en furent un instant déconcertés.

Mais quoi ! ils étaient deux, et nous savons qu'ils étaient armés de couteaux...

La lutte fut donc de courte durée, et il tomba bientôt sous les coups de ses assassins, et alla rouler sanglant sur le pavé...

En un tour de main il fut dévalisé, et ses deux adversaires, une fois en possession de son argent, ne s'attardèrent pas sur le lieu du crime, et disparurent dans la direction de la rue aux Fèves.

Seulement, à l'heure où ils tournaient l'angle de la rue de la Licorne, un homme se précipitait dans celle des Trois-Canettes, qu'ils venaient de quitter, et allait reconnaître l'état du cadavre qu'il trouva gisant sur le pavé.

Lambert n'était pas mort, la Cible et Bras-de-fer n'avaient eu que l'intention de le blesser légèrement, mais dans la lutte, ils n'avaient pu rester maîtres de leurs coups, comme ils l'auraient voulu, et les couteaux s'étaient enfoncés profondément dans la poitrine du malheureux ouvrier.

Les blessures étaient donc graves, et le Mort ne fut pas longtemps à constater le triste état de la victime.

Seulement, la nuit était profonde... toutes les maisons étaient fermées alentour, et il devenait difficile de le soigner.

— Que faire ? que faire ? murmura le Mort avec perplexité.

— Si ma lanterne peut vous être bonne à quelque chose, dit tout à coup une voix à ses côtés, vous pouvez en disposer à votre aise, bourgeois.

Le Mort tressaillit et se retourna vivement.

Derrière lui, il y avait un chiffonnier en grand costume, avec le cachemire d'osier, le crochet et la lanterne.

— Que faisiez-vous donc là ?... demanda le Mort en fronçant le sourcil.

— Je vous regardais... répondit le chiffonnier.

— Depuis longtemps ?

— Depuis dix secondes.

— Et peut-être m'avez-vous pris pour un assassin ?

Le chiffonnier protesta du geste.

— Oh ! pour ce qui est de ça, dit-il, c'est autre chose, et je sais à peu près à quoi m'en tenir là-dessus.

— Comment ! vous connaissez les assassins ?

— Je les soupçonne, au moins.

— Et quels sont-ils ?

— Je vous le dirai plus tard.

— Pourquoi pas tout de suite ?

Le chiffonnier se baissa et tourna sa lanterne sur le blessé.

— Parce qu'il me semble, répondit-il, que nous avons autre chose à faire que de deviser ainsi, au milieu de la nuit, et qu'il est plus utile que nous nous occupions de Charles Lambert.

— Vous connaissez donc ce jeune homme ?

— Beaucoup.

— Et vous allez m'aider à le transporter chez lui ?

— A moins que vous préfériez que nous le transportions chez vous...?

Le Mort se redressa avec surprise.

— Est-ce que vous sauriez aussi où je demeure? dit-il d'une voix ferme.

— Parbleu!... répondit le chiffonnier avec insouciance.

— Dites donc un peu pour voir?

— Rue Chanoinesse, 3...

— Mais je n'y suis que depuis deux jours.

— Je le sais bien.

— Et avant, je demeurais?...

— Rue Saint-Georges, 42.

Le Mort se leva tout à fait, et se prit à considérer le mystérieux chiffonnier.

Ce dernier poussa un éclat de rire.

— Ah dame! voyez-vous, dit-il, on connaît un peu son Paris nocturne, et pour être chiffonnier, on n'en est pas moins observateur...

— Ou mouchard!... fit le Mort.

— Voilà un vilain mot...

— Et un vilain métier.

— Après tout, qu'est-ce que cela vous fait?... je ne pense pas que vous ayez rien à cacher.

— Qu'en savez-vous?

— Peut-être bien.

— Et si vous vouliez me le dire?

— Eh bien, ça pourra venir, bourgeois, mais pour le moment je crois qu'il est urgent que nous donnions à ce malheureux les soins que sa position réclame... vous plaît-il que nous le transportions chez lui?

— Volontiers.

— Alors, prenez-le par les épaules, pendant que je le prendrai par les pieds, et enfilez l'allée de la maison qui est en face; seulement, comme la maman Lambert est malade, et que ça pourrait lui faire une révolution de voir son fils dans cet état-là, nous allons le déposer provisoirement chez une voisine qui en aura bien soin.

— Ah! ça, mais vous connaissez donc tout le quartier?

— Oh!... je chiffonne quelquefois de ce côté... et puis la pe-

Mademoiselle Bluette, répondit-elle,... au deuxième, la porte en face.

tite voisine est bien connue... et on l'appelle partout Rose-d'Amour.

— Rose-d'Amour! dites-vous, s'écria le Mort.

— Sans doute...

— Et elle habite près de Lambert?

— Porte à porte.

— Et elle est jeune?

— Seize ans.

— Jolie?

— Comme son amour.

— Enfin, elle est pauvre?

— Elle a son travail, qui est une faible ressource, et son cœur, qui est un vrai trésor.

Tout en parlant de la sorte, ils montaient l'escalier de la maison occupée par la mère de Lambert, et peu de temps après, le jeune ouvrier se trouva installé dans la chambre de Rose, que cette arrivée avait glacée d'effroi.

Mais le chiffonnier se multiplia en cette circonstance; il plaça lui-même le jeune blessé sur le lit, et pendant que le Mort pansait ses blessures, il alla chercher un médecin dans le voisinage.

Tout cela se fit avec toute la rapidité voulue, et surtout avec un dévouement qui touchèrent profondément Rose, au milieu du chagrin qu'elle éprouvait; quand tout fut terminé, et que

le chiffonnier se disposa à se retirer, elle ne put s'empêcher de lui serrer la main avec une sincère affection.

— Merci, merci, monsieur, dit-elle avec effusion, je n'oublierai jamais le service que vous nous avez rendu aujourd'hui.

— Bah! est-ce qu'il faut s'occuper de ces choses-là, repartit le chiffonnier, soignez bien notre jeune homme, dites-lui de ne pas trop se désespérer quand il va s'apercevoir qu'il a été volé, et demain ou après-demain, je viendrai prendre de ses nouvelles...

Et sur ces mots, il s'éloigna, entraînant le Mort sur ses pas...

Chemin faisant, ils rencontrèrent le médecin qui montait l'escalier.

Quand ils se retrouvèrent sur la rue, et comme ils allaient atteindre la place du Parvis-Notre-Dame, le Mort s'arrêta tout à coup, et frappant sur l'épaule de son compagnon :

— Savez-vous, l'ami, lui dit-il, que plus j'y pense, plus je trouve que j'ai lieu de m'étonner du rôle que vous venez de jouer?

— Et pourquoi donc cela? dit le chiffonnier.

— Vous êtes un homme singulier.

— On me l'a dit quelquefois.

— Enfin, quel intérêt avez-vous dans tout ceci?

— N'en est-ce pas un que celui de rendre service à des gens honnêtes?

— Vous cherchez à me donner le change.

— Que croyez-vous donc?

Le Mort arrêta ses deux regards fixes et perçants sur le visage du chiffonnier qu'éclairait en ce moment la lueur d'un réverbère.

— Tenez, dit-il avec fermeté, il m'est venu une idée.

— Laquelle?

— C'est que vous n'êtes point ce que vous paraissez être.

— Vraiment!

— C'est une dans ce monde si mêlé de la capitale vous jouez un rôle, que vous avez un but, et que cette hotte, ce crochet et cette lanterne ne vous servent qu'à déguiser votre véritable personnalité.

Le chiffonnier resta quelques moments sans répondre.

— Ai-je deviné? insista le Mort.

— Au fait, je ne vois pas pourquoi je le cacherais, répondit son interlocuteur.

— Ainsi, vous avez un but mystérieux?

— Je ne dis pas non.

— Vous cherchez quelqu'un?

— C'est vrai...

— Et, par un motif ou par un autre, cet homme, vous avez cru le reconnaître en moi?

Le chiffonnier tressaillit, et, à son tour, il se prit à regarder fixement celui qui lui parlait.

— Certes, répondit-il d'un ton lent et comme s'il eût pesé chacune de ses paroles, j'étais loin de m'attendre à tant de pénétration.

— Et cela vous contrarie?

— Non pas...

— Qu'est-ce donc alors?

— Il est vrai, poursuivit le chiffonnier, j'ai cru reconnaître en vous celui que je cherchais, mais je me suis bien vite détrompé; seulement, cette erreur même m'a été utile.

— En quoi?

— En ce qu'elle m'a permis de faire une série d'observations.

— Sur moi?

— Oui, sur vous.

— Et ces observations?

— Il y a en vous un homme dont je n'ai pas encore le mot, mais sur lequel j'ai déjà pu me faire une idée assez complète...

Cet inconnu avait péri dans les ruines, dont il ne connaissait pas les détours.

Vous non plus, vous n'êtes pas ce que vous paraissez être... une grande catastrophe a dû troubler votre existence à un moment donné... Je vous ai vu... je vous ai suivi, et deux fois j'ai tressailli en retrouvant sur vos traits défigurés l'expression de sentiments que certaines natures seules peuvent éprouver avec cette puissance...

— Qu'est-ce donc? demanda avec vivacité l'interlocuteur du chiffonnier.

— Vous êtes amoureux!

— Que dites-vous?

— Oh! vous le cacheriez en vain.

— Mais qui vous l'a dit?

— J'ai vu.

— Quand cela? en quel lieu? dans quelles circonstances?...

Le chiffonnier se prit à sourire.

— Connaissez-vous M. de Tourtonne? dit-il d'un ton incisif.

— M. de Tourtonne? répéta le Mort.

— Il a une maîtresse.

— C'est vrai...

— Bleuette?

— Vous la connaissez?

— N'est-ce pas qu'elle est belle, cette femme? n'est-ce pas qu'elle a des cheveux dont une reine se ferait volontiers un diadème... des épaules dont un sculpteur serait jaloux, et des yeux à rendre fous d'amour tous les sultans de la terre...

Pendant que le chiffonnier s'exprimait ainsi dans une langue qui contrastait singulièrement avec le costume qu'il portait, le Mort tordait ses mains avec agitation, et prononçait des paroles entrecoupées et sans suite.

Quand il eut fini, il saisit avec autorité le bras du chiffonnier, et ses doigts crispés s'imprimèrent dans sa chair.

— Tais-toi! dit-il, tais-toi!... Ah! c'est vrai, cette femme est belle, et tous ces trésors de beauté qu'elle étale et qu'elle vend, avec de l'or je pourrais les acheter aussi, n'est-ce pas?

— Sans doute.

— Eh bien! cet or, je l'aurai.

— Comment cela?

Le Mort haussa les épaules avec insouciance.

— Ceci c'est mon secret, répondit-il, et vous me permettrez de le garder.

— A votre aise.

— En tout cas, et quoi qu'il arrive, je désire que ce qui s'est passé ce soir reste connu de nous seuls...

— Soit!...

— Je ne sais pas si je vous reverrai.

— Moi, je pense que si.

— Je le veux bien... mais rappelez-vous ceci, monsieur le chiffonnier observateur, c'est que si une indiscrétion de votre part venait contrarier mes projets, je ne répondrais de rien.

— Oh! ne vous gênez pas, l'ami, répliqua le chiffonnier à

cette menace ; quant à moi, je ne dévierai pas d'une ligne pour cela...

— Alors, au revoir...

Et les deux hommes se séparèrent, prenant chacun une direction opposée.

— Singulière rencontre !... murmura le Mort en s'éloignant... je voudrais bien savoir tout de même quel est cet homme.

Et il enfila presque aussitôt la rue Chanoinesse.

— C'est égal !... se disait de son côté le chiffonnier, il faudra bien que je découvre quelque jour le mystère que cache cette face hideuse.

Et il se dirigea vers la rue Mouffetard.

Cependant, le Mort était arrivé au numéro 3 de la rue Chanoinesse, et il avait gravi les cinq étages qui le conduisaient à la chambre qu'il occupait sous les toits...

Quand il eut atteint le dernier étage, il ouvrit une porte qui faisait face à l'escalier, et entra dans sa chambre. Pendant quelques secondes, il repassa dans son esprit tout ce que lui avait dit le chiffonnier... son agitation ne s'était pas encore tout à fait calmée... et il allait et venait avec une sourde inquiétude.

— Oui ! dit-il enfin, elle est belle !... oui... pour la posséder, rien ne m'arrêtera... et dussé-je rentrer dans la voie du vol et du crime, il faudra bien qu'elle m'appartienne !...

Il se jeta sur son lit, mais c'est en vain qu'il chercha le sommeil...

Son cœur battait avec force, ses oreilles bourdonnaient, il y avait en lui une tempête que rien ne pouvait calmer.

Il se releva... courut à un bahut qu'il ouvrit, et se mit en devoir de s'habiller..

Mais les vêtements qu'il choisit ne ressemblaient en rien à ceux qu'il portait un moment auparavant... son linge était fin et blanc ; il passa un pantalon élégant, chaussa des bottes vernies, jeta sur ses épaules un paletot de la meilleure façon.

Il avait allumé deux bougies... il se tenait debout devant la glace, et en dépit de la laideur repoussante de son visage, il était impossible de ne pas reconnaître chez cet étrange personnage une distinction qui perçait sous ses nombreuses difformités.

Une fois habillé ainsi, il sortit.

Minuit était sonné. Les boutiques étaient fermées, et les rues désertes, mais il arrêta le premier véhicule qu'il rencontra, et ordonna au cocher de le conduire rue La Bruyère.

La voiture partit au galop.

Une heure tintait à l'église de Notre-Dame de Lorette, quand il s'arrêta devant le numéro 10 de la rue La Bruyère.

Il sauta à terre, paya le cocher, et marcha à la loge du concierge.

— Mademoiselle Bluette ? demanda-t-il.

La concierge était sur l'escalier ; elle regarda le visiteur, et elle fut vraisemblablement satisfaite de son examen, car elle l'invita presque aussitôt à monter.

— Mademoiselle Bluette vient de rentrer, répondit-elle... c'est au deuxième, la porte en face.

Le Mort n'en attendit pas davantage, et deux minutes plus tard, il sonnait à la porte de la belle pêcheresse.

III

LE MUET

Bluette était une des plus jolies filles du quartier Bréda !... elle avait vingt ans à peine, et il y avait déjà quatre ans qu'elle vivait au milieu de ce monde où la beauté trouve si facilement à s'escompter, où l'on n'a pas d'autre idole que celle du plaisir, où la fortune est réellement aux audacieux.

Bluette était d'une origine obscure... mais nul n'avait jamais songé à lui demander des certificats de noblesse ; dès le jour où elle avait mis le pied dans ce royaume de la beauté, elle avait compris qu'il ne dépendait que d'elle d'en devenir la reine ; dans ce pays de l'amour, on ne s'occupe pas de la question du droit divin, et il lui avait suffi de prouver qu'elle était belle, et qu'elle avait un peu d'esprit, pour voir accourir autour d'elle et l'acclamer tout un peuple d'adorateurs riches ou beaux, jeunes ou nobles...

Son succès avait été étourdissant ; et le comte de Tourtonne, qui débutait alors dans la vie parisienne, avait été séduit bien vite par le charme de cette fille qui, la veille peut-être, s'enfuyait d'un taudis de la rue Mouffetard.

Le comte de Tourtonne était jeune, riche, il portait un nom illustré par son père ambitieux, et il était aussi bel homme que Bluette était jolie femme. Mais celle-ci n'y prit pas garde... les jalousies dont elle était l'objet affirmaient son succès ; d'ailleurs, elle allait au bois dans une voiture armoriée, elle avait des laquais galonnés, un appartement splendide, des toilettes tapageuses... c'était plus qu'il n'en fallait pour sa vanité qui venait à peine de s'éveiller.

Quant au comte, ce fut autre chose... ç'avait été, de sa part,

bien plutôt un caprice que le résultat d'une passion... il aimait Bluette, comme on aime un cheval, pour la montrer... il lui suffisait alors qu'on dît partout qu'il était heureux, pour qu'il arrivât à croire qu'il l'était réellement, et pendant près d'une année, il jeta l'or à profusion, sans compter, pensant qu'il ne payerait jamais assez cher cette première fantaisie !

Mais, à cet âge, on ne joue pas longtemps une pareille comédie ; tôt ou tard, il faut bien que le cœur reprenne tous ses droits.

Henri de Tourtonne avait pu être dévoyé pendant quelques temps, mais il vit bien vite l'abîme vers lequel l'entraînait cette ruineuse folie ; il n'y trouvait d'ailleurs qu'une vaine satisfaction d'amour-propre et de vanité, il sentait un vide énorme dans cette existence factice qu'il menait au milieu d'un monde fardé, et il comprit qu'il fallait s'arrêter sur cette pente fatale ; seulement, il était déjà bien tard, et l'on ne rompt pas facilement avec le désordre.

Une partie de sa fortune y avait déjà passé... et bien qu'il fût riche, disait-on, à plusieurs millions, un regard jeté par hasard, dans un moment de lucidité, sur sa situation, lui fit soupçonner la réalité. Encore une année de ces prodigalités folles, et il était ruiné.

Et puis, il faut tout dire, ce qui avait contribué particulièrement à lui ouvrir les yeux, ce qui l'avait ramené dans une route plus droite, et à des sentiments meilleurs, c'est qu'un jour, s'étant laissé entraîner dans un monde qu'il avait depuis longtemps perdu l'habitude de fréquenter, il avait rencontré là une des plus charmantes créatures que l'œil d'un homme ait jamais contemplée.

Mademoiselle Fernande de Massa avait seize ans, il y avait six mois à peine qu'elle avait quitté le couvent où on l'avait élevée ; elle faisait pour ainsi dire son entrée dans les salons de son père, et essayer de dire ce qu'il y avait de grâce charmante, de naïveté pudique, de pure et tendre franchise dans sa personne, serait tenter l'impossible.

Henri de Tourtonne en fut ébloui.

C'était comme une révélation de la femme... son regard se troubla, son cœur se prit à battre, et, en une seconde, il vit s'ouvrir devant lui tout un monde de sensations nouvelles.

Le lendemain, quand il revit Bluette, il sentit qu'il retombait lourdement de la hauteur de ses rêves dans ce milieu de préoccupations vulgaires et d'intérêts grossiers, on eût dit qu'un bandeau se déchirait tout à coup devant ses yeux, et il se demanda avec stupeur comment il avait pu si longtemps oublier, dans de pareilles distractions, l'honneur du nom qu'il portait.

Il en était là au moment où commence ce chapitre. Ses relations avec Bluette s'étaient naturellement senties de ces dispositions ; il était devenu froid et indifférent, la jolie fille comprenait que cette liaison touchait à sa fin, et elle songeait déjà à un successeur.

Bien qu'il fût tard quand le Mort se présenta, cependant, comme il se fit annoncer sous le nom et le titre de vicomte de Tordelles ; comme d'ailleurs, dans la situation qui est faite aux filles de ce monde, il ne faut jamais laisser échapper une occasion, Bluette, qui était une femme sensée et prévoyante, donna l'ordre d'introduire le visiteur.

Le vicomte de Tordelles se trouvait donc, un instant après, dans le boudoir exquis de la belle pêcheresse.

Toutefois, quoique cette dernière eût rencontré dans sa vie bien des ridicules et des laideurs, elle ne put s'empêcher d'éprouver un profond sentiment de répulsion, en apercevant le vicomte dans toute la splendeur de ses difformités.

Ce dernier s'aperçut de l'effet qu'il produisait, et cette découverte le frappa au cœur...

— Que voulez-vous, mon enfant ? dit-il aussitôt en s'asseyant, ce n'est pas moi qui me suis fait, et la faute en est à la nature ; mais qu'importe l'enveloppe ! j'espère que vous avez assez d'esprit pour ne pas attacher trop d'importance à ce détail.

Bluette s'était déjà remise, et, tout en jouant avec une petite cassolette qui pendait à son bracelet :

— J'attends, répondit-elle sur la défensive, que monsieur le vicomte veuille bien me faire connaître le motif qui l'amène.

— Ne le devinez-vous pas ?

— Ce ne peut être une raison de galanterie.

— Et pourquoi pas ?

— Mais parce que vous ne devez pas ignorer que je ne m'appartiens pas, et que M. le comte de Tourtonne...

Le Mort se prit à sourire.

— C'est précisément à ce sujet, répliqua-t-il, que je viens vous parler.

— Voyons, fit Bluette.

— Vous aimez le comte de Tourtonne, je veux dire que vous lui êtes attachée... il est jeune, il est riche, il paye tous vos caprices fort cher, et vous craignez de ne pas trouver aussi bien, si la fantaisie vous venait de changer de maître.

— Qui vous a dit que je le désirais ?

— Je le suppose.

— Enfin, vous avez une raison de le croire

— J'en ai une excellente.

— Laquelle ?

— C'est que le comte lui-même songe en ce moment à rompre une liaison qui lui est peut-être devenue onéreuse, et où il ne trouve plus des compensations suffisantes.

Bluette fit un mouvement. — Ce que disait le vicomte répondait trop bien à ce qu'elle pensait elle-même, pour ne pas s'étonner franchement de se voir ainsi devinée :

Le vicomte de Tordelles poursuivit :

— Moi, dit-il, je suis riche; j'ai passé l'âge où l'on peut faire la folie de se marier, mais je puis faire celle de vous aimer, jusqu'à vous offrir de partager la fortune que le hasard a mise entre mes mains... Cela vous va-t-il ?

Bluette jeta un éclat de rire un peu nerveux, et qui sonna faux...

— Vous ne répondez pas?... fit le vicomte.

— Et que voulez-vous que l'on réponde à de pareilles propositions ? répliqua Bluette... encore faudrait-il que je fusse certaine de ce que vous me dites du comte.

— Je vous en donnerai la preuve.

— De plus, il serait bon que je vous connusse vous-même.

— Demain, je vous enverrai une parure de diamants.

— Enfin, monsieur, j'aimerais assez que vous fussiez moins laid, et je ne puis pas vous cacher que si vous vous représentez ici...

— Vous me mettrez à la porte... compléta le vicomte de Tordelles en lançant à la jeune femme un regard sous le feu duquel cette dernière se sentit pâlir... Bluette, dit-il d'une voix sous la gravité de laquelle on devinait vaguement une menace, Bluette, écoutez-moi... je vous aime comme un homme condamné par sa laideur à voir éternellement repousser son amour... je n'ai pas le choix... et retenez bien ce que je vais vous dire...

La pécheresse n'osait regarder son interlocuteur... elle avait froid; un frisson glacé parcourait tous ses membres; elle était tellement troublée qu'elle ne songea même pas à appeler un de ses laquais pour chasser ce redoutable importun.

Le vicomte reprit :

— Je vous aime ! dit-il avec feu, et je veux que vous soyez à moi...

— Jamais ! fit Bluette.

— Je le veux, vous dis-je ; si vous me repoussez, prenez-y garde... j'ai des moyens sûrs de vous réduire à la plus horrible des conditions... vous êtes belle, n'est-ce pas, vous avez des épaules à faire envie à un sculpteur; des cheveux opulents, un teint que le caméla jalouserait, eh bien, en une seconde, je puis faire disparaître à jamais ces trésors de beauté qui font votre fortune, et assurent la souveraineté que vous exercez.

— Mais c'est infâme, monsieur... s'écria Bluette épouvantée, que vous ai-je fait, moi, pour appeler de pareilles menaces ?

— Je vous aime.

— Mais je me défendrai...

— Et vous défendrez-vous contre l'acide corrosif qui sillonnera vos joues, contre le poignard qui tracera son sanglant passage sur vos épaules... ah ! je vous ferai laide, moi aussi, je vous rendrai un objet d'horreur et d'épouvante, si bien, qu'en me voyant, c'est votre propre image que vous croirez voir !... Tu sais maintenant ce que j'avais à te dire, menaça-t-il encore, si tu le veux, je serai un esclave à tes pieds... tu seras riche, enviée, tu pourras puiser à pleines mains dans un trésor inépuisable... mais si tu me repousses, au contraire, avant huit jours, tu seras la plus laide et la plus méprisée des femmes.

Et sur ces mots il sortit, laissant Bluette accablée, palpitante, frémissante encore d'un reste de terreur qui trembla longtemps en elle avant qu'elle parvint à l'apaiser !

Une fois dehors, le vicomte de Tordelles prit la direction de la rue Saint-Georges, et s'arrêta, au bout de quelques minutes, devant une maison de haute apparence, à la porte de laquelle il sonna.

La porte s'ouvrit presque aussitôt.

— Sir Ralph ! dit-il au concierge qui passa la tête à la fenêtre de sa loge.

— M. Ralph est chez lui, répondit le concierge... le pavillon au fond du jardin.

Le vicomte traversa alors une cour spacieuse, un jardin orné de massifs de lilas, et arriva au pavillon qu'on lui avait indiqué.

Quelqu'un veillait de ce côté, car à peine toucha-t-il le seuil du pavillon, que la porte s'ouvrit, et qu'un domestique en livrée vint le recevoir ; puis, après avoir annoncé à son maître le vicomte de Tordelles, le valet fit un signe d'intelligence au visiteur nocturne, et le conduisit aussitôt dans une pièce du rez-de-chaussée, où Ralph était assis.

En entendant la porte s'ouvrir, il leva les yeux, et parut surpris de voir entrer le vicomte de Tordelles.

Il se leva.

— Toi !... lui dit-il en tendant la main au nouveau venu, que se passe-t-il donc ? et pourquoi cette visite inattendue ?

Le vicomte serra la main de Ralph, et prit place à ses côtés.

— Ce n'est pas précisément qu'il y eût rien de nouveau, répondit-il, mais j'éprouve le besoin de hâter la solution de notre affaire, et je trouve que, depuis quelque temps, notre homme n'avance pas beaucoup la besogne...

— L'affaire est en bonne voie, fit Ralph ; c'est la prudence qui nous ordonne surtout d'agir lentement ; le moindre empressement maladroit pourrait tout compromettre... d'ailleurs nous avons le temps.

— C'est ce qui te trompe.

— As-tu donc besoin d'argent?

— Il me faut, avant huit jours, une somme considérable.

— Dans huit jours, j'espère que nous serons bien près de réussir.

— Es-tu sûr de notre homme ?

— Le Muet !...

— Mais ne pourrait-il pas nous trahir?

— Le souterrain dans lequel il travaille communique avec ce seul pavillon, et moi seul puis le délivrer.

Le vicomte de Tordelles parut réfléchir quelques secondes.

— Soit ! dit-il enfin avec impatience, dans huit jours je ne serais pas fâché de voir l'état des travaux, car je suis venu pour cela.

— Eh bien, tu vas les voir, fit Ralph.

Ralph se leva, alla à une bibliothèque qui occupait le fond de la pièce, et, en poussant un bouton caché dans la boiserie, il la fit tourner, et démasqua ainsi une porte secrète.

Au seuil de cette porte, commençait un escalier qui conduisait sous le pavillon. Ralph prit une lanterne, et, invitant le vicomte à le suivre, il descendit les degrés de l'escalier.

Le Mort compta ainsi vingt marches environ.

Au bas de l'escalier ils trouvèrent un long corridor étroit dans lequel ils s'engagèrent, et quand ils eurent fait à peu près une centaine de pas, ils aperçurent à quelque distance, dans le rayon lumineux que traçait la pâle lumière d'une seconde lanterne, un homme armé d'une pioche qui s'était arrêté, et les regardait venir.

C'était celui que Ralph avait désigné sous le nom de Muet !...

Cet homme était jeune encore, — une trentaine d'années environ ; il était grand, robuste, bien découplé, et quand il se trouva en face de Ralph et du vicomte, son regard sembla lancer un éclair qui s'éteignit presque aussitôt sous l'effort d'un sentiment de crainte.

Ralph lui frappa familièrement sur l'épaule.

— Eh bien, Beppo, lui dit-il, l'ouvrage avance-t-il ?

Le Muet fit un signe affirmatif.

— Et quand serons-nous à portée du banquier de Massa?

Le Muet leva huit de ses doigts. Ralph se retourna vers le vicomte de Tordelles.

— Que te disais-je... huit jours... dans huit jours, le souterrain creusé aboutira au-dessous des bureaux du banquier, sous l'endroit même où se trouve la caisse ; dans huit jours, nous aurons des millions à nous, et personne ne pourra soupçonner qui aura commis le vol... comprends-tu ?

— A merveille.

— Eh bien, un peu de patience, et compte sur l'intérêt que j'ai dans l'entreprise pour en hâter le succès.

Puis, se tournant vers le Muet qui écoutait avidement :

— Allons, dit-il, je suis content de toi, Beppo, et je t'ai apporté du tabac et de l'eau-de-vie...

L'œil du Muet s'éclaira ; sa main se tendit avec une sorte de fièvre vers la main de Ralph. Et celui-ci lui remit alors la bouteille d'eau-de-vie et le paquet de tabac qu'il avait annoncés.

La poitrine du Muet rendit un grognement de satisfaction, et pendant que Ralph et le vicomte s'éloignaient, il s'assit sur le sol, tira sa pipe qu'il bourra enfin, et l'alluma à la lanterne.

Ce soin accompli, et après avoir avalé gloutonnement plusieurs longues gorgées d'alcool, il reposa la bouteille près de lui, s'allongea voluptueusement sur le sol humide, et tandis qu'il lançait vers la voûte surbaissée d'épaisses bouffées de fumée, son œil se perdit dans la contemplation d'un horizon infini.

De temps à autre, un éclair traversait son regard, et un mouvement nerveux agitait ses membres ; quelquefois aussi un sourire d'une singulière expression plissait sa lèvre sensuelle, ou bien encore une larme voilait ses yeux et coulait lentement le long de son visage fatigué et pâle.

Quel était cet homme ? quels horizons inconnus évoquait son regard à cette heure ? vers quel passé mystérieux son âme oppressée s'envolait-elle ainsi ?...

Qui le dira ?...

Cet homme avait souffert cependant ; il y avait dans sa vie un drame sanglant, il y avait là-bas, bien loin, sur une terre privilégiée et bénie du ciel, une pauvre cabane dont la silhouette attirait incessamment son esprit et son cœur !

Pauvre Beppo !...

Deux images surtout venaient son rêve : deux visages ravissants de jeune fille... l'une âgée de dix-huit ans, l'autre de seize à peine...

C'était sous ce beau ciel de Venise, la pauvre et belle esclave de l'Adriatique !... il avait vingt ans alors... il était robuste et fier, et aucun gondolier ne savait comme lui guider une barque à travers les lagunes ou fendre la lame de sa rame agile...

Souvent, par les nuits étoilées qui nous semblent avoir été faites exprès pour la mélancolie et l'amour, il s'était laissé aller aux flots berceurs, abandonnant au vent le soin de le diriger, à genoux aux pieds d'une belle fille du nom de Léonora, heureux comme l'homme ne l'est qu'une fois en sa vie !...

Le ciel était pur... la brise soufflait doucement ; l'onde se soulevait avec des murmures pleins de parfums... entre le ciel et l'onde il n'y avait qu'eux... eux seuls...

Seulement à l'horizon, un point noir !... — dans le cœur de la femme, une petite tache sombre...

Les marins appellent le point noir un grain, précurseur de la tempête... les hommes connaissent la tache sombre, c'est la vanité, c'est la trahison !...

Que se passa-t-il ? Une chose facile à prévoir. — Léonora était ambitieuse et coquette ; elle trouva que l'amour d'un gondolier ne valait pas l'amour d'un gentilhomme, et une nuit, — nuit terrible, — Beppo apprit que Léonora s'était enfuie !...

Il ne voulut pas croire d'abord... il pleura, prit sa tête dans ses mains, comprima son cœur de ses deux bras... mais quoi ! il n'y eut bientôt plus à douter... et alors il n'eut plus qu'une idée... celle de se venger.

Un jour, il attendit l'homme qui lui avait enlevé ce qu'il avait de plus cher au monde... et l'ayant attiré froidement dans un terrible guet-apens, au lieu de le tuer, comme il eût pu le faire, il le marqua au front d'un signe ineffaçable...

Le malheureux ! mieux eût valu pour lui renoncer à cette atroce vengeance, dont il devait être puni bien cruellement...

Quelques jours après, en effet, comme il rentrait dans sa pauvre cabane, située sur le quai des Esclavons, il se sentit pris à la gorge par deux bras vigoureux, saisi et garrotté, et bientôt jeté dans une cave où deux misérables poussèrent la cruauté jusqu'à lui arracher la langue !...

Quand il revint à lui et qu'il courut dans Venise à la recherche de celui qu'il soupçonnait d'avoir commis ce crime, on lui apprit qu'il avait quitté Venise, emmenant Léonora avec lui.

Comment, après de semblables événements, cet homme se trouvait-il à Paris, au service de ce même Ralph, qu'il avait marqué d'un fer rouge dans un jour d'aveugle fureur ? C'est ce que nous expliquerons plus tard au lecteur.

Pour le moment, Beppo prêtait sa force herculéenne à une entreprise ténébreuse dont il n'ignorait pas le but, mais à laquelle il coopérait avec deux sentiments tout autres peut-être que ceux des hommes qui l'employaient.

Quand donc il eut bien rêvé et que sa pipe se fut éteinte dans cette inaction contemplative, il en secoua les cendres sur son pouce calleux, puis, s'étant levé brusquement, il alla prendre la lanterne posée à terre, et au lieu de se diriger vers l'endroit où il travaillait quand Ralph et le vicomte de Tordelles étaient arrivés, il marcha vers un mur situé à peu de distance, et fit tourner sur elle-même une pierre de taille, placée à deux pieds environ du sol.

Une fois la pierre ébranlée, elle lui offrit facilement un passage, et il se glissa dans un caveau contigu, dont il paraissait connaître parfaitement les détours. Ce caveau longeait la rue Laffitte, sur laquelle même quelques soupiraux prenaient jour.

Le Muet n'y fit pas attention et, continuant sa marche, il arriva enfin à un dernier soupirail, qui donnait sur la cour d'une maison considérable, dont la façade devait être située sur la rue Laffitte.

Beppo s'arrêta... et s'étant hissé bien que mal jusqu'à la hauteur du soupirail, il plongea un regard avide dans la cour.

La cour était déserte... deux becs de gaz l'éclairaient à droite et à gauche, à peu de distance d'un escalier où se tenait le Muet, un vestibule bien éclairé attestait que l'on y attendait les maîtres au retour d'une soirée où ils étaient allés.

Beppo attendit.

L'heure était déjà avancée, et depuis qu'il avait pris l'habitude de se rendre à son poste d'observation, il commençait à connaître les mœurs de la maison.

Trois heures sonnèrent en ce moment à l'église Notre-Dame de Lorette, et presque au même instant il entendit le bruit d'une voiture qui s'arrêtait dans la rue, et une voix sonore demanda :

— La porte, s'il vous plaît !

Beppo tressaillit.

La porte roula bientôt sur ses gonds ; la voiture passa sous la voûte de l'entrée, et vint s'arrêter devant le vestibule.

Un laquais ouvrit alors la portière, et un homme descendit.

Un homme d'une cinquantaine d'années environ, grand, d'une physionomie jeune encore, et sur les traits duquel la santé se traduisait en signes manifestes.

C'était M. de Massa, banquier.

Une fois à terre, il se retourna vivement vers l'intérieur de la voiture, et tendit les bras.

Alors le Muet vit une jambe fine et ronde se dessiner, et une charmante enfant, une pure et délicieuse créature sauter avec la légèreté d'un oiseau dans les bras qu'on lui tendait.

C'était mademoiselle Fernande de Massa, la fille du banquier.

Elle portait une longue robe de gaze, ses cheveux étaient emprisonnés dans une sorte de burnous qui l'enveloppait tout entière, et son visage gardait encore à cette heure comme un rayonnement des émotions du bal auquel elle venait d'assister.

Beppo en fut ébloui ! et il ferma les yeux.

Mais quand il les rouvrit, le rêve avait déjà disparu. Le gaz du vestibule était éteint, et les palefreniers s'étaient emparés des chevaux et de la voiture.

Il se laissa glisser à terre, et retomba ainsi dans l'obscurité et le silence.

Pendant quelques minutes cependant il resta à la même place immobile et comme absorbé par ce qu'il venait de voir ; puis, secouant toutes ces impressions, il reprit lentement la route par laquelle il était venu.

Toutefois, à peine avait-il fait vingt pas qu'il s'arrêta de nouveau et prêta l'oreille.

Il lui avait semblé entendre quelque bruit intérieur, non loin du soupirail près duquel il se trouvait.

Il posa sa lanterne à terre, grimpa le long du mur, et s'accrochant des mains au rebord du soupirail, il regarda.

À deux pas, dans la rue Laffitte, se tenait un chiffonnier.

Il y avait quelques instants qu'il était là ; un moment auparavant, il avait vu passer la voiture de M. de Massa, et en apercevant Fernande à la lueur d'un bec de gaz, en voyant cette charmante créature enveloppée de mousseline, il avait fait un mouvement, et s'était pris à la contempler d'un regard presque attendri.

Mais ce n'avait été qu'un éclair ; la voiture n'avait pour ainsi dire fait que passer... et il s'était retrouvé seul, sa lanterne d'une main, son crochet de l'autre, ému, troublé, l'œil fixé obstinément sur la porte qui venait de se refermer.

Enfin, il revint à lui, secoua la tête comme au sortir d'un rêve, et se mit à fouiller machinalement dans le premier tas de détritus qui se trouva à sa portée.

— Elle l'aime ! murmura-t-il tout en se livrant aux opérations de son métier... la pauvre enfant... et elle ne sait pas qu'il est perdu pour elle, et peut-être sans retour... ah ! mais c'est égal... je me suis imposé une double mission... c'est à moi qu'il appartient de les sauver... et au prix même de ma vengeance, je ferai mon devoir !

Il s'était redressé sur ces mots, et il allait continuer sa promenade nocturne, quand il s'arrêta tout à coup et tressaillit.

En face de lui, à quelques pas, à travers les barreaux d'un soupirail de cave, il avait aperçu deux yeux qui le regardaient.

— Oh ! oh ! dit-il avec surprise, qu'est-ce que c'est que ceci ?

Et il marcha vivement vers le soupirail.

Mais quand il y arriva... il n'y avait plus personne... les deux yeux avaient disparu... et en plongeant son regard à travers l'étroite ouverture, il ne vit plus qu'une pâle lueur qui traçait, en fuyant, un rayon lumineux dans l'ombre.

Le chiffonnier demeura pensif.

— Il y a là un mystère... se dit-il à lui-même, car il n'est pas naturel qu'un homme se promène à cette heure dans une cave...

Et il ajouta :

— Surtout, quand cette cave est celle de la maison qu'habite M. de Massa.

Il fit alors quelques pas dans la rue, comme inquiet et agité.

— Qui sait !... reprit-il bientôt ; peut-être y a-t-il pour cette nuit un coup monté... et dussé-je profiter de l'absence du banquier pour le dévaliser... eh bien, c'est ce que je veux éclaircir, et dussé-je passer ici la nuit...

Le chiffonnier se mit en effet à aller et venir dans la rue, et ce ne fut que lorsque les premières lueurs du jour commencèrent à blanchir l'horizon qu'il se décida enfin à se retirer.

Mais cet incident l'avait trop vivement impressionné pour qu'il l'oubliât en si peu de temps, et quand le jour fut tout à fait venu, après s'être débarrassé de sa hotte, et avoir fait un bout de toilette, il se dirigea vers la rue Laffitte.

Il arriva chez M. de Massa, au moment où l'on ouvrait les portes de l'hôtel.

Le chiffonnier porta la main à son chapeau :

— Pardon, monsieur, dit-il au concierge, mais cette nuit, en chiffonnant devant l'hôtel, j'ai trouvé un petit bracelet qui vient peut-être de la maison, et comme je ne veux pas m'approprier un objet qui ne m'appartient pas, je suis venu vous le rapporter.

Pendant que le concierge examinait avec soin le bijou de peu de valeur que le chiffonnier lui avait remis, ce dernier inspectait les lieux et se rendait compte de la position de la cave, par rapport aux bureaux du banquier.

Quand le concierge lui eut rendu le bracelet en l'assurant qu'il ne provenait pas de l'hôtel, il savait déjà à quoi s'en tenir.

— Ainsi, dit-il, vous êtes certain que cet objet ne vient pas de chez vous ?

— Oh ! parfaitement certain, répondit le concierge.

— Et la maison contiguë ?

— Je ne pense pas, l'objet est de peu de valeur, et nous ne portons que des bijoux d'un grand prix.

Le chiffonnier parut réfléchir.

— M. de Massa occupe seul cette maison ? reprit-il bientôt.

— Sans doute.

— Elle est profonde ?

— Vous le voyez.

— Et elle touche par derrière ?...

— A la rue Saint-Georges.

Le bracelet trembla, à ce nom, dans la main du chiffonnier.

— La rue Saint Georges, en effet, répondit-il en affectant de rester calme; c'est rien... je vas voir à côté et en face... et si je ne trouve pas le propriétaire du bracelet, j'irai le remettre au commissaire de police.

Et il salua et sortit.

— La rue Saint-Georges... répéta-t-il quand il fut dans la rue, c'est bien cela... je suis sur la trace de quelque machination, dont le secret est dans la Cité... eh bien, ce soir il faudra bien que je sache...

Le chiffonnier quitta alors le quartier opulent dans lequel il se trouvait, et regagna, dans les hauteurs de la rue Mouffetard, le bouge qu'il habitait, et où il alla prendre le repos dont il avait besoin.

Le soir de ce même jour, cinq hommes vêtus de blouse étaient assis, à la lisière du bois de Saint-Mandé, dans un épais bouquet d'arbres, placé à peu de distance de la route de Charenton.

Quatre de ces hommes étaient rangés en cercle, et ils paraissaient écouter avec une profonde attention ce que leur disait le cinquième.

Ces quatre hommes étaient le vicomte de Tordelles, Bras-de-fer, la Cible et Canibal, — le cinquième était Ralph !

Il y avait déjà quelque temps qu'ils se trouvaient là et Ralph avait parlé longtemps.

— Ainsi, dit-il enfin par manière de conclusion, nous sommes bien convenus de ce que nous avions à préparer... nos réunions au Lapin blanc commencent à devenir dangereuses, la maison Canibal n'offre plus qu'une sécurité relative, et il est important que nous trouvions un lieu où la police ne vienne plus nous gêner... depuis que Marcel est mort...

— C'était un zig celui-là ! objecta la Cible.

— Et de son temps, nous avons eu de bonnes aubaines, ajouta Bras-de-fer.

— Sans doute, compléta Ralph... Marcel était un homme énergique et résolu, comme il en faut pour le métier que nous faisons; mais l'entreprise a périclité entre ses mains, et j'étais décidé à lui retirer le commandement, quand il a lâché la rampe; la plupart de ceux qui travaillaient à cette époque sont morts, ou traînent la ferraille à Toulon ou à Brest, j'ai dû les remplacer... vous aviez fait vos premières armes dans les derniers rangs, aujourd'hui, nous vous avons confié des postes dangereux, et qui vous mettent en évidence, c'est à vous de vous rendre dignes de ce choix... dans huit jours, je vous convoquerai pour une affaire qui peut nous rendre tous riches.

— Quelle affaire ? dit Canibal.

— Elle n'est pas mûre encore... seulement, je constate à regret que nous ne sommes pas au complet.

— Il manque le Pâlot, dit la Cible.

— Où est-il ?

— Je ne sais.

— Es-tu sûr de lui, au moins ?

— Comme de moi-même.

— Il est bien jeune encore.

— C'est vrai... mais il a la poigne solide, et il ne crache pas sur l'ouvrage.

— Soit ! et passe pour cette fois... seulement, qu'il y prenne garde, et s'il mettait de la négligence, son compte ne serait pas long à régler.

Il y eut un moment de silence... au moment de se lever, chacun avait tendu la tête et prêté l'oreille.

Un pas rapide s'était fait entendre, et presque aussitôt un coup de sifflet avait retenti.

— C'est lui ! s'écria la Cible.

— Le Pâlot ? demanda Ralph.

— Eh ! qui donc ?

— Réponds-lui, alors.

La Cible imita le sujet à s'y méprendre les modulations du sifflet que l'on venait d'entendre, et avant qu'il eût fini, celui que l'on attendait se précipitait essoufflé dans le fourré.

— Ouf ! s'écria-t-il en tombant au milieu des bandits, j'ai cru que je n'y arriverais jamais.

— Tu es en retard ! fit Ralph d'un ton sévère.

— Pardieu ! je voudrais bien vous y voir, vous !... répondit le Pâlot, avec un animal à vos trousses, que j'ai eu toutes les peines du monde à perdre.

— La rousse ! dirent quelques voix.

— Pis que cela.

— Qui donc ?

— Le dab !...

Le vicomte de Tordelles partit d'un éclat de rire.

— Tu as rencontré ton père ? dit-il avec ironie en prenant le change sur la réponse du Pâlot.

Ce dernier haussa les épaules.

— Plus sérieux ! répliqua-t-il... d'abord si mon père et moi nous nous rencontrions, il y a fort à parier que nous ne nous reconnaîtrions pas.

— Mais de qui veux-tu parler ? insista le Mort.

— Du dab de la rue Mouffetard !

— Le père Jacques ? dit Bras-de-fer.

— Lui-même.

— Et que t'a-t-il dit ?

— Rien.

— Il t'a suivi ?

— Jusqu'à l'entrée du bois.

— Enfin que te voulait-il ?

— Est-ce qu'on sait !... le dab, voyez-vous, c'est un homme qui n'est pas comme un autre... il va et vient, à droite, à gauche; les uns disent qu'il a été dans une position cossue, et qu'il est encore riche; les autres prétendent qu'il a des relations avec la rue de Jérusalem; enfin, j'ai entendu dire que c'était un ancien usurier, et qu'il continuait à prêter à la petite semaine; mais tout cela prouve que l'on ne sait pas grand'chose sur son compte, tandis qu'il en sait long sur le compte des autres. Bref, je ne m'en cache pas, moi, et je déclare que je n'aime pas le rencontrer.

En écoutant ce récit, le Mort était devenu tout à coup pensif, et il se rapprocha du Pâlot.

— Ce chiffonnier dont tu parles, demanda-t-il, est peut-être le mystérieux chiffonnier que j'ai rencontré le jour où vous avez manqué d'assassiner Charles Lambert ?

— Je ne m'y oppose pas, fit le Pâlot.

— Il est grand, n'est-ce pas ?

— Et maigre.

— De plus, il porte des favoris grisonnants ?

— Et un chapeau de feutre noir.

— C'est lui !...

Le Pâlot lui frappa sur l'épaule.

— Au surplus, ajouta-t-il, vous allez pouvoir en juger.

— Comment ?

— Regardez bien... là, à droite, dans l'allée qui longe l'endroit où nous sommes, vous pouvez voir une petite lumière qui s'avance en tremblant; eh bien, cette lumière, c'est celle du père Jacques.

— Tu en es sûr ?

— Il nous a dépistés, et il vient à nous.

— Mais cet homme a de mauvais desseins peut-être ?

— On n'a jamais pu savoir.

— Et il vaudrait mieux s'en débarrasser tout de suite...

Et le vicomte armait déjà un pistolet qu'il portait sur lui, quand Bras-de-fer lui retint vivement le poignet.

— Oh ! quant à cela, lui dit-il, c'est défendu.

— Qu'est-ce à dire !... fit le Mort.

— C'est-à-dire, mon vieux, que le père Jacques est le dab de la rue Mouffetard, et que si, aujourd'hui pour demain, on venait à apprendre qu'il a été tué, avant huit jours il n'y aurait pas un de nous capable de se tenir sur ses jambes...

Le vicomte de Tordelles ne répondit pas, et tous ceux qui étaient présents gardèrent comme lui le silence.

Cependant le père Jacques avait fini par s'approcher; il s'était orienté, tant bien que mal, à l'aide de sa lanterne, et il se trouva dans le fourré choisi par nos bandits pour leur réunion nocturne.

— Ah ! ah ! dit-il en promenant circulairement sa lanterne sur le groupe, il paraît que j'ai trouvé le nid aux merles... Diable ! savez-vous que vous êtes passés maîtres dans l'art de siffler.

— Eh bien, après, père Jacques ? fit le Pâlot; il est donc défendu de venir prendre l'air sous les ombrages du bois de Saint-Mandé ?

— Cela vaut toujours mieux que d'assassiner les gens rue des Trois-Canettes, répondit le chiffonnier.

— De quoi !... riposta la Cible.

Mais il n'acheva pas, le père Jacques avait élevé sa lanterne à la hauteur de son visage, et lui jetait un regard terrible.

— Toi, dit-il, tu n'es qu'un mauvais gredin, et quelque jour tu retourneras à l'endroit que tu n'aurais pas dû quitter.

En parlant ainsi, le chiffonnier considérait avec attention les hommes qui l'entouraient.

C'est ainsi qu'il examina successivement Bras-de-fer, la Cible, le Pâlot, Ralph et le vicomte de Tordelles.

Arrivé à ce dernier, et avant de passer à Canibal, il s'arrêta.

— Tiens ! dit-il avec surprise, je ne m'attendais pas à vous revoir si tôt....

— Ni moi non plus, répliqua le Mort.

— Vous êtes donc de la société de ces messieurs ?

— Cela ne vous regarde pas.

— Pourquoi donc ?

— Et si ces messieurs, comme vous dites, ne m'avaient p arrêté par le bras tout à l'heure, je crois bien que vous n'auriez pas eu l'avantage de me revoir aujourd'hui, ni demain, ni de longtemps probablement.

— Vous vouliez me tuer ?

— Et je n'avais pas tort... car mes pressentiments ne me trompaient pas l'autre jour, et je suis convaincu, maintenant plus que jamais, que vous faites un métier dangereux.

Jacques se contenta de sourire, et, se retournant vers le dernier de la bande, il projeta les rayons de sa lanterne sur le visage de Canibal.

Ce fut comme un coup de théâtre.

A peine eut-il aperçu le marchand d'hommes, qu'il poussa un cri, et fut obligé de se retenir à un arbuste pour ne pas tomber.

— Qui es-tu? dit-il alors d'une voix vibrante, qui es-tu?... parle... je veux te connaître, toi...

— Et si je ne le veux pas? répondit Canibal.

— Sa voix! sa voix aussi! s'écria le père Jacques; mais d'où viens-tu? d'où sors-tu?... pourquoi ne te vois-je que d'aujourd'hui?... réponds! réponds!...

Il y avait dans la voix du père Jacques un tel accent d'autorité, que la Cible, Bras-de-fer et le Pâlot n'osaient rien dire, ni rien faire.

Seul, le vicomte de Tordelles commençait à s'impatienter, et il saisit énergiquement le bras du chiffonnier.

— Voyons! dit-il avec force, voilà assez longtemps que cela dure, et il faut arrêter les frais... Que l'on t'appelle Jacques et que tu sois le *dab* du quartier Mouffetard, retiens bien ceci : l'homme que tu viens de voir se nomme Canibal; il est marchand d'hommes, rue d'Arcole, et si ces renseignements ne te suffisent pas, eh bien, tâche de nous tourner les talons, car je te promets que dans deux minutes...

Le chiffonnier ne répondit pas tout de suite; il semblait absorbé et en proie à mille souvenirs pénibles, et son regard restait attaché et fixé au sol.

— Eh bien! insista brusquement le Mort sourdement irrité.

Le chiffonnier releva le front comme au sortir d'un rêve.

— Soit! dit-il, on s'en va...

Puis, se penchant à l'oreille du vicomte de Tordelles :

— Quant à toi! ajouta-t-il en fronçant les sourcils, j'ai un avis à te donner...

— Lequel? fit le vicomte.

— La nuit dernière, j'ai vu deux yeux briller dans la cave du banquier de Massa!...

Et sur ces mots il s'éloigna, laissant le Mort stupéfait et presque effrayé de ce que cet homme venait de lui dire.

IV

L'ÉVOCATION

Le lendemain soir, le père Jacques était seul dans le logement qu'il occupait au quatrième étage d'une maison située sur les hauteurs de la rue Mouffetard. Ce logement se composait de deux pièces : l'une, la première, qui lui servait d'entrée; l'autre, qui lui servait de chambre à coucher. Il était à peu près neuf heures.

Le temps était gris et sombre; le vent sifflait aux angles de la rue, et les bruits commençaient à s'apaiser peu à peu. Le chiffonnier avait près de lui sa lanterne, qu'il n'avait pas encore allumée, son crochet et sa hotte.

Il était assis à une table, sur laquelle se trouvaient une bouteille de vin, un morceau de pain de munition et un morceau de fromage. Il mangeait et buvait fort peu; mais il réfléchissait.

Cette première pièce était nue et délabrée; tout y semblait triste et décelait une misère profonde; on sentait en y entrant qu'il devait y faire froid l'hiver, et que le poêle, seul ornement de la chambre, ne brûlait guère que les vieux morceaux de papier dont le commerce des chiffons ne voulait pas.

Mais le père Jacques ne faisait guère attention à sa chambre; le front penché, l'œil fixé au plancher, les sourcils contractés, il écoutait les mille tressaillements de sa poitrine!

— Lui! lui! disait-il de temps à autre, est-ce possible! n'est-ce pas un rêve... au milieu de cette nuit profonde, je me suis trompé, peut-être!...

Un sourire amer plissa ses lèvres à cette pensée.

— Non, non, reprit-il après un moment de silence... pourquoi aurais-je frémi à sa vue... pourquoi mon sang se serait-il glacé dans mes veines... pourquoi ai-je senti un nuage passer sur mes yeux, quand il m'a semblé reconnaître sa voix?

Il repoussa rudement son pain et son fromage, et, regardant son couteau ouvert, avec une énergique expression :

— Il faut que je le sache, s'écria-t-il avec une sourde irritation, il faut que je le voie, en plein jour, face à face, et demain...

Il n'acheva pas, car on venait de frapper à la porte de sa chambre; il s'était levé pour ouvrir, et vit entrer un enfant de quinze ans environ, l'œil vif, la physionomie alerte, et présentant dans toute sa personne le type complet de ce que l'on est convenu d'appeler le gamin de Paris.

A sa vue, le front du chiffonnier se dérida.

— Ah! ah! dit-il avec une satisfaction évidente, te voilà, Bouton-d'or; eh bien, quel bon vent t'amène par ici?

L'enfant haussa les épaules d'un air de compassion.

— Tiens, c'te bêtise! répondit-il d'une voix franche et sonore, est-ce que vous ne m'avez pas dit de venir toutes les fois qu'il y aurait du nouveau?

— Il y en a donc?

— Un peu.

— Voyons! voyons! conte-moi cela.

Bouton-d'or était entré, avait retiré sa casquette, et alla se placer en face du chiffonnier.

— Voyons! poursuivit-il aussitôt sur le même ton décidé, ce

n'est pas peut-être un bien joli métier que je fais là... moi, d'abord, j'ai été élevé dans l'horreur des marchands, et j'aime pas rapporter comme ça ce que les autres font... mais vous ne pouvez pas avoir de mauvaises intentions, vous, père Jacques, et si c'était mal ce que je fais, je suis bien sûr que vous ne me le demanderiez pas.

Le chiffonnier serra les mains du gamin.

— Bien, mon enfant! dit-il avec une pointe d'attendrissement de bon aloi, voilà de bons sentiments, et je ne puis que t'en féliciter... mais rassure-toi, et jamais je ne te demanderai rien que tu puisses te reprocher un jour...

— Oh! je le sais bien, allez, repartit Bouton-d'or; d'ailleurs, est-ce qu'on peut être bon et mauvais en même temps? moi, j'ai pas eu le temps d'apprendre le catéchisme, voyez-vous... mais m'man, qu'est une sainte femme, m'a appris à être reconnaissant... et pour ce que vous avez fait pour ma pauvre petite sœur qui serait morte noyée sans vous, et dont on aurait porté le pauvre corps à la Morgue, ah! vous pouvez me demander tout ce que vous voudrez...

Le père Jacques sourit avec bonté à cette promesse de dévouement.

— A quoi bon tout cela, dit-il, j'ai fait mon devoir le jour où j'ai sauvé ta sœur, et tu ne me dois qu'une chose pour cela, ou plutôt tu ne dois qu'une chose au bon Dieu, c'est quand tu seras grand d'être bon et dévoué pour ceux qui sont malheureux... mais voyons, tout cela ne me dit pas...

— Voilà, père Jacques; comme l'atelier dans lequel je travaille donne juste en face des fenêtres du jeune homme auquel vous vous intéressez... il m'arrive que je sais à peu près, jour par jour, ce qu'il fait, ce qu'il pense et ce qu'il dit...

— Eh bien!

— Eh bien, je crois que, depuis quelques jours, il y a du changement dans son existence.

— Il est malheureux?

— Peut-être bien.

— Qui peut te le faire supposer?

— Ah! ceci et cela... toujours est-il qu'il avait l'air gai et qu'il a l'air triste maintenant; il avait quelquefois des femmes *chiques*, je vous prie de le croire; des amis *rupins*, enfin toute une société comme on n'en rencontre pas à l'amphithéâtre de l'Ambigu, où c'est cependant bien composé le dimanche... eh bien, tout cela a disparu.

— Mais pourquoi?

— Ça, je n'en sais rien... seulement, ce matin, une femme est venue le trouver...

— Bluette?

— Je ne lui défends pas de s'appeler Bluette; mais elle lui a fait une scène, et bref, je crois qu'ils sont sortis ensemble... du moins, ils ont fermé les fenêtres, et je n'ai rien pu voir...

Le père Jacques était devenu pensif.

— Oui, dit-il comme en se parlant à lui-même, oui, Bluette a été prévenue que le comte voulait le quitter... elle est venue à lui, et a repris tout son empire, toute son autorité sur cet esprit faible et irrésolu.

Bouton-d'or s'était approché.

— Est-ce tout ce que vous avez à me dire, père Jacques? demanda-t-il.

— Oui, mon ami, répondit le chiffonnier.

— Et je puis me donner de l'air?

— Comme tu voudras.

— Dame! c'est que je n'ai pas encore soupé aujourd'hui, et demain il faut être à six heures à l'ouvrage.

Et, serrant avec une effusion naïve les mains du chiffonnier, il remit sa casquette sur son front, et s'éloigna en fredonnant les *P'tits Agneaux* de l'époque.

— Que faire! que faire! murmura le père Jacques dès qu'il fut parti; mon intervention dans un pareil moment serait imprudente et ne ferait que l'irriter sans l'éclairer... il faut attendre encore...

Et il ajouta, en passant dans la chambre contiguë :

— Attendre! quand déjà peut-être il est trop tard!...

La chambre dans laquelle il pénétra alors différait essentiellement de la pièce d'entrée; — sans être meublée avec luxe, elle témoignait cependant d'une certaine aisance.

Les meubles se composaient d'un lit, d'un secrétaire, d'une table et quelques chaises. Sur la cheminée, il y avait une petite pendule et deux flambeaux; enfin, on remarquait en entrant, appendu au mur, un grand portrait de famille, entouré d'un cadre d'un haut prix, surmonté d'une couronne de comte! Le portrait était celui d'un beau vieillard, d'une soixantaine d'années environ, sur les traits duquel respiraient la noblesse et la grandeur; son front était pur et élevé, son œil doux et ferme à la fois, sa lèvre impérieuse et son nez à la courbe altière annonçaient une nature faite pour le commandement.

Quel était ce portrait et comment se trouvait-il dans le modeste logement d'un chiffonnier, c'est ce que nous ne tarderons pas à apprendre.

Le père Jacques leva sur le tableau un regard où brillait à la fois un sombre désespoir et une résolution énergique; puis il marcha vers le secrétaire qu'il ouvrit.

Dans un tiroir de gauche, il prit alors un billet de banque de deux cents francs, qu'il glissa dans la poche de son gilet, et ayant refermé le meuble, il revint dans la première pièce et se revêtit à la hâte des insignes de son métier.

Puis il descendit dans la rue et prit la direction de Notre-Dame, bien qu'il ne fût pas encore l'heure d'aller exercer son industrie nocturne. Une fois arrivé au Parvis, il prit la rue des Trois-Canettes et pénétra dans la maison où demeurait la mère de Charles Lambert. Il avait fait prévenir Rose qu'il la viendrait voir ce soir-là ; à peine eut-il frappé à la porte, que la jeune fille vint ouvrir.

Il y avait déjà deux nuits que Rose veillait au chevet de la malade, et elle était déjà bien fatiguée; d'ailleurs elle était inquiète : l'état de Lambert n'était pas précisément grave; la blessure demandait des soins, et, physiquement, il n'y avait pas de danger à craindre ; mais c'est le moral surtout qui paraissait sérieusement affecté chez le jeune ouvrier.

Après s'être imposé le cruel sacrifice d'une douloureuse séparation, Lambert s'était vu dépouiller du prix de ce sacrifice même, et s'il ne regrettait pas l'engagement qu'il avait contracté, et aux termes duquel il devait partir pour de longues années, du moins ne pensait-il pas sans désespoir que sa mère allait en son absence rester exposée à toutes les privations d'une misère que son travail ne pourrait plus atténuer.

Cette pensée le tenait continuellement en éveil; il ne dormait plus, il repoussait tout soin ; ou, si la fatigue et la faiblesse fermaient un moment ses paupières, c'était pour le livrer à un sommeil agité et plein de cauchemars horribles.

— Oh! venez! venez! monsieur, dit Rose au père Jacques en lui prenant les mains avec affection; si vous saviez comme je suis malheureuse !

— Je comprends, répondit le chiffonnier, il ne songe qu'au vol dont il a été victime ! et aussi au départ auquel il est condamné.

— Oui, mais que faire! que faire! fit la jeune fille.

Le père Jacques remua la tête.

— Écoutez, mon enfant, lui dit-il, je m'attendais à tout cela, et c'est pour vous consoler un peu que je suis venu.

— Oh! merci.

— Et d'abord il faut que Lambert se rassure... vous lui direz qu'il n'ait plus d'inquiétude et qu'il ne partira pas.

— Cependant cet argent qu'il a reçu?

— Cet argent, on ne le lui réclamera pas, ou si on le lui réclame, eh bien, il le rendra.

— Si vous saviez comme nous sommes pauvres, monsieur Jacques!

— Je le sais, répondit le chiffonnier.

— Alors...

— J'ai quelques économies...

— Et vous les lui prêteriez?

— Je ferai mieux, je les lui donnerai !...

Rose ne put dissimuler la surprise qu'elle éprouvait; il y eut même en elle comme un mouvement de défiance.

— Mais qui donc êtes-vous? dit-elle en arrêtant son beau regard limpide et clair sur le chiffonnier.

Ce dernier sourit.

— Ah! ah! je vous y prends, dit-il avec enjouement, voilà que vous vous défiez de moi.

— Ne le croyez pas, s'écria Rose.

— Et où serait le mal? continua le père Jacques; vous ne me connaissez pas, vous ne m'aviez jamais vu avant cette catastrophe, et vous avez le droit de vous étonner et de me demander compte même de mes bontés.

— Cependant je ne sais pourquoi je me sens portée à vous aimer.

— Et vous avez raison...

— Expliquez-moi tout cela.

— Plus tard; aujourd'hui nous avons autre chose à faire, vous et moi... écoutez donc et retenez bien ce que je vais vous dire... que Lambert se rétablisse, c'est très-bien ; qu'il ne soit pas obligé de partir, c'est encore mieux ; mais avant qu'il se rétablisse, il se passera peut-être de longs jours, et sa mère est malade aussi, et, vous l'avez dit, vous êtes pauvres tous les trois.

— Oh! ce que vous venez de m'apprendre me donnera de la force, comme je l'ai déjà du courage, et s'il ne faut que travailler...

— Bien, mon enfant... voilà pourquoi je vous aime, moi; vous avez un cœur d'or, et, quoi que vous en disiez, plus de courage et de bonne volonté que de force... d'ailleurs vous avez à donner vos soins à vos deux malades, et vous ne pouvez travailler... j'ai songé à tout cela, et par ces motifs j'ai voulu vous mettre à même de faire face à vos plus pressants besoins...

En parlant ainsi, le père Jacques tira de sa poche le billet de deux cents francs qu'il avait pris dans son secrétaire, et, l'offrant à la jeune fille étonnée et rougissante :

— Tenez, mon enfant, lui dit-il, voici déjà une petite avance que je vous fais; celle-là, quand Charles sera revenu à la santé, vous songerez à me la rendre; mais d'ici là ne vous inquiétez de rien, soignez-le sans crainte de l'avenir, et n'oubliez pas que si vous avez besoin de quelque chose, vous n'aurez qu'à vous adresser au père Jacques, qui ne se fera jamais tirer l'oreille...

Rose balbutia une réponse confuse ; elle croyait rêver, tout ce qui lui arrivait lui paraissait extraordinaire, et son regard allait indécis du chiffonnier à Lambert qui reposait en ce moment.

— Allons, dit le père Jacques en se dirigeant vers la porte, voilà qui est convenu, n'est-ce pas?... à bientôt donc, et rappelez-vous que vous avez en moi un ami dévoué...

Sur ces mots il gagna l'escalier, et ayant serré les mains de la jeune fille il reprit sa hotte, son crochet et sa lanterne qu'il avait déposés sur le palier, et se mit à descendre vers la rue. Dès qu'il s'y trouva, le père Jacques hésita un moment s'il se rendrait au cabaret du Lapin blanc; mais l'heure s'était écoulée pendant sa visite à Lambert, et il se mit à presser le pas pour gagner les quartiers dans lesquels il devait, cette nuit-là, exercer son industrie. Il traversa donc les ponts, prit la direction des boulevards, et, en filant la rue Le Peletier, il arriva enfin dans la rue de la Chaussée-d'Antin.

Tout cela avait demandé du temps. Le père Jacques marchait d'un pas tranquille et lent, comme un homme qui a la nuit devant lui, et quand il atteignit la Chaussée-d'Antin, il était plus de minuit.

Tous les magasins étaient fermés, — les becs de gaz étaient seuls chargés d'éclairer la voie publique et les voitures commençaient à devenir plus rares.

Le père Jacques allait de maison en maison, piquant à droite et à gauche quelques papiers égarés; il était évidemment soucieux, et sa pensée était loin de là. D'ailleurs la nuit était sombre, et un silence profond se répandait peu à peu de toutes parts.

Tout à coup il s'arrêta.

Il se trouvait en ce moment sur le trottoir d'une maison de belle apparence, située à peu près au milieu de la Chaussée-d'Antin, et dont les fenêtres du premier étage étaient splendidement éclairées.

Ce qui avait invité le chiffonnier à s'arrêter, c'est qu'un bruyant éclat de rire, fait de vingt voix joyeuses, étaient tombé au milieu du silence de la nuit, et que, presque aussitôt un jeune homme élégant s'était penché à la fenêtre, et, sans doute animé par un champagne trop généreux, s'était mis à interpeller le père Jacques.

— Oh! l'ami, s'écria-t-il avec des gestes qui trahissaient une situation avancée un peu avancée, qui que tu sois, jeune ou vieux, beau ou laid, marié ou célibataire, veux-tu gagner deux louis en quelques minutes?

Le père Jacques leva la tête, et saluant ironiquement son interlocuteur :

— Que faut-il faire pour cela, bourgeois? demanda-t-il en souriant.

— Distraire pendant dix minutes une société qui s'ennuie.

— Dame! si l'on n'est pas trop difficile...

— On sera indulgent.

— Vous me le promettez ?

— Je le jure !

— Alors j'accepte.

— Monte donc, vieillard, ami des dieux, et par ma bonne dague de Tolède, je t'invite à faire provision de bonnes nouvelles !...

Un éclat de rire répondit à cette saillie; deux valets en livrée descendirent aussitôt, portant des flambeaux, et la porte de la rue s'ouvrit pour donner passage au père Jacques, qui, portant sa hotte, sa lanterne et son crochet, fit bientôt son entrée dans les splendides salons où on l'attendait.

Son arrivée fut accueillie par des hourras et des trépignements, et le père Jacques lui-même ne put s'empêcher de prendre part à l'hilarité générale, quand il se vit dans son costume sordide, au milieu de cette société de gaze et de dentelles, sous les lambris resplendissants d'or, éclairé par un lustre qui jetait à profusion les vives clartés de ses nombreuses bougies.

Il se trouvait à cette heure dans les salons de madame de Saint-Albin, une des notoriétés du turf de la galanterie parisienne !...

Madame de Saint-Albin avait alors une quarantaine d'années environ, mais sur son visage aux lignes altières, on retrouvait les vestiges d'une beauté qui avait dû naguère briller d'un éclat extraordinaire.

Elle occupait une de ces positions connues à Paris, dans le monde interlope des femmes galantes. Sa maison était une sorte de terrain neutre sur lequel pouvaient se rencontrer toutes les individualités, depuis le jeune homme qui vient à Paris gaspiller l'héritage de ses pères, jusqu'au vieillard prodigue, qui achève de manger l'héritage de ses enfants.

La jeune fille y trouvait facilement un état... c'est-à-dire, un protecteur ; la femme déjà mûre, et consumée par une expérience précoce, pouvait y rencontrer ce hasard fantasque que l'on cherche si souvent sans le trouver, et qui se présente au moment où vous vous y attendez le moins.

Madame de Saint-Albin était l'intermédiaire de tous les gens, homme ou femmes, jeunes ou vieux, laids ou beaux! on dînait chez elle à des heures déterminées, on y jouait, on y dansait même, et l'on était toujours certain de s'y mêler à une société vive, aimable, quelquefois spirituelle, mais toujours insouciante, folle, et disposée aux plaisirs de toute sorte.

Ce soir-là, on avait poussé l'extravagance jusque dans ses dernières limites; on avait dîné — et bien dîné, on avait joué des sommes importantes; on avait dansé d'une façon étourdissante, et enfin, sur cette pente entraînante du plaisir, on en était vite arrivé à désirer quelque chose de neuf, d'original, et qui relevât cette soirée qui s'annonçait sous de séduisants auspices.

C'est alors qu'un fou, un jeune homme un peu pris de champagne, s'était imaginé d'interpeller le premier passant qui viendrait à s'arrêter sous les fenêtres, et de l'inviter à venir passer une heure au milieu de ces groupes un peu blasés.

Le hasard avait répondu à ce défi d'une manière inespérée. Le premier venu était un chiffonnier!

Vous voyez d'ici l'effet que son arrivée produisit... C'était une chance inattendue, et l'on comptait déjà sur un incident des plus piquants.

Une fois entré, le père Jacques, toujours affublé de sa hotte, tira sa casquette et salua la société avec une aisance de bonne compagnie, que l'on était loin d'attendre d'un pareil homme!...

Puis il se tourna vers son introducteur.

— Voyons, dit-il avec un enjouement qui disposa favorablement l'auditoire, vous m'avez fait venir pour vous distraire, et je me demande vraiment ce que je puis faire pour répondre à votre désir...

— Parbleu! répondit le jeune homme, amuse-nous... je ne sais pas comment, moi, c'est à toi de trouver..

— C'est que ce n'est pas facile.

— Tu n'en auras que plus de mérite.

— Soit!

— Raconte-nous ton histoire, si tu veux.

— Ce serait trop long.

— Celle de ta femme, alors.

— Celle-là serait trop courte.

— Enfin, cherche, invente, et gagne ton argent.

Le père Jacques leva la tête.

— Mon argent!... dit-il, comme frappé d'une idée subite, au fait, tenez, vous me donnez une idée...

— Ah! ah!

— C'est une histoire.

Monsieur le vicomte de Tordelles, fit le domestique.

— Voyons...

— Il s'agit d'un jeune homme, un ouvrier qui, pour sauver sa mère, s'est vendu à un marchand d'hommes, et qui, il y a trois jours, a été volé de l'argent qui lui avait été compté.

— Eh bien, que veux-tu que nous fassions à cela?

— Si vous le voulez bien, je vais faire une quête, mesdames; chacun y contribuera pour sa petite part, et si je suis content du résultat, eh bien, je vous promets une séance des plus intéressantes.

— De quoi s'agit-il?

— Ah! tel que vous me voyez, messieurs, je n'ai pas toujours été chiffonnier.

— Vraiment!

— J'ai été jeune, comme vous; comme vous, j'ai été riche, même, et à cette époque, j'avais acquis une certaine célébrité...

— Que faisais-tu?

— J'exerçais une industrie mystérieuse.

— Laquelle?

— J'évoquais les morts!

Cette réponse éveilla dans l'auditoire des impressions diverses; les hommes haussèrent les épaules, tandis que les femmes commençaient à frissonner.

L'effet était produit cependant, la curiosité éveillée, et des voix nombreuses réclamèrent la quête.

Le chiffonnier prit alors sa casquette, et fit le tour du salon.

Chacun ouvrit son porte-monnaie; il n'y a rien de généreux comme la jeunesse : la présence des femmes était d'ailleurs un stimulant pour les hommes, et après s'être adressé au cercle qui l'entourait, le père Jacques revint reprendre sa place avec une abondante moisson.

— Et maintenant! dit aussitôt une voix de femme, j'espère que tu vas tenir ta parole.

Le père Jacques se retourna vers celle qui lui parlait.

— Puisque vous avez payé, mademoiselle Bluette, répondit-il, il est trop juste que je m'acquitte.

— Vous savez donc mon nom? fit la jeune femme.

— Et celui de votre père aussi, et il n'y a pas longtemps que nous avons voyagé ensemble... mais il est mort il y a quelques mois.

— Oui, du moins on me l'a dit.

— Voulez-vous que je l'évoque?

— Oh! c'est assez d'un chiffonnier dans la société.

Ce colloque avait été rapidement échangé entre la jeune courtisane et le père Jacques; quand ce dernier eut fini de faire disparaître dans sa poche le produit de sa recette, des réclamations nombreuses s'élevèrent, et chacun demanda l'exécution de la promesse faite.

— Soit! dit le père Jacques, et puisque vous le voulez, nous allons commencer... seulement, je vous préviens qu'il est nécessaire de prendre quelques dispositions préalables.

— Lesquelles?

— D'abord, on n'opère pas ainsi en pleine lumière... les morts n'aiment pas le jour, et il faut éteindre les bougies...

Des ordres furent aussitôt donnés en conséquence, et des valets en livrée se mirent en devoir de souffler les bougies du lustre...

Quelques minutes après, l'obscurité la plus complète régnait dans le salon, et il n'y pénétrait plus qu'un faible rayon de lumière projeté par une lampe placée dans une chambre contiguë.

Le père Jacques marcha vers cette chambre, et ferma la porte.

Sa physionomie avait pris depuis quelques secondes un accent inaccoutumé; ses sourcils s'étaient approchés; ses lèvres s'étaient amincies vers les coins, et sa main crispée serrait énergiquement son crochet...

A l'un des bouts du salon, était assise madame de Saint-Albin. Le père Jacques avait remarqué la place qu'elle occupait, et, poussé par un instinct mystérieux, il se dirigea vers cette femme, en dépit de l'obscurité qui l'enveloppait, et lui saisit brusquement le bras :

Madame de Saint-Albin étouffa un cri de surprise — nous allions presque dire de terreur...

— Marguerite, lui dit alors le chiffonnier, d'une voix basse mais vibrante, Marguerite, te souviens-tu du 18 mars 1818?

— Hein! quoi!... que voulez-vous?... répondit madame de Saint-Albin glacée d'épouvante à cette question aussi terrible qu'inattendue.

— Réponds! insista le père Jacques.

— Le 18 mars!... répéta la femme.

— Ce soir-là, il y a eu un crime commis...

— Mais qui êtes-vous donc?

— Te le rappelles-tu?

— Assez, assez!

— C'est un vieillard, n'est-ce pas... je le vois encore, étendu dans son lit, percé de deux coups de poignard, baigné dans son sang... Marguerite, tu n'as pas gardé le souvenir de cette nuit fatale, n'est-il pas vrai?... mais tu dois encore quelquefois le revoir dans tes rêves... tiens! regarde!... il est là... devant toi !... c'est sa voix qui te parle, c'est sa main qui presse la tienne.

En parlant ainsi, le père Jacques s'était penché vers la mal-

Eh bien, il faut me comprendre tout-à-fait, dit le vicomte.

heureuse, et haletante, la gorge serrée, le sein ému, elle écoutait ces paroles sous lesquelles elle ployait son front pâle et effaré.

— Mais qui donc a appelé cet homme? murmura-t-elle enfin, sans force et presque sans voix.

— Tu ne m'as donc pas reconnu?... comment, tu as déjà oublié mes traits... ah! ce n'est pas bien...

— Que dit-il?

— Marguerite Ricard!... quand tu voudras en apprendre davantage, monte vers la rue Mouffetard, demande le père Jacques, il n'a rien oublié, lui, et il te donnera des nouvelles de l'homme que tu as lâchement abandonné!

Et sur ces mots, le père Jacques s'éloigna et se dirigea vers cet endroit où, quelques instants auparavant, il avait parlé à Bluette...

A cette place, et précisément derrière Bluette, se tenait un jeune homme qui assistait à cette fête avec une indifférence profonde, et qui ne suivait ces scènes excentriques que d'un regard distrait et ennuyé.

Ce fut devant lui que le père Jacques s'arrêta, cette fois!...

L'obscurité était toujours aussi profonde... les spectateurs, plongés dans l'ombre, avaient entendu le cri jeté par madame de Saint-Albin, et déjà l'on savait que le chiffonnier avait tenu parole... on ignorait, il est vrai, le drame qui s'était passé, attendu que madame de Saint-Albin s'était bien gardée de le dire,

mais la curiosité n'en était pas moins éveillée, puisque l'on savait que de ce côté, quelque chose de poignant s'était passé...

Pour bien se rendre compte de la situation, et de l'effet produit, le lecteur doit se rappeler que nous l'avons introduit dans une société étrangement mêlée, et qui touchait à toutes les classes du monde moderne. Il y avait là bien des secrets enfouis, bien des mystères cachés, et sous les flots de gaze et de dentelles, que de cœurs avaient saigné peut-être, et sous ces lambris dorés, que de drames sombres et terribles s'étaient accomplis...

Aussi chaque femme était palpitante, chaque homme était devenu sérieux, et plus d'un déjà regrettait d'avoir fait monter cet étrange personnage.

Quant au jeune homme dont nous parlons, c'est à peine s'il avait pris garde à l'entrée du chiffonnier, à l'extinction des lumières, et au cri poussé par madame de Saint-Albin.

Il connaissait peu de monde dans ce cercle, où il se rendait par désœuvrement, et si Bluette ne l'y avait pas pour ainsi dire contraint, il ne s'y serait certainement pas trouvé à cette heure.

Aussi quand la main du père Jacques s'appuya tout à coup sur son épaule, et qu'il entendit son nom murmuré à son oreille, un tressaillement involontaire s'empara de tous ses membres, comme à l'approche d'un événement, et il se dressa brusquement de sa chaise.

— Monsieur le comte! dit le père Jacques d'une voix ferme, êtes-vous là?

— Que veux-tu? répondit le jeune homme.

— Je veux parler au comte de Tourtonne.

— C'est moi...

— Eh bien... ne désirez-vous pas que je vous dise quelque chose, à vous?

— A quoi bon!

— Quand le présent est triste, on aime quelquefois à se réfugier dans le passé, faute de pouvoir lire dans l'avenir.

— Qui t'a dit que je fusse mécontent du présent?

— Je le sais.

— Et tu connais aussi mon passé?

— Voulez-vous que je l'évoque devant vous?

— Qui es-tu donc?

— Un ami.

— N'as-tu donc personne que tu puisses intriguer à ma place?

— Il n'y a personne, monsieur le comte, qui m'intéresse ici autant que vous... J'ajouterai même que je n'aurais qu'un mot à dire pour vous rendre passionnément curieux, d'indifférent et calme que vous êtes...

— Tu es donc sorcier?

— Je ne devine pas, monsieur le comte, je me rappelle.

Le comte de Tourtonne se sentit gagner, malgré lui, par une curiosité contre laquelle il essayait en vain de lutter...

— Voyons... voyons, dit-il avec vivacité, parle... qu'as-tu à me dire?...

— C'est un souvenir de votre jeunesse, répondit le chiffonnier.

— Un triste souvenir, alors.

— En effet... c'était vers le mois de mars 1818...

— Que dis-tu là?

— Vous habitiez, entre Melun et Fontainebleau, la propriété des Muguets...

— C'est vrai.

— M. le comte de Tourtonne vivait alors.

— C'était mon père!

— Vous étiez bien jeune à cette époque et vous ne pouviez savoir de quelle sainte affection votre père entourait votre enfance... C'était le 18 mars, je crois...

— Quel souvenir! dit le comte en frissonnant.

— Vous étiez absent.

— C'est cela.

— Votre père était seul au château; il reposait même depuis une heure, quand un misérable...

— Un assassin...

— Oui, un assassin pénétra dans sa chambre, et le poignarda pendant son sommeil.

Le comte étouffa un cri.

— Mon père! mon père! dit-il d'une voix désordonnée et sans faire attention aux murmures que son exclamation soulevait à ses côtés...

Et saisissant la main de son mystérieux interlocuteur :

— Écoute, lui dit-il avec force, ta présence ici, le souvenir que tu viens d'évoquer, tout cela n'est pas naturel, et je veux savoir dans quel but tu as pénétré dans ce salon.

— Je n'en avais qu'un : celui de vous rencontrer.

— Pourquoi cela?

— Pour vous dire que voilà vingt ans que votre père a été assassiné et que depuis la victime attend une vengeance.

— Mais encore une fois, qui es-tu?

— Je vous l'ai dit : un ami.

— Ah! il faut que tu me le prouves.

— Quand vous voudrez.

— Je pourrai donc te revoir?

— Tous les jours...

— Où cela?

— Rue Mouffetard, monsieur le comte; ah! dame! ça n'est pas aussi beau qu'ici; mais vous n'avez qu'à vous y présenter et à demander le père Jacques, vous pouvez être certain d'y être le bien-venu.

— Eh bien, avant peu, maître Jacques, je te jure que tu auras ma visite...

Le chiffonnier salua, et, profitant du trouble que cette dernière scène avait jeté dans le salon, il gagna la porte et s'esquiva rapidement, pendant que toutes les femmes le réclamaient à grands cris.

Mais comme personne ne répondit à leurs réclamations et que quelques minutes s'écoulèrent sans amener d'autres incidents, madame de Saint-Albin ordonna de rapporter les lumières; les bougies furent allumées de nouveau, et l'on s'aperçut alors que le mystérieux chiffonnier avait disparu.

Madame de Saint-Albin respira, mais elle était encore pâle de l'émotion et de la terreur qu'elle avait éprouvée; elle prétexta une migraine subite, et elle se retira, tandis que de son côté le comte de Tourtonne se disposait à partir.

— Comment, vous me laissez? lui dit Bluette.

— Je me sens fatigué! répondit le comte.

— Vous ne me reconduisez pas?

— Je vous renverrai ma voiture.

— Ce n'est guère galant.

— Excusez-moi.

— Ce chiffonnier vous a donc dit des choses effrayantes?

— Il m'a parlé de mon père.

— Et cela vous effraye?

— Cela m'attriste...

Bluette haussa imperceptiblement les épaules. On lui avait parlé de son père, à elle aussi, et elle ne se sentait pas disposée à s'attrister.

— Soit! dit-elle avec indifférence, mais je vous verrai demain, n'est-ce pas?

— Je vous le promets.

— J'ai à vous parler, d'ailleurs.

— Et moi aussi.

— Comme ça se trouve!

— A demain donc, Bluette.

— Oui, demain...

Le comte de Tourtonne rentra à son hôtel, et ainsi qu'il l'avait promis, renvoya sa voiture rue de la Chaussée-d'Antin.

Mais une fois dans sa chambre à coucher, et bien qu'il fût fatigué et brisé par l'émotion, il lui fut impossible de trouver le sommeil.

Ce que lui avait dit le père Jacques suffisait à le tenir éveillé; il repassa dans sa mémoire ce qu'on lui avait dit de son père, et c'est en vain qu'il chercha à chasser de devant ses yeux le spectre sanglant de la nuit du 18 mars!

Ce ne fut que le matin, quand le jour commença à blanchir à l'horizon, qu'il put enfin reprendre possession de lui-même et goûter un peu de repos!

Quand il se réveilla, il était près de onze heures; il sauta à bas de son lit, s'habilla rapidement, déjeuna à la hâte, et midi sonnait quand il monta en voiture, et ordonna à son cocher de le conduire rue Mouffetard.

En moins d'un quart d'heure, grâce à ses deux chevaux de race, il atteignit la place Maubert.

Là, il descendit de voiture, et prit à pied le chemin du quartier dans lequel il espérait rencontrer le chiffonnier, dont la présence l'avait si fort ému la veille.

Le père Jacques était aussi connu rue Mouffetard que le baron de Rothschild rue Laffitte.

Dès les premières questions qu'il adressa au premier marchand de vin qui se trouva sur ses pas, le comte de Tourtonne reçut une réponse qui le mit à même de se diriger avec toute certitude.

Aussi, cinq minutes après, il montait l'escalier et frappait à une porte qu'on lui avait préalablement indiquée.

— Entrez, dit une voix de l'intérieur.

Le comte entra.

Ce n'était pas le père Jacques qu'il aperçut alors, mais un jeune homme, — presque un enfant, — et qui, à son aspect, ne put réprimer un mouvement de surprise.

— Monsieur le comte! balbutia-t-il avec embarras.

— Vous me connaissez donc aussi, mon ami? dit le comte étonné.

— Tiens! si je vous connais... puisque je travaille en face de votre hôtel...

— Vous êtes sans doute le fils du père Jacques?

— Oh! non, monsieur...

— Alors vous l'attendez?

— C'est cela... le père Jacques, voyez-vous, monsieur le comte, est un ami de ma famille, et je venais en passant...

— Doit-il tarder à rentrer?

— Je ne pense pas; mais si vous voulez vous donner la peine de vous asseoir...

Le comte sourit.

La mine éveillée et ouverte du petit Bouton-d'or lui plaisait... il y avait tant de franchise dans son allure, tant d'esprit dans ses yeux, qu'il se sentit gagner par une réelle sympathie.

Il s'assit.

— Il y a longtemps que vous connaissez le père Jacques? dit-il après un moment de silence.

— Oh! peu de temps, au contraire.

— Mais il est fort connu dans le quartier?

— Et très-aimé.

— C'est un brave homme, n'est-ce pas?

— C'est-à-dire que dans tout le chiffon il n'y en a pas un qui puisse le dégotter.

Le comte réfléchit; il avait mille questions sur ses lèvres, et il n'osait les laisser échapper, de peur de refroidir la bonne volonté de son interlocuteur.

— Dites-moi, mon ami, reprit-il cependant sitôt après, je ne connais le père Jacques que depuis peu d'heures, et je m'intéresse à lui.

— Ça ne m'étonne pas, interrompit Bouton-d'or.

— Et je voudrais savoir...

— Quoi donc?

— Ce qu'il fait.

— Eh bien... mais... il chiffonne donc.

— Et c'est tout?...

— Sans doute.

— Et il vit de ce métier?

— Non-seulement il vit, mais il aide les autres à vivre.

— Est-ce possible?

— Tenez, poursuivit Bouton-d'or avec une petite pointe d'ostentation, il ne faut pas croire, parce que vous êtes rue Mouffetard, que vous ne trouverez pas ici des ameublements *rupins* comme il peut y en avoir dans la Chaussée-d'Antin... le père Jacques a été riche, ça c'est sûr, et il a gardé du passé des choses de luxe.

— Vraiment!

— Ah! dame! il n'a pas l'air maintenant... mais si vous voyiez sa chambre!

— Et pourquoi ne l'a verrait-on pas?

— Au fait, ça n'est pas défendu.

— Et puis cela nous fera passer le temps.

— Comme vous dites...

Bouton-d'or s'était levé; il alla à la porte qui ouvrait d'une chambre dans l'autre et la poussa doucement.

— Entrez, monsieur le comte, dit-il avec politesse.

M. de Tourtonne entra.

La chambre, ainsi que nous l'avons dit, contrastait avec la pièce d'entrée, et tout y témoignait d'une aisance qu'on n'aurait pas soupçonnée chez un homme faisant métier de piquer des chiffons dans les rues de Paris.

— Eh bien! fit Bouton-d'or qui admirait naïvement.

— En effet, répondit le comte pour lui complaire, et je vois que le père Jacques n'est pas un chiffonnier ordinaire; mais ce que je cherche, et ce que je n'y trouve pas, c'est...

— Quoi donc? demanda Bouton-d'or.

Le comte ne répondit pas; son regard venait de se porter tout à coup sur le portrait pendu à la cloison, et il était resté pétrifié à sa place.

— Qu'avez-vous donc, monsieur le comte? fit l'enfant du faubourg qui remarqua le mouvement.

— Ce portrait... dit M. de Tourtonne d'une voix étranglée; parle, dis-moi comment il se trouve ici, et quel est le personnage qu'il représente...

— Ce tableau! répondit alors une voix derrière lui, vient du château des Muguets... et c'est le portrait de M. le comte de Tourtonne, votre père!...

Le jeune homme poussa un cri et aperçut, debout sur le seuil de la porte, le chiffonnier qu'il avait rencontré la veille.

V

MAMAN CAGNOTTE

— Jacques! s'écria le jeune homme en s'emparant avec autorité des mains du chiffonnier, mais qui donc êtes-vous... parlez! comment ce portrait se trouve-t-il entre vos mains?

Le père Jacques fit à Bouton-d'or un signe que celui-ci comprit aussitôt, et à la suite duquel il s'esquiva lestement.

Dès qu'il fut sorti, le chiffonnier poussa la porte qui donnait sur la pièce d'entrée, et revenant vers le jeune Tourtonne qui attendait qu'il s'expliquât:

— Monsieur le comte, lui dit-il d'une voix ferme, je ne puis vous dire encore ni qui je suis ni par quel concours de circonstances le portrait de votre père se trouve dans la chambre à coucher d'un pauvre homme comme moi! mais qu'il vous suffise de savoir que j'ai voué au nom de Tourtonne un dévouement sans bornes, et que ce dévouement vous pouvez hardiment le mettre à l'épreuve...

— Mais hier tu m'as rappelé l'assassinat dont mon père a été la victime, et en agissant ainsi tu avais certainement un but.

— Vous permettez que je vous parle franchement?

— Je l'exige.

— Eh bien, monsieur le comte, pardonnez-moi, mais j'ai souvent pensé que le fils oubliait trop les assassins du père.

— Je ne les connais pas.

— C'est que vous ne les avez pas cherchés... moi je suis sur leurs traces.

Le comte releva la tête.

— Eh bien, s'il en est ainsi, Jacques, dit-il avec force, je t'ordonne de me les désigner, et tu verras si j'hésite à les frapper moi-même, s'il le faut...

— Bien! monsieur le comte, répondit le chiffonnier, voilà les sentiments que je voulais éveiller en vous; et, soyez tranquille, avant peu nous arriverons au but que vous voulez atteindre... mais auparavant il y a un secret qu'il faut que je vous confie.

— Un secret! fit le jeune homme.

— Une révélation à vous faire, et qui doit vous éclairer sur votre position...

— Qu'est-ce donc?

Le chiffonnier parut hésiter un moment; puis, surmontant bientôt cette crainte passagère, il fit un effort sur lui-même, et osant arrêter son regard sur son interlocuteur:

— Monsieur le comte, reprit-il, depuis que vous êtes à Paris vous avez mené une vie de dissipation et de folies, et vous avez jeté aux plaisirs de toutes sortes une partie de la fortune que vous avait laissée votre père...

— C'est vrai, répondit le jeune homme un peu étonné.

— Vous aviez hérité de deux millions, et c'est à peine s'il vous en reste un aujourd'hui.

— Cette question...

— Est-ce vrai?

— Je ne le nie pas... mais je n'ai, ce me semble, de compte à rendre à personne, et cela ne regarde que moi!

— Il ne faut jurer de rien...

— Qu'est-ce à dire?

— C'est là le secret que j'ai à vous confier.

— Explique-toi alors. .

Il y eut encore un moment de silence; puis le père Jacques poursuivit:

— Monsieur le comte, dit-il à voix lente et comme s'il eût scandé chacune de ses paroles, que répondriez-vous à l'homme qui viendrait vous dire que vous n'êtes pas le seul fils du comte de Tourtonne, votre père; que votre fortune que vous dissipez ne vous appartient qu'à moitié, et que, pendant que vous jetiez à la folie une part considérable de votre héritage, votre frère vivait misérablement dans quelque masure des quartiers les plus sombres de la capitale?

— Tu inventes une fable!

— Je raconte une histoire.

— Enfin, ce frère...

— Je vous ferai observer, monsieur le comte, que vous ne répondez pas à la question que je viens de vous adresser.

A ces mots, au ton dont ils étaient prononcés, le jeune homme releva vivement le front, et un éclair de fierté traversa son regard.

— Je ne sais qui vous êtes, monsieur, répondit-il d'un accent plein d'autorité et qui sentait le gentilhomme blessé; j'ignore par conséquent en quel nom vous vous arrogez le droit de m'interroger... mais s'il est vrai que le comte de Tourtonne m'ait donné un frère, et que ce frère existe; s'il est vrai encore que vous le connaissiez, et qu'il soit malheureux... allez vers lui, monsieur, dites-lui que je suis prêt à lui ouvrir mes bras et à lui remettre la fortune à laquelle il a droit... quant à moi, que je devienne pauvre et que je sois obligé de demander au travail les ressources qui viendraient à me manquer, je ne m'en plaindrai pas, et je me réjouirai même si le nom de mon père est dignement porté.

Le père Jacques ne répondit pas tout de suite, mais il s'empara avec vivacité des mains du jeune homme et l'embrassa avec un enthousiasme mêlé de respect.

— Bien! bien! dit-il avec élan, oh! je reconnais là votre noble père, et il n'eût pas mieux dit lui-même.

— Mais ce frère! insista le comte, je veux le voir...

— Je vous le ferai connaître.

— Bientôt?...

— Plus tard... en ce moment, monsieur le comte, laissez-moi poursuivre mes recherches; je vous l'ai dit, je suis sur la trace des misérables assassins de votre père, et je ne veux pas être détourné par d'autres soins... continuez donc de vivre comme vous avez vécu; oubliez que vous m'avez vu... oubliez aussi que je vous ai dit... Dans quelques jours seulement je retournerai vers vous, et alors nous concerterons les moyens de faire punir le crime dont M. le comte de Tourtonne a été victime!...

— Je te reverrai alors?

— Avant peu...

— Et tu me diras tout?

— Je vous le promets.

— Soit donc; à cette condition, je consens à ne pas insister davantage... et j'attendrai que tu viennes me trouver.

Le jeune comte salua sur ces mots et sortit.

Or, le même jour et presque à la même heure, une scène d'un autre genre se passait dans la rue de la Chaussée-d'Antin, chez madame de Saint-Albin.

La fête s'était prolongée jusqu'au matin, en dépit de l'absence de la maîtresse de la maison, et Bluette, voyant le jour, n'avait pas jugé à propos de rentrer chez elle. La jolie fille était l'enfant gâtée de madame de Saint-Albin, et il y avait toujours pour elle, quand elle le désirait, un lit dans une chambre contiguë à celle de sa protectrice.

Elle renvoya donc la voiture du comte de Tourtonne, et, quand toute la société fut partie, elle alla demander au sommeil un peu de repos après une nuit aussi agitée.

Bluette n'avait pas les passions très-vives; elle était jolie, et elle savait que tant que sa beauté durerait elle n'avait pas besoin de s'inquiéter du reste. Elle vivait donc insoucieuse et charmante, sans songer au lendemain plus qu'elle ne songeait à la veille; et, en ce qui touchait notamment ses relations avec le jeune comte, elle disait qu'elle n'avait jamais pensé que cette liaison dût être éternelle, qu'il fallait bien qu'un jour elle se rompît, et qu'après tout le comte de Tourtonne n'était pas à Paris le seul fils de famille désireux de manger promptement sa fortune!

Elle s'endormit donc fort paisiblement et sans se rappeler même si son amant l'avait quittée avec froideur, ni si le lendemain il ne devait pas reprendre sa liberté.

Quand madame de Saint-Albin apprit en s'habillant que Bluette était restée, elle en manifesta une satisfaction très-prononcée, et elle donna des ordres pour qu'on la prévînt du moment où elle s'éveillerait.

Madame de Saint-Albin avait été fort impressionnée par la scène de la nuit; elle avait fait de très-vilains rêves... et l'image du père Jacques avait plus d'une fois passé devant ses yeux... Quel était cet homme? que lui voulait-il? que savait-il au juste de cette ténébreuse et sanglante histoire qu'il lui avait racontée? Des éclaircissements étaient nécessaires, et madame de Saint-Albin les voulait décisifs.

En attendant que Bluette se réveillât, elle ouvrit un secrétaire, y prit une plume, de l'encre et du papier à lettres; puis elle alla s'asseoir à une table en bois de rose, placée près de la fenêtre, et écrivit quelques mots à la hâte et d'une main fiévreuse.

Quand elle eut fini, elle plia la lettre, la plaça dans une enveloppe qu'elle cacheta et y mit l'adresse.

Alors elle sonna, et un domestique en livrée étant entré, elle lui tendit la lettre:

— Ceci tout de suite à son adresse, dit-elle vivement.

Le domestique regarda l'enveloppe et se retira.

Il y avait sur l'adresse:

« A monsieur Canibal, agent de remplacement militaire, rue d'Arcole, Paris. »

Et dans la lettre, ces mots:

« Ce soir, il faut que je vous parle... je vous attends... MARGUERITE. »

Ce soin rempli et le billet parti, madame de Saint-Albin parut plus calme. On lui servit presque immédiatement une tasse de chocolat odorant, qu'elle savoura avec une délicatesse de sens qui attestait une femme habituée au luxe et au confort, et elle finissait à peine de déjeuner modeste, quand on vint la prévenir que Bluette la demandait.

Elle se hâta de se rendre auprès de la pécheresse.

La chambre dans laquelle cette dernière avait passé la nuit était un véritable chef-d'œuvre de luxe, d'élégance et d'appropriation voluptueuse... le meuble en était jaune et or... un épais tapis de moquette assourdissait le bruit des pas; de longs rideaux soyeux interceptaient les rayons du jour, et il y régnait un parfum pénétrant, mêlé de fleur et de femme qui suffit à enivrer et à faire rêver à toutes les voluptés...

Bluette était étendue nonchalamment sur un lit, enveloppée de gaze et de dentelles; un de ses bras nus pendait au dehors; sur l'autre, reposait sa tête mignonne, noyée dans les flots de ses cheveux; enfin, son peignoir, légèrement entr'ouvert, laissait voir la courbe gracieuse de son épaule, qui rappelait la blancheur mate d'un marbre de Paros !...

Madame de Saint-Albin lui prit la tête dans ses mains et la baisa au front.

— Bonjour, mon enfant, lui dit-elle avec effusion.

— Bonjour, maman Cagnotte, répondit Bluette en s'étirant avec nonchalance.

Maman Cagnotte était un nom d'amitié que madame de Saint-Albin permettait quelquefois à son enfant gâtée.

— Et as-tu bien dormi? reprit madame de Saint-Albin.

— Si bien, répliqua Bluette, que je ne puis plus me réveiller.

Madame de Saint-Albin l'embrassa de nouveau.

— Voyons ! voyons ! dit-elle, il faut cependant que nous causions.

— Mais je veux bien... fit la jeune folle.

— Tu n'as pas faim?

— Je n'ai fait que manger toute la nuit.

— Tu as donc voulu rester?

— Sans doute.

— Et le comte est parti seul?

— Oh ! le comte ! le comte !... je crois qu'il va me lâcher.

— Tu dis cela avec un calme...

— Dame ! faut-il pas que je me périsse...

— Tu ne l'aimes donc pas?

— Moi !...

Bluette jeta un éclat de rire qui amena tout à coup une ombre sur le front de son amie.

— Oui... tu as peut-être raison, dit-elle avec une sorte de gravité étrange, une passion, ce serait une terrible chose, à ton âge, et tu fais bien d'en défendre ton cœur...

— Oh ! mon cœur s'en défend tout seul...

— Tu ne sais pas ce que c'est, vois-tu ! poursuivit son amie, une fois que le cœur est pris... c'est fatal, terrible, on ne connaît plus rien; on n'a plus ni pitié, ni reconnaissance, ni honneur même... on n'aime plus qu'un homme... on ne vit que pour lui et que par lui; partout où il va on le suit; misère, dédains, mépris, on accepte tout pour cet amour, et souvent même, Bluette, trop souvent, degré par degré, on arrive sans s'en apercevoir jusqu'aux bas fonds du crime !...

Madame de Saint-Albin était pâle en parlant ainsi; elle passa sa main sur son front, et son regard s'attacha au tapis avec une fixité obstinée.

— Eh bien ! eh bien ! maman Cagnotte, dit Bluette qui la regardait avec la même placidité indifférente, est-ce que vous auriez connu quelqu'un dans ce cas?

— Peut-être !

— Eh bien, à coup sûr, ce n'est pas moi...

— Ainsi le comte de Tourtonne t'a quittée cette nuit avec froideur?

— C'est pourtant vrai... je ne sais quelle bêtise lui a raconté ce vieil imbécile de chiffonnier, mais après qu'il lui a eu parlé je l'ai trouvé tout drôle.

— Quel est donc cet homme?

— Le père Jacques.

— Tu le connais?

— Je le connais, certainement... vous savez... quand j'étais petite, chez mon père, je l'ai vu quelquefois...

— C'était un ami de la maison?

— C'est-à-dire qu'ils étaient toujours à se disputer.

— Pourquoi?

— Tiens ! parce que mon père me battait... et quand il me trouvait dans un coin de la chambre pleurant, les vêtements en désordre, et des bleus partout le corps, des coups que j'avais reçus, il se fâchait tout rouge, le père Jacques, et il me disait toutes sortes de paroles pour me consoler...

Madame de Saint-Albin s'était pris à réfléchir pendant que Bluette parlait; elle passa à plusieurs reprises ses deux mains sur son front, et son sein se souleva avec effort.

— Quel peut être cet homme ! murmura-t-elle enfin, que me veut-il?... Quand il m'a parlé hier, j'ai bien deviné qu'il déguisait sa voix... mais d'où vient que j'ai tressailli à certaines intonations qui sont venues me frapper de terreur...

Puis elle releva le front.

— Bluette ! ajouta-t-elle, il faut que tu me rendes un service.

— Lequel, maman Cagnotte? répondit la jeune femme.

— Il faut que tu voies le comte.

— Mais ça ne dépend plus de moi.

— Si... tu es assez jolie pour faire encore de lui ce que tu voudras; mais il faut le vouloir, entends-tu... car j'ai un intérêt immense à savoir ce que le chiffonnier lui a dit cette nuit.

Bluette sourit avec finesse.

— Oh ! si ce n'est que ça, dit-elle, je m'en charge, ce sera plus facile à obtenir qu'un cachemire.

Madame de Saint-Albin allait répondre, quand un valet entra.

— Qu'y a-t-il? demanda maman Cagnotte.

— Un monsieur qui demande à parler à madame de Saint-Albin et à mademoiselle Bluette.

— Et quel est cet homme?

— Je ne l'ai jamais vu ici.

— Tu en es sûr?

— Oh ! parfaitement... d'autant qu'il est assez laid pour qu'on le reconnaisse.

— Enfin il a dit son nom?

— Voici sa carte...

Bluette jeta un cri.

— Tu le connais? fit madame de Saint-Albin.

— Depuis quelques jours... répondit Bluette, il est venu me voir rue de la Bruyère, et je l'ai mis à la porte.

— Mais il paraît qu'il y tient.

— C'est vrai.

— Veux-tu le recevoir?

— Dame ! puisque le comte me quitte... on ne sait pas !...

Sur un signe de madame de Saint-Albin, le domestique se retira, et un instant après, le Mort faisait son entrée dans la chambre à coucher de Bluette.

Il salua avec toute l'aisance d'un homme habitué aux formes de la meilleure compagnie, et s'étant assis sur l'invitation qui lui en fut faite par madame de Saint-Albin:

— Vous m'excuserez, mesdames, dit-il avec politesse, mais j'avais aujourd'hui même le plus vif intérêt à vous voir... et puis, ajouta-t-il en se tournant vers madame de Saint-Albin, j'y étais autorisé, ou à peu près, par cette lettre que je viens de recevoir.

Et il tendit en même temps à son interlocutrice la lettre qu'elle avait écrite une heure auparavant à Canibal.

Madame de Saint-Albin laissa échapper un mouvement de surprise.

— Comment, dit-elle, ce billet se trouve entre vos mains?

— Cela vous étonne?

— Mais qui vous l'a remis?

— Celui à qui il était adressé.

— Canibal ?...

— Agent de remplacement militaire !

Madame de Saint-Albin enveloppa le vicomte d'un regard singulier.

— Mais qui donc êtes-vous, monsieur? reprit-elle avec une sorte de défiance.

— Je suis le vicomte de Tordelles, répondit le Mort.

— Et rien de plus?

— Rien de plus pour le moment, sinon que je suis riche, que j'aime mademoiselle Bluette, et que je suis disposé à couvrir d'or et de cachemires la distance qui nous sépare...

Bluette se mit à rire, tandis que madame de Saint-Albin conservait son attitude sérieuse et pensive.

— Pardon, monsieur le vicomte, dit-elle bientôt, mais voudriez-vous me faire l'honneur de passer dans mon salon...

— Je suis à vos ordres... répondit le Mort.

— Pendant que nous causerons, Bluette s'habillera, et qui sa t! quand nous la reverrons, peut-être aura-t-elle réfléchi à votre position et à la sienne.

— Et de mon côté, ajouta le vicomte, j'aurai eu le temps de vous confier le motif secret de ma visite.

— Eh bien! venez, monsieur... venez... et toi, Bluette, prends ton temps, et viens nous rejoindre dès que tu seras prête.

A peine madame de Saint-Albin et le vicomte de Tordelles se trouvèrent-ils dans la pièce voisine, que la première adressa à son mystérieux visiteur un regard où brillait le feu d'une curiosité impatiente.

— Maintenant, monsieur le vicomte, lui dit-elle d'une voix ardente, nous voici seuls, et j'espère que vous allez m'expliquer...

— Quoi donc? fit le vicomte.

— Comment il se fait que vous connaissiez ce Canibal... à ce point qu'il ait pu vous remettre une lettre que je lui adressais confidentiellement?

— Mais cela est tout simple, répondit le Mort, Canibal est un ami de vieille date.

— C'est impossible.

— Pourquoi cela?

— Canibal n'est à Paris que depuis deux années à peine.

— Alors, et si vous le préférez, je vous dirai comment il se fait que vous le connaissiez vous-même?

— Moi!

— Le voulez-vous?

— Il vous a donc dit...

— Canibal ne m'a rien dit.

— Cependant...

— Mais j'ai deviné.

— Quoi! quoi! expliquez-vous...

Le vicomte de Tordelles se prit à sourire.

— Voyons, dit-il avec un enjouement ironique, je ne suis pas venu pour vous effrayer; vous savez que j'aime et que je désire Bluette, c'est pour cette jeune femme que je suis ici, et j'espère que votre influence...

— N'y comptez pas !... interrompit vivement madame de Saint-Albin.

— Alors vous voulez me traiter en ennemi?

— Je veux savoir qui vous êtes.

— Ah! quant à cela, ce sera difficile.

— Je veux savoir au moins quel lien vous unit à Canibal, et pourquoi il n'est pas venu quand je l'appelle... et pourquoi surtout il vous envoie à sa place!...

Le vicomte fronça le sourcil.

— Si je me trouve ici au lieu de Canibal que vous attendiez, répondit-il, c'est qu'il a compris que je pouvais le remplacer, et répondre à toutes les questions que vous aviez à lui adresser.

— Vous voulez railler... dit madame de Saint-Albin.

— Nullement.

— Eh bien, je voulais dire à Canibal que cette nuit un homme est venu chez moi, et que cet homme m'a parlé d'une chose que Canibal et moi devons seuls connaître.

— Et quel est ce personnage?

— Le père Jacques...

— Le chiffonnier?

— Vous le connaissez donc?

— Sans doute... et je gagerais qu'il vous a parlé des Muguets?...

Madame de Saint-Albin pâlit.

— Qui vous a dit cela? s'écria-t-elle en frémissant.

— Vous voyez si je suis bien informé, repartit le vicomte; et il a ajouté, n'est-ce pas, qu'un sombre drame s'y était accompli, il y a une vingtaine d'années?

— Oui, mais comment le sait-il?

— Ce crime n'est-il pas connu de tout le monde!

— Enfin, pourquoi l'idée lui est-elle venue de m'en parler, à moi?

— C'est qu'il sait peut-être la part que vous y avez prise...

— Que voulez-vous dire? fit madame de Saint-Albin d'une voix étranglée.

— Ce que vous savez aussi bien que moi, repartit le vicomte avec calme.

— Canibal a parlé !...

— Il n'a rien dit.

— Mon Dieu! je suis perdue...

— Vous êtes sauvée au contraire... et ne vaut-il pas mieux que ce secret soit tombé entre les mains d'un homme que vous pouvez faire taire si facilement...

— Comment cela?

— Je veux Bluette.

— Soit! vous l'aurez...

Une mauvaise satisfaction se peignit sur les traits du vicomte, qui se rapprocha de madame de Saint-Albin.

— Mais ce n'est pas tout, chère maman Cagnotte, lui dit-il sans prendre garde à l'étonnement que ce nom familier éveillait chez son interlocutrice; que je sache, moi, ce qui s'est passé aux Muguets le 18 mars 1818, le mal n'est pas grand, je puis vous l'assurer; mais que le père Jacques en sache aussi long

que moi sur cette question, c'est là qu'est le danger que. nous devons conjurer à tout prix... il faut savoir d'abord ce que le père Jacques sait de cette histoire... Que vous en a-t-il dit?

— Eh! le sais-je moi-même; j'étais épouvantée, terrifiée... mais je parierais qu'il sait tout!

— Alors il n'y a qu'un moyen : c'est de le mettre dans l'impossibilité de parler.

— Voyons votre moyen.

Le Mort eut un sourire singulier.

— Oh! cela me regarde, répondit-il; il y en a plus d'un, Marguerite, que j'ai fait taire de la même façon, et je puis vous donner l'assurance que ceux-là ne reviendront pas.

Madame de Saint-Albin tressaillit.

— Mon Dieu ! dit-elle avec un frisson, j'ai peur de vous comprendre.

— Eh bien, il faut me comprendre tout à fait, reprit le vicomte avec force; au surplus, nous aurons plus d'une fois l'occasion de nous revoir maintenant, et je tiens à résumer clairement notre conversation... En deux mots : vous me donnez Bluette, et je vous débarrasse du père Jacques... est-ce convenu?

— Soit! dit maman Cagnotte avec effort.

— Alors, je vous laisse plaider ma cause.

— J'y consens... seulement, si vous pouvez envoyer demain quelques diamants à l'enfant, je crois qu'ils plaideront beaucoup mieux que moi.

— C'est dit... à demain.

Une fois dehors, le vicomte prit la direction de la rue Saint-Georges, et un quart d'heure après il arrivait chez sir Ralph. Il y trouva Canibal, déguisé en facteur d'une compagnie de chemin de fer, et la Cible, déguisée en commissionnaire.

— Ah! ah! dit le Mort avec un sourire de satisfaction; je vois avec plaisir que vous êtes exacts.

— Dame! l'invitation était pressante... dit la Cible.

— Et moi j'étais bien aise de savoir ce que t'a dit Marguerite, ajouta Canibal.

— Ralph vous a convoqués, et vous êtes venus, répondit le vicomte; c'est l'essentiel... Quant à Marguerite, elle a paru contrariée de ne pas le voir; mais nous sommes entendus à merveille...

— On dit qu'elle est riche... fit Canibal.

— Du moins, c'est très-beau chez elle.

— Elle devrait bien partager ce luxe.

— Et pourquoi ne l'y forces-tu pas?

— Ah! c'est que j'ai fait une bêtise dans ma vie, répondit-il : à la suite d'une opération que j'avais faite, j'ai eu l'imprudence de lui écrire une lettre maladroite, dans laquelle je faisais une allusion trop transparente au rôle que j'avais joué au château des Muguets, et cette lettre elle l'a gardée...

— De sorte que tu es entre ses mains.

— Absolument...

— Marguerite est une femme de tête, répondit le Mort, et elle ne s'arrêtera pas en si beau chemin... malheureusement ce secret ne lui appartient plus aujourd'hui, car il est à la discrétion d'un autre.

— Est-ce possible ! fit Canibal, il y a quelqu'un...

— Oui, il y a quelqu'un qui sait tout... si le dab de la rue Mouffetard ne connaissait que cela, ce ne serait rien, et l'on s'en tirerait facilement, mais cet homme sait autre chose.

— Quoi donc? dit Ralph.

— Le père Jacques connaît notre projet de pénétrer chez le banquier Massa.

Trois exclamations s'élevèrent en même temps.

— Qui le lui a dit? ajouta Ralph.

— Je l'ignore.

— Et comment le sais-tu?

— Il me l'a appris lui-même.

— Dans ce cas, il faut le tuer, répondit Ralph... et par ce moyen nous assurer de son silence ou renoncer à notre entreprise qui est à la veille de réussir...

— Mais quel moyen?... ajouta la Cible.

— Est-ce que le père Jacques n'est pas chaque nuit dans quelque quartier désert de la capitale... est-ce qu'on ne peut pas le surprendre au moment où il s'y attendra le moins, et sans qu'on puisse même soupçonner qui a fait le coup...

— Ralph a raison, appuya le vicomte de Tordelles : avant de songer au banquier Massa, c'est au père Jacques qu'il faut nous en prendre, et si la Cible a du cœur au ventre, la nuit de demain ne se passera pas sans que nous nous en soyons débarrassés...

— Au fait, s'il n'en faut que ça pour lui être agréable! fit la Cible.

— Alors tu consens?

— Demain je vous attendrai dans les environs de la rue Mouffetard.

— Ce projet ne doit pas nous faire oublier l'entreprise principale, dit le Mort aussitôt; vois le Muet dès ce soir même, et qu'il en finisse avec le travail.

— J'irai le voir... dit Ralph.

Les quatre hommes se séparèrent alors un à un, et par intervalles calculés de manière à ne pas éveiller les soupçons, et bientôt il ne resta plus que Ralph, qui, ainsi qu'il l'avait promis, se mit en devoir d'aller constater l'état d'avancement des travaux confiés au Muet.

Pendant que ces faits se passaient de ce côté, et que les affidés de Ralph préparaient la mort du père Jacques, ce dernier, seul dans son logement de la rue Mouffetard, réfléchissait à tous les événements qui s'étaient passés depuis quelques jours, et se demandait quelle conduite il convenait de tenir en pareille occurrence.

Il était déjà sur la voie de bien des découvertes, et sous ce rapport il n'avait pas à se plaindre du hasard qui l'avait servi au-delà de ses souhaits... mais une chose le préoccupait encore, un incident l'avait surtout frappé, et c'est à ce propos que mille pensées confuses traversaient son esprit, sans qu'il pût se décider à s'arrêter à aucune.

Depuis deux jours le père Jacques n'avait pas cessé de voir briller devant lui les deux yeux qu'il avait aperçus au soupirail de la rue Laffitte.

Il n'avait pas rêvé il était bien éveillé quand ces deux yeux avaient lui dans l'ombre, et ce n'était pas par l'effet d'une erreur de ses sens qu'il avait vu, peu après, un rayon lumineux disparaître dans les ténèbres de la cave.

Il y avait là un mystère... mais quel était-il?
Une énigme... mais quel en était le mot?
Il fallait chercher.

Il avait cru d'abord à une tentative de vol, pendant cette nuit où il avait vu le banquier et sa fille revenir du bal... mais il s'était évidemment trompé... Que se passait-il donc... et à quelle supposition devait-il s'arrêter?...

Il cherchait.

Le front dans les mains, l'œil fixé au parquet, il interrogeait son imagination, et jusqu'alors il n'avait rien trouvé.

Tout à coup il releva la tête, son regard brilla d'un éclat inaccoutumé, et il se dressa comme frappé d'une idée subite.

— Oui, dit-il avec force, c'est cela... j'ai trouvé... il n'y a pas d'autre moyen, et de cette manière j'éclaircirai mes doutes, et je saurai à quoi m'en tenir!

Il sortit.

Il était encore jour; c'était l'heure à laquelle Ralph et ses compagnons étaient réunis rue Saint-Georges; il monta dans un omnibus, et se fit transporter vers la rue Laffitte.

Le trajet dura une demi-heure, au bout de laquelle il se présentait chez le banquier Massa.

Il s'adressa au même concierge auquel il avait déjà parlé la veille, mais celui-ci, habitué à voir passer beaucoup de monde, ne le reconnut même pas. Le père Jacques l'espérait bien ainsi.

Il salua:

— Monsieur, dit-il au concierge, je désirerais parler à M. Massa.

Le concierge l'examina des pieds à la tête.

— M. Massa est sorti, répondit-il avec une certaine hauteur.

— Alors c'est à vous qu'il faut que je m'adresse.

— Que désirez-vous donc?

— Voici ce dont il s'agit, monsieur, dit le père Jacques; je suis chiffonnier de mon état, et, la nuit dernière, en passant le long de votre maison, j'ai laissé tomber à terre un objet qui a pour moi une grande valeur.

— Mais je ne vois pas... objecta le concierge.

— C'est simple cependant... j'ai fait sur-le-champ les recherches les plus minutieuses, et, malgré tout le soin que j'y ai mis, je n'ai rien trouvé.

— Eh bien!

— Seulement, en cherchant, je me suis aperçu qu'un des soupiraux de la cave donnaient sur la rue, et j'ai pensé que cet objet pouvait avoir disparu par là... et s'il m'était permis de pénétrer dans la cave, vous me rendriez un service réel.

Le concierge hésita un moment, puis examina de nouveau son interlocuteur; mais comme tout dans la physionomie de ce dernier respirait l'honnêteté et la franchise, il finit par se laisser gagner, rentra dans sa loge, alluma une bougie, prit une clef, et fit signe au père Jacques de le suivre.

Le chiffonnier ne se le fit pas répéter.

Il allait donc pouvoir vérifier ses doutes et pénétrer le mystère qui l'intriguait si vivement!

Le concierge marchait devant, précédant le père Jacques de quelques pas; au bout de cinq minutes, ils arrivèrent dans la partie de la cave qui devait longer la rue Laffitte.

— Ce doit être ici, dit-il à son compagnon.

Et il promena en même temps la lumière le long du mur humide, mais sans succès.

Le père Jacques s'était mis, de son côté, à chercher avec un grand sérieux l'objet imaginaire qu'il avait déclaré avoir perdu; il inspecta avec soin tous les coins, supputa l'endroit où il avait pu tomber, et, tout en se livrant à ces recherches, il examinait les lieux avec une profonde attention, recueillant tous les indices qui pouvaient le mettre sur la voie.

Mais jusqu'alors tous ses efforts avaient été infructueux.

La présence du concierge le gênait beaucoup d'ailleurs; il ne pouvait aller et venir comme il l'aurait voulu, et c'était surtout dans la partie opposée de la cave qu'il eût désiré diriger ses investigations.

Le hasard devait le servir au-delà de ses souhaits.

Comme il en était déjà à se désespérer, protestant de son mieux cependant de la certitude dans laquelle il se trouvait, au sujet de la direction qu'avait dû prendre en tombant l'objet qu'il avait perdu, une voix se fit entendre du haut de l'escalier, et le concierge releva vivement la tête.

C'était sa digne compagne qui l'appelait.

— Bon! dit-il en se tournant vers le père Jacques, il faut que je vous quitte.

— Diable! fit ce dernier visiblement contrarié, j'aurais bien voulu cependant...

— Oh! qu'à cela ne tienne... cherchez à votre aise, et quand vous serez fatigué, vous me remonterez la bougie.

— Vous permettez?

— Parfaitement.

— Eh bien, j'accepte, et je vous remercie... car je suis obstiné, voyez-vous, et je veux en avoir le cœur net....

— Alors, à bientôt.

— A bientôt, et, si vous le voulez bien, nous irons boire un canon chez le marchand du coin.

Le concierge était déjà remonté, abandonnant le père Jacques à sa solitude; dès que le chiffonnier l'eut vu disparaître, il s'empara de la bougie avec une geste fébrile et se mit à recommencer son examen, mais cette fois avec une ardeur qui devait infailliblement atteindre le but.

Et d'abord il marcha devant lui jusqu'à ce qu'il rencontrât le mur de la maison voisine, et une fois là il se baissa, retint son souffle et prêta l'oreille.

Une conviction plus puissante que sa volonté même le dominait en ce moment tout entier; il croyait à un mystère, et il voulait à tout prix le découvrir.

Mais aucun bruit ne vint jusqu'à lui; le plus profond silence régnait de tous côtés.

Et cependant, en se baissant vers le sol, il aperçut les empreintes fraîches d'un pied nu.

Un pied nu! — c'était déjà une révélation... ce n'était pas naturel... qui donc, dans cette maison aristocratique, pouvait être venu la nu-pieds?

Un frisson parcourut ses membres; il comprenait qu'il était sur la voie!

En se relevant, il vit une des pierres du mur mitoyen descellée; et l'ayant touchée avec précaution, il reconnut qu'elle était mobile et qu'elle pouvait tourner sur elle-même facilement.

Ce fut un trait de lumière!

Le père Jacques remua doucement cette pierre, et l'ayant écartée le plus légèrement possible, il plongea un œil avide à travers le jour étroit qu'il avait ainsi ménagé.

Dans le premier moment, il lui fut impossible de rien distinguer; mais un âcre parfum de tabac vint le saisir à la gorge, et il se retourna vivement pour ne pas être pris par une toux impérieuse.

Il en savait assez! il y avait, à deux pas de lui, un homme qui fumait!

Mais que faisait cet homme? — quel était-il? — à quel projet ténébreux travaillait-il? c'est là surtout ce qui éveillait sa curiosité et sa sollicitude.

Le père Jacques s'était placé un peu à l'écart, à quelques pas de la pierre mobile, sa bougie derrière lui, et il y avait à peine quelques minutes qu'il était dans cette attitude, quand la pierre se mit à remuer, puis à tourner sur elle-même, puis enfin à glisser doucement entre celles dans lesquelles elle était enchâssée.

Un vide se fit presque aussitôt dans le mur, et une tête d'homme passa!

VI

L'EXILÉE

Le père Jacques regardait haletant.

C'était le Muet qui venait de paraître!

Il promena son regard à droite et à gauche sans apercevoir le père Jacques, et, rassuré par l'obscurité, il rampa à travers l'étroite ouverture, et vint tomber les mains les premières à deux pas du chiffonnier.

Quand il se releva, il se trouva face à face avec ce dernier.

Il poussa un cri inarticulé, et voulut fuir.

Mais le père Jacques lui avait déjà pris le bras, et dirigeant sur son visage les vifs rayons de sa lumière, il jeta à son tour un cri de surprise et de stupéfaction.

— Beppo! s'écria-t-il hors de lui, Beppo! toi! toi!...

Le Muet le regarda effaré, mais sans s'expliquer comment celui qui lui parlait pouvait savoir son nom.

— Oui, je comprends, reprit le père Jacques, sous ce costume et sous ces traits que la fatigue et le désespoir ont creusés, il est impossible que tu me reconnaisses, et d'ailleurs c'est inutile en ce moment... Voyons! nous n'avons pas de temps à perdre... parle... comment te trouves-tu ici?...

Le Muet fit un signe négatif et montra sa langue mutilée.

— Muet! dit le chiffonnier, muet! mais explique-moi, je veux savoir...

Et il allait continuer ses interrogations quand un bruit de pas se fit entendre et l'obligea à se retirer vivement.

C'était le concierge qui revenait, et qui, ne le trouvant pas à la place où il l'avait laissé, commença à s'inquiéter sur son sort.

— Eh bien! eh bien! dit le concierge, que faites-vous donc là, mon brave homme?

Le père Jacques lui montra un portefeuille qu'il venait de tirer de sa poche.

— Je le tiens! répondit-il avec une joie feinte, je l'ai trouvé, ici près... je m'en doutais... et vous voyez que j'ai bien fait.

— Alors, nous pouvons remonter.

Ils gravirent l'escalier, et le père Jacques offrit, ainsi qu'il l'avait promis, un verre d'absinthe chez le marchand de vin du coin.

Puis ils se séparèrent.

Comme le chiffonnier venait de reconduire le concierge jusqu'à sa porte, et qu'il se disposait à s'éloigner, il se trouva en présence du comte de Tourtonne.

Le jeune homme fit un mouvement en reconnaissant le père Jacques.

— Toi! s'écria-t-il.

— Eh pourquoi pas?... répondit le chiffonnier; dans le jour, je suis rentier, et l'on a son banquier tout comme un autre.

— Tu sors de chez M. de Massa... tu le connais donc?

— Oh! c'est-à-dire de loin... mais je m'intéresse...

— Il est bien heureux.

— Peut-être.

— Enfin, que lui voulais-tu?...

Le chiffonnier garda un moment le silence, puis, levant son regard pénétrant sur son interlocuteur:

— Monsieur de Tourtonne, lui dit-il avec assurance, voulez-vous que je vous confie un secret à l'aide duquel vous vous ferez facilement ouvrir la maison de M. de Massa?

— Toi!

— Un secret, poursuivit le père Jacques, qui fera du banquier votre obligé, et permettra à mademoiselle Fernande de vous vouer une reconnaissance dont son cœur fera son profit.

— Que veux-tu dire?... me repliqua-t-il clairement.

— A quoi bon, puisque ces quelques paroles suffisent!

Le comte de Tourtonne regarda le chiffonnier avec une sorte de défiance.

— Tant de mystère commence à me paraître suspect, répondit-il.

— Je n'ai cependant d'autre désir que de vous être utile, repartit le père Jacques.

— Eh bien, soit!... parle! parle! je ne sais pourquoi, mais ta voix a le privilège de dissiper mes soupçons...

— Cela est providentiel... dit le père Jacques, c'est Dieu... et vous le comprendrez bientôt.

— Enfin...

— Demain, monsieur de Tourtonne, je vous en dirai davantage... demain, je serai chez vous, et vous verrez si le chiffonnier de la rue Mouffetard est de bon conseil.

Et, saluant le jeune comte, il reprit le chemin de son quartier.

Il n'était pas tard encore, mais la nuit commençait à venir; il avait passé beaucoup de temps dans la cave de M. Massa, et maintenant il avait hâte de s'éloigner. Il regarda sa montre, il était sept heures; il pressa le pas.

Ce qu'il avait découvert l'avait fort troublé, et il éprouvait le besoin de mettre un peu d'ordre dans ses idées. — Certes, il n'était pas douteux qu'il ne se tramât quelque machination de ce côté, mais il cherchait à deviner quel genre de crime il s'y préparait. Était-ce un vol? et dans ce cas ce devrait être à la caisse de M. de Massa que l'on en voulait... était-ce un rapt? et dans cette hypothèse n'était-ce pas de Fernande qu'il s'agissait?

Et puis, que signifiait la coopération de Beppo dans ce crime? Beppo, qu'il avait connu honnête et probe... il était impossible qu'il se fût perverti à ce point... c'était une nature droite, énergique, courageuse... — Qui lui donnerait le mot de cette énigme?

Le père Jacques marchait avec vivacité; il était inquiet, indécis, agité, et il marcha ainsi près d'une heure sans que son émotion se fût calmée, sans qu'il eût rien trouvé qui apaisât le trouble de son esprit.

Enfin, il s'arrêta.

Il venait d'atteindre les hauteurs de la rue Mouffetard, il se trouvait bien loin de son propre logis, et, en face de l'endroit où il se tenait, s'élevait une petite maison de modeste apparence, dont le devant était entièrement habité par d'honnêtes ménages d'ouvriers; derrière, séparé par un petit jardin planté de lilas, il y avait un pavillon fort exigu, composé de deux pièces au rez-de-chaussée et d'une chambre au premier étage, et qui était occupé par une femme seule, qui y vivait fort retirée.

Le père Jacques, après avoir secoué les pensées qui l'absorbaient, pénétra dans le couloir qui traversait le rez-de-chaussée, et alla frapper à l'une des deux portes qui s'ouvraient sur ce couloir.

— Entrez! dit une voix de l'intérieur.

Le chiffonnier entra.

Mais à peine se fut-il montré sur le seuil, qu'un hourra, fait de plusieurs cris de joie, s'éleva à son aspect, et que Bouton-d'or quitta la place qu'il occupait à table pour venir lui sauter au cou.

— Père Jacques! père Jacques! dit-il avec une satisfaction non équivoque, voilà qui est gentil à vous de venir comme ça nous surprendre... j'espère bien que vous allez partager notre souper.

Le père Jacques se débarrassa doucement de l'étreinte du gamin et se dirigea vers une jolie fille de quinze ans à peine qui s'était levée à son aspect, et qui vint, rougissante de plaisir, présenter son front à son baiser paternel.

C'était un tableau vraiment fait pour attendrir les yeux et le cœur que celui qu'offrait la famille de Bouton-d'or... Il y avait quatre personnes: la mère, pauvre vieille femme que les privations et les fatigues avaient usée depuis longtemps; son père, un vieillard impotent, qui semblait manger tristement un pain qu'il ne pouvait plus gagner; enfin, Clémence, une jolie et fraîche enfant, qui était comme un doux rayon de printemps dans cette étroite et sombre demeure.

— Non! mes enfants, dit le père Jacques en refusant du geste les offres qu'on lui faisait, ce sera pour une autre fois... aujourd'hui un autre motif m'appelle de ce côté.

— Qu'y a-t-il donc? fit Bouton-d'or, curieux comme tout gamin de Paris.

— Il y a, mon ami, qu'il faut que je parle à la locataire du pavillon.

— L'*Exilée*!...

— Pourquoi l'appelles-tu ainsi?

— Dame! c'est le nom qu'on lui donne.

— Un triste nom avec lequel il ne faut pas jouer!

— Mais je ne savais pas...

— Tu l'apprendras plus tard.

— Voulez-vous que je vous y conduise, père Jacques?

— Non, mon ami; je ne voulais pas passer devant votre porte sans vous voir, et maintenant que c'est fait, je vais aller trouver cette femme.

— Et si vous apprenez qui elle est, vous me le direz, n'est-ce pas?...

— Tu es trop curieux et trop bavard pour cela, répondit le chiffonnier en se retirant; cependant je ne dis pas que je ne repasserai pas par ici.

— Alors, sans adieu.

— Au revoir!...

Le père Jacques ferma la porte, enfila le couloir et, un instant après, il frappait au pavillon.

On fut quelque temps avant de répondre; puis enfin il vit une lumière descendre du premier étage, et presque aussitôt une voix de femme demanda:

— Qui est là?

— Ami, répondit le chiffonnier.

— Votre nom? insista la voix.

— Père Jacques!

— Je ne vous connais pas.

— Il s'agit d'une affaire qui vous intéresse.

On parut hésiter encore; puis la porte s'entrebâilla doucement pour finir par s'ouvrir tout à fait.

Le père Jacques entra, et on le fit pénétrer dans une petite chambre du rez-de-chaussée.

La femme qui venait de le recevoir était jeune encore, et il était facile de retrouver sur ses traits, flétris par la misère ou le chagrin, les vestiges d'une beauté qui avait dû être éclatante; mais sous le costume plus que modeste qu'elle portait, nul n'eût songé à la trouver belle, et dans le quartier c'était à peine si on y avait pris garde.

Quand la jeune femme eut examiné le père Jacques, elle parut un peu rassurée sur son compte, et lui présenta un siège en l'invitant à y prendre place.

Le père Jacques s'assit.

— Il faut que je m'excuse d'abord, dit-il bientôt après, d'être venu à cette heure vous déranger dans votre solitude; mais j'ai mes journées et mes nuits bien occupées, et je n'avais guère que ce moment.

— De quoi s'agit-il donc, monsieur? demanda la jeune femme.

— D'un service que vous pouvez me rendre.

— Moi!

— Vous-même.

— Et comment cela peut-il?

— Voici... vous occupez ici une petite maison que j'ai supposé quelquefois être un peu grande pour vous.

— Mais je l'habite avec mon enfant, dit la jeune femme.

— C'est ainsi que je l'entends... or, je m'intéresse à une brave et excellente femme qui n'est pas riche, et qui cependant a besoin de respirer un air plus pur que celui des bas-fonds de Paris...

— Eh bien?

— Eh bien! j'avais pensé qu'en m'adressant à vous, je vous trouverais peut-être disposée à céder une chambre de ce pavillon, sauf, bien entendu, à partager avec vous le prix de votre loyer...

La jeune femme regarda le père Jacques avec étonnement :

— C'est une singulière proposition que vous me faites là, lui dit-elle avec hésitation.

— Pourquoi donc?

— Je vis ici fort retirée.

— Je le sais…

— J'aime peu la société.

— On me l'a dit…

— Enfin, à tort ou à raison, je me résignerais difficilement à admettre quelqu'un dans mon intimité…

Le père Jacques remua doucement la tête :

— Si cependant, objecta-t-il, la personne dont je vous parle était digne de vous comprendre?

— Que voulez-vous dire?

— Si elle avait souffert… si elle avait pleuré… si enfin vous pouviez trouver en elle un cœur où verser sans crainte et vos tristesses et vos appréhensions, auriez-vous encore la même répulsion?…

Ces paroles avaient été prononcées par le père Jacques avec un véritable accent d'intérêt sincère, mais la jeune femme s'é-tait senti froid au cœur en l'écoutant, et elle l'enveloppa d'un regard profond et inquisiteur.

— Qui donc vous a dit que je fusse triste? dit-elle après un moment de silence plein d'inquiétude et d'agitation.

— Votre isolement, répondit le père Jacques.

— Ne peut-on aimer la solitude sans être soupçonnée d'appréhensions?

— Écoutez, madame, dit le père Jacques d'une voix presque grave; que le regard vulgaire ne devine rien en vous voyant passer, cela se comprend… mais que vous espériez tromper un œil exercé comme le mien… c'est impossible.

— Que croyez-vous donc?

— Je fais mieux que de croire, je sais!…

Une rougeur subite était montée aux joues de la jeune femme, et elle croisa ses deux mains sur sa poitrine qui s'était prise à battre avec force.

— Voyons! que savez-vous? dit-elle avec force, vous vous êtes trop avancé pour reculer maintenant, et j'ai le droit de connaître le fond de votre pensée.

Le père Jacques sourit avec douceur.

Mademoiselle Fernande de Massa.

— Pauvre femme! répondit-il d'un ton ému, il faut que vous ayez bien souffert pour en être arrivée au point de vous effrayer de la pitié que vous inspirez.

— Enfin, cette pitié doit avoir une cause? insista la jeune femme.

— Soit! je n'ai aucune bonne raison pour vous refuser cette satisfaction; mais j'ai besoin de vous dire auparavant que je suis un homme sur le dévouement duquel vous pouvez compter, et que jamais je n'abuserai de votre secret.

— Parlez! parlez!…

— Eh bien! j'ai connu votre mari… il était lié dans sa jeunesse avec M. le comte de Tourtonne.

— Mon Dieu!…

— Et pendant les années que j'ai passées auprès du comte, j'ai vu souvent venir au château des Muguets M. le…

— N'achevez pas! interrompit vivement la jeune femme. Vous ne voulez pas que je prononce son nom?

— Jamais! jamais! monsieur… ce nom, voyez-vous, c'est mon remords… je l'entends partout, à toute heure, le jour, la nuit… il trouble mon sommeil comme il inquiète mes veilles… et c'est pour fuir tout contact qui pourrait me le rappeler que je vis ici solitaire, isolée.

— Mais vous ne pouvez rester ainsi éternellement exilée du monde!

— Et pourquoi donc?

— Vous avez un enfant!…

— Taisez-vous…

— Vous l'aimez…

La pauvre femme pressa ses tempes brûlantes de ses deux mains.

— Oh! c'est mon châtiment! dit-elle avec effort, oui, je l'aime, et il me fait honte… je voudrais le repousser, et je l'accable de caresses; j'ai tenté cent fois de m'en séparer, et je ne puis m'arracher de ses petits bras… Ah! c'est Dieu qui le veut ainsi… si vous saviez… mais vous m'avez juré que vous ne diriez à personne les secrets que je laisse échapper.

— Je vous le jure encore! affirma le père Jacques.

— Eh bien! il faudra que je prenne un parti violent… Pauvre chère créature! on dirait qu'elle m'aime déjà pour toutes les douleurs qu'il me cause… comment se résigner à cette séparation!

— Et quelle nécessité?

— J'ai peur…

— De qui?

— De son père…

— N'est-il pas mort?…

La jeune femme eut un frisson d'épouvante qui courut sur ses épaules.

— Tant qu'il y aura un crime à commettre, il ne mourra pas! répondit-elle d'une voix sombre.

— Enfin, vous ne l'avez pas revu ? dit le père Jacques avec un commencement de curiosité avide.

— Je ne sais.

— Comment !

— C'est une illusion sans doute... une erreur de mes sens surexcités... mais un soir, il y a peu de temps, je revenais avec mon enfant dans mes bras, quand tout à coup, au détour d'une rue, j'ai entendu mon nom prononcé derrière moi.

— Gabrielle !

— Oui, Gabrielle... nom fatal... qui, depuis longtemps, n'avait pas frappé mon oreille.

— Et qui l'avait prononcé ?

— Un homme.

— L'avez-vous vu ?

— Non.

— Et sa voix ?

— Oh ! sa voix ! sa voix... c'est insensé, n'est-ce pas, et cependant j'ai cru que c'était la sienne...

— Mais c'est impossible ; le marquis est mort, et c'est votre propre terreur qui vous aura trompée.

— Cette voix !... balbutia la jeune femme en se laissant tomber sur une chaise, émue et profondément troublée.

Il y eut un silence. Le père Jacques s'était levé ; il prit les mains de l'Exilée avec une tendre autorité, et les serrant affectueusement dans les siennes :

— Madame, lui dit-il d'un ton paternel, vous êtes ici, dans un quartier où nul ne vous connaît, au milieu d'ouvriers honnêtes et laborieux, qui ne peuvent que vous témoigner une sympathie sincère... prenez donc courage, et ne vous laissez pas aller au découragement... Quant à moi, vous savez déjà que mon dévouement vous est tout acquis, et si la proposition que je vous ai faite vous agrée, la compagne que je vous propose ne pourra que vous aider à oublier le passé...

— Eh bien ! je ne dis pas non... fit Gabrielle encore hésitante.

— Alors, vous me permettez de revenir ?

— Oui, revenez, monsieur ; il me semble que votre présence m'a un peu rassurée, et Dieu sait combien j'ai besoin d'être soutenue et fortifiée !...

Pendant ce long entretien, la nuit était tout à fait venue, et

Quelques secondes après, Pinson était introduit auprès de maître Fandard.

quand le père Jacques sortit, il trouva Bouton-d'or sur le pas de la porte.

— Eh bien, c'est pas pour dire, fit-il avec enjouement, mais vous y avez mis le temps, père Jacques.

— Est-ce que tu m'attendais ? répondit ce dernier.

— Tiens ! puisque vous avez dit que vous alliez revenir.

— Alors, tu t'ennuyais ?

— Oh ! pas précisément, père Jacques ; car depuis quelques instants il y a là un rôdeur qui m'a donné un peu d'agrément.

Le père Jacques fit un mouvement.

— Un rôdeur ! dit-il avec vivacité.

— Et celui-là, continua Bouton-d'or, on l'aurait fait exprès qu'on n'aurait pas mieux réussi.

— Comment cela ?

— Figurez-vous des jambes en arc de cercle, une épaule plus haute que l'autre, et une figure, oh ! mais une figure comme un mort n'en voudrait pas...

Le père Jacques frissonna malgré lui.

— Et tu dis qu'il rôdait de ce côté... fit-il après un moment de réflexion.

— Et qu'il ne peut pas être loin... Tenez, regardez... là, de l'autre côté de la rue... le voyez-vous ?

Le père Jacques se tourna vers l'endroit indiqué par Bouton-d'or, et il aperçut, marchant à pas comptés, un homme qu'il n'eut pas de peine à reconnaître.

C'était le Mort !

— C'est bien, dit-il aussitôt à Bouton-d'or, je le connais... il faut que je lui parle.

— Vrai ! fit le gamin, eh bien ! voilà une connaissance dont je ne vous conseille pas de vous vanter.

Mais son observation se perdit dans le silence de la rue, car le père Jacques venait de le quitter brusquement, et s'était dirigé vers le vicomte de Tordelles.

Bouton-d'or le suivait de l'œil.

La rue était déserte. Le voisinage de la barrière, et l'heure déjà avancée, rendait les passants fort rares. Quand le vicomte de Tordelles vit venir à lui le père Jacques, il s'arrêta un instant.

— Est-ce donc moi que vous cherchez ? dit-il d'une voix ironique et en continuant son chemin vers la barrière.

— C'est vous-même, répondit le père Jacques... J'ai deux mots à vous dire.

Et il se mit à marcher du côté du Mort ; puis, tout en causant, ils gagnèrent les boulevards extérieurs, qui n'étaient guère qu'à une centaine de pas.

Le chiffonnier était sans défiance, parce qu'il était dans son quartier, et aussi parce qu'il était absorbé par les mille pensées diverses qui l'assiégeaient en ce moment. Il s'avança donc en toute sécurité, et ne songea pas à jeter un regard pour s'assurer qu'il n'était pas suivi.

S'il eût agi avec sa prudence ordinaire, il eût certainement évité le piège qu'on lui tendait.

En effet, à peine s'était-il mis en marche, qu'une ombre s'était détachée à peu de distance de l'embrasure d'une porte, et s'était attachée à suivre nos deux personnages avec une attention et un soin dignes d'un meilleur but.

Cependant le Mort et le chiffonnier avaient entamé leur conversation.

— Et d'abord, dit le père Jacques, vous me permettrez bien de vous demander si c'est pour moi que vous vous trouvez ici, à cette heure?

— Puisque cela peut vous être agréable que je vous le dise, répondit le vicomte, j'avouerai que c'est pour vous.

— Je m'en doutais.

— Pourquoi donc?

— Peut-être parce que je suis allé aujourd'hui rue Laffitte.

— Que voulez-vous dire?

— Vous voyez que je viens droit au but.

— En effet, et votre franchise me touche...

— Sans que vous soyez tenté de l'imiter.

— Pourquoi pas?...

— Alors vous reconnaissez...

— Je reconnais que vous avez appris que vous avez pénétré dans la cave de M. Massa, et que vous y avez rencontré un homme que nous appelons le Muet.

— Oui, Beppo!

— Alors vous le connaissez?

— Je vous ai dit que je connaissais bien des choses.

— Trop, peut-être.

— Cela vous gêne?

— Cela m'intrigue tout au plus...

Ils étaient arrivés à un endroit fort désert des boulevards, quand, pour la première fois, le père Jacques s'aperçut qu'il s'était laissé entraîner un peu loin.

Il s'arrêta.

— Je sais tout ce que j'avais intérêt à connaître, reprit le vicomte de Tordelles; et voulez-vous que je vous dise la pensée qui m'est venue tout à l'heure, pendant que nous causions?

— Dites.

— C'est qu'un homme comme vous est bien dangereux.

— Vous trouvez.

— Vous êtes curieux... et quand on sait tant de choses, on éprouve facilement le besoin de les dire.

— Vous avez peur que je parle...

— Je n'ai peur de rien... seulement, j'ai songé au meilleur moyen de vous en empêcher.

— Et avez-vous trouvé?...

— Tout de suite.

— Et ce moyen...

— On ne devait vous tuer que demain, mais je trouve qu'il y a tout profit à nous débarrasser de vous dès aujourd'hui.

— Alors, vous allez m'assassiner...

— Si vous le voulez bien.

Le père Jacques tira un couteau de sa poche et s'adossa immédiatement contre le mur d'enceinte, faisant face à son adversaire; mais il n'avait compté que sur un seul ennemi, et, à un signal donné par le Mort, Bras-de-fer, qui les suivait depuis la rue Mouffetard, accourut aussitôt, et se rua sur le malheureux chiffonnier.

Quoique déjà d'un certain âge, le père Jacques était encore vigoureux, et, en cette circonstance, la colère et le dépit de s'être laissé tromper devaient doubler ses énergie et ses forces.

Malheureusement, le premier choc lui avait été fatal, et d'un coup de casse-tête vigoureusement appliqué, le Mort l'avait étourdi de manière à ménager à Bras-de-fer une victime déjà bien préparée à la mort!

Ce dernier s'élança donc sur le père Jacques, quand un cri s'éleva tout à coup derrière lui, et, au moment où il frappait sa victime d'un coup de couteau qui devait l'achever, il se sentit pris à la gorge par deux petites mains énergiques.

— Au secours! à l'aide! cria une voix dont les notes aiguës eussent réveillé tout un arrondissement.

— Qu'est-ce que tu viens faire ici, vilain môme! s'écria Bras-de-fer en brandissant son couteau.

Bouton-d'or n'eut que le temps de se rejeter en arrière.

— Ah! ah! dit-il avec cet enjouement goguenard qui quitte rarement le gamin de Paris, ça vous gêne, mon bonhomme... eh bien, si vous ne filez au à l'instant même, je ne vous dis que ça, mais je mets à vos trousses toute la police du quartier...

Le bandit n'entendait pas facilement raison sur ce chapitre, mais le vicomte de Tordelles se précipita vers lui, et lui montrant le père Jacques qui venait de tomber baigné dans son sang:

— Allons, lui dit-il d'un ton impérieux, ne prolongeons pas inutilement une lutte qui pourrait nous être fatale... les cris de cet enfant amèneraient ici des curieux qui nous mettraient peut-être dans l'impossibilité de fuir... d'ailleurs, le chiffonnier est bien malade, c'est tout ce qu'il nous faut... partons... et quant au gamin...

— Oh! celui-là, je le repincerai; menaça Bras-de-fer en s'éloignant à contre-cœur.

— Va toujours, repartit Bouton-d'or, mais je jure que ce que tu as fait aujourd'hui, tu ne le porteras pas en enfer.

Pendant que l'enfant s'agenouillait auprès du corps inanimé du père Jacques, les deux assassins s'étaient hâtés de prendre la fuite.

Ils descendirent au pas de course toute la rue Mouffetard, et ne s'arrêtèrent que lorsqu'ils eurent atteint la place Maubert.

— Écoute, dit alors le vicomte de Tordelles à son compagnon, l'issue de cette affaire pourrait avoir de mauvais résultats pour notre entreprise, et il faut se hâter de les prévenir... Si le chiffonnier n'est pas mort, ce qui est probable, il parlera et dénoncera ce qu'il sait de l'affaire de la rue Laffitte... il importe donc de brusquer le dénouement au plus tôt... tu vas de ce pas te rendre au Lapin blanc.

— Bon!... répondit Bras-de-fer... d'autant plus que je ne serais pas fâché de me rincer un peu le porte-pipe.

— Tu trouveras là le Pâlot et la Cible, tu les emmèneras tout droit rue Saint-Georges, chez Ralph.

— Et toi, que vas-tu faire?...

— Moi, le vicomte, je vais monter dans une voiture... en passant, je prendrai Canibal... et de là, j'irai prévenir notre chef...

— Quel est donc ton dessein?

— Mon dessein, c'est qu'il faut que cette nuit même, nous fassions le coup chez le banquier Massa...

— Tout sera-t-il prêt?

— Nous y travaillerons.

— Et nous aurons des faflots?

— Des billets de banque à remplir nos poches.

Bras-de-fer se frotta les mains.

— Allons-y gaiement, dit-il... puisque c'est décidé, j'en suis... dans un quart d'heure, je serai au Lapin blanc; le temps de me gargariser... et nous prenons notre tangente vers la rue Saint-Georges.

Un instant après, le Mort montait dans un coupé, et venait conduire chez Canibal, qu'il trouva se disposant à se mettre au lit.

— Il n'y a pas à hésiter, ordonna le vicomte, le moment est venu, et ceux qui refuseraient de marcher seront considérés comme des traîtres.

— Je te suis, dit Canibal, à qui le Mort inspirait depuis longtemps une sorte de terreur instinctive.

On remonta en voiture, et une demi-heure après, on pénétrait dans le cabinet de Ralph.

Ce dernier comprit parfaitement les motifs du vicomte de Tordelles, et dès que les trois autres affidés furent arrivés, on discuta l'opportunité de l'entreprise.

— Le Mort a raison, dit Ralph à ses compagnons; nous avons à craindre les révélations du père Jacques, et il faut prendre des mesures immédiates pour y parer. Prévenons donc toute délation... le travail du Muet est assez avancé pour que nous le terminions à nous six, n'hésitons donc pas et brusquons un dénoûment qu'il n'est pas possible d'atteindre autrement.

Il n'y avait donc rien à répliquer, ou plutôt chacun des affidés, alléchés par l'espoir d'une ample razzia, adoptèrent les conclusions du chef avec empressement.

Quelques minutes après, on se munit donc de lanternes sourdes et l'on descendit. Ainsi qu'ils s'y attendaient, ils trouvèrent le Muet en train de travailler.

Le souterrain qu'il avait eu pour mission de creuser était achevé... l'extrémité communiquait maintenant avec le local où étaient les bureaux et la caisse du banquier.

Il ne s'agissait plus que de pratiquer une ouverture par laquelle on pût y pénétrer.

Depuis quelques jours, Ralph avait annoncé à son concierge qu'il allait entreprendre un voyage de quelques mois à l'étranger, et sous prétexte d'emballage d'objets mobiliers, il avait apporté chez lui tous les outils qui pouvaient être utiles à l'entreprise qu'il préparait.

Rien ne manquait à la collection, et la Cible et Bras-de-fer s'en étaient chargés au moment de descendre.

Les difficultés qui se présentèrent furent donc faciles à surmonter, et l'on se mit à l'œuvre presque immédiatement.

Toutefois, au moment de commencer, Bras-de-fer arrêta la Cible qui était prêt à frapper.

— Tout de même, dit-il à Ralph, s'il y avait quelqu'un dans le bureau...

Chacun tressaillit... on n'avait pas pensé à cette objection si simple... mais le vicomte regarda sa montre, et haussa les épaules:

— Il est une heure, dit-il vivement, qui donc veux-tu trouver au milieu de la nuit?

— Dame! fit Bras-de-fer, nous sommes à la veille d'une fin de mois, il doit y avoir des comptes à terminer... et il se pourrait...

— C'est vrai! opina Canibal, qui n'était jamais bien rassuré.

— Eh bien! nous ne pouvons rien faire à cela... et nous ne pouvons tarder davantage; à l'œuvre donc, et s'il y a quelqu'un, nous le verrons bien.

Il achevait à peine, que la Cible donna le premier coup, et

ébranla une large planche, qui se fendit dans toute sa longueur...

Chacun fit silence et prêta l'oreille.

Rien ne répondit. Tout dormait profondément dans la maison, on pouvait continuer.

Toutefois, des coups si vigoureusement appliqués pouvaient donner l'éveil, et il était prudent de ne pas les renouveler; on eut recours à d'autres outils moins bruyants.

Le Pâlot, Bras-de-fer et le Muet se mirent en devoir de pratiquer l'ouverture, et le vicomte de Tordelles lui-même ne dédaigna pas de prêter la main à l'œuvre commune.

Cela demanda environ une demi-heure, au bout de laquelle, le trou fait, chacun se précipita dans les bureaux.

Ralph les arrêta du geste.

— Un instant, dit-il avec autorité, c'est ici surtout que nous avons besoin d'habileté, et il serait maladroit de pénétrer dans la caisse du banquier tous à la fois... vous ne connaissez pas les lieux... moi seul sais au juste où se trouve la caisse, puisque j'y suis allé exprès avant-hier... voici donc ce que je propose... le vicomte et moi, nous allons vous laisser... nous marcherons droit à la caisse, nous l'ouvrirons sans peine puisque nous en connaissons déjà le secret, et une fois le trésor en notre possession, nous viendrons le partager avec vous. Cela vous va-t-il?

Il y eut bien quelques murmures à cette proposition, mais il n'y avait pas d'objection sérieuse à faire; d'ailleurs, le vicomte avait seul le secret, ainsi que le disait Ralph, et sans lui l'entreprise devait forcément avorter.

— Allez donc, dit Bras-de-fer, et n'oubliez pas que nous avons compté sur le partage...

Ralph et le Mort disparurent aussitôt, et ils pénétrèrent dans les bureaux de M. de Massa, armés chacun d'une lanterne et d'un poignard.

Les bureaux étaient déserts, et les volets des fenêtres donnant sur la cour en étaient hermétiquement fermés. Cette particularité favorisait leurs projets.

La caisse était située au fond du dernier bureau; la porte ouvrait sur le vestibule, dont l'escalier conduisait dans les appartements du banquier: elle était bardée de fer comme tous les meubles destinés au même usage, et une serrure compliquée en défendait l'accès. Le Mort approcha sa lanterne sourde de la serrure, et il ne put s'empêcher de sourire en remarquant le travail de précaution auquel s'était livré l'ouvrier qui l'avait établie.

— Ils sont tous les mêmes, dit-il d'une voix ironique, et l'on dirait que ces serrures sont faites exprès pour les voleurs...

Et avec une facilité qui témoignait d'une longue pratique ou d'une habileté toute spéciale, en moins de quelques minutes il eut ouvert la caisse, devant laquelle il laissait échapper une exclamation de surprise et de satisfaction mêlées. Elle regorgeait littéralement d'or, d'argent et de billets de banque.

— Diable! s'écria gaiement le vicomte, le banquier a bien fait les choses... regarde! regarde!...

Et d'un geste fébrile il montra à son compagnon l'or amoncelé et les billets de banque.

— En effet! repartit Ralph, mais nous ne sommes pas venus ici pour visiter la caisse de M. Massa.

— Parbleu! fit le vicomte, vidons! vidons!...

Et les deux voleurs prirent plusieurs poignées de pièces et plusieurs paquets de billets qu'ils firent disparaître dans leurs poches.

A deux ou trois reprises déjà ils avaient fait la même opération; leurs poches étaient pleines, mais leur cupidité était ardemment éveillée, et ils en voulaient encore, ils en voulaient toujours. Le trésor qu'ils volaient leur semblait d'ailleurs inépuisable. Il y avait là peut-être plus d'un million, et une aubaine pareille ne se présente pas deux fois dans la vie d'un voleur. D'ailleurs ceux-ci étaient nombreux, et pour satisfaire six appétits de cette force, il fallait beaucoup d'or.

Il restait peut-être encore quelques centaines de mille francs en argent, et le vicomte hésitait à y plonger les mains, quand tout à coup il s'arrêta et tourna vers son compagnon un regard presque effaré.

Au milieu des bruits qui venaient de l'extérieur, il avait entendu celui d'une voiture qui s'était arrêtée à la porte de l'hôtel et dont le cocher avait hélé le concierge.

— Entends-tu? dit-il à Ralph.

— Parfaitement, répondit celui-ci.

— Je crois qu'il n'est que temps de filer.

— Tu as peur?

— Si c'était le banquier...

— Crois-tu qu'il viendrait visiter sa caisse à cette heure?

Le vicomte hésita.

— Voyons, un dernier effort, ajouta Ralph; il y a là encore deux cent mille francs, nos poches sont pleines, étendons nos mouchoirs à terre, et portons ce reste à nos compagnons. C'est le plus difficile à emporter, et il est juste qu'ils s'en chargent.

Le vicomte obéit machinalement et avec mollesse, car toute son attention était dirigée vers le bruit qu'il avait entendu et qui continuait à le préoccuper.

La porte de l'hôtel s'était en effet ouverte, la voiture avait pénétré dans la cour, et était venue s'arrêter auprès du vestibule.

Le Mort ramassa vivement son mouchoir; Ralph en fit autant, et ils repoussèrent d'un même mouvement la porte de la caisse qui se referma.

— On s'arrête à côté, fit le vicomte.

— J'entends bien! répondit Ralph.

— Filons.

— Attends encore.

— Mais si la fantaisie prend au banquier de pénétrer ici, nous sommes perdus.

— N'avons-nous pas une retraite assurée?

— Mais nous n'aurons pas le temps de fuir.

— Écoute...

Le vicomte se tut et prêta l'oreille.

Ainsi que nous l'avons dit, la voiture s'était arrêtée auprès du vestibule, et, autant que Ralph et le Mort purent en juger, deux personnes en descendirent; puis, la voiture s'éloigna, et, chose singulière, les deux personnes qu'elle avait amenées restèrent quelques secondes dans le vestibule où on les avait déposées.

— Il se passe quelque chose d'extraordinaire... murmura le vicomte de Tordelles à l'oreille de son compagnon.

— Je le crois, répondit Ralph.

— Ne nous attardons pas davantage.

— Tu as raison.

— Viens, alors, viens.

— Il n'est plus temps!...

Ces mots échappés à Ralph accusaient une situation extrême, un péril désormais impossible à conjurer, car au moment où ils allaient se retirer et rejoindre leurs compagnons, ils entendirent tout à coup une clef s'introduire dans la porte, et n'eurent que le temps, pour n'être pas vus, de se jeter derrière un énorme bureau.

— Es-tu armé? dit vivement Ralph au vicomte.

— J'ai mon poignard et mon pistolet, répondit celui-ci.

— Et moi de même... attention donc... et à la moindre tentative de la part des indiscrets, lâchons-leur les chiens aux jambes et filons!...

Cependant, de leur poste d'observation, ils ne perdaient rien de ce qui allait se passer, et c'est avec une stupéfaction de terreur que le vicomte de Tordelles, après avoir vu entrer M. de Massa, aperçut derrière lui la pâle figure du chiffonnier, qui arrivait se soutenant sur le bras de Bouton-d'or.

VII

LE CHARNIER SOUTERRAIN

Avant de poursuivre notre récit et de raconter au lecteur ce qui survint, nous avons besoin de revenir un peu sur nos pas, de dire par suite de quelles circonstances le père Jacques et Bouton-d'or se trouvaient à cette heure en compagnie de M. de Massa.

A peine le Mort et Bras-de-fer eurent-ils pris la fuite, que Bouton-d'or se précipita vers le chiffonnier et se mit en devoir d'examiner l'état de ses blessures qu'il craignait bien de reconnaître mortelles. Cependant, son état n'était pas aussi grave qu'il pouvait le paraître, et, au bout de cinq minutes, un soupir profond s'échappa de sa poitrine; il rouvrit les yeux et passa les mains sur son front.

— Bouton-d'or... dit-il d'une voix faible en rencontrant la main du courageux enfant, c'est toi, n'est-ce pas?

— Pardieu! répondit le gamin, certainement que c'est moi, et je ne suis pas peu content de vous entendre parler.

— Pourquoi donc?

— Eh bien! et les deux escarpes qui ont manqué de vous refroidir... ah! c'est pas pour dire, mais il y en a un dont la figure n'a pas dû lui coûter cher...

— C'est un guet-apens; et sans toi, mon petit Bouton-d'or, j'étais perdu... Mais nous ne pouvons rester ici tous les deux, tu ne sais pas ce qui se passe, mon ami, il faut avertir le banquier... il le faut...

Le père Jacques essaya de se lever, mais l'enfant du faubourg eut toutes les peines du monde à l'empêcher de tomber.

— Là! dit-il, vous voyez bien, ce que vous vouliez faire n'a pas le sens commun, le mieux est d'aller vous mettre au lit et d'envoyer chercher un médecin.

— Bouton-d'or, lui dit le chiffonnier, tu m'es dévoué, n'est-ce pas?

— Cré coquin! répondit le jeune homme, comme si vous étiez mon père.

— Donne-moi ton bras, et allons chez le premier pharmacien que nous rencontrerons... Viens! viens! et songe, mon ami, que de notre célérité dépend la fortune et peut-être la vie d'un homme de bien.

Ils partirent ainsi. Une fois dans la boutique d'un pharmacien de la rue Mouffetard, le chiffonnier s'assit, pendant que Bouton-d'or allait lui chercher une voiture, il se livra aux mains de l'homme de l'art qui se mit à panser ses blessures.

— Demeurez-vous loin d'ici? dit ce dernier avec intérêt et tout en lui prodiguant des soins.

— Oh! je ne rentre pas chez moi, objecta le père Jacques.

— Où allez-vous donc?

— Rue Laffitte.

— Ce projet est fort imprudent, et dans l'état où vous êtes, je ne dois pas vous cacher que vous allez courir des dangers sérieux.

— Malheureusement, monsieur, répondit le chiffonnier, je n'ai pas le choix des moyens, c'est un devoir que je remplis, et je l'accomplirai, dussé-je en mourir!...

Le pharmacien fit un signe de tête équivoque, et il allait renouveler ses observations, quand Bouton-d'or arriva avec la voiture.

Le père Jacques s'arracha aussitôt de ses mains, et, prenant le bras de l'enfant, il gagna la rue et monta dans le fiacre.

— Rue Laffitte, dit-il au cocher, et vingt sous de pour-boire si tu marches rondement.

La voiture partit au galop.

Onze heures sonnaient comme ils arrivaient à destination.

— Maintenant, dit le père Jacques à Bouton-d'or, tu vas descendre, sonner à la porte et demander au concierge si M. de Massa est chez lui.

Le jeune homme poussa la porte qui venait de s'ouvrir, et s'adressant au concierge avec la politesse railleuse de son âge :

— M. de Massa? demanda-t-il d'une voix leste et délibérée.

— Il est sorti! répondit une grosse voix de l'intérieur.

— Et peut-on savoir, sans vous commander, où on le trouverait à cette heure?

— Rue de Grenelle-Saint-Germain, 77.

Bouton-d'or n'en demanda pas davantage, et, revenant à la voiture, il donna la nouvelle adresse au cocher, qui prit la direction indiquée.

Le numéro 77 de la rue de Grenelle-Saint-Germain était occupé par un de ces somptueux hôtels comme l'aristocratie nobiliaire en possède encore quelques-uns dans le noble faubourg, et derrière lesquels subsiste, en dépit de la manie de destruction qui nous affole, de beaux jardins que l'on peut prendre pour des parcs. L'hôtel appartenait à madame la duchesse de Frileuse, jeune veuve de vingt-cinq ans environ, qui y réunissait à de certains jours tout ce que Paris compte de jeunesse titrée et riche, de belles et radieuses femmes, de vivants et spirituels vieillards.

Au moment où nous pénétrons dans les salons, mademoiselle Fernande de Massa venait d'y faire son entrée, et en voyant cette charmante enfant si simple et si jolie, un essaim d'adorateurs s'était précipité autour d'elle, et lui avait fait comme un cercle d'admiration enthousiaste. Mais la belle enfant était loin de partager l'élan général... un air de profonde mélancolie était répandu sur ses traits; elle s'assit pensive et recueillie auprès d'une vieille amie du banquier, et se mit à regarder, pour ainsi dire sans voir, toutes ces femmes élégantes et tous ces jeunes gens empressés.

Son âme était ailleurs... dans le monde des rêves, et tout ce bruit et tout ce mouvement étaient impuissants à la distraire. Que se passait-il à ce moment dans le cœur doucement ému de la charmante enfant? pourquoi ne se mêlait-elle pas au tourbillon qui entraînait ses compagnes, et restait-elle obstinément enfermée dans les contemplations intérieures auxquelles elle se livrait? Le lecteur l'a deviné sans doute.

Fernande aimait dans toute la naïveté de son cœur, et du moment que celui qu'elle aimait ne se trouvait pas là, ce monde ressemblait pour elle à un désert!... Il y avait déjà quelque temps qu'elle n'avait rencontré le jeune comte de Tourtonne, et la dernière fois qu'elle l'avait vu, elle l'avait trouvé bien triste, elle en avait été douloureusement impressionnée, et depuis elle y pensait toujours!...

D'où lui venait cette tristesse qui jetait comme un voile sur son front? Il était riche cependant, jeune, beau; que lui manquait-il dans la vie... et pourquoi ce mystère dans une existence qui paraissait devoir être si heureuse!... La fille du banquier se demandait aussi d'où venait que le jeune comte n'éprouvât pas le besoin d'épancher dans le sein d'une confidente les secrets qui pouvaient troubler sa sérénité, et dans ce cas avec quelle joie n'eût-elle pas accepté ce rôle de confidente!... La jolie enfant pensait à toutes ces choses et à bien d'autres encore... quand tout à coup elle tressaillit, et un frisson passa sur ses membres. Elle venait d'apercevoir le comte. Une seconde s'était à peine écoulée, que le jeune Henri de Tourtonne venait la saluer et réclamer d'elle l'honneur d'une polka.

Fernande sourit, et comme les premiers accords de la musique se faisaient entendre, elle se leva, posa sa main sur l'épaule du comte, pendant que celui-ci enlaçait de son bras sa taille souple et ronde.

La danse commença.

Mais, pour l'un comme pour l'autre, la polka n'était qu'un prétexte, car, au bout de quelques instants, la jeune fille déclara qu'elle était fatiguée, et Henri saisit avec empressement cette occasion de la reconduire à sa place et de s'asseoir à ses côtés.

— Au moins, vous n'êtes pas souffrante? dit le jeune homme avec un intérêt alarmé.

— Oh! non... répondit Fernande avec un sourire où perçait un peu de malice, mais je crains d'abuser... Cependant, monsieur le comte, dit-elle, je ne voudrais pas vous priver d'un plaisir que je ne puis partager, et je m'empresse de vous rendre votre liberté...

Le jeune homme la regarda avec étonnement et répondit un peu ému :

— Vous déplaît-il que je reste auprès de vous?

— Je n'ai pas dit cela, protesta Fernande.

— Mais vous le pensez, peut-être?

— Si je le pensais, je le dirais.

— Alors, vous m'autorisez à rester?

— Mon autorisation est limitée par votre volonté...

— Oh! moi... s'écria le comte étourdiment, ma volonté serait d'y rester toute ma vie...

Le cœur de Fernande se prit à battre violemment.

Il y eut alors un silence que le comte se hâta de rompre pour se soustraire à l'embarras qu'il éprouvait.

— Vous allez souvent dans le monde, mademoiselle? reprit-il.

— Presque tous les soirs... répondit la jeune fille.

— Et vous vous y plaisez?

— Quelquefois.

— Vous aimez la danse, cependant?

— Cela dépend.

— Des danseurs, n'est-ce pas?

— Précisément...

Le comte sourit.

— De sorte, ajouta-t-il, que vous devez m'en vouloir?

— Pourquoi donc... puisque c'est moi qui ai demandé à me reposer.

— Du reste, j'aime bien mieux une bonne causerie... faite ainsi à deux.

— Moi aussi.

— Et je suis heureux plus que vous ne pouvez le croire de cette occasion qui m'est offerte, de pouvoir vous confier...

— Quoi donc?

— Un secret...

— N'avez-vous donc pas un ami à qui vous puissiez le confier?

— Je suis seul au monde.

— Quoi! votre mère...

— Elle est morte!

— Mais votre père?

— Il a été assassiné!

La fille du banquier tressaillit et fut sur le point de tendre deux bras sympathiques au malheureux jeune homme qui s'ouvrait à elle avec tant d'abandon... elle était là sur une pente dangereuse, sur le terrain des confidences, et elle eût volontiers oublié le bal et ses distractions pour n'écouter que cette voix aimée qui lui parlait de douleurs secrètes et de chagrins cachés. Mais tout à coup une rumeur singulière se répandit dans les salons. On allait et on venait avec des regards inquiets, et le nom du banquier de Massa fut plusieurs fois prononcé à côté d'elle.

Le comte l'entendit et se leva.

M. de Massa se dirigeait d'ailleurs en ce moment du côté de sa fille; il était pâle; il paraissait agité, et quand il aperçut Fernande, il lui prit vivement les mains.

— Mon enfant, lui dit-il à voix rapide, il faut que je te quitte.

— Vous partez, mon père? s'écria Fernande.

— Oh! un instant.

— Sans moi?

— Je vais jusqu'à l'hôtel.

— Mais que se passe-t-il?

— Presque rien... ne te tourmentes pas... danse, ris... amuse-toi, et dans une heure je serai de retour.

Puis il serra les mains de sa fille, la baisa doucement au front et s'éloigna pour aller rejoindre le père Jacques qui l'attendait.

Fernande était retombée soucieuse sur sa chaise.

— Qu'avez-vous donc, mademoiselle? demanda timidement le comte de Tourtonne.

— Je ne sais, répondit la pauvre enfant toute émue, mais je n'ai jamais vu mon père si agité.

— Craindriez-vous quelque malheur?

— Je cherche.

— Mais où se rend-il ainsi?

— A l'hôtel.

— Seul?

— Je l'ignore.

— Eh bien! tenez.. voulez-vous me donner une preuve de confiance dont je serais bien fier?

— De quoi s'agit-il?

— Permettez-moi de suivre votre père...

— Vous feriez cela!...

— Le temps d'aller jusqu'à la rue Laffitte avec ma voiture et revenir vous rassurer...

Fernande sourit. Il y avait une larme au bord de ses longs cils blonds.

— Oh! merci... dit-il avec effusion.

Le comte n'en attendit pas davantage et quitta brusquement le bal; il courut au vestiaire, prit son paletot et demanda sa voiture.

Mais son cocher n'était pas arrivé encore, et force lui fut d'aller chercher une voiture de place. Ces détails lui demandèrent beaucoup de temps, et permirent au fiacre du père Jacques de prendre sur lui une avance considérable.

Si le lecteur le veut bien, nous reprendrons notre récit à l'endroit où nous l'avons interrompu au chapitre précédent.

La situation était critique. Le vicomte de Tordelles et Ralph s'étaient subitement rejetés derrière un bureau qui les cachait entièrement, et en voyant arriver le banquier assisté de Bouton-d'or et du père Jacques, ils s'étaient demandé avec anxiété comment ils pourraient se tirer de ce mauvais pas. Ils ne doutaient pas d'ailleurs que le père Jacques n'eût averti le banquier de la tentative du vol qui devait être effectué, et que l'on eût, à cet effet, convoqué un nombre respectable d'agents de police.

Ils se trompaient cependant, et ce n'est qu'en arrivant à l'hôtel que M. de Massa avait songé à envoyer son concierge chercher main-forte au poste le plus voisin.

Aussi nos deux bandits commencèrent à respirer quand, au bout de quelques secondes, ils s'aperçurent que leurs appréhensions portaient à faux. M. de Massa allait droit à la caisse, et du premier coup d'œil il put se convaincre que la serrure avait été forcée.

— Le coup est fait... dit-il en pâlissant.

— Nous sommes arrivés trop tard, répondit le père Jacques; mais c'est égal, ils ne doivent pas être loin, et je puis vous indiquer le chemin qu'ils ont dû prendre.

En disant ces mots, il fit mine de faire quelques pas en avant.

— Allons, dit alors le Mort à ses compagnons, il n'y a plus à hésiter, il faut se montrer.

— Apprête tes pistolets... répondit Ralph.

Et comme le banquier arrivait à l'endroit où ils étaient cachés, deux bouches de pistolets se dressèrent aussitôt contre lui.

Il s'arrêta glacé d'épouvante.

— Ce sont eux! s'écria le père Jacques en se relevant avec énergie et en cherchant à s'accrocher de ses doigts crispés aux vêtements du vicomte de Tordelles.

— Eh parbleu! repartit le Mort, qui donc veux-tu que ce soit!... seulement, je t'engage à me lâcher, sinon tu auras à t'en repentir...

De son côté, M. de Massa s'était placé en face de Ralph.

— Monsieur, dit ce dernier, ce n'est pas un jeu d'enfant que nous jouons ici... je ne veux pas votre mort... mais je serai cependant forcé d'en venir à vous assassiner si vous ne voulez pas me livrer passage.

— Tu ne sortiras pas! s'écria le banquier hors de lui.

— Vous vous obstinez!...

— Je veux te livrer à la justice.

— Est-ce votre dernier mot?...

Pour tout réponse, M. de Massa sauta à la gorge de son adversaire, mais avant qu'il l'eût atteint un coup de pistolet se fit entendre, et le malheureux banquier sentait une balle lui traverser l'épaule droite.

Presque au même instant, la porte du bureau s'était ouverte, et Henri de Tourtonne se précipitait vers le banquier et produisait, par le seul fait de son arrivée, une diversion dont les deux bandits profitèrent pour s'esquiver.

Le comte de Tourtonne n'arrivait pas seul, et derrière lui, à quelque distance, une escouade de sergents de ville accourait au bruit de la détonation. Bouton-d'or s'exaspérait dans son impuissance, et le père Jacques se fût précipité seul à la poursuite des misérables assassins, si on ne l'eût retenu.

Quand on eut vérifié la blessure de M. de Massa qui était légère, et qu'il fut constaté que les bandits avaient disparu, le chef des agents de police se tourna vers le chiffonnier comme pour lui demander ce qui s'était passé.

— Vous le voyez du reste, répondit le père Jacques, un vol a été commis dans ce bureau, et les voleurs n'ont pas reculé devant un assassinat pour se soustraire aux poursuites dont ils étaient l'objet.

— Mais quel chemin ont-ils pris pour fuir? dit encore l'agent.

— Un chemin que je vous montrerai si vous voulez me suivre.

Et le père Jacques, prenant les devants, marcha vers l'ouverture pratiquée par Bras-de-fer et la Cible, et par laquelle Ralph et le Mort avaient disparu.

Quelques minutes après, ils étaient dans la cave.

— Le coup est audacieux et a été préparé de longue main, fit observer l'agent après avoir attentivement examiné les lieux; mais je crains bien que nous n'en soyons pour nos frais... les gredins doivent s'être ménagé une retraite.

— Eh bien, nous les poursuivrons jusque-là, dit le père Jacques.

Ils avancèrent avec précaution. Bouton-d'or jetait tout en marchant des regards de lynx à droite et à gauche; puis tout à coup il poussa un cri.

— Qu'y a-t-il? fit l'agent qui venait immédiatement après.

— Là! de ce côté, répondit le gamin, j'ai vu deux yeux briller dans l'ombre.

L'agent marcha courageusement vers l'endroit désigné.

Il y avait là en effet un homme caché sous le sol. Cet homme se releva vivement quand il vit approcher des visages inconnus.

— Beppo! s'écria le chiffonnier.

Le Muet, — c'était lui, — proféra une sorte de grognement mal articulé.

— Qu'est-ce que c'est que ça! fit l'agent en se retournant vers le chiffonnier.

— Je crains bien qu'il ne puisse nous renseigner, répondit celui-ci, il est muet!...

L'agent fit un mouvement.

— Mais que fait-il ici? dit-il impérieusement... qu'il réponde... qu'il s'explique!...

Beppo releva la tête à ces paroles, et considérant celui qui lui parlait, il posa un doigt sur les lèvres, et fit un signe mystérieux au père Jacques qui l'observait.

— Ah! je m'en doutais, s'écria ce dernier, Beppo ne pouvait pas être un malfaiteur, et il fait comprendre qu'il est disposé à tout dire...

Beppo approuva par un signe affirmatif.

— Eh bien, s'il en est ainsi, poursuivit le père Jacques, hâte-toi, mon ami, et dis-nous...

Le Muet l'interrompit par un geste énergique, et leur ayant fait signe de le suivre, il se dirigea vers les profondeurs de la cave; puis, à dix pas environ, il s'arrêta brusquement, se baissa vers le sol et découvrit un anneau qui était fortement scellé.

Tous ceux qui étaient là présents suivaient avec une attention fiévreuse les moindres mouvements du malheureux mutilé, et quand après de rudes efforts il eut soulevé l'énorme pierre à laquelle l'anneau était attaché, un même cri d'horreur s'échappa de toutes les poitrines.

Sous cette pierre il y avait un cadavre!...

C'était un jeune homme... vingt-deux ans à peine... ses cheveux étaient longs et abondants, ses dents blanches et bien rangées, et tout attestait dans sa physionomie, robuste et saine encore, qu'il avait dû être enterré récemment...

Une large plaie trouait sa poitrine... il était évident que l'on avait caché son cadavre pour égarer les recherches de la justice!

Mais quel était cet homme... pourquoi avait-il été frappé... quelle main avait commis ce crime?...

Là, commençait le mystère...

Le père Jacques s'empara de la main du Muet et l'attirant à lui:

— Beppo! lui dit-il d'une voix impérieuse, est-ce toi qui as assassiné ce malheureux?

Beppo fit un signe de dénégation.

— Tu connais l'assassin cependant? insista le chiffonnier.

Le Muet répondit par un nouveau signe affirmatif.

— Et quel est-il?

Beppo leva la main vers la voûte.

— Est-ce Ralph?

— Non.

— Le vicomte, peut-être?

— Non plus.

— Qui est-ce donc, alors?...

Les réponses du Muet faites par des signes, mais avec une telle vivacité qu'il était évident que ce malheureux en savait plus long qu'il n'en pouvait dire. Le père Jacques allait continuer quand Beppo fit tout à coup un mouvement et jeta un regard soupçonneux sur les hommes qui accompagnaient le chiffonnier.

— Oh! ne crains rien, objecta ce dernier, ces hommes nous sont dévoués, il ne te sera fait aucun mal... mais pour cela il faut que tu ne nous caches rien de ce tu sais.

Le Muet fit comprendre qu'il ne savait rien.

Le père Jacques fronça le sourcil et comprit que Beppo se défiait; la situation se compliquait. Seul, cependant, il pouvait donner d'utiles renseignements sur les sombres drames qui avaient dû s'accomplir dans cette cave, et il fallait à tout prix obtenir de lui quelques éclaircissements.

A ce moment, le chiffonnier sentit une main qui le tirait doucement par ses vêtements.

Il se retourna, — c'était Bouton-d'or qui montra une bouteille d'eau-de-vie à moitié pleine qu'il venait de ramasser par terre.

— Qu'est-ce que cela? fit le père Jacques en examinant la bouteille.

Mais comme il la présentait à la lumière pour en vérifier le contenu, le Muet poussa un grognement inarticulé et voulut se précipiter vers lui. On l'arrêta à temps.

— Oh! oh! fit le chiffonnier en souriant, il paraît que cette vue le délie la langue; eh bien, tiens, mon ami, cette bouteille est à toi, et je veux bien te la rendre... il y a plus même, je t'engage à la vider tout de suite, car demain je t'en donnerai une toute pleine.

Beppo n'en entendit pas davantage; il prit avec avidité la bouteille des mains de son interlocuteur, la porta gloutonnement à ses lèvres, et vida d'un trait l'alcool qui y restait; puis il la rejeta loin de lui.

Ses yeux se prirent alors à briller d'un feu inattendu, puis il secoua la tête à plusieurs reprises, regarda le cadavre gisant à ses pieds et fit entendre un rire sinistre.

Le père Jacques eut un vague soupçon de la réalité: il se pencha vers l'oreille du Muet.

— Voyons! ce cadavre n'est pas le seul qui soit ici, n'est-ce pas?

Beppo, saisissant la main du père Jacques, l'entraîna jusqu'à l'extrémité de la cave.

Une fois là il indiqua une porte bardée de fer, et poussa un ricanement féroce.

— Que peut-il y avoir ici? demanda l'agent à Jacques.

— C'est ce que nous allons savoir, répondit ce dernier en s'emparant d'une pioche dont il frappa quelques coups contre la porte qui vola en éclats. A droite et à gauche d'une longue galerie, on voyait une suite de dix cadavres, retenus au mur par un anneau de fer.

Chacun regardait silencieux, n'osant échanger les mille pensées qui l'oppressaient, se demandant intérieurement quelle série de crimes avaient dû alimenter ce charnier souterrain.

Beppo semblait en proie à une exaltation fébrile; il avait repris la main du chiffonnier, et, malgré l'horreur que ce dernier ne pouvait s'empêcher de manifester, il l'entraîna encore en avant.

On se remit en marche, et, à mesure qu'ils avançaient, il était facile de remarquer que la physionomie du Muet s'assombrissait; ses sourcils se fronçaient d'une façon sinistre... ses doigts crispés s'accrochaient aux mains du chiffonnier; puis, quand il eut atteint l'extrémité de la galerie, il s'arrêta, la poitrine oppressée, le front inondé de sueur; deux larmes coulaient le long de ses joues.

Le chiffonnier frissonna.

— Voyons! lui dit-il d'une voix plus douce et avec un accent d'intérêt, tu souffres, Beppo... c'est le passé qui se dresse sans doute devant toi et qui t'arrache les larmes... eh bien! ne crains rien, aie confiance en moi... je t'ai connu bon, honnête, heureux!... c'était le temps où tu étais aimé... c'était à l'époque où tu vivais près de Léonora...

Un sanglot mal étouffé monta de la poitrine de Beppo à ses lèvres; il se jeta à genoux, joignit les mains, fit une prière muette, et se mit à gratter le sol humide; au bout de quelques minutes d'attente anxieuse, on découvrit les mains, les bras et enfin le corps d'un nouveau cadavre...

Mais cette fois, l'impassibilité du Muet semblait s'être brisée, et il était là, haletant, criant et pleurant à chaudes larmes.

— Léonora! s'écria Jacques comme subitement illuminé.

Beppo se mit à baiser pieusement les mains, les bras et les épaules de ce corps froid et inanimé.

— Oh! je comprends tout! dit encore le chiffonnier, les misérables, c'est que ils l'ont tenu... c'est par l'amour insensé qu'il avait voué à cette femme qu'ils l'ont contraint à servir leurs épouvantables projets... Dieu veuille que la lumière se fasse enfin sur ces ténébreuses infamies!...

Puis se tournant vers le Muet qui s'était affaissé sur lui-même en proie à un abattement qui semblait devoir tuer en lui toute énergie :

— Beppo! dit-il d'une voix incisive, ce sont eux, n'est-ce pas, qui ont assassiné Léonora?

Le Muet fit signe que oui.

— Et pour ce crime, tu dois leur avoir voué une haine implacable...

La figure de Beppo exprima une sanglante colère.

— Eh bien, écoute-moi, mon ami, poursuivit le père Jacques, c'est au nom de Léonora que je te parle... c'est le sentiment de la vengeance que je cherche à éveiller en toi... veux-tu nous aider à frapper les assassins de ta maîtresse?

Le Muet leva la main au ciel.

— C'est bien... et maintenant lève-toi et suis-nous... demain... on viendra prendre le corps de Léonora... on lui donnera la sépulture qui convient à toute créature humaine, et dans quelques jours tu pourras aller pleurer sur sa tombe!...

Le Muet ne pouvait répondre, mais il prit les mains du père Jacques avec enthousiasme et les retint longtemps sous ses lèvres.

Cependant la découverte que l'on venait de faire était trop importante pour qu'elle pût rester secrète, et l'agent de police, dont le père Jacques était accompagné, prit des mesures en conséquence.

Il devait y avoir une relation entre le vol qui venait d'être commis chez M. de Massa et les crimes que révélait la présence dans la cave d'un nombre aussi considérable de cadavres... tout cela avait besoin d'être éclairci, et, en attendant que des recherches plus approfondies pussent être faites, le père Jacques proposa de passer dans la maison de la rue Saint-Georges et de s'assurer si les voleurs n'auraient pas laissé des traces de ce côté.

On n'y apprit que fort peu de chose.

Le concierge, interpellé à ce sujet, fit connaître que le pavillon qui communiquait avec la cave, par une ouverture récemment pratiquée, était loué à un mystérieux personnage du nom de Ralph... Cet homme avait le soir même reçu quelques amis, et il avait disparu avec eux, il y avait environ une heure. Quant aux renseignements qu'il eût été utile d'obtenir sur son compte, ils étaient à peu près nuls... il n'avait qu'un domestique, vivait fort retiré, et les meubles qu'il avait laissés dans son appartement ne lui appartenaient même pas.

On fut obligé de se contenter de ces réponses, et on revint chez le banquier.

M. de Massa s'était mis au lit, et un médecin avait été appelé,

pendant que le comte de Tourtonne recevait du père la prière d'aller chercher sa fille et de la ramener à l'hôtel avec tous les ménagements que commandait sa position.

La blessure du banquier était heureusement fort peu grave, et le médecin déclara que quelques jours de repos suffiraient à le remettre; mais le vol dont il avait été victime était important, il lui enlevait une partie de sa fortune, et bien qu'il fût riche, cependant, cet événement ne laissa pas de l'inquiéter.

Quelques jours se passèrent au milieu de ces préoccupations, et pendant ces quelques jours les recherches de la police furent poussées avec activité, mais sans amener des résultats bien satisfaisants.

On avait appris seulement que le premier étage de la maison dans la cave de laquelle on avait fait la découverte des cadavres, avait été habité naguère par un homme dont les allures avaient pu paraître suspectes, et qui exerçait à cette époque l'industrie de marchand d'hommes.

Cet homme s'appelait GRAVIER!

Il avait disparu depuis, mais il était probable qu'il était allé exercer son industrie dans un autre quartier de la capitale et sous un autre nom.

L'agent de la police, qui était habile et qui d'ailleurs se sentait sur la voie d'un de ces crimes dont la découverte devait indubitablement profiter à son avancement, ne mit en quête avec ardeur, il lâcha ses limiers dans toutes les directions, et ne tarda pas à apprendre ce fait assez singulier, mais dont lui seul peut-être pouvait tirer une conclusion, qu'à l'époque où Gravier quittait la rue Laffitte, un homme, du nom de Fandard, venait installer, rue Saint-Victor, un établissement pour l'exonération du service militaire.

Pour Pinson, notre agent, ce fut un trait de lumière, et une fois sur cette piste il ne négligea rien pour atteindre le but qu'il se proposait.

Une seule particularité restait encore inexpliquée et mystérieuse au milieu de ces suppositions, c'est que sur les cadavres trouvés rue Laffitte, cinq environ pouvaient remonter à une époque déjà reculée, tandis que les autres y avaient été évidemment apportés depuis peu de temps.

Ces difficultés eussent effrayé des zèles plus actifs que celui de Pinson; mais ce dernier ne se laissait pas abattre facilement, et il y avait même dans les difficultés qu'il rencontrait un certain attrait qui exaltait son ardeur.

Un soir donc il se dirigea vers la rue Saint-Victor, et s'adressant au concierge de la maison habitée par l'homme qu'il cherchait :

— M. Fandard? demanda-t-il tout en examinant avec attention l'homme auquel il parlait.

— Est-ce pour un remplacement? répondit le concierge.

— Et pour quoi voulez-vous que ce soit?

— Dame! on ne sait pas...

— Puis-je lui parler?

— A moins qu'il ne soit parti...

Pinson regarda le concierge, et ce dernier fronça le sourcil sous ce regard pénétrant et vif.

— Voyons! dit l'agent avec fermeté, vous n'avez pas l'air de prendre les intérêts de vos locataires.

— Ah! je vais vous dire, répliqua le concierge d'un ton un peu radouci, c'est que celui-là n'aime pas à être dérangé... et puis...

— Et puis, quoi?

— Depuis quelques jours... M. Fandard s'est absenté fréquemment.

— Ah!

— Il va à droite et à gauche, pour les besoins de son entreprise, et il rentre bien fatigué.

— Enfin, est-il rentré?

— La nuit dernière.

— Et croyez-vous qu'il consente à me recevoir?

— C'est un si excellent homme... si c'est pour vous rendre service, bien sûr qu'il le fera.

Pinson salua en signe de remerciement.

— Eh bien, mon ami, allez le lui demander, dit-il, et ajoutez que c'est en effet pour moi une affaire très-importante.

Le concierge monta aussitôt au premier étage et revint bientôt prier l'agent de le suivre.

Pinson ne se fit pas prier, et quelques secondes après il était introduit auprès de maître Fandard, directeur de la Bellone, compagnie d'assurances pour l'exonération du service militaire.

VIII

LE PETIT VERRE D'EAU-D'AFF

Fandard était un homme d'une cinquantaine d'années environ, autant qu'on pouvait en juger d'après sa physionomie pâle, entièrement glabre, et dont les yeux aux regards obliques se dissimulaient derrière le verre bleu de ses lunettes à branches d'or. Il était grand, mince, avait les lèvres pincées et ramenait sur son crâne chauve, aux nombreuses proéminences, quelques rares cheveux qui avaient dû être blonds, et qui étaient devenus gris, puis quelques rides à peine perceptibles sur le front, une grande placidité et une main d'une délicatesse de femme.

Tel était l'agent de remplacement militaire, près duquel maître Pinson fut introduit.

Dès que l'agent eut fait quelques pas dans le salon, Fandard leva ses lunettes par dessus ses yeux, et se mit à examiner le visiteur inconnu. Mais, soit que cet examen rapide lui eût inspiré une défiance instantanée, soit que tout autre sentiment se fût emparé de lui en présence de la personnalité de Pinson, il se hâta d'abaisser ses lunettes, et se leva à demi comme pour rendre le salut qu'il venait de recevoir de l'agent.

— C'est bien à monsieur Fandard que j'ai l'honneur de parler? demanda le visiteur à voix lente comme s'il eût compté ses paroles pour se donner le temps de mieux observer son interlocuteur.

— A lui-même, répondit Fandard... et puis-je savoir?...

— Et, continua l'agent du même ton, vous êtes directeur de la compagnie la *Bellone?*

— Pour l'exonération du service militaire, acheva Fandard... Voyons, qu'y a-t-il pour votre service?

— Oh! une chose bien simple; il s'agit d'un renseignement.

— Que vous voulez obtenir?

— Que je viens vous offrir, au contraire.

— Sur qui donc?

— Sur vous-même!...

Fandard fit un soubresaut et regarda son interlocuteur par dessus ses lunettes; ses lèvres s'étaient légèrement pincées; il avait même un peu pâli.

— Sur moi! sur moi!... reprit-il après un court moment de silence, et que diable voulez-vous à m'apprendre?

— Quelques détails qui vous intéresseront, j'en suis sûr.

— Mais c'est une plaisanterie...

— Vous allez en juger.

— Soit! monsieur... expliquez-vous... mais faites vite, car je suis pressé, je vous en préviens, et j'ai les clients qui n'ont pas l'habitude d'attendre...

Pinson s'inclina en signe de consentement et fit un geste qui voulait dire qu'il tâcherait d'être bref... Il poursuivit :

— Il faut d'abord que vous sachiez, dit-il, que j'ai établi, à Paris, rue du Vieux-Colombier, et cela depuis vingt années, un bureau de renseignements, auquel la plupart des grandes maisons de banque de la capitale ne dédaignent pas de s'adresser, et qui a été plus d'une fois consulté avec fruit par la police elle-même.

— Diable! fit Fandard en fronçant le sourcil... mais je ne vois pas quel rapport...

— Il y en a un pourtant, car vous n'êtes pas sans connaître la découverte vraiment singulière que l'on a faite dernièrement dans les caves d'une maison de la rue Laffitte?

— J'en ai, en effet, entendu parler.

— Eh bien, à ce propos, j'ai recherché quels avaient été, depuis une dizaine d'années, les locataires de la maison dans laquelle la découverte a eu lieu.

— Et vous avez appris?...

— J'ai appris qu'il y a deux années environ, — plus ou moins, — il existait dans cette maison un établissement du genre du vôtre, à la tête duquel se trouvait un homme du nom de *du Gravier.*

Fandard se prit à sourire :

— Certes, dit-il, voilà qui atteste de votre part un soin et une patience dignes des plus grands éloges; et cet homme, quel était-il?

— On le croyait honnête, mais il l'était si peu, qu'en quittant la rue Laffitte, il dut changer de nom et transporter son industrie dans un quartier moins fréquenté.

— Voyez-vous cela!... et où alla-t-il?

— Rue Saint-Victor.

— Sous quel nom?

— Sous le nom de Fandard...

Le marchand d'hommes s'était levé; Pinson en avait fait autant... et pendant que le premier ouvrait l'un des tiroirs de son bureau, où il y avait des armes cachées, le second plongeait la main dans la poche de sa redingote pour y chercher un pistolet tout chargé.

Les deux hommes se regardèrent; puis, frappé d'une idée subite, Fandard referma vivement le tiroir et s'approcha de l'agent.

Sa physionomie avait tout à fait changé, et de placide qu'il était, son visage avait pris un accent de fermeté et de décision inouïes.

— Voyons, dit-il d'une voix nette et claire, il ne s'agit pas ici de jouer au plus fin, il vaut mieux aller droit au but... qui es-tu?

— Ce que je t'ai dit... reprit Pinson.

— Ça, je le saurai... mais il y a une autre question à débattre.

— Laquelle?

— Je veux savoir pourquoi tu es venu me trouver...

— Est-ce que tu ne le devines pas?

— Je le soupçonne, tout au plus.

— *Chanteras-tu?*

— C'est selon.

— Cependant, si je parle, tu es perdu!

— Oui, mais pour parler il faut sortir d'ici, et si je le veux, avant une heure, je t'aurai rendu muet!...

Pinson fit entendre un petit ricanement :

— Ça, c'est facile à dire, répliqua-t-il avec ironie; mais je te donnerais de moi une bien triste idée si tu pouvais croire que je n'ai pas pris mes précautions avant de venir.

— Enfin, soit... mais alors explique-moi ce que tu veux...

L'agent fit signe à Fandard de se rasseoir, prit sa chaise et se rapprocha mystérieusement de lui.

— Fandard, lui dit-il d'un accent incisif et profond, j'ai une idée, et une fameuse!... mais moi je suis vieux déjà, je n'ai plus l'activité nécessaire pour un pareil métier, et il me faut un associé; veux-tu être le mien?

— Je ne comprends pas.

— Tu vas comprendre... moi, je connais tout Paris... tout Paris, entends-tu bien!... je sais les fils qui attendent la mort de leur père, les neveux qui ne seraient pas fâchés de celle de leur oncle!... ici, les vieilles femmes avares; là, les jeunes filles prodigues... il y a une mine dans cette idée, et quand j'ai appris l'histoire des cadavres de la rue Laffitte, c'est sur toi que j'ai jeté les yeux...

Fandard ne quittait pas son interlocuteur de l'œil, cherchant un indice, une révélation quelconque dans son attitude; mais jamais homme n'avait paru plus sincère que l'agent provocateur; son regard étincelait, un éclat brillant sur toute sa physionomie, et ses doigts osseux s'allongeaient et se crispaient sur le bureau.

Les soupçons que Fandard aurait pu concevoir disparurent comme par enchantement, et il sentit même passer dans son cerveau une idée qu'il n'avait point eue encore.

Toutefois, Fandard était un homme prudent, et quelle que fût son émotion en écoutant parler Pinson, il comprit qu'il devait se tenir sur la défensive.

— Ce que tu me dis là, reprit-il, n'est pas dénué de bon sens, et il y a en effet quelque chose à faire dans ce sens... mais je cherche les moyens d'exécution... et j'avoue que je ne les trouve pas.

Pinson le regarda avec étonnement.

— Tu ne m'as donc pas compris? dit-il en baissant encore la voix.

— J'attends que tu t'expliques plus clairement.

— Mais la rue Laffitte!...

— Eh bien!

— Les cadavres qu'on y a trouvés...

— Après...

— C'est toi qui les as assassinés, empoisonnés... que sais-je!

Fandard partit d'un éclat de rire. — Le marchand d'hommes était très-fort.

— Ah! ça... mais tu me prends donc pour un vampire, dit-il d'un ton goguenard, et comment veux-tu que je m'y sois pris pour une telle besogne?!...

Pinson se recula et remua doucement la tête.

— Allons, dit-il, je vois ce que c'est... tu te défies.

— Moi! dit Fandard, et pourquoi cela?

— Cependant je ne puis pas faire autre chose... seulement, si avant de me donner ta confiance et de m'admettre comme associé, il te plaît de m'éprouver... je reviendrai quand tu voudras, et, dans tous les cas, je demeure rue du Vieux-Colombier...

Fandard réfléchit un moment.

— Eh bien, soit... j'aime mieux cela, et dans quelques jours je te ferai prévenir.

Pinson s'était levé; le marchand d'hommes le retint.

— Un instant, ajouta-t-il d'une voix avec l'accent annonçant une grande bonhomie... quelle que soit l'issue de cette rencontre, tu m'as fait passer un bon zig, et je ne veux pas que nous nous quittions sans trinquer ensemble...

Un éclair passa dans le regard de l'agent; mais il dissimula ce mouvement involontaire.

— Ma foi! répondit-il d'un ton franc et sincère, je ne demande pas mieux... j'ai fait une longue course tout à l'heure et j'éprouve le besoin de me rincer le larynx...

Pendant qu'il parlait, Fandard était allé vers une armoire qu'il avait ouverte; il revint avec deux petits verres et une bouteille.

— C'est de l'eau-d'aff! dit-il avec un gros rire, et elle vient directement de Cognac...

— Va pour l'eau-d'aff, répondit Pinson.

Fandard remplit les verres; puis les deux hommes trinquèrent et ils burent.

— Eh bien! le marchand d'hommes, qu'est-ce que tu dis de ça?...

— Je dis que je voudrais bien en avoir de la pareille dans ma cave... mais bah! ça viendra, et si tu acceptes ma proposition, nous pourrons nous donner ce luxe-là!

— Alors, à bientôt... dit Fandard.

— Oui, à bientôt... répondit Pinson.

Les deux hommes se serrèrent la main, et l'agent gagna la rue.

Il avait à peine franchi le seuil du salon, que Fandard remettait en place les deux petits verres et la bouteille; puis il agita vivement une sonnette qui communiquait avec l'étage supérieur.

Un homme accourut aussitôt.

— Mouton! dit alors le marchand d'hommes, un individu vient de sortir d'ici tout à l'heure... l'as-tu vu par le judas?

— Oui, monsieur.

— Tu le reconnaîtras bien, n'est-ce pas?

— Oh! facilement.

— Eh bien, tu vas le suivre... tu ne le quitteras pas plus que ton ombre et tu viendras me dire en quels lieux il se sera arrêté...

— Mais est-ce qu'il n'a pas bu avec vous?

— Un petit verre...

— Alors il n'ira pas loin!

— Qu'en sais-tu?

— Dame! il fera comme les autres...

Fandard eut un regard sinistre.

— Mouton! dit-il d'une voix incisive, il me semble que voilà une parole de trop... ne l'oublie pas... je t'ai exonéré du service militaire, parce que tu avais la bêtise d'aimer une fille que tu voulais épouser... eh bien! prends-y garde... je puis te rendre plus malheureux que tu ne l'étais auparavant, et s'il t'arrivait jamais d'être indiscret, tu sais que je n'ai qu'un seul mot à dire...

Mouton s'inclina en pâlissant, et reculant vers la porte, il s'élança dans la rue à la recherche de celui qu'on lui avait désigné.

Il ne fut pas longtemps avant de le rejoindre.

Pinson marchait en effet d'un pas lent et régulier, et l'on eût dit qu'il s'éloignait à regret de la rue Saint-Victor; il venait d'arriver à la place Maubert, et quand Mouton y déboucha, il l'aperçut, arrêté devant la boutique d'un marchand de vins.

L'homme de Fandard se mit à faire les cent pas sur la place, en attendant que l'agent reprît sa marche.

Au bout de cinq minutes, Pinson se retourna brusquement, et n'apercevant à quelque distance aucune figure autre que celle de Mouton, il continua son chemin et se dirigea vers la rue Mouffetard.

Mouton était, il faut le dire, bien fait pour éloigner la défiance et le soupçon; sa figure était placide et calme comme celle du mammifère dont il portait le nom... il avait le regard

Ce n'est pas la peine, dit-elle, j'irai faire un tour toute seule.

doux, le front fuyant, et ses longs cheveux blonds, collés sur ses tempes, donnaient à sa physionomie un air de naïveté qui frisait de bien près la bêtise.

Comme le lui avait dit Fandard, qui exerçait sur lui une singulière influence, il s'était fait exempter du service militaire; mais en reconnaissance de ce bienfait, le malheureux avait été accaparé par son bienfaiteur, qui l'obligeait à participer à sa vie mystérieuse dans laquelle nul regard n'avait encore pénétré.

Mouton était-il aussi innocent qu'il le paraissait, et n'avait-il réellement pas conscience de ce qu'il faisait?... prêtait-il à Fandard un concours délibéré et dont il appréciait toute la portée?... dans tous les cas, quel but poursuivait cet homme en apparence si soumis et si humble?... ce sont autant de questions auxquelles la suite de cette histoire répondra surabondamment pour nous.

Toujours est-il que Mouton, exécutant fidèlement les ordres qu'il avait reçus de son maître, suivait avec une impassibilité nonchalante les pas de Pinson, quand au détour d'une rue il se sentit frapper sur l'épaule et entendit prononcer son nom à son oreille.

Il se retourna en rougissant.

— Eh! c'est bien ce gros Mouton... s'écria une voix alerte et vive dès qu'il se fut retourné.

— Bouton-d'or! fit à son tour l'honnête affidé de Fandard.

— Que diable fais-tu par ici?...

— Et toi?

— Oh! moi, je sors de l'atelier.

— Et où vas-tu?

— Rue Mouffetard.

— Chez le père Jacques?

— Comme tu dis... veux-tu y venir avec moi?...

Mouton jeta un regard oblique sur Pinson pour ne pas le perdre de vue, et s'adressant au gamin:

— Aller avec toi! répondit-il, je le voudrais bien... mais j'ai affaire ailleurs... cependant je puis t'accompagner un bout de chemin.

— Alors, partons du pied gauche... lâchons la vapeur... et en route pour la rue Mouffetard!...

Bouton-d'or prit aussitôt le bras de son compagnon et se mit à gravir la rue qu'il venait de désigner. Mouton se laissait faire avec indifférence, mais en réalité, il continua d'avancer à pas lents, réglant toujours sa marche sur celle de Pinson qui les précédait d'une vingtaine de mètres.

— Ah ça! dit tout à coup Bouton-d'or, il y a plus de six mois qu'on ne t'a vu à la maison, et la mère s'en plaignait l'autre jour!... Voyons, est-ce qu'on t'a fait quelque chose?

— Moi! se récria le jeune homme.

— Alors pourquoi ne viens-tu plus nous voir?

— J'étais absent.

— Tu prenais l'air à la campagne!...

— J'ai dû faire un voyage au pays pour mon remplacement.

— Et c'est fini ?

— Tout à fait.

— Alors tu t'es remis à travailler ?

— Pas encore.

— Eh bien, tout est pour le mieux dans ce cas, et j'entends que demain tu viennes nous voir.

— C'est impossible.

— Pourquoi ?

— J'ai promis...

Bouton-d'or sourit avec malice.

— Ah ! je sais cependant quelqu'un à qui cela ferait bien plaisir de te revoir, dit-il sournoisement.

— Qui cela ? balbutia Mouton.

— La sœur, parbleu !... elle me demande souvent de tes nouvelles.

— Dis-tu vrai ?

— Viens-y voir !...

Le bras de Mouton trembla sur celui de son compagnon, et lui jeta un regard interrogateur.

Mais Bouton-d'or partit d'un éclat de rire moqueur.

— Allons ! s'écria-t-il avec enjouement, il faut avouer que ton itinéraire n'était pas bien tracé... car tu refusais de m'accompagner rue Mouffetard, et voilà que nous sommes à la porte du père Jacques.

Mouton sourit avec placidité... il venait de voir disparaître Pinson par l'entrée de la maison.

— Tu as raison, dit-il en remuant la tête, je me suis laissé entraîner plus loin que je ne voulais aller, et je vais être obligé...

Tout en parlant ainsi, il examinait la maison, retenait le numéro et allait prendre congé de son compagnon, quand ce dernier fit tout à coup un soubresaut et laissa échapper un cri.

Une voiture venait de passer à leurs côtés ; les chevaux allaient vite, mais le gamin avait l'œil *américain*, comme il le disait lui-même, et un regard lui avait suffi pour reconnaître Bluette d'abord, et ensuite le vicomte de Tordelles !...

Une idée passa en même temps dans son cerveau avec la rapidité de l'éclair, et, quittant brusquement son interlocuteur et ami, il partit comme une flèche, atteignit promptement le coupé du vicomte et, s'accrochant des pieds et des mains derrière la voiture, il se laissa emporter par les chevaux qui avaient pris le

Il errait dans la campagne quand il crut voir marcher une ombre à peu de distance.

grand trot. Le coupé circula longtemps ainsi à travers Paris, sans se douter de ce qu'il promenait avec lui... il traversa bien des rues, longea bien des quais et finit par enfiler la grande avenue des Champs-Élysées.

Bouton-d'or avait trouvé jusque-là la position un peu gênante ; les pavés mal alignés imprimaient à la voiture bien des cahots, et quoiqu'elle fût admirablement suspendue, il éprouva un grand soulagement quand il se sentit sur le macadam de la grande promenade.

Et puis une chose singulière arriva alors. Il n'y avait presque personne sur l'avenue, naguère encore sillonnée par les plus beaux équipages de la capitale ; il régnait un profond silence de tous côtés ; le coupé avait pris une allure plus lente, les glaces en étaient baissées, et Bouton-d'or, dont l'attention était vivement éveillée, et qui avait l'ouïe particulièrement fine, ne tarda pas à percevoir les lambeaux d'une conversation qui ne laissa pas de l'intéresser au dernier point.

— Tu ne veux donc pas m'aimer ? disait le Mort.

— Je fais tout ce que je peux, mais ça ne vient pas, répondit la jeune femme.

— Voyons ! que te manque-t-il ?

— Rien...

— Je t'ai donné des cachemires, des bijoux, des dentelles ; je t'ai donné de l'or, autant que tu en as voulu... que veux-tu encore ?... parle ! parle ! je t'aime !... je puis tout oser, tout entre-

prendre pour satisfaire à tes moindres caprices, à tes plus ruineuses fantaisies, mais en retour de cette prodigalité que je t'offre, donne-moi au moins le semblant de l'amour que j'ai rêvé...

Bluette se mit à rire, et sa réponse ne fut pas entendue par Bouton-d'or.

— Tu me railles... reprit presque aussitôt le vicomte, et tu ne sais pas à quel point ton indifférence me désespère.

— Dame ! ce n'est pas moi qui suis allée vous chercher.

— Qu'importe !

— Cela importe beaucoup.

— N'aimais-tu pas le vicomte de Tourtonne ?

— D'abord, répondit Bluette, je n'éprouvais pas un amour immodéré pour Henri... mais, d'ailleurs, il était jeune, beau, et avait toutes les qualités qui pouvaient flatter une femme.

— Si tu m'aimais, tu ne t'arrêterais pas à mes difformités.

— Oui, *la Belle et la Bête*, repartit la jeune femme, mais cela n'arrive que dans les contes de fées...

La voiture atteignit en ce moment la barrière de l'Étoile... Bouton-d'or entendit le vicomte ordonner au cocher de reprendre le chemin de l'hôtel.

— Excusez du peu ! se dit-il à lui-même, nous avons donc un hôtel, à présent !...

La voiture avait repris sa vive allure et brûlait le macadam.

— Oh! oh! pensa le gamin, il paraît qu'il y a de la brouille dans le ménage...

Il y eut en effet un silence de quelques secondes que Bluette jugea à propos de rompre la première.

— Eh bien, dit-elle d'une voix mutine, vous ne dites plus rien?...

— Puisque tu refuses de m'entendre.

— Écoutez, reprit Bluette, moi je ne suis pas une fille comme une autre... vous êtes venu à moi, et mon premier mouvement a été un mouvement de répulsion... cependant vous avez été prodigue et généreux, et vous n'avez pas refusé de m'accompagner dans le quartier Mouffetard, que j'ai habité si longtemps, avant de devenir ce que je suis... eh bien, je ne veux pas vous désespérer...

— Explique-toi.

— Seulement, cela ne dépend pas de moi tout à fait... et il faut que vous ayez un peu de patience.

— J'en aurai... mais tu me promets...

La voiture venait d'entrer dans la rue Royale, et le bruit des roues sur le pavé empêcha Bouton-d'or d'en entendre davantage.

Du reste, il devait être délivré bientôt de la gêne qu'il éprouvait dans le poste d'observation qu'il occupait, et, quelques minutes après, le coupé s'arrêta rue de la Chaussée-d'Antin, à la porte d'un hôtel de grande apparence.

Bouton-d'or avait sauté lestement à terre, et il se précipita vers la portière qu'il ouvrit.

Le vicomte en descendit, et Bluette le suivit sur le trottoir.

Puis la voiture repartit au galop.

Seulement, au moment où le vicomte allait pénétrer dans la maison, au seuil de laquelle il s'était arrêté, il se trouva en face de Bouton-d'or.

— Eh bien, lui dit-il en cherchant à l'écarter de son chemin, que fais-tu là?

— De quoi! de quoi! répondit Bouton-d'or, est-ce qu'on ne reconnaît plus ses amis?...

Le vicomte le regarda bien en face et tressaillit. Il ne le reconnaissait pas encore, mais il avait comme un vague soupçon de la vérité.

— Qui es-tu et que fais-tu? demanda-t-il avec impatience.

— Bouton-d'or, repartit le gamin, l'ami du père Jacques.

Le Mort fit un pas en arrière pendant que Bluette se prenait à considérer le gamin avec attention.

— Tiens, il est gentil, ce petit! dit-elle avec un élan dont elle ne fut pas maîtresse.

— Allons, place!... fit le vicomte avec autorité en repoussant rudement le gamin. Surtout prends garde à toi... si je te retrouve encore sur mes pas, je pourrais te remettre entre les mains d'un sergent de ville...

Et, entraînant Bluette à son bras, il entra dans la maison et disparut.

Bouton-d'or haussa les épaules.

— C'est égal! dit-il avec une expression qu'on ne saurait rendre, tu as beau *faire ta Sophie*, maintenant, je sais où tu niches et avant peu tu auras de mes nouvelles!

Et il s'éloigna sans essayer de pousser plus loin l'indiscrétion.

La maison dans laquelle le vicomte de Tordelles venait de pénétrer avait, comme nous l'avons dit, une apparence vraiment aristocratique : la porte en était large et élevée; de superbes lampadaires en éclairaient le vestibule; l'escalier en était garni de tapis jusqu'au troisième étage.

Dans le vestibule du rez-de-chaussée il y avait une grande plaque de marbre noir, sur laquelle on lisait, en caractères creux et d'ores, les mots suivants :

Société en commandite pour l'exploitation des gisements auri-fères de l'Algérie. — AU PREMIER ÉTAGE.

Cette société était fondée depuis quelques jours seulement, mais déjà, grâce à l'habileté des administrateurs chargés de la lancer, un grand nombre d'actions avaient été enlevées, et tout annonçait, dans le monde financier de l'époque, qu'elle était appelée à un brillant avenir.

Dans la rue de la Chaussée-d'Antin, au premier étage de cette maison dans laquelle nous venons de voir pénétrer le Mort en compagnie de Bluette, se trouvaient installés les bureaux de la compagnie.

Là une armée de commis travaillaient dans des appartements somptueusement meublés; tout dans cette administration avait un air d'ordre et de régularité, qui, au premier coup-d'œil, devait réjouir le cœur des actionnaires. Il était évident qu'on avait mis un soin minutieux à arranger les divers ornements qui remplissaient chaque salon ou chaque bureau. Là, des pyramides de cartons verts superposés symétriquement, des plans appendus aux murs dans leurs cadres sévères d'ébène arrondi, des cartes en relief, des rayons de bibliothèque où reluisaient dans leur riche reliure tous les ouvrages de nos plus célèbres jurisconsultes; de toutes parts, enfin, un parfum d'affaires et un grand air d'opulence.

C'est Ralph qui avait présidé à ces arrangements, et il l'avait fait avec le tact d'un homme d'une habileté inouïe. Cet homme avait une physionomie qui prévenait en sa faveur; il était froid,

doctoral, discret, ne parlait que rarement et par phrases longuement méditées; il avait la parole facile, le tour heureux, toutes les qualités qui peuvent faire réussir de pareilles entreprises.

Le vicomte de Tordelles avait été le premier à s'étonner de ces facultés qu'il était loin de soupçonner chez son ami.

Le secret de la réussite de Ralph était donc d'abord dans sa physionomie, dans la grâce décente et distinguée de ses manières, joints à un tact exquis pour chercher des dupes, là où ces qualités devaient surtout agir le plus efficacement.

En second lieu, son habileté devait faire ce que sa physionomie n'avait pas fait encore.

Ses premiers pas dans le tourbillon industriel firent sensation.

— Il sut faire vibrer dans le cœur de ses dupes tous les sentiments qui pouvaient être éveillés; il promit monts et merveilles, des intérêts magnifiques, des dividendes fabuleux, et bien que l'avidité mercantile ne fût pas portée alors au point où nous la voyons maintenant, le succès de son audace fut complet; ainsi que nous le disions plus haut, en moins de quelques jours son entreprise, préparée de longue main pour le jour où l'argent qu'il espérait lui viendrait entre les mains, son entreprise amena dans sa caisse des sommes considérables.

Et puis Ralph jouait à la Bourse!

Il avait été atteint de la fièvre de l'époque : de trois à quatre heures il ne bougeait plus du palais de l'Agio. Il en connaissait toutes les ruses, toutes les infamies. — Il jetait, dans ce jeu infernal, des sommes folles qui quelquefois se multipliaient dans ses mains et, le plus souvent, s'évanouissaient au jour du payement des différences.

Mais les fripons ont leur vanité tout comme les honnêtes gens, et notre homme avait eu le temps déjà de prendre goût à ce poison!... Il aimait ce bruit, ce mouvement, ce monde qu'il trouvait sous les colonnes corinthiennes de ce temple de Mercure, il y était très-connu et fort considéré, — nous allions presque dire très-estimé. — On le saluait de loin, on se rangeait pour le laisser passer; on s'entretenait de ses succès, et il était fier de cette considération équivoque qui, dans ce monde, s'attache à l'homme heureux.

Telle était la situation de Ralph depuis le vol commis chez M. de Massa, et certes, il avait fallu des qualités de premier ordre chez ce fripon émérite, pour pousser une entreprise de cette nature avec une telle rapidité, en admettant même — ce qui était — qu'elle eût été préparée depuis longtemps.

Dès que le vicomte de Tordelles parut dans les bureaux, un garçon vêtu d'une sorte de livrée sévère, mais de bon goût, alla lui dire que le directeur de la compagnie désirait lui parler à l'instant même.

— On a envoyé chez M. le vicomte, ajouta le garçon, et M. le directeur a paru vivement contrarié qu'on ne l'y ait pas trouvé.

— C'est bien, dit le Mort.

Et se tournant vers Bluette il allait la prier de l'attendre, quand celle-ci le prévint :

— Oh! ce n'est pas la peine, dit-elle; je vais envoyer prendre un coupé et j'irai faire un tour toute seule.

— Mais, je vous reverrai... fit le vicomte.

— Quand vous voudrez.

La jeune femme s'enveloppa de son châle, fit un salut ironique au vicomte, et, pendant que ce dernier se rendait à l'invitation de Ralph, elle s'éloigna à pied comme une simple mortelle, et elle cherchait elle-même le coupé qu'elle désirait.

Quand le vicomte entra dans le bureau du directeur, il trouva celui-ci soucieux devant une table, feuilletant quelques parchemins avec une telle attention, que c'est à peine s'il entendit entrer. — Le vicomte de Tordelles fut obligé de prononcer son nom pour l'arracher à ses réflexions.

— Ah! enfin, c'est toi, dit-il en relevant la tête avec un éclair de satisfaction dans les yeux. Je craignais que tu ne vinsses pas ce soir.

— Que se passe-t-il donc?

— Une chose grave, répondit Ralph en repoussant les papiers qui se trouvaient sur son bureau. Il y a une heure, j'ai vu Fandard.

— Eh bien?

— Un homme étrange est allé le voir, lui a fait de singulières propositions... puis lui a annoncé qu'il connaissait une partie de ses secrets, et il lui a proposé de s'associer avec lui.

— Et qu'a répondu Fandard?

— Il a accepté ou à peu près.

— Ont-ils trinqué ensemble?

— Oui, comme toujours.

— Eh bien, me voilà tranquille, fit le vicomte : Fandard n'en fait jamais d'autres! et, à l'heure qu'il est, son associé ne doit pas être à craindre.

— C'est ce qui te trompe, repartit Ralph. Il l'a fait suivre par Mouton qui ne l'a quitté qu'au moment où, sain comme toi et moi, il est entré chez le père Jacques!...

— Diable!... fit le vicomte de Tordelles, ceci devient grave, en effet, et que penses-tu que nous ayons à faire?

— Ce qui était à faire, je l'ai fait; et la Cible, Bras-de-fer et Pâlot sont prévenus.

— Enfin, pourquoi m'as-tu appelé?

Le directeur passa la main sur son front, et reprit les papiers qu'il avait repoussés quelques minutes auparavant.

— Ceci, dit-il, est une autre affaire. Notre entreprise marche selon nos espérances, mais il ne faut pas s'arrêter en si beau chemin; et si, comme je le prévois, nous sommes obligés de disparaître encore pour quelque temps, à l'effet d'éviter le résultat des indiscrétions qui pourraient être commises, il est de notre intérêt de réaliser le plus d'argent possible.

— Et dans ce cas?... interrompit le Mort.

— Dans ce cas, j'ai pensé à Lambert.

— Où est-il?

— C'est toi qui nous le dira, il faut aller le trouver rue des Trois-Canettes, car la maladie doit avoir épuisé les faibles ressources dont sa mère et lui pouvaient disposer. — Le moment est donc opportun pour lui révéler le secret de sa naissance, et faire luire à ses yeux l'espoir d'une grande fortune. Nous avons les papiers qui établissent son identité de la manière la plus authentique, c'est donc nous seuls qui pouvons l'aider dans cette affaire. — Parle-lui en conséquence, moutonne avec art, et avant quelques jours, en échange de cette fortune que le comte de Tourtonne sera bien obligé de restituer, nous lui donnerons des actions de notre société... Comprends-tu?

— A merveille! fit le Mort.

— Va donc, ajouta Ralph... tu es intelligent, toi, tu sais sur quel terrain brûlant nous marchons, et tu connais le prix de la célérité.

— Dans deux heures, répondit le vicomte, je viendrai te faire part du résultat de ma négociation.

Dans la rue, il arrêta une voiture de place qui passait, et se fit conduire immédiatement sur la place du Parvis. — Une fois là, il ordonna au cocher de l'attendre, et se dirigea vers la maison de la rue des Trois-Canettes.

Mais en cet endroit, une déception l'attendait. Comme en passant près de la loge il jetait le nom de Lambert:

— Depuis deux jours, il n'habite plus la maison, répondit la concierge.

Le vicomte réprima un geste de contrariété.

— Et pouvez-vous m'indiquer où il demeure maintenant? reprit-il après un moment de réflexion.

— Oh! c'est facile, répliqua l'honnête concierge qui ne demandait qu'à parler. La pauvre cher garçon, on l'avait mis dans un bien vilain état, allez, et sans les soins dont il a été entouré, sans de bons bouillons que nous lui avons fait prendre, mademoiselle Rose et moi, ce n'est pas pour nous vanter, mais je puis dire qu'il ne serait pas où il est.

— Et où est-il? insista le Mort avec un commencement d'impatience.

La concierge sourit avec bienveillance.

— C'est juste! dit-elle, je comprends. Monsieur est peut-être pressé, — et je m'amuse à bavarder... Ah! dame, voyez-vous, c'est que je les aime tant, moi, ces braves gens. — On voit que c'est honnête... tenez... et je soupçonne même que la mère n'a pas toujours été dans une position... enfin, suffit. — On sait ce que parler veut dire...

Le vicomte fit semblant de se retirer.

— Vous partez donc, monsieur?... continua la bonne femme. Eh bien, si vous les voyez, je vous serais bien obligée de leur dire que cette Heartaud leur dit bien des choses de sa part, et qu'à la première occasion j'irai les voir moi-même en personne.

— Il n'y a qu'un seul empêchement à ce que je leur dise cela, interrompit le Mort.

— Et lequel donc?

— C'est que je ne sais pas encore où je les trouverai...

— Je ne vous l'ai pas dit?

— Je ne crois pas.

— C'est cependant bien facile... C'est-à-dire, quand je dis facile... ce n'est pas tout à fait le nom... Mais enfin, écoutez, vous n'avez qu'à vous diriger vers la place Maubert; c'est là que j'ai habité dix-huit ans avec mon défunt... qui était bien la perle des hommes. — Mais que voulez-vous, nous sommes tous mortels, et mon pauvre Théodule a dû payer son tribut, comme l'on dit — pour lors, quand vous aurez atteint la place Maubert, vous prendrez la rue Mouffetard... dame! c'est un peu raide, mais quand j'étais jeune, j'aurais monté le pic de Ténériffe, comme disait mon défunt. — Enfin, vous irez comme ça tout droit jusqu'à la barrière... et là, vous demanderez...

— Madame Lambert? acheva le vicomte.

— Non... mais une excellente femme qu'il paraît que tout le monde connaît, et qui leur donne l'hospitalité.

— Mais, son nom?

— Je ne le connais pas... seulement, demandez l'*Exilée*, et tout le monde vous indiquera sa demeure.

Le *Mort* respira, et se sauva en toute hâte.

Il trouva sa voiture à quelques pas, s'y précipita vivement, et donnant l'indication de la rue Mouffetard, il s'éloigna avec rapidité.

Un quart d'heure après, le vicomte de Tordelles arrivait à la porte de l'*Exilée*.

IX

L'ÉVASION

L'*Exilée* avait, ainsi qu'elle l'avait promis au père Jacques, donné l'hospitalité à madame Lambert et à son fils, qui, en ce moment, était presque rétabli; mais une sombre préoccupation continuait de passer sur sa pensée, et ce n'est pas sans appréhension qu'il songeait à l'engagement qu'il avait pris vis à vis de Canibal.

Quant à Rose, elle se sentait le cœur joyeux et l'esprit tranquille... Elle croyait, elle, à la parole du chiffonnier, et d'ailleurs, il lui suffisait de voir Charles se rétablir de jour en jour, et madame Lambert revenir, de son côté, insensiblement à la santé, pour que la santé reparût sur son front, et le calme dans son cœur!... Elle avait trouvé, non loin de l'habitation de l'*Exilée*, une petite mansarde, située au cinquième étage. Le soleil y envoyait toute la journée ses plus joyeux rayons... Rose avait placé quelques pots de fleurs sur la fenêtre, et là, seule, travaillant avec ardeur, elle oubliait les cruels soucis du passé, pour ne songer qu'aux caressantes promesses de l'avenir. Déjà, dans le quartier, bien des regards s'étaient éveillés sur son passage; plus d'un jeune ouvrier l'avait suivie des premiers jours; c'avait été un événement que son apparition, mais la charmante grisette avait coupé court à toutes ces démonstrations, et dès le lendemain de son installation, on avait appris qu'elle aimait Charles Lambert, et que tout autre prétendant en serait pour ses frais de soupirs.

A partir de ce moment, la jeune fille fut acceptée comme elle voulait l'être; on la prit pour ce qu'elle se donnait, et elle n'en fut que plus aimée et plus respectée.

Sous ce rapport, du reste, Charles Lambert était bien le plus heureux de tous les amoureux qu'il y eût au monde! Jamais il n'y avait eu entre Rose et lui le plus léger nuage; il savait qu'il pouvait compter sur son cœur, et il ne songeait pas à lui demander plus qu'elle ne pouvait ou ne voulait lui accorder!

Ce soir-là, Rose avait fini son travail de bonne heure, et elle était venue passer le reste de la soirée chez ses amis... Assise auprès de Charles, dans le petit jardin de l'habitation, elle parlait du présent et de l'avenir, avec cette confiance qui ne l'avait jamais abandonnée, et le jeune homme, qui se sentait plus fort, formait déjà des projets de travail, car c'était un vaillant cœur.

Quant à madame Lambert, elle semblait, il est vrai, revenir à la santé, mais il était évident qu'un chagrin secret minait cette existence, et plus d'une fois elle avait été sur le point d'éclairer son fils sur sa véritable position... mais toujours une sorte de pudeur l'avait retenue, et chaque fois elle avait remis cet aveu qui lui coûtait tant.

Quand le vicomte de Tordelles se présenta aux hôtes de l'Exilée, la nuit était venue, et l'on allait rentrer dans la maison; l'arrivée du vicomte précipita ce mouvement, et comme il exprima le désir de parler à M. Charles Lambert, on le fit entrer dans une chambre du rez-de-chaussée, où on le laissa seul avec ce dernier.

Charles n'avait jamais parlé au vicomte; seulement, il avait comme un vague souvenir d'avoir rencontré ce visage quelque part, et ce ne fut qu'après quelques efforts de mémoire qu'il se rappela l'avoir rencontré le soir même où il s'était rendu chez Canibal. Ce souvenir lui serra le cœur.

— Vous avez désiré me parler, dit-il alors au vicomte d'un ton bref, et bien que je n'aie pas je n'aie pas l'honneur de vous connaître...

— Oh! il est inutile que vous me connaissiez, interrompit vivement le Mort, l'objet de ma démarche est fort important, mais c'est pour vous seulement... quant à moi, je ne suis qu'un inconnu, et mon nom ne vous apprendrait absolument rien.

— Que me voulez-vous? fit Lambert.

— Je veux vous faire riche.

— Et comment cela?

— De la manière la plus simple.

— Dans ce cas, veuillez vous expliquer, monsieur.

— Madame Lambert vous a-t-elle jamais dit le nom de votre père? fit le vicomte d'une voix incisive.

— Non.

— Eh bien, ce que vous ignorez, monsieur, continua-t-il, et ce que votre mère ignore également, c'est qu'il existe des titres authentiques qui vous reconnaissent comme fils du comte de Tourtonne, et vous donnent droit à la moitié d'un héritage considérable... Cette fortune, ce n'est pas le prix de la honte, c'est la dette d'un homme d'honneur loyalement acquittée, et, s'il y a eu faute, monsieur, ces parchemins prouvent au moins qu'il y a eu repentir!...

Charles Lambert ne répondit pas tout de suite; mille idées confuses traversaient son cerveau, et il ne savait à laquelle s'arrêter. •

Quel était cet homme, qui lui tenait un si étrange langage?... d'où venait-il?... comment et de quel droit avait-il pénétré un pareil secret?... et puis, Charles songeait à sa mère; et la pensée qu'il allait avoir à rougir devant lui le faisait hésiter et trembler...

— Monsieur, dit-il enfin avec une dignité froide, j'ignore qui

.ous êtes, et quel intérêt vous avez eu à vous emparer de ce secret ; j'ignore comment ces parchemins sont entre vos mains, mais vous comprendrez sans doute que ce secret doit mourir entre nous deux.

— Pourquoi donc?... dit le vicomte.

— Parce qu'à aucun prix, je n'accepterai un pareil héritage, s'il doit en coûter une larme à ma mère.

— Est-ce votre dernier mot?

— Oui, monsieur, n'en doutez pas.

Le vicomte réprima un mouvement de vive contrariété, et il replia les parchemins qu'il tenait entre ses doigts.

— Soit, dit-il alors avec fermeté, mais vous comprendrez, de votre côté, que vous n'êtes pas seul juge dans une pareille question, et mon intention bien arrêtée est d'en parler à madame Lambert.

— Ah! vous n'en ferez rien!... s'écria le jeune homme avec vivacité.

— J'y vais de ce pas.

— Prenez garde, car je pourrais vous faire repentir d'une pareille démarche.

Le vicomte ébaucha un sourire.

— Je remplis ici une mission, répondit-il avec calme, vous ne pouvez connaître les motifs qui me font agir, et j'ai l'intime conviction que vous me remercierez un jour de l'insistance que j'oppose aujourd'hui à vos refus.

En parlant ainsi, le vicomte fit quelques pas vers la porte, mais au moment où il allait poser la main sur la serrure, cette porte s'ouvrit d'elle-même, et madame Lambert parut sur le seuil.

Charles poussa un cri et se précipita vers sa mère.

— Monsieur, dit madame Lambert en s'adressant au Mort, votre démarche vient de révéler à mon fils un secret que j'aurais voulu ne lui faire connaître qu'à l'heure de ma mort... puisque Dieu en a ordonné autrement, je dois accepter de lui la nouvelle épreuve qu'il m'impose.

— Mais ce que cet homme a dit est faux... s'écria Charles.

— Cet homme a dit vrai, mon ami, repartit la mère; ta naissance est le résultat d'une faute, mais si je consentais à en accepter le prix, cette faute deviendrait une honte.

— Alors, vous refusez?... dit le vicomte de Tordelles.

— Nous refusons!... répondit madame Lambert.

— Et vous ne craignez rien de l'avenir?

— Cela ne regarde que nous.

— Au moins est-il permis à ceux qui s'intéressent à vous de vous donner leurs conseils dans une question où votre intérêt est si gravement engagé...

— Dieu nous est venu en aide jusqu'à ce jour, et j'espère qu'il ne nous abandonnera pas.

— Sans doute, répliqua de Tordelles, mais vous êtes malheureux; vous êtes ici grâce à une bienveillance qui peut se retirer de vous; cette personne qui vous a accueillis peut se lasser de vous accorder une hospitalité qui lui est onéreuse, et dans cette prévision, il serait peut-être prudent...

Charles se mit, à ces mots, entre sa mère et le vicomte, et le toisant d'un air plein de dédain et de mépris :

— Monsieur, lui dit-il d'un accent où vibrait une résolution énergique, vous avez entendu que ma mère s'est prononcée, et sa réponse doit couper court à toutes ces instances qui seraient déplacées en se prolongeant... vous n'avez donc plus rien à faire ici... et je désire...

— Que je me retire? acheva le vicomte.

Charles alla vers la porte, mais il s'arrêta stupéfait, en apercevant de ce côté une jeune femme pâle, émue, troublée, et dont les regards s'attachaient avec la plus grande fixité sur le vicomte de Tordelles.

C'était l'Exilée...

— Non!... qu'il ne parte pas encore!... dit la jeune femme dont la voix tremblait.

Et elle fit en même temps quelques pas dans la chambre, et s'avança vers le vicomte qui venait de se retourner à sa voix.

— Gabrielle!... s'écria ce dernier étonné.

— Mais vous-même, malheureux, vous avez donc échappé à tous les châtiments dont vous étiez menacé!... fit l'Exilée.

Le Mort fit un pas en arrière.

— Quoi! que voulez-vous dire?... répondit-il en fronçant le sourcil.

— Ah! vous essaieriez en vain de me tromper, continua la jeune femme avec impétuosité, et comme emportée par l'ardeur de son émotion... aussi vrai que je m'appelle Gabrielle, comtesse de Vivonne, vous êtes, vous, celui que l'on appelait le marquis Marcel de Lempsac.

Le Mort fit un bond à cette révélation, tandis que madame Lambert et son fils tournaient leurs regards vers la jeune femme avec un empressement intéressé.

Il y eut un moment de silence, pendant lequel le vicomte de Tordelles, les poings serrés et l'œil fauve, hésita sur le parti qu'il allait prendre.

Son regard allait alternativement de la comtesse à Charles, de madame Lambert à la porte, et il se demandait s'il fallait continuer d'agir de ruse, ou s'il n'était pas préférable de payer d'audace!...

— Mais le marquis de Lempsac est mort! reprit-il enfin avec une sorte d'humilité de mauvais aloi.

— On l'a dit sans doute, répondit Gabrielle, mais on ne peut me tromper, moi, dont votre souvenir est le plus cruel remords!

— Et puis, ajouta le vicomte, quand cela serait... peut-être y aurait-il imprudence à reconnaître ainsi, dans le premier venu, un homme qui veut être mort pour tous.

— Vous ne vous cachez ainsi que pour accomplir de nouveaux crimes.

— Mais qui oserait le dire?...

— Moi, monsieur! car je considérerais comme un devoir de vous livrer à la justice pour prévenir de nouveaux malheurs!

Le vicomte de Tordelles tira un pistolet de sa poche, et écartant d'un geste énergique la comtesse qui semblait vouloir l'empêcher de sortir, et Charles qui s'apprêtait à la défendre :

— Gabrielle, lui dit-il d'un ton pénétrant et ferme, que je sois le marquis de Lempsac, ou que je m'appelle réellement le vicomte de Tordelles, votre intérêt est de vous éloigner de moi, d'oublier que j'ai existé, et de ne point chercher à savoir si j'existe encore... Croyez-moi donc, et suivez le conseil que je vous donne... vicomte de Tordelles ou marquis de Lempsac, le danger pour vous est le même, ne songez pas à vous venger, et rappelez-vous toujours que vous avez un enfant!...

Et sur ces mots, qui glacèrent la comtesse de Vivonne, le Mort eut un sourire ironique, et pendant que chacun le regardait, ému et indécis, il gagna la porte et disparut.

Ainsi que venait de le dire la comtesse de Vivonne, et le lecteur l'avait déjà deviné sans doute, l'homme que nous lui avons présenté sous le nom de vicomte de Tordelles n'était autre que le marquis de Lempsac.

Nous l'avons laissé arrêté dans le dernier chapitre de notre deuxième partie; il semblait n'avoir plus qu'à monter les degrés de l'échafaud, mais avec des hommes tels que le marquis, la partie n'est jamais tout à fait désespérée, et au moment même où on le jetait en prison, il songeait aux moyens de s'évader.

L'association à laquelle il appartenait se composait d'hommes énergiques, et au nombre de ceux-ci se trouvait Ralph, personnage mystérieux, froid, réfléchi, qui avait presque érigé le crime en doctrine, et le marquis de Lempsac savait que l'on pouvait compter sur son concours.

Toutefois, en ce moment, Ralph avait été obligé de fuir et de se cacher avec soin, pour se soustraire aux recherches dont il allait être l'objet, et le marquis de Lempsac s'était trouvé abandonné à ses seules ressources.

Il n'ignorait pas, qu'en sa qualité de criminel célèbre, il était surveillé avec une attention des plus minutieuses; les gardiens qui l'entouraient étaient les plus rusés d'entre les employés subalternes des prisons; chacun d'eux recevait un mot d'ordre exceptionnel à son endroit, et il comprenait, aux soins qu'on lui prodiguait, quel prix on attachait à ce qu'il ne s'échappât point.

Marcel se montra peu sensible à tant d'égards, et nous ne pouvons résister au désir de raconter, aussi succinctement que possible, les péripéties assez originales à travers lesquelles il dut passer pour recouvrer sa liberté, et dont il ne sortit d'ailleurs que mutilé de la façon la plus horrible, la plus épouvantable.

Comme nous l'avons dit, et par excès de précaution, Marcel avait été jeté immédiatement, après son arrestation, dans une sorte de cabanon souterrain, solidement garni de grilles épaisses, et autour duquel veillaient nuit et jour deux gardiens qui se relayaient à heure fixe, pour aller prendre un repos que rendait nécessaire cette surveillance exceptionnelle qu'ils exerçaient.

Du premier coup d'œil, Marcel vit qu'il lui était impossible de tenter une évasion dans de pareilles conditions, et il se creusa l'esprit pour trouver un biais ingénieux; — il était temps, d'ailleurs... l'instruction de son affaire marchait avec activité, et un mois à peine le séparait de la session des assises.

Un matin, comme le geôlier entrait dans son cachot, il le pria de faire prévenir le juge d'instruction qu'il avait une importante révélation à lui confier... et comme un magistrat n'est jamais insensible à une communication de cette nature, ordre fut donné immédiatement d'amener le criminel dans le cabinet officiel ; — des escouades d'agents de police furent convoquées, on doubla le nombre des gardiens qui devaient l'accompagner, et Marcel, souriant à toutes ces précautions inutiles, du moins pour le moment, arriva ainsi escorté devant le magistrat.

Une fois là, interrogé succinctement par ce dernier, il fit connaître qu'il y avait, dans le cachot contigu au sien, deux prévenus dont, à travers la cloison, il avait entendu la conversation. Ces hommes parlaient argot, mais cette langue était familière au marquis, et il avait saisi toute une trame qu'il voulait bien confier au juge qui l'écoutait.

— Seulement, ajouta-t-il quand il eut fini sa révélation, ces gens se sont aperçus que je les écoutais; ils sont furieux contre moi, et à la première sortie dans le préau ou ailleurs, ma vie peut courir des dangers... pour cette raison, monsieur le juge, je vous serai obligé de faire mettre dans un autre cachot.

Le juge trouva la requête assez juste, et le soir même, Marcel changeait de prison et de gardien ; — c'est tout ce qu'il voulait!

Le gardien qui lui fut donné alors était un des cerbères les plus redoutés de la prison; seulement, il avait un chien qu'il appelait César, et il avait mis en lui une telle confiance, qu'il lui concédait parfois le soin de veiller sur ses prisonniers. Hâtons-nous d'ajouter que jamais confiance ne fut mieux placée, car César s'acquittait du soin qui lui était remis avec une telle exactitude, que jusqu'alors aucun détenu n'avait même songé à tenter une évasion regardée comme impossible.

Il était réservé à Marcel de l'essayer.

Chaque jour, on le faisait sortir de son cabanon, pour prendre l'air. Dans une de ses sorties, il se procura un bout de fil de fer, dont il fit un crochet... une fois muni de cet instrument, il se mit à démaçonner les dormants de sa croisée qu'il mastiquait à l'aide de pain mâché, dissimulant ainsi son travail avec du plâtre gratté du mur et des toiles d'araignée.

La veille du jour fixé pour la réunion des jurés à la cour d'assises, il feignit tout à coup un violent mal de dents, et obtint du concierge, par l'intermédiaire de son gardien, un peu de genièvre pour calmer sa douleur; — mais dès que le gardien a le dos tourné, le genièvre sert à Marcel de pâtrir de la mie de pain; il en confectionne une demi-douzaine de boulettes, et une heure après, César, l'incorruptible César, n'en faisait qu'une bouchée.

C'était ce qu'avait espéré le marquis.

L'animal, enivré par le genièvre, ne tarde pas à s'endormir, et Marcel, profitant de la nuit et du sommeil de son gardien qui compte sur César, sort par la croisée de son cachot, traverse une cour, escalade le mur de la prison, et s'enfuit de Paris, décidé à gagner la frontière belge, si aucun incident fâcheux ne vient mettre obstacle à son entreprise.

Le bruit de cette évasion éclata comme un coup de foudre, et des ordres furent immédiatement expédiés dans toutes les directions... quant à Marcel, il s'était contenté de se faire couper les cheveux et la barbe, avait changé ses vêtements contre ceux d'un honnête citadin, et, un herbier sous le bras, une boîte de botaniste sur le dos, il s'en allait herborisant à travers la campagne.

Quelques jours se passèrent de la sorte...

Un matin, il se trouvait déjà à quelques lieues de Saint-Omer, quand il fut rencontré par un garde-champêtre, et sommé par ce fonctionnaire de le suivre chez le maire du bourg voisin. C'était la première fois que pareil incident se présentait depuis son évasion, et il avait eu le temps de s'y préparer. Il n'opposa donc aucune résistance, et se laissa conduire avec docilité, tout en protestant cependant contre l'erreur dont il était l'objet.

Arrivé devant l'officier municipal, ce dernier lui demanda ses papiers, et à cette question, à laquelle il s'attendait, il regarda le maire d'un air d'étonnement.

— Mes papiers? dit-il en souriant... et pourquoi faire?

— Mais pour établir votre identité.

— Et en quoi est-ce nécessaire?

— C'est nécessaire pour prouver votre identité.

Marcel regarda à droite et à gauche, comme pour se bien persuader que c'était à lui que l'on s'adressait. Chemin faisant, il avait fait causer le garde-champêtre, et son plan était tout fait.

— Mon identité, répondit-il enfin, mais tout le monde me connaît à Saint-Omer...

— Qui êtes-vous donc?

— On m'appelle Morel, je suis avocat, et j'appartiens au barreau d'Amiens... Ce n'est pas la première fois que j'y viens... aujourd'hui, j'y m'y rends pour les assises; j'ai là quelques malheureux à défendre; mon absence peut leur être bien funeste... et si vous persistez à me retenir, j'en laisse peser sur vous toute la responsabilité.

— Mais cela ne m'explique pas comment vous vous trouvez dans la campagne, à pied...

Le marquis se prit à sourire, et montra sa boîte et son herbier.

— Oh! c'est que vous ne savez pas, répondit-il avec bonhomie, je suis amateur passionné, et j'allais à pied, botanisant, quand votre garde-champêtre est venu me dire de le suivre.

L'excuse était acceptable... le maire cependant hésitait encore.

— Au surplus, ajouta Marcel, il y a un moyen bien simple d'arranger les choses, et je veux aller au-devant de vos scrupules que j'apprécie... laissez-moi partir, mais faites-moi accompagner par votre garde-champêtre à qui, une fois arrivé, je donnerai de quoi se rafraîchir au retour.

Le maire n'avait plus d'objection à faire... il était vaincu par tant de franchise et de loyauté. Il fit donc ses excuses à M. Morel pour l'ennui qu'on venait de lui causer, et lui rendit la liberté au prisonnier.

Ce qu'il y a de plus original dans cette aventure, c'est que le marquis de Lempsac, maintenant libre, ne songeait plus à s'éloigner... il causa avec le maire, lui parla de ses terres qu'il avait vues en cheminant, rappela même que la femme de l'officier municipal était alliée aux Morel d'Amiens au dixième degré, et finit par persuader à son interlocuteur qu'il était leur cousin.

Sur cette révélation inattendue, l'honnête fonctionnaire s'attendrit; on s'embrasse avec des larmes la femme l'invite à

dîner, et on se quitte, le soir venu, après s'être promis de se revoir.

Le marquis s'éloigna bien restauré, après avoir accepté de son hôte un manteau dont on craignait qu'il n'eût besoin au milieu de la nuit.

Marcel se hâta de gagner la frontière... mais le bonheur qui l'avait eu jusque-là devait l'abandonner aux portes de la Belgique...

Une nuit, en effet, il errait au milieu de la campagne, quand aux lueurs indécises de la lune, il crut voir marcher une ombre à peu de distance.

Il doubla le pas.

Mais l'ombre accélérait le sien de son côté, et arrivé au détour d'un petit bois, il s'entendit appeler par son nom de Marcel.

Il tressaillit...

Qui cela pouvait-il être?... Ce n'était ni un gendarme ni un agent de police; ce ne pouvait être qu'un mouchard lâché à sa poursuite pour l'empêcher d'atteindre la frontière qui n'était plus qu'à quelques lieues.

Le plus prudent eût été peut-être de poursuivre son chemin sans se préoccuper de la présence de cet inconnu; mais le plus expéditif certainement était de se débarrasser de l'importun en l'envoyant dans l'autre monde.

Marcel s'arrêta à ce dernier parti.

Dans la dernière localité qu'il avait traversée, il avait vendu le manteau du maire, son cousin, et s'était muni d'une paire de pistolets. Il retourna donc brusquement sur ses pas, et, dirigeant sa course vers l'ombre qui venait de s'arrêter comme lui, il ajusta de l'un de ses pistolets qu'il venait d'armer.

Mais au moment où il allait lâcher la détente, un bras énergique détourna le canon, et il entendit une voix lui dire ces paroles:

— Eh bien! eh bien! monsieur le marquis, est-ce qu'on a besoin de voir ses amis pour les reconnaître?

Marcel avait reconnu la voix; il jeta un cri:

— Ralph!... dit-il avec joie.

— Allons donc...

— Mais comment te trouves-tu ici?

— J'ai appris ton évasion, je te suivais...

— Nous allons passer à l'étranger tous les deux...

Ralph fit un soupir négatif.

— Malheureusement, répondit-il, c'est impossible.

— Pourquoi cela?

— Tu vas être pris.

— Moi!

— Le pays est cerné... depuis Saint-Omer on est sur tes traces, et la frontière est gardée.

Marcel fit un mouvement de colère.

— Repris! dit-il avec rage, au moment où je croyais toucher au but...

— A présent il faut renoncer à cet espoir.

— Mais que faire?

— Rien.

— Quoi! se laisser emmener ainsi sans rien tenter!

— Tu tuerais un ou deux agents sans augmenter tes chances... il vaut mieux te résigner et attendre.

— Mais toi-même?...

— Oh! moi, c'est différent... nul ne sait que je faisais partie de l'association, je n'ai encore trempé dans aucun crime, et je puis aller et venir librement.

— Alors tu me sauveras?

— Je ferai du moins tout ce qu'il faudra pour cela....

Marcel se tut; un dépit mortel s'était emparé de lui; il ne pouvait croire à la réalité du danger dont lui parlait Ralph.

— Eh bien, essaie, répondit ce dernier; nous allons nous séparer ici... tu continueras ton chemin, tu iras droit à la frontière, et s'il est possible que tu échappes à leur poursuite, eh bien, nous nous donnerons rendez-vous à Bruxelles...

— Soit! dit Marcel, je veux lutter jusqu'au bout... et d'ailleurs le hasard m'a tellement bien servi à souhait jusqu'à cette heure, qu'il ne m'abandonnera peut-être pas encore à ce moment suprême.

— Va donc, dit encore Ralph, et si tu es pris, ce que je crains, compte sur moi, tu me verras accourir au premier appel.

Marcel ne répondit pas et s'éloigna.

La nuit était sombre, la lune s'était voilée pendant ce rapide colloque, comme si elle eût voulu protéger la dernière tentative de ce misérable. Une demi-heure après, il était déjà loin.

Il marchait, le corps en avant, l'oreille tendue au moindre bruit, le regard allumé, les mains armées de ses deux pistolets; il retenait son souffle, c'est à peine si ses pieds effleuraient le sol...

Jusque-là il n'avait rien vu ni rien entendu! et l'espoir commençait à renaître en lui; mais Ralph était bien renseigné cependant, et au moment où il allait atteindre la frontière, où il n'avait plus à craindre l'extradition, il vit tout à coup dix carabines s'abattre sur lui, et il entendit une voix formidable lui crier de se rendre.

Une sueur froide l'inonda tout entier; la résistance était impossible; toute tentative eût été de la folie; ses pistolets s'échappèrent de ses mains, et il se livra inerte et sans volonté à ses adversaires.

Pour la seconde fois, il était sous la main de la justice!

Cette fois cependant chacun était prévenu de l'habileté et de l'audace de cet homme, et il vit aux précautions qui furent aussitôt prises qu'il ne fallait plus espérer tromper la surveillance des gardiens.

On le garrotta étroitement, on le fit monter dans une charrette; cinq hommes prirent place à ses côtés, et dix autres entourèrent la voiture qui s'éloigna dans la direction de Saint-Omer. — Là, seulement, une voiture de poste devait le conduire à Paris, où on l'attendait pour le juger.

Chaque chose, comme on le voit, était prévue avec intelligence, on n'avait compté sans la mystérieuse aventure de Ralph.

En effet, la voiture avait à peine fait deux lieues, que l'essieu se brisa tout à coup avec fracas, et que les cinq hommes qu'elle portait avec Marcel roulèrent dans un fossé.

Locard, qui conduisait la bande, se mit à jurer par tous les saints du paradis, — et ils sont nombreux, — mais quand il eut fini il s'aperçut qu'il n'en était pas plus avancé.

Alors il songea à réparer les tristes effets de l'accident, autant du moins que cela était possible au milieu de la nuit, et dans une campagne où l'on ne pouvait guère espérer rencontrer de l'aide à une pareille heure.

Toutefois, on abandonna la charrette dans le fossé où elle avait versé, et l'on se mit en marche pour le prochain village; mais il faisait nuit noire, et nul ne connaissait le pays... ils marchaient donc un peu à l'aventure, quand, au détour d'un sentier, Locard aperçut un homme qui marchait à quelques pas devant eux.

Il le héla, et l'homme s'arrêta presque aussitôt. — Sur l'invitation qui lui en fut faite, il se rapprocha même de la bande.

Un coup d'œil suffit à Marcel pour le reconnaître. — C'était Ralph. — Il respira... Ralph, pour lui, c'était la liberté... et il venait de comprendre que c'était à lui qu'il devait l'accident récent.

Quand Ralph fut à la portée de Locard, ce dernier lui frappa sur l'épaule avec familiarité :

— L'ami, lui dit-il sur un ton brusque mais amical, n'es-tu pas de ce pays?

— Si fait... répondit Ralph, et j'ai ma ferme qui est à deux pas...

— Et n'y a-t-il pas une ville à quelque distance?

— Oh! il faut bien encore quatre bonnes heures pour y arriver...

Locard réfléchit.

— Voyons! reprit-il presque aussitôt, serais-tu disposé à gagner une pièce de vingt francs?

— Qu'est-ce qu'il faudrait faire pour cela? repartit Ralph.

— Presque rien.

— Allons, voyons!

— Tu me dis que ta ferme est à deux pas?

— En dix minutes j'y serai.

— Eh bien, veux-tu nous permettre de nous y reposer jusqu'au point du jour?

— Tous tant que vous êtes?... se récria Ralph.

— Ni plus ni moins.

— Mais je ne vous connais pas.

— Nous ferons connaissance.

— Encore faudrait-il savoir qui on reçoit...

Locard lui expliqua en quelques mots et très-nettement ce qu'il était, et quel était l'homme qu'il conduisait avec lui.

— Puisqu'il en est ainsi, répondit Ralph après l'avoir écouté avec attention, et comme je vois que vous êtes d'honnêtes gens, pour rendre service à la justice, je vais vous conduire à notre ferme, où même on pourra vous donner un verre de bière pour vous rafraîchir.

Ils partirent sur cette proposition, et dix minutes après, ainsi que l'avait dit Ralph, ils arrivaient à une belle ferme isolée, construite avec goût, et dont la grange s'ouvrit pour donner accès à Locard, suivi de Marcel, que ses cinq gardiens ne quittaient pas.

Tout en faisant les honneurs de chez lui, Ralph ne perdait pas de vue le prisonnier, et il l'observait avec cette curiosité naïve d'un paysan mis en présence d'un spectacle inusité. — Locard le remarqua et haussa les épaules.

— Oh! vous pouvez le regarder, dit-il d'un ton important, cet homme que vous voyez est un des plus grands criminels qui aient existé depuis longtemps.

— Vraiment!... et c'est vous qui l'avez pris?

— Moi-même.

— Et vous le conduisez à Paris?

— Comme vous dites...

Ralph se tourna vers Marcel, qui suivait anxieusement chacun de ses gestes, et cherchait à interpréter chacune de ses paroles.

— Allons, dit-il, il paraît que ton compte est bon... et je te conseille d'en prendre ton parti...

Et il ajouta, en désignant un endroit de la grange :

— Tenez, je crois qu'il est prudent de le mettre de ce côté...

vos hommes feront faction autour de la maison... les autres ne le quitteront pas à l'intérieur, et de cette manière, s'il vous échappe, je veux bien aller le dire à Rome!...

Et il se prit à rire d'un rire naïf.

Locard avait déjà pris d'ailleurs ses dispositions pour les quelques heures qu'il avait à passer dans la ferme, et quand chacun fut à son poste, que Marcel fut couché à l'endroit que lui avait recommandé Ralph, ce dernier serra la main de l'agent, lui souhaita une bonne nuit, et se retira laissant ses hôtes libres de leurs faits et gestes.

Marcel s'était allongé sur la paille, mais il ne dormait pas plus que ses gardiens, et au milieu de la nuit il cherchait à saisir tous les bruits qui pouvaient lui amener la liberté.

Il était là, le coude sur la terre, la tête sur la main, et il prêtait l'oreille.

Mais une bonne heure se passa de la sorte, et aucun bruit ne se fit entendre.

D'où venait ce temps d'arrêt?... Ralph hésitait-il? y avait-il eu quelque obstacle inattendu?... Marcel frémit... il était évident que le moment était opportun... il ne fallait pas attendre que la bande se remît en route... la position dans laquelle ils se trouvaient tous semblait la plus favorable pour l'entreprise à tenter...

Le marquis ignorait à la vérité quel plan avait pu former Ralph, mais il savait qu'il pouvait compter sur lui.

Il attendit.

A ce moment il crut entendre au loin le roulement d'une voiture.

Le bruit se rapprocha peu à peu, et finit par s'arrêter à quelque distance... nul parmi les gardiens n'avait pris garde à cet incident, les uns veillaient, les autres se livraient au plus profond sommeil... Locard seul, qui, en sa qualité de chef, assumait toute la responsabilité, Locard parut se préoccuper pendant quelques minutes de ce bruit qui s'élevait au milieu de la nuit : quand il l'entendit s'arrêter, il se souleva à demi et tendit l'oreille.

Mais le silence succéda profond et sombre, et il n'y attacha pas davantage d'importance.

Cependant c'était bien une voiture qui venait de s'arrêter à dix minutes environ de la ferme, au beau milieu de la route.

Une fois, celui qui la conduisait jeta un regard furtif à droite et à gauche, et parut chercher à travers les ténèbres une personne qu'il espérait y rencontrer.

— Est-ce toi, Bras-de-fer? dit tout à coup une voix à ses côtés.

— C'est moi! répondit celui qu'on interpellait ainsi.

— Bien... ton cheval est bon... la voiture solide, et tu m'assures qu'en une heure tu peux nous conduire à la frontière?

— Laissez-moi faire... et fiez-vous à moi, répondit Bras-de-fer, on ne trouverait pas dans tout le Nord un cheval comme Coco, et dès que vous me ferez-signe, il partira comme le vent.

Ralph se glissa alors vers la ferme, passa à quelque distance des gardiens sans être vu, et gagna de la sorte une espèce de hutte, dont il ouvrit la porte, et dans laquelle il pénétra.

Une petite lanterne sourde y avait été allumée; Ralph s'en empara, et descendit quelques degrés d'un escalier qui aboutissait à un conduit souterrain, lequel menait de la hutte à la ferme.

Là commençait une longue et large traînée de poudre... notre homme l'examina avec une minutieuse attention pour s'assurer qu'elle n'était pas humide, et ayant allumé une feuille de papier, il communiqua le feu à la poudre qui s'enflamma.

L'effet fut pour ainsi dire instantané.

Ralph s'était hâté de remonter dans la hutte; mais à peine y arrivait-il qu'une explosion formidable se fit entendre, et que la ferme sauta en l'air avec la grange, aux cris épouvantés des hommes qui veillaient alentour.

Le moyen était violent sans doute... c'était une chance suprême... et Ralph l'avait tenté.

Marcel perdu sans cela... et il valait mieux mourir. — Ralph savait que telle était la pensée de son ami, et il n'avait pas hésité.

Cependant, à peine l'explosion s'était-elle fait entendre, que Ralph se précipita vers la ferme, et quand il y arriva, le sol tremblait encore sous ses pieds. — Bras-de-fer était accouru de son côté; c'était à lui qu'appartenait la ferme, et il était bien aise de juger des dégâts qui, du reste, lui avaient été préalablement payés.

Un silence de mort régnait de tous côtés autour de ces débris fumants... armés de torches, ils se mirent à déterrer les cadavres... et c'est avec une certaine satisfaction que Ralph constata la présence de Locard parmi eux... Quant au vicomte, ce ne fut qu'après des recherches obstinées qu'ils parvinrent à le découvrir, gisant sous les décombres, les jambes mutilées, les bras déchirés, et le visage horriblement défiguré.

Ralph et Bras-de-fer n'en demandèrent pas davantage; ils n'avaient pas le temps de le soigner... le moment était unique... nul de ceux qui avaient échappé ne songeait à eux... ils n'étaient pas encore revenus de leur épouvante... Les deux bandits chargèrent donc leur compagnon mourant sur leurs épaules et se hâtèrent de le porter ainsi jusqu'à la voiture.

Puis, une fois déposé dans le véhicule, Bras-de-fer saisit les guides, fouetta son cheval et la voiture partit au galop.

Toutefois, si Marcel n'était pas mort, il faut reconnaître qu'il n'en valait guère mieux : la nuit même, avant les premiers rayons du jour, il arrivait en Belgique et pouvait recevoir les soins d'un médecin... le traitement fut long... le malheureux manqua y périr... mais il en sortit contrefait, défiguré et méconnaissable à ce point qu'il pût rentrer peu après dans la capitale et s'y promener sans courir le risque d'être repris.

Néanmoins, la scène qui venait de se passer chez l'Exilée lui avait révélé un danger auquel il était loin de s'attendre, et il crut devoir prendre à ce sujet des mesures propres à arrêter le mal dans sa racine !...

Le lendemain donc, vers minuit, il se rendit au caboulot du *Lapin blanc*.

X

RETOUR AUX MUGUETS

Quand il entra dans le fameux repaire de la rue aux Fèves, Marcel fut frappé de l'air de sombre préoccupation qui y régnait. Les groupes de buveurs étaient peu nombreux ; on causait moins bruyamment que d'habitude, et le marquis fut étonné de ne point trouver là les visages connus de la Cible, de Bras-de-fer et du Pâlot.

L'absence de ce dernier l'étonnait surtout.

Il savait que l'enfant précoce passait presque toutes les nuits au caboulot, et il se demandait à bon droit en quel lieu de la capitale il pouvait aller dépenser la part relativement considérable qu'il avait reçue pour sa coopération au vol de la rue Laffitte.

Il se dirigea vers le père Pitanche, qui l'avait suivi depuis son arrivée d'un regard stupéfait.

— Eh bien, lui dit-il, et les amis, où sont-ils donc?
— Est-ce que tu ne le sais pas? répondit le tavernier.
— La *rousse* les aurait-elle ramassés?
— Ah bien oui, est-ce qu'on prend comme ça la Cible et Bras-de-fer!
— Enfin, que sont-ils devenus?
— Eh bien! vers onze heures ils étaient ici... quand Fandard est arrivé les chercher... ils ont pris ensemble un bol de punch que Fandard a payé, et il les a emmenés.
— Ils sont donc allés travailler?
— Je le suppose.
— Mais en quel endroit?
— Je ne sais pas si je le dire.
— Imbécile, est-ce que tu as peur que je les *renarde* ?
— Je ne dis pas cela.
— Alors, parle... ou sinon!...

La hideuse figure de Marcel eut un éclair de menace qui glaça dans les veines du tavernier.

— C'est bon! c'est bon! répondit-il, il n'y a pas besoin de faire le méchant... et si on voulait, on trouverait bien ta marche.
— Pas tant de jaspinage, et accouche!
— Eh bien, ils sont à côté...
— Où cela?
— A Notre-Dame.
— Et que font-ils?
— Dame! tu n'as qu'à y aller voir...

Marcel réfléchit quelques secondes, avala un verre d'eau-de-vie, et quitta le caboulot pour se diriger du côté du Parvis.

La nuit était sombre ; la rue était déserte ; quand il arriva sur la place, il eut beaucoup de peine à s'orienter.

Toutefois, au bout de quelques minutes, il escaladait un mur qui donnait du côté de la Seine, et pénétrait dans la sombre basilique par une petite porte basse que l'on avait eu l'imprudence de laisser ouverte.

— Rum! se dit Marcel, le Fandard a bien choisi sa nuit, et le diable semble l'avoir faite exprès pour une pareille entreprise.

Et il se glissa doucement à travers les colonnes de la cathédrale ; il arriva bientôt derrière le chœur et s'arrêta. Rien ne saurait rendre l'aspect que présentait à cette heure l'imposant vaisseau de la fameuse basilique. Une ombre immense régnait de tous côtés, mais en dépit des ténèbres qui l'emplissaient de loin en loin, on voyait encore miroiter tantôt quelque grand christ de marbre ou d'ivoire, tantôt quelque ange vêtu d'une robe blanche et les ailes déployées.

C'est Fandard qui avait imaginé cette sacrilège entreprise. Le misérable avait quelque religion, et il était lié avec bon nombre de gens pieux et zélés, par lesquels il avait fait semblant de se laisser convertir.

L'honnête marchand d'hommes allait aux offices... pour lui, ce n'était qu'un masque, et celui-là ne valait certes bien un autre... il avait de cette manière noué d'excellentes relations, et, en dernier lieu, il avait fait connaissance avec un sacristain, un peu ivrogne, qui couchait, à de certaines nuits, dans Notre-Dame, dont en ce cas la garde lui était confiée.

Le sacristain savait bien qu'il était sujet à de coupables libations, et comme l'ivresse à laquelle il s'adonnait trop facilement pouvait compromettre la surveillance qu'il était chargé d'exercer, il s'était adjoint dans ses fonctions un énorme boule-dogue qui suppléait son maître avec autant de sévérité que de conscience.

Toute la nuit les échos d'alentour retentissaient de ses aboiements formidables, et quelques plaintes même s'étaient élevées, à cette occasion, de la part des habitants du quartier.

Fandard devait mettre fin à tout cela.

La veille du jour où notre sacristain devait prendre sa garde, le pauvre boule-dogue fut trouvé étendu aux environs de la sacristie... il y avait un quart d'heure qu'il était mort, et son cadavre était encore chaud.

Le sacristain jeta les hauts cris... il accusa les voisins de ce crime abominable, et jura d'en découvrir l'auteur. — Le soir, il allait compter l'affaire à Fandard, qui, accablé de besogne ce jour-là, lui donna rendez-vous pour le lendemain, se mettant obligeamment à sa disposition pour toutes les recherches auxquelles il voudrait se livrer.

Le lendemain donc, les deux amis se retrouvèrent, et on alla noyer le chagrin du sacristain chez un marchand de vins du coin ; puis, vers dix heures, Oreste quitta Pylade un peu consolé et, pendant que le sacristain regagnait Notre-Dame en chancelant, Fandard se dirigeait vers le *Lapin blanc*, où il allait embaucher les compagnons ordinaires de ses crimes.

Aussi, quand Marcel s'arrêta derrière le chœur et plongea son regard devant lui, les bandits étaient déjà à l'œuvre. C'était horrible à voir, et tout autre que le marquis de Lempsac eût frissonné à la vue d'une aussi scandaleuse profanation !

Fandard, accroupi sur l'autel, dont ses souliers ferrés déchiraient les dentelles, fouillait avec une ardeur fébrile et d'une main ardente le tabernacle, dont la porte avait été fracturée ; à côté de lui, Bras-de-fer brisait entre ses mains robustes les chandeliers d'argent et les candélabres d'or. Quant à la Cible, il allait et venait, jurant et sacrant, et promenant à droite et à gauche les faibles et tremblants rayons de la bougie qu'il tenait à la main pour aider à la perpétration du crime.

A côté des trois bandits, trois sacs étaient déposés, dans lesquels ils enfouissaient à la hâte tous les objets qui leur tombaient sous la main... l'autel n'était qu'une des stations de leur entreprise, et ils avaient encore à visiter la sacristie.

Tout à coup les trois bandits tressaillirent et échangèrent un regard vif et prompt.

Un éclat de rire sonore venait de se faire entendre à quelques pas derrière eux.

Les trois hommes s'armèrent de poignards.

— Nous sommes pincés! s'écria Fandard.
— Sauve qui peut alors! ajouta Bras-de-fer.
— Et le Pâlot qui ne nous a pas prévenus! conclut la Cible.

Tout cela fut dit en moins de temps qu'il n'en faut pour l'écrire, et les trois bandits se trouvèrent debout, la main armée, et cherchant autour d'eux d'où pouvait venir cette voix qui les avait épouvantés. Mais presque aussitôt la Cible poussa un cri de joie :

— Eh, c'est le Mort! dit-il en montrant Marcel qui s'avançait.

Fandard fit un mouvement de contrariété.

— Que viens-tu faire ici? dit-il au marquis.

Ce dernier haussa les épaules :

— Ça, répondit-il, ça ne te regarde pas... je me promenais sur la place, et je suis entré pour faire mes dévotions... mais c'est égal, je ne suis pas fâché de savoir où tu nous caches tes affaires... et au besoin on pourra s'en souvenir.

— Veux-tu être des nôtres? dit encore Fandard.

— Fi donc! répliqua Marcel, de mauvais bibelots que vous irez revendre au Temple ; je sors d'en prendre... et ce n'est vraiment pas la peine de courir le risque d'aller tout droit en enfer... seulement, je suis venu pour autre chose.

— Pour quoi donc? dirent en même temps la Cible et Bras-de-fer, en se rappelant le riche butin qu'ils avaient emporté de chez le banquier de Massa.

— Ce n'est pas ici le moment d'en parler... mais finissez votre besogne, et quand le tout sera fait, je vous attendrai.

— Où cela?
— A la barrière des Vertus.
— Et l'heure?
— Midi...

Après ce rapide colloque, Marcel se tourna vers Fandard :

— Quant à toi, lui dit-il, si j'ai un conseil à te donner, c'est de te joindre à eux et de venir nous aider d'un coup de main

— De quoi s'agit-il donc? dit le dernier.

— Il s'agit du beau salut à tous... tu sais déjà l'histoire de la rue Laffitte, et la visite de Pinson doit t'avoir appris que l'on était sur les traces... tu ferais bien de quitter la rue Saint-Victor.

— C'est déjà fait.

— Eh bien, je vous attendrai demain, et surtout ne manquez pas au rendez-vous...

Les trois bandits, aidés de Marcel, se remirent à l'œuvre et achevèrent leur entreprise qui, le lendemain, devait stupéfier tout Paris.

Ce jour-là, vers midi, Marcel et ses acolytes se trouvaient attablés dans une de ces maisons équivoques qui sont ordinairement le repaire des voleurs de la capitale, de gens sans aveu, et qui, à cette époque, étaient fréquentées assidûment par ces malheureux qu'exploitaient les marchands d'hommes et qui ne rejoignaient bien souvent leur corps qu'après avoir dépensé avec des filles perdues et des gens de la pire espèce l'argent pour lequel ils avaient aliéné leur liberté.

Marcel, Fandard, la Cible et Bras-de-fer avaient été exacts au rendez-vous; Canibal lui-même, prévenu à temps, était de la partie; le Pâlot seul manquait à l'appel. — Mais son absence fut bien vite expliquée, et Marcel raconta qu'il l'avait envoyé rue Mouffetard pour surveiller les abords de la maison dans laquelle devait se faire le coup qu'il avait à leur proposer.

— Mais avant de convenir de l'affaire, poursuivit le Mort, il s'agit de bien s'entendre... Vous ne devez pas ignorer que nous avons dans le père Jacques un ennemi mortel, et malgré toute la bonne volonté que l'on y a mise, on n'a pu encore s'en débarrasser... cependant cet adversaire n'est pas le plus dangereux que nous ayons à redouter... et il y a au haut de la rue Mouffetard un nid qu'il s'agit de détruire une bonne fois, si nous ne voulons pas être exposés à des dangers continuels.

— De quel nid veux-tu parler?... dit Bras-de-fer.

— De Lambert.

— Mon remplaçant! fit Canibal.

— Lui-même.

— Et en quoi est-il dangereux?

— En ce qu'il a été trompé, et que le père Jacques lui a appris à quels assassins il a eu affaire.

— Mais les autres?

— Les autres... répondit Marcel, se composent d'un enfant de quinze ans peut-être et que vous connaissez sous le nom de Bouton-d'or.

— Oh! celui-là... fit Bras-de-fer, je demande à m'en charger.

— Enfin, termina Marcel, il y a là une femme que l'on appelle l'Exilée, et celle-là, si j'en juge par ce qu'elle m'a dit hier, nous n'avons rien de bon à en attendre.

— Mais quelle est ton idée? dit Fandard.

— Elle est simple... et à l'aide de mon moyen, nous pouvons nous débarrasser de toute la maison en une matinée.

BISSON CL TTARD.

Les Muguets.

— Voyons! voyons! firent les bandits attentifs.

Marcel parut se recueillir un instant, puis il reprit:

— Vous avez tous remarqué comme moi, dit-il, que le matin, dans Paris, les allées d'un bon nombre de maisons sont occupées par des marchandes de lait, qui s'établissent en plein vent et débitent leur marchandise à leurs pratiques ordinaires; celles-ci vendant du lait froid, celles-là du lait chaud.

— En effet, dit Fandard, mais je ne vois pas...

— C'est facile à comprendre cependant... j'observe pendant quelques jours la marchande auprès de laquelle nos ennemis trouvent chaque matin leur déjeuner, et avec quelques paquets d'arsenic adroitement mêlés à leur boisson quotidienne, l'affaire est faite en quelques heures.

Il y eut un silence d'admiration.

Le moyen était infernal, mais il était simple, et aucun des bandits ne s'arrêta même à penser que le poison ainsi administré pouvait porter la mort dans vingt familles avant de frapper celle que l'on voulait atteindre.

— Eh bien! dit Marcel d'un air de triomphe en voyant la stupéfaction admirable qu'il inspirait à ses auditeurs, que dites-vous de ce moyen?

— Je dis qu'il est magnifique... répondit Fandard.

— Et vous m'aiderez dans mes projets?

— Quand tu voudras.

— D'ailleurs, vous le voyez, il n'y a pour nous aucun danger, et il ne s'agit que d'aller pendant quelques jours faire une faction d'observation autour de la maison qui sera désignée.

— Et l'arsenic? dit Canibal.

— Je vous le fournirai...

Au moment où Marcel donnait cette assurance à ses compagnons, la porte du caboulot s'ouvrit et le Pâlot entra tout essoufflé et comme un homme qui a fourni une course rapide.

Son arrivée fut saluée par un hourra général, et on lui fit servir un *arlequin* et un litre à douze.

— Eh bien? demanda Marcel.

— Je crois qu'il faudra changer vos plans, répondit le pâle *voyou*; car il y a du nouveau...

— Vraiment... conte-nous ça.

Le Pâlot avala une bouchée énorme qu'il arrosa de deux verres de vin.

— Figurez-vous, continua-t-il, que lorsque je suis arrivé ce matin au haut de la rue Mouffetard, j'ai trouvé à la porte de la maison que vous m'aviez indiquée, une voiture de déménagements pour Paris et la campagne — place Saint-Sulpice, numéro 2...

— Après, après... fit le Mort avec impatience.

— Après, parbleu... ce n'est pas bien malin... il paraît que l'Exilée quitte Paris avec madame Lambert et son fils.

— Et tu n'as pas demandé où ils allaient?

— Au contraire.

— Et où vont-ils ?

— A une propriété située près de Melun, et qui s'appelle... attendez donc !...

— Les Muguets, peut-être... souffla Canibal.

— Les Muguets, précisément... répondit le Pâlot.

Marcel prit sa tête dans ses deux mains, pendant que Canibal pâlissait malgré lui ; au souvenir que ce nom évoquait en lui.

Mais cet instant de silence et d'hésitation ne dura que quelques minutes à peine, et presque aussitôt le marquis de Lempsac releva sa tête hideuse et regarda le marchand d'hommes avec une expression pleine d'audace et de résolution.

— Il y a là-dessous quelque mystère que je ne comprends pas, dit-il d'une voix ferme, mais nos ennemis ne nous trouveront pas en défaut, et nous les suivrons jusqu'aux Muguets... Canibal, tu vas venir avec moi tout à l'heure chez madame de Saint-Albin.

— Mais tu sais bien...

— Il le faut, te dis-je... et je le veux... tu connais les Muguets, toi, et en tout cas maman Cagotte nous y conduira.

— J'en doute... fit Canibal.

— C'est ce que tu verras... et si elle hésite d'ailleurs.. malheur à elle et malheur à vous deux...

Puis, se tournant vers Fandard et les autres :

— Quant à vous, mes amis, ajouta-t-il, c'est partie remise, et j'espère qu'avant peu j'aurai à vous demander votre concours... ce ne sera pas pour la rue Mouffetard, sans doute ; mais l'air de la campagne ne peut pas vous faire de mal, et nous irons faire un petit tour à Melun...

Ce que venait de dire le Pâlot était vrai... dès le matin, une grande résolution avait été prise dans la maison de l'Exilée, et voici à quel propos :

Après le concours qu'il avait prêté, lors du vol commis chez M. de Massa, le père Jacques s'était trouvé assez mal pour qu'on fût obligé de le transporter chez lui, rue Mouffetard ; à peine avait-il été étendu sur son lit, que la fièvre l'avait pris et que l'on avait dû faire venir un médecin.

Ses blessures s'étaient rouvertes ; l'on ne pouvait dire combien de temps demanderait sa guérison. Il eut le délire. — Bouton-d'or et le Muet lui prodiguèrent leurs soins, et ce ne fut que

Elle regarda autour d'elle, et il lui sembla voir des ombres étranges.

vers le matin qu'il reprit ses sens et put envisager sa position avec plus de calme.

Il n'y avait rien encore de désespéré ; mais il fallait du repos, et le chiffonnier ne pensait pas sans chagrin aux entreprises que ce repos forcé allait fatalement suspendre ; il en était là de ses réflexions quand on frappa à la porte de sa chambre.

Bouton-d'or alla ouvrir, et vint annoncer M. le comte de Tourtonne.

— Ah ! c'est le ciel qui l'envoie, s'écria le père Jacques... qu'il entre... qu'il entre... et qu'on me laisse seul avec lui...

Le comte de Tourtonne entra aussitôt et s'assit à côté du père Jacques.

— Mon ami, lui dit-il d'un ton affectueux et en lui serrant la main, j'ai su que vous étiez retenu au lit par vos blessures, et je me suis empressé de vous venir voir.

— Merci, monsieur le comte, dit le père Jacques, et je suis doublement heureux de votre visite ; d'abord parce qu'elle témoigne d'une générosité que j'aime à voir en vous ; ensuite, parce qu'elle me permet de vous demander un service important pour un jeune homme auquel je suis attaché, parce qu'il vous touche par les liens les plus sacrés.

— Mon frère, peut-être ?

— Votre frère, monsieur le comte...

— Ah ! parlez ! parlez ! et soyez certain d'avance que vous me trouverez prêt à faire tout ce que vous me demanderez...

Il y eut un moment de silence... le père Jacques remua doucement la tête, et arrêta sur le jeune homme un regard attendri.

— Ce que j'ai à vous demander, monsieur le comte, lui dit-il, ne doit pas porter atteinte à vos intérêts... c'est une idée qui m'est venue depuis quelque temps, et si vous voulez m'aider à la mettre à exécution, croyez bien que vous aurez agi selon le vœu de votre père...

Le comte eut un triste et douloureux sourire.

— Mon ami, lui dit-il, ce n'est pas la première fois que vous évoquez devant moi la mémoire de mon père, et j'ai, depuis, cherché bien souvent à deviner quel était le but que vous poursuiviez... vous avez connu le comte de Tourtonne, et à de certains moments, j'ai cru moi-même que je retrouvais vos traits dans le passé si heureux de mon enfance... et tenez, en ce moment, pendant que vous m'écoutez... vos yeux, votre attitude, tout cela me rappelle un homme que j'ai beaucoup aimé jadis... qui m'était bien dévoué, et pour lequel mon père professait une sorte de vénération.

— Et cet homme ! cet homme ! dit le père Jacques.

— C'était notre régisseur, Ricard !...

Le père Jacques poussa un cri et se prit à sangloter.

— Oh ! il m'a reconnu ! il m'a reconnu, balbutia-t-il éperdu... pauvre enfant, pauvre cher Henri ; oui, c'est moi, c'est bien le Ricard de votre enfance... ah ! je vous aimais, voyez-vous, et votre père le savait bien... et si j'avais été là, les misérables ne l'auraient pas assassiné!

— Tu les connais donc?

— Depuis peu de jours.

— Et tu me les désigneras?

— Je ferai mieux, je les livrerai à la justice qui les réclame.

— Ah! si tu fais cela, Ricard...

— Chut!... taisez-vous, monsieur le comte, ne prononcez pas ce nom!... cachez-le à tous... ils l'ignorent encore, et il faut qu'ils l'ignorent toujours.

Le père Jacques s'empara des mains du jeune homme qu'il pressa de ses lèvres.

— Monsieur le comte, reprit-il, je vous dirai plus tard ce que je compte faire pour notre vengeance commune, mais, à cette heure, c'est une demande d'une autre nature que j'ai à vous adresser. Il s'agit de votre frère, monsieur Henri...

— Où est-il?

— A Paris.

— Et malheureux peut-être?

— Oui, monsieur le comte, il est malheureux.

— Dis-moi ce qu'il faut faire alors?...

— Le crime dont votre père a été victime n'avait évidemment d'autre mobile que la soustraction de certains papiers qui concernaient votre frère... ces papiers lui donnent droit à une part considérable dans l'héritage du comte de Tourtonne, et c'est pour les arracher à votre père, qui en avait imprudemment laissé soupçonner l'existence, que l'on s'est armé la nuit, et que l'on a assassiné le malheureux vieillard... eh bien, monsieur Henri, il faut aujourd'hui aller de vous-même au-devant du vœu de votre frère... jamais, je puis vous l'assurer, Charles Lambert ne se fera une arme contre vous de cette situation, mais c'est à vous, monsieur le comte, qu'il appartient de prendre l'initiative, et vous aurez fait là une action digne du nom que vous portez!

Le père Jacques expliqua alors la position de Charles Lambert et de sa mère; il lui dit l'honnêteté et le courage de cette famille, l'intérêt dont elle était digne, et il ajouta:

— J'ai appris, dit-il, que votre propriété des Muguets était laissée par vous dans un état complet d'abandon.

— C'est vrai, répondit le comte, cette habitation me semble triste, lugubre, et je n'aurais voulu y rentrer qu'après avoir vu frapper les assassins de mon père.

— Eh bien, cette propriété, je vous la demande pour quelque temps, afin que mes protégés puissent aller l'habiter.

— Y songes-tu?

— Il y a longtemps que j'y pense... Charles Lambert et sa mère, Rose et l'Exilée rendront la vie et le mouvement à ce château abandonné, et quand vous y viendrez, monsieur le comte, vous y trouverez des êtres qui vous béniront.

— Qu'il soit donc fait comme tu le demandes...

— Vous y consentez?

— Sans hésitation.

— Et ils pourront s'y rendre immédiatement?

— Dès demain, s'ils le désirent.

— Je vais faire appeler Lambert dès ce soir, et avant peu de jours, ils iront prendre possession de leur nouvelle habitation.

Quelques jours après, la famille Lambert se trouvait donc installée aux Muguets, et Rose que la gaieté n'avait jamais abandonnée, même au milieu des plus douloureuses épreuves, Rose sembla communiquer autour d'elle une sorte de jeunesse, quelque chose comme un rayon de printemps, à cette demeure depuis si longtemps sombre et triste.

Ce fut comme une résurrection.

Rose adorait les fleurs, le chant des oiseaux, le gazouillement des ruisseaux, sous les allées ombreuses; en moins d'une semaine, tout se transforma comme par enchantement... les oiseaux accoururent par milliers, et chantèrent sous les charmilles; les parterres furent entretenus avec soin, et les Muguets devinrent tout à coup ce qu'ils avaient été autrefois, c'est-à-dire, une délicieuse retraite, pleine de parfum et de bruit charmant.

Gabrielle s'était laissé gagner aussi par le spectacle de cette nature dont elle avait presque perdu le souvenir; le sourire revint peu à peu sur ses lèvres pâlies, à la vue de son enfant dont la santé parut se raffermir à l'air plus sain de la campagne, et elle se demanda si Dieu lui avait enfin pardonné, en lui accordant ce moment de répit au milieu de ses cruels remords.

Quant à madame Lambert et son fils, ils s'étonnaient naïvement de ces splendeurs auxquelles leurs regards étaient peu accoutumés, et buvaient à longs traits la santé, sous l'influence pénétrante et saine de la campagne qui les environnait.

Chaque soir les trouvait réunis tous les quatre, soit sous les charmilles, si le temps était beau, soit dans un petit salon, si le temps était sombre ou froid. Dans le premier cas, on causait; dans le second, Charles prenait un livre et faisait la lecture... on atteignait ainsi dix heures, et alors, chacun regagnait sa petite chambre.

En outre de nos quatre personnages, il y avait encore aux Muguets le jardinier et sa femme, qui habitaient un pavillon situé à l'extrémité du parc; et le père et la mère Benoît avaient surtout pris la petite Rose en grande affection... souvent même, la jolie enfant abandonnait Charles et sa mère, pour aller causer avec *Philémon et Baucis*, comme elle appelait les époux Benoît, et plus d'une fois, il lui arriva de rentrer au château assez tard pour éveiller les inquiétudes de Charles.

Seulement, quand ce dernier grondait doucement la charmante grisette, celle-ci haussait les épaules, et jetait son rire aussi doux qu'un chant de fauvette.

— Et que voulez-vous donc qu'il m'arrive? répliquait Rose... ne sommes-nous pas dans un pays vertueux, et de quoi faut-il que je m'effraye?

— Il n'en est pas moins imprudent de traverser le parc toute seule, à cette heure de nuit... objectait Lambert.

— Eh bien, allons, ne grondez plus... et dorénavant, nous rentrerons à l'heure où l'on couche les poules.

Charles ne répondit pas, mais il profita de la circonstance pour baiser la main fine et rose de la jeune fille, qui le laissa faire.

Une nuit, dix heures venaient de sonner à l'église du village voisin, et Rose venait de quitter le pavillon où elle avait passé une partie de la soirée en compagnie de Benoît et de sa femme.

Elle s'était engagée seule dans le grand parc qu'il fallait traverser pour arriver au château; la nuit était sombre; il n'y avait pas une étoile au ciel, et le plus profond silence régnait sous les grands arbres.

Sans se rendre un compte bien exact de ce qu'elle éprouvait, Rose avait peur... Ce n'était pas ordinaire de sa part : la jolie grisette était particulièrement vaillante, et jamais elle n'avait eu à voir des revenants le long des allées pleines d'ombre. — Cependant ce soir-là, et par un effet indépendant de sa volonté, elle marchait vite, et pressait le pas pour hâter son arrivée au château.

Tout à coup, elle s'arrêta.

A deux pas du chemin qu'elle suivait, elle avait cru entendre le bruit de plusieurs voix... elle prêta l'oreille.

Puis, le premier moment de frayeur passé, elle prit son courage à deux mains et fit quelques pas en avant.

Elle se trouvait alors contre une espèce de charmille, derrière laquelle trois hommes étaient assis et causaient.

Rose retint son haleine et écouta.

— Il n'y a pas à hésiter, disait une voix qui était celle de la Mort, la Cagnotte et Canibal connaissent les localités, et le coup est facile à faire... nous ne devons pas d'ailleurs nous éterniser ici, il importe donc que nous agissions dès demain.

— Mais comment? dit Bras-de-fer.

— Depuis deux jours, nous savons quelles sont les habitudes des gens de la maison... à dix heures à peu près, tout le monde est couché et dort; en nous donnant rendez-vous vers minuit, nous sommes certains de ne trouver personne debout.

— Alors, nous jouerons du poignard...

— Voilà le plan... tuer l'Exilée qui occupe l'aile gauche, et enlever son enfant... ça, Bras-de-fer s'en chargera... agir de même à l'égard de la mère Lambert, si elle fait résistance... et quant au fils, lui faire signer un acte par lequel il nous substitue dans ses droits sur l'héritage du comte de Tourtonne.

— Oui, mais quand il aura signé, il nous dénoncera au procureur du roi.

— Imbécile!... cela pourrait être, en effet, on lui permettait de parler... mais une fois la signature obtenue, comme il ne nous sera plus bon à rien, je me charge de le rendre muet.

— Soit, dit une autre voix qui paraissait être celle de Bras-de-fer, mais la petite...

— Rose... le Pâlot.

— Elle est jolie, fit Marcel.

— Et elle me va, ajouta le Pâlot.

— Eh bien, fais-en ce que tu voudras.

— Alors, tout est convenu?

— Parfaitement... dans une heure, nous examinerons les lieux avec Canibal et la Cagnotte, et demain, nous nous donnerons rendez-vous pour minuit.

Les bandits allaient se lever; Rose n'avait pas eu la force de s'éloigner, quand à ce moment, la voix de Charles se fit entendre à quelque distance.

— Diable!... dit Marcel, il n'est que temps de filer, il ne faut pas que l'on nous doute...

— Eh bien... donnons-nous un coup de jardin... proposa le Pâlot.

Quelques secondes après, les trois assassins avaient pris la fuite, et quand Charles arrivait auprès de la charmille, il n'y trouvait que Rose glacée d'épouvante, et qui se jeta éperdue dans ses bras.

— Charles! Charles! dit-elle d'une voix tremblante, il faut fuir cette demeure.

— Rose, mon Dieu, qu'avez-vous donc?

— Il se passe ici des choses horribles... un complot.

— Expliquez-vous?

— Là!... tout à l'heure, trois hommes ont projeté de venir demain vous assassiner, vous, votre mère et la comtesse de Vivonne.

— Est-il possible!

— J'ai bien entendu.

— Mais dans quel but?

— Je l'ignore.

— Et quels sont ces hommes?

— Je ne les ai pas vus!

Charles crut un moment que Rose avait été frappée de quelque terreur superstitieuse, et que son esprit troublé évoquait quelque danger imaginaire; mais quand il l'eut ramenée vers le château, qu'il vit son visage pâle, ses mains glacées, et qu'elle lui raconta, dans tous ses détails, la conversation qu'elle venait d'entendre, il commença à s'effrayer lui-même, et devint à son tour pensif et grave.

— Oui, vous avez raison, lui dit-il, il y a là un danger sérieux, et qu'il faut à tout prix conjurer... et c'est ce dont je vais m'occuper.

— Que voulez-vous donc faire? balbutia Rose.

— Demain, je vous dirai ce que j'aurai résolu.

— Mais, s'ils venaient cette nuit?

— Ce n'est pas probable... en tous cas, la seule chose que nous puissions faire c'est de nous défendre... et je vous jure de veiller jusqu'au matin, avec les armes que j'ai trouvées ici.

Rose ne répondit pas; jamais elle n'avait éprouvé une pareille terreur, et elle se jeta sur son lit tout habillée, craignant toujours d'être tout à coup réveillée par le bruit sinistre d'une arme à feu.

XI

L'AUBERGE DU CHEVAL BLANC

A quelques lieues de Melun, à une portée de fusil de la propriété des Mugnets, s'élevait à cette époque une auberge de fort modeste apparence, qui avait pour enseigne: au *Cheval blanc*.

Autrefois, cette auberge était ordinairement fréquentée par les rouliers, mais, depuis que la route départementale ne passait plus de ce côté, elle avait perdu de sa splendeur relative et était tombée au rang d'un bouge assez mal famé, dans lequel se réunissaient les plus mauvais gars du pays.

Dans le principe, l'auberge du *Cheval blanc* était tenue par un honnête homme, du nom de Bidard, qui avait épousé dans les environs une assez mauvaise femme, dont l'humeur acariâtre n'était tempérée que par une âpre ardeur du gain. La femme Bidard ne comptait pour ainsi dire aucune sympathie dans le pays, et si elle n'avait pas eu un aussi brave homme pour mari, l'établissement n'eût pas attiré longtemps de nombreux chalands.

Mais le père Bidard était une si excellente nature, il accueillait ses hôtes avec tant de bonhomie ouverte et franche, il mettait tant de cordialité à servir ses clients, qu'en vérité on ne fût détourné de sa route rien que pour trinquer et causer avec lui.

Cela dura ainsi quelques années.

Puis, un jour, le père Bidard, comme on l'appelait, tomba d'une échelle, sur laquelle il était monté pour loger son foin, et il se cassa une jambe; — l'amputation fut presque aussitôt reconnue indispensable; — l'opération, confiée aux soins d'un malheureux chirurgien de village, amena les suites les plus désastreuses, et le pauvre aubergiste mourut quelques mois après, regretté de tous ceux qui l'avaient connu.

Restait madame Bidard. Mais la face des choses changea tout à coup, car la clientèle du *Cheval blanc* disparut petit à petit, et bientôt on n'y rencontra plus que quelques voyageurs misérables à de longs intervalles.

La mère Bidard ne comprenait rien à cette défaveur; son caractère s'en aigrit de plus en plus, et quand enfin, la route cessant de passer devant sa porte, elle perdit tout à coup le casuel qui seul lui restait, elle ne chercha même pas à lutter contre la mauvaise fortune, et se contenta d'en accuser Dieu.

C'est à partir de ce moment que l'auberge du *Cheval blanc* se transforma peu à peu, et au bout d'une année ou deux elle ne fut plus hantée, comme nous le disions, que par les plus mauvais sujets des environs. Du reste, le site au milieu duquel se trouvait placée cette auberge répondait admirablement à la réputation qu'on lui avait faite.

Figurez-vous, à droite de l'habitation, une espèce de rocher au front pelé et supportant une maigre et chétive végétation... à gauche, éloigné de cent pas environ, un énorme ravin, au fond duquel on entendait gronder un torrent alimenté par tous les ruisseaux torrentiels, dont la déclivité du terrain lui envoyait les eaux; enfin, en face, un bois de pins, sombre, silencieux et qui, le soir, à certaines heures, se peuplait de bruits étranges et mystérieux.

Telle était la position de l'auberge du *Cheval blanc*.

Le jour, c'était triste et désolé; — la nuit, c'était poignant et lugubre!...

Un vrai coupe-gorge!...

La mère Bidard n'habitait pas seule l'auberge; elle avait avec elle un grand garçon d'une vingtaine d'années environ, qui était venu à la ferme quelque temps après la mort du père Bidard et qui y était resté. — A l'époque où se passe notre récit, il y avait dix ans qu'il y était.

Des bruits avaient couru à ce sujet sur son compte et sur celui de la mère Bidard.

Les uns prétendaient que ce garçon, grand, bien découplé, haut en couleurs, était l'amant de l'hôtesse; d'autres assuraient au contraire que c'était un fils qu'elle avait eu avant son mariage. — A vrai dire, on n'en savait rien du tout.

On l'appelait Madeline... pourquoi?... c'était un mystère.

Quant à lui, il se souciait fort peu de ce que l'on disait et de ce que l'on ne disait pas!... il était chez la mère Bidard, comme il eût été autre part... il travaillait à la maison pendant le jour et prenait sa part consciencieuse de ce qu'il y avait à faire... mais, le soir, il s'échappait le plus souvent et allait courir les champs et les bois, rendez-vous nocturnes des amours faciles de la campagne; ou, quand il ne sortait pas, il se mêlait aux mauvais garnements qui étaient depuis longtemps les seuls vrais habitués du *Cheval blanc*.

La nuit que Rose passa au milieu des plus cruelles inquiétudes, l'auberge dont nous venons de parler reçut une nouvelle hôte du matin, quelques nouveaux clients.

C'était le Pâlot, la Cible, Bras-de-fer et Marcel.

Canibal et la Cagnotte y occupaient déjà une chambre depuis la veille.

La mère Bidard les avait accueillis de son plus gracieux sourire; elle leur avait servi son meilleur vin et s'était retirée dans la salle commune, où Madeline venait de rentrer.

— Eh bien, la mère, dit ce dernier, voilà une bonne aubaine qui vous tombe cette nuit, et cela va relever un peu la baraque.

La mère Bidard eut un hideux sourire.

— Oui... oui... dit-elle, ils ont de l'argent.

— D'où viennent-ils?

— Je n'en sais rien.

— N'avez-vous pas saisi quelques mots de leur conversation?

— Ils parlent une langue que je ne comprends pas.

— L'argot, parbleu... j'en étais sûr.

— Tu étais sûr de quoi?

Madeline haussa les épaules.

— Tenez! dit-il, je parie qu'avant trois jours il y aura un coup de fait dans les environs.

La mère Bidard fit un geste insouciant.

— Après tout, répliqua-t-elle, qu'est-ce que cela nous fait?... seulement il y a une chose qui m'intrigue.

— Laquelle?

— Cette femme...

— Elle est belle! dit Madeline, dont l'œil brilla.

— Oui, poursuivit la vieille, oui, elle est encore belle... tu l'as remarqué... mais ce n'est pas cela qui me frappe en elle.

— Qu'est-ce donc?

— Certaine ressemblance...

— Avec qui?...

Le regard de la vieille s'arrêta un moment sur Madeline, passa sa main sur son front dénudé, et secoua lentement la tête.

— Non, dit-elle alors, j'ai beau chercher, je ne me rappelle plus... tout cela est si loin de nous, et cependant...

Elle resta quelques secondes encore pensive.

— Est-ce qu'elle est venue seule? poursuivit aussitôt Madeline.

— Oui, seule, répondit la vieille.

— Et personne n'a passé la nuit dans sa chambre?

— Personne! mais pourquoi m'adresses-tu toutes ces questions?...

Madeline se prit à sourire... mais il n'acheva pas.

D'ailleurs la conférence de chambre voisine était vraisemblablement finie, car les cinq hommes sortirent à ce moment du cabinet de la Cagnotte, et quittèrent l'auberge du *Cheval blanc* pour aller rejoindre leur gîte.

Madeline les regarda partir, ferma avec soin la maison derrière eux, et commença à faire son lit, car il couchait dans la salle commune; puis il s'arrêta et prêta l'oreille. La chambre de l'inconnue s'ouvrait par une porte en assez mauvais état sur la pièce où il se trouvait; on marchait dans cette chambre. Il se rapprocha.

Je ne sais quelle émotion singulière se lisait à cette heure sur ses traits; son œil brillait d'un éclat extraordinaire; sa poitrine se soulevait avec force; ses doigts crispés s'enfonçaient énergiquement dans ses chairs.

Il promena autour de lui un regard ardent... parut hésiter encore quelques secondes; puis, soufflant sa chandelle, il marcha d'un pas résolu vers la porte qu'il ouvrit d'un coup d'épaule.

Un cri d'effroi se fit entendre, et la Cagnotte se retourna effarée vers le jeune homme!...

Quant à ce dernier, il était indécis, et se demandait s'il devait avancer ou reculer.

Madame de Saint-Albin n'était pas précisément jeune; — elle pouvait bien avoir quarante ans; — mais l'art lui était venu en aide de bonne heure, et c'est à peine si on lui en eût donné trente-cinq. Elle avait encore une profusion de cheveux remarquable; le tissu de sa peau était blanc et mat, ses épaules rondes et pleines, et son regard gardait une expression de douceur magnétique à l'influence de laquelle il était difficile de se soustraire.

Madeline regarda et fut ébloui.

La Cagnotte, qui avait d'abord craint un danger plus grand, se rassura tout de suite à la vue de ce grand garçon, dont les yeux brillaient comme deux escarboucles : elle comprit ce qui se passait en lui et le rôle qu'elle avait à jouer.

— Eh bien, lui dit-elle après quelques secondes de silence, dont elle avait profité pour se remettre, qu'est-ce que cela signifie et que me voulez-vous?

— Ce que je veux... balbutia le jeune homme en s'approchant; ma foi, j'étais là à côté... j'ai entendu du bruit, j'ai cru qu'on appelait... et je suis venu.

Madame de Saint-Albin sourit d'un air incrédule.

— Vous êtes le fils de la mère Bidard? dit-elle en arrêtant sur lui un regard singulier.

— Moi! répondit Madeline, je ne suis ni son fils ni même son parent.

— Cependant on le dit dans le pays.

— Eh bien, qu'est-ce que cela fait... la mère Bidard est ce qu'elle est... mais pour ce qui est des enfants, il paraît qu'elle n'en a jamais eu... quant à moi, je suis venu au monde je ne sais pas trop en quel endroit, et je serais fort embarrassé de dire quels sont mon père et ma mère... ainsi...

Tout en parlant, Madeline s'enhardissait; il avait encore fait quelques pas vers la Cagnotte, et quand il prononça ces dernières paroles, il poussa l'audace jusqu'à étendre vers elle une main qui pourtant hésitait encore.

Mais un changement inexplicable s'opérait en ce moment chez cette femme; plus elle considérait ce garçon qui lui parlait, plus elle se sentait gagner par un trouble mystérieux, dont elle-même ne pouvait définir la cause.

Elle prit résolument la main de Madeline et le contint ainsi quelques secondes.

— Voyons! lui dit-elle d'une voix un peu émue, regardez-moi... vous dites que vous êtes orphelin...

— Depuis le jour de ma naissance, répondit le jeune homme assez étonné de la question.

— Et où avez-vous été élevé?

— A cinq lieues d'ici.

— A Mareuil, peut-être?

— Mareuil, c'est cela même.

— Et vous connaissiez le père Bidard?

— Beaucoup.

— Il allait vous voir?

— Souvent...

La Cagnotte était devenue pâle tout à coup; elle laissa retomber la main de Madeline, et croisa ses deux bras sur sa poitrine qui battait avec force.

— Ecoutez-moi, reprit-elle bientôt après, il y a sur votre naissance un mystère que j'ai intérêt à éclaircir.

— Vous, madame?

— Oui, moi, mon ami.

— Mais à quoi bon?

— Vous le comprendrez bientôt... mais pour le moment... dites-moi ce qu'est devenue la femme chez laquelle vous avez été élevé.

— Elle est morte.

— Marton... n'est-ce pas?

— Vous la connaissiez donc?

— C'est bien ce nom-là, dites?

— Pardieu!... Marton... la grosse mère Marton... Mais comment se fait-il?...

Madeline arrêta son regard sur madame de Saint-Albin; il la vit tour à tour émue, troublée, rougissante; elle plongea à plusieurs reprises sa main dans ses cheveux qui retombèrent à flots sur ses épaules; et à travers ce désordre et cette émotion, il la trouva encore plus belle qu'elle ne lui avait paru jusqu'alors.

Madame de Saint-Albin s'était laissée tomber sur une chaise; il s'assit auprès d'elle.

Elle ne bougea pas.

Il lui prit la main; elle ne la retira point.

Enfin, il la porta à ses lèvres, et elle le regarda souriante et les yeux baignés de larmes.

Puis, tout à coup, et comme si une idée subite avait traversé son cerveau, elle le repoussa brusquement, se releva avec épouvante et recula de quelques pas.

— Oh! le malheureux! le malheureux! s'écria-t-elle... il ne sait pas tout ce qu'il me dit...

Et elle cacha sa tête dans ses mains.

Le jour commençait à poindre au dehors; il pouvait être six heures du matin, et les premières lueurs du jour pouvaient éloigner d'elle le danger qu'elle avait lieu de redouter.

Cependant, Madeline, qui ne comprenait rien à ce manège, commençait à s'impatienter et à s'irriter même d'une résistance qui le changeait de ses habitudes, et, prenant soudain une résolution énergique, il se précipita vers la Cagnotte qu'il entoura cette fois de ses deux bras robustes.

— Laissez-moi! exclama madame de Saint-Albin.

— Jamais... répondit Madeline.

— Ecoutez...

— Je ne veux plus rien entendre.

— Et si j'étais votre mère, cependant!..

Le garçon d'auberge s'arrêta un moment, comme étourdi... mais presque aussitôt, il haussa les épaules, et partit d'un éclat de rire.

— Ah! vous voulez vous moquer... répliqua-t-il avec ironie... moi, votre fils! et pourquoi... comment... non, non... je n'en crois rien... c'est une ruse, mais elle me réussira pas.

— A moi! à l'aide! s'écria madame de Saint-Albin qui se vit perdue.

— Oh! vous pouvez appeler, répondit Madeline, nul ne vous répondra ici.

— Eh bien, c'est qui te trompe... dit tout à coup une voix derrière lui.

La Cagnotte se retourna ainsi que Madeline.

— Le père Jacques! s'écria madame de Saint-Albin.

— Oui, le père Jacques, répondit le chiffonnier avec un sourire plein d'amertume, ou, si vous le préférez, Ricard, le régisseur de M. de Tourtonne.

Madame Ricard — c'était elle, et le lecteur l'a sans doute deviné déjà — madame Ricard poussa un cri mal étouffé, et se laissa tomber à moitié évanouie sur une chaise.

Cependant, Madeline n'était pas homme à se contenter de cette solution. L'arrivée de cet homme qu'il ne connaissait pas, qu'il n'avait jamais vu, et qui venait remettre en question une victoire qui lui semblait si facile, acheva de l'exaspérer, et s'armant au hasard du premier objet qui lui tomba sous la main, il marcha l'œil plein d'éclairs, la lèvre crispée de menaces, vers le chiffonnier, et lui prit énergiquement le bras.

— Vous! dit-il avec force, je vous somme de filer au plus vite, ou sinon !...

— Que ferais-tu? dit le chiffonnier avec impassibilité.

— Je ne sais pas.

— Voudrais-tu m'assassiner?

— Peut-être...

— Si Dieu le veut ainsi, que cela soit, répondit le chiffonnier en levant les yeux au ciel, mais avant de commettre un pareil crime, va trouver la mère Bidard que je viens de réveiller, et qui est dans la salle à côté; dis-lui que je suis l'intendant de M. de Tourtonne, et quoiqu'il y ait longtemps sans doute qu'elle n'a entendu prononcer ce nom, demande-lui, toi, Madeline, s'il t'est permis d'assassiner l'homme qui est devant toi, et qui s'appelle Ricard !...

L'arrivée du père Jacques étonnera bien un peu le lecteur, mais il faut qu'il sache, qu'après avoir reçu les révélations de Rose, Charles Lambert avait cru devoir expédier immédiatement un garçon de ferme au chiffonnier, pour lui faire part des dangers dont les habitants des Muguets étaient menacés.

Le messager avait fait diligence, et il avait trouvé le père Jacques résolu à partir, en dépit de son état, et qui avait, à cet effet, commandé une voiture et des chevaux de poste.

Le père Jacques nourrissait, depuis longtemps déjà, le projet de se rendre aux Muguets... Au temps de sa prospérité, et quand il vivait avec madame Ricard, il avait eu d'elle un enfant, que l'on avait confié aux soins d'une nourrice... quand il se vit obligé de quitter les Muguets, après l'assassinat de M. de Tourtonne, il avait donné quelque argent au père Bidard, en lui recommandant de veiller sur son enfant... mais bientôt il fut contraint lui-même de partir, animé par l'ardeur d'une vengeance qu'il voulait à tout prix assouvir, et quand il revint quelques années plus tard, il apprit que la nourrice et son enfant étaient morts.

Était-ce bien vrai? n'était-ce pas une horrible vengeance de sa femme? Il ne le sut jamais bien précisément, et quand, dans la suite, on vint lui dire que la mère Bidard avait près d'elle un grand garçon du nom de Madeline, qui passait pour son fils, et qui avait été élevé à Mareuil, mille espoirs nouveaux rentrèrent dans le cœur du malheureux régisseur, et il se promit de se rendre au premier jour aux Muguets, pour savoir à quoi s'en tenir à ce sujet.

Les événements qui s'étaient succédé depuis le commencement de ce récit, l'avaient seuls empêché de mettre son projet à exécution, et le hasard l'avait si bien servi qu'il venait pour ainsi dire de s'y rendre, poussé par des incidents que jusque-là il n'aurait pu prévoir!

Vers dix heures du matin, l'auberge du *Cheval blanc* était pour ainsi dire solitaire; il n'y avait au logis que la mère Bidard et la Cagnotte, lorsque, de divers côtés, débouchèrent presque en même temps les personnages que nous connaissons déjà...

Fandard, la Cible, Bras-de-fer, Pâlot et Marcel.

Tous les cinq pénétrèrent dans l'auberge, et gagnèrent la chambre occupée par maman Cagnotte.

Ils avaient l'air préoccupé, et un certain désappointement se lisait dans leurs regards.

Ils s'assirent, et, pendant quelques secondes, un silence profond régna dans l'assemblée.

On songeait...

Tout à coup, Fandard releva le front et regarda Marcel.

— Eh bien, lui dit-il, le Pâlot t'a raconté ce qui s'est passé cette nuit?

— Oui, répondit Marcel, et j'étais en train d'y réfléchir en venant.

— Le père Jacques est ici.

— Je le sais...

— Notre plan est éventé.

— En effet.

— Et nous n'avons plus qu'à prendre un billet de retour.

— J'ai mieux que cela à vous offrir, fit Marcel avec assurance.

Chacun se rapprocha pour écouter.

— Il n'y a au château des Muguets que deux personnes capables de se défendre : c'est Charles et le père Jacques, et encore ce dernier n'est-il pas bien solide... à la rigueur, on aurait pu risquer le magot, mais ce serait chanceux, et il ne faut rien laisser au hasard dans une pareille entreprise. Donc, voici ce que j'ai arrêté... Cette nuit, nous ne ferons rien... nos ennemis nous attendront jusqu'au jour, et quand ils verront que rien n'a été fait, ils se persuaderont facilement que nous avons renoncé à nos projets.

— Mais quel est ton dessein?

— Mon dessein est d'abord de les fatiguer par une nuit de veille, afin que demain ils soient moins alertes et moins disposés, quand nous nous mettrons à l'œuvre.

— Tu veux donc toujours pénétrer aux Muguets?

— Non pas, mais il y a à dix minutes de l'habitation, dit-il, une ferme que j'ai déjà remarquée; ferme riche, bien tenue, et qui doit renfermer, par parenthèse, contenir pas mal d'écus enfouis et cachés dans des sacs... il y a là une grange où sont entassées des quantités considérables de bottes de foin; demain soir, le Pâlot se glissera sans rien dire de ce côté, et allumera le feu de joie...

— Mais ce n'est pas de la ferme qu'il s'agit, objecta Fandard.

— Sans doute, répondit Marcel; seulement, on est très-bon voisin à la campagne : dès que les premiers appels se feront entendre, dès que les premières lueurs de l'incendie rougiront l'horizon, le château sera sens dessus dessous; Charles, qui a bon cœur, ne pourra pas résister au désir d'aller porter secours aux incendiés, et les Muguets nous appartiendront!

Fandard frappa sur la table.

— Ah! s'écria-t-il, c'est une idée, cela, et pendant que la ferme brûlera, nous nous répandrons dans le château.

— Un instant! il faut tout prévoir et ne rien perdre de vue. Au château, Bras-de-fer se chargera de l'Exilée, comme c'est convenu, et enlèvera l'enfant, avec lequel il prendra immédiatement le chemin de Paris, où il ira le déposer barrière des Vertus, où nous avons déjeuné avant-hier... la Cible, lui, se chargera du père Jacques, et il n'aura pas là une grosse besogne... enfin, quant à Charles, Fandard et moi l'attendrons sur la route, et nous le conduirons ici, avec l'aide de Pâlot...

— C'est parfait... approuva Fandard.

— À une objection près, objecta le Pâlot.

— Laquelle?

— Hier, j'avais parlé de la petite Rose...

— Eh bien, tu l'auras, sois tranquille, répondit le marquis.

— Alors, répliqua le Pâlot, il n'y a plus d'objection, et nous n'avons qu'à attendre la nuit de demain!

La conversation en resta là... et chacun alla vaquer à ses petites affaires. Les uns se répandirent dans les fermes des environs, cherchant les objets de diverses valeurs que l'on pouvait y trouver sous la main; les autres, gagnant les bourgs voisins, pour y finir la journée dans les bouchons les plus mal famés...

Quant à Marcel, il se jeta sans façon sur le lit de la Cagnotte, et, un instant après, il s'endormait du plus profond sommeil.

La nuit qui suivit se passa donc sans incident; au château des Muguets, on veilla jusqu'au matin, Charles et le père Jacques armés jusqu'aux dents, les femmes réunies dans une chambre commune... quelques personnes de la ferme voisine, prévenues par le chiffonnier qu'un coup audacieux devait être tenté contre le château, étaient venues prêter courageusement leur concours, et, à ce propos, Charles n'avait pas hésité à leur promettre un aide égal, si le besoin l'exigeait jamais.

On avait passé la nuit, en somme, assez gaiement, et quand le jour parut à l'horizon, chacun des hommes sembla presque mécontent de l'inutilité de cette garde qu'il venait de monter.

Charles plaisanta même doucement la jolie Rose, qui le laissa faire, et quand enfin les ombres de la nuit se furent tout à fait dissipées, chacun s'éloigna pour aller prendre un peu de repos..

Le jour se passa sans aucun incident; tous les hôtes des Muguets reprirent peu à peu leurs habitudes, et, quand le soir vint, bien qu'il y eût peut-être encore un peu d'appréhensions, on ne prit qu'une partie des précautions réclamées par le danger que l'on redoutait. On veilla cependant encore cette nuit-là jusqu'à une heure du matin; mais après une battue générale faite à main armée dans le parc, on se retira dans les appartements du château, et après s'être bien enfermé chez soi, chacun gagna son lit.

Le père Jacques et Charles couchaient dans la même chambre. Ils étaient fatigués l'un et l'autre, et, après quelques mots échangés, ils ne tardèrent pas à se sentir gagner par un profond sommeil. Il était deux heures... le ciel était pur... on n'entendait rien au dehors.

Tout à coup Charles se releva en sursaut.

Un bruit singulier était venu le troubler dans son sommeil et il réveilla le père Jacques; puis, ne prenant conseil que de son courage, sauta vivement à bas de son lit, et courut à la fenêtre qu'il ouvrit.

Un spectacle affreux s'offrit alors à ses regards... la ferme voisine était enveloppée dans un éclatant linceul de flammes!... une colonne de fumée tourbillonnait au-dessus des principaux bâtiments; la grange semblait être entièrement la proie du feu, et l'on entendait s'élever, du désordre que l'incendie avait jeté de ce côté, les cris de douleur des habitants, mêlés aux mugissements des bestiaux.

— Oh! les malheureux! les malheureux! s'écria Charles.

— En effet, répondit le vieux chiffonnier, un incendie à la campagne est une des plus horribles catastrophes que l'on puisse redouter.

— Mais ce sont ces braves gens qui nous prêtaient hier si généreusement leur concours.

— C'est vrai!

— Il faut aller à leur secours.

Le chiffonnier remua la tête en signe d'assentiment.

— Oui, tu as raison, répondit-il, il faut rendre le bien pour le bien, et malgré le danger qu'il peut y avoir à ce que tu t'éloignes...

— Craignez-vous donc que nos ennemis reviennent?

— Cela n'est-il pas possible?...

— En un pareil moment... au milieu de cette clarté que l'incendie projette jusqu'ici...

Le père Jacques serra la main du jeune homme, et ils se rendirent à la hâte au salon, où déjà les femmes, effrayées comme eux par cet incident, se trouvaient réunies... Seule, Gabrielle, dont l'enfant reposait dans un berceau auprès de son lit, n'avait pas voulu le quitter; mais, assise à quelques pas, la fenêtre ouverte, elle regardait les rouges sillons que la lueur des flammes traçait dans l'air.

Peu de temps après, Charles partit en courant dans la direction de la ferme.

Gabrielle le suivit longtemps des yeux à travers les allées du jardin, et quand il eut disparu au loin, elle repoussa doucement sa fenêtre, et sans qu'elle pût dire pourquoi un horrible pressentiment sillonna son cœur.

Elle eut peur... puis tout à coup elle sentit un frisson glacé courir sur tous ses membres.

Elle regarda autour d'elle, et il lui sembla voir des ombres étranges et menaçantes se mouvoir sur les murs aux clartés vacillantes de sa bougie.

Elle prêta l'oreille et crut entendre le pas d'un homme crier sur le sable des allées, et quelque chose comme des doigts humains glisser sur les volets.

Elle n'y tint bientôt plus... la terreur ne se raisonne pas... on ne peut expliquer pourquoi le cœur s'épouvante à de certaines heures, pourquoi l'âme s'imprègne à d'autres d'une amère et douloureuse tristesse.

Elle courut au berceau, prit son enfant dans ses bras et gagna la porte avec rapidité.

Mais comme elle en atteignait le seuil, la porte s'ouvrit d'elle-même, et un homme lui saisit résolument la main en lui appliquant sur les lèvres une sorte de masque de poix.

Une lutte s'engagea.

Lutte horrible, acharnée, dans laquelle la malheureuse femme n'osait se défendre comme elle l'eût voulu dans la crainte d'étouffer son enfant... mais elle se servait de ses ongles comme une furie eût pu le faire... et à la voir ainsi, les cheveux épars, les yeux égarés, les mains crispées, on eût cru à quelque apparition surnaturelle.

Mais que pouvait-elle faire contre un homme de la force et de la résolution de Bras-de-fer?... la lutte commençait d'ailleurs à lui sembler trop longue; il redoutait l'arrivée de quelque témoin indiscret, et se ruant enfin sur elle avec une fureur aveugle, il la repoussa rudement d'un coup de poing appliqué en pleine poitrine, et l'envoya rouler sanglante sur le parquet.

Puis il lui arracha son enfant et se hâta de disparaître à travers le parc...

L'incendie continuait toujours, et des tourbillons de flammes et de fumée s'élevaient dans l'air à une hauteur considérable.

Rien n'est sinistre comme un pareil désastre la nuit, au milieu de longues terres inhabitées, où les secours ne peuvent être promptement sollicités.

Charles comprenait cela, et au moment où il allait franchir un dernier fossé et se trouver dans un champ dépendant de la ferme, deux hommes se dressèrent tout à coup devant lui, et le saisirent au corps, tandis qu'un troisième plus petit le prenait par les jambes.

Le jeune homme essaya de se débattre et d'appeler au secours. Mais ses ennemis l'eurent garrotté en un clin d'œil et ses cris se perdirent au milieu du tumulte soulevé à quelques pas.

Une fois garrotté, les deux hommes le bâillonnèrent et l'emportèrent à travers champs dans la direction de l'auberge du *Cheval blanc*.

Ce fut l'affaire d'une demi-heure environ.

En y arrivant, Marcel, Fandard et le Pâlot trouvèrent la Cible dans la première salle.

— Eh bien! dit vivement le marquis, et Bras-de-fer?...

— Il emportait l'enfant quand nous nous sommes séparés.

Un rayonnement de satisfaction éclaira la physionomie de Marcel.

— Allons! dit-il, tout nous réussit aujourd'hui, l'enfant est entre nos mains, et quant à Lambert, nous en aurons facilement raison.

Puis se tournant vers le Pâlot :

— Et maintenant, lui dit-il, la Cible et toi, vous allez faire le guet autour de l'auberge, et si vous apercevez quelque renard au museau suspect, le signal ordinaire et donnez-vous de l'air.

La Cible et le Pâlot sortirent sur cette invitation, et après avoir déposé Charles sur le lit de madame de Saint-Albin, Fandard et Marcel allèrent fermer avec soin la porte de la chambre.

XII

DANS LA SALLE BASSE DE L'AUBERGE

Dans la chambre où ils venaient de déposer Charles Lambert, Marcel avait trouvé Canibal et la Cagnotte qui les attendaient.

Dès que la porte eut été fermée avec soin, madame de Saint-Albin alla au marquis, et lui saisissant le bras d'une main tremblante :

— Vous n'avez pas cru, lui dit-elle, que je m'associerais davantage à vos crimes?

— Et pourquoi donc? fit Marcel en la regardant avec étonnement.

— Que comptez-vous faire de ce jeune homme?

— C'est ce que tu vas voir.

— Mais vous ne voulez pas l'assassiner, je pense?

— Ça dépend.

— Dans ce cas, je ne veux pas être votre complice...

— Ça, c'est autre chose... tu seras ce que nous voudrons, et il faudra bien que tu obéisses; tu es à nous par ton premier crime; c'est toi et Canibal qui avez assassiné le comte de Tourtonne, et tu sais que je n'ignore aucun détail de cet assassinat... Si donc tu veux faire la petite bouche et manger le morceau, libre à toi... mais tu es prévenue... et nous saurons bien te repincer.

La Cagnotte ne répondit pas; mais elle se laissa tomber sans force sur une chaise.

Ces explications échangées, les opérations commencèrent.

On avait préparé une plume, de l'encre et un papier timbré que l'on avait placés sur la table; une fois assuré que rien ne manquait, Marcel se dirigea vers le lit, et en enlevant le bâillon qui serrait les lèvres de Charles, il lui rendit la parole.

Toutefois on le laissa garrotté par précaution.

Dès qu'on l'eut délivré de son bâillon, Charles, qui n'avait rien perdu de sa vigueur et de son énergie, se tourna vers ses ennemis, et s'adressant directement à Marcel qui paraissait le chef :

— Pourquoi m'avez-vous amené ici? lui dit-il avec force.

— C'est ce que nous allons vous expliquer, répondit ce dernier.

— C'est un odieux guet-apens.

— On fait comme on peut.

— Vous en rendrez compte à la justice!

— Le plus tard possible... mais en attendant nous allons essayer d'atteindre le but que nous nous sommes proposé.

— Et quel est le but?

Marcel approcha du lit la table sur laquelle étaient placés les objets dont nous avons parlé, et les indiqua du geste à la victime.

— Je vous ai fait connaître, reprit-il aussitôt, que, fils du comte de Tourtonne, vous aviez des droits incontestables et bien établis à une partie de la fortune dont le comte actuel, votre frère, est entré en possession.

— Sans doute, repartit Charles, mais je vous ai dit à mon tour qu'il n'entrait pas dans mes intentions, non plus que dans celles de ma mère, de rien revendiquer de ces droits.

— C'est ce que nous ne permettrons pas, ce refus serait la consécration d'une injustice, d'une spoliation, et nous prétendons...

— Malgré moi?

— Non pas.

— Eh bien, que ferez-vous?

— C'est là la question; et comme nous ne pouvons rien en effet sans votre assentiment, nous avons pris le parti d'user de violence pour l'obtenir. Voici d'ailleurs un papier que vous allez signer séance tenante, et, aux termes de l'engagement que vous allez prendre, vous nous substituerez en votre lieu et place, et croyez-le, vos droits ne pourront être placés en de meilleures mains...

Le jeune homme eut un sourire amer. Il songea à sa mère, à Rose... et une larme furtive vint trembler au bord de sa paupière.

Que pouvait-il faire?...

Il avait devant lui des hommes résolus, déterminés, et pour lesquels l'assassinat n'était depuis longtemps qu'un jeu... il

était évident qu'ils ne reculeraient devant aucune extrémité pour atteindre leur but.

Toutefois il eut comme un éclair au milieu des incertitudes qui se disputaient sa pensée... il se dit qu'après tout ces hommes en voulaient à sa fortune, et que lui mort, cette fortune leur échappait... il se dit encore qu'ils hésiteraient peut-être devant un crime qui devait leur enlever toute chance de réussir dans l'entreprise qu'ils avaient en vue, et il en arriva à penser que le mieux encore était de faire bonne contenance et de les mettre au défi d'exécuter leurs menaces.

Une fois en présence d'un meurtre inutile, peut-être ces hommes s'arrêteraient-ils!

Le jeune homme était resté un moment immobile et pensif; Marcel crut qu'il se consultait et il se rapprocha.

— Eh bien! lui dit-il à voix brève et presque impérieuse, avez-vous réfléchi?

— Sans doute.

— Alors vous consentez?

— Je refuse.

— Ah! ah!...

— Je refuse... poursuivit Charles, précisément parce que j'ai réfléchi.

— Voyons donc...

— C'est fort simple... vous me demandez un engagement aux termes duquel vous vous trouverez substitué à tous mes droits.

— C'est cela même.

— Mais une fois cet engagement signé, que ferez-vous de moi?

— Nous vous mettrons en liberté.

— Ce serait absurde.

— Comment cela?

— Oui, car le premier usage que je ferais de ma liberté, et vous le savez bien, serait d'aller vous dénoncer au procureur du roi...

— Dans ce cas que pensez-vous donc que nous devions faire?

— Je pense que de toute manière vous êtes résolus à me tuer, ainsi il est donc inutile que je commette une lâcheté qui ne me sauverait pas.

Marcel réprima un geste de dépit, et une vive rougeur monta à son front.

— Est-ce votre dernier mot? dit-il avec colère.

— Vous voyez bien que je ne puis agir ni raisonner autrement, répondit Charles Lambert.

— Alors vous voulez mourir?

— Je vois qu'il n'y a pas d'autre espoir pour moi.

Marcel échangea avec Fandard un regard significatif.

— Que faire? dit ce dernier qui n'avait pas beaucoup de ressources dans son imagination.

Marcel frappa du poing sur la table.

— Eh! parbleu, répondit-il, il n'y a plus qu'un moyen.

— Lequel?

— Il faut le *chauffer*...

— Cela va nous faire perdre du temps...

— Sans doute... mais puisqu'il s'obstine, eh bien, nous verrons si ce moyen-là ne lui délie pas les doigts...

A peine Marcel avait-il achevé ces paroles que l'on mit dans le foyer de la chambre voisine une énorme pince destinée à servir d'instrument de supplice.

Marcel n'avait pas l'habitude de perdre son temps en hésitations, et dès qu'il eut pris la résolution de renouveler, à l'égard de Charles Lambert, les scènes terribles des chauffeurs d'autrefois, en moins de quelques minutes tout fut prêt.

Quant au patient, il comprit qu'il allait avoir besoin de force et de courage, et dans cette extrémité, il demanda à Dieu de ne pas l'abandonner.

Cependant, tandis que ces faits s'accomplissaient de ce côté, on n'était pas resté inactif au château des Muguets, et des incidents d'un autre genre s'y préparaient.

A peine Bras-de-fer s'était-il enfui emportant l'enfant de la comtesse de Vivonne, qu'un moment étourdie par cette affreuse douleur, à la réalité de laquelle elle ne pouvait croire encore, ne tarda pas à revenir à elle et à reprendre possession de ses sens.

Quand donc elle se vit seule dans cette chambre, en face d'un berceau vide, elle comprit qu'il n'y avait plus à douter et qu'il fallait réunir, par un immense effort, tout ce qui lui restait d'énergie et de courage; elle courut en appelant au secours vers ses amis qui se disposaient déjà à venir à elle.

Ce fut un coup affreux pour tous.

— Oui, dit le père Jacques, je commence à comprendre la trame ourdie par les misérables; ce sont eux, sans nul doute, qui ont allumé l'incendie pour le désordre de ce côté... et Dieu veuille maintenant que nous n'ayons pas d'autres malheurs à déplorer.

— Quel malheur? dirent en même temps madame Lambert et Rose.

Le père Jacques se tut un moment, — il réfléchissait.

— Ce serait horrible... dit-il quelques secondes après.

— Mais quoi donc? insista Rose.

— Écoutez, mon enfant, poursuivit-il, nous touchons, je le crains bien, à un moment terrible; il faut du courage et de la résolution, et je sais que vous n'en manquez pas... eh bien, à cette heure je ne vois qu'un parti à prendre : c'est de nous rendre tous sur le lieu du désastre.

Comme on allait s'éloigner, madame de Vivonne se laissa tomber à genoux et joignit les mains.

— Et mon enfant! s'écria-t-elle en pleurant, mon pauvre enfant! ils vont le tuer.

— Ce n'est pas possible... ce serait un crime inutile, car d'après ce que j'ai eu lieu de remarquer jusqu'à présent, ces hommes ont toujours un but dans tout ce qu'ils ont entrepris.

— Alors je vais vous suivre aussi!

— Oui, oui... venez... ici, vous resteriez exposés à de nouveaux dangers, tandis qu'avec nous, voyez... j'ai un fusil et je suis de force à vous défendre...

Ils partirent aussitôt en toute hâte. Mais le parc était long, et comme ils en atteignaient l'extrémité, ils virent tout à coup, aux sinistres reflets que l'incendie jetait jusque-là, la porte de la grille s'ouvrir, et un homme à la démarche mystérieuse y pénétrer. Sur un geste impérieux de Jacques, toutes les femmes se blottirent derrière un massif de lilas.

Le chiffonnier avait armé son fusil et attendit.

L'homme avança d'abord avec précaution, comme s'il eût hésité sur le chemin qu'il avait à suivre, mais bientôt ayant remarqué une allée qui conduisait droit au château, il s'y aventura résolument.

Quand Jacques le vit à sa portée, il abattit son arme et lui cria de s'arrêter.

L'homme s'arrêta en effet, puis avança avec audace dans la direction de la voix. Le chiffonnier releva vivement son arme, et jeta un cri de surprise et de joie :

— Pinson! s'écria-t-il en se précipitant vers l'agent qu'il venait de reconnaître.

— Jacques... répondit ce dernier avec non moins de surprise, et que faites-vous ici?

— J'allais vous adresser la même question.

— Oh! quant à moi, cela s'explique... j'ai appris dans la matinée que nos gredins avaient pris la route de Melun... j'ai pensé aux Muguets, et vous voyez que j'arrive à temps pour assister au commencement de leurs fredaines.

Le père Jacques raconta alors succinctement à Pinson ce qui s'était passé au château et la pensée qui leur était venue de se rendre sur le lieu de l'incendie, pour s'assurer de la présence de Charles Lambert.

— Eh bien, puisqu'il en est ainsi, répondit Pinson qui avait écouté avec attention... partons... j'ai là avec moi quelques hommes déterminés, et si nous ne trouvons pas notre homme sur le lieu du sinistre, nous pourrons le rencontrer à l'auberge du Cheval blanc...

Ils ne furent pas longtemps à atteindre le lieu de l'incendie. Mais une fois là, ils purent se convaincre, non-seulement que Charles Lambert ne s'y trouvait pas, mais encore qu'il n'y était pas venu.

— Je vous l'ai dit... répondit Pinson, nous le retrouverons à l'auberge du Cheval blanc.

— Mais que lui veulent-ils, enfin? fit madame Lambert... Charles ne leur a jamais rien fait... puisqu'il ne les connaît pas.

— Ça, nous ne le saurons que plus tard.

— Eh bien, allons tout de suite vers l'endroit que vous nous indiquez.

Pinson fit un signe de tête négatif.

— Non... il est impossible que nous y allions ainsi, tous... ce serait leur donner l'éveil, et c'est ce qu'il faut éviter, si nous voulons réussir.

— Mais que faire alors?... demanda Rose.

— Vous allez rester ici et attendre... quant à nous, eh bien, nous allons tenter l'entreprise, mais je ne vous dissimule pas qu'elle est fort difficile, car il faut que vous sachiez que Marcel de Lempsac est un des plus adroits et des plus rusés coquins dont les annales de la justice aient jamais fait mention... et il a dû prendre les précautions nécessaires pour qu'on ne vienne pas le déranger; or, si nous allions tout droit à l'auberge du Cheval blanc, nous rencontrerions certainement des sentinelles perdues, apostées par le Mort, et qui le préviendraient de notre arrivée, avant que nous puissions rien faire pour sauver le jeune homme.

— Mais que prétendez-vous tenter?... insista encore la jeune fille.

— Ça, c'est mon secret... tout ne dépend pas de moi, et si vous pensez que j'y fasse quelque chose, vous êtes libre de prier le bon Dieu, en attendant notre retour!...

Pinson s'avança alors vers un grand et gros gaillard de vingt-cinq ans environ, et il eut avec lui une conversation de quelques minutes, pendant laquelle il lui donna les instructions les plus détaillées sur ce qu'il allait avoir à faire, puis, quand il l'eut bien catéchisé, l'homme partit; moins de vingt secondes après, on entendit sa voix ronde et sonore entonner, au milieu de la nuit, une chanson bachique.

A ce moment, la Cible et le Pâlot venaient de se rendre au poste d'observation qui leur avait été assigné par Marcel, et ils s'étaient assis l'un à côté de l'autre, à peu de distance de l'auberge, sur

le revers de l'ancienne route, et de là, leurs regards pouvaient plonger à droite et à gauche, sans courir le risque d'être aperçus. Ils devisaient ensemble des faits de la journée, et remplissaient en conscience la mission qui leur avait été confiée, quand ils entendirent tout à coup venir à eux les lambeaux de la chanson qu'avait entonné l'affidé de Pinson.

Ils prêtèrent l'oreille.

— En voilà un qui a écrasé un raisin... observa la Cible.

— Et je voudrais bien faire comme lui... répondit le Pâlot.

La voix approchait... et peu après, ils virent se dessiner à quelque distance la silhouette du chanteur nocturne, qui s'avançait en battant la route.

— Il va tomber dans le fossé! dit le Pâlot.

— Et le Dieu des ivrognes?... répliqua son compagnon.

L'homme s'était arrêté, et, appuyé sur son bâton noueux, il paraissait regarder avec une profonde attention l'auberge du Cheval blanc.

La Cible poussa le coude du Pâlot.

— Dis donc... fit-il à voix basse, c'est peut-être une occas!...

— Comment?

— S'il avait de l'argent!

— Un paysan?

— Dam!... il a soif, il payerait peut-être quelque chose.

Le Pâlot se passa la langue sur les lèvres...

— Du reste... dit-il, j'ai le gosier sec comme le cœur d'un huissier.

— Et moi donc!...

— Alors, allons-y... mais ouvrons l'œil.

Ils firent quelques pas vers l'ivrogne qui ne paraissait se décider qu'avec peine à pénétrer dans l'auberge.

Quand il aperçut les deux ombres se dresser sur le revers du chemin, il fit comme un mouvement de retraite, mais presque aussitôt il se mit en état de défense.

— Ohé! cria-t-il d'une voix de Stentor, est-ce toi, Urbain?

— Ce n'est pas Urbain, riposta la Cible, mais c'est égal, c'est un bon zig tout de même, et si tu veux nous offrir une bouteille, on l'acceptera.

Le nouveau jeta un gros rire stupide.

— Tiens!... vous avez donc soif aussi, vous autres? dit-il en ricanant.

— Parbleu... répondit le Pâlot et la Cible.

— Eh bien, il ne sera pas dit que j'aurai passé devant le Cheval blanc sans le saluer d'un canon.

— C'est une idée.

— Et puis, j'ai soif.

— Ça n'est pas défendu.

— Et puis, vous m'allez, vous autres.

— Comme ça ce trouve!

L'agent se prit à rire.

— Savez-vous chanter?... continua-t-il.

— Pas encore, répondit le Pâlot, mais ça pourra venir... Il n'y a rien qui dérouille le gosier comme un verre de petit bleu.

— Alors, nous entrons!

— Comme un seul homme.

Le Pâlot et la Cible se dirigèrent vers l'auberge en riant... ils avaient pris leur nouvel ami chacun par un bras, et ils entrèrent ainsi dans la demeure de la mère Bidard.

Il y avait peut-être imprudence de leur part à agir de la sorte, mais ils comptaient n'y pas rester longtemps; et puis, ils avaient bien soif l'un et l'autre...

Quand ils entrèrent, ils trouvèrent Canibal assis dans un coin du foyer, s'occupant de faire rougir les pinces qui devaient servir à obtenir de Charles Lambert ce que l'on en attendait.

Pinson avait donc réussi à éloigner toute surveillance des abords de l'auberge, et comme il suivait, avec le père Jacques et ses hommes armés, les pas de l'agent qu'il avait envoyé en avant, il arriva sur les lieux au moment où ce dernier venait de disparaître en compagnie des deux bandits.

La première partie était par conséquent gagnée, mais le danger subsistait toujours presque aussi redoutable, et il s'agissait de s'y prendre de façon à ne donner l'éveil qu'au dernier moment.

Une fois arrivé à quelques pas de l'auberge, il s'arrêta et parut se consulter.

— Eh bien? dit le père Jacques qui avait hâte d'agir.

— Eh bien... répondit Pinson, je réfléchis.

— A quoi pensez-vous donc?

— Je pense que vous voici arrivés au moment critique.

— Comment cela?...

— Ainsi que vous l'avez pu voir, nos prévisions se sont vérifiées, et puisque nous avons trouvé l'auberge gardée au dehors, nous sommes fondés à supposer qu'il y a bien au dedans ce que nous cherchons... Charles Lambert est là, n'en doutez pas, et voici ce que je me dis : la bande que nous connaissons se compose de six hommes, nous en avons vu pénétrer deux dans l'auberge avec notre agent, un troisième a dû disparaître avec l'enfant de la comtesse, il en reste donc que trois hommes auprès de Charles... dans cette situation, nous avons à y regarder à deux fois, pour ne pas commettre deux bévues... j'ai quatre agents

avec moi ; avec vous et moi, cela fait six, et nous sommes certainement en force, puisque nous sommes bien armés... mais
l'important n'est pas de les tuer, mais bien de les prendre, et
dans ce but, voici ce que j'ai résolu.

— Voyons ! voyons !... dit le père Jacques.

— Vous allez, avec les quatre hommes déterminés que je vous
laisse, garder toutes les issues de la maison, c'est-à-dire la porte
et la fenêtre, de sorte que vous tirerez sur chaque homme qui
tentera de sortir... blessez, si vous pouvez, mais tuez impitoya-
blement s'il n'y a pas moyen de faire autrement... Est-ce convenu ?

— Parfaitement.

— Alors, ne perdons pas de temps, avancez avec précaution
de manière à n'éveiller aucun soupçon, et ne manquez pas ceux
que je vais vous envoyer.

— Que comptez-vous donc faire ? demanda le père Jacques.

— Oh ! moi, répondit Pinson, je vais essayer de pénétrer dans
la tanière, et de faire mon choix parmi nos ennemis.

Les ordres de Pinson étaient précis, il n'y avait pas à s'y tromper, et dès qu'il eut vu chacun se rendre à son poste, il gagna

résolument la porte de l'auberge, sur la serrure de laquelle il
posa la main avec une audace peu commune.

Certes, le plan de l'agent était admirablement conçu, et il
devait réussir... mais on ne peut malheureusement pas tout
prévoir, et il était arrivé une chose que maître Pinson ne pouvait
pas connaître, et qui devait remettre tout en question.

En effet, peu de temps avant l'arrivée du chanteur envoyé par
l'agent, un homme avait pénétré dans l'auberge du *Cheval blanc*,
après avoir échangé quelques mots à voix basse avec la Cible et
le Pâlot.

Cet homme était Ralph.

Il était parti de Paris depuis quelques heures à peine, avait
descendu de cheval à peu de distance, et s'était hâté de se rendre chez la mère Bidard.

Son arrivée avait fait sensation dans la chambre, où se trouvaient
réunis Fandard, Marcel, Canibal et madame de Saint-Albin.

— Toi, ici ! s'était écrié le marquis avec un commencement
d'inquiétude, et que viens-tu faire ?

— Je viens vous dire que vous êtes perdus, si vous restez quelques minutes de plus en cet endroit.

Vous palissez... auriez-vous conservé que'que sympathie pour ce misérable.

— Et pourquoi cela ?

— Parce que la *rousse* est ici.

— Pinson ?

— Pinson et ses agents.

— C'est impossible...

— Il m'a précédé d'une demi-heure à peine : il a dû se rendre
directement au château des Muguets, et vous devez penser qu'il
aura été suffisamment renseigné.

Marcel fit un geste plein de colère.

— Ah ! le misérable ! dit-il, si je le rencontre jamais !...

— Si tu le rencontres, tu es perdu... repartit Ralph, il n'y a
pas à hésiter ici ; chaque moment de retard peut te coûter la
liberté, et tu dois savoir qu'il n'est pas toujours facile de s'évader.

— Mais que faire ?

— Partir.

— Avant d'avoir obtenu ce que je suis venu chercher ?

— Ce serait prudent.

— Non ! mille fois non ! d'ailleurs la Cible et le Pâlot font le
guet, et nous aurons le temps de nous donner de l'air avant
qu'ils n'arrivent.

— Comme tu voudras... mais par mesure de précaution, je
vais entr'ouvrir le volet, et à la moindre alerte, je vous brûle la
politesse.

Marcel ordonna alors à Canibal d'aller faire rougir l'instrument du supplice, et pendant qu'il sortait, Ralph, ainsi qu'il

l'avait dit, entr'ouvrait doucement le volet, et plongeait son regard dans la campagne.

Aussi quand Canibal revint, et au moment où Marcel se disposait à torturer le malheureux Lambert, Ralph lui imposa tout
à coup silence, et se retourna d'un air effaré :

— Qu'y a-t-il ? fit Marcel avec impatience.

— Il y a, répondit Ralph, que nous sommes cernés.

— Tu te trompes.

— Regarde !...

Marcel se précipita vers la fenêtre, et aperçut les hommes de
Pinson qui venaient de prendre position autour de l'auberge.

— Eh bien ! fit Ralph.

— C'est vrai... répondit Marcel, mais je ne vois pas Pinson.

— Oh ! il ne doit pas être loin.

— Alors, il faut s'armer et se défendre.

— C'est mon avis... d'autant plus qu'à tout prendre, c'est encore le meilleur moyen de sortir de la position.

— Eh bien ! soit, dit Marcel en armant ses pistolets, mais la
victime est en nos mains, et je ne sortirai d'ici qu'après lui avoir
réglé son compte.

Et en parlant ainsi, il tourna un regard plein de menaces vers
Lambert.

Pendant que les misérables bandits prenaient leurs précautions, et se disposaient à faire une énergique résistance, Pinson

avait marché vers ɪ auberge, et il venait de pénétrer dans la première salle.

Il avait trouvé à son agent attablé avec la Cible et le Pâlot.

— Nous sommes refaits! dit le Pâlot en se levant.

La Cible l'imita, et chacun se saisit du premier objet qui lui tomba sous la main.

Mais déjà Pinson était près d'eux, et leur présentait au bout de chaque bras un pistolet prêt à faire feu.

— Un instant! mes petits amours, leur dit-il d'une voix ferme, car, le premier de vous qui fera un geste ou poussera un cri, je l'abats à mes pieds comme un chien.

Le compagnon de Pinson menaçait également de son côté, et la Cible et le Pâlot n'eurent qu'à s'incliner, ce qu'ils firent fort humblement, tout en guettant le moment favorable.

Quant à Pinson, il continua sa marche, et alla ouvrir la porte qui donnait dans la pièce voisine.

Seulement, au moment où il la poussait devant lui, la porte s'ouvrit d'elle-même, et Ralph parut sur le seuil...

C'était l'instant décisif.

Plusieurs coups de feu éclatèrent en même temps, et au milieu du désordre qui s'ensuivit, une lutte générale s'engagea.

Elle fut horrible et dura longtemps.

Les dispositions de Pinson étaient bien prises, et toutes les issues étaient gardées par des hommes déterminés.

Toutefois, malgré leur audace — et il faut bien le dire, leur courage — ils étaient là en présence de rudes adversaires, et, dès les premiers instants, la Cible et Fandard avaient reçu de graves blessures, et ils furent presque immédiatement rejetés dans un coin, où l'un des agents les garda à vue; de leur côté, madame de Saint-Albin et Canihal se rendirent à discrétion, après deux ou trois essais infructueux, tentés dans le but de chercher leur salut dans la fuite; Ralph, au contraire, parvint à s'enfuir ainsi que le Pâlot, sans qu'on pût les poursuivre ou les atteindre... mais ce qu'il y eut de plus singulier, ce qui sembla à tous inexplicable, c'est qu'après le combat, quand on songea à compter les blessés, et que l'on récapitula les prisonniers, malgré les recherches que l'on dirigea de tous côtés, il fut impossible de découvrir Marcel.

On ne l'avait pas vu fuir, on ne l'avait pas vu tomber... il s'était battu pour ainsi dire jusqu'au dernier moment, et pourtant on ne le trouva ni dans la cave ni dans le grenier, et quand le jour parut, force fut bien d'évacuer la maison sans avoir pu le découvrir!

La capture que Pinson emmenait avec lui était sans contredit importante... mais il lui manquait les deux personnages principaux de la bande... Marcel et Ralph!

Marcel surtout...

Comment était-il parvenu à s'échapper?... où s'était-il caché?

C'était un mystère.

Toujours est-il que l'expédition avait eu des résultats dont on pouvait cependant se glorifier... on avait délivré Charles Lambert, qui, bien que visé par Marcel, en était quitte pour une simple blessure, et deux hommes seulement, parmi les affidés de Pinson, avaient reçu des blessures assez graves pour que l'on craignît pour leurs jours.

On prit aussitôt des mesures pour la translation à Paris des prisonniers faits durant le combat, et dès le lendemain, abandonnant tout espoir au sujet de Marcel et de Ralph, que l'on avait fait rechercher dans les environs, Pinson s'achemina vers Paris avec sa capture.

Or, le lendemain du jour où Pinson eut quitté le pays, Marcel se laissa doucement tomber de la cheminée dans laquelle il s'était tenu caché pendant les recherches dont il avait été l'objet, et, après avoir laissé s'écouler un laps de temps respectable, il sortit un matin, vêtu en cantonnier, avec une brouette, des pioches et des pelles, puis s'achemina tranquillement sur la route fréquentée par ceux-là mêmes qui s'étaient montrés les plus acharnés à sa poursuite.

Toutefois, il avait compris qu'il n'eût pas été prudent de rentrer à Paris dans un pareil moment, et bien qu'il désirât vivement avoir des nouvelles de Bras-de-fer, et des suites du coup hardi qu'il avait tenté, il continua son chemin, traînant sa brouette et se dirigeant vers un endroit où chacun des bandits était convenu de se rendre, dans le cas où la fuite deviendrait obligatoire.

XIII. — LA PETITE MAISON DES SABLONS

A deux lieues environ de Montreuil-sur-Mer, quand on se dirige vers Étaples, la route devient tout à coup sablonneuse; le sol est coupé de petits canaux alimentés à marée haute par la mer, le pays devient subitement plat et prend un caractère morne et désolé.

A cet endroit, sur une dernière éminence, s'élève une charmante habitation, où tout semble avoir été disposé avec un goût particulier.

La maison n'est pas grande; elle n'a qu'un étage seulement; quatre chambres au rez-de-chaussée et trois au premier étage; — au-dessus quelques mansardes. Derrière s'étend un vaste verger où les fruits viennent en abondance, et dans un coin duquel

on a construit un pavillon, où les poules et les coqs essayent de vivre en bonne intelligence avec les pigeons : devant, un petit jardin abondamment pourvu de fleurs, et où la présence et les soins d'une femme se révèlent à chaque pas.

La petite maison des Sablons, comme on l'appelait dans le pays, était habitée par un jeune couple, qui était venu s'y fixer depuis bientôt un an... mais il n'avait pas mis tout ce temps à se faire connaître et aimer.

Ainsi qu'on le dit vulgairement, c'était la maison du bon Dieu.

Les deux époux étaient, disait-on, fort riches, et leur générosité avait soulevé un doux concert de bénédictions dès ses premières manifestations.

La jeune femme était d'ailleurs fort jolie; elle portait en arrivant de longs habits de deuil, et une grande pâleur était répandue sur ses traits... on devinait qu'un profond chagrin avait troublé sa vie, et que son cœur saignait encore de récentes douleurs; mais l'homme qui l'accompagnait était si attentif à lui complaire, il paraissait si empressé à satisfaire les moindres volontés de sa jeune femme, que toutes les sympathies s'étaient éveillées autour d'eux.

Peu à peu cependant la mélancolie de la jeune femme se laissa doucement distraire, et au moment où nous pénétrons dans cette habitation, la gaieté nous y a précédés.

C'est le soir...

Un vieux jardinier va et vient dans le verger, cueillant quelques fruits et donnant à droite et à gauche un coup d'œil exercé.

Il ne fait pas encore nuit, mais le crépuscule tombe insensiblement et enveloppe déjà, d'un voile transparent, toute la campagne environnante.

Le vieux jardinier sourit à sa récolte abondante.

Mais tout à coup il s'arrête et prête l'oreille.

La cloche de la porte d'entrée a retenti.

— Qui cela peut-il être! marmotte entre ses dents le vieillard qui s'est redressé... Ce n'est pas les jeunes maîtres, puisque je n'ai pas entendu la carriole... Voyons... allons toujours nous assurer...

Le vieux jardinier posa son panier à terre et marcha vers la porte qu'il ouvrit.

Un homme était là, en effet, et en le voyant le vieillard fit comme un mouvement de répulsion.

C'était le Mort.

Il s'était découvert et saluait humblement.

— Que voulez-vous? demanda le vieillard d'un ton brusque.

— J'ai marché toute la journée, répondit Marcel, je suis harassé de fatigue, et je tombe d'inanition.

— Mais ce n'est pas une auberge, ici.

— Si c'était une auberge, je ne m'y serais pas présenté.

— Pourquoi donc?

— Parce que je n'ai pas d'argent.

— Et qui vous a dit de vous adresser à cette maison?

— Quelques bonnes gens que j'ai rencontrés en route... de braves paysans qui ne savent pas même le nom de vos maîtres, mais qui connaissent leur bonté.

— Enfin, que voulez-vous?

— Un abri pour cette nuit, un peu de pain et aussi un peu d'eau...

Le vieux jardinier parut se consulter un moment.

L'air et le costume de son interlocuteur ne lui inspiraient pas beaucoup de confiance; mais il savait avec quelle religion l'hospitalité était pratiquée par ses maîtres, et il craignait d'encourir leurs reproches en repoussant un malheureux.

— Soit! dit-il alors, entrez... les maîtres ne sont pas ici en ce moment, mais ils ne peuvent tarder de rentrer; dès qu'ils seront de retour de la ville, où ils sont allés au devant d'un de leurs amis, je prendrai leurs ordres, et s'ils veulent vous garder cette nuit, eh bien, vous y resterez; dans le cas contraire, vous pousserez jusqu'à Étaples, si c'est là que vous devez aller.

Le marquis entra sur cette invitation conditionnelle, et, quelques minutes après, il était introduit dans la cuisine, où la vieille servante lui offrit quelques restes de repas et un bon verre de vin.

Marcel but et mangea comme un homme véritablement affamé!...

Son but était en effet d'atteindre Étaples, où il espérait trouver une barque de pêcheurs, à l'aide de laquelle il comptait passer en Angleterre.

Le petit port dont il s'agit était le lieu désigné à Bras-de-fer et à Ralph pour s'y réunir, mais il ne voulait pas s'y rendre dans le costume de vagabond sous lequel il se présentait, et il espérait trouver dans la garde-robe de son hôte un vêtement en harmonie avec le rôle qu'il voulait jouer.

Durant le trajet qu'il avait fourni, il avait pu se convaincre que l'éveil était donné; mais jusqu'alors la police, lancée sur ses traces, ne paraissait pas posséder des renseignements bien exacts sur la route qu'il avait suivie, et il ne doutait pas qu'il ne parvînt à passer en pays étranger, s'il pouvait sans encombre atteindre le port convenu.

Une demi-heure environ se passa sans incident nouveau.

Seulement, à deux ou trois reprises, Marcel s'était pris à considérer le vieux jardinier, qui fumait sa pipe à quelques pas de lui, d'un regard singulier et avec une persistance qu'il cherchait cependant à dissimuler de son mieux.

A tort ou à raison, il lui semblait avoir déjà vu cet homme quelque part.

Mais en quel lieu et dans quelles circonstances, c'est ce qu'il ne pouvait se rappeler.

Il voulut en avoir le cœur net, et, s'adressant directement au vieillard :

— Pardon, monsieur, lui dit-il; mais depuis quelques minutes je vous regarde avec attention, et il me semble que vos traits ne me sont pas inconnus...

— Vraiment! fit le jardinier en remuant la tête en signe d'incrédulité; pour mon compte, je ne crois pas que je vous aie jamais vu.

— Ça, c'est possible, poursuivit Marcel qui se sentait sur la pente d'une découverte importante; pardonnez-moi alors l'indiscrétion de mes demandes, et dites-moi, je vous prie, si vous avez toujours habité ce pays?

— Moi! non.

— Alors vous n'y êtes que depuis peu de temps?

— Depuis six mois.

— Et vous habitiez Paris peut-être?

— Oh! fort peu... et il y a longtemps...

— Enfin en quel pays viviez-vous avant de venir ici?

Le vieux jardinier allait répondre quand le bruit d'une voiture s'arrêta à la porte de l'habitation, et il se leva vivement.

— Voilà mes maîtres, dit-il, je vais à leur rencontre, et tout à l'heure, si vous le voulez, nous reprendrons cette conversation...

Marcel resta seul. Il était pensif.

Une ardente curiosité s'empara de lui; et, s'approchant de la fenêtre, il plongea son regard dans le verger.

Mais la nuit était sombre, et l'on ne voyait pas à quinze pas devant soi.

La carriole stationnait à la porte extérieure, et pendant que le jardinier s'occupait de décharger les bagages, la servante, précédant ses maîtres avec une lanterne, s'avançait vers la maison.

Marcel regardait toujours, et comme, à un moment donné, les rayons du fanal se dirigèrent vers l'homme que le marquis suivait des yeux avec anxiété, il resta frappé de stupéfaction et eut beaucoup de peine à retenir un cri d'épouvante.

— Lui! lui! s'écria-t-il glacé de terreur.

Pour la première fois de sa vie peut-être, l'idée d'un malheur imminent envahissait son esprit; son cœur battait à se rompre, une sueur froide inondait son front.

— Lui! lui! répéta-t-il le regard fixé au parquet.

Cependant le voyageur qui venait d'arriver avait été conduit au salon par la jeune femme, et le maître de l'habitation, prévenu sans doute par le jardinier, était entré dans la cuisine.

Marcel se leva à son aspect : cette fois le doute n'était plus permis. Celui qu'il avait là devant lui était bien celui qu'il avait cru reconnaître... c'était Morgan!

— C'est vous, mon ami, dit ce dernier en entrant, qui avez demandé l'hospitalité pour cette nuit?

— Oui, monsieur, répondit humblement Marcel.

— Ma maison n'est pas grande, poursuivit l'ex-marin, mais vous êtes malheureux, je n'aurai pas le courage de vous refuser... restez donc ici et passez-y la nuit... et si demain vous avez besoin de quelque chose avant de vous remettre en route, demandez-le sans crainte à mon jardinier.

Morgan sortit sur ces mots; Marcel se rassit, et à peine fut-il convaincu que le danger qu'il avait craint était passé, qu'il songea à autre chose.

Morgan avait épousé Louise et avait même hérité de la fortune d'Olga!...

Il devait y avoir de l'argent dans la maison, et le bandit n'avait pas eu le temps de garnir son porte-monnaie avant de quitter Paris.

Du reste, l'affaire devait être facile.

La maison était éloignée de toute habitation; d'ailleurs Pierre Morgan devait être confiant. La servante n'était pas alerte... le vieux jardinier était sourd!...

A tout hasard il s'empara d'un couteau de cuisine qui traînait sur une table, il le fit disparaître dans une poche de cuir de son paletot. A ce moment, le jardinier entra et vint à lui en souriant :

— Eh bien! dit-il avec enjouement, vous avez vu M. Morgan? il vous a permis de passer la nuit à l'habitation... il est si bon!

— Le fait est que je suis pénétré de sa bonté.

— Seulement, vous ne serez pas très-bien, je vous en avertis.

— Pourquoi cela?

— Dame! parce que nous sommes fort à l'étroit, et que vous serez obligé de coucher dans la cuisine.

— Eh qu'importe... dit-il, ne serai-je pas mieux ici qu'à la belle étoile?

— Alors cela vous va?

— Parfaitement.

— Eh bien, Gertrude va vous y dresser un lit, et demain matin je tâcherai de vous glisser quelques pièces de monnaie.

Marcel s'inclina comme s'il eût été confus de tant de générosité.

Cependant les hôtes de l'habitation étaient endormis depuis longtemps. Déjà le bandit écoutait dans la nuit les moindres bruits qui arrivaient à son oreille, épiant l'heure favorable au sinistre projet qu'il avait conçu.

Morgan et Louise étaient là près de lui, d'un seul coup il pouvait venger le passé! car le misérable croyait qu'il avait à se plaindre d'eux!

Une heure se passa de la sorte, et dans cette heure il sentit la haine tomber goutte à goutte dans son cœur. Pourquoi eût-il hésité d'ailleurs...

A quelques pas était la mer... c'est-à-dire l'impunité presque assurée... et avant que son bras à son oreille, découvrir le crime, il avait le temps de franchir une grande distance. Donc, quand il supposa que le moment était arrivé, il tira de sa poche le couteau, sortit de la cuisine, descendit dans le jardin qu'il était obligé de traverser pour gagner la chambre des maîtres.

La lune montait doucement dans le ciel en éclairant l'horizon. On y voyait comme en plein jour. Cette particularité contraria notre assassin; — il est évident que par une nuit pareille il pouvait être remarqué et reconnu, c'était dangereux; — mais aussi cela avait son beau côté, puisque la clarté de la lune lui permettait de se diriger avec plus d'assurance. Une fois engagé à travers les massifs, il ne tarda pas à se rapprocher de la chambre de Morgan; mais au moment où il allait en pousser la porte qui n'était jamais fermée, il s'arrêta interdit et prêta l'oreille. Il avait entendu un bruit de pas, et se jeta vivement dans un bosquet. Deux minutes plus tard, un homme passa à deux pas de lui, fumant un cigare.

Les regards de Marcel devinrent ardents; à la lueur de la lune, il venait de reconnaître le jeune comte de Tourtonne.

— Lui! ici! murmura-t-il avec un commencement d'inquiétude; mais c'est impossible!...

Le comte et Morgan se connaissaient donc... et quoique cette liaison parût insensée, notre assassin se prit à réfléchir, et se rappela qu'en effet la comtesse de Vivonne avait reçu autrefois le père du comte, et qu'il était assez naturel que Morgan l'y eût connu; mais la présence du jeune homme dérangeait singulièrement ses plans.

Henri de Tourtonne passa encore deux ou trois fois devant le bosquet d'arbres où s'était réfugié le misérable. Puis il gagna l'extrémité du jardin et ne revint plus.

Marcel sortit alors de sa retraite et marcha résolûment vers la porte de l'habitation qui ouvrait sur la chambre du mari de Louise.

Mais il était dit que ses projets seraient contrariés jusqu'au bout, car à peine avait-il fait quelques pas, qu'il vit le comte de Tourtonne venir à lui. Au lieu de battre en retraite, il alla lui-même vers l'importun, qu'il salua humblement, autant pour lui cacher son visage que pour gagner ses bonnes grâces.

Le comte resta un moment immobile et inquiet.

— Que faites-vous donc ici... à une pareille heure? demanda-t-il en fronçant le sourcil.

— Oh! pardon, monsieur, répondit-il, mais j'ai marché beaucoup dans la journée d'hier; j'ai aussi beaucoup mangé ce soir, et je me suis senti un peu indisposé...

Dès les premiers mots du bandit, Henri, comme frappé d'une sorte d'intuition magnétique, n'avait pu s'empêcher de tressaillir, et au moment où il eût vu la Mort que peu souvent, il lui semblait avoir déjà entendu quelque part cette voix qui lui parlait, et se prit à le considérer avec une profonde attention.

— Vous avez donc fourni une longue course? demanda-t-il avec un intérêt apparent.

— J'ai fait quinze lieues à pied, répondit Marcel.

— D'où venez-vous donc?

— De Paris, et je vais à Étaples.

— Et vous espérez trouver du travail dans cette localité?

— C'est cela même...

Plus le comte le faisait parler, plus il était certain d'avoir déjà entendu cette voix.

— Si vous ne connaissez pas Étaples, lui dit-il, je crains bien que vous ne trouviez pas l'ouvrage sur lequel vous comptez.

— Oh! qu'à cela ne tienne, répondit Lempsac, si je ne trouve rien de ce côté, je m'embarquerai pour l'Angleterre...

Tout en parlant ainsi, ils avaient fait quelques pas, et comme ils arrivèrent à la porte de la cuisine, Henri ajouta en se contenant :

— Monsieur, je vous reverrai demain avant votre départ... je veux, comme mon ami Morgan, m'intéresser à vous, et je vous remettrai quelques lettres qui, je l'espère, seront bien accueillies par les personnes auxquelles vous les porterez.

Le bandit remercia et rentra décidément dans sa chambre, mécontent de l'issue négative de sa tentative.

Quant au comte, à peine eut-il quitté son interlocuteur qu'il se dirigea vers l'appartement de son ami Morgan qu'il réveilla.

— Voyons! voyons! qu'y a-t-il? demanda ce dernier, et quel grave motif vous force à troubler ainsi mon sommeil... auriez-vous reçu quelque nouvelle de M. de Massa?

— Non, mon ami, répondit le jeune comte avec un sourire mélancolique, je n'ai reçu aucune nouvelle de Paris; mais tout à l'heure, en pensant à ma charmante fiancée et en m'abandonnant aux rêves les plus enivrants, j'ai fait dans votre jardin une rencontre singulière.

— Vraiment !... qu'est-ce donc ?

— Ce mendiant que vous avez reçu...

— Eh bien ?

— Eh bien, il était là comme moi.

— Expliquez-vous...

Le comte de Tourtonne jeta à son ami un regard profond.

— Morgan ! lui dit-il d'une voix ferme, vous souvient-il d'un misérable que j'ai cruellement influé sur votre destinée ?

— Le marquis de Lempsac ! s'écria le marin avec un éclair farouche dans les yeux.

— Vous l'avez cru mort, n'est-ce pas ?

— Sans doute.

— Vous vous trompiez, car cet homme a eu l'audace de venir vous demander l'hospitalité, et sans le hasard qui m'a envoyé à sa rencontre cette nuit, c'en était peut-être fait de vous et de Louise.

Les deux poings de Morgan se crispèrent avec une ardente colère ; ses yeux s'injectèrent de flammes et il se leva à demi.

Mais ce ne fut qu'un éclair, et presque aussitôt un sourire effleura ses lèvres.

— Je suis fou ! dit-il, j'oubliais que j'ai vu cet homme à mon arrivée, et jamais ne lui a ressemblé.

— Sans doute... mais depuis...

— Vous avez donc appris quelque chose sur son compte ?

— Je vous jure, Morgan, que l'homme qui est en ce moment sous votre toit n'est autre que le marquis de Lempsac.

Le marin se prit alors à réfléchir.

— S'il est vrai, dit-il, que ce soit là le marquis, il ne doit être venu ici qu'avec de sinistres projets, et il faut agir avec une extrême prudence... s'il est seul, nous en viendrons facilement à bout, mais s'il a avec lui quelques-uns de ses compagnons...

— Que faire alors ? demanda Henri.

— Écoutez, mon ami, fit Morgan, le village est à deux pas de l'habitation, vous y trouverez le brigadier de la gendarmerie... et vous pourrez être de retour avant une heure.

— Mais d'ici là... fit le comte.

— Oh ! répondit le mari de Louise, je suis armé, et s'il tente quelque chose...

Il n'acheva pas.

Au même moment ils entendirent un bruit au bout du parc, et presque aussitôt ils aperçurent un homme qui se glissait à travers les massifs, gagnant la porte extérieure.

C'était Marcel qui avait jugé prudent de s'éloigner, mais avec l'intention bien arrêtée de revenir avec ses amis qu'il supposait déjà arrivés à Étaples.

XIV. — FOLLE !

En quittant l'habitation de Morgan, nous savons que Marcel s'était dirigé en toute hâte vers le bourg d'Étaples ; il avait compris, à certain air du comte de Tourtonne, qu'il était reconnu, et il ne doutait pas que des mesures ne fussent prises dans le but de s'emparer de sa personne.

Le jour n'était pas venu encore ; Étaples n'était plus qu'à une faible distance ; il pouvait gagner le bourg aux premières lueurs du matin, et trouver peut-être ses amis avec lesquels il concerterait les dispositions auxquelles il était prudent de s'arrêter pour se soustraire aux investigations.

Malheureusement pour lui, la lune s'était voilée depuis quelques instants, et quand il voulut se diriger, il eut beaucoup de peine à trouver le chemin, s'égara à plusieurs reprises dans les méandres formées par les petits canaux alimentés par la marée montante, et ce ne fut que lorsque le jour parut qu'il put enfin reconnaître la voie à suivre.

Il était près de neuf heures du matin quand il atteignit les premières maisons du bourg. En ce moment un homme passa près de lui, portant un cercueil.

Marcel crut entendre son nom prononcé à voix basse.

Il tressaillit, reconnut l'homme au cercueil et poussa un cri de joie...

— Allons donc !... repartit le bandit, je savais bien que je ne me trompais pas...

— Quelle est donc cette plaisanterie ?...

Bras-de-fer haussa les épaules et posa doucement son fardeau.

— Excusez... répondit-il, tu appelles une plaisanterie une ruse qui m'a servi à me conduire de Paris ici sans éveiller le moindre soupçon.

— Qu'est-ce à dire ?

— C'est-à-dire que depuis Paris je vais d'étape en étape, portant mon cercueil, tantôt sur l'épaule droite, tantôt sur l'épaule gauche, et que, jusqu'à présent, on n'a pas encore eu l'idée de me demander mon passeport.

— Et l'on ne t'a pas suivi ?

— Depuis huit jours, il y a une femme qui ne me quitte pas.

— Gabrielle, peut-être ?...

— Tu as deviné juste.

— Alors, elle a dû te reconnaître ?

— C'était un danger... seulement le hasard y a mis bon

ordre, car la pauvre femme n'a plus sa raison ; on dirait pourtant qu'elle avait la conscience de ce que je portais, car, je le répète, elle ne m'a pas quitté, et ce n'est que depuis quelques heures que j'en suis débarrassé...

— Que lui importait le cercueil ?

— Le cercueil, fort peu assurément... mais ce qu'il y a dedans, c'est autre chose...

— Qu'est-ce donc ?

Bras-de-fer prit la main de Marcel et se baissa vers le cercueil qu'il ouvrit... Là était enfermé, l'enfant de la comtesse de Vivonne !...

Marcel fit un mouvement...

— Bien ! dit-il enfin, tu as fait là un coup de maître, et ceci est d'un bon augure... mais les autres... que sont-ils devenus ?

— Canibal est pincé avec la Saint-Albin, Pâlot gémit sur la paille humide des cachots avec son ami la Cible, et il y a fort à parier qu'ils seront raccourcis... quant à Ralph, il était allé à Paris, et comme on ne l'avait pas vu, il espérait échapper aux soupçons ; mais il avait compté sans le père Jacques, et surtout sans le Muet qui est allé le trouver rue de la Chaussée-d'Antin, où l'on a eu toutes les peines du monde à l'arracher de ses griffes... m'a-t-on dit, à cette heure peut-être est-il à Étaples...

— Eh bien, rendons-nous-y de notre côté, et hâtons-nous, car d'un moment à l'autre je puis être poursuivi.

Bras-de-fer prit alors l'enfant dans ses bras, jeta le cercueil dans un fourré, et les deux hommes pénétrèrent dans le bourg.

Leur premier soin fut de demander une barque de pêcheurs, à l'aide de laquelle on voulut bien les conduire sur les côtes d'Angleterre... mais les conditions de l'atmosphère ne permettaient pas d'entreprendre le voyage immédiatement ; force leur fut donc d'attendre au lendemain pour s'éloigner.

C'était là un contre-temps fâcheux assurément, d'autant plus fâcheux qu'il était à craindre que pendant cette journée Morgan et le comte de Tourtonne ne fissent quelques tentatives dans le but de mettre enfin la main de la justice sur l'un des criminels dont il connaissait la présence.

Marcel se demanda un moment s'il ne conviendrait pas de pousser plus loin et de se réfugier sur un autre point de la côte.

Ils firent prix avec un pêcheur pour le lendemain, et, prétextant quelques affaires dans les environs, ils gagnèrent une crique voisine peu fréquentée d'habitude, et résolurent d'y attendre le moment de partir.

Ils louèrent à tout hasard une barque qui devait provisoirement servir à une petite excursion en mer, et après avoir complété leurs dispositions, ils quittèrent Étaples et gagnèrent un endroit écarté où ils pouvaient se croire à l'abri de toute recherche. Mais au moment où ils montaient dans la barque et quittaient le rivage, ils purent apercevoir un certain mouvement inusité vers le port. Bras-de-fer ne fut pas longtemps à découvrir que la véritable cause de ce mouvement était Gabrielle.

La malheureuse, les cheveux épars, les vêtements en lambeaux, les pieds couverts de poussière et de boue, arriva sur le port ; dès qu'elle aperçut à peu de distance, en mer, la barque qui s'éloignait, elle poussa un cri terrible, et étendit le bras vers les fugitifs d'un air de menace furieuse.

— Là ! là ! s'écria-t-elle... ce sont eux... ils emportent mon enfant !...

Elle tordait ses bras avec désespoir... et l'on eut toutes les peines du monde à l'empêcher de se jeter dans les flots.

Nul ne pouvait comprendre !... on s'empara d'elle malgré ses cris et ses larmes, et on la conduisit en lieu de sûreté.

Cependant, au moment où on allait l'enfermer dans une maison, afin de veiller sur elle, un homme sortit tout à coup du groupe curieux et se précipita vers la malheureuse femme.

— Gabrielle ! Gabrielle ! s'écria-t-il en lui saisissant les mains.

La folle s'arrêta comme étourdie, et l'enveloppa d'un regard plein d'un trouble singulier.

On eût dit qu'elle avait reconnu la voix qui lui parlait.

C'était celle de Morgan !...

Elle resta un moment immobile, et se prit à le regarder d'un œil hagard.

— Qui a parlé ?... dit-elle enfin d'une voix étranglée et en portant la main à son cœur.

— C'est moi... répondit le mari de Louise en se plaçant devant elle.

— Qui êtes-vous ?...

— Ne me reconnaissez-vous pas ?

— Attendez...

La malheureuse pressa son front de ses deux mains brûlantes, puis elle jeta un cri.

Se rappelait-elle... ce n'était pas probable, et cependant elle ne quittait pas Morgan du regard, et plus d'une fois un sourire effleura ses lèvres pour s'éteindre presque aussitôt.

— Mon Dieu ! dit-elle avec effort, qui me parle ainsi ?

— Morgan, votre ami, répondit le marin.

Gabrielle le repoussa doucement, et jeta un regard inquiet sur les personnes qui les entouraient.

— Quels sont ces hommes ? demanda-t-elle avec terreur.

— Ce sont des amis qui ont compassion de vous...

La pauvre femme eut un éclair.

— Eh bien ! dit-elle d'une voix éclatante, n'en croyez rien, ils vous trompent, vous aussi ; car ces hommes... je sais, moi, ce qu'ils viennent faire ici... ce sont eux, voyez-vous... ce sont les misérables qui m'ont volé mon enfant... mon pauvre enfant... le cher ange !... il est innocent, lui... pourquoi le tuer ! mais ils ont juré sa mort, ils l'ont arraché de mes bras, et ils ont eu la lâcheté de ne pas me tuer avant... ah ! venez ! venez !...

Morgan remua tristement la tête ; la folie était bien caractérisée ; l'exaltation était complète ; il n'y avait aucun remède possible, et le mieux était encore d'avoir l'air de dire comme elle pour essayer de la calmer.

La comtesse de Vivonne rompit bientôt le cercle des curieux qui l'entourait, et s'étant cherché à l'attirer chez lui, et il allait se mit à parcourir les rues du bourg, cherchant avec une ardeur violente les misérables qu'elle accusait de lui avoir ravi son enfant.

Cela dura près d'une heure.

Pendant ce temps, la barque qui emportait Marcel et Bras-defer avait disparu en mer ; ils avaient pu choisir quelque anfractuosité de rocher où se retirer jusqu'au moment où le pêcheur avait promis de les prendre à son bord...

Morgan ne savait plus quelle contenance faire devant la folie de la comtesse, et s'étant cherché à l'attirer chez lui, et il allait se résigner à recourir à la violence pour la remettre en lieu sûr, quand au détour d'un chemin il se trouva face à face avec un homme qui jeta un cri de surprise en apercevant Gabrielle.

— Comment ! vous ici, madame, dit-il avec un dernier doute.

La malheureuse le regarda d'un air farouche.

— Que me veut ce mendiant ? dit-elle en s'adressant à Morgan.

Ce dernier s'était lui-même tourné vers l'inconnu.

— Vous connaissez cette femme ? demanda-t-il en fronçant le sourcil et avec un commencement de défiance.

— Est-ce que la comtesse est folle ?

— Vous le voyez.

— Ah ! cela devait être... mais, Dieu merci, j'espère que les scélérats vont enfin payer tous leurs forfaits...

— Mais enfin qui êtes-vous donc ?

— Pinson ! agent de police, et pour le moment à la recherche de trois ou quatre coquins que j'ai juré d'atteindre.

— Le marquis de Lempsac, n'est-ce pas ? fit Morgan.

— Précisément... avec Bras-de-fer, Fandard et Ralph.

— Et vous croyez qu'ils se sont dirigés tous de ce côté ?

— Pour Bras-de-fer, j'en suis sûr.

— J'en suis certain, de mon côté, pour le marquis.

— Vous voyez bien !... conclut Pinson. Mais ce sont des gredins habiles, on ne peut le nier, et, s'ils sont ici, il nous faut empêcher qu'ils n'en sortent. Mais il nous faut des hommes de bonne volonté, car ceux que j'ai amenés ne sont pas en nombre suffisant.

— Que comptez-vous donc faire ?

— Je vous l'expliquerai... en ce moment, il faut battre le bourg et ses environs, et surtout empêcher le départ d'aucune barque pendant cette journée et la nuit qui va suivre ; il faut en outre des patrouilles le long de la grève, pour leur faire bien comprendre qu'il ne leur reste plus aucune chance de salut...

— Mais s'ils étaient déjà partis ?...

— C'est peu probable... deux hommes seulement peuvent être arrivés : Marcel et Bras-de-fer... Quant à Ralph et à Fandard, ils ne peuvent arriver que ce soir...

— Soit ! et puisque vous le pensez ainsi, nous agirons en conséquence ; que devons-nous faire ?

— La première, la seule chose importante en ce moment, empêcher aucune barque de sortir du port...

— Eh bien, cela va être fait... nous n'avons qu'à nous adresser aux autorités.

XV. — DANS LES FALAISES

Le soir était venu... l'ombre avait envahi toute la plaine sablonneuse qui s'étend autour du bourg d'Étaples, et les patrouilles, organisées par Pinson, sillonnaient les environs dans tous les sens.

Toutefois, c'est avec impatience qu'il attendait le jour, prévoyant bien que la nuit tromperait facilement sa surveillance.

Il savait à quels hommes il avait affaire, et quelles ruses ils déploieraient dans cette lutte suprême dont l'issue était la liberté ou la mort.

Pinson savait déjà que Marcel et Bras-de-fer avaient gagné la mer dans une barque trop légère pour les conduire à l'étranger ; il pensait que les deux bandits avaient dû chercher un abri dans quelque crique voisine ; aussi avait-il fait battre tous les endroits connus des pêcheurs sans obtenir aucun résultat.

Cependant notre agent ne s'inquiétait pas trop de cette situation, et, ce qui ne concernait Marcel et Bras-de-fer, il ne doutait pas que tôt ou tard il ne les reprît... c'était à ses yeux une affaire de quelques jours.

Quant à Ralph et Fandard, c'était autre chose.

Il savait qu'ils n'avaient point touché à Étaples, et il craignait

qu'avertis à temps ils n'eussent tenté d'opérer une diversion en gagnant le port de Gravelines ou celui de Boulogne.

Bien que la police de ces deux localités eût été prévenue de se tenir sur pied, Pinson ne s'en rapportait guère qu'à lui-même, et il n'était pas exempt d'inquiétude. Vers onze heures il parcourait la côte seul et se livrait à une surveillance des plus minutieuses. La nuit était profonde ; il était donc impossible de distinguer les objets même à une faible distance.

Il s'arrêta.

Mais au même instant, et pendant qu'il jetait à droite et à gauche son regard soupçonneux et interrogeait tous les points de l'horizon, deux hommes, cachés depuis deux heures dans un bouquet de broussailles, sortaient avec précaution de leur retraite, et se glissaient, le corps penché vers le sol, du côté des falaises, situées à une distance assez éloignée.

Ces deux hommes étaient Ralph et Fandard.

Inutile de dire comment ils étaient parvenus jusque-là ; qu'il nous suffise de savoir qu'ils avaient pu arriver sans encombre ; mais qu'au moment de pénétrer dans le bourg, le mouvement qu'ils y avaient rencontré leur avait donné l'éveil, et qu'ils n'avaient rien trouvé de mieux que de se cacher jusqu'à la nuit.

Vingt fois peut-être on avait passé près d'eux sans les découvrir, et une fois enveloppés dans les ombres épaisses d'une nuit sans lune, ils s'étaient hâtés de se diriger vers les points qui leur semblaient le plus favorablement placés.

Pendant une demi-heure environ ils marchèrent sans aucun incident fâcheux, mais au moment où ils allaient atteindre les falaises vers lesquelles ils tendaient, un homme, qui s'y tenait blotti, s'élança tout à coup à leur rencontre, et se précipita avec fureur vers Ralph, qu'il prit énergiquement à la gorge.

Fandard crut d'abord à l'intervention de la police et fut sur le point de prendre la fuite ; cependant, comme aucun signal n'était donné, il s'arrêta pour regarder.

Les deux adversaires venaient de se prendre à bras-le-corps.

— Faut-il y aller aussi ? demanda Fandard en se rapprochant.

— C'est inutile, répondit Ralph, je connais mon homme.

Le Muet, sombre, irrité, en proie à une fureur inexprimable, avait suivi Ralph depuis Paris sans que celui-ci sans doutât, et, guidé par l'instinct d'une vengeance implacable, il se dressait devant lui au moment où il craignait de le voir lui échapper. Il n'avait pas d'armes, mais il s'était emparé d'un quartier de rocher, et cherchait à renverser son adversaire pour lui broyer le crâne sous le poids de cette arme d'un nouveau genre.

Le Muet était robuste... et la haine doublait encore ses forces !

A un moment il se souleva avec énergie, et, imprimant ses dents acérées dans la chair de son adversaire, il l'enleva de terre et le rejeta sur le sol. Puis, d'un geste prompt et rapide, il suspendit sur sa tête l'énorme pierre qu'il tenait à la main.

C'en était fait peut-être... mais l'heure de Ralph n'était pas encore sonnée, car au moment où le Muet allait accomplir sa vengeance, Fandard, intervenant à son tour, lui brisa la tête d'un coup de talon, et l'acheva d'un coup de poignard.

— Maintenant, dit Fandard, ne moisissons pas ici...

— Mais où chercher une retraite ? objecta Ralph.

— La mer monte en ce moment ; longeons les falaises, et quand il le faudra nous gagnerons à la nage un endroit favorable.

L'avis était bon... les bandits le suivirent.

Ils marchèrent pour ainsi dire à tâtons, et bientôt ils ne purent avancer qu'en se jetant à la nage, mais l'un et l'autre étaient passés maîtres dans cet exercice.

Plus d'une heure se passa de la sorte.

Enfin, quand ils jugèrent qu'ils avaient fait assez de chemin, ils gagnèrent le milieu d'un rocher où ils purent se reposer.

La mer ne montait jamais à cette hauteur ; ils pouvaient y attendre avec sécurité ; seulement, ils ignoraient dans quelle situation ils se trouvaient par rapport à Pinson, et ce qui les inquiétait surtout, c'est qu'à une faible distance de l'endroit où ils s'étaient réfugiés, il y avait une barque dont la présence leur faisait craindre un dangereux voisinage.

— Où peuvent être Marcel et Bras-de-fer ?... dit tout à coup Fandard ; Marcel est de bon conseil et il trouverait peut-être un moyen d'aborder une terre plus hospitalière...

Ralph était pensif.

— Dire que la liberté est là, à deux pas... murmura-t-il, et que nous manquerons notre affaire, faute d'une chaloupe !

— Au fait ! dit Fandard, je ne t'ai pas encore demandé quelle ressource tu espères trouver en Angleterre ?

— Nous avons là des amis dévoués, objecta Ralph.

— Lesquels ?

— Eh pardieu ! on dirait que tu as déjà oublié l'histoire de la rue Laffite.

— Les squelettes ?

— Précisément.

— Quel rapport ?...

— Tu le demandes... tu n'ignores pas cependant que ces squelettes que nous déposions dans la cave dépendant de l'appartement que tu occupais, nous étaient envoyés par l'association des *Chevaliers de la nuit*, qui exercent leur industrie dans la cité de Londres; ils tuaient et nous enterrions les victimes qui nous arrivaient comme de simples colis.

— Oui, mais tout cela ne me dit pas...

— C'est cependant bien simple... les *Chevaliers de la nuit* comprennent la solidarité qui doit exister entre les gens de notre sorte... pour nous, il n'y a pas de détroit, et ils nous offriraient l'hospitalité.

Fandard approuva du geste.

— De cette manière, je comprends, répondit-il, et j'avoue que j'ai hâte d'aller fraterniser avec de pareils gaillards... je me suis laissé dire, du reste, qu'ils travaillent proprement.

Ralph ne répondit pas... depuis quelques secondes il prêtait l'oreille avec une profonde attention.

— Qu'y a-t-il? demanda Fandard qui remarqua ce mouvement.

— Un bruit singulier, étrange; on croirait démêler les cris d'un enfant...

Les deux bandits retinrent leur respiration et écoutèrent.

Mais le bruit venait de cesser et l'on n'entendait plus rien.

Ils restèrent ainsi quelques instants encore, pénétrés, immobiles et haletants; puis Ralph releva la tête:

— Il y a là quelque mystère, dit-il; j'ai l'oreille exercée, et l'on ne me trompe pas facilement... d'où peut donc provenir ce bruit?

Puis se frappant le front avec vivacité:

— J'y suis! s'écria-t-il en se levant à demi.

— Qu'est-ce donc? dit Fandard intrigué.

— Ce sont eux... cette voix, ces cris que je viens d'entendre, sont ceux de l'enfant de la comtesse de Vivonne... Il faut les aller rejoindre, car je le jurerais cette barque est à eux.

— Alors, piquons une tête... dit Fandard.

— Viens! viens! répondit Ralph... ce sont eux! j'en suis sûr maintenant!...

Les deux amis quittèrent leur *cache*, comme on dit en termes de bagne; ils se jetèrent de nouveau à la nage, et quelques minutes plus tard, ils pénétrèrent dans une grotte marine, où ils retrouvaient Marcel et Bras-de-fer, ainsi qu'ils l'avaient espéré...

Marcel éprouva une véritable joie à revoir les compagnons ordinaires de ses crimes.

— Comment avez-vous pu découvrir notre retraite? demanda-t-il avec anxiété, et qui vous a mis sur la voie?

— Les cris de cet enfant.

Marcel fronça le sourcil; son regard se tourna sombre et irrité vers la pauvre petite créature qui, pour le moment, dormait d'un profond sommeil sur un lit d'algues marines.

— Mais puisque nous voici réunis, continua Ralph tôt après, nous allons délibérer à notre aise et chercher ce qu'il y a à faire pour sortir de l'impasse dans laquelle nous sommes acculés.

Les quatre bandits s'assirent, et chacun prit la parole à son tour.

Or, pendant qu'ils délibéraient ainsi, le jour commençait à poindre et une ligne claire rayait déjà l'horizon. C'était le moment qu'attendait Pinson avec tant d'impatience.

Il avait passé toute la nuit, épiant d'un côté; mais il n'avait pu voir Fandard et Ralph gagner de l'autre la retraite choisie par leurs compagnons; d'ailleurs il ne connaissait pas le pays, et il craignait de donner dans quelque embûche. Quand le jour parut, toute son énergie revint, car il savait que Marcel et Bras-de-fer étaient là.

Le jour venu, il réunit donc ses hommes et les disposa avec intelligence de manière à couper toute retraite à ses ennemis, en les acculant dans un endroit d'où ils ne pussent sortir.

Or, il n'y avait qu'un lieu favorable, et à l'inspection de la plage, l'agent comprit tout de suite que Marcel et Bras-de-fer n'avaient pu se diriger que du côté des falaises.

C'est dans cette direction qu'il marcha; et il n'avait pas fait un quart de lieue qu'il trouva devant lui le cadavre du Muet baigné dans son sang!

C'était un indice; dans leur précipitation les bandits n'avaient pas pensé à le faire disparaître, — ou, s'ils y avaient pensé, les moyens leur avaient manqué!

Pinson mit la main sur le cœur du malheureux, mais il y avait plusieurs heures déjà qu'il était mort!

Dès ce moment on s'était de nouveau... des traces de pas indiquaient la direction suivie par les assassins, et l'on gagna rapidement les falaises.

Seulement, une fois là, le chemin devint difficile...

La mer avait monté et envahi les rochers; il fallait avancer à la nage, s'engager dans une entreprise périlleuse et sans aucune donnée certaine.

Pinson réfléchit...

À tout prendre, il valait encore mieux retourner sur ses pas et se rendre au port pour y chercher des barques... de cette manière on pourrait plus facilement explorer la côte et visiter à son aise, et avec plus de chance de succès, les grottes qui pouvaient servir de retraite aux bandits.

Pinson laissa dans l'endroit qu'il quittait quelques hommes déterminés et retourna vers Étaples.

Cela dura quelques heures, au bout desquelles on le vit reve-

nir avec deux barques solides, montées par d'habiles marins dont le courage était à la hauteur de la situation.

Il était alors midi environ... Marcel et ses compagnons, couchés sur le rocher, passant la tête le long d'une saillie, suivaient avec un intérêt qui se comprend les mouvements de leurs adversaires.

Tout à coup un éclair de joie traversa le regard du marquis, et un sourire effleura ses lèvres.

— Qu'y a-t-il donc? demanda vivement Ralph qui l'observait.

— Il y a, répondit Marcel, que tout espoir n'est pas perdu, et que si vous êtes des gaillards, comme je le crois, nos ennemis eux-mêmes vont nous offrir les moyens de nous sauver!

— Nous sauver, dirent-ils avec incrédulité, et comment cela?

— Voici, reprit Marcel... D'abord, remarquez que les deux barques sont montées par six hommes... deux rameurs et quatre agents... les deux rameurs ne comptent pas... car, dans une attaque, ils n'auraient aucun moyen ni aucune envie de se défendre... restent donc les quatre agents... et je ne pense pas qu'armés comme nous le sommes, nous puissions avoir peur d'eux. Mais, malgré toute notre bonne volonté, nous n'en viendrions pas à bout, si les deux barques restaient unies... la question est donc de les diviser.

— Oui, mais quelle ruse employer pour obtenir ce résultat?... ajouta Fandard.

— Je m'en charge, répondit Marcel, elles sont encore assez éloignées, nous aurons le temps... je réponds de tout!

Puis, sans attendre de nouvelles objections, il prit dans ses bras l'enfant qui reposait dans la grotte, et, glissant le long du rocher, il se laissa tomber dans la mer, dont il fendit les flots d'un bras vigoureux.

XVI. — UN ANGE AU CIEL.

Il s'agissait pour Marcel de gagner une crique voisine, et d'y déposer l'enfant dont les cris devaient attirer de ce côté une des deux barques montées par Pinson et ses amis.

Une fois l'enfant déposé en cet endroit, le marquis devait revenir en toute hâte vers ses complices, et y arriver assez à temps pour prendre part à l'attaque de l'une des deux barques.

Tel était le plan, et il pouvait réussir... mais il fallait pour cela que Marcel exécutât son trajet et son retour avant que Pinson ne vînt lui couper la retraite.

Il partit donc avec l'enfant qu'il tenait d'un bras... et fendit la lame avec énergie; mais l'air et le contact de l'eau avaient réveillé la pauvre petite créature, qui se mit à pousser des cris perçants.

Au bout de cinq minutes, le bandit trouva une grotte propice à ses projets, et assez éloignée de celle où ses compagnons se tenaient cachés. Il y déposa son fardeau, et songea alors à revenir sur ses pas... seulement, au moment où il allait se rejeter à la nage, il s'aperçut qu'il avait mal calculé la distance, et qu'il ne pourrait jamais arriver à temps vers ses amis. La situation était critique. Marcel ne fut pas long à prendre une résolution.

Profitant de ce que les limiers lancés à sa poursuite étaient loin encore, il remonta vivement dans la grotte, et, couché à plat ventre sur le rocher, le regard braqué entre deux anfractuosités, il attendit.

Les barques, favorisées par le vent qui soufflait d'Étaples, approchaient de l'endroit où Fandard et ses compagnons se tenaient blottis.

Quand Pinson arriva, il s'arrêta et parut se consulter.

— Voyons, dit-il à son second, ils se doivent avoir cherché un abri dans une des grottes que nous voyons d'ici... Il faut s'en approcher...

— Mais, s'ils sont armés... objecta l'autre.

— C'est probable... aussi, dans cette prévision, il est bon de faire un demi-tour, et de naviguer au ras des rochers... avec de la prudence, nous pouvons presque nous en emparer sans effusion de sang...

— Mais s'ils font feu...

— Eh bien... nous verrons... s'ils font feu, nous saurons où ils sont, nous pourrons établir notre blocus en règle.

Et s'adressant aux rameurs:

— Allons, vous autres! ajouta-t-il.

— La barque fit alors un demi-tour sur elle-même, et gagna le rivage qu'elle voulait longer, en effectuant un circuit considérable.

Pinson était debout à l'arrière, et son regard, vivement allumé, plongeait dans les anfractuosités voisines, cherchant un indice qui pût le mettre sur la trace de ceux qu'il cherchait avec tant d'ardeur.

Tout à coup, il proféra un cri, et fit signe aux rameurs de stopper. La barque s'arrêta.

À tort ou à raison, l'agent de police avait cru entendre, à travers les bruits du vent et de la vague, comme un vagissement d'enfant.

Et se tournant vers son compagnon:

— Écoute!... lui dit-il à voix basse.

Ils prêtèrent l'oreille.

Cette fois, le bruit arriva plus distinct... c'était bien les cris d'un enfant... et Pinson se frappa le front.

— J'y suis! s'écria-t-il avec joie.

L'agent subalterne, d'après l'ordre de son patron, passa immédiatement sur l'autre barque, qui s'éloigna avec rapidité vers l'endroit d'où partaient les cris.

Cet incident avait donné à réfléchir aux trois amis que Marcel avait laissés dans la grotte.

— Ce gredin de Pinson a éventé la mèche, dit Fandard, mais il *coupe dans le pont* sans s'en douter, et je crois que nous allons lui donner un peu de fil à retordre.

— Que veux-tu donc faire? objecta Bras-de-fer.

—Parbleu, il a raison... repartit Ralph avec vivacité, c'est le plan indiqué par Marcel, et il faut le suivre... l'occasion est bonne, nous avons chacun deux pistolets et nos poignards... l'important est de ne pas jeter notre poudre aux moineaux. Voici la barque qui approche... tirons d'abord nos deux coups de pistolet, puis, jetons-nous à l'eau, et jouons du couteau...

La barque approchait, les rameurs courbés sur leurs avirons. Pinson, toujours debout à l'arrière, avait l'œil sur la chaloupe qui emportait son affidé, et se trouvait déjà à une assez grande distance, et près des rochers, qu'il longeait de très-près... bien qu'il n'eût pas peur, il comprenait cependant que le moment décisif approchait... comme ses trois compagnons, il était là, la main sur sa carabine, prêt à faire feu à la moindre alerte.

Tout à coup, une effroyable détonation se fit entendre, et l'un de ses hommes tomba mort, tandis que l'un des rameurs laissait échapper ses avirons, à la suite d'une blessure qui venait de lui déchirer le bras.

Pinson fit feu à son tour, mais les balles rebondirent sur le roc, puis, presque aussitôt, une seconde détonation éclata, et mit un autre de ses compagnons hors de combat.

En même temps, les trois bandits s'élançaient dans la mer, ainsi qu'il avait été convenu, et pénétraient dans la barque par trois côtés à la fois.

Une lutte s'engagea... lutte atroce, énergique, désespérée...

Pour les bandits, il fallait vaincre ou mourir... Leurs ennemis étaient presque tous blessés; Pinson seul pouvait opposer une résistance sérieuse.

D'un coup de crosse de fusil il déchira le front de Bras-de-fer, et, au moment où il voulut relever son arme pour l'achever, il sentit la lame d'un poignard lui pénétrer dans les chairs; comme il perdait son sang en abondance, Fandard, le marchand d'hommes, le jeta dans les flots.

Une fois les malheureux Pinson hors de combat, il était facile de se rendre maître du reste.

De ses trois compagnons, deux étaient morts; le troisième alla rejoindre son chef au fond de l'eau... quant aux deux rameurs, Ralph s'empara de la place de celui qui avait été blessé, et Fandard, menaçant l'autre de son poignard, l'obligea à ramer de manière à fuir la seconde barque qui venait à toute vitesse.

Voici en effet ce qui s'était passé de ce côté:

Nous avons laissé Marcel couché sur le rocher, et épiant les manœuvres auxquelles se livraient les deux chaloupes.

C'est ainsi qu'il les vit se diriger un moment, de conserve, vers l'endroit qui servait de refuge à ses amis, puis s'arrêter tout à coup, et paraître se consulter.

La cause de cet événement n'échappa point à Marcel, qui en comprit de suite toute la portée...

Derrière lui, l'enfant de la comtesse venait de pousser le cri perçant qui avait donné l'éveil à Pinson; la situation était réellement critique.

Qu'allait-il devenir si les cris ne cessaient pas? la barque, attirée par ce bruit, allait aborder le rocher sur lequel il s'était réfugié... un nuage passa sur ses yeux, et, pour la première fois de sa vie peut-être, il eut peur!...

Cependant, après s'être concertés un moment, Pinson et son subalterne s'étaient séparés, ainsi que nous l'avons vu, et la barque de l'un des deux se dirigeait vers le bruit entendu.

Le bandit jeta alors à l'enfant un regard sinistre.

La chaloupe approchait toujours...

Une idée épouvantable traversa le cerveau de Marcel avec la rapidité de l'éclair.

Il avait pris cet enfant à la comtesse; par un élan dont les natures les plus perverses ne sont pas exemptes, ce sentiment lui avait fait désirer d'avoir plus tard, près de lui, un être sur lequel il pût compter comme sur lui-même. Cet enfant du crime, qui soit!... il avait peut-être nourri la pensée de l'élever pour le crime! c'eût été un soutien, un continuateur dans l'avenir!

Mais quoi!... On eût dit une vengeance du sort!... C'était Dieu sans doute qui avait préparé ce châtiment terrible d'un fils trahissant son père!...

Mais le misérable n'était pas homme à accepter un pareil dénoûment.

En face du danger, que chaque seconde rendait plus menaçant, son irritation se changea rapidement en fureur, et il se traîna jusqu'à la pauvre petite créature qui était là couchée sur les pointes de rocher, mouillée par les vagues et en proie à mille douleurs, cause de ses gémissements.

Le Mort l'attira à lui, et chercha d'abord à le faire taire, en comprimant ses petites lèvres de sa main...

Mais le malheureux enfant se prit à se tordre dans des convulsions horribles, agitant ses bras et ses jambes dans le vide, étouffant enfin sous cette étreinte qui lui coupait la respiration.

C'était affreux!

De grosses gouttes de sueur coulaient le long des tempes du bandit; ses yeux roulaient effarés dans leur orbite, ses cheveux se collaient suants sur son front; mais il continuait de comprimer les lèvres de son fils.

C'était son salut...

Quelques minutes se passèrent de la sorte.

Puis, l'enfant cessa peu à peu de remuer... ses petits membres retombèrent inertes pour prendre bientôt la rigidité froide de la mort... sa poitrine cessa de se soulever, et quand Marcel retira enfin sa main, tout était fini. L'ange était au ciel.

Le regard inquiet du meurtrier se porta vers le dehors. Fandard, Ralph et Bras-de-fer, nous le savons, avaient suivi le conseil qu'il leur avait donné, et l'attaque venait de commencer!

Il n'en fallait pas davantage pour détourner l'attention de la chaloupe qui venait à lui; en effet, l'agent subalterne qui la montait retourna sur ses pas dès la première détonation, et fit faire force de rames, pour venir au secours de son chef.

Mais la distance à franchir était considérable, et nous avons vu que les bandits avaient pris la fuite.

Lorsque Marcel arriva sur le lieu du combat, il s'entendit appeler à une faible distance.

— Lhuillier! Lhuillier! à moi! s'écriait une voix défaillante.

Notre agent tressaillit... Cette voix était celle de Pinson qui, une seconde plus tard, sombrait sous la vague.

En quelques coups de rame, on alla à son secours, et on le recueillit dans le bateau.

Deux larges blessures trouaient sa poitrine, et en laissaient échapper un sang abondant. Quand il aperçut la plupart de ses amis autour de lui, et que les bandits pouvaient être rejoints, cet homme, tout entier à l'amour-propre de son métier, oublia tout à coup le danger réel de sa position, pour ne songer qu'aux moyens de poursuivre efficacement l'œuvre commencée.

—Lhuillier, dit-il avec une énergie sombre, je vois bien que je suis f....., mais c'est égal, il faut qu'avant de crever, je les repince au demi-cercle.

Lhuillier haussa les épaules.

— Allons! allons! fit celui-ci, ce n'est pas le moment d'avoir des idées tristes... nous allons poursuivre les gredins autant que tu le voudras, et nous les repincerons, je l'espère... quant à toi, nous soignerons tes blessures, et tu auras de l'avancement.

— Soit! dit Pinson qui avait déjà des suffocations, mais qu'on me sauve ou non, l'important est de les rejoindre... fais donc ramer tes hommes, et en avant!

La chaloupe fila immédiatement avec rapidité.

— Vois-tu... dit alors le chef, toutes les chances sont pour nous, maintenant... Fandard et compagnie ont usé toute leur poudre, ils n'ont plus que quelques méchants poignards, avec lesquels on ne tue pas à distance...nous pouvons donc nous approcher d'eux, à la distance qui nous sera agréable, bien certain de les canarder tout à notre aise... comprends-tu?

— Parfaitement.

— Comme cela, nous les blessons en détail, si nous ne les tuons pas, et avant même d'aborder leur chaloupe, nous aurons mis hors de combat tous ceux qui la montent... est-ce clair?

— Simple comme bonjour, répondit Lhuillier.

Toutefois, une grande distance les séparait encore de leurs ennemis, qui, de leur côté, redoublaient d'efforts pour prendre de l'avance... la lutte pouvait continuer longtemps de la sorte, mais Pinson, qui avait hâte d'en finir, imagina d'élever une sorte de voile, faite avec les chemises des hommes de l'équipage; cette voile improvisée aida dès-lors singulièrement la marche du bateau, qui franchit en peu d'instants une partie de la distance.

Dix minutes après, en effet, secondée par le vent, la barque se trouvait à cinq cents pas à peine des bandits...

C'était le moment que Pinson attendait avec tant d'impatience!...

Il commanda aussitôt d'apprêter les armes, et ordonna au meilleur tireur de commencer le feu.

XVII. — CONCLUSION

Nos trois coquins avaient vu venir la barque qui portait leurs ennemis, et la conscience de leur situation s'était révélée à chacun en même temps.

— Mes amis, fit Ralph, il faut nous rendre sans combat. On nous jettera au fond de la chaloupe, et vous savez aussi bien que moi comment on en use avec les chemises de messieurs les gendarmes... en deux temps donc, nous recouvrons la liberté.

— La liberté!... répétèrent Fandard et Bras-de-fer ébahis.

— Cela vous étonne?

— Explique-toi.

— Voici: une fois libres de nos mains, nous procédons au moyen d'ouvrir une soupape, à l'aide de laquelle nous puissions couler avec nos ennemis!... couler en pleine mer, c'est-à-dire, dans un lieu et à un moment où ils seront trop préoccupés de leur propre conservation pour songer à nous repincer... de telle sorte, que pendant qu'ils tireront d'un côté, nous tirerons de l'autre.

— Mais le plan ne me paraît pas si bête, objecta Bras-de-fer.

— En ce cas... attention, mes enfants... voici la barque de Lhuillier qui approche ; c'est le moment... faites comme moi, et que nos gestes aillent au plus tôt leur porter l'assurance de notre soumission.

Le conseil donné par Ralph fut suivi de point en point... et au moment même où les agents de Pinson s'apprêtaient à faire feu, les trois bandits levèrent leurs mains jointes, et crièrent qu'ils se rendaient.

— Ah ! ah ! dit Pinson... le gibier se sent pris... j'ai bien envie tout de même de leur envoyer quelques noyaux de cerise... mais bah ! il faut être humain... accordons-leur la vie.

Et, sur un geste, les carabines se relevèrent, et on se rendit maître des misérables ; mais, au même moment, Pinson poussa un cri de rage.

— Le Mort n'est pas pris ! il n'y a rien.

Le pauvre agent n'achève pas... il s'était affaissé sur le bord de la chaloupe ; une pâleur livide s'était répandue sur ses traits, ses yeux, grands ouverts, regardaient sans voir autour de lui !...

Lhuillier courut à lui et le soutint dans ses bras.

— Qu'as-tu donc ? lui dit-il effaré.

— Rien... laisse-moi !... dit Pinson en le repoussant.

— Mais nous allons aborder... une fois à terre, on te soignera, on te sauvera peut-être.

Pinson remua la tête.

— Et qu'importe... s'écria-t-il... c'est la vie qui s'en va... je le sens, je meurs... je vais mourir, je n'y vois plus.

— Mais nous sommes là !

— Oh ! le marquis... le Mort !... que faire... prenez garde... veillez bien sur vous... et ne l'oubliez jamais... votre... ami...

Les paroles expirèrent sur ses lèvres ; ses yeux se fermèrent, ses bras retombèrent inertes le long de son corps, il était mort...

Pendant ce temps, Ralph n'avait pas perdu une seconde, et ne fut pas longtemps avant d'avoir trouvé une fissure... Ce résultat obtenu, il ne s'agissait plus que d'en tirer parti...

Le moment était, du reste, on ne peut plus propice... personne ne songeait plus à eux, tous les regards étaient tournés vers le cadavre de Pinson, et pendant plus d'un quart d'heure, Ralph put poursuivre sans crainte son œuvre de destruction...

Quand les hommes commandés par Lhuillier reprirent enfin leurs positions respectives, l'eau s'infiltrait déjà imperceptiblement dans la chaloupe, et avant une demi-heure, au plus tard, elle devait infailliblement sombrer.

Quand on eut placé le cadavre du chef à l'avant de la chaloupe, et que les ballants dans l'eau, et que la surveillance, un moment suspendue, redevint plus active autour des bandits, l'un des agents remarqua avec surprise, mais sans se douter encore de la réalité, que le fond de la barque était plein d'eau, à une hauteur d'environ vingt centimètres...

On était à ce moment fort loin de la grève, et on ne pouvait espérer y atteindre avant une bonne heure...

Lhuillier, interpellé à ce sujet, jeta un regard sur ce qu'on lui montrait, il se contenta de hausser les épaules, et d'ordonner à ceux qui tenaient les rames de continuer leur besogne.

Au bout de dix minutes, ce n'était plus vingt centimètres, mais trente, et force fut bien de prendre garde à cette situation qui s'aggravait si rapidement.

Pour la première fois alors, Lhuillier eut un vague soupçon, et son regard s'arrêta sur Bras-de-fer qui souriait.

— Vous ne pouvez rester ainsi inactifs, dit-il aux prisonniers ; debout donc, et à l'ouvrage ! vous allez écoper la chaloupe.

Un triple éclat de rire répondit à cet ordre, pendant que l'eau continuait à monter d'une manière inquiétante.

Lhuillier eut un frisson.

— Vous refusez ! dit-il en fronçant le sourcil.

— Pardieu ! fit Ralph.

— Mais nous pouvons sombrer, cependant.

— Je l'espère bien.

— C'est peut-être vous qui avez ouvert cette voie d'eau.

— Peut-être, comme vous dites.

Lhuillier se retourna vers ses hommes.

— Allons, ajouta-t-il d'une voix impérieuse et brève... à l'œuvre, tous, et songez qu'il y va de votre salut !

Chacun se mit en devoir de vider la barque, mais il était trop tard déjà, et malgré toute l'activité que l'on déploya, la barque continua de s'enfoncer.

Les rameurs redoublaient d'énergie, et fendaient la lame de leurs bras vigoureux... mais la lame était dure, et ils étaient loin du rivage.

En ce moment, Bras-de-fer et Fandard se rejetèrent brusquement à bâbord, et entraînant par ce mouvement la barque déjà à moitié pleine, ils la firent chavirer.

Lhuillier poussa un énergique juron, et plus préoccupé de l'issue de la lutte engagée que des dangers qui l'entouraient, il se précipita sur Ralph, sur le front duquel il asséna un coup de la crosse de sa carabine.

Une lutte atroce s'engagea !

Autour d'eux, chacun avait cherché son salut dans la fuite, et tous tentaient de regagner le rivage... les deux hommes restèrent donc seuls, livrés à eux-mêmes ; comme Ralph allait disparaître sous les flots, il s'accrocha aux jambes de son adversaire, et l'entraîna avec lui...

Deux fois, on les vit reparaître, appelant à leur secours leurs compagnons qui ne pouvaient plus les entendre ; deux fois, ils s'enfoncèrent de nouveau, produisant à la surface une sorte de bouillonnement sinistre... cette agonie, cette lutte suprême, dura quelques minutes à peine, au milieu des imprécations les plus horribles, puis enfin, les deux corps, étroitement serrés, coulèrent une dernière fois, et, à partir de ce moment, on ne les vit plus reparaître !

La mer les avait enveloppés tous deux dans son linceul mouvant !...

Quant à leurs compagnons, ils n'avaient rien vu de ce drame lugubre.

Deux hommes seulement, parmi les compagnons de Pinson, parvinrent à gagner le rivage ; les autres périrent dans les flots, victimes de leur inexpérience, et aussi des blessures qu'ils avaient reçues dans le combat.

Fandard et Bras-de-fer luttèrent longtemps contre les flots, essayant de gagner les falaises, mais ils n'atteignirent les rochers de la côte que pour aller se briser aux anfractuosités...

Le lendemain, on trouva leurs deux cadavres sur la grève.

Nous savons que Marcel était resté seul dans sa grotte, et qu'il avait vu, avec une joie sauvage, s'éloigner la barque qui emportait ses ennemis...

Il l'avait suivie longtemps avec une attention qui se comprend, et quand il vit, de son poste d'observation, ses trois complices se rendre à Lhuillier, sans coup férir, il se douta bien, lui qui les connaissait, que quelque chose d'extraordinaire allait se passer.

Quand il vit la barque sombrer au loin, et la plupart des malheureux disparaître sous les flots, une immense joie emplit son cœur, car il put se croire sauvé !...

Qu'avait-il à redouter en effet, une fois Pinson et Lhuillier disparus ?...

Rien !...

Il pouvait reprendre sa route sans crainte, gagner rapidement Boulogne ou Calais, et profiter du premier départ de paquebot pour passer en Angleterre !...

C'était là son rêve... toute son ambition !... et il ne désespérait plus maintenant de réussir !...

Aussi, dès que les premières ombres de la nuit tombèrent sur la grève, il se laissa glisser hors de sa cachette, se jeta à la nage, et gagna la grève en longeant les falaises...

Une seule chose l'inquiétait seulement, c'est que la lune s'était levée, et que les lieux qu'il avait à traverser étaient découverts et n'offraient aucun abri, en cas d'alerte.

Comme il n'avait pas mangé depuis la veille, il se sentait déjà bien faible, et ne pouvait songer à passer une nuit loin de toute habitation !...

Et puis, il réfléchit que le lendemain toute la population d'Étaples serait sur pied, qu'elle inonderait la plage, et qu'il aurait encore moins de chances de succès...

Il prit donc résolument son parti... fendit la lame avec vigueur, et prit bord à cet endroit même où Ralph avait tué le Muet.

Une fois sur la route de Montreuil, il était à peu près sauvé... mais d'ici-là, il ne se sentait pas rassuré.

Jamais peut-être il ne s'était trouvé dans une position si critique... un rien pouvait le perdre...

Tout à coup, il tressaillit !

Au détour de la dernière falaise... il avait vu se dresser devant lui l'ombre de Pierre Morgan. Le bandit poussa un cri.

— Ah ! tu ne m'attendais pas, misérable !... fit le mari de Louise. Depuis ce matin, je te surveille et t'épie ; depuis ce matin, j'attends cette heure !... je savais bien que tu viendrais à moi... Dieu me devait cette vengeance pour toutes les douleurs dont tu m'as abreuvé, pour toutes tes infamies, et aussi pour la honte et les malheurs de Gabrielle.

— Mais qu'espères-tu donc ?...

— Ne te l'ai-je pas dit ?

— Tu veux m'assassiner.

— Je t'assassinerai, si tu ne fais pas ce que je vais t'ordonner de faire...

Morgan était armé d'un pistolet, et se rapprochant du bandit.

— Écoute, dit-il, je ne veux pas souiller mes mains du sang d'un misérable tel que toi, et malgré l'horreur que tu m'inspires, je consens à te laisser la vie... mais à une condition.

— Laquelle ?... fit Marcel dont l'œil brilla d'espoir.

— Tu vas marcher devant moi jusqu'à Étaples, où je te remettrai aux mains des gendarmes, qui, cette fois, te conduiront à Paris sous bonne escorte...

— Et tu as cru que je consentirais à cela ?

— Je le crois encore, car, au moindre mouvement de ta part, je te tue sans pitié.

Marcel comprit qu'il y allait de la vie... il hésita.

Aussi, en retrouvant, à cette heure suprême, sur son chemin, ce Morgan qui déjà avait été un obstacle et un danger dans sa vie, une sorte de terreur superstitieuse s'empara de lui, et, pour la première fois, il eut un vague instinct de sa fin... sa destinée était accomplie... depuis quelque temps, il avait vu périr un à un ses plus fidèles affidés... peut-être son tour était-il venu !

Mais il était jeune encore... et tout ce qu'il y avait en lui d'ardeur, de force, de vie se révoltait à l'idée de succomber sur cette route du crime qu'il n'avait parcourue qu'à moitié, et sur laquelle il espérait encore tant de succès.

Sous l'empire de ces pensées si diverses, il jeta à Morgan un regard plein de haine et de fiel, et le toisant dédaigneusement :

— Soit ! dit-il... j'obéirai... mais rappelle-toi cette heure et ce jour, Morgan, et peut-être qu'avant peu, nous aurons occasion de nous revoir.

— Marche toujours devant moi, et songe qu'à la moindre hésitation, je te tue comme un chien.

Marcel ne répondit pas, et, prenant les devants, il s'avança dans la direction du village.

On se tromperait étrangement, si, en le voyant se soumettre aux menaces de son ennemi, on supposait que le marquis avait renoncé à tout espoir.

Il comptait sur le hasard...

Il y avait loin du bord de la mer à Étaples, et dans le trajet, un incident inattendu pouvait se produire... c'était la chance qu'il attendait.

Chance suprême, il est vrai... impossible peut-être, mais pour l'homme qui se trouve dans la position extrême où était le bandit, il n'y avait pas d'espoir impossible, il n'y avait là rien d'insensé !...

Ils marchèrent ainsi un quart d'heure environ.

La grève était déserte et nue... on n'entendait que ce bruit grandiose et solennel des vagues incessamment agitées qui viennent déferler sur les falaises.

A plusieurs reprises, Marcel crut le moment favorable, et l'idée lui vint de courir à toutes jambes pour se mettre hors de la portée de son ennemi.

Mais Morgan le serrait de près.

A une distance d'environ un kilomètre, on apercevait la masse noire que formaient, non loin de là, le groupe des maisons du bourg... Encore dix minutes de marche, et il fallait renoncer à tout espoir... Morgan pouvait appeler à son aide, et voir accourir quelques pêcheurs dévoués et courageux.

Le marquis comprit qu'il ne pouvait aller plus loin sans danger !... il s'arrêta.

— Eh bien... lui dit Morgan en se rapprochant.

— J'en ai assez, fit le bandit, je refuse d'avancer.

— Tu veux donc que je te tue ?...

— J'aime mieux mourir ici de ta main, que mourir un peu plus loin de la main du bourreau.

— Est-ce ton dernier mot ?

— Je ne ferai pas un pas de plus.

Morgan ajusta.

— Comme tu voudras... dit-il... mais Dieu me pardonnera ce meurtre, et je sens d'ailleurs que je n'accomplis qu'un acte de justice.

En parlant ainsi, le jeune marin serra la poignée du pistolet, et visa son ennemi...

Au même instant, un cri se fit entendre, et quand la fumée se fut dissipée, il vit devant lui, gisant à terre, le cadavre du marquis de Lempsac...

Toutefois, aussi misérable comme celui qu'il avait à ses pieds, aucune précaution n'était inutile, et ce ne fut qu'avec une extrême prudence qu'il s'approcha de son adversaire.

Bien lui prit de cette précaution... car, ainsi qu'il l'avait soupçonné, le bandit ne jouait là que la comédie de la mort...

A peine eut-il vu Morgan s'approcher de lui, qu'il jugea le moment opportun, et se redressant tout à coup, il sauta à la gorge du marin.

Ce dernier fit un bond en arrière pour éviter son étreinte, et tirant un poignard qu'il portait dans sa ceinture, il l'enfonça jusqu'au manche dans l'épaule de Marcel, qui rugit comme une bête fauve prise au piège, mais il n'y avait pas moyen de reculer, et il fallait pousser jusqu'au bout l'œuvre commencée.

Cette fois, tout était perdu pour le bandit s'il ne parvenait pas à arracher à Morgan l'arme qu'il tenait à la main... mais celui-ci était sur ses gardes, la lutte dura dix minutes environ.

Par une singulière exagération de loyauté, Morgan ménageait encore son adversaire...

A tort ou à raison, il lui semblait que cette victime qu'il tenait au bout de son poignard ne lui appartenait pas... c'était là un grand criminel, sans doute, mais la société seule avait le droit de le punir.

Sous l'empire de cette considération, sa main s'arrêta plus d'une fois au moment de donner le coup mortel.

Mais, du désordre de la lutte même, se dégageait un sentiment qui ne lui était pas familier.

La vue du sang, l'ivresse du combat, les imprécations sauvages du bandit, mille autres choses encore dont il subissait, malgré lui, l'influence, tout cela exaltait sa colère, aveuglait sa haine ; et, plus d'une fois aussi, le poignard frappa plus fort qu'il ne l'eût voulu.

Il résulta de ces alternatives d'emportement et de retenue, que Marcel se crut sauvé à plusieurs reprises. Cependant, ses forces commencèrent à l'abandonner, ses yeux se couvrirent insensiblement d'un voile épais, et il ne se défendit plus bientôt qu'avec une nonchalance qui devait assurer une prompte victoire à son adversaire.

En effet, un dernier cri, une dernière imprécation, et le bandit s'affaissa sur lui-même, en faisant signe qu'il voulait parler... mais pendant quelques secondes, la voix hésita dans sa gorge... et il passa la main sur son front et devant ses yeux, comme pour en chasser une image horrible.

C'était la mort.

— Morgan ! dit-il enfin, je vais mourir.

Ce dernier ne répondit pas.

— Je vais mourir... reprit Marcel avec plus de force... je le sens là, j'étouffe déjà... et puis... tenez... la mort est devant moi... elle m'appelle... oh ! c'est atroce... mais je l'ai méritée cette mort... j'ai mené une vie de crimes, j'ai étouffé en mon cœur tous les sentiments humains... et cependant c'était une mort plus infâme encore qui m'était réservée... monsieur Morgan, écoutez-moi... j'ai une prière à vous adresser, je vous en prie, ne me refusez pas !...

— Parle.

— En ce monde... une seule femme m'a aimé... Eh bien, cette femme, elle l'ai... je l'ai vue... croyez-vous qu'elle me pardonne jamais ?

— Elle est folle...

— Je l'ai aimée aussi...

— Ah ! tais-toi... Ne me rappelle pas ce souvenir...

— Elle seule peut avoir conservé assez d'amour pour prier encore pour moi... Oh ! pauvre Gabrielle !...

Marcel passa sa main sur son front inondé de sueur, et la laissa retomber inerte le long de son corps.

Quant à Morgan, ce souvenir, subitement évoqué, avait encore exalté sa fureur, il lui semblait que, de la part de ce misérable, c'était une profanation dernière, et plus impie encore que les autres, après l'état d'abaissement moral dans lequel était tombé la malheureuse comtesse.

A un moment, pris d'une sorte de vertige, il se pencha de nouveau vers le moribond, comme pour l'achever, et leva sur lui son poignard encore sanglant.

Mais, à ce moment, la poitrine du bandit se mit à râler d'une façon si horrible, son corps se tordit dans les convulsions si lugubres de l'agonie, que le bras de Morgan s'arrêta... et qu'il se releva même pâle, le front contracté.

C'est une heure toujours solennelle que celle qui marque le passage de la vie à la mort !... et quelque criminel qu'il eût été... cet homme allait mourir...

Enfin une dernière et suprême convulsion raidit ses membres, un flot de sang noir s'échappa de sa poitrine, ses yeux se firent effrayants, et il retomba raide et inanimé sur le sol.

Dieu avait marqué cette vie de crimes ; il n'avait pas voulu qu'elle se prolongeât davantage, et ce bandit, qui avait si longtemps jeté la terreur là où il passait, venait enfin de disparaitre de ce monde qu'il avait si longtemps épouvanté !...

Avec lui, finit naturellement notre histoire.

Quant aux autres personnages auxquels le public a bien voulu s'intéresser, quelques mots suffiront pour faire connaître ce qu'ils devinrent.

Canibal et les principaux affidés de la bande périrent sur l'échafaud, et madame de Saint-Albin fut enfermée dans une prison, où elle ne tarda pas à mourir de chagrin, de honte et de remords.

Bluette ayant chanté pendant toute sa jeunesse, se trouva, un matin, fort dépourvue, et on prétend qu'elle partit pour la Californie. Bouton-d'or fut inconsolable de son départ... car Bluette l'avait trouvé à son goût, et Bouton-d'or s'était laissé prendre par l'amour profond de son âge... mais comme la Californie est loin de la rue Mouffetard, il finit par se consoler du départ de son inconstante.

Le jeune comte de Tourtonne a épousé mademoiselle de Massa... C'est un mariage d'amour, on le sait, et il n'est pas besoin de dire qu'ils sont heureux !

Rose et Lambert sont mariés, eux aussi... Dieu a béni leur union, ils ont de jolis enfants autour d'eux... je ne sais combien... tout un petit bataillon qui grimpe aux jambes de l'excellent père Jacques...

FIN

Clichy. — Impr. M. Loignon, Paul Dufont et Cie, rue du Bac-d'Asnières, 12.

TABLE

DES OUVRAGES PUBLIÉS DANS LE VINGT ET UNIÈME VOLUME DU ROGER-BONTEMPS

ROMANS HISTORIQUES

Le Tambour de la 32e demi-brigade (suite du Roi des Gabiers), par Ernest Capendu.

La Voleuse d'Amour, par Henri de Kock.

L'Abbesse de Montmartre, par Henri Augu et Gullaud.

EXTRAIT DU CATALOGUE

DES

OUVRAGES PUBLIÉS DANS LES AUTRES VOLUMES

L'Hôtel de Niorres (première partie du Tambour de la 32e), par Ernest Capendu.

Le Roi des Gabiers, (suite de l'Hôtel de Niorres), par le même.

Pour ces deux ouvrages, voir les numéros **941 à 1,008.**

OUVRAGES DE PONSON DU TERRAIL

LA JEUNESSE DU ROI HENRI

1° LA BELLE ARGENTIÈRE.

2° LA MAITRESSE DU ROI DE NAVARRE.

3° LES GALANTERIES DE NANCY LA BELLE

4° LES AVENTURES DU VALET DE COEUR.

5° LES AMOURS DU VALET DE TRÈFLE.

6° LA SAINT-BARTHÉLEMY.

(Voir les numéros **520 à 621**, soit **102** numéros.)

LES DRAMES DE PARIS. | LES EXPLOITS DE ROCAMBOLE.

1° L'HÉRITAGE MYSTÉRIEUX.

2° LE CLUB DES VALETS DE COEUR.

3° TURQUOISE LA PÉCHERESSE.

4° UNE FILLE D'ESPAGNE.

5° LA MORT DU SAUVAGE.

6° LA REVANCHE DE BACCARAT.

Voir les numéros **633 à 746**, soit **114** numéros.

OUVRAGES DU MÊME AUTEUR

Les Secrets de Louis XI. (Du numéro 746 au numéro 792.)

La Nouvelle Tour de Nesle, (Du numéro 803 au numéro 828.)

La Reine des Barricades, suite de la Jeunesse du roi Henri. (Du numéro 900 au 929.)

Le Beau Galaor, fin de la Jeunesse du roi Henri. (Voir les numéros 929 à 953.)

Les Compagnons de l'Amour (Voir les numéros 1089 à 1112).

Les Voleurs d'héritages (Voir les numéros 443 à 500.)

LES MYSTÈRES DE PARIS, par Eugène Sue. *(Voir les numéros 827 à 904, soit 78 numéros.)*

La Collection du ROGER-BONTEMPS est complète.

Prix du volume broché : 3 francs. | Prix du numéro : 5 centimes.

Clichy. — Imp. Maurice Loignon, P. Dupont et Cie, rue du Bac-d'Asnières, 12.

TABLE

DES OUVRAGES PUBLIÉS DANS LE VINGT ET UNIÈME VOLUME DU ROGER-BONTEMPS

ROMANS HISTORIQUES

EXTRAIT DU CATALOGUE

DES

OUVRAGES PUBLIÉS DANS LES AUTRES VOLUMES

OUVRAGES DE PONSON DU TERRAIL

LA JEUNESSE DU ROI HENRI

LES DRAMES DE PARIS. | LES EXPLOITS DE ROCAMBOLE.

OUVRAGES DU MÊME AUTEUR

La Collection du ROGER-BONTEMPS est complète.

Prix du volume broché : 3 francs. | Prix du numéro : 5 centimes.

CLICHY. — Imp Maurice LOIGNON, P. DUPONT et Cie, rue du Bac-d'Asnières, 12.

TABLE

DES OUVRAGES PUBLIÉS DANS LE VINGT-DEUXIÈME VOLUME DU ROGER-BONTEMPS

ROMANS HISTORIQUES

Les Compagnons de l'Amour, par PONSON DU TERRAIL.

2ᵉ partie. La Dame au Gant noir. (Pour ces deux ouvrages voir les numéros 1089 à 1138.)

L'Abbesse de Montmartre, par HENRI AUGU ET GULLAUD. (Voir les numéros 1057 à 1138.)

EXTRAIT DU CATALOGUE

DES

OUVRAGES PUBLIÉS DANS LES AUTRES VOLUMES

L'Hôtel de Niorres (première partie du Tambour de la 32ᵉ), par ERNEST CAPENDU.

Le Roi des Gabiers, (suite de l'Hôtel de Niorres), par le même.

Le Tambour de la 32ᵉ Demi-Brigade, par le même.

Pour ces trois ouvrages, voir les numéros **941** à **1,093.**

OUVRAGES DE PONSON DU TERRAIL

LA JEUNESSE DU ROI HENRI

1ᵒ LA BELLE ARGENTIÈRE.

2ᵒ LA MAITRESSE DU ROI DE NAVARRE.

3ᵒ LES GALANTERIES DE NANCY LA BELLE.

4ᵒ LES AVENTURES DU VALET DE CŒUR.

5ᵒ LES AMOURS DU VALET DE TRÈFLE.

6ᵒ LA SAINT-BARTHÉLEMY.

(Voir les numéros **520** à **621**, soit **102** numéros.)

LES DRAMES DE PARIS. | LES EXPLOITS DE ROCAMBOLE.

1ᵒ L'HÉRITAGE MYSTÉRIEUX.

2ᵒ LE CLUB DES VALETS DE CŒUR.

3ᵒ TURQUOISE LA PÉCHERESSE.

4ᵒ UNE FILLE D'ESPAGNE.

5ᵒ LA MORT DU SAUVAGE.

6ᵒ LA REVANCHE DE BACCARAT.

Voir les numéros **638** à **746**, soit **114** numéros.

OUVRAGES DU MÊME AUTEUR

Les Secrets de Louis XI. (Du numéro 746 au numéro 792.)

La Nouvelle Tour de Nesle, (Du numéro 803 au numéro 828.)

La Reine des Barricades, suite de la Jeunesse du roi Henri. (Du numéro 900 au 929.)

Le Beau Galaor, fin de la Jeunesse du roi Henri. (Voir les numéros 929 à 953.)

Les Compagnons de l'Amour. (Voir les numéros 1089 à 1112).

Les Voleurs d'héritages. (Voir les numéros 443 à 500.)

LES MYSTÈRES DE PARIS, par EUGÈNE SUE. (*Voir les numéros 827 à 904, soit 78 numéros.*

EN COURS DE PUBLICATION, A LA MÊME ADRESSE

LES MYSTÈRES DU LAPIN BLANC,

Par JULES BOULABERT.

Vingt et une livraisons à 10 centimes, paraissant le lundi et le vendredi.

La Collection du ROGER-BONTEMPS est complète.

Prix du volume broché : 3 francs. | Prix du numéro : 5 centimes.

CLICHY. — Imp. Maurice LOIGNON, P. DUPONT et Cie, rue du Bac-d'Asnières, 12.

TABLE

DES OUVRAGES PUBLIÉS DANS LE VINGT-DEUXIÈME VOLUME DU ROGER-BONTEMPS

ROMANS HISTORIQUES

EXTRAIT DU CATALOGUE

DES

OUVRAGES PUBLIÉS DANS LES AUTRES VOLUMES

OUVRAGES DE PONSON DU TERRAIL

LA JEUNESSE DU ROI HENRI

OUVRAGES DU MÊME AUTEUR

EN COURS DE PUBLICATION, A LA MÊME ADRESSE

LES MYSTÈRES DU LAPIN BLANC,

Par Jules Boulabert.

Vingt et une livraisons à 10 centimes, paraissant le lundi et le vendredi.

La Collection du ROGER-BONTEMPS est complète.

Prix du volume broché : 3 francs. | Prix du numéro : 5 centimes.

Clichy. — Imp. Maurice Loignon, P. Dupont et Cie, rue du Bac-d'Asnières, 12.

TABLE

DES OUVRAGES PUBLIÉS DANS LE VINGT ET UNIÈME VOLUME DU ROGER-BONTEMPS

La Collection du ROGER-BONTEMPS est complète.

Prix du volume broché : 3 francs. | Prix du numéro : 5 centimes.

CLICHY. — Imp. Maurice LOIGNON, P. DUPONT et Cie, rue du Bac-d'Asnières, 12.

TABLE

DES OUVRAGES PUBLIÉS DANS LE VINGT-DEUXIÈME VOLUME DU ROGER-BONTEMPS

ROMANS HISTORIQUES

EXTRAIT DU CATALOGUE

DES

OUVRAGES PUBLIÉS DANS LES AUTRES VOLUMES

OUVRAGES DE PONSON DU TERRAIL

LA JEUNESSE DU ROI HENRI

LES DRAMES DE PARIS. | LES EXPLOITS DE ROCAMBOLE.

OUVRAGES DU MÊME AUTEUR

EN COURS DE PUBLICATION, A LA MÊME ADRESSE

LES MYSTÈRES DU LAPIN BLANC,

Par JULES BOULABERT.

Vingt et une livraisons à 10 centimes, paraissant le lundi et le vendredi.

La Collection du ROGER-BONTEMPS est complète.

Prix du volume broché : 3 francs. | Prix du numéro : 5 centimes.

CLICHY. — Imp. Maurice LOIGNON, P. DUPONT et Cie, rue du Bac-d'Asnières, 12.

TABLE

DES OUVRAGES PUBLIÉS DANS LE VINGT ET UNIÈME VOLUME DU ROGER-BONTEMPS

ROMANS HISTORIQUES

Le Tambour de la 32ᵉ demi-brigade (suite du Roi des Gabiers), par ERNEST CAPENDU.

La Voleuse d'Amour, par HENRI DE KOCK.

L'Abbesse de Montmartre, par HENRI AUGU ET GULLAUD.

EXTRAIT DU CATALOGUE

DES

OUVRAGES PUBLIÉS DANS LES AUTRES VOLUMES

L'Hôtel de Niorres (première partie du Tambour de la 32ᵉ), par ERNEST CAPENDU.

Le Roi des Gabiers, (suite de l'Hôtel de Niorres), par le même.

Pour ces deux ouvrages, voir les numéros **941** à **1,006**.

OUVRAGES DE PONSON DU TERRAIL

LA JEUNESSE DU ROI HENRI

1ᵉ LA BELLE ARGENTIÈRE.

2ᵉ LA MAITRESSE DU ROI DE NAVARRE.

3ᵉ LES GALANTERIES DE NANCY LA BELLE

4ᵉ LES AVENTURES DU VALET DE COEUR.

5ᵉ LES AMOURS DU VALET DE TRÈFLE.

6ᵉ LA SAINT-BARTHÉLEMY.

(Voir les numéros **520** à **621**, soit **102** numéros.)

LES DRAMES DE PARIS. | LES EXPLOITS DE ROCAMBOLE.

1ᵉ L'HÉRITAGE MYSTÉRIEUX.

2ᵉ LE CLUB DES VALETS DE COEUR.

3ᵉ TURQUOISE LA PÉCHERESSE.

4ᵉ UNE FILLE D'ESPAGNE.

5ᵉ LA MORT DU SAUVAGE.

6ᵉ LA REVANCHE DE BACCARAT.

Voir les numéros **633** à **746**, soit **114** numéros.

OUVRAGES DU MÊME AUTEUR

Les Secrets de Louis XI. (Du numéro 746 au numéro 792.)

La Nouvelle Tour de Nesle, (Du numéro 803 au numéro 828.)

La Reine des Barricades, suite de la Jeunesse du roi Henri. (Du numéro 900 au 929.)

Le Beau Galaor, fin de la Jeunesse du roi Henri. (Voir les numéros 929 à 953.)

Les Compagnons de l'Amour (Voir les numéros 1089 à 1112).

Les Voleurs d'héritages (Voir les numéros 443 à 500.)

LES MYSTÈRES DE PARIS, par EUGÈNE SUE. (*Voir les numéros* 827 à 904, *soit* 78 *numéros*.

La Collection du ROGER-BONTEMPS est complète.

Prix du volume broché : 3 francs. | Prix du numéro : 5 centimes.

CLICHY. — Imp. Maurice Loignon, P. DUPONT et Cie, rue du Bac-d'Asnières, 12.

TABLE

DES OUVRAGES PUBLIÉS DANS LE VINGT ET UNIÈME VOLUME DU ROGER-BONTEMPS

ROMANS HISTORIQUES

Le Tambour de la 32e demi-brigade (suite du Roi des Gabiers), par ERNEST CAPENDU.

La Voleuse d'Amour, par HENRI DE KOCK.

L'Abbesse de Montmartre, par HENRI AUGU ET GULLAUD.

EXTRAIT DU CATALOGUE

DES

OUVRAGES PUBLIÉS DANS LES AUTRES VOLUMES

L'Hôtel de Niorres (première partie du Tambour de la 32e), par ERNEST CAPENDU.

Le Roi des Gabiers, (suite de l'Hôtel de Niorres), par le même.

Pour ces deux ouvrages, voir les numéros **941** à **1,006.**

OUVRAGES DE PONSON DU TERRAIL

LA JEUNESSE DU ROI HENRI

1° LA BELLE ARGENTIÈRE.

2° LA MAITRESSE DU ROI DE NAVARRE.

3° LES GALANTERIES DE NANCY LA BELLE

4° LES AVENTURES DU VALET DE CŒUR.

5° LES AMOURS DU VALET DE TRÈFLE.

6° LA SAINT-BARTHÉLEMY.

(Voir les numéros **520** à **621,** soit **102** numéros.)

LES DRAMES DE PARIS. | LES EXPLOITS DE ROCAMBOLE.

1° L'HÉRITAGE MYSTÉRIEUX.

2° LE CLUB DES VALETS DE CŒUR.

3° TURQUOISE LA PÉCHERESSE.

4° UNE FILLE D'ESPAGNE.

5° LA MORT DU SAUVAGE.

6° LA REVANCHE DE BACCARAT.

Voir les numéros **633** à **746,** soit **114** numéros.

OUVRAGES DU MÊME AUTEUR

Les Secrets de Louis XI. (Du numéro 746 au numéro 792.)

La Nouvelle Tour de Nesle, (Du numéro 803 au numéro 828.)

La Reine des Barricades, suite de la Jeunesse du roi Henri. (Du numéro 900 au 929.)

Le Beau Galaor, fin de la Jeunesse du roi Henri. (Voir les numéros 929 à 953.)

Les Compagnons de l'Amour (Voir les numéros 1089 à 1112).

Les Voleurs d'héritages (Voir les numéros 443 à 500.)

LES MYSTÈRES DE PARIS, par EUGÈNE SUE. (*Voir les numéros 827 à 904, soit 78 numéros.*

La Collection du ROGER-BONTEMPS est complète.

Prix du volume broché : 3 francs. | Prix du numéro : **5** centimes.

CLICHY. — Imp. Maurice LOIGNON, P. DUPONT et Cie, rue du Bac-d'Asnières, 12.

TABLE

DES OUVRAGES PUBLIÉS DANS LE VINGT ET UNIÈME VOLUME DU ROGER-BONTEMPS

La Collection du ROGER-BONTEMPS est complète.

Prix du volume broché : 3 francs.	Prix du numéro : 5 centimes.

LAGNY. — Imp. Maurice LOIGNON, P. DUPONT et Cie, rue du Bac-d'Asnières, 12.

TABLE

DES OUVRAGES PUBLIÉS DANS LE VINGT ET UNIÈME VOLUME DU ROGER-BONTEMPS

La Collection du ROGER-BONTEMPS est complète.

Prix du volume broché : 3 francs. | Prix du numéro : 5 centimes.

CLICHY. — Imp Maurice Loignon, P. Dupont et Cie, rue du Bac-d'Asnières, 12.

TABLE

DES OUVRAGES PUBLIÉS DANS LE VINGT ET UNIÈME VOLUME DU ROGER-BONTEMPS

La Collection du ROGER-BONTEMPS est complète.

Prix du volume broché : 3 francs. | Prix du numéro : 5 centimes.

LAGNY. — Imp. Maurice LOIGNON, P. Dupont et Cie, rue du Bac-d'Asnières, 12.

TABLE

DES OUVRAGES PUBLIÉS DANS LE VINGT ET UNIÈME VOLUME DU ROGER-BONTEMPS

ROMANS HISTORIQUES

Le Tambour de la 32ᵉ demi-brigade (suite du Roi des Gabiers), par ERNEST CAPENDU.

La Voleuse d'Amour, par HENRI DE KOCK.

L'Abbesse de Montmartre, par HENRI AUGU ET GULLAUD.

EXTRAIT DU CATALOGUE

DES

OUVRAGES PUBLIÉS DANS LES AUTRES VOLUMES

OUVRAGES DE PONSON DU TERRAIL

LA JEUNESSE DU ROI HENRI

LES DRAMES DE PARIS. | LES EXPLOITS DE ROCAMBOLE.

OUVRAGES DU MÊME AUTEUR

La Collection du ROGER-BONTEMPS est complète.

Prix du volume broché : 3 francs. | Prix du numéro : 5 centimes.

CLICHY. — Imp. Maurice Loignon, P. DUPONT et Cie, rue du Bac-d'Asnières, 12.

TABLE

DES OUVRAGES PUBLIÉS DANS LE VINGT ET UNIÈME VOLUME DU ROGER-BONTEMPS

ROMANS HISTORIQUES

Le Tambour de la 32ᵉ demi-brigade (suite du Roi des Gabiers), par ERNEST CAPENDU.

La Voleuse d'Amour, par HENRI DE KOCK.

L'Abbesse de Montmartre, par HENRI AUGU ET GULLAUD.

EXTRAIT DU CATALOGUE

DES

OUVRAGES PUBLIÉS DANS LES AUTRES VOLUMES

L'Hôtel de Niorres (première partie du Tambour de la 32ᵉ), par ERNEST CAPENDU.

Le Roi des Gabiers, (suite de l'Hôtel de Niorres), par le même.

Pour ces deux ouvrages, voir les numéros **941** à **1,096**.

OUVRAGES DE PONSON DU TERRAIL

LA JEUNESSE DU ROI HENRI

1° LA BELLE ARGENTIÈRE.

2° LA MAITRESSE DU ROI DE NAVARRE.

3° LES GALANTERIES DE NANCY LA BELLE

4° LES AVENTURES DU VALET DE CŒUR.

5° LES AMOURS DU VALET DE TRÈFLE.

6° LA SAINT-BARTHÉLEMY.

(Voir les numéros **520** à **621**, soit **102** numéros.)

LES DRAMES DE PARIS. | LES EXPLOITS DE ROCAMBOLE.

1° L'HÉRITAGE MYSTÉRIEUX.

2° LE CLUB DES VALETS DE CŒUR.

3° TURQUOISE LA PÉCHERESSE.

4° UNE FILLE D'ESPAGNE.

5° LA MORT DU SAUVAGE.

6° LA REVANCHE DE BACCARAT.

Voir les numéros **633** à **746**, soit **114** numéros.

OUVRAGES DU MÊME AUTEUR

Les Secrets de Louis XI. (Du numéro 746 au numéro 792.)

La Nouvelle Tour de Nesle, (Du numéro 803 au numéro 828.)

La Reine des Barricades, suite de la Jeunesse du roi Henri. (Du numéro 900 au 929.)

Le Beau Galaor, fin de la Jeunesse du roi Henri. (Voir les numéros 920 à 953.)

Les Compagnons de l'Amour Voir les numéros 1089 à 1112).

Les Voleurs d'héritages (Voir les numéros 443 à 500.)

LES MYSTÈRES DE PARIS, par EUGÈNE SUE. (*Voir les numéros* 827 *à* 904, *soit* 78 *numéros.*

La Collection du ROGER-BONTEMPS est complète.

Prix du volume broché : 3 francs. | Prix du numéro : 5 centimes.

CLICHY. — Imp. Maurice LOIGNON, P. DUPONT et Cie, rue du Bac-d'Asnières, 12.

TABLE

DES OUVRAGES PUBLIÉS DANS LE VINGT ET UNIÈME VOLUME DU ROGER-BONTEMPS

La Collection du ROGER-BONTEMPS est complète.

Prix du volume broché : 3 francs. | Prix du numéro : 5 centimes.

CLICHY. — Imp Maurice LOIGNON, P. DUPONT et Cie, rue du Bac-d'Asnières, 12.

TABLE

DES OUVRAGES PUBLIÉS DANS LE VINGT ET UNIÈME VOLUME DU ROGER-BONTEMPS

ROMANS HISTORIQUES

EXTRAIT DU CATALOGUE

DES

OUVRAGES PUBLIÉS DANS LES AUTRES VOLUMES

OUVRAGES DE PONSON DU TERRAIL

LA JEUNESSE DU ROI HENRI

OUVRAGES DU MÊME AUTEUR

La Collection du ROGER-BONTEMPS est complète.

Prix du volume broché : 3 francs. | Prix du numéro : 5 centimes.

CLICHY. — Imp Maurice Loignon, P. Dupont et Cie, rue du Bac-d'Asnières, 12.

TABLE

DES OUVRAGES PUBLIÉS DANS LE VINGT ET UNIÈME VOLUME DU ROGER-BONTEMPS

ROMANS HISTORIQUES

EXTRAIT DU CATALOGUE

DES

OUVRAGES PUBLIÉS DANS LES AUTRES VOLUMES

OUVRAGES DE PONSON DU TERRAIL

LA JEUNESSE DU ROI HENRI

OUVRAGES DU MÊME AUTEUR

La Collection du ROGER-BONTEMPS est complète.

Prix du volume broché : 3 francs. | Prix du numéro : 5 centimes.

CLICHY. — Imp. Maurice LOIGNON, P. DUPONT et Cie, rue du Bac-d'Asnières, 12.

TABLE

DES OUVRAGES PUBLIÉS DANS LE VINGT ET UNIÈME VOLUME DU ROGER-BONTEMPS

ROMANS HISTORIQUES

Le Tambour de la 32e demi-brigade (suite du Roi des Gabiers), par ERNEST CAPENDU.

La Voleuse d'Amour, par HENRI DE KOCK.

L'Abbesse de Montmartre, par HENRI AUGU ET GULLAUD.

EXTRAIT DU CATALOGUE

DES

OUVRAGES PUBLIÉS DANS LES AUTRES VOLUMES

L'Hôtel de Niorres (première partie du Tambour de la 32e), par ERNEST CAPENDU.

Le Roi des Gabiers, (suite de l'Hôtel de Niorres), par le même.

Pour ces deux ouvrages, voir les numéros **941** à **1,006**.

OUVRAGES DE PONSON DU TERRAIL

LA JEUNESSE DU ROI HENRI

1° LA BELLE ARGENTIÈRE.

2° LA MAITRESSE DU ROI DE NAVARRE.

3° LES GALANTERIES DE NANCY LA BELLE

4° LES AVENTURES DU VALET DE COEUR.

5° LES AMOURS DU VALET DE TRÈFLE.

6° LA SAINT-BARTHÉLEMY.

(Voir les numéros **520** à **621,** soit **102** numéros.)

LES DRAMES DE PARIS. | LES EXPLOITS DE ROCAMBOLE.

1° L'HÉRITAGE MYSTÉRIEUX.

2° LE CLUB DES VALETS DE COEUR.

3° TURQUOISE LA PÉCHERESSE.

4° UNE FILLE D'ESPAGNE.

5° LA MORT DU SAUVAGE.

6° LA REVANCHE DE BACCARAT.

Voir les numéros **633** à **746**, soit **114** numéros.

OUVRAGES DU MÊME AUTEUR

Les Secrets de Louis XI. (Du numéro 746 au numéro 792.)

La Nouvelle Tour de Nesle. (Du numéro 803 au numéro 828.)

La Reine des Barricades, suite de la Jeunesse du roi Henri. (Du numéro 900 au 929.)

Le Beau Galaor, fin de la Jeunesse du roi Henri. (Voir les numéros 929 à 953.)

Les Compagnons de l'Amour (Voir les numéros 1089 à 1112).

Les Voleurs d'héritages (Voir les numéros 443 à 500.)

LES MYSTÈRES DE PARIS, par EUGÈNE SUE. (*Voir les numéros* 827 à 904, *soit* 78 *numéros.*

La Collection du ROGER-BONTEMPS est complète.

Prix du volume broché : 3 francs. | Prix du numéro : 5 centimes.

CLICHY. — Imp Maurice LOIGNON, P. DUPONT et Cie, rue du Bac-d'Asnières, 12.

TABLE

DES OUVRAGES PUBLIÉS DANS LE VINGT ET UNIÈME VOLUME DU ROGER-BONTEMPS

La Collection du ROGER-BONTEMPS est complète.

Prix du volume broché : 3 francs. | Prix du numéro : 5 centimes.

CLICHY. — Imp Maurice LOIGNON, P. DUPONT et Cie, rue du Bac-d'Asnières, 12.

TABLE

DES OUVRAGES PUBLIÉS DANS LE VINGT ET UNIÈME VOLUME DU ROGER-BONTEMPS

ROMANS HISTORIQUES

Le Tambour de la 32ᵉ demi-brigade (suite du Roi des Gabiers), par ERNEST CAPENDU.

La Voleuse d'Amour, par HENRI DE KOCK.

L'Abbesse de Montmartre, par HENRI AUGU ET GULLIAUD.

EXTRAIT DU CATALOGUE

DES

OUVRAGES PUBLIÉS DANS LES AUTRES VOLUMES

L'Hôtel de Niorres (première partie du Tambour de la 32ᵉ), par ERNEST CAPENDU.

Le Roi des Gabiers, (suite de l'Hôtel de Niorres), par le même.

Pour ces deux ouvrages, voir les numéros **941** à **1,006.**

OUVRAGES DE PONSON DU TERRAIL

LA JEUNESSE DU ROI HENRI

1° LA BELLE ARGENTIÈRE.

2° LA MAITRESSE DU ROI DE NAVARRE.

3° LES GALANTERIES DE NANCY LA BELLE

4° LES AVENTURES DU VALET DE COEUR.

5° LES AMOURS DU VALET DE TRÈFLE.

6° LA SAINT-BARTHÉLEMY.

(Voir les numéros **520** à **621,** soit **102** numéros.)

LES DRAMES DE PARIS. | LES EXPLOITS DE ROCAMBOLE.

1° L'HÉRITAGE MYSTÉRIEUX.

2° LE CLUB DES VALETS DE COEUR.

3° TURQUOISE LA PÉCHERESSE.

4° UNE FILLE D'ESPAGNE.

5° LA MORT DU SAUVAGE.

6° LA REVANCHE DE BACCARAT.

Voir les numéros **633** à **746,** soit **114** numéros

OUVRAGES DU MÊME AUTEUR

Les Secrets de Louis XI. (Du numéro 746 au numéro 792.)

La Nouvelle Tour de Nesle, (Du numéro 803 au numéro 828.)

La Reine des Barricades, suite de la Jeunesse du roi Henri. (Du numéro 900 au 929.)

Le Beau Galaor, fin de la Jeunesse du roi Henri. (Voir les numéros 929 à 953.)

Les Compagnons de l'Amour (Voir les numéros 1089 à 1112.)

Les Voleurs d'héritages (Voir les numéros 443 à 500.)

LES MYSTERES DE PARIS, par EUGÈNE SUE. (*Voir les numéros* 827 à 904, *soit* 78 *numéros.*)

La Collection du ROGER-BONTEMPS est complète.

Prix du volume broché : 3 francs. | Prix du numéro : 5 centimes.

CLICHY. — Imp. Maurice LOIGNON, P. DUPONT et Cie, rue du Bac-d'Asnières, 12.

TABLE

DES OUVRAGES PUBLIÉS DANS LE VINGT ET UNIÈME VOLUME DU ROGER-BONTEMPS

ROMANS HISTORIQUES

Le Tambour de la 32ᵉ demi-brigade (suite du Roi des Gabiers), par ERNEST CAPENDU.

La Voleuse d'Amour, par HENRI DE KOCK.

L'Abbesse de Montmartre, par HENRI AUGU ET GULLAUD.

EXTRAIT DU CATALOGUE

DES

OUVRAGES PUBLIÉS DANS LES AUTRES VOLUMES

L'Hôtel de Niorres (première partie du Tambour de la 32ᵉ), par ERNEST CAPENDU.

Le Roi des Gabiers, (suite de l'Hôtel de Niorres), par le même.

Pour ces deux ouvrages, voir les numéros **941** à **1,006**.

OUVRAGES DE PONSON DU TERRAIL

LA JEUNESSE DU ROI HENRI

1° LA BELLE ARGENTIÈRE.

2° LA MAITRESSE DU ROI DE NAVARRE.

3° LES GALANTERIES DE NANCY LA BELLE

4° LES AVENTURES DU VALET DE CŒUR.

5° LES AMOURS DU VALET DE TRÈFLE.

6° LA SAINT–BARTHÉLEMY.

(Voir les numéros **520** à **621**, soit **102** numéros.)

LES DRAMES DE PARIS. | LES EXPLOITS DE ROCAMBOLE.

1° L'HÉRITAGE MYSTÉRIEUX.

2° LE CLUB DES VALETS DE COEUR.

3° TURQUOISE LA PÉCHERESSE.

4° UNE FILLE D'ESPAGNE.

5° LA MORT DU SAUVAGE.

6° LA REVANCHE DE BACCARAT.

Voir les numéros **633** à **746**, soit **114** numéros.

OUVRAGES DU MÊME AUTEUR

Les Secrets de Louis XI. (Du numéro 746 au numéro 792.)

La Nouvelle Tour de Nesle, (Du numéro 803 au numéro 828.)

La Reine des Barricades, suite de la Jeunesse du roi Henri. (Du numéro 900 au 929.)

Le Beau Galaor, fin de la Jeunesse du roi Henri. (Voir les numéros 929 à 953.)

Les Compagnons de l'Amour (Voir les numéros 1089 à 1112).

Les Voleurs d'héritages (Voir les numéros 443 à 500.)

LES MYSTÈRES DE PARIS, par EUGÈNE SUE. (*Voir les numéros 827 à 904, soit 78 numéros.*

La Collection du ROGER-BONTEMPS est complète.

Prix du volume broché : 3 francs. | Prix du numéro : 5 centimes.

CLICHY. — Imp Maurice LOIGNON, P. DUPONT et Cie, rue du Bac-d'Asnières, 12.

www.ingramcontent.com/pod-product-compliance
Lightning Source LLC
Chambersburg PA
CBHW061434030726
47503CB00005B/1406